식민지 시기
야담의 오락성과
프로파간다

이 저서는 2007년 정부(교육인적자원부)의 재원으로
한국학술진흥재단의 지원을 받아 수행된 연구(KRF-2007-812-A000161)

식민지 시기
야담의 오락성과
프로파간다

공임순 지음

앨피 Long Playing Book

야담은 사라진 옛이야기인가?

37년 전의 '역사소설' 논쟁

| 1 |

조선조는 우리 역사에서 어느 시대보다도 신분이 뚜렷이 구분되어 있었고, 어느 나라보다도 그것이 세분되어 있었다. 양반을 지배계급으로 하여 중인, 평민과 천민으로 크게 구분되었고 선비와 농사꾼과 대장장이와 장사치와 그 아래 백정 같은 천민으로 나뉘어져 있었다. 이들은 주거와 의복과 혼인 따위의 생활 풍속이 판이하게 달랐다. 이름도 한자가 아닌 석돌이, 막동이, 실경이 따위로 부르고 있었다. 그런데도 양반 부류인 서얼을 천민으로 대접하고, 무과에 낙방한 고급 건달인 한량을 장돌뱅이로 다루고, 양인 신분의 장사치를 광대나 백정 따위와 동격으로 보고 있고, 구실아치인 아전을 벼슬아치로 착각하고 있다. (중략) 물론 독자는 역사소설도 문학작품이므로 우선은 감상하고 즐길 것이다. 그러나 독자는 현대에 숨 쉬고 있으면서

역사소설이라는 매개체를 통해 역사적인 경험을 맛보고, 동시에 역사에 관한 지식도 얻으면서 자신을 다른 시대에 놓아보기도 한다. 이런 것을 생각할 때에 역사소설을 쓰는 작가는 결코 독자를 잘못 이끌어서는 안 된다. 작가라고 해서 사실을 왜곡하거나 주무를 자유를 가질 수는 없기 때문이다.

| 2 |

일일이 주와 해설을 담을 수, 붙일 수 없는 소설에서는 대화와 지문과 사건 묘사로 이 같은 전개를 암시한다. 이 씨는 소설 기술론이나 문장론, 아니면 최소한 작문 교본 정도는 본 적이 있는지도 모르겠다. 편견은 이처럼 고집스러운 것이다. 소설의 재미를 즐기려는 독자로 허리띠 끌러놓고 마음 편히 먹고 글을 읽었다면 전체적인 삶의 광경을 머릿속에 그려 보았음직도 하겠다. 또한 다음에 지적한 것은 신분제도의 고증에 집착한 나머지 그 당대의 현상을 담은 묘사를 꿰뚫지 못한 부분이다. (중략) 그의 지적대로 양반이 장사치로 나서는 것은 불가능하기는커녕 그대로 나은 일이었다. 이러한 사료는 도처에 널려 있고 그 글의 필자 이이화 씨는 더 자세히 알고 보관하고 있어야 할 것이다. 이러한 시대적 배경이야말로 연안의 〈양반전〉이나 〈허생전〉이 나올 수 있었던 분위기였다. 권세 없는 서민의 부의 증대야말로 민속예술 성장의 한 터전이 되었던 것이다. 실상 우리들의 선배격인 사랑방의 얘기꾼 전기수는 상업 자본과 수공업의 발달을 온상으로 하고 있는지도 모른다. (중략) 사실 문예지에다 긴장 압축된─민담이나 야담식의 군더더기 없는─미끈한 〈장길산〉을 써 보고 싶어서 안달이 생기기도 한다. 누구나 재미있고 쉽게 끌리는 얘기를 쓰면서 높은 예술성과 작가 정신을 안에 녹여서 간직하는 능력! (중략) 끝으로 많은 조선조의 학자들이나 심지어는 선각적인 실학자들까지도 우리 민중예술에 대해 얼마나 경시하고 소홀히 여겼던가 하는 안타까운 느낌이 든다. 그것을 차단한 것은 권위주의적이며 귀족적인 상층문화에 대한 편협한 애착 때문이었으리라.

위의 두 인용문을 들여다보자. 1)은 이이화의 〈역사소설 장길산과 금환식의 엉터리 고증〉이고, 2)는 황석영의 〈고증의 한계, 이이화 씨에게 묻는다〉이다. 1976년《뿌리 깊은 나무》의 지면을 통해서 오간 두 사람의 설전은 지금 돌이켜 봐도 흥미롭다. 물론 이제는 기억에서조차 희미해진 일이 되었지만, 이 논쟁을 토대로 하여 나는 "역사소설에 역사는 없다"라는 다소 도발적인 문제 제기를 한 바 있다. 2000년 책세상 출판사에서 발간된《우리 역사소설은 이론과 논쟁이 필요하다》의 5장을 장식했던 두 사람의 논쟁을 지금 새삼 환기하는 이유는 그때의 문제의식을 되짚고자 함이 아니다. 다만, 이 책의 전체 주제와 관련하여 황석영이 말한 소위 '민중'예술 및 '야담'의 함의를 다시 생각해 보고 싶어서이다.

역사학자로서 이이화의 입장은 황석영과 갈린다. 역사학자로서 그는 소설의 흥미와 오락성을 인정하지만, 그럼에도 과거 역사에 대한 정확한 지식을 요구한다. 그가 '엉터리' 고증이라고 말했을 때, 여기에는 사실과는 다른 거짓이라는 의미가 진하게 내포되어 있다. 따라서 그는 과거 역사에 대한 사실성을 근거로 황석영의 역사소설《장길산》에 비판적 입장을 표했고, 이에 대한 황석영의 반박이 2)의 주된 내용이다.

황석영은 이이화의 역사학자로서의 태도에 불쾌감을 숨기지 않는다. 그는 자신이 소설가라는 점을 강조하며, 소설가에게 역사학자의 입장을 강요해서는 안 된다고 주장한다. 그가 이처럼 소설가로서의 입장을 일관되게 견지함으로써 얻는 효과는 크게 두 가지일 것이다. 하나는 역사학자가 과거 사실을 대하듯이 이와 동일한 방식을 소설가에게 요구할 수 없다는 것이며, 다른 하나는 소설 본연의 영역인 문학적 상상력에 대한 존중과 옹호이다. 그는 이러한 주장을 통해서 과거 역사에 대한 충실한 재현과 서술을 요구하는 이이화식의 비판에 일정한 거리를 둔다. 황석영이 이이화의 주장을 반박하면서, "이러려면 차라리 소설의 영역에 새로운 훈고학의 영역을 따로 부속시켜 봄직하다."는 다소 극단적인 발언을 할 수 있었던 데도 이러한 소설가로서의 입장이 큰 몫을 담당했다.

두 사람이 벌인 논쟁은 일차적으로는 역사소설이 지닌 이중적 성격에 기인한 바 크다. 알려져 있다시피, 그리고 내가 《우리 역사소설은 이론과 논쟁이 필요하다》에서 공들여 밝히고자 했듯이, 역사소설은 역사와 문학의 양 분야에 걸쳐 있는 문제적인 장르 중 하나이기 때문이다. 이러한 역사소설의 이중적 성격이 역사와 문학이라고 하는 서로 다른 요구에 부딪히며, 양 분야에서 모두 사생아처럼 존재해 온 것이 사실이다. 과거 역사에 대한 정확한 재현과 문학적 상상력 사이에서, 역사소설은 때로 극단적인 평가가 오가는 대표적인 장르가 되었던 것이다.

하지만 우리가 흔히 말하는 그리고 이이화가 강조했던 대문자 '역사'라는 것이 시대의 특정한 인식 체계와 구성에서 결코 자유로울 수 없다는 현재의 일반적 논의에 기대자면, 이른바 '장길산 대첩'이라 불릴 만한 두 사람의 논쟁도 이제 퇴색된 감이 없지 않다. 이런 점에서 황석영의 《장길산》을 둘러싼 논쟁에는 다른 각도의 접근이 필요하다. 바로 황석영이 언급한 '민중'예술의 함의와 재평가가 그것이다.

'민중'예술과 야담의 관계

황석영은 '민중'예술을 다음과 같이 규정한다. "많은 조선조의 학자들이나 심지어는 선각적인 실학자들까지도 우리 민중예술에 대해 얼마나 경시하고 소홀히 여겼던가 하는 안타까운 느낌이 든다. 그것을 차단한 것은 권위주의적이며 귀족적인 상층문화에 대한 편협한 애착" 때문이라는 것이다. 이것을 두고 '민중'예술에 대한 본격적인 정의가 내려졌다고 말할 수는 없다. 하지만 그의 이 표현에는 '민중'예술에 대한 일정한 윤곽이 그려져 있다.

이를테면 "권위주의적이며 귀족적인 상층문화"와는 대비되는 것으로서의 '민중'예술이다. 이를 좀 더 구체적으로 표현한다면, '민중'예술은 "반反권위주의적이며 서민적인 하층문화"로 정의될 수 있다. 이러한 황석영의 규정과 자리매김은 '민중'예술을 기록된 공식 역사와는 대별되는 비공식적인, 이른바 '기층민중의 역사'로 위치짓고자 하는 그의 욕망과 관점을 반영한다. 1976년 박정희의 유신독재 체제가 절정에 치닫던 시기, 황석영의 《장길산》은 이러한 '민중'예술의 복권을 통한 새로운 역사 쓰기를 시도했다. 그것은 이제껏 간과되어 온 '민중'예술에 대한 새로운 의미 부여와 이를 통한 대항적 역사 쓰기일 것이며, 그 최종점에는 '민중' 주체의 발견과 그 변혁적 전망이 놓여 있었다.

여기서 '야담'이 문제시된다. 황석영은 이이화의 역사 고증 문제에 대응하며, 자신도 "문예지에다 긴장 압축된―민담이나 야담식의 군더더기 없는― 미끈한 〈장길산〉을 써 보고 싶어서 안달"날 때가 있었음을 변명 삼아 토로한다. 문예지와 다른 일간신문, 거기다 미끈한 정통(순수) 문학이 아닌 민담과 야담이 뒤섞인 대중소설을 쓰고 있다는 자의식이 강하게 묻어나는 발언이다. '민중'예술의 복권을 내걸고《장길산》에 '야담'의 세계를 마음껏 펼쳐 놓긴 했지만, 그렇다고 신문소설 특유의 대중 통속성에 대한 비난을 비껴 갈 수는 없었다. 이 비난의 일부가 야담에게로 돌려진다. 황석영은 자신의《장길산》을 '민중'예술로서 특화하는 데 '야담'을 끌어오긴 했지만, 이를 "군더더기"라고 표현할 수밖에 없었던 데서 지난 1세기 동안 한국 사회에서 '야담'이 걸어온 노정이 확연히 드러난다. 기층 민중의 세계를 대변하는 표상이자 공식화되지 못한 주변부 장르로서의 '야담', 그 '언저리성'은 황석영의《장길산》 논쟁에도 그 그림자를 드리우고 있었던 것이다.

그렇다면 이 지점에서 되묻지 않을 수 없다. 왜 하필 식민지 시기 '야담'인가.

이에 대답하기 전에, 1946년 해방 직후 한반도에서 좌·우파의 대립이 격화되던 시기에 걸출한 사회주의자인 임화가 조선문학가동맹 기관지《문학》에 쓴 〈민족문학의 이념과 문학운동의 사상적 통일을 위하여〉라는 글을 들여다보자. 그는 "조선말로 쓰면 모두가 민족문학이 되는 것이며, 조선말로 쓴 것이면 죄다 민족문학이라고 생각하는 단순한 견해가 널리 퍼져 있는 것이 지금의 부정할 수 없는 현상이다. 그럼으로 누구나 붓대를 잡으면 민족문학의 창작자라고 생각하고 있으며 심지어는 여항閭巷의 야담사류野談師類까지가 스스로를 민족문학의 작자라고 착각하고 있는 형편"이라고 꼬집었다.

해방 직후 한반도의 국가 수립이 최우선 과제로 여겨지던 시기에, 탈식민화와 민족문학 건설을 주도하던 임화가 비판의 표적으로 삼았던 것도 항간에 떠도는 '야담' 사류였다. 그가 항간에 떠도는 야담사류를 적시하며 민족문학 건설의 장애물로 간주하는 이러한 시각이야말로 해방 전과 해방 후를 잇는 '야담'의 위상을 보여 준다. 비록 임화는 황석영과는 다른 입각점에 서 있지만, '야담'의 저속성에 대한 입장은 두 사람 모두 공통적이다.

이는 '야담'의 출처와 연원을 끊임없이 상기시키는 효과가 있다. 왜냐하면 야담은 한자 '野談'에서도 알 수 있듯이, 민간에 떠도는 '야사'를 근간으로 한 이야기를 가리키기 때문이다. '야사'는 공식 역사가 아닌 비공식 역사, 그것도 비주류 역사로서 정통성과 합법성을 확보하지 못한 불완전한 민중사의 또 다른 이름이었던 것이다.

그렇다면 불완전한 비공식 역사로서의 '야사'와 이 '야사'를 토대로 한 이야기로서의 '야담'은 이런 점에서 그 주변부성을 완전히 탈피하기란 어려워 보인다. 하지만 모든 개념은 사회역사적 상황과 조건의 구속을 받는다. '야담' 역시 이와 동일하게 시대에 따른 굴절과 변화상을 드러낸다. 따라서 사전에 한 줄로 올라와 있는 '야담'에 대한 정의는 이러한 '야담'의 달라지는 변화상을 밝혀 주기에는 턱없이 모자란다. '야담'이 공식화되지 못한 항간의 떠도는 이야기라는 한 줄짜리 규정은, '야담'이 동시대와의 교섭과 길항의 산물임을 인식하지 못하게 하기 때문이다.

　식민지 시기 '야담'이 갖는 의미는, 해방 이후 야담의 전사前史로서의 의미뿐만 아니라 전 세계적인 보편 이념으로서 도래한 '근대'의 유례없는 충격과 압력 속에서 변모를 거듭했다는 점에 있을 것이다. 전 세계의 80퍼센트를 식민지로 만들어 버린 근대의 이 유례없는 압력과 충격은, '조선적인 것'이 본원적인 회의의 대상이 되었던 것과 마찬가지로 야담을 재래의 '야담'이 아닌 근대 지知에 의해 새롭게 재창출된 '뉴'미디어로서 존재하게 했던 것이다.

교화냐 오락이냐, 야담의 존재 방식

　이 책이 묻고자 하는 것은 그래서 식민지 시기 야담의 '존재 방식'이다. 전 세계적인 근대 지知의 시선 아래에서 재구성되어야 했던 야담은, 재래의 '야담'을 단순히 연장한 것이거나 계승한 것일 수 없었다. 근대 지知에 의해 새롭게 재창출된 '야담'은 식민지로 전락한 한반도의 당면한 현실적 위기 앞에서 식민지 조선의 지식인들에 의해 재구성되는 사회역사적 도정을 보여 준다. 이 책이 야담의 '무엇'이 아니라 야담의 '어떻게'에 초점을 맞추고자 했던 이유가 여기에 있다.

　식민지를 동반하며 진행된 근대 지知의 전 세계적인 교통과 횡단의 흐름은 식민지 시기 '야담'을 시대와의 끊임없는 교섭과 길항의 산물로 만들었다. 특히 서구 세계에 대한 개항을 통해서 근대 국민국가로 성공적으로 변신한 일본은 (동)아시아의 기존 질서를 뒤흔들며, (동)아시아 간의 교류와 유통을 활성화했다. 물론 일본은 서구 열강과 동일한 제국주의적 행태를 되풀이하며 한반도를 식민지로 중국을 반半식민지로 하고 말지만, 그럼에도 일본을 매개로 한 이 (동)아시아 간의 상호 교류와 이동은 피할 수 없는 시대 현실로서 작용했다.

식민지 조선의 '야담'이 일본의 '강담講談'과 상호 차용과 모방의 관계 아래 놓이게 되는 것도 이러한 시대적 조건 하에서였다. 1920년대 야담'운동'을 벌였던 김진구는 자신의 야담을 조선 재래의 '야담'으로 보지 않았다. 오히려 그는 일본의 강담과 같은 조선의 '신'야담을 구상했다. 그가 광인을 표방하며 김옥균의 추종자로서 식민지 조선의 이른바 아시아적인 후진성을 강도 높게 비판했을 때, 그가 염두에 둔 것은 조선적 판본으로서의 강담이었다고 할 수 있다. 더불어 그는 미야자키 도텐宮崎滔天의 '나니와부시浪花節'가 지닌 대중적 감화와 효력에도 지대한 관심을 기울였다.

김진구의 야담'운동'은 따라서 일본의 강담과 나니와부시와의 상호 차용과 모방의 문화 혼종으로서 존재했던 것이며, 이것이 그가 《동아일보》와 손잡고 벌인 첫 야담대회에 앞서서 '강담회'를 개최했던 이유였다. 김진구에게 '야담'은 대중문화의 시대에 어울리는 '뉴'미디어로서 일본 강담의 성공적인 변신을 본뜰 필요가 있었다. '야담'이 지닌 이러한 문화 혼종의 성격은 식민지 시기 야담이 '만들어진 전통'으로서만 존재했음을 새삼 우리에게 환기시킨다. '야담'은 부인=대중이라는 대중의 원시적인 표상을 가로질러 대표적인 대중오락으로서 위치했고, 라디오 시대를 맞아 더욱 만개되는 사회역사적 전개와 변모를 보여 주게 된다.

'야담'은 라디오 시대의 총아였다. 라디오의 대량생산된 소리는 값싼 대중출판물이 담보할 수 없는 대중 미디어의 시대를 그야말로 활짝 열어젖혔다. 비록 식민지 조선이 식민 본국인 일본과 달리 라디오 보급 대수에서 열세를 면치 못했다 할지라도, 라디오라는 첨단 테크놀로지는 대중사회의 상징인 도시문화를 선도했다.

라디오의 이러한 출현과 확대 속에서, 소위 요즘 말하는 '엔터테이너'들이 나타났다. 이들은 첨단 문명을 누구보다 발 빠르게 수용한 대중문화(예능)인이었다. 야담가로서 성공한 윤백남은 제2조선어 방송의 초대 과장을 역임하며 라디오 '야담'을 개척한 장본인이기도 했다. 그는 야담가로서, 대중소설가로서, 영화감독이자 연출자로서, 방송관계자로 종횡무진 활약하며, 엔터테이너로서의 면모를 과시했다. 이러한 윤백남의 인기는 대단해서 〈오늘의 뉴스〉란을 장식할 정도였다.

야담가로서 윤백남의 성공은 김진구의 야담 '운동'이 힘을 잃어 갔던 것과 동시적인 움직임이었다. 먼 과거의 특정되지 않는 이야기보다는 최근세사를 통해 대중 교화를 의도했던 김진구가 식민권력의 다양한 압력에 부딪혀 야담가로서의 명망을 잃어 간 시기에, 엔터테이너 윤백남이 그 자리를 대신해 갔던 것이다.

윤백남은 대중문화의 시대에 대중의 양적 확보가 무엇보다 중요하다고 여겼다. 이 양적 대중의 확보를 위해서 그가 선택한 것은, 김진구식의 대중 교화가 아니라 야담의 오락성이었다. 이것이 이 책 제목의 일부이기도 한 식민지 시기 야담의 '오락성'이다. 그는 "주부를 잡아라!"라는 슬로건을 내걸고 라디오 1인 1대를 실현하는 것으로 대중문화의 시대에 대응하고자 했다. 또한 《월간야담》이라는 야담잡지를 김동인의 《야담》과 함께 식민지 조선에 처음으로 출현시키게 된다. 최초의 야담잡지로서 《월간야담》은 여타의 대중잡지들을 따돌리고 월등한 판매 부수를 자랑하게 된다. 이렇게 식민지 조선의 대중매체가 진화되면서, 윤백남으로 표상되는 야담의 '오락성'은 야담을 식민지 조선의 대표적인 대중오락으로 자리하게 했다.

식민지 조선의 '야담'이 지닌 교화와 오락의 갈등하는 면모는 일본의 전쟁 확대와 가속화 속에서 급속하게 체제 내화되어 갔다. 1937년의 중일전쟁은 일본의 예상과 달리 장기전으로 접어들었다. 일본은 전쟁 확대와 장기전에 따르는 부족한 병력 자원을 식민지 조선에서 보충하고자 지원병제도에서 징병제로 병역의무를 도입하게 된다. 식민지 조선인에게 그것이 언제 자신들을 향할지도 모르는 총을 쥐어 주는 위험부담을 감수하면서까지, 일본은 식민지 조선인들을 전시동원체제로 몰아갔던 것이다.

1941년 일본의 진주만 공습으로 발발한 태평양전쟁은, 징병제를 식민지 조선에 서둘러 도입하게 한 직접적인 원인이었다. 1943년 8월에 전격 실시된 징병제는 1944년 4월에서 8월까지 신체검사 실시, 9월에는 소집영장 발부 그리고 12월에는 징병자의 실제 전선 출정으로 신속히 이어졌다. 대한민국 징병제의 뿌리는 식민지 조선에서 벌어진 이 병역의무 확대에 있었던 것이다. 징병제 실시는 식민지 조선인이 병사로 차출된다는 것의 의미를 재인식시키며, 이에 따른 대중 계도와 교화를 불가피하게 만들었다. 이 대중 계도와 교화의 한 축을 담당했던 것이 바로 '야담'이었다.

'혈서'의 시대, 야담의 프로파간다화

혹시 이인석이라는 이름을 들어 본 적이 있는가? 가미카제 특공대의 첫 전사자였던 인재웅(창씨명 : 마쓰이 히데오)은?

이들은 현재 야스쿠니靖國 신사에 합사되어 있다. 이들 외에도 야스쿠니 신사에 합사된 식민지 조선인들의 숫자는 적지 않다. 이들은 '황군皇軍'이라는 명예로운 이름을 부여받으며 중국 대륙과 남방(남양) 전선으로 차출되어 갔다. 청산되지 않는 식민지 시기의 유제는 대표적인 친일 인사들의 미디어 스캔들을 낳았지만, 이 전쟁 기간 동안 일상의 삶을 살아 내야 했던 식민지 조선인들의 모습은 상대적으로 망각의 저편에 묻혀 버렸다.

이인석은 식민지 조선에서 지원병제도가 실시된 이후, 중국 전선에서 사망한 첫 번째 전사자였다. 그는 황군의 이름으로 일본을 위해서 출정하고, 중국 전선에서 사망한 첫 번째 지원병 전사자였던 것이다. 그의 전사 이후 벌어진 대대적인 추모 열기는 1932년 상해사변에서 사망한 일본의 '3용사'에 비견될 만했다. 일본의 '3용사'가 특진을 거듭하며 군신軍神으로 거듭난 것과 마찬가지로, 이인석은 일등병에서 상등병으로 특진했을 뿐만 아니라 야스쿠니 신사에 합사되었으며, 일본 군인이 받을 수 있는 최고의 명예인 금치金鵄훈장을 황기 2600(1940)년을 맞아 수여받았다.

이인석에 대한 추모 열기의 배후에는 식민권력에 의한 '전쟁미담'의 독려가 있었다. '전쟁미담'이라는 표현은 총후미담을 포함한 미담을 통칭하는 이름이다. '총후銃後'라는 말 자체가 "총을 든 후방"이라는 뜻인

16

만큼, 총후미담을 포함한 각종 애국미담들은 '전쟁미담'의 한 갈래를 이루었다. 이러한 '전쟁미담'의 전성시대는 이인석에 대한 대대적인 추모 열기로 극명하게 드러났다. 이 열기는 "조선 청년들을 전쟁터로 보내는 일에 혈안이 되고부터는 매일같이 방송"이 되다시피 한 '오호 이인석 상등병'이라는 나니와부시와 창극조 야담인 〈이인석 상등병〉, '어느 지원병의 전사'라는 방송극 및 〈이인석 상등병 노래〉가 라디오 중계망을 통해서 일본과 조선을 넘나들게 만들었다. 이인석에 대한 이러한 대대적인 추모 열기는 일본의 '3용사'가 강담 및 〈3용사의 노래〉 등으로 영웅화되는 것과 동궤에 놓여 있었음은 물론이다.

이렇게 (최)전선에서의 죽음을 미화하는 것은 군국주의의 대표적인 모습이다. '전쟁미담'의 전성시대는 또한 혈서의 시대이기도 했다. 박정희의 만주군 지원 혈서가 한국 사회를 들썩이게 했듯이, 이 시기에 수많은 혈서의 사연이 대중매체를 수놓았다. 〈혈서〉라는 문학작품이 나오는 등, 피를 통한 국가봉공은 혈세血稅로서 당연시되었다. 야담은 이 전시 분위기를 반영하며 체제 내 프로파간다로서 재조직되었다.

야담의 프로파간다는 이 프로파간다를 수행할 주체로서 야담가들을 체제 동원과 협력으로 이끌었다. 이들은 동원의 대상인 동시에, 식민권력을 대신해 식민지 조선인들을 동원하는 선전 주체로서 자리매김했다. 이 책 제목의 일부이기도 한 식민지 시기 야담의 '프로파간다'가 갖는 의미다. 프로파간다는 대중 선동을 위한 선전술이다. 독일의 선전상이었던 괴벨스는 바로 이 전시 프로파간다를 통해서 독일의 광기 어린 전쟁을 뒷받침했다. 그가 내건 표어는 대중정치의 시대에 대중 선동을 위한 선전술의 중요성을 재인식시키기에 부족함이 없다. 그는

"대중의 시대에 거리는 현대정치의 가장 큰 특징"이며, "거리를 정복할 수 있다면 대중을 정복할" 수 있고, "대중을 정복하는 자는 국가를 정복할" 수 있다고 주장했다.

찾아가는 국책의 '메신저'가 된 야담가는, 근대 초 문명과 계몽의 '메신저'를 자처한 식민지 조선 지식인들의 하향적 대중교화가 빚어낸 비틀린 자화상이었다. 이들은 식민권력을 대신해 국책의 '메신저'가 되어 산간벽지까지 찾아가는 이동하는 신체 미디어이자 말하는 교화 미디어로서 기능했다. 그들의 활동상은 야담가와 만담가로 구성된 '야담만담부대'의 결성이 잘 보여 준다.

이 책 3장은 바로 이 야담의 프로파간다가 중심 내용이다. 전선에 '나가라'고 외치는 군국의 어머니'상'은 이 전시 프로파간다로서 야담이 기능한 한 사례이다. 이 과정에서 조선 여성의 부덕을 상징하는 신사임당은 군국의 어머니로 재탄생되었다. 군국의 어머니'상'은 해방 이후 군국주의의 일소라는 전후 민주주의의 시대정신 아래에서 마치 사라진 듯이 보였다. 하지만 한국전쟁은 이 군국의 어머니'상'을 억척어머니 신화로 재등장시켰다. 한국전쟁은 식민지 시기 군국의 어머니'상'의 변형인 억척어머니 신화로서 전시모성을 일상화하게 된다.

식민지 시기의 전시 생활상은 이처럼 식민지 시기뿐만 아니라 식민지 이후에도 한국 사회에 지워지지 않은 흔적을 남겼다. 이런 점에서 식민지 시기 '야담'은 다만 철 지나간 옛이야기만은 아닌 것이다. 대중매체의 대중 여론의 장은 언제든 지배 권력에 의해 대중 선동의 장으로 뒤바뀔 수 있음을 식민지 시기 야담은 잘 보여 준다. 그래서 지배 권력에 의해 대중매체가 프로파간다가 되는 사회일수록, 대중 여론은 전쟁 분위기를 선동하는 지배 권력의 이중대가 되기 쉽다. 이 점을 기억하는 차원에서 이 책의 제목을 《식민지 시기 야담의 오락성과 프로파간다》로 붙여 보았다.

여전히 살아 있는 '죽음정치'

나는 식민지 시기 야담이 보여 주는 다채로운 모습들을 이 책에 담아내고 싶었다. 이 책을 쓰게 된 동기도, 식민지 시기의 야담이 보여 주는 이 다채롭고 역동적인 양상에도 불구하고 제대로 된 연구서가 한 권도 없다는 점에 있다. 식민지 시기의 야담이 걸어간 행로는 때로 현재의 한국 사회의 모습과 섬뜩하리만치 닮아 있다. '그 용사에 그 유가족'이라는 표준화된 규범은 유가족들의 이후 삶을 지배하며 국가 귀속과 충성을 일원화했다.

한국 사회의 탈식민화는 아직 도래하지 않은 미래로서만 존재하는 듯하다. 그것은 친일협력자를 단죄하는 일에서 그치지 않는 우리의 제도와 무의식에 자리 잡은 일상의 폭력성으로 남아 있기 때문이다. 일본은 전시 총동원을 위해 식민지 조선인들을 '황민'이란 이름으로 불러냈다. '황민'은 일본 국민을 뜻하는 이름이었고, 이 '황민'이 되는 과정에 병역의 의무와 같은 '죽음정치'가 존재했다. 죽음을 통한 '황민'의 자기 증명은 따라서 식민지 조선인이 일본 '국민'이 된다는 것의 폭력성을 예고했다. 삶의 명예이자 영광으로 칭송된 이 죽음정치의 만연이야말로 일본 '국민'이 되는 데 따른 식민지 조선인이 치러야 할 값(비)싼 대가였다.

이런 점에서 삶의 명예와 영광을 대가로 죽음정치를 고양하는 사회는 전시동원체제를 지속시키는 사회라 해도 과언이 아니다. 그것은 삶의 소멸과 해체를 삶의 궁극이자 영원인 양 치환하는 호도된 인식에 근거한다. 식민지 시기의 '야담'이 갖는 의미는 여기에 있다. 현재 우리의 삶을 지배하는 폭력성을 증거하는 뼈아픈 역사의 현장으로서 말이다. 이 책은 현재 한국 사회의 모습을 되비추는 거울상으로서 식민지 시기의 '야담'을 규명하고 고찰하는 데 주력했다.

이 책을 구상한 지는 꽤 오래되었다. 2007년 인문저술지원사업의 일환으로 한국연구재단에 선정된 것이 큰 보탬이 되었다. 이 책을 좀 더 빨리 독자들에게 선보여야 했지만, 더 많은 자료와 내용을 채우려는 욕심이 책의 진행을 더디게 했다. 이 책에 사용된 다양한 신문과 잡지 기사는 독자들에게 당시의 분위기를 전달해 주고자 시간을 들여 찾고 검토하고 재배치한 것이다. 이 책의 간행이 늦어진 데 따른 조금의 보상이 되었으면 한다.

여기에 인용된 당대의 신문 및 잡지 기사는 원문을 훼손하지 않는 선에서 현대적 표기법으로 고쳤다. 또한 이 책에 사용된 각종 사진 자료 및 도표들은 이 책의 쉽지만은 않은 독해의 참조 자료로 삼았으면 한다. 《식민지의 적자들》 이후 개인적으로 식민지기를 다룬 두 번째 책이다. 2010년 《스캔들과 반공국가주의》를 펴낸 앨피에서 다시금 출판을 맡아 주었다.

개인의 경쟁력이라는 이름으로 삶의 자율권이 박탈되는 신자유주의의 시대에 인문학의 입지는 참으로 좁다. 인문학자로서 산다는 것이 무엇보다 힘든 요즘이다. 그래도 인문학자로서의 삶을 견디게 하는 것은 현재의 삶에 대한 반성과 더 나은 삶에 대한 기대와 희망에 있을 것이다. 이 책도 이러한 인문학의 가치를 실현하는 데 일조했으면 한다. 이 힘든 시기를 함께 넘어가고 있는 동료들과 가족들에게 감사의 인사를 전하고 싶다.

2013년
공임순

차례

1장

왜 '야담'인가?

    이 책은 식민지기 야담野談의 '존재 방식'을 규명한다. 야담은 전대와의 연속성을 강하게 담지하고 있는 장르이다. 이러한 야담의 전통적 지향성이 근대라는 신문명과 신사조의 방향성과 맞부딪히며 식민지 조선의 문학(더 넓게 문화)장은 부단히 재구축되었다. 야담이 문학의 방계＝주변 장르로 문학적 취향과 대중적 독물讀物 사이에서, 일면 배제와 일면 포섭의 양 극단을 오갔던 이유도 전대의 문학과 관계 맺으면서 변동을 거듭해온 근대문학 자체의 성립 과정을 예증하는 하나의 증좌로 보아야 할 것이다.

    근대문학은 일본의 문화내셔널리즘 학자인 스즈키 사다미鈴木貞美의 말처럼 안정적이지도 그렇다고 고정된 실체와 구조를 갖고 있지도 않았다. 아니, 그에 따르면 근대문학 개념은 학예를 통칭하는 인문학 전반을 가리키던 광의의 문학과 이 광의의 문학 중 "시나 희곡, 소설"을 중심으로 한, 즉 "언어예술을 특화한" 협의의 문학이 상호 대치·길항하는 가운데, 협의의 문학이 광의의 문학을 배제한 결과로 성립된 사후적 투쟁의 산물에 지나지 않았다. 근대문학 개념의 형성을 둘러싸고 벌어진 이 복잡한 사회문화사는 스즈키 사다미의 말처럼 일체의 문학 개념을 "그것을 둘러싼 제반 문화와 사회와의 관련 속에서 재구성"하여 "역사적으로 상대화"할 수 있는 관점의 도입을 요청한다.[1] 그것은 근대문학 개념이 현재 우리가 전제하는 것처럼 자명하지 않다는 것이며, 마찬가지로 이 근대문학 개념을 토대로 하여 형성된 이른바 과거 문학의 '전통'이라는 것도 자명한 소여의 산물이 아니라는 것이다.

에릭 홉스봄Eric Hobsbawm이 얘기한 '만들어진 전통'이라는 개념은, 오래된 것처럼 보이는 것이 실은 새롭게 만들어진 것이라는 뜻을 갖고 있는데, 이 새롭게 '만들어진 전통'이 오래된 것처럼 보이게 하는 데서 근대 특유의 전도된 원근법이 자리하게 된다. 이를테면 우리가 일국사적 '전통'이라고 부르는 것, 즉 우리의 민족지학이라 부를 수 있는 모든 것은 이러한 근대 특유의 전도된 감각과 인식이 낳은 환시의 산물일 수 있다는 뜻이다. 그런데 이것이 무엇보다 자국사라고 하는 일국적 내셔널리즘으로 분출한 데는, 근대가 식민(주의)화라는 외부적 충격과 압력으로부터 시작되었다는 엄연한 역사적 현실이 자리한다.

"1800년 서양 열강은 지구 표면의 55퍼센트를 소유했다고 주장했으나 실제로 소유한 것은 약 35퍼센트"였고, "1878년까지 그 비율은 67

---

1 스즈키 사다미, 김채수 옮김, 《일본의 문학개념》, 보고사, 2001, 18쪽. 스즈키 사다미는 일본의 문학 개념의 출현과 정착을 논하면서, 광의의 문학 개념이 퇴조하고 협의의 문학 개념이 일본 문단의 주류로 자리잡게 되는 과정을 논구하고 있다. 이 책은 문학 개념의 변이와 전개에 논의의 초점을 두고 있지는 않기 때문에, 그의 논의가 갖는 흥미로움에도 불구하고 더 이상의 언급은 삼간다. 다만 일본과 식민지 조선이 시차를 두고 유사 모방의 형태를 띤다는 점 때문에 스즈키 사다미의 논의가 갖는 동시대적 의미가 존재한다고 보고, 그의 논의를 필요한 부분에 한해 인용해본 것이다.

퍼센트"에 이르렀으며, 이것이 "1914년까지 매년 놀랍게도 24만 제곱마일씩 증가하여 유럽이 지구의 거의 85퍼센트를 식민지, 보호령, 속령, 자치령, 연방"으로 소유하는 전례 없는 식민(주의)화가 벌어졌다.[2] 이 식민(주의)화의 외부적 충격과 압력은 한반도를 비롯한 (동)아시아의 지역적 판도마저 완전히 뒤흔들어 놓게 된다.[3] 이러한 식민(주의)화의 외부적 충격과 압력을 요네타니 마사후미米谷匡史는 아편전쟁 이후 서양에 의한 개국과 개항에만 초점을 두었던 태도를 전환시켜 동아시아에서 근대는 '서양'을 향한 개항임과 동시에 '아시아'를 향한 개항이었음을 분명히 한다. 말하자면 지금까지 이 근대의 식민(주의)화는 대부분 서구와 아시아 간의 이자 관계만을 중심에 놓고 사유했을 뿐, (동)아시아 간의 관계 인식에는 상대적으로 소홀했다는 것이다. 이로 인해 (동)아시아 삼국 간에 숨 가쁘게 펼쳐진 연대와 침략의 다면성을 포착하는 데 실패했다는 그의 지적은, 한반도가 같은 아시아의 일원이었던 일본에 의해 식민지화되었다는 사실과 무관하지 않다. 그는 후쿠자와 유키치福澤諭吉의 탈아론脫亞論(1885)이 공세적으로 펼쳐친 시점을 동아시아의 연대와 교통의 퍼스펙티브perspective가 좌절된 1884년의 갑신정변의 실패와 김옥균의 죽음으로 잡는다. 이것은 '(동)아시아'로의 개항과 교류가 갖는 사회역사적 의미를 중시하는 데 따른 결과이다. 탈아

....

2 에드워드 사이드, 박홍규 옮김, 《문화와 제국주의》, 문예출판사, 2004, 58쪽.

3 요네타니 마사후미, 조은미 옮김, 《아시아/일본》, 그린비, 2010은 근대라는 문제의식을 서양과 아시아 일국의 차원이 아닌 동아시아의 지역적 현실에서 제고했다는 점에서 의미가 깊다. 그의 이러한 문제의식은 앞으로 식민지 조선의 야담과 관련된 '존재 방식'에도 적지 않은 시사점을 준다. 이는 이후의 논의 과정에서 더 구체화될 것이다.

후쿠자와 유키치의 《문명론의 개략》(1875)

후쿠자와 유키치의 대만정복론, 즉 '정대론征臺論'

론은 곧 흥아론興亞論의 이면이며, 이러한 탈아론과 흥아론의 지속적인
교체와 변주는 근대의 식민(주의)화에 직면한 서양에 의한 (동)아시아
로의 침략과 정복의 역사뿐만 아니라 아시아 간의 연대와 침략이라는
또 다른 역사를 개시했다.

  요네타니 마사후미의 이러한 설명을 식민지기 야담 논의의 출발점
으로 삼으려는 이유는, 야담의 전대성과 전통성에 대한 부정 및 긍정
의 재의미화가 근대문학의 성립과 전개 과정에서 이른바 아시아성의
탈피와 복귀라는 이중운동과 직접적으로 맞물리며 진행되었다는 점에
있다. 중국과의 조공 및 책봉 관계를 통해 형성되어 왔던 (동)아시아의
전통적인 세계상은, 이제 이 중심을 차지하던 중국과 중화주의 문화권
에 대한 상대화와 주변화를 통해 후진적인 동아시아성에 대한 결별,
그리고 국가 간 평등을 가정하는 새로운 지역현실로서 민족동권에 기
초한 아시아'상'을 요구하고 있었다. 이 때문에 중국의 위상과 지위가
지속적으로 하락되던 근대 초를 시작으로, 중화주의 문화권에서 동일
한 세계상을 공유해 왔던 중국에 대한 상대적인 격하와 이질화는 자연

히 이 일부로서 존재해 왔던 조선의 모든 문화와 관습, 제도와 의식에 대한 총체적인 비판과 고발에 기초한 '중국적인 것', 더 나아가 (동)아시아적인 후진성과 정체성停滯性에 대한 거부를 담은 유례없는 글쓰기 붐을 낳게 된다.

구태와 미개로 명명된 '중국적인 것', 더 나아가 '아시아적인 것'의 상징과 의례 그리고 습속과 의식들은 세계성을 띤 보편적인 문명화의 질서 아래 재검토되고 재조명되어야 했다. 수세기 동안 지속된 중화주의 문화권에서 공통적으로 지녔던 이와 같은 의례와 습속 및 지식과 감정들의 실천 양태들이, 이제 존중되어야 할 과거의 유산이 아니라 철저하게 타기되고 부정되어야 할 구태의 잔재로서 인식되는 새로운 국면의 전환이었다.

가령 "근년에 청인들이 조선으로 오기를 시작하여 조선사람 할 일과 할 장소를 뺏어 하며 가뜩 더러운 길을 더 더럽게 하며 아편연을 조선사람들 보는 데 먹으니 청인이 조선에 오는 것은 조금치도 이로운 일이 없고 다만 해만 많이 있으니 조선서도 얼마 아니 되어 백성들이 청인들을 내어 쫓자는 말이 있을는지도 모르겠다."는 표현에서 엿볼 수 있는 것은, 청인으로 대표되는 '중국적인 것'에 대한 비아냥과 모멸이었다.[4] 그것은 버려야 할 우리의 자화상이기도 했다는 점에서, 이러한 청인에 대한 부정의식은 조선인 개개인들을 향한 일상적 생활방식과 태도에 대한 전면적인 비판의식을 수반하게 된다. 조선인 개개인에게

....

4 서재필, 〈논설〉, 《독립신문》, 1896년 5월 21일자. 위에서 인용한 논설은 독자의 편의를 고려하여 뜻이 왜곡되지 않은 한에서 현대어로 고쳐 쓴 것이다.

돌려진 이러한 전면적인 개조와 쇄신의 필요성은 이 문명화를 '앞서' 습득한 근대적 지식계층의 대두와 확립을 정당화했다. 이들은 근대적 지의 중심기구인 제도교육과 대중매체를 중심으로 한 지의 새로운 계층적 위계화를 생성했고, 이를 통해서 지식의 생산과 전파자로서의 위상을 확보해 갔다. 하지만 이들이 체득한 근대적 지식이라는 것은 이 시기 제국주의 열강들이 주창한 문명개화의 틀과 인식 내에서 정초된 것이었다는 점에서, '탈'식민화의 역능力能은 그만큼 문명과 미개라는 식민주의적 이분법으로 자기의 내적 식민(주의)화로 귀결되는 한계와 제약을 벗어날 수 없게 했다.

근대적 문명화가 지닌 이와 같은 이중성, 그것도 후발 제국주의 열강으로 탈아＝서구화를 외친 일본에 의해 같은 유색인종인 아시아인(조선 및 중국)이 식민(주의)화의 침략과 정복의 대상이 된다고 하는 이 문명화의 역설은, 서구의 제국주의를 아시아 내로 자기 내화＝식민지화했던 방식이었다. 1910년의 한일합병은 이러한 자기 내화＝식민지화가 초래한 결과로, 일본은 중국과 조선을 반半식민지와 식민지로 전락시켜가면서 끊임없는 식민지 팽창과 확대의 욕구를 드러냈다. 이러한 제국/식민지 간의 근대적 문명화는 식민지 조선인들 사이에서 자신의 과거를 부정하고 근대적 지를 정착하려는 공통된 의식을 낳았다. 전대라고 명명되었던 모든 것이 부정의 대상이 됨으로써, 더불어 보편이라고 간주된 근대적 지를 향한 추구가 일반화됨으로써, 식민지 조선의 과거는 부정적 과거와 긍정적 과거를 구분하고 이를 통해서 진정한(참된) '조선적인 것'을 찾으려는 지속적인 노력과 경주를 낳았다. 이러한 노력은 식민지 조선을 미개와 야만으로부터 구한다는 식민권력과의 헤게모니 쟁탈전을 필연적으로 함축할 수밖에 없었는데, 이의 구체적인 표현이 전'민족'적인 운동으로 펼쳐진 1919년의 3·1운동이다.

고종 독살설이 사람들의 입소문을 타고 걷잡을 수 없이 번지면서, 전 '민족'적인 운동으로 화한 3·1운동은 식민권력의 경계와 의구심을 불러일으켰다. 지금까지 식민지로 통치하되 통치의 권역에서 밀려나 있었던 식민지 조선인들의 대규모 반란과 저항은 일부 각성된 일본의 지식인들에게도 적지 않은 충격을 주었다. 이들은 공통적으로 지금까지 행해진 식민지 통치방식을 근본적으로 전환시킬 것을 요구하며, 무단통치의 해악을 비판했다. 1919년에 새로 조선총독으로 부임한 사이토 마코토齋藤實의 문화정치는 이의 한 반향이었던 것이다.

그는 〈취임사〉에서 "문화적 제도의 혁신을 통해 조선인을 유도·지시하여 행복·이익의 증진을 도모하고 장래 문화의 발달과 민력의 충실"을 기한다는 성명을 발표하게 된다.[5] 사이토 마코토가 천명한 이 문화정치의 방침은 "조선의 통치가 매우 선의의 정치라는 것은 통감부시대부터 오늘에 이르기까지 조금도 변함"이 없다고 하는 일본이 식민지 조선에 베푼 문명화의 혜택에 조선인들은 감사해야 할 것이라는 시혜의식을 되풀이하는 것이었지만, 이전과 같은 무단통치로는 식민지 조선인들을 더 이상 효과적으로 통제할 수 없다는 지배권력의 위기의식이 일정 깔려 있었다.[6] 이것이 "조선의 민심"을 살피겠다는 통치방침의

----

5 齋藤實, 〈總督訓示〉, 《조선총독부관보》, 1919년 9월 4일자.

6 〈선의의 통치〉, 《東京新聞》, 1921년 9월 18일자. 이 신문기사의 논조와 관련해서는 강동진, 《일본언론계와 조선》, 지식산업사, 1987, 244쪽을 참조했다.

전환으로 나타났던 것이고, 사이토 마코토 총독의 취임은 이를 문화정치로서 표면화했던 것이다. 3·1운동으로 촉발된 이 신국면으로의 전환은 식민지 조선인들에게 식민권력에 정면으로 대항했던 예외적인 경험과 인식을 남겼고, 그 이후 3·1운동을 체제 정통성의 원형적 기원으로 삼으려는 노력은 이로부터 배태되었다 할 수 있다.

3·1운동의 대중적 폭발력은 고종의 갑작스런 죽음과 연관된 측면이 컸다. 고종의 석연치 않은 죽음이 야기한 식민지 조선인의 불만이 그의 죽음을 둘러싼 온갖 소문과 풍설들을 걷잡을 수 없이 유포시켰다. 왕세자 이은이 일본의 황족과 결혼한 것에 분개해 고종이 음독자살을 했다는 소문에서부터,[7] 조선 측이 스스로 병합에 조인한 것이라는 문서를 파리강화회의에 제출하기 위해 이완용과 윤덕영, 조중응 등의 매국인사가 고종에게 어새를 찍도록 강요하자 고종이 그것을 거부해 독살되었다는 등의 소문은 고종의 죽음이 불러일으키는 식민지 조선의 주권상실의 현실을 상기시키기에 충분했다. 말하자면, 고종의 죽음은 한일병합 이후 억눌린 식민지 조선인들의 망국민으로서의 비애감을 자극하고 촉발시키는 계기가 되었다는 말이다. 여기에는 또 1918년에 끝난 제1차 세계대전 이후의 시대사조인 민족자결주의와 평화옹호의 무드가 만들어낸 전후의 이상적 기획과 기대감이 내포되어 있었다.[8] 식민지 조선인들은 우드로 윌슨Woodrow Wilson이 표방한 민족자결주

....

7 왕세자 이은은 고종황제의 일곱 번째 아들로 일본인 마사코(한국식 이름 이방자)와 정략결혼을 했다. 고종황제의 죽음과 맞물린 왕세자 이은의 정략결혼은 왕조의 몰락 및 한일합병을 상징하는 사건으로 받아들여졌다.

8 우드로 윌슨이 주장한 '14개조 평화원칙' 중 이와 관련된 내용은 다음과 같다. 모든 비밀 외교를 금지

의를 명분으로 탈식민화를 꿈꾸었으며, 식민지 조선의 대중들은 이와 (무)의식적으로 공명하며 거리와 광장으로 몰려나왔던 것이다. 이 거리와 광장을 가득 메운 식민지기의 최초이자 최후인 봉기 대중들은 각자의 사연과 동기로써 3·1운동을 이끌어나갔다. 조선은 이미 독립되었다는 믿음을 갖고 "조선 독립 만세"를 부른 사람이 있었는가 하면, 미군이 인천에 상륙했으며 경기도에도 '14개조 평화원칙'을 제시한 미국 대통령 우드로 윌슨이 온다는 등의 지금도 변치 않은 미국에 대한 과도한 신뢰를 품고서 참가한 사람도 적지 않았다.[9]

장터와 서당, 동리를 오갔던 거리와 광장의 이 봉기 대중들은 지금까지 식민지 조선의 일차적 소통수단이었던 소문 등의 구전을 중심으로 뭉쳤지만, 이것만이 3·1운동을 지방으로 계속 이어가게 했던 것은 아니었다. 왜냐하면 3·1운동을 계기로 "(지하)신문만 근 30종에 달하고 국외에서 발간된 것을 합치면 60종을 상회"하는, 그리고 "그보다 더 많

....

하는 제1조, 주권 평등과 민족 자결주의를 규정하는 제5조 및 그 구체적 실천 과제를 정한 제6조에서부터 제13조, 그리고 국제연맹의 창설을 제창한 제14조가 그것이다. 이는 "오직 힘이 말한다"는 식의 기존 국제질서의 상식에 반하는 전후의 새로운 시대사조의 제창이었다. 1918년 1월 8일에 발표된 이 '14개조 평화원칙'은 식민지 조선인들에게는 하나의 복음과도 같은 역할을 했다. 우드로 윌슨이 3·1운동의 과정에서 구세주의 이미지로 등장하게 된 이유도 여기에 있었다. 어쨌든 우드로 윌슨의 '14개조 평화원칙'은 1919년 3·1운동의 정신사적 기초로 동시대적 흐름과 그 호흡을 같이할 수 있게 했다.

9 3·1운동의 참여 동기에 관해서는 국사편찬위원회, 〈삼일운동〉, 《한민족독립운동사자료집》, 국사편찬위원회, 1995년에서 인용했다. 주로 검사와 경찰의 조서 및 예심과 공판 심문을 통해서 발화된 3·1운동 주동자의 참여 동기는 법적 권위를 띤 장소에서 행해졌다는 점에서 발화의 한계를 (선)규정한다. 심문하는 자와 심문받는 자의 불평등한 권력질서는 법의 합법성을 최대한 각인시키려는 식민권력과 이에 맞서서 자신의 범법성을 최소화하려는 피고자들 간의 치열한 힘겨루기를 예고하기 때문이었다. 심문과 공판 과정에서 오가는 이러한 합법화 투쟁은 드러난 발화 이면에 드러나지 않는 발화의 내적 동기가 있을 수 있다는 점을 암암리에 전제한다. 그럼에도 이들의 진술은 3·1운동을 둘러싼 당대적 맥락과 인식을 엿볼 수 있게 한다는 점에서 그 의미가 적지 않다.

1919년 3월 3일 거행된 고종(이태왕)의 국장 행렬

신문 지방 소식란에 '소요' 사건으로 보도된 3·1운동

은 종류의 통지서나 격문 및 전단"이 식민지 조선인들에 의해 직접 제작되고 뿌려졌기 때문이었다.[10] 이 소위 불온한 인쇄물들은 조선총독부의 기관지만이 허용되던 식민지 조선의 열악한 매체 환경에 지하신문과 격문·전단·삐라와 같은 전례 없는 '뉴'미디어로서 인쇄물 폭증시대를 낳았다. 1919년의 3·1운동은 기존의 구전들과, 그에 못지않은 힘을 발휘한 이 '불온'한 '뉴'미디어 활자 인쇄물이 만들어낸 합작품이었던 것이다. 그리고 이 (전)근대적 네트워킹에 힘입어 3·1운동은 도시에서 지방으로 연이어 번져 나갈 수 있었고, 이것이 3·1운동을 식민지기 최초이자 최후의 전'민족'운동으로 화할 수 있게 했다. 식민권력으로서도 미처 예상하지 못했던 3·1운동의 이와 같은 전'민족'적인 파괴력은 활자매체의 힘을 부각시켜, 비록 불균등한 형태이긴 하지만 1920년대 일본의 다이쇼大正 데모크라시 및 대중문화의 시대와 그 흐름을 같이하게 했다.

  1919년 3·1운동을 계기로 나타난 1920년대의 새로운 동시대상은 1900년대에 논의되었던 조선 독립과 근대적 문명화 주장과는 분명 그 질적 차별성을 띠고 있었다. 제1차 세계대전으로 인한 물질문명의 파괴성에 대한 전반적인 회의와, 1917년 소비에트 혁명에 의한 소련사회주의 정권의 수립 및 이의 전 세계적인 파급력은 1900년대의 담론과 운동들로는 도저히 담아낼 수 없는 사회역사적인 변화를 초래했기 때문이었다. 따라서 1919년의 3·1운동은 자생적으로 족출簇出한 이 불

10 천정환, 〈소문·방문·신문·격문〉, 《1919년 3월 1일에 묻다》, 성균관대학교 출판부, 2009, 273쪽.

1919년 창간된 천도교 지하신문 《조선독립신문》

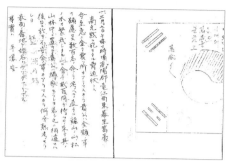

3 · 1운동을 독려한 태극기 격문

온한 '뉴'미디어들과 함께 무단통치의 핵을 이루던 언론출판물에 대한 강압적 통제와 금지, 그리고 집회와 시위·연설의 원천 봉쇄를 일면 완화하는 해빙기로서의 문화정치의 시대를 가져왔고, 이것이 일본에 서 급속하게 진행되고 있었던 1920년대의 다이쇼 데모크라시와 대중 문화의 시대와 상호 조응했던 것이다.[11]

"때가 한번 변하여 언론자유가 다소 용인된다 하매 조선민중은 그의 의사를 표현하며 그의 전도를 인도하는 친구가 될 자를 열망"하는 차에, "민중의 열망과 시대의 동력"으로서 "조선민중의 표현기관"으로 자

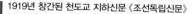

11 《신문지법》은 1907년 일제 통감부 시절에 제정된 것이 그대로 유지·존속되었고, 《출판법》은 1909년 2월 법률 제6호로 공포된 이후 1922년과 1926년, 1933년에 걸쳐 영화(활동사진)·레코드 취체법이 추가·강화되어 해방 이후까지 이어졌다. 그 외 1906년 4월 통감부령에 의한 《보안규칙》과 1907년 법률 제2호의 《보안법》은 집회·결사 및 대중회합을 금지하는 법령으로 1910년 한일합병 이전에 대부분 마련되어 실시되었다. 이 때문에 1910년대는 1920년대와 달리 조선어 출판물에 대한 탄압이 그 어느 때보다 가혹하게 행해졌던 시기였다. 역사전기물을 비롯해 조선인들이 발간한 교과서류는 모두 이 금지 목록에 올랐는데, 예를 들면 장지연의 《대한신지지》와 신채호의 《을지문덕》, 안국선의 《금수회의록》 등도 여기에 해당되었다.

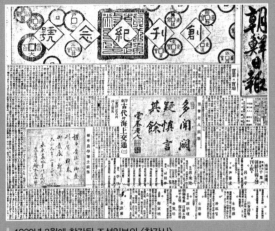

1920년 3월에 창간된 조선일보의 〈창간사〉

1920년 4월에 창간된 동아일보의 〈창간사〉

1924년 3월에 창간된 최남선의 《시대일보》

1920년 6월 창간된 《개벽》지에
실린 글 〈세계를 알라〉

부하며 창간된《동아일보》는 그보다 한 달여 앞서 창간된《조선일보》와 대중공론의 지표로서 자처한《개벽》과 더불어 식민지 조선의 대중문화의 시대를 알렸다. 《동아일보》는 "조선민중의 표현기관"으로서 "사회적 · 정치적 · 경제적 소수특권계급의 기관이 아니라 단일적 전체로 본 이천만 민중의 기관"으로서 "그의 의사와 기도와 운동을 여실히 표현하며 보도"할 것을 그 소명의식으로 하고 있었다.[12]《동아일보》의 〈창간사〉가 대변하는 이러한 식민지 조선의 달라지는 매체 환경은, 1920년대 일본의 전후 안정과 성장을 배경으로 한 다이쇼 데모크라시와 대중매체의 급속한 신장세와 더불어 동시대적인 시대사조로서 '대중'에 대한 그 어느 때보다 높은 자의식을 생성시켰던 것이다.

일본은 제1차 세계대전에 연합국의 일원으로 참전하면서 곧바로 전쟁터가 된 유럽 열강들과 달리 별다른 물질적 피해 없이 그 승리의 과실을 확실하게 챙길 수 있었다. 이러한 전후의 안정과 발전상에 힘입어 일본 사회는 유례없는 경제적 호황을 누리게 되고, 이는 도시의 대중사회 및 대중문화 시대를 만개시킨다. 일본 사회가 맞이한 이러한 본격적인 대중사회와 대중문화의 시대는 대량의 정보를 다수의 대중들에게 생산 · 유포 · 소비하는 자본주의적 시장구조와 동시적으로 구축되었으며, 이 과정에서 대중을 기반으로 한 대중매체의 발전과 성장

....

12 〈창간사〉,《동아일보》, 1920년 4월 1일자.《조선일보》는《동아일보》에 한 달 여 앞선 3월 5일에 창간되었다. 또한 식민지 조선의 대표적인 지식인 잡지였던《개벽》은 1920년 6월에 창간되었는데, 정치시사를 금한 출판법에 의해 학술과 문예만이 허용되었다.《개벽》은 이러한 발언상의 제약을 벗어나고자 식민권력과 지속적인 협상을 벌인 끝에 1922년 9월 15일에《신천지》,《신생활》,《조선지광》 등과 함께 〈신문지법〉에 의한 발행 허가를 받고 정치시사를 게재할 수 있게 된다.

은 '대중'이라는 존재에 그 의미와 실체를 부여하게 된다. '대중'은 이런 점에서 일본의 대량생산과 소비의 물적 시스템 마련과 함께 탄생된 새로운 집단주체로서 일본 사회를 근저에서부터 변화시키는 동력으로서 자리했다고 할 수 있다.

일본에서 '매스mass'가 '대중'으로 번역된 때는 1923년 관동대지진 이후였으며, 이것이 매개물이나 중간물을 가리키는 단수형 '미디엄midium'과 결합되어 '매스미디엄mass midium' 내지 '매스미디어mass media'로 정착된 해는 1925년이었다. 이 해는 25세 이상의 남성 유권자들이 재산과 신분, 덕망과 명성의 여부와 관계없이 국민의 일차적 권리로서 참정권을 행사했던 첫 번째 해이기도 했다. 이 보통선거의 실시는 유권자로 흔히 통칭되는 정치대중의 존재와 참여를 알리는, 그야말로 대중참여의 시대를 열었다. 말하자면 정치 무대에 대거 등장한 이 일반대중의 존재가 이들에 의해 형성될 '여론'의 문제를 또한 중요하게 부상시키게 되었다는 뜻이다. 이 '여론'이라는 것이 다이쇼 데모크라시가 의미하는 대중평등의 정신과 합치되는 것이라고 할 때, 이 '여론' 형성의 주체로서 떠오른 일반대중의 광범위한 출현과 등장은 '여론'의 동향을 감시하고 관리해야 할 지배권력에 새로운 통치기술을 요구하며 위와 아래의 양방향적인 변화와 개조를 강제하게 된다.

근대적 대중매체는 이 '여론' 형성의 목탁임을 자부하며 급속하게 성장·발전해가게 된다. 이러한 근대적 대중매체의 진화와 발전은 여론형성의 주체인 '대중'을 실체화하는 동시에, 이들에 의해 만들어질 소위 '대중'의 존재를 예고하는 것이기도 했다. 여론 조작과 선동의 대상이자 객체가 될 이러한 여론이라는 집단주체로서의 대중은 근대적 대중매체로 표현되는 자기표현의 기관을 거쳐 대중사회와 대중문화의 구체적인 형상과 조직을 갖추어가게 된다. 따라서 대중이라는 집단주체에 기반한 대중매체가 때로 국가와 상반되는 의견을 표출하며 대중의 대의기관으로서 자처하게 되는 양상은 일본의 다이쇼 데모크라시가 형성되고 유지될 수 있었던 힘이었다고 해도 과언은 아니다. 불특정 다수의 양화된 집단주체로서 대중은 정치 무대에 새롭게 등장한 정치대중이었을 뿐만 아니라, 이를 통해서 '여론'이라는 것을 만들어가는 미디어의 잠재적 소비대중으로서 그 존재의미를 부여받게 되었던 것이다.

1925년에 일본의 "국민독본"을 자처하며 연령·직업·계급·지역·성별을 초월한 값싸고 재미있는 실익잡지로 탄생된《킹》은, 이러한 대중사회의 첨병으로서 그 명성에 걸맞게 해마다 부수를 갱신해가며 100만부 돌파라는 기염을 토했던 명실상부한 대중종합잡지로서 일본의 다이쇼 데모크라시를 상징하는 존재였다. 일본의 대표적인 국민잡지가 된《킹》은 바로 이 대중사회의 주역인 대중의 등장과 잠재력을 잡지 구매력으로 연결시킨 최초의 대중잡지였다는 점에서도 다이쇼 데모크라시의 상징이 되기에 충분했다. "한 집에 한 권씩"을 슬로건으로 한 이른바 1엔 전집, 즉 엔본円本이《킹》을 본떠 성공을 거둘 수 있었던 배경에는 대중사회의 소비취향을 파고든《킹》이라는 첨단잡지가 있었기에 가능한 일이었다.[13]

....

13 佐藤卓己,《キングの時代》, 岩波書店, 2002 ; 마에다 아이, 유은경·이원희 옮김,《일본 근대독자의 탄생》, 이룸, 2003을 참조하여 정리했다. 1엔 서적(엔본)의 유례없는 붐은 1엔만 주면 도쿄 시내 어디든지 갈 수 있는 1엔 택시를 모방한 것이었다. 1엔 서적의 이 뜨거운 대중적 열기는 대량생산과 대량소비를 창출하는 대중출판물의 시대를 알렸다. 하지만 이것도 제1차 세계대전의 호황에 힙입

"보통선거의 실시는 정치를 대중화했다. 세계미술전집은 미술을 대중화한다."는 헤이본샤平凡社의 캐치프레이즈는 중간물·매개물을 원뜻으로 하던 '미디어media'가 광고와 판매의 집합명사로 변해간 대중매체의 달라지는 사회상을 보여준다. 비록 보통선거가 '보통'의 의미를 25세 이상의 남성 유권자에 한하는 여성들의 배제와 격리로 나타났지만, 보통선거가 가져온 지위와 재산 등의 계층 구분의 지표가 사라진 대중사회의 도래는, 정치뿐만 아니라 미술과 같은 문화 영역에서도 대중평등이 실현되고 있다는 가상적인 만족감을 부여했다. 이런 점에서 헤이본샤의 구호는 멋들어진 성공을 거둔 셈인데, 왜냐하면 헤이본샤가 내건 캐치프레이즈야말로 특권계급의 부정과 대중평등의 시대적 이상을 구현하는 대중문화의 시대에 어울리는 선전이자 선언일 수 있었기 때문이다. 정치대중의 등장으로 인한 정치적 평등은 1엔이면 누구나 고급미술을 향유할 수 있는 문화적 평등, 즉 출판시장의 소비적 평등으로 그 진정한 실현을 보여주고 있었던 것이다.

1920년대의 다이쇼 데모크라시가 정치대중과 소비대중의 공집합을 통한 대중공론의 장을 창출시키면서, 정치의식의 각성과 고양을 가져온 것은 중요한 사회정치적 의미를 갖는다. 실제 투표권을 행사했던 25세 이상의 남성 유권자들은 물론이고, 이 실질적인 정치참여의 소외

....

은 일본의 상황에서나 가능한 이야기였다. 다시 말해 유권자로서의 정치대중과 독자대중의 공통분모가 형성될 수 있었던 일본의 조건과 달리, 식민지 조선에서는 이러한 환경이 구비되지 않았다는 말이다. 1엔 서적의 대량생산과 대량소비의 사회적 시스템을 견인한 자본과 대중의 양적 축적은 식민지 조선의 빈약한 물적 토대라는 한계에 부딪혔다. 그럼에도 근대적 대중매체의 출현과 소비대중의 창출은 동시대적인 흐름으로 식민지 조선과 불균등하게 접속하고 있었음을 부인할 수는 없을 것이다.

조선의 신문 광고란을 장식한
가이조샤의 '엔본'

'국민독본'임을 자처한 《킹》의 창간호

지대로 남아 있던 여성들도 대중매체가 만들어가는 대중공론의 장을
통해서 부인＝대중이라는 대중의 원시적인 표상으로 관심의 대상이
되어갔기 때문이다. 이들은 직접선거에 참여하는 남성에 비해 정치나
사회, 문화의식이 낮은 자들로 자동 등록되었고, "국민독본"을 자처한
《킹》과 부인잡지들은 부인＝대중이 갖는 이 원시적 표상을 이들을 주
타깃으로 한 취미와 실용의 초보적 리터러시literacy(읽기 쓰기 능력)로 가
동시키는 젠더 역학의 차등화를 가져오게 된다.

"좋은 책을 싸게 읽는다! 이 표어를 내걸고 우리 회사는 출판계의 대
혁명을 단행하여 특권계급의 예술을 전 민중 앞에 해방시켰다. 한 집
에 한 권씩! 예술 없는 인생은 실로 황야와 같다."는 가이조샤改造社의
광고 문구는 이러한 특권 없는 대중문화의 시대가 초보적 리터러시의
획득과 연관되어 있음을 보여주었다.[14] 식민지 조선의 신문 하단을 장

....

14 〈현대일본문학전집〉,《동아일보》, 1926년 11월 13일자.

식하기도 한 이 가이조샤의 엔본 광고는 누구나 1엔만 있으면 특권계급이 독점해왔던 '고급교양'도 누릴 수 있다고 하는 출판자본의 평등한 시대정신의 천명이었다. 성별과 연령, 계급과 지역 더 나아가 민족적 불평등마저 뛰어넘는 이 출판자본의 평등한 구호는 전후의 시대정신으로서 다이쇼 데모크라시를 1엔의 저렴한 가격으로 누구나 누릴 수 있다고 하는 초보적 리터러시의 젠더 역학을 적절하게 활용함으로써 이루어졌다. 한 집에 한 권씩의 가정잡지와 가정독본은 가정의 실질적 운영주체인 가정주부의 존재 없이는 불가능한 선전구호이기도 했기 때문이었다. 정치 참여에서 소외된 여성과 식민지인들의 현실적 불평등을 출판자본의 평등한 소비문화로 대체하는 이 다이쇼 데모크라시와 대중문화의 시대가 일본의 법제도와는 다른 이법異法(조선총독의 제령 및 부령에 의해 독자적으로 법을 제정·공포할 수 있었던 식민지의 법체계를 가리키는 말이다.) 지대였던 식민지 조선과 맺은 관계는 그래서 복잡하면서도 다면적인 비대칭성을 띠고 있었다.

1919년의 3·1운동으로 무단정치에서 문화정치로 이행되었다고는 하나, 식민지 조선은 보통선거권이 표상하는 정치대중의 출현 자체가 막혀 있었고, 식민지 조선의 부재하는 정치대중의 존재는 일본의 다이쇼 데모크라시와 같은 전후 시대정신의 향유를 가로막는 결정적인 걸림돌이었다. 식민지 조선의 이러한 낙후된 현실이 시간상의 격차, 즉 동시대성의 비동시대성의 거리감을 초래한 것은 어쩔 수 없는 사정이었을 텐데, 3·1운동 이후 출현한 식민지 조선의 대중매체들의 시선에 포착된 식민지 조선의 뒤처진 현실은 이를 극복할 수 있는 실력양성운동으로 표출되었다. 국가주권의 부재뿐만 아니라 정치대중과 보통선거권의 결여로 상징되는 식민지 조선의 열악한 사회현실은 이를 하루라도 빨리 개선해야 한다는 자칭 혹은 타칭의 하향적 대중화를 시대사적 과제로 하는 대중공론의 장을 창출시켰던 것이다.

식민지 조선에서 국가주권의 부재가 야기한 하향적 대중화의 시대사적 과제는 식민지 조선의 대중매체들이 교화와 계몽의 지도주체를 자임하게 만든 주된 원인이었다. 정치 무대로 대거 진입한 정치대중이 없다는 사실이 식민지 조선의 대중매체로 하여금 그에 준하는 의사적 정치대중의 필요성을 요청하게 했기 때문이었다. 식민지 조선의 대중매체가 무엇보다 읽고 쓰는 독자대중을 정치대중화를 위한 선제 단계로서 여겼던 것은 이 때문이다. 읽고 쓸 줄 아는 독자대중의 탄생은 정치대중'화'를 위한 최소한의 필요충분조건으로 간주되고 인식되어졌던 것이다. 따라서 식민지기 내내 대중매체들에 의해 펼쳐진 각종 문화 '운동'은 이것이 역설적으로 식민권력에 의한 전시동원의 프로파간다로서 재편성될 수 있는 길을 터주게 되는 상황을 빚어낸다.

독자대중의 확보가 단지 저속한 상업주의의 발로가 아니라는 이러한 계몽과 교화의 도저한 사명감은 때로 갈등의 원인이 되었다. 자본과 교화라는 양축을 선회했던 식민지 조선의 대중매체는 일본과 같이 엔본円本을 사기만 하면 누구나 평등한 시대정신을 향유할 수 있다는 출판시장의 캐치프레이즈를 대놓고 이야기할 수 없는 자기모순에 늘 시달려야 했기 때문이었다. 《조선》과 《동아》의 양 일간지가 독자대중의 확보를 문맹퇴치와 같은 문자보급'운동'으로 시현했던 것이 이를 단적으로 예증하며, 식민지 조선의 초보적 리터러시는 이 문자보급'운동'의 구호 속에서 자본과 교화가 불균등하게 유착되고 결합되는 모습을 보여주게 된다.

　문맹퇴치를 목표로 한 문자보급'운동'은 식민지 조선에서 의무교육이 실시되지 않았다는 사실과도 무관하지 않을 터였다. 근대적 지의 체계적 습득이 학교의 제도교육으로 이루어진다고 할 때, 의무교육이 시행되지 않았던 식민지 조선에서는 읽고 쓴다는 가장 단순한 의미에서의 초보적 리터러시의 확보 또한 쉽지 않았기 때문이었다. 1930년대 중반까지 "문맹이 전 인구의 8할을 점한 곳에서 어떻게 이것을 하루라도 등한시"할 수 있겠느냐는 인식을 토대로 시작되었던 문맹퇴치'운동'은, 전체 인구의 80퍼센트를 상회하는 높은 문맹률로 인해 식민지 조선을 "인문 정도가 낮고 정치적 시설이 고도에 이르지 못한 미개국이나 야만민족 사이"에서나 존재하는 '문맹'조선이라는 식민주의적 시선을 자기 내화하게 했던 것이다.[15]

　"문맹을 타파한다 함은 일체 문화건설의 가장 초보적이자 기본적 운동"에 해당한다고 하는 이 문맹퇴치'운동'의 취지와 의미는, '문맹'조선을 이른바 '문명'조선으로 나아가게 하는 선행 단계로서 사유하게 했다. 하기방학을 맞은 학생들에게 이 문맹퇴치'운동'의 중요성을 각인시킨 것도 식민지 조선의 대중매체들이었다. 민족주의자나 사회주의자를 막론하고 주장된 이 문맹퇴치'운동'이 "고상한 학문과 해박한 지식"은 그만두고라도 "쉬운 글자나마 배우게" 하려는 단계적 진보론 위에서 있었던 것도 이 때문이었다.[16]

....

15 〈조선신문화건설 삼 개년 계획〉, 《삼천리》, 1931년 9월, 3-6쪽.

16 〈본사 창립 팔 주년 기념 문맹타파의 봉화〉, 《동아일보》, 1928년 3월 17일자.

'글'장님에 해당하는 식민지 조선의 이러한 '문맹'조선의 표상은 이들을 구제하고 계도해야 한다는 자의식으로 분출되었고, 문맹은 이제 근대적 지를 습득하지 못한 근대 미달의 미숙한 대중 혹은 원시적 대중의 표상을 부인=대중으로 가시화하게 했다. 무지와 각성, 암흑과 개안의 이분법에 정초한 극적 드라마가 초보적 리터러시의 보급과 전파를 둘러싼 젠더 역학을 가동시켰던 사실은, 식민지 조선의 근대적 대중매체가 갖는 독특한 성격과 특성이라 할 것이다.

식민권력과 때로 갈등을 빚으면서 전개된 이 문맹퇴치'운동'은 1932년의 식민권력에 의한 농촌진흥'운동'과 전시 총동원'운동'으로 흡수되어갔다. 이 과정에서 교화·계도되어야 할 대중은 과연 어떤 존재였던가. 무산대중인가, 소비대중인가, 그도 아니라면 프롤레타리아 대중인가. 이들이 습득해야 될 지식은 보통의 상식인가 아니면 각성된 계급의식인가. 이들은 변혁과 개조의 주체인가 아니면 지도와 교화가 항상적으로 뒤따라야 할 객체이자 대상이었는가. 이 모든 난제들이 뒤얽혀 식민지 조선의 주민들은 '대중'으로, 그리고 초보적 리터러시의 습득과 교화가 필요한 존재로 간주되며 전시 총동원 체제를 맞아 일본의 충량한 황국신민이 되는 대중의 국민'화'로 귀결되어갔던 것이다.

근대적 지가 매개된 이러한 식민지 조선의 갈등하는 대중'상'과 초보적 리터러시의 보급과 전파는 야담의 '존재 방식'에도 결정적인 요인으로 작용했다. 김진구의 야담'운동'을 출발선으로 하여 야담'운동'은 이 초보적 리터러시의 보급과 전파를 둘러싼 야담의 젠더 역학을 내포하게 되었기 때문이었다. 야담의 '존재 방식'이 식민지 조선의 대중매체의 출현 및 발전과 동시적으로 사고되어야 하는 이유가 또한 여기에

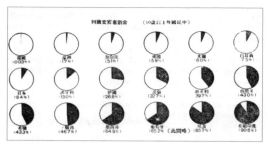

세계 각국의 문맹률을 통해서 본 '문맹' 조선의 현실

일제강점기에 동아일보사가 주축이 되어 전개한
농촌계몽운동인 브나로드'운동'의 포스터(오른쪽)

있을 것이다. 야담의 '존재 방식'은 식민지 조선의 이 달라지는 매체 환
경과 무관하게 독자적으로 생성·전개되었던 것이 아니라, 매체 환경
의 변화 속에서 변용과 부침을 거듭한 '뉴'미디어로서 존재했다고 보는
편이 보다 더 진실에 가깝다고 여겨진다.

　이 책의 1장 제목은 '왜 '야담'인가?'이다. 1장의 대략적인 윤곽을 토
대로 2장은 근대적 대중매체의 출현과 현대적 오락물로서의 '야담'이
그 중심 주제를 이룬다. 1920년대 김진구에 의해 시도된 야담'운동'은
식민지 조선의 대중매체의 출현을 배경으로 한 대중문화'운동'의 일환
으로 전개되었다. 이런 점에서 그의 야담'운동'은 식민지 조선의 대중
매체의 양상과 별개로 논의될 수 없을 것이며, 이것이 그의 야담을 이
른바 중국(지나)의 사대주의와 노예의식을 의미하는 전대의 야담과 변
별되는 지점에 위치짓게 하는 이유였다. 그는 정사가 아닌 야사의 민
중성을 강조함으로써 야사를 근간으로 한 야담의 역사적 민중교화를

모토로 삼았다. 야담'운동'이 근대적 지가 매개된 현대적 오락물 내지 민중예술로서 규정되면서, 야담은 전대의 계승과 보존이 아니라 파괴를 통한 전통의 재발견과 창조로서 인식되고 전개되었다.

하지만 김진구의 야담'운동'이 식민권력에 의한 검열과 단속에 부딪혀 결국 좌절되고 마는 현실은, 그가 "입으로 붓으로, 단상으로 지상으로"를 외치며 야심차게 전개했던 그의 야담'운동'에 종지부를 찍게 했다. 《동아일보》를 필두로 《조선일보》·《중외일보》의 강력한 후원 아래에서 성공적으로 데뷔를 하고 지방순회공연에도 나섰지만, 식민권력의 계속되는 압력과 단속은 그의 야담'운동'을 쇠퇴의 길로 몰아넣었고, 이 자리를 대신 차지한 것은 라디오라는 첨단 테크놀로지의 산물인 라디오'야담'과 만능 엔터테이너 윤백남이 구현한 대중오락물로서의 '야담'이었다. 라디오의 출현이 가져온 식민지 조선의 달라지는 매체 환경은 김진구의 야담 공연이 가졌던 현장성을 스튜디오라는 한정된 공간에서 일 방향적으로 발신하는 소리의 순치와 대량생산으로 이끌었다. 길거리 예능에서 대중 흥행장의 예능으로, 그리고 드디어 라디오 예능으로 변화를 거듭해간 소리의 굴절'상'은 지역의 '소리'를 제국의 '소리'로서 전유하고 독점해간 식민권력의 통치방침과도 일맥상통한다. 이러한 야담의 대중'화' 및 소리의 제국'화'는 일본의 강담講談과 유사하게 야담을 민중예능에서 대중예능으로 그리고 국책예능으로 변모·굴절시키는 동시대적인 면모를 보여주게 된다.

1930년대부터 본격화된 라디오'야담'과 야담전문지는 1920년대 김진구의 야담'운동'과는 다른 매체 환경을 반영한다. 1930년대 야담의 대중'화'는 '조선적인 것'을 향한 집단적인 심성과 욕구가, 확대된 식민지 조선의 대중매체들에 의한 경쟁 및 상업주의와 결부된 결과였다. 아래로부터 촉발된 '조선적인 것'을 향한 대중적 수요와 소비는 라디오'야담'과 야담전문지로 구체화되었던 것이며, 이는 김진구가 비판했던 야담의 전대성과 전통성에 대한 비판 및 거부의 시선과는 또 다른 '조선적인 것'을 향한 새로운 관심과 애정으로 분출되었다. 야담은 이 '조선적인 것'을 향한 근저의 집단욕구와 조응하며 과거를 소재로 한 다양한 이야기'화'와 소리'화'로 대중문화의 총아가 될 수 있었다. 하지만 이 '조선적인 것'의 고유성과 전통성은 증대되는 전시체제의 압력 속에서 소리와 이야기가 제국'화'되어갔듯이, 그것이 일본의 한 지방적 특색으로 자리매김되는 과정과 그 궤를 같이했다. '조선적인 것'에 내포된 '탈'식민화의 역능이 일본의 동질적인 국민'화'로 종족주의'화'되는 데서, 야담의 민족'화'는 제국의 국민'화'로 수렴되는 자기모순과 역설을 피할 수 없게 했던 것이다.

3장은 야담의 민족'화'가 제국의 국민'화'로 귀결되는 이율배반을 야담의 프로파간다'화'를 중심으로 살펴볼 것이다. 야담이 '조선적인 것'을 그 내적 자산으로 하여 국책 협력과 동원의 프로파간다가 되어가는 과정은 야담의 군국'화'와 미담'화'가 잘 보여준다. 3장의 전체 제목을 "전시 총동원과 야담의 프로파간다화"로 잡은 이유가 여기에 있다. 이 전체 제목을 중심으로 3장의 각 절 구성과 소주제는 일본의 15년전쟁(중일전쟁에서부터 태평양전쟁을 망라하는)과 전쟁으로 인한 인적·물적 자원의 소모와 투입을 충당하고자 식민지 조선에서 편 총동원 정책과 식민권력에 의한 여론 선동과 조작의 대상으로 변질되어간 야담가와 야담의 프로파간다'화'에 방점을 두었다.

야담은 국책 전달의 효율적인 선전도구로서, 식민권력이 원하는 시국 인식과 각성을 야담의 소리와 문자 안에 녹여내고 전파할 수 있어야 했다. 식민지 조선의 이인석과 일본의 3용사는 이 확대되는 일본의 총력전 수행 속에서, 이른바 대중의 '강제'된 '자발'적 전쟁 참여와 열기를 상징하는 대표적인 전쟁영웅으로 칭송되고 선전되었다. 이들이 흘린 값진 피의 희생은 제국 일본을 위한 충성과 헌신의 표본이 되면서, 일본의 강담과 식민지 조선의 야담은 이들의 이야기를 농산어촌의 벽지에까지 실어 나르는 동조적 매개체로서 기능했다. 병사에서 용사로 그리고 야스쿠니의 '제신'과 '군신'이 되어간 이들의 신화화에는 지배 권력의 전쟁 참여 독려와 동원이라는 엄연한 통치정책이 존재하고 있었지만, 이를 뒷받침하고 매개한 대중매체의 역할은 실로 컸던 것이다. 3용사의 꽃처럼 산화해간 죽음의 미학'화'에 감춰진 사실 은폐와 조작의 실상이 그러하고, 이인석의 천황 폐하 '만세'가 영상과 활자 미디어에 실려 지방의 네트워킹을 타고 전역화되어갔던 과정이 그러하다. 3용사와 이인석의 이 모범적인 용사'상'과 신화'화'가 라디오 소리의 무선 전파'망'으로, 그리고 효율적인 국책 수행을 돕는 간편한 문고본 책자로, 노래로, 영화로, 연극으로 동시 중계되는 양상은 일본과 식민지 조선을 그 어느 때보다 동질적인 하나의 권역으로 만들었던 전시 총동원 체제의 위력을 엿보게 한다.

효율적인 전쟁 수행과 실천을 위한 일본과 식민지 조선의 이러한 일원화된 권역화는 대중매체의 문화생산주체로서 식민지 조선의 지식인들의 위상 변화와 역할 조정으로 나타났다. 야담가는 윤백남과 신불출 같은 걸출한 대중예능의 만능 엔터테이너로서가 아니라, 신정언으로 대표되는 '조선담우협회'의 조직적 통제와 지시 아래에서 움직이는 기능적 존재로서의 역할이 더 중시되었다. 신정언이 야담가·만담가로 구성된 4인 1조의 '야담만담부대'로 징병 취지의 철저 인식을 위한 지방순회공연을 거의 반년간에 걸쳐 수행한 것은 이러한 변모하는 식민지 조선의 지식인들의 모습을 단적으로 예증한다. 찾아가는 국책의 메신저로서 그 책임과 헌신은 전선의 장병에 준하는 후방의 항상적인 마음가짐으로 강조되었던 것이다. 일본의 '3용사'와 식민지 조선의 이인석이 죽음으로써 삶의 명예와 영광을 약속받았듯이, 이들의 죽음에 값하는 총후의 바람직한 국민'상'은 이 전사의 정신을 자신의 직분으로 체득하고 실천하는 충실한 기능인의 모습을 띠고 있었다. 이 책에서 이를 찾아가는 국책의 메신저로서의 야담가의 형상과 그 거울상으로서의 군국의 어머니'상'을 통해서 야담의 프로파간다'화'가 갖는 의미를 다각적으로 규명하려 하는 이유가 여기에 있다.

4장은 전체 책의 마무리다. 식민지기 야담의 '존재 방식'이 갖는 현재적 의미를 결론을 대신하여 제시했다. 다이쇼 데모크라시와 대중문화의 시대를 열어간 일본과 동시대적으로 그러나 항상 그 뒤처진 간극을 의식하며 식민지의 한계와 제약을 온몸으로 경험했던 식민지 조선의 대중매체들은, 이를 극복하는 수단으로 '문맹'조선이라는 표상으로 식민주의적 시선을 자기 내화했다. 이러한 자기 내화된 식민주의적 시선은 문자보급운동과 같은 대중문화운동을 촉발시켰고, 이는 대중의 교화와 계몽을 초보적 리터러시의 획득으로 타개하려는 변함없는 욕구로서 나타났다. 1920년대 김진구의 야담'운동'과 1930년대 대중예능으로 화해간 야담이 곧 국책예능으로 자리하기까지 야담이 걸어간 행적은 야담의 '존

1959년 동국문화사에서 펴낸 '한국야담사화전집'

1961년 신태양사에서 펴낸 '한국야담전집'

1960년 농촌순회문고에 비치된 '야담전집'

이승만 하야를 촉발시킨 1960년 3월 15일의 부정선거 원흉과
그들의 감옥 내 독서. '야담전집'이 인기를 끌었다는 기사

재 방식'을 이 대중의 교화와 계몽의 자장 아래에서 결코 자유롭지 않게 했다. 이는 야담의 '존재 방식'과 관련된 문학(화)사적 평가와 규명을 제고하도록 만드는 쉽지 않은 과제를 안겨준다.

야담은 여전히 문학의 방계＝주변 장르로서 문학 본연의 독자적 가치와 특질을 갖지 못한 열등한 하위 장르로 여겨진다. 하지만 역으로 이 문학 본연의 독자적 가치와 특질이 알려진 것만큼 고정된 것이 아니라면, 그래서 이 책의 처음에 제기했던 현재적 교섭과 변용의 산물이자 재구성물이라면, 야담의 '존재 방식'은 문학(화)장의 변화만큼이나 그 모습과 외연을 달리했음을 인식할 필요가 있다. 이런 점에서 이 책은 야담이 '무엇'이었느냐를 묻기보다 야담이 '어떻게' 존재했는가를 묻고자 했고, 그것만이 식민지기 야담이 해방 이후 어떠한 행로와 과정을 겪었는지를 식민지기와 비교하여 설명할 수 있는 열린 단서를 제공해줄 수 있으리라는 점을 분명히 하고자 했다. 이 책은 이를 위한 가교이자 첫걸음이다. 이 책을 통해서 식민지기 야담과 그 일상의 생활사가 좀 더 풍부하고 생생하게 그려지고 이해되기를 바란다. 덧붙여 현재의 우리는 그 과거와 얼마나 멀리 혹은 얼마나 가까이 있는지를 재인식하는 계기가 되었으면 하는 조심스러운 기대감도 품어본다.

2장

대중매체의 출현과
현대적 오락물로서 '야담'

2.1

김진구의 야담'운동'과 역사교화주의

1920년대 야담의 '존재 방식'을 기술하기 위해서는 김진구의 야담'운동'을 들지 않을 수 없다.[1] 야담이 일본의 강담으로 오인되거나 고리타분한 중국식 고담古談으로 여겨지는 시대적 상황에서, 김진구는 과감하게 식민지 조선에 야담을 끌어들인다. 단, 이 야담은 기존의 야담과는 질적으로 다른 새로운 야담이라는 전제조건 하에서였다. 김진구가 야담운동을 제창한 배경은 일본에서의 유학과 교우관계가 큰 비중을 차지했다. 일본 유학 시절에 그는 김옥균이라는 인물을 처음 접하게 되고, 그에 관한 정보 수집을 위해 일본의 전 지역을 순회하는 각별한 노력을 기울였다.

....

1 식민지 시기 김진구의 야담운동과 야담의 전개에 대해서는 정부교, 〈근대야담의 전통 계승 양상과
   의미〉,《국어국문학》, 1998 ; 임형택, 〈야담의 근대적 변모〉,《한국한문학 연구》, 1996, ; 김준형, 〈19
   세기 말~20세기 초 야담의 전개〉,《구비문학연구》, 2001 ; 〈야담 운동의 출현과 전개 양상〉,《민족문
   학사 연구》, 2002가 비교적 초창기 연구에 해당된다면, 최근의 논의로는 이동월, 〈야담사 김진구의
   야담운동〉, 대구 카톨릭대학교 박사논문, 2007 ; 공임순, 〈재미있고 유익하게, '건전한' 취미독물 야
   담의 프로파간다화〉,《민족문학연구》, 2007 등을 꼽을 수 있다.

겐요샤玄洋社의 리더로서 일본에 의한 대아시아주의를 주장한 일본의 대표적인 낭인 도야마 미쓰루頭山滿는 "동서고금을 통하여 그와 같이 구비한 인격자는 아마 드물 것이라"고 김옥균을 평가했다. 도야마 미쓰루뿐만 아니라 당시 다이쇼 데모크라시를 선도한 일본의 대표적인 진보 지식인인 요시노 사쿠조吉野作造와 중국혁명의 지지자로 나니와부시浪花節를 연주하며 중국의 혁명 자금 모금과 민중 교화에 힘썼던 미야자키 도텐宮崎滔天과 같은 유수한 인물들이 모두 "김옥균은 중국 손문보다도 일층 탁월卓拔한 인물"이라고 평가했음을 그는 상기시키고 있다. 이러한 김옥균에 대한 당대 일본 지식인들의 한결같은 고평이 그를 김옥균의 절대적 지지자이자 추종자로 만들었고, 그는 김옥균을 자신의 사상적 지주로 하여 1926년 봄 조선에 귀국하여 야담가로서 활동을 개시하게 되었던 것이다.[2]

1919년의 3·1운동으로 식민지 조선에도 열린 대중공론의 장에서, 김진구는 김옥균을 중심으로 전봉준과 손병희까지 다룬《한말삼걸전집》을 출간하고자 했다. 하지만 이 전집은 여러 사정으로 인하여 제대로 출판되지 못했다. 무엇보다 김진구가 조선으로 돌아와 활발하게 활동하려던 그 시점에 식민지 조선의 대표적인 사상잡지였던《개벽》이 폐간을 앞두고 있었다는 사실이 그의 발목을 잡았다.《신생활》,《신천지》,《염군》등의 사회주의 잡지가 연이은 필화 사건으로 발행 금지된 이후, 1925년에 한 차례 정간을 당한 바 있는《개벽》은 고등경찰과장

....

2 김진구, 〈김옥균 선생의 뱃놀이〉,《별건곤》, 1926년 11월. 그는 이 기사에서 김옥균을 알게 된 배경이 일본의 대표적인 논객과 사상가들의 발언을 접하면서부터였음을 전하고 있다.

도야마 미쓰루와 겐요샤玄洋社[3]

조선의 아시아주의자
김옥균

의 최후통첩이 있은 지 1년 후인 1926년 8월에 통권 제72호로 강제 폐
간되고 말았다.

3·1운동 이후 '문화통치'라는 이름으로 대중매체에 대한 통제가 부
분적으로 완화되었다고는 하지만, 식민권력이 허용한 합법화의 강도
만큼이나 그 통제망 역시 더욱 정교해졌다. 원고의 강제 압수 조치와
삭제는 말할 것도 없고, 발행 정지와 금지 및 취소 처분에 이르기까지
여러 통제 장치들이 작동한 결과,《개벽》은 결국 발행 금지라고 하는
최후통첩을 받고 강제 폐간 수순에 들어갔다. 하필 이 시점에 식민지
조선에 돌아온 김진구는, "나는《개벽》창간호로부터《개벽》의 애독자
이었다. 지면을 통하여《개벽》사원들의 사상을 알게 되며 또 그네들
의 성격을 상상도 해보고 심지어 그네들의 체격까지도 틀리고 맞고 간

....

3 1881년 도야마 미쓰루가 메이지유신으로 몰락한 무사계급을 결집하여 만든 조직이다. 처음에는 민
   중의 여론기관으로서 국회 개설을 주장하는 등 민권파의 대표조직이었으나 청일전쟁 등을 거치면
   서 일본의 아시아 침략과 지배를 주도하는 국권파의 중심 단체로 변모했다.

에 의사擬寫해본 적이 있다. 따라서 나는 그네들을 십 년 지기지우로 생각하였으며 멀리 일면식도 없으면서 죽마고우나 다름없이 정이 푹 들어왔다. 나뿐 아니라 아마 그때는 나와 같은 사람이 조선 사회"에 퍽 많았다며 《개벽》의 강제 폐간 소식에 유감을 표했다.[4]

그래서 김진구는 자신이 그토록 선망해오던 《개벽》과는 작업을 제대로 할 수 없었다. 그의 말에 따르자면, "나는 《한말삼걸전집》(김옥균, 전봉준, 손병희)을 출판할 목적으로 일본 전국을 행각하면서 우선 김옥균에 대한 재료 수집을 대강 마친 후에 당시의 관계 인물을 방문하고 또 참고서적을 탐구하여 간행(상금 미완)에 착수하려고 동지 김철호 군과 고국"에 돌아온 길이었다. 이 귀환 이후 그는 "10년 고우로 알던 개벽사이며 또 김기전 씨當時 主幹의 저著인 《조선지위인朝鮮之爲人》을 빌어보려고 개벽사"를 찾아갔고, "국상이 나시고 순종 인산이 가까워서 사방으로 유언비어가 돌고 인심이 흉흉하여 10년 전 그때처럼 금방 어디서 무엇이 툭 터질 듯 터질 듯하던 그때이다. 나는 그때 각 신문사로 각단체로 불판이 나게 돌아다니면서 무슨 좋은 소식이나 들어볼까 어디

....

4 식민지 조선에서 비교적 긴 발행 실적을 자랑했던 《개벽》은 6년 동안 통권 제72호를 발행하면서 정간 1회와 무려 34회의 압수라는 시련 끝에 결국 강제 폐간되고 말았다. 그 폐간 이유는 "안녕질서를 방해"한다는 것이었다. 하지만 《개벽》이 제72호를 내는 동안 압수된 숫자를 보면 식민권력이 《개벽》의 기사를 요주의하고 있었음을 알 수 있다. 이것이 결국 《개벽》의 강제 폐간으로 이어졌다고 보는 것이 타당할 것이다. 식민권력은 '문화정치'라는 이름 아래 3개의 민간신문과 종합잡지인 《개벽》을 허용해주었지만, 이 허가된 출판물에 대해서 수시로 사전·사후 검열을 행했다. 이 검열과 허가 사항 등을 관장한 기구가 1925년까지는 경무국 '고등경찰과'였으나, 그 업무가 늘어나고 전문성이 요구되면서 1926년에는 이를 전담하는 '도서과'가 신설되었다. 《동아일보》는 "한편으로는 자유를 주고 다른 한편으로는 압박의 법망을 늘어놓는다 하여 여러 가지 의미로 보아 약한 자의 처지에 있는 조선인 경영잡지 신문이 어찌 순조로이 발전하기를 바라겠는가."라고 이를 꼬집고 '밥 주고 수저 빼앗는 격'이라고 비판했다. 이것이 곧 현실화된 것이 《개벽》의 강제 폐간이었던 셈이다. 이에 대해서는 정진석, 《극비 조선총독부의 언론검열과 탄압》, 커뮤니케이션북스, 2007을 참조할 수 있다.

《신천지》 '필화' 사건 당시 공판정 모습

식민권력의 원고 '검열' 흔적

『開闢』의 停止와 當局의 言明
此種新聞雜誌는

《개벽》 발행 정지에 대한 식민권력의 입장

時評
吊開闢誌(一)

吊開闢誌(二)

《개벽》 폐간에 대한 항의문

든지 한 다리 들여 밀어 볼가 해서 열고가 났지만은 별로 이렇다는 계획도 없는 모양 더구나 문사의 배후에 있는 천도교라는 크고 무서운 덩어리에서 무슨 ××이 터지지나 않는가 해서 어떠한 기대와 열성을 가지고 매일 방문하였으나 종시 아무런" 일도 일어나지 않았다고 한다. 더구나 그가 《개벽》에 기고한 "동경 김묵金墨 군(아나계에 대구에서 옥사한 김정근 군)에게 보내는 기행문"이 폐간하던 그 달(8월호)에 실리는 불운을 겪으면서, 식민지 조선의 현실에 대한 비판과 불만의 감정도 더욱 커져갈 수밖에 없었다.

그의 말처럼 "조선 유일의 대표적 사상잡지가 활 맞아 죽어가고 조선 유수의 모범 청년들이 어느 정도까지의 거탄巨彈을 투하하던 〈청년 지도, 당국탄핵, 시사비평〉의 의권義拳을 꺾이고" "나팔 불고 호령하여 일군을 휘동하던 그것이 아니고 나의 개벽사의 첫인상은 기대를 휘말아 들고 머리를 움켜쥐고 탄환 구멍으로서 선혈이 임리淋漓한 채로 고꾸라져"버리고 말았기 때문이었다. 따라서 그는 '문화정치'의 완화된 해빙기를 미처 누릴 사이도 없이, 《개벽》의 강제 폐간으로 인해 달라진 식민지 조선의 매체 환경에 맞닥뜨린 셈이었다.[5]

《개벽》의 강제 폐간이라고 하는 급변하는 식민지 조선의 매체 환경 속에서, 그는 1926년 7월 31일부터 8월 11일까지 《조선일보》에 '광부狂夫 김진구'라는 이름으로 〈일본 부호의 정당조종사론〉을 싣게 된다.[6] 이 연재 기사에서 그는 일본 정치사에 대한 개괄적인 설명을 토대로,

....

5 김진구, 〈개벽사의 첫 인상〉, 《별건곤》, 1930년 7월, 18-19쪽을 전체적으로 정리하여 서술했다.

6 김진구, 〈일본 부호의 정당조종사론〉, 《조선일보》, 1926년 7월 29일~8월 11일자.

특히 자유민권론과 자유민권파에 대한 깊은 관심을 드러냈다. 그것은 그가 일본 유학 당시에 요시노 사쿠조와 미야자키 도텐에게서 받은 영향과 무관하지 않았다. 특히 미야자키 도텐의 영향은 김진구의 야담 '운동'과 관련해서 반드시 주목해야 할 부분이다. 여기에 대해서는 기존 연구에서 한 번도 제대로 논의된 적이 없었다는 점에서 더욱 그러한데, 미야자키 도텐은 아시아 간의 연대를 주장하며 중국 혁명가인 손문孫文을 도와 중국혁명(중국의 문명화)을 지원하고 손문 일파가 주도한 혜주惠州 무장봉기 사건에도 참여한 바 있는 대표적인 자유민권파 아시아주의자였다. 이러한 그의 파란만장한 삶은 그 자신을 광인狂人으로 한 《광인담狂人譚》으로 '자전'화되기도 했다.[7]

미야자키 도텐은 중국 민중의 압박에 공감하여 중국혁명을 돕고자 했을 뿐만 아니라, 일본의 급속한 근대화로 초래된 부작용에도 지대한 관심을 가졌다. 일본 정부가 시행한 디플레이션 정책으로 인해 세금은 증대되고 농산물 가격은 하락되는 등의 전형적인 농촌경제 파탄이 일어나고 있었기 때문이다. 이로 인해 농촌지역에서 이탈된 수많은 유민들이 "공사장 막일꾼, 노무자, 게다 끈을 끼우는 사람, 깨진 유리 수거

....

7 미야자키 도텐은 1870년 구마모토 현의 '명문가' 집안에서 태어났다. 자유민권사상에 심취했던 미야자키 도텐은 중국혁명을 지지했던 형의 영향을 받아 1891년 상하이로 처음 건너간 뒤 중국을 자주 왕래했으며, 1897년 손문과 친교를 맺고 그를 적극적으로 돕게 된다. 그는 "일본은 경찰력과 군사력만 갖춘 '야만적 문명'국일 뿐 아시아를 이끌 힘은 없다"고 본 반면, 중국에 대해서는 "청나라를 무너뜨리고 제국주의에 대항하는 등 동양의 본모습을 회복하려는 실력을 갖춘 나라"로 고평했다. 그는 일본이 아니라 중국을 세계 혁명의 근거지로 삼고자 했던 셈인데, 그의 이러한 생각이 1905년 중국 유학생들과 함께 중국혁명동맹회를 결성하는 데 앞장서게 했고, 잡지 《혁명평론》을 발행하여 중국 유학생들을 지원하게 했다. 1922년에 그가 사망하자, 그의 사상과 삶을 담은 평전 《미야자키도텐전집宮崎滔天全集》이 발간되어 그의 파란만장한 삶이 널리 알려지게 되었다.

꾼, 버린 쇠고기 부산물을 주워다 파는 사람, 길거리 점쟁이, 길거리 만담꾼, 나니와부시를 하는 사람, 집집마다 돌면서 노래를 불러 생계를 잇는 사람, 사미센을 켜는 거리 악사" 등의 잡다한 도시빈민층을 형성하게 되면서, 도시의 하류계급이 대규모로 출몰하게 된다.[8] 자유민권파인 그의 눈에 이들의 비참한 현실이 눈에 띄지 않을 리 없었고, 그는 이들의 권리 신장과 교화를 위해 이들을 주 타깃으로 하는 민중예능인 나니와부시浪花節를 주목하게 된다. 그는 이 나니와부시를 습득하고자 당시 가장 유명했던 나니와부시 예인藝人인 도츄켄 구모에몬桃中軒雲右衛門의 문하에 찾아가는 열성을 보였다. 명망가 집안 출신인 그가 당시 하류계급의 대표적인 예능으로 여겨지던 나니와부시를 배우기 위해 도츄켄 구모에몬의 제자가 되었다는 사실 자체만으로도 상당한 센세이션을 불러일으키기에 충분했다.

그는 자신의 예명을 스승의 이름을 딴 도츄켄 우시에몬桃中軒牛右衛門으로 짓고, 스승과 함께 나니와부시를 공연하며 전국을 순회했다. 그는 나니와부시가 갖는 민중예능으로서 성격이 협객의 정신과 상통한다고 보았다. 그가 생각하는 협객의 정신이란 의리와 인정에 따라 사는 남성 대장부의 삶이었다. 가족 간의 사사로운 정에 얽매이지 않고 대의명분을 쫓는 협객정신이 그로 하여금 대외적으로는 아시아 간의 연대라고 하는 아시아주의를 실천하게 하는 한편, 대내적으로는 민중예능인 나니와부시 예인으로 살아가는 극적인 행보를 걷게 했다고 할 수 있다.

....

8   효도 히로미, 〈메이지의 퍼포먼스〉, 고모리 요이치 외, 허보윤 외 옮김, 《감성의 근대》, 소명출판, 2011, 186쪽.

김진구에게 큰 영향을 미친
미야자키 도텐

메이지 시기 나니와부시 공연 모습

김진구가 《조선일보》에 쓴 〈일본 부호의 정당조종사론〉은 이러한
미야자키 도텐의 흔적을 짙게 내장한다. 그가 이 글에서 자신을 '광부
狂夫'라고 지칭한 것이나, 민중예술로서 '야담'의 가치에 주목한 것 등이
그것이다. 나니와부시가 갖는 민중예능으로서의 성격을 살려 민중교
화에 힘썼던 미야자키 도텐을 도야마 미쓰루가 그 배후에서 적극 지원
한 사실도 미야자키 도텐과 도야마 미쓰루, 그리고 김옥균과 김진구를
잇는 상호 영향 관계를 짐작케 한다. 민중예능으로서 나니와부시가 갖
는 대중적 효력과 감화는, 자유민권파의 자유로운 거리연설(정치강담)
이 일본 당국에 의해 차단되면서 점차 위력을 잃어간 시대사적 맥락과
조응했다.[9] 미야자키 도텐이 강담사가 아니라 나니와부시의 예인이 되

....

9 일본의 대표적인 탈아론자이며 문명개화 주창자였던 후쿠자와 유키치는 연설의 대중적 효용에 관
   심이 컸다. 그는 제자들 앞에서 연설법을 시험하고 가르쳤으며, 이를 통해 문명개화를 위한 민중교
   화의 수단으로 삼고자 했다. 후쿠자와 유키치는 서구에서 연설과 토론이 갖는 여론 형성 기능에 주
   목하고 일본에도 이 연설과 토론을 적극 도입하려는 노력을 기울였다. 후쿠자와 유키치, 남상영 · 사

어 연설에 이를 활용하고자 했던 이유도 이러한 일본 당국의 강력한 단속 때문이었는데, 김진구는 미야자키 도텐과 나니와부시의 예를 통해 식민지 조선의 아시아주의자라고 할 김옥균의 삼화주의三和主義(조선·중국·일본이 협력하여 서구의 제국주의적 침략을 물리치자는 사상)를 자신의 사상적 지주로 삼고, 나니와부시 예인으로서 민중교화를 실천하고자 했던 미야자키 도텐과 동일한 야담가로서 살아가고자 했던 것이라고 충분히 유추할 수 있다.[10]

김진구의 김옥균 찬미에는 식민지 조선에 대한 강렬한 부정과 비판의식이 깔려 있었다. 그는 식민지 조선이 뿌리 깊은 사대사상과 중화주의에 물들어 김옥균을 "광부이며 역적"으로 몰고 간 사실을 꼬집는 글을 여러 차례 발표했다. "제 할아비를 가리켜 오랑캐라 하고 제 나라

....

사가와 고이치 옮김, 《학문의 권장》, 소화, 2003에서 연설과 관련된 장을 찾아보면 이 점이 확연하게 드러난다. 그런데 후쿠자와 유키치가 연설법을 고안하는 데 참조했던 것이 강담이었다. 강담은 전쟁담·영웅담·복수담과 같은 군담에서, 신문논설과 사설을 읽어주는 정치시사강담을 거쳐 사카이 도시히코의 사회강담과 대중출판물로 창작된 신강담으로 변화를 거듭했다. 정치시사강담은 자유민권파들이 대중연설과 웅변의 주요 수단으로 삼았던 것인데, 일본 당국이 〈집회조례〉와 〈보안법〉을 적용하여 거리공연을 금지하자 자유민권파들의 정치시사강담 역시 쇠퇴하고 만다. 이를 대신하여 귀에 익숙한 멜로디가 주가 되는 나니와부시가 대중예능으로 부상했고, 일본의 전시기戰時期 동안 나니와부시는 국책을 선전하는 효과적인 프로파간다로서 복무하게 된다.

10 근대의 문명화가 서구 제국주의에 의한 아시아 개항과 침탈만이 아니라 아시아 상호 간의 개항과 침탈로 나타났다는 점은 아시아주의의 이중성을 보여준다. 요시노 사쿠조가 조선에서 일어난 1919년의 3·1운동에 대해 한편으로 법치의 확립을 주장하고 식민통치 방식의 변화를 요구하면서, 일본 지식인들 중에 드물게 식민지 조선의 '자치'를 인정했다는 점은 그와 도야마 미쓰루의 교류를 가능하게 하는 힘이었다. 왜냐하면 도야마 미쓰루의 국권파로서의 성격이 요시노 사쿠조의 민본주의와 상충되는 점이 있었다 하더라도 일본과 이해관계를 같이하는 아시아(즉 조선과 중국)에 둘 다 관심이 컸기 때문이다. 이러한 아시아 간의 연대와 침략이라고 하는 이중성은 김옥균의 아시아주의에도 적지 않은 영향을 미치게 되는데, 김옥균의 삼화주의는 이 아시아주의의 이중성을 굴절하며 그것이 식민권력에 악용되는 길을 터주게 된다. 이에 대해서는 필자의 〈김옥균 만들기 : '제국으로의 통합'과 '기원의 기억상실'〉, 《식민지의 적자들》, 푸른역사, 2005에서 이미 지적한 바 있다.

를 일컬어 이국夷國이라며 남의 할아비더러 선왕이라고 숭배하고 남의 역사를 절대로 신봉하여서 사대사상과 존주尊周주의를 국민에게 고취"하는 "한학중독자"와 "지나숭배광"에 대해 비판적인 그의 시선은 〈역대음험인물토죄록歷代陰險人物討罪錄〉에서 단적으로 드러났다.[11] 그의 이러한 전대적인 것에 대한 부정, 정체된 '아시아적인 것'에 대한 비판과 부정의식은 지나(중국을 격하하는 발언)적인 것에 대한 적의로 일관되게 제시되었다. 이러한 지나적인 사대주의와 노예의식의 오랜 타성과 관행이 식민지 조선을 퇴행시켰다는 인식이 그를 미야자키 도텐과 김옥균과 동일한 '광인'으로 지칭하게 만들었다. 김진구는 1926년 《개벽》 8월호에 실린 〈육六년 만에 본 나의 고국〉에서 자신의 고향인 충청도를 빗대어 식민지 조선인의 사대의식을 다음과 같이 비판하고 있다.

그네들이 가장 숭배하는 사대선생事大先生님을 나는 함부로 그놈들이 죄는 짓고 형벌은 우리가 받는다고 했다. 그네들에게 아태조我太祖더러 이성계라고 불렀더니 그에 깜짝 놀랜다. 아주 기氣가 막힌 모양이다. 그 놀래는 것이 무엇보다도 자미滋味스러워 다시는 원경元卿(나의 부친 명)이라고 불러보았다. 그러니까 그네들은 즉석卽席에서 광인狂人이라는 정가표定價表를 딱 붙인다.[12]

....

11 김진구, 〈역대음험인물토죄록歷代陰險人物討罪錄, 사대주의와 의뢰사상의 장본인 소위 해동주자 송시열海東朱子 宋時烈〉, 《별건곤》, 1927년 8월. 김진구는 한학 중독자와 지나 숭배광의 대표적인 표본으로 우암 송시열을 들고 있다. 그의 이러한 송시열에 대한 비판의식은 너무도 강렬해서, 그가 숭배한 김옥균과 극단적인 대비를 이룰 정도였다.

12 김진구, 〈육六년 만에 본 나의 고국〉, 《개벽》, 1926년 8월, 73-74쪽.

이조 500년이 자신의 고향 충청도에 온전히 보존되어 있으니 이조 500년을 연구하려면 충청도에 한번 와보는 것으로 족하다고 비아냥거리는 그의 발언에서, 그가 스스로 '광인'이라고 자처한 이유를 짐작하기 어렵지 않다. 식민지 조선에 대한 그의 이러한 비판의식이 식민지 조선의 외부자로 서고자 했던 주된 이유였기 때문이었다. 그는 이 외부자의 시선을 '광인'이라고 하는 미치광이의 시선에다 투사하여 식민지 조선의 낙후된 현실에 대해 철저한 비판과 반성을 촉구했다. 따라서 '광인'은 식민지 조선에 대한 거리화와 상대화를 상징하는 것이었는데, 그의 이러한 식민지 조선에 대한 부정의식이 근대적 지를 매개로한 신문화'운동'으로서 야담'운동'에 투신케 했던 동력이었다. 그는 이 야담'운동'의 중심 기관으로 '조선야담사朝鮮野談社'를 발족시켰다. 1927년 11월 23일에 창립식을 가진 '조선야담사'에는 김진구를 주축으로 민효식, 신중현, 주철호, 김익환, 이종원, 최남선, 양건식, 차상찬, 방정환 등 야담에 뜻이 있는 인사들이 대거 망라되어 있었다.[13]

'조선야담사'의 창립에 앞서, 김진구는 1927년 11월 13일에 〈조선에서 초시험인 강담회〉를 열었다. "고균 김옥균 선생의 최후"라는 제목의 이 〈강담회〉에서, 그가 〈강담회〉의 주제로 삼은 것은 그의 열렬한 찬미 대상이었던 식민지 조선의 아시아주의자 김옥균이었다. '조선야담사'의 창립 시점에 불과 며칠 앞서 열린 이 〈강담회〉에서 그가 야담이 아닌 강담을 앞세웠다는 점이 자못 눈길을 끈다. 그만큼 강담과 야담의

....

13 〈조선야담사 부서 결정. 이를 기회로 전순조선적 활약〉, 《조선일보》, 1927년 12월 7일자.

거리가 가깝다는 방증일 것이다. 일본에서 강담은 신문의 뉴스와 논설을 알기 쉽게 극적인 장면을 더해 강연하고 해설하는 정치(시사)강담의 단계를 거쳐 근대의 대중매체와 결부된 활자'화'된 강담으로서 변신을 거듭하고 있었다. 일본에서 흔히 '신'강담이라고 불린 이러한 강담의 거듭되는 변신은 식민지 조선의 달라지는 매체 환경의 필요와 연결되며 그 모방과 차용의 대상이 되고 있었다. 근대적 대중매체의 환경에 발 빠르게 적응하는 일본의 강담을 식민지 조선에도 적용해보겠다는 의도가 김진구의 〈조선에서 초시험인 강담회〉로 드러났던 것이다.[14]

11월 13일과 20일 양일간에 걸쳐 이루어진 이 〈강담회〉에서 김진구는 수백 명의 관중을 앞에 두고 "김옥균 씨가 만곡의 원한을 품고 넘어지는 장면에 이르러", "준비하였던 완구 육혈포로 현장을 그린" 듯이 보여주며 "피로한 줄도 모르고 정숙히" 그것을 듣게 하는 뛰어난 공연 실력으로 자신의 존재감을 부각시켰다.[15] 그의 뛰어난 화법과 연출력이 수백 명 관객들을 압도했음을 말해주는 대목이다. 이 여세를 몰아 제2

....

14 일본 당국이 자유민권론의 발흥과 번성을 막기 위해 여러 법제들을 정비한 것은 잘 알려져 있다. 1875년 6월 〈참방률〉과 〈개정신문지조례〉의 포고 및 1880년의 〈집회조례〉가 그 대표적인 사례일 것이다. "정치에 관한 사항을 강담講談하고 논의하기 위해 그 취지를 광고하거나 문서를 만들어 공중을 유도하는 일, 지사를 두거나 다른 사와 연결·통신하는 일"을 금지하는 〈집회조례〉 추가 개정은 정부 정책에 대해 비판적인 자유민권파의 급진적인 움직임을 봉쇄하는 데 효과적으로 기여했다. 이에나가 사부로, 연구공간 '수유+너머' 일본근대사상사팀 옮김, 《근대일본사상사》, 소명출판, 2006, 67쪽. 따라서 자유민권운동이 한참 절정에 달했던 시기에 자유민권파들의 정치(시사)강담이 중심이 되던 '강담회'는 광장에서의 즉흥적·우연적·폭발적·저항적 성격을 상실한 채 국가가 허용하는 장소 안에서만 상연되는 소위 '요세(흥행장) 예능'으로 변모되거나, 활자'화'라고 하는 제도화된 영역으로 흡수되어갔다. 김진구의 〈강담회〉는 일본의 강담이 근대적 대중매체와의 활발한 접촉을 모색하던 때 식민지 조선에도 그 적용 가능성을 시험했다는 데 그 의미가 있었다. 그의 〈강담회〉 타이틀이 "조선에서 초시험"이라고 명명된 것도 이러한 맥락에서 이해될 수 있을 것이다.

15 〈김옥균 씨의 강담회 성황〉, 《조선일보》, 1927년 11월 15일자.

| 1927년 11월 23일에 결성된 '조선야담사' 창립 소식 | 〈고균 김옥균 선생의 최후〉 '강담회' |

회 〈강담회〉에서는 김옥균의 극적인 삶과 죽음을 더욱 생생히 드러낼 수 있는 일화들로 총 네 석을 구성하여 청년 김옥균의 혁명가적 열정과 그의 뛰어난 재능 및 좌절과 망명 생활, 상해에서의 최후까지 그의 일생을 압축한 공연으로 대중들의 호평을 받았다. 이러한 연 2회에 걸친 〈강담회〉 공연은 "조선에서 첫 실험된 강담회"라는 타이틀에 걸맞게 그 성공 가능성을 높였고, 이것이 그로 하여금 '조선야담사'를 창립하고 식민지 조선의 대표적인 중앙지와 손잡고 본격적인 야담 공연에 나설 수 있게 한 동력이 되었다.[16] '조선야담사' 주최, 《동아일보》 후원의 1928년 2월 6일의 '신춘야담대회'가 그것이었다.[17]

《동아일보》는 김진구의 필명인 '학보'가 구연한다는 뜻의 '학보구연鶴步口演'이라는 이름 하에 〈계월향〉을 신문 지면에 게재한 《조선일보》와 달리, 실제 신문 독자의 참여를 유도하는 야담대회를 '조선야담사'

....

16 〈김옥균 씨 일화 제 이회 강담. 김진구 씨가 래來 이십일 야夜 천도교기념관에서〉, 《조선일보》, 1927년 11월 19일자.

17 〈신춘야담대회, 조선야담사 주최 동아일보 후원〉, 《동아일보》, 1928년 1월 31일자.

와 손잡고 벌였다. 신문 지면에 머물던 야담을 공연장으로 끌어낸 것은, 대중과의 직접 만남과 참여를 통한 독자층 확대라는 신문사의 전략과 일맥상통하는 것이었다. 이미 다양한 강연회와 연설회 등을 통해서 신문 독자와의 접촉면을 넓히고 있던 《동아일보》로서는 이 강연회와 연설회 등의 연장선상에서 김진구의 야담대회를 후원했다고 할 수 있다. 더구나 일반 강연회와 연설회 등에 비해서, 야담은 옛이야기라는 익숙한 소재와 화법으로 관객들의 호응을 자연스럽게 이끌어낼 수 있는 장점이 있었다. 물론 김진구의 야담은 이러한 옛이야기의 관습적 틀보다는 김옥균이라고 하는 식민지 조선의 개혁가를 중심으로 한 새로운 역사 지식을 알리는 데 더 주력했지만, 그럼에도 야담이 갖고 있는 대중 친화력은 신문 독자층을 확대하려는 신문사의 입장에서는 대단히 매력적인 요소가 아닐 수 없었다.

《동아일보》는 자사 독자들에 한해 특별 혜택을 준다는 선전 문구를 몇 번에 걸쳐서 내보냈다. 자사의 독자층이 특별히 우대받고 있다는 점을 강조함으로써 충성도를 높이는 한편 저변 확대를 꾀하는 선전 문구였다. 이는 같은 해 4월 〈금야今夜 옛날이 방불彷彿할 야담대회, 야담사도 사계명인, 그 연대도 심각한 것, 본지 독자 우대〉 행사를 펼친 《중외일보》보다 훨씬 발 빠른 행보였다고 할 수 있다.

《동아일보》의 이러한 행보는 다른 신문사들이 이에 적극 가세하는 계기를 만들었다. 《동아일보》가 김진구의 야담대회를 후원한 것은, 1927년 11월 13일과 20일 양일간에 걸쳐 개최된 김진구의 〈강담회〉가 각 신문사들의 홍보에 힘입기도 했지만 그만큼 대중적 관심을 끌었기 때문이다. 이러한 대중적 관심과 호응에 힘입어 김진구는 야담 공연을 전국순회공연으로 확대해나갈 수 있었던 것이다. 그는 각 지방의 신문 지국과 청년단체의 후원을 받아가면서 지방순회공연을 1년여 동안 강행하게 되는데, 중앙 일간지와 손잡고 벌인 김진구의 야담 공연은《개벽》의 강제 폐간 이후 식민지 조선의 대중매체가 걸어갈 길을 예고한 다는 점에서도 이목을 끈다.

《동아일보》는 김진구의 〈신춘야담대회〉를 단순한 일반 공연이 아닌 대중문화'운동'으로 자리매김시키려 했다. 〈신춘야담대회〉의 선전 광고는 지면의 한가운데에 배치되었고, 그 광고 문구는 관심 있는 독자대중들의 적극적인 참여와 관람을 유도하는 "반드시 와서 들어라!"였다. 이는 다른 입장객들은 이 의미 있는 〈신춘야담대회〉를 전액을 다 지불해야 들을 수 있지만《동아일보》독자들은 반값만 내면 입장할 수 있다는 특별 혜택을 앞세워,《동아일보》가 대중문화'운동'을 선도한 다는 인식과 더불어《동아일보》독자가 되는 것의 문화적 선구성을 동시에 환기할 수 있는 선전 방식이었던 것이다.[18]

1928년 1월 31일, 2월 1일, 2월 4일, 2월 6일의 연속 광고로 나간 〈신춘야담대회〉의 성과는 대단히 성공적이었다. 특히 2월 6일 첫 공연을 앞두고 나간 선전 광고에서는 〈신춘야담대회〉를 "민중오락의 하나로 새로 창안된 야담대회"로 "조선역사에 깊은 조예가 있는 대가들"이 연

18 《조선일보》가 김진구의 논문을 어느 신문사보다 앞서 싣고, 학보구연鶴步口演이라는 필명으로 〈계월향〉을 실은 것은 마치 화자와 청자가 대면하는 지면 속 야담대회를 시현하려는 시도의 일환이었다. 하지만 독자의 참여와 호응이라는 측면만을 놓고 본다면,《조선일보》의 활자화 전략의 효과는 《동아일보》의 신춘야담대회를 통한 직접 대면과 활자화의 동시 병행에는 미치지 못한 것으로 보인다. 그럼에도 구연(구어)이 문자화되고, 문자가 구연(구어)화되는 이러한 상호 교환성의 환상은 소리와 문자의 투명성과 직접성을 가정하는 근대 언문일치와 민족적 동질화를 보여준다는 점에서 주목할 만하다.

사로 출연하여, "조선에서 첫 시험인 만큼 일반이 대단히 기대"하고 있다는 "조선에서의 첫 시험"을 김진구의 〈강담회〉와 마찬가지로 전면에 내세웠다. 이러한 연속적인 광고의 효과인지 2월 6일 하오 7시에 개최된 〈신춘야담대회〉는 그야말로 "대성황"을 이루었고, 김진구는 〈강담회〉와 다르게 중앙 일간지를 통해서 성공적인 데뷔를 할 수 있었다.[19] 《동아일보》는 〈대성황을 이룬 야담대회〉라는 기사로 "정각 전부터 청중이 운집하여 입추의 여지가 없었으며 정각이 되자 대성황"을 이루었다고 보도했다. '조선야담사'가 주축이 된 이 〈신춘야담대회〉의 담제는 다음의 신문 광고에서 볼 수 있듯이, 총 4명의 야담가가 돌아가며 집단구연을 하는 형태였다.

〈신춘야담대회〉 연사	담제
이돈화	동양풍운을 휩쓸던 동학란
권진규	한말호걸 대원군
김익환	이홍장과 이토 히로부미 伊藤博文
김진구	김옥균 왕국

　《동아일보》와 손잡고 벌인 이 '신춘야담대회'의 인기는 야담대회를 지방순회공연으로 이어지게 했다. 다시 말해, 중앙 일간지와의 협조와 공조 아래에서 김진구는 야담'운동'을 본격화한 셈이었다. 중심에서 주변부로 확장되는 이러한 근대적 지의 하향적 대중화는 식민지 조선의 첫 시험이라고 하는 야담의 '뉴'미디어로서의 성격을 부각하며 현대적

....

19 〈대성황을 이룬 야담대회〉, 《동아일보》, 1928년 2월 8일자.

오락물로서 야담의 지위를 확고히 하는 계기가 되었다. 첫 번째 지방공연은 고려청년회가 주최하고 조선·동아·중외 세 신문지국이 후원한 개성야담대회였다. "일반 시민의 집열熱한 요구에 의하여 조선에서 새로 난 민중의 오락이요, 대중예술의 하나인 야담을 소개하고자" 개성에서 초유의 〈신춘야담대회〉를 개최한다는 것이 그 주된 취지였다.[20]

개성의 〈신춘야담대회〉의 연사와 담제는 2월 6일 경성의 〈신춘야담대회〉와 약간 다른 형태를 취했다. 경성의 〈신춘야담대회〉에서는 4명이 각각 하나의 담제를 맡은 집단구연의 방식이었다면, 개성의 〈신춘야담대회〉에서는 3명 1조를 기본으로 했다. 이 3명 1조의 개성야담대회에서 김익환은 "대원군의 쇄국정책"을, 민효식은 "만고 충기忠妓 계월향"을, 마지막으로 김진구는 "동학군 중의 천우협天佑俠"을 구연했다.[21] 《동아일보》의 〈개성야담성황〉 기사에 따르면, 개성의 〈신춘야담대회〉는 "개성에서 첫 회합인 만큼 비상한 인기가 집중되어 근 천千의 청중이 집합한 대성황"을 이루었고, 청중들은 "최후까지 비상한 흥미로써 박수갈채의 환호성"을 보냈다고 한다.[22]

개성야담대회의 이러한 성공이 '조선야담사'로 하여금 하계순회공연을 계획하게 했다. 〈조선야담사 순연〉 기사에 의하면, 지방순회 일정

....

20 〈개성 초유의 야담대회〉, 《동아일보》, 1928년 3월 11일자.

21 천우협에 대해서는 약간의 설명이 필요하다. 천우협은 일본 낭인들이 동학군을 지원하기 위해 결성한 비밀단체였다. 이들이 실제 동학군에 참여하여 함께 활동했는지에 대해서는 의견이 엇갈리지만, 김옥균의 아시아주의를 신봉했던 김진구가 어떠한 맥락에서 이 천우협을 담제로 삼았는지를 이해할 수 있게 하는 대목이다.

22 〈개성야담성황〉, 《동아일보》, 1928년 3월 21일자. 김진구는 개성야담대회의 후일담을 '개성야담행'이라는 제목으로 1928년 6월 2일부터 20일까지 《중외일보》에 총 15회에 걸쳐 싣게 된다.

1928년 1월 31일자
《동아일보》'신춘야담대회'
광고

1928년 4월 4일자
《중외일보》
'야담대회' 광고

연사와 담제가 실린
1928년 2월 4일자
《동아일보》 광고

김진구의 신춘야담대회가 "대성황"을
이루었다고 보도하는 《동아일보》 기사

은 철원, 원산, 함흥, 광주, 강원, 청주, 공주 등의 전 조선을 아우르는
것이었고, 이러한 지방순회공연은 김진구의 야담'운동'을 명실공히 대
중문화'운동'으로 지칭하는 데 손색이 없게 했다.[23] 하지만 이러한 지방
순회공연에 쏠린 대중들의 높은 관심과 참여가 거꾸로 이것을 가로막
는 장애가 되었다는 점이 문제였다. 김진구가 회고담 형식으로 1928년
12월 9일부터 16일까지 《조선일보》에 총 5회에 걸쳐 기고한 〈야담운
동 1년 회고〉가 이를 잘 말해준다. 그는 이 '야담대회'에 쏠린 대중들의
열띤 호응과 관심에도 불구하고, 그의 야담'운동'이 그리 만족할 만한
성과를 거두지는 못했음을 피력하고 있다.[24] 그 이유로 그가 첫 번째로
꼽는 것이 초창기 야담'운동'이 지닌 태생적 한계로서의 미숙함이었다.

....

23 〈조선야담사순연〉, 《동아일보》, 1928년 7월 31일자.

24 김진구, 〈야담운동 1년 회고〉, 《조선일보》, 1928년 12월 9일자, 1928년 12월 16일자.

하지만 그 못지않게 중요하게 이야기된 것이 "언론…문제"였다. "다른 것은 어떻게 극복해간다 하더라도 이 언론 문제"만은 "정말 두통이자 난관"이었던 것이다.

정치시사에 관해 엄격하게 〈신문지법〉을 적용하고 1925년 일본과 동일하게 식민지 조선에도 실시된 치안유지법은 "언론…문제"를 "경성에서보다 지방에서 더 심한 경찰의 취체와 단속"에 맞닥뜨리게 했다. "일일이 근서スジカキ(줄거리)를 써오라"는 까다로운 조건을 붙이는 것은 말할 것도 없고, "야담은 일본의 강담인즉 일본과 같이 극장에서 해라"에서 "서도西都로 가면 국경이 가깝기 때문인지 이런 핑계, 저런 핑계를 해가며 허락"을 하지 않는 것에 이르기까지 실로 광범위했다. 그것도 모자라 "주의, 중지, 구류(대구에서) 처분"까지 받고 보니 '조선야담사'의 지방순회공연은 그 원활한 시행과 운영이 거의 불가능할 지경이었던 것이다. 김진구는 '조선야담사'가 벌인 1년간의 야담대회를 정리하면서 그 공연 횟수와 담제를 아래와 같이 밝히고 있는데, 그의 회고와 정리는 야담'운동'을 어떻게든 식민권력이 허용하는 한도 내에서 이어가고자 하는 고심과 노력을 보여준다. 하지만 그의 이러한 분투에도 불구하고 '조선야담사'의 김익환과 김성이 구속되는 사태는 그가 원하는 민중교화'운동'으로서 야담'운동'의 가능성과 한계를 알려주는 바로미터가 되었다.

'문화정치'라는 해빙기를 맞아 더욱 정교해진 식민권력의 언론.통제 정책으로 미디어의 원천 봉쇄는 면했다 할지라도, 식민권력에 의한 합법화의 대가는 그만큼의 제약과 구속을 뒤따르게 했다. 지방 야담 공연에서 김진구가 번번이 부딪히고 좌절할 수밖에 없었던 것이 이 식민권력의 높은 감시망이었다. 특히 식민권력은 '말'에 대해서 예민할 정도로 일일이 개입하고 간섭했는데, "말은 글과 다른 것이라. 그 어조를 피육皮肉으로나 혹은 풍자적으로 자칫 미끄러져" "같은 말이라도 말하는 사람의 어조에 따라" 참석한 대중들이 흥분할 수 있다는 것이 단속의 이유였다. 유독 말에 대해 보인 식민권력의 감시와 주의는 되도록 이면 "비분강개한 느낌과 박안취석拍案就席하는 기분을 청중에게 넣어주지" 않도록 하는 야담 공연의 변화를 이끄는 힘이 되었다. 이러한 식민권력과 김진구의 야담'운동'이 벌인 갈등과 타협의 과정이 그의 〈야담운동 1년 회고〉 속에 고스란히 녹아들어가 있었다.

말이 갖는 힘, 더 정확히 말해서 말하기의 대중적 감응력은 연설과 집회가 금지된 식민지 조선에서 지방 야담 공연이 더 많은 대중을 한 장소에 모을수록 더욱 위험시·배타시되었다. 일본의 자유민권파가 비분강개조로 연설 스타일을 개척해간 사실은 유명하다. 그런데 이 비분강개조라는 것이 이성보다는 감정, 개인보다는 집단을 대상으로 한 연설에서 효과적인 스타일이 되다보니, 식민권력은 김진구의 야담 공연을 이 자유민권파의 비분강개조와 동일한 지평에서 바라보고 단속하고자 했던 것이었다. 김진구도 이 자유민권파의 비분강개조를 어느 정도 염두에 둔 것으로 보이는데, 김진구가 야담'운동'의 지속을 위해 식민권력과 일정한 타협을 찾으려 했던 데 반해, 같이 공연했던 김익환은 이 비분강개조의 스타일을 고집하여 야담'운동'을 일대 난관에 처하게 했다. 이러한 지방순회공연의 애로와 고충이 1928년 한 해를 마무리하는 12월에 회고담 형식으로 《조선일보》 지면을 통해서 소개되고 상술되고 있다.

主催兼公開한回數와 그腰題畫

第一回　昭和二年十二月十日
稀日肅愼大試合戰
採文戴熙羽을招手외幕
萬古忠肱裡月香
2　3　1

第二回　昭和三年二月六日
金玉均王國
李陽窅와伊藤博文
東洋風雲을弄하と金玉菊와東學亂
大院君의大勇斷
3　2　1

第三回　昭和三年四月七日
繁纓과漢論
萬古快男兒洪吉童
壬亂勇士와明成皇后
4　3　2　1

第四回　昭和三年七月七日
天下不見見洪景來
日本風俗漫談(中止)
薩滿敎와朝鮮(事故)
3　2　1

第五回　昭和三年十二月九日
壬亂女傑烈烈鞠将軍
杜子春과금학아리
金弘集內閣과韓國政界
3　1　ᄀ

招聘을바든써라
잇地方巡回의
그것을紹介하면
東學中의天佑俠
大院君의鎖國天下
萬古烈士桂月香
盡中大試合
萬古烈의日本征伐
金方慶의最後
壬亂勇臣驚城棄放
全琫準와차ㅅ오사람을
大鄒革의崩壞
民衆激動인東學亂
壬午軍亂과官中秘話
金玉均의三日天下
(以上中央)

'조선야담사'가 주최한 야담 횟수와 야담대회에서 상연한 담제 목록.
《조선일보》, 〈야담운동 1년 회고〉 중 마지막 5회 기사

　　김진구의 야담'운동'과 관련된 회고담이 갖는 의미는 크게 두 가지일 것이다. 하나는 그의 야담'운동'이 시대의 요구로부터 비롯되었다는 점을 환기하는 것이다. 이를 증명하듯이 그는 "민중들이 머리를 싸매고 모여들었다."고 지적하고 있다. 다음으로 이 야담 공연과 관련된 회고담을 통해서 그는 독자들에게 야담'운동'이 갖는 의미를 재인식시키고자 한다. 야담 공연은 '말'로 하는 대중문화'운동'이고, 이 '말'을 다시 신문 지면에 싣는 일은 '글'을 통한 대중문화'운동'에 해당한다. 야담'운동'은 이 말과 글의 동시 병행을 통해서 "입으로 붓으로＝단상壇上으로 지상紙上으로"라는 김진구의 외침을 실천해갔던 것이다. 연단과 신문 지상紙上을 오갔던 1920년대 야담'운동'은 말과 글의 이러한 상호 병행과 상승 속에서, 한편으로는 지방의 야담순회공연으로, 다른 한편으로는 신문 지면에 야담을 창작하는 활자'화'로 나타났다.

　　김진구가 "지상으로는 조선일보 지상에 근일 연재되는 계월향"을 꼽은 반면, "단상으로는 2월 6일에 동아일보사 학예부 후원으로 천도교기념관에서 신춘야담대회"를 든 것은 이로부터 말미암는다. 그는 말과

글의 이러한 동시 사용이 일본과 중국의 예로 정당화될 수 있음도 밝혔다. 그에 따르면, 일본의 경우 "인류 역사적 인물"은 물론이고 "유명한 호적豪敵의 그것까지도 붓끝으로 그려내듯이 눈앞에 보이는 것처럼 서적書籍으로 강담講談으로 연예演藝로 낭화절浪花節로 근대에 와서는 극으로 영화로 가지각색으로 그네의 용장호협勇壯豪俠한 혼담魂談＝다시 말하면 강의건실剛毅健實한 정신의 양식을 흡족하게 민중"에게 주고 있다. 중국 역시 다년간 중국을 다녀온 우인의 말을 빌려서 "역사교화운동은 일본의 그것보담도 훨씬 더 민중화"되었다는 점을 역설한다.

"극장이나 연예장 같은 일정한 지역에서 입장료를 받고서 어떠한 일부의 인사들에게만 보이고 들리는 것이 아니라 대개는 가로 상에서 공연"하는 이러한 탈脫장소의 열린 공연 형태는 그가 추구하고 지향하던 야담'운동'의 방향성을 시사한다. 그는 자신의 몸짓과 목소리를 '연기하는 미디어'로 삼아 이러한 개방적 형태의 대중공연 형태를 계획하고 실천해보려 했던 것이다. 여기서 그가 말하는 소위 정신적 양식의 보급자로서 이른바 계몽 주체의 의지가 선명히 드러나는데, 이러한 그의 계몽 주체로서의 강한 사명은 식민지 조선의 한정된 자산과 검열의 높은 벽에 번번이 부딪히면서 서서히 침체와 쇠퇴의 길을 보이게 된다.

김진구가 야담'운동'의 1년을 회고하며, "언론…문제"라고 말을 흐릴 수밖에 없었던 이 두통이자 난제인 식민권력의 수시 검열은 분명 그가 야담'운동'으로 계획했던 탈脫장소의 하향적 대중화와는 어긋나는 현실이었기 때문이다. 그것은 정치강담이 활자'화'되어 신문 부록에서 신문 문화면으로 그리고 값싼 대중출판물로 통속'화'되는 것과 일치하는 식민지 조선의 현실이었다. 그의 〈야담운동 1년 회고〉가 야담'운동'의 성과를 과시하는 자리이면서 동시에 야담'운동'의 쇠퇴와 소멸을 예감하는 장이 되고 있는 것도 이에 기인한다. 물론 그는 이 회고담을 통해서 자신의 야담'운동'의 가능성을 비관하거나 절망하고 있지는 않다. 오히려 그는 "무슨 장애가 있거나 어떠한 난관이 닥쳐도 불굴불요의 정신을 가지고 앞길"을 개척해나가겠다고 하는 굳은 결의를 다진다.

"우리 앞길은 양양하다. 서광이 비친다. (중략) 기왕 이것을 우리의 손으로 만들어 내인 이상에야 우리의 손으로 키워놓을 책무가 있는 것이며 또한 온 몸의 일신 정력을 통틀어 바치더라도 여기에 희생하겠다는 대 결심을 가진 이상에야 이것도 다만 시간문제이라. 가까운 장래에는 반드시 심오진묘深奧珍妙한 경역에까지 도배질하다 놓겠다는 자신을 가지고 있다는 것을 여기 서맹誓盟"한다는 야담'운동'에 대한 그의 애착은 "일一왈 역사교화주의요, 이二왈 역사교화주의요, 삼三왈 역사교화주의"라는 그의 계몽 의지를 반영한다. 일본과 중국에 비해 지리상·문화상 인접한 식민지 조선의 이 결여된 역사교화주의를 위해서 그가 끌어들인 것은 "중국의 설서設書와 일본의 강담講談＝그 중에도 일본의 신강담(堺利彦一派의 신운동)"이었다. "장長을 취하고 단短을 보완하여 그 위에 조선적 정신을 집어넣어서 절대로 조선화시킨" 것이 야담이기 때문이다. 야담을 순조선적인 것의 정수(모태)로 삼는 그의 이러한 발상은 다음과 같은 야담에 대한 새로운 개념 정립과 의미 규정으로 이어진다.

야담이라는 술어術語의 의의가 어디 있는가. 이것은 두 가지의 의의가 거기부터 있다. 첫째는 〈조야朝野〉의 야와 둘째는 〈정사야사〉의 야 그것이다. 조라는 군데는 소수 특권 계급의 향유처인데 대하여 야라는 곳은 대다수 민중의 집단지=즉 다시 말하면 야라는 것은 곧 민중을 의미하는 것인 때문이며 역사에는 소위 정사라는 것과 야사의 두 가지가 있는데 이때까지의 세인의 안목으로 얼핏 직각적으로 생각할 적에 정사라는데 미혹하기 쉽고 야사라면 천대시하기 쉬우나 봉건시대에 있어서 제왕을 중심으로 한 모든 특권군들이 자기네의 온갖 죄악을 은폐해놓고 그네의 역사를 미화하고 연장해놓은 그리고 대중과는 하등의 교섭이 없이 자기네의 향복享福과 행락을 자랑해 놓은 것이 정사이며 모든 억압과 기위忌諱의 눈을 숨어서 정말 민중의 진정에서 나온 민중의 의사와 그네의 실적을 적어놓은 것이 즉 야사인즉 사적 고찰로 보아서 이것이 가장 은휘 없는 노골화된 정사일 것이다. 다시 말하면 야사라는 것은 곧 민중사라는 것을 의미하는 것이다.

이 두 가지 의의에서 빼내온 야담은 곧 역사적 민중교화운동이라고 볼 수 있지 아니한가. 또 그 실질에 있어서나 행진 도정에 있어서나 항상 이 길에서 미끌어지지 않을 것은 사실인즉 이 술어의 유래가 어찌 우연적 비과학적이겠느냐! 그러나 야담이라는 술어만은 오인의 창작이나 그 유래에 있어서는 결코 창작은 아니다. 우리 조선에서도 최근 몇 십 년 전까지도 이것이 남아 있었다. (중략) 다만 여기 문제되는 것은 그 말이 진부하고 허탄虛誕맹랑孟浪한 것이 비과학적이며 사실을 너무 무시한 데 그의 유치한 것이 나타나는 것이지마는 여하튼지 원시적 형태일망정 있었던 것은 사실이다. 그러면 지금의 야담은 그때 그것의 진화적 현신이며 과학적 출현이라는 것이 가장 공평한 적평이라고 볼 수 있다.[25]

....

25 김진구, 〈(조선)야담 출현의 필연성, 우리 조선의 객관적 정세로 보아서〉, 《동아일보》, 1928년 2월 6일자.

긴 인용문이긴 하지만, 위의 글에서 김진구는 야담을 '정사'가 아닌 '야사'에다 그 기원을 둔다. 중국의 설서와 일본의 강담을 조탁하여 장점을 취하고 단점을 보충하여 새롭게 고안했다는 야담에 대한 그의 설명은 술어術語에 있어서는 창작이 분명하지만, 그 유래는 결코 창작이 아니라는 지적을 동반했다. 그의 주장에 내포된 야담에 대한 이러한 주장은 사회진화론을 변용한 문화진화론에 입각해 있는 것이었지만, 이 진화론을 근대 초에 유행한 진화론과 동일선상에서 바라보는 것은 야담의 동시대성을 간과할 우려가 있다. 왜냐하면 1920년대의 이러한 변용된 진화론에는 계급 간의 평등을 주장하는 소위 사회주의의 영향이 그 기저에 깊숙이 깔려 있기 때문이다. 1920년대의 '다이쇼 데모크라시'는 바로 이 사회주의의 진화론적 유물사관을 반영한 계급과 신분 해체 및 자유와 평등이라고 하는 세계사적 이념을 토대로 한 사회진화론으로서, 약육강식과 적자생존의 근대 초 사회진화론과 그 결을 달리했다. 김진구의 야담에 내포된 진화론의 발상에는 이러한 당대적 맥락이 복합적으로 착종되고 게재되어 있었던 것이다.

김진구가 정사와 야사를 구분하고, 야담의 술어가 갖는 의의를 이 기층민중의 "모든 억압과 기위忌諱의 눈을 숨어서 정말 민중의 진정에서 나온 민중의 의사와 그네의 실적을 적어놓은" 것으로 가치 전도를 행할 수 있었던 데는, 이러한 시대적 분위기가 크게 작용했다. 하지만 그는 이 야사의 '야'에서 그 기원과 유래를 찾되, 그것의 일방적인 보존과 계승을 주장하지 않았다. 왜냐하면 그는 전대의 야담이 너무 허탄·맹랑하여 비과학적이며 비사실적이라고 보았기 때문이다. 따라서 그가 새로 창안한 야담은 "진화적 현신이자 과학적 출현"의 과정을 거친 이른바 '신'야담이어야 했다. 이러한 '신'야담의 개념 설정과 관련하여 그가 '신'야담을 일본의 '신'강담, 그것도 사카이 도시히코堺利彦 일파가 행한 '신'운동에 접목시키고자 했던 이유가 여기에 있었다.

사카이 도시히코는 1920년대 조선 사회에 널리 소개된 일본의 대표적인 사회주의자였다. 1923년 10월호 《개벽》은 그의 〈사회주의학설 대요〉를 총 5회에 걸쳐 싣는 높은 관심을 드러냈다. 사카이 도시히코가 식민지 조선의 지식인들에게 행사한 사상적 영향력은 〈사회주의학설 대요〉의 번역 및 게재로 충분히 증명되는데, 〈사회주의학설 대요〉가 바로 건설자동맹에서 행한 강연을 정리하여, 그 동 출판사에서 출간한 통속(대중)판 사회주의 서적이기 때문이다. 이 글의 번역자인 백작白綽(정백)은 이를 "우선 시급한 대로 알기 쉽고 간단명료한 통속책通俗冊"으로 "〈사회주의〉라는 한갓 막연한 이름의 동경"이 아니라 한걸음 더 나아가 "체계적 소개"의 필요성에서 부득이하게 선택한 결과임을 밝히고 있다.[26] 이를 통해서도 알 수 있듯이, 식민지 조선에 소개된 초

....

26 사카이 도시히코의 〈사회주의학설 대요〉는 백작(정백, 정지현)에 의해 1923년 10월에 처음 실린 이후 1924년 3월의 〈역사진화의 사실적 설명 · 사회주의학설강론(종결)〉로 총 5회에 걸쳐 게재되었다. 이 원전은 사카이 도시히코의 《社會主義學說の大要》였다. 사카이 도시히코의 이 책은 건설자동맹에서 행한 강연을 정리하여 팸플릿으로 발간한 것이었는데, 수천 부가 팔리는 등 대중적인 인기를 누렸다. 일본에서 사회주의사상의 대중화에 크게 기여한 이 책은 《개벽》에 연재되고 나서 1925년 5월에는 단행본으로 출간되었다. 번역자 백작은 1923년 《개벽》 10월호에서 사카이 도시히코의 이 책을 번역하여 싣게 된 이유를 다음과 같이 전한다. "이 글은 堺利産 씨의 강연을 필기한 것으로 건설사판建設社版 팸플릿을 번역한 것입니다. 〈사회주의〉라는 한갓 막연한 이름의 동경보다도 한 걸음 더 나가 체육體育적 설명을 바라는 경향이 보이나 상금인 것 하등의 이론에 대하여 체계적 소개가 없음으로 그 요구에 응하여 우선 시급한 대로 알기 쉽고 간단명료한 통속책通俗冊으로 거의 본서를 택하였습니다. 그러나 역자로서는 본서 내용에 대하여 다소 이의가 없는 바는 아니나 그 이의가 본서의 옥석을 구분치 않을 범위 내임을 자허하며 동시에 자타가 서로 알아가며 서로 생각하고자 하는 미의微意가 있는 것을 특히 말해둡니다." 그의 지적대로 사카이 도시히코의 이 책은 강연을 속기한 말의 활자 '화'였고, 일대를 풍미하며 동경을 자아낸 사회주의가 아직 식민지 조선에서는 체계적인 지식으로 통

野談 出現 必然性 (四)
—우리 劇界의 客觀的 情勢로보아서—
金 振 九

◇ 思想方面
著者及書名

1928년 2월 6일자 《동아일보》에 실린 김진구의
〈야담 출현의 필연성〉

사상 방면의 "사회주의" 서적 붐

창기 사회주의 이론은 사카이 도시히코의 통속(대중)판 사회주의 서적
으로 유통되고 이해되고 있었던 것이다.

사카이 도시히코는 일본에서 정치강담이 쇠퇴한 이래 문단의 분업
과 폐쇄가 심화되자 이를 비판하며 사회강담을 개척한 대표적인 인물
이기도 했다. 그는 식민지 조선에서 3·1운동이 일어났던 해인 다이쇼
8년(1919) 4월에 '사회개조'를 표방하며 창간된 잡지 《개조》에 사회강
담의 필요성을 주창하며, 〈파리코뮌의 이야기ハリ・コムミュンの話〉 등을
잇달아 발표하며 사회강담을 일본 문단에 처음 창안하고 도입하게 된
다. 이것은 당대의 시대사조와 이론을 알기 쉽게 풀이해서 대중들에게
전달하려는 목적의식에서 비롯된바 컸다.[27]

....

용되고 있지 못한 현실에서 대중보급판인 사카이 도시히코의 이 책을 우선적으로 선택한 것이었다.
이러한 번역의 동기를 밝힌 백작은 다소의 이견은 있지만, 알기 쉽고 간단명료한 '통속판'인 〈사회주
의학설 대요〉가 식민지 조선의 척박한 사회주의의 지적 풍토에 도움이 될 것임을 피력한다.

27 堺利彦, 《堺利彦全集 第 6券》, 中央公論社, 1933, 546-547쪽을 참조하여 정리했다. 사회강담으로 명
명된 이 책은 강담 형식에 맞게 〈堺利彦傳〉을 실었다. 전傳이 한 인물의 일대기를 논한하는 것이라
면, 이는 한 인물의 영웅적 일생을 이야기하는 강담의 이야기 방식과 조응하는 것이다. 사카이 도시

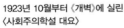

| 1923년 10월부터 《개벽》에 실린
〈사회주의학설 대요〉

"평이·요령·정확"의
〈사회주의학설 대요〉에 대한 서적 광고

사카이 도시히코가 문단의 분업과 폐쇄에 맞서 시도한 이 사회강담
은, 다이쇼 10년(1921)에 사회주의 잡지 《전위前衛》의 창간에 맞추어
《개조》에 실었던 사회강담을 단행본으로 출간하면서 더욱 구체화되
었다. 《개벽》에 소개된 〈사회주의학설 대요〉도 이 시기를 전후하여
출간되었는데, 이런 점에서 보자면 식민지 조선의 지식인들은 사카이
도시히코의 사회강담을 대중사회주의'운동'의 일환으로 받아들였음을
알 수 있다.

따라서 김진구가 사카이 도시히코의 '신'강담, 즉 사회강담을 자신의
야담'운동'의 배경으로 지목한 것은 김진구의 야담'운동'이 갖는 동시대
성을 말해주고도 남음이 있다. 그의 야담'운동'은 자유민권파의 쇠퇴로
야기된 대중문화'운동'의 침체를 새롭게 부상한 사회주의'운동'이 대체

....

히코는 이러한 강담의 이야기 방식을 빌려 와 《堺利彦傳》을 서술했는데, 이는 제1기의 豊津時代에
서 제6기의 毛利家編輯時代로 마감된다.

| 만년의 사카이 도시히코 | 사카이 도시히코의 '사회강담' 전집 |

하는 과정에서 문단에 등장한 사회강담의 사회역사적 변천을 복합적으로 매개하고 있는 것이다. 즉, 미야자키 도텐의 나니와부시가 지닌 민중교화의 측면과 사카이 도시히코의 사회강담의 사회개혁적 면모가 김진구의 야담'운동'을 동시대적인 문화'운동'의 산물로 존재하게 한 것이다.

사카이 도시히코의 사회강담은 《개벽》의 〈사회주의학설 대요〉에서도 드러나듯이, 단순히 사회를 풍자하거나 희화화하는 차원에 그치지 않았다. 그것은 사회주의 이론과 지식을 대중들에게 알기 쉽게 풀이해서 들려주려는 차원에서, 통속(대중)판 팸플릿을 통해 누구나 싸고 편리하게 구매할 수 있도록 했기 때문이다. 사카이 도시히코는 대중들을 대상으로 노동자·농민의 사회 차별과 억압의 근원을 계급투쟁의 관점에서 설명하고 이해시키는 데도 이 사회강담을 최대한 활용하고자 했다. 이러한 점이 김진구의 야담'운동'에서는 "실익과 재미"라는 대중문화의 보편적 코드의 형태를 띠고 나타난 셈이었다. 김진구는 자신의 야담'운동'이 단순히 흥미 본위가 아니라, "취미를 다량으로 넣으면서도 열 마디에 두 서너 마디라도 의의가 있고 실익”을 주었으면 하는 소회를 밝힌다.

사카이 도시히코의 사회강담은 김진구에게 그 야담‘운동’이 나아가야 할 길을 알려주는 방향타와도 같았다. 식민지 조선의 문화 수준을 고려해서 사카이 도시히코의 사회강담을 야담‘운동’에 접목시키고자 했던 애초 목적에 따라, 그는 야담‘운동’을 민중교화‘운동’으로, 신문화 ‘운동’으로 부르게 된다. 이러한 사카이 도시히코와의 영향 관계는 그로 하여금 “고대의 그것은 너무 진부한 감이 있어서 될 수 있으면 우리의 현실을 지배하는 근대사 중에도 최근의 그것이야 하겠는데 이런 것은 마음대로 되지 않는 것”이라고 개탄하게 했다. 그의 최근세사를 향한 강력한 욕망은 식민지 조선의 당대적 현실에 대한 부정의식과 맞물려, 대중들에게 역사지식을 전해주려는 “취미를 다량으로 넣으면서도 열 마디에 두서너 마디라도 의의가 있고 실익”을 주고자 하는 열망으로 표출되었다.

혹자는 우리더러 위선 당분간은 민중에게 어떠한 실익을 줄 생각을 말고 다만 흥미중심으로 한 오락기관에 그치게 하라는 충고를 하는 이도 있다. 그러나 이것은 우리의 양심에 하소연하여 존재의 의의가 서지 않는다. 오락을 목적으로 한다면 일본의 낙어落語가 있고 박춘재의 재담이 있은즉 그 임무는 그리고 맡길 것임으로 문제는 여기에 그치고 만다. 취미를 다량으로 넣으면서도 열 마디에 두 서너 마디라도 의의가 있고 실익을 주어보았으면 하는 것이 우리 현실 앞에서만의 목전 요망이다. 그러나 이것도 왕왕이 받는 여러 가지 제재制裁에 대한 것은 야담운동에만 있는 문제가 아니요, 여

러 가지 일에 한 가지로 받는 문제일 것 같다.[28]

오락보다는 실익을, 취미보다는 의미에 대한 열망을 강하게 드러내는 위의 인용문에서 김진구는 자신의 야담'운동'이 당시 유행한 박춘재의 재담과도, 일본의 라쿠고落語와도 다르다고 역설한다. 김진구가 자신의 야담'운동'과 대척되는 지점에서 평가절하했던 박춘재의 재담은 당시 상당히 인기가 있었던 대중 연예장(흥행장)의 대표적인 공연이었다. 박춘재 일행의 재기와 재담이 뒤섞인 놀이판은 야담 공연을 능가하는 대중적 명성을 누렸는데, 김진구는 자신의 야담이 박춘재의 이 재담과 동격으로 취급되는 데 대한 불만을 숨기지 않은 셈이다.

박춘재의 재담과 대척되는 지점에 야담'운동'을 위치짓는 김진구의 의식적인 거리두기는, 박춘재의 재담을 고루한 전통 연행으로 위치짓는 것과 무관하지 않았다. 그가 전대의 야담과 자신의 야담을 구분하려고 노력했던 것처럼, 박춘재의 재담과도 동일한 형태로 거리화를 행한 것이다. 이것은 박춘재가 그 누구보다도 일찍 근대 연예장의 흐름에 눈뜨고 자신의 재담을 여기에 맞추어간 사정은 아랑곳하지 않은 평가이다. 김진구는 의식적으로 이러한 거리두기를 행함으로써 자신의 야담을 전대의 소산이 아닌 현대적 오락물임을 제창하고 강조하고자 했던 것이다.[29]

....

28 김진구, 앞의 기사, 《조선일보》, 1928년 12월 9일자.

29 박춘재의 재담은 1900년부터 이미 유명세를 타고 있었다. 박춘재의 재담이 이처럼 각종 연예장과 공연장에서 인기를 끌었기 때문에 공연 무대를 공유할 수밖에 없었던 연극 · 영화계 종사자들은 박춘재 일행의 공연물에 불편한 심기를 노골적으로 토로하곤 했다. 그 한 예가 심훈, 〈아직 숨겨 가진

김진구가 전대의 야담을 부정했던 데는 특권계급에 대한 근본적 불신이 한몫을 담당했다. 야담은 이러한 특권계급의 전유물이 아니라 민중이라면 누구나 즐길 수 있는 공통적 향유의 대상이 되어야 한다는 대중 평등의 정신이 그 근저의 신념으로 깔려 있었다. 사회강담이 지향하는 바와 같은 이러한 대중 평등의 문화적 산물로서 야담은 그러나 대중의 무분별한 취미에만 영합해서는 그 참된 본질을 찾을 수 없다는 데 그의 고민이 있었다. 말하자면, 진정한 대중문화는 조선에 대한 역사를 바로 아는 데서 출발해야 한다는 것이 그의 생각이었기 때문이다. 야담'운동'이 지닌 이러한 대중문화'운동'의 차원은 대중'상'과의 화해되지 않는 간극을 낳으면서 그의 야담'운동'에 갈등과 차이를 새겨놓게 된다.

　　"야담이란 강연, 강좌, 설교, 연설 같은 것보다는 훨씬 부드러운 말이 되어서 누구나 다 알아들을 수 있는 대중적인 것은 사실이다. 그러나 본질이 역사의 줄거리인 만치 보통상식이라도 다소 있어야 듣기가 훨씬 수월하기 때문에 중학교 없는 논산인지라" 운운하는 대목은 그가

....

자랑 갓 자라나는 조선영화계朝鮮映畵界〉, 《별건곤》, 1928년 5월, 216쪽의 다음과 같은 진술일 것이다. "우리 연예계演藝界에 있어서 무엇 하나가 세계를 향해서 자랑할 만한 것이 있는가? 제 것이면 남에게 거짓말을 보태서까지 자랑하고자 하는 것은 사람의 통정이겠지만 그렇다고 아주 터무니도 없는 것을 가지고 〈이것이 우리 민족의 자랑이요 이 분이 우리 조선의 대표적 예술가요〉 하고 억지로 만들어 내지 않으면 아니 될 경우를 당하고 보면 자긍自矜하려는 것이 도리어 큰 고통이 되는 것이다. 이동백李東伯이의 융준隆準이 우리의 자랑일가? 박춘재朴春載의 재담才談이, 죽은 심매향沈梅香이의 〈골비타령骨牌打鈴〉이 우리의 자랑일가? 〈춘향전〉, 〈심청전〉을 들어서 우리 민족의 대표적 작품이라 일컬을 수 있을가? 〈남사당〉 〈꼭두각시〉 놀음이 우리의 순수한 향토극이요, 승무, 처용가(소용돌이)가 우리의 무용이요, 수심가, 육자배기가 우리의 성락聲樂이요, 사군자, 십장생이 우리의 미술이요, 시조와 사율이 우리의 시가라 할까?' 심훈의 반문에는 조선의 대중연예계가 잡가와 민요 그리고 재담이 전부인 양 인식되고 있던 척박한 조선 문화에 대한 비판과 함께 이들을 전근대문화로 타자화하려는 의식이 강하게 드러난다.

야담의 대중을 보통'상식'에다 두는 전형적인 사례이다.[30] 예상을 훨씬 웃도는 많은 청중들의 운집에 잃었던 기운을 되찾으면서도, 그가 유독 학생(청년)과 부인의 참석 여부에 관심을 두고 살펴보는 것은 이 때문이다. "단후에 서서 장내를 일별하니 계상階上에 부인(야소교인 칠팔 인)과 이리농학생과 강경상학생 사오 명이 이채를 방放할 뿐 성황은 틀림없는 성황이지만은 학생과 부인이 적은 점에 있어서는 적이 적막을" 느끼었다는 그의 말은, 그가 염두에 둔 대중'상'의 형상과 관련해서 분명 주목되는 부분이다. "야담출생의 대상이 대부분 학생"이라거나 "특히 이채를 띠는 것은 위층에 늘어앉은 신여성 여러분"이라는 진술 또한 이러한 신여성을 포함한 학생 계층에 대한 그의 특별한 애착을 표상한다.

〈신춘야담대회〉가 "우리는, 정신에 극도로 굶주린 우리는 이것을 들음으로써 정신의 양식을 구하라! 얻어라! 동양풍운을 휩쓸어 일으키던 혁명아들의 포연탄우 가운데서 장쾌한 활약을 하던 이면사의 사실담을 들어라! 뜻있고 피 끓는 만천하의 청년들아! 반드시 와서 들어라!"고 직접 청년학생을 겨냥한 것은 김진구의 야담'운동'에 내재된 갈등하는 대중'상'의 한 반영일 것이다. 그는 야담을 대중문화의 평등한 향유물로서 소환했지만, 그럼에도 그의 야담은 적어도 역사의 줄거리를 이해할 줄 아는 지식의 등급이 내재되어 있었던 것이다. 이러한 보통'상식'을 둘러싼 서로 다른 이해와 관점은 식민지 조선의 대중매체들이 벌인

....

30 김진구, 〈야담남국행野談南國行 — 근래의 대성황〉, 《동아일보》, 1929년 12월 8일자.

1938년《조선일보》주최의 전조선향토예술대회의 박춘재 재담 공연

1914년《매일신보》〈예단 일백 인〉중 한 사람으로 꼽힌 박춘재

대중문화'운동'의 하향적 대중화를 언제나 갈등과 분열의 현장으로 만드는 원인이 되었다.

김진구의 야담'운동'이 식민지 조선의 대중매체에 의한 대중문화'운동'의 일환으로 전개된 것과 조응하는 이러한 보통의 '상식'과 평균의 대중'상'은, 그의 야담'운동'뿐만 아니라 여타의 모든 대중문화'운동'이 갖는 딜레마를 보여준다. 식민지 조선의 대중매체에 의해 식민지 조선인은 누구나 일반대중으로 대중공론의 장에 호출되지만, 이 모든 대중이 대중공론의 장에 적합한가의 자격 여부는 또 다른 문제를 이루기 때문이다. 적어도 역사의 줄거리 정도는 이해할 줄 아는 대중으로 대변되는 이러한 일정한 지적 제한이 누구에게나 열린 대중의 개방성 및 공평성과 어긋나는 차이를 새겨넣는 것이라면, 식민지 조선의 대중매체가 상정하는 대중'상'이란 이 근대적 지의 피할 수 없는 숙명 속에서 그 내적 분할과 차이의 위계화를 그릴 수밖에 없다.

김진구의 야담'운동'은 "김옥균의 이야기를 어찌나 많이 하였던지 눈을 감아도 김옥균이가 환히 보인다고" 하는 김옥균의 좌절된 개혁 의지에 근거한 대중문화'운동'의 차원을 이처럼 갈등하는 대중'상'으로 시현했다.[31] 그의 주된 선전 구호였던 "입으로 붓으로＝단상으로 지상으로"와 "야담운동＝즉 역사적 민중신新교화운동"은 역사 '상식'을 평균 대중이 갖추어야 할 필수적인 조건으로 만들었다. 이러한 평균과 보통 '상식'의 일정한 지적 제한성이 그리는 내적 분할선은 필연적으로 부인

....

31 다언생多言生, 〈비중비화, 백인백화집〉, 《별건곤》, 1934년 1월, 20쪽.

＝대중이라고 하는 대중의 원시적인 표상을 낳게 된다. 식민지 조선의 대중매체의 출현이 탄생시킨 이 부인＝대중의 원시적 표상에 주목해야 하는 이유가 여기에 있다.

부인＝대중의 원시적 표상은, 김진구의 야담'운동'이 드러내듯이 보통'상식'과 평균'대중'의 실제성을 확보하기 위한 최저 제한선이었다. 이는 물론 1926년 《개벽》의 강제 폐간 이후 달라지는 식민지 조선의 매체 환경과 무관하지 않았다. 하지만 이와 병행하여 식민지 조선의 대중매체가 창출한 대중공론의 장에 처음으로 모습을 드러낸 이 광범위한 잠재적 대중층은 근대적 지가 매개된 리터러시의 부수적 효과이자 산물이었다. 근대적 지의 매개된 리터러시가 근대적 지를 획득하지 못한 방대한 잠재적 대중들을 창출하고 또한 발견·주목하게 했기 때문이다. 식민지 조선의 대중매체는 이 방대한 잠재적 대중층을 어떻게 견인하고 내화할 것인가를 스스로의 과제로 삼았다. 이런 점에서 식민지 조선에 대중매체의 출현과 함께 등장한 이 방대한 잠재적 대중들은 부인＝대중의 원시적 표상을 둘러싸고 갈등하는 대중'상'을 매번 가시화하게 되는데, 야담과 문예의 착종 및 젠더화는 이 부인＝대중의 원시적 표상과 맞물린 지극히 근대적인 산물이라는 점에서 이를 전근대의 분화되지 않은 효과로서 바라보는 시각에 대한 교정을 요구한다. 부인＝대중의 원시적 표상이 최소한의 근대적 리터러시를 향한 한글보급'운동'을 낳게 되는 현장에, 야담과 문예의 착종 및 젠더화의 역학이 존재하게 되는 것이다.

2.2

부인=대중의 원시적 표상과 하향적 대중화

　김진구의 야담'운동'이 1928년 12월의 회고담을 통해 역사적 민중교화'운동'으로서의 가능성과 한계를 점검하던 그때, "단상으로 지상으로"의 캐치프레이즈를 내걸었던 이 야담'운동'의 야심찬 하향적 대중화는 이미 쇠퇴 조짐을 보이고 있었다. 김진구가 야담'운동' 못지않게 심혈을 기울였던 시대극'운동' 역시 "야담이 사담史談인 이상 시대극時代劇은 사극史劇"일 것이고 "야담은 역사를 연단 위에서 하는 것이며 시대극은 역사를 무대 위에서 극원劇員이 극화"한다고 주장하던 김진구의 주장이 무색할 만큼 별다른 성과를 거두지 못한 채 막을 내리고 말았다.[1] 그가 창립한 시대극연구회의 〈대무대의 붕괴〉(김진구 작)와 〈반역자의 최후〉(권철 작)는 극본 내용이 불온하다는 이유로 식민권력에 의해 상연 금지를 당했으며, 이에 따라 자연히 지방순회공연도 연기·취소되

....

1　김진구, 〈시대극과 조선〉, 《동아일보》, 1928년 8월 4일자.

어 갔기 때문이다.[2]

김진구의 야담'운동'과 시대극'운동'은 그 실익과 오락의 구분 및 대중'상'을 둘러싼 모순적이고 갈등하는 양상을 보이고 있었다. 김진구는 실익과 오락을 구분함으로써 오락만이 아닌 실익을 주고자 했던 고투의 경험을 매 지면마다 강조했는데, 이 연장선상에서 "소설에도 연애소설이라야 극에도 연애극이라야 인기가 비등한다고만 보는 사람은 아무리 하여도 피상관을 나는 경솔하다고, 너무 우리 민중을 무시하는 말 따위이다. 아닌 게 아니라 아직 튼튼한 줏대가 서지 못한 청소靑小 남녀로서는 꿀맛 같고 알콩달콩한 얕고 얇은 수작에 비록 어느 정도까지라도 마춰되지 않는 것도 아니다. 그러나 그것은 일시적 취미이며 오락이며 소비거리"에 지나지 못함을 지적하고 있다.[3] 그는 일시적 취미와 오락을 단지 대중매체의 상업성의 발로에 지나지 않는다고 본 것이다.

그의 이러한 구분선에 따라 일시적 취미와 소비 독물讀物 및 진정한 취미와 오락의 본모습이 나누어진다. 오직 일시적 유행에 따라 만족과 흥미를 주려 하거나 이에 추종하는 것은 오히려 "견실용장堅實勇壯한 그 무엇을 얻어보려고 자꾸만 애쓰는" 식민지 조선의 대중적 요구와 갈망을 무시하는 처사라는 것이 그의 발언의 요지다. 그는 설혹 자신이 시대에 뒤떨어진다는 일부의 조소를 받을지라도 식민지 조선의 대중에게 정신적 양식을 제공해줄 수 있어야 한다는 말로 야담'운동'뿐만 아니라 시대극'운동'을 제창하게 된다. "정신적 양식에 굶주린 백의白衣대중에

....

2 〈시대극 연구회의 상연 금지, 지방순회 연기〉, 《중외일보》, 1928년 8월 5일자.

3 김진구, 앞의 글, 《동아일보》, 1928년 8월 3일자.

게는 더구나 역사상식의 요구에 목마른 학생층계급"에게는 이 일시적 취미와 만족을 주는 연애소설류 따위가 아니라 진정한 취미와 오락을 제공할 수 있어야 한다는 사명의식이 이 발언에서 진하게 묻어나온다.

대중의 취향과 오락을 둘러싼 이 갈등하는 분화와 경합의 밑바탕에는 식민지 조선의 대표적인 사상잡지였던 《개벽》의 강제 폐간이라는 현실이 드리워져 있었다. 사상잡지로서 《개벽》의 이와 같은 몰락은 대중매체의 생존에 대한 가이드라인을 제시하는 것이나 다름없었기 때문이다. 식민지 조선의 미디어적 환경이 열어놓은 대중매체의 자기 전개와 진화는 또한 이 사상잡지의 주 독자층이었던 학생(지식인) 계층만이 아니라 더 보편적이고 평균적인 독자층을 확보할 수 있어야 한다는 나름의 절실한 생존 논리도 작동시키고 있었다. 이것이 김진구가 언급한 보통상식과 평균독자의 대중'상'과 묘한 어긋남을 빚어내고 있었던 것인데, 이 갈등하는 대중'상'을 배경으로 하여 《개벽》의 발행 주체였던 개벽사가 이를 대신하여 만든 것이 1926년 11월에 '취미잡지'를 표방하며 나온 《별건곤別乾坤》이었다.

우리는 벌써 일 년이나 전부터 취미와 과학을 갖춘 잡지 하나를 경영하여 보자고 생각하였다. 그러나 일상 하는 일이지만 말이 먼저 가고 실행이 나중 가는 것은 일반이 아는 사실이라 더 말할 것도 없지마는 벼르고 벼르던 것이 일 년 동안이나 내려오다가 《개벽》이 금지를 당하자 틈을 타서 이제 《별건곤》이라는 취미잡지를 발간하게 되었다. 물론 《개벽》의 후신으로는 언론잡지의 출간이 허가되는 대로 또 편집을 시작하려니와 《별건곤》으로 말하면 휴가 한 겨울을 이용하여 시작한 것이니 결국 앞으로 이종의 잡지를 우리는 기대하여 보자! 시작이 반이라고 편집에 착수한 결과 겨우 편집을 마치기는 했으나 생각하면 우리가 이상으로 생각하는 취미잡지는 사실 고난을 면할 수 없었다. 취미라고 무책임한 독물만을 늘어놓는다든지 혹은 방탕한 오락물만을 기사로 쓴다든지 등 비열한 정서를 늘어놓는다든지 해서는 아니 될 뿐만 아니라 그러한 취미는 할 수 있는 대로 박멸케 하기 위해서 우리는 이 취미잡지를 시작하였다. 젊은 동지들이여! 한 가지 읽고 쓰고 생각해보자![4]

골자는 쑥 빼고 취미 중심으로만 하기로 했다. 아홉 시가 되니 대만원이랄 수는 없으나 교자橋子대로는 꽉 찼다. 이만하면 이야기할 만하다. 어쨌든지 기적적 현상이다. 김전金田 양씨가 이때까지 양비대담攘臂大膽, 흰목을 쓸 만하다. 그 무기력한 신의주 청년으로는 무슨 집회든지 집회 만에는 잘 모여드는 열이 있다고 한다. 조금 일찍부터 잘 계획했으면 언제든지 대성황은 예기豫期할 수 있다. 이것도 신의주의 자랑거리라면 자랑거리이다. 정正 9시에 이학중李學仲 군의 개회사가 마친 후에 폭소담뇌爆笑談腦=해학골계諧謔滑稽로써 장내의 공기를 보드랍게 해놓고서 본담本談으로 들어가서 일사천리로 짓닥짓닥 해 내려 가는데 워낙 늦게 시작해 놓은지라 제 이석까지는 도저히 생각도 말아야겠기에 제 일석의 중둥에서 잠간 소게少憩, 수년 전까지도 경성악단에서 명성이 높던 성악의 권위 박철희 씨의 독창 일성은 정말 만장을 생광生光이었다.[5]

....

4 〈여언餘言〉, 《별건곤》, 1926년 11월, 153쪽.

5 김진구, 〈북대北隊〉, 《별건곤》, 1929년 8월, 152쪽.

첫 번째 인용문은 《별건곤》의 창간 〈후기〉이고, 두 번째 인용문은 김진구가 쓴 《별건곤》의 독자층 확보를 위해 떠났던 지방순회공연의 보고문이다. 첫 번째 인용문은 《별건곤》이 《개벽》 폐간을 대신한 취미와 과학잡지임을 내세운다. 취미와 과학은 일견 조합되지 않는 지적 배치를 갖고 있지만, 과학은 김진구가 전대의 야담을 부정하면서 제시했던 "말이 진부하고 허탄맹랑虛誕孟浪한 비과학적이며 사실을 너무 무시"한 원시적이고 유치한 전대의 모든 문화유산을 가리키는 것이었음을 상기한다면, 《별건곤》이 내세운 과학잡지란 한 마디로 사실성을 우위로 하는 현대적인 오락물을 통칭하는 것이라고 보면 된다.[6] 이런 점에서 과학이란 사실성을 우위로 하는 근대의 진보적 관념이 내포된 광의의 기호였던 것이며, 이러한 사실성에 대한 우위를 바탕으로 현대적 오락잡지를 지향하겠다는 《별건곤》의 발간 의도와 기획이 창간 〈후기〉에 제시된 취미와 과학잡지로서 표명되었다 할 것이다.

《별건곤》의 창간 〈후기〉에서 드러나듯이 《별건곤》은 "개벽이 금지를 당하자 틈을 타서" 나온 것이며, "개벽의 후신으로는 언론잡지의 출간이 허가되는 대로 또 편집을 시작하려니와 《별건곤》으로 말하면 휴가 한 겨울을 이용하여 시작한 것이니 결국 앞으로 이종의 잡지"가 나올 것임이 명시되어 있다. 이 《별건곤》의 후기대로라면, 《별건곤》은 《개벽》의 강제 폐간이 불러온 휴가의 산물이었던 것이며, 이것이 '언론(사상)잡지'인 《개벽》과 대별되는 '취미잡지'로서 《별건곤》을 발간할

----

6 김진구, 앞의 글, 《동아일보》, 2월 6일자.

수 있었던 주된 계기로서 작용했던 셈이다. 여기에는 《개벽》이라고 하는 '언론(사상)잡지'와 《별건곤》이라고 하는 '취미잡지'의 구분이 내재되어 있으며, 1920년대 '문화통치'가 열어놓은 식민지 조선의 미디어적 환경이 미디어 간의 분화와 교배로서 이어지게 될 것임이 예고되어 있다. 한 마디로, '언론(사상)잡지'인 《개벽》을 대신한 《별건곤》은 "여가와 민중의 공통 취미를 위한 현대적 대중오락물"이었던 것이다.

이런 점에서 '취미잡지' 《별건곤》은 '언론(사상)잡지'인 《개벽》과는 변별되는 위치에서, 대중의 공통 취미를 개발하고 대변하겠다는 특정한 사명감을 앞세운다. 《개벽》의 사회정치적 관심사와 구분되는 대중의 이 공통 취미라는 것이, 식민권력에 의해 차단된 정치시사의 영역을 대신하는 가벼운 읽을거리로서 '취미잡지'인 《별건곤》을 《개벽》과는 다른 위치에 설 수 있게 하는 토대이다. '언론(사상)잡지' 《개벽》과 '취미잡지' 《별건곤》의 이 구별짓기가 또한 《개벽》과 《별건곤》으로 대표되는 "이종의 잡지"를 계획하는 근거가 되고 있는 것을 보면, 벽타碧朶(이성환)의 〈빈취미증만성貧趣味症慢性의 조선인〉은 창간사가 따로 없던 《별건곤》의 창간사를 대신하며 이 '취미'의 문제를 전면화시켰다 할 수 있다.

인간의 사교 심리는 다만 군중 생활이라는 것뿐도 아니다. 중衆과 더불어 보고, 듣고, 말하고, 놀고, 먹고, 마시고 하는 도정道程일 것이다. 그럼으로 이 사교 심리를 만족시킴에는 〈취미〉가 많은 군중 생활이라야 된다. 오늘날 농촌 사람이 거리로 몰리고 적은 것, 사람들은 또다시 대도회로 집중하는 것은 복잡한 도회는 취미 기관이 많은 것을 동경하는 사교 본능에서 나온 욕적慾的 충동이라 하겠다. 무미건조한 생활을 싫어하고 윤기 있는 취미

생활을 요구함은 이 보통 사람의 심리이다. 그러고 보면 생활한다는 것만이 생활이 아니고 위안과 취미가 부속附屬된 생활이라야 의의 있는 생활이라 하겠다. 아마 이 세상 많은 사람은 물질적, 목적적目前的 취미 생활을 요구하는 것인 것은 감출 수 없는 사실이 아니냐.(중략)

오늘날 조선의 무산대중은 인간 본성으로서 요구되는 욕망을 만족시킬 수 없을 것이다. 사람은 새 것을 보고 싶어하고 새 것을 듣고 싶어한다. 그러나 오늘날 조선 사람은 이와 같은 취미 생활의 빈핍을 당하고 있다. 그 취미빈핍貧趣味症은 벌써 걸린 지 오래다. 이제는 더 구할 욕망부터 말살되려는 경향이다. 다시 말하면 빈취미증貧趣味症 만성에 걸려 〈에라 되는 대로 살자. 죽기만 못한 이놈의 생활을…〉 이렇게 자포자기한다. 우리 조선에 활동사진관이 몇 개지만 그것이 노농대중에게 무슨 위안을 주었으며, 무도, 음악이 유행하지만 그것이 또한 노농대중에게 무슨 취미가 되었느냐? 박물관, 동물원, 공원, 극장이 다 그러하다. 그것은 다 일부 인사의 독점적 향락 기관이 되고 말았다. 우리의 노농대중은 언제부터 언제까지든지 이 빈취미증貧趣味症을 면해 볼 길이 없다. 이제 만성에서 운명을 재촉할 뿐이다. (중략) 취미 생활은 그 범위가 구구불일區區不一하다. 그러나 일반적으로 보아 사교적 본능으로 우러나오는 것, 새 것을 보고 싶어하고 새 것을 듣고 싶어하는 것은 공통된 욕망인 것 같다. 도회 사람은 촌 소식을, 촌사람은 도회 소식을 듣고 보고 싶어하며 이 나라 사람은 저 나라 일을 서로 알고 싶어한다. 그 중에도 진기한 소식을 더욱 알고 싶어하는 것이 취미성의 욕구이다. 이 점에서 극, 활동사진 같은 것이 근자에 대 세력을 같게 되었으나 우리 조선과 같이 교통이 다 불편하고 물질문명이 남보다 뒤떨어지고 그리고 일반

적으로 무산화無産化된 처지에서는 그것으로써 공통된 만족을 줄 수 없다.[7]

벽타(이성환)의 이 글은 《별건곤》 창간호 속표지가 "취미 · 실익 잡지"로 표기된 것과 상통한다. 그는 이 글을 통해서 인간의 공통적 욕망에 기초한 공통 취미라는 것을 논의의 선상에 올리고 있다. 도대체 인간의 공통 취미란 무엇인가. 무엇이 공통 취미라고 부를 만한 일반성을 확보해줄 수 있는가. 그는 이 물음에 대해 몇 가지 점을 전제로 하여 논의를 전개한다. 먼저 인간성 일반의 문제로서 인간은 성적 본능, 물적 본능, 명(예)적 본능 못지않게 군중과 함께 먹고 보고 듣고 말하고 놀고 먹고자 하는 사교적 본능을 갖고 있는 존재라는 점이다.

이 사교적 본능의 자연스러운 발로로서 인간은 "무미건조한 생활을 싫어하고 윤기 있는 취미 생활을 요구"하게 된다. 이것이 인간 일반이 가진 보통 사람의 심리라고 그는 주장한다. 이러한 그의 주장에 의하면, 이것은 필연적으로 보통 사람의 수준에 맞는 공통 취미의 범주와 대상이 무엇인가라는 다음의 질문으로 향할 수밖에 없다. 그는 대도시에 편중된 몇 개의 "활동사진관"과 "박물관, 동물원, 공원, 극장"은 이 공통 취미의 대상이 될 수 없다고 본다. 그것은 "일부 인사의 독점적 향락 기관"에 지나지 않기 때문이다. 마찬가지로 집안에 "바이올린, 만돌린, 오르간, 피아노를 갖춰 놓고 사이사이 한 곡조 울리는 것을 유일한 취미로 아는 신사숙녀"의 향락도 이 보통 사람의 공통 취미가 되기

....

7 벽타碧朶, 〈빈취미증만성貧趣味症慢性의 조선인〉, 《별건곤》, 1926년 11월, 58-61쪽.

에는 턱없이 부족하다. 이 역시 "유산계급의 향락 위주"의 소산물에 불과하기 때문이다. 여기서 벽타는 유산계급과 보통 사람의 구분을 행할 뿐만 아니라, 더 나아가 보통 사람의 기준을 무산대중에 두는 전략적 포지션을 취한다. 그가 유산계급과 무산대중을 나누고, 보통 사람의 기준을 무산대중에 둘 수 있는 이유는, 식민지 조선의 열악한 물적 토대에 있었다. 조선은 "다 교통이 불편하고 물질문명이 남보다 뒤떨어지고 그리고 일반적으로 무산화無産化"되었다는 것이다.

"인간 사회에 만일 취미 생활이 없다고 하면 그 인간들은 전도에 광명이 없고 희망이 없고 원기가 없고 윤기가 없어 아무 가치 없는 암흑·참담한 생활일 것이니 그 사회 민중 국가를 위하여 조상弔喪"하지 않을 수 없다고 하는 그의 주장은, 이 열악한 식민지 조선의 물적 토대를 감안한 무산대중들의 공통 취미를 위한 오락기관의 필요성을 대두시킨다. 무산대중의 기층적이며 자생적인 요구를 담아낼 수 있으면서도 식민지 조선의 열악한 현실을 극복할 수 있는 공통 취미의 확보는, 취미가 개개인에 따라 다를 수 있지만 "새 것을 보고 싶어하고 새 것을 듣고 싶어하는" 공통적 욕망에 기초한 "오직 값 헐한 인쇄물이 저급의 문체로 기록되어 아무리 심산유곡에라도 갈 수 있게 된다 하면 그에 의하여 사진으로 기사로 한 자리 수백수천의 대 군중과 섞이어 놀고, 먹고, 마시고, 노래하고 말하고 춤추는 감을 일으키어 인간적 취미에 어느 정도의 만족"을 줄 수 있는 값싼 대중출판물의 존재 가치로 귀결된다.

벽타가 이와 같이 이야기한 값싼 대중출판물의 존재 가치는 "민중적 취미 인쇄물이 얼마나 우리의 생활을 윤택케 하고 원기 나게 하고 광명 있게 하고 희망 있게 하는 가치를 가지고 있는가를 알 수 있다."고

하는 그의 발언으로 재천명되고 있다. 따라서 그가 정의한 "민중적 취미 인쇄물"의 조건을 충족시키려면 무엇보다 일단 값이 싸야 하는 것이다. "오직 값 혈한 인쇄물"만이 이 "민중적 취미 인쇄물"로서의 기본적인 조건을 갖출 수 있다. 다음으로 그가 들고 있는 것이 "저급한 문체"이다. 이 두 가지 조건을 갖춘 "민중적 취미 인쇄물"은 "새 것을 보고 싶어하고 새 것을 듣고 싶어하는", 이른바 미지의 지역과 사람의 소식을 알고 싶어하는 인간의 본원적 욕구를 채울 수 있는 가장 손쉽고 간단한 방안이다. 벽타의 〈빈취미증만성貧趣味症慢性의 조선인〉은 《별건곤》이 갖는 새로운 위상과 연동하며, 《개벽》이 담보할 수 없었던 보통사람의 공통 취미의 개발과 향유라고 하는 대중의 감수성을 창출하며 《개벽》과는 대별되는 지점에서 그만의 대중'상'을 구축해가게 된다.

이런 점에서 《별건곤》은 계층·지역·연령·젠더를 초월한 대중의 보편적 감수성을 공통 취미로 압축한다. 이러한 대중의 보편적 감수성이 지닌 균질화는, 식민지 조선인들이 대부분 무산대중이라고 하는 자기동일적인 '민족'화의 시선을 그 기저에 깔고 있다. 일부의 특권계급의 향유물이 아니라 대부분이 무산대중인 식민지 조선인들이 누구나 누릴 수 있는 공통 취미를 제공하는 것, 이것이 《별건곤》의 창간 의미이자 존재 가치라는 이 새로운 위상 정립은 내용 면에서는 "실익과 취미"로, 형식 면에서는 저렴한 가격과 저급한 문체로 통일되어 대중매체의 평균 독자의 레벨을 재조정해가게 되는 역동적인 움직임을 보여주게 된다.

《별건곤》이 표방하는 보통 사람의 공통 취미와 같이 논의할 수 있는 것이, 바로 《개벽》과는 다른 지점에서 평균독자'상'을 만들어가고 있었던 부인(여성)잡지였다. 왜냐하면 부인잡지 역시 실용과 재미 그리고

1926년 11월 1일《별건곤》
창간호 표지

취미와 실익잡지를 표방한
《별건곤》속표지

저렴함과 저급함을 앞세우며 부인＝대중이라고 하는 전인미답의 영역을 개척하고 있었기 때문이다. 부인잡지에 의한 이러한 부인＝대중의 발견은 부인(여성)이 갖는 대중의 원시적인 자기 표상으로서의 의미와 무관하지 않다. 만약 식민지 조선의 대중매체가 대중'상'과 관련된 하한선을 그릴 수 있다면, 그것은 부인(여성)＝대중이었기 때문이다. 이는 식민지 조선인을 대부분 무산대중으로 규정한《별건곤》의 독자 '상'과도 일정 정도 겹치는데, 무산대중은 이 부인(여성)＝대중의 원시적인 자기 표상을 경유해서야 비로소 그 실체를 뚜렷이 할 수 있었다는 점에서 그러하다.

　이런 점에서 1925년에 보통선거가 실시되고 일반대중이 정치 무대에 대거 등장한 일본에서 오오야 소이치大宅壯一가 〈문단 길드의 해체기文壇ギルドの解體期〉라는 평론을 통해서 부인＝대중과 이 부인＝대중을 대상으로 한 부인잡지의 출현이 갖는 사회문화적인 변화상을 다음

과 같이 묘사한 것은 의미심장하다. 그는 "제1차 대전 발발 후 홍수처럼 밀려온 호경기의 물결은 벼락부자를 양산하고 동시에 중산층 이하 계급의 호주머니를 두둑하게 하여 일본 저널리즘에 방대한 시장을 공급했다. 특히 근년에 가장 두드러진 현상이라고 할 만한 부인들의 독서 열기는 일본의 저널리즘에 광대한 신식민지의 발견이라고 비유할 만한 영향을 주었다. 이리하여 부인잡지의 급격한 발전은 중국을 고객으로 삼는 방적업의 발달이 일본 재계에 미친 것과 마찬가지의 영향을 일본 문단에 주었다. 그리고 유행 작가의 수입은 부인잡지의 발전에 비례하여 폭등했다."고 주장했다.

오오야 소이치는 1934년에 발표한 〈부인잡지의 출판혁명〉이라는 글에서도 부인잡지의 출현이 갖는 의미를 재차 강조하고 있다. 그에 따르면 부인잡지의 출현은 산업혁명에 비견되는 출판혁명과 흡사하며, 이 중심에는 부인잡지의 '저가'와 '실용' 및 '잡다'와 '평이'가 존재하고 있다. 기존의 대중매체가 갖고 있던 봉건성과 수공업성을 타파하는 데 일익을 담당한 부인잡지의 출현은 일본의 내부적 식민지라 할 부인(여성)＝대중의 가시적 표면화와 밀접하게 연동해 있었는데, 이는 일본의 상품시장으로 떠오른 중국이란 신식민지에 비교되었다. 이처럼 부인＝대중을 주요 독자층으로 삼는 부인잡지의 독자층 확대와 하향이 대중매체의 대중'상'에 급격한 변화를 초래하면서, 부인잡지로 대변되는 대중 '상'의 자기 내화라는 측면에서도 새로운 변용과 전환을 가져오게 된다. 따라서 부인＝대중이라고 하는 대중의 원시적인 자기 표상은 일본의 사례에서처럼 대중매체의 전개와 발전에 적지 않은 영향을 가져온다.

부인＝대중의 발견 및 이 대중'상'의 자기 내화와 관련된 분화와 통합의 이중운동은 대중매체의 진화와 발전을 위한 중심 과제가 되었다. 오오야 소이치는 일본 문단을 중심으로 이를 설명했지만, 부인＝대중이라고 하는 이른바 대중의 쇄도는 다이쇼 데모크라시로 표현되는 일반대중의 등장과 더불어 현실적으로 일본 여성의 중등교육 비율이 현저히 높아지는 근대적 교육 시스템으로 뒷받침되었다. 마에다 아이前田愛는 일본 여성교육의 비율을 설명하며, 1918년에서 1926년 사이에 학교 수는 약 2.5배, 학생 수는 약 3.2배가 증가했다고 말한다. 1925년 고등여학교 졸업자는 같은 연령의 여자 인구의 약 10퍼센트에 달했다. 부인잡지가 10월에는 결혼특집을, 3, 4월에는 졸업생을 테마로 한 특집 기사를 내고, 학력 신장을 발판으로 사회로 진출한 직업부인들의 존재를 사회의 이채로운 존재와 현상으로 부각할 수 있었던 이유 역시 이 근대적 교육 시스템의 확대와 신장에서 찾을 수 있을 것이다.

물론 이 여성들이 전체 여성에서 차지하는 비율은 일본 사회에서 높지 않았다. 하지만 이들의 존재 자체가 발하는 새로운 것을 향한 근대성의 표지는 이들의 존재를 이채롭게 하기에 충분했다. 이 여성들의 사회 참여 비율은 점차 높아져서 새로운 여성 직업군인 타이피스트, 사무원, 점원, 간호원, 교환수 등이 엘리트 여성의 이미지를 창출하며, 부인＝대중의 이미지를 전 사회에 퍼뜨리게 된다. 여학생 혹은 이 직업부인 등이 신여성으로 불리며 부인잡지의 독자층을 확대시켜갔던 시대사적 상황은 식민지 조선에도 그 맹아적인 형태를 틔우고 있었던 것이다.[8]

....

8　마에다 아이, 앞의 책, 210-211쪽.

물론 일본과 비교해 식민지 조선의 여성교육 비율은 현저히 낮았다. 읽고 쓴다는 근대적 제도교육에 국한해서 살펴보면, 일본과 비교해 식민지 조선의 여성교육 실태는 참담하기 그지없었다.[9]

다이쇼 시대 고등여학교의 학교 수 · 학생 수 · 졸업생 수

연도	학교 수	학생 수	졸업생 수(본과생만)
1920년	336	125,588	24,030
1921년	417	154,470	27,985
1922년	468	185,025	32,635
1923년	529	216,624	37,090
1924년	576	246,938	42,466
1925년	618	275,823	52,845
1926년	663	296,935	59,169
1927년	697	315,765	64,206

전체 조선 여성 인구의 중등여학교 학생 수와 비율

연도	중등여학교 학생 수	전체 여성 인구 비율	비율
1920년	705	8214090	0.86
1921년	1065	8280496	1.23
1922년	1322	8352615	1.32
1923년	1518	8476101	1.62
1924년	1710	8573899	1.99
1925년	2021	9076332	2.23
1926년	2630	9105710	2.89
1927년	3243	9119003	3.56

....

9 위의 표는 마에다 아이, 위의 책, 209쪽과 주요섭, 〈조선여자교육사〉, 《신가정》, 1934년 4월 ; 김경일, 《여성의 근대, 근대의 여성》, 푸른역사, 2004, 54쪽을 참조하여 정리했다.

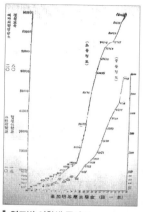
연도별 여학생 증가표

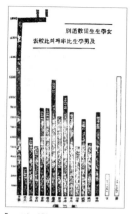
도별 여학생 수와 비율

이를 당대의 실감을 빌려 서술하면, 1927년 7월 8일자《동아일보》는 박원희의 〈조선여자교육의 현상과 근본정신〉에서 다이쇼 13년(1924)의 통계표를 들어 식민지 조선의 여성 중 "백분지칠百分之七이 현대 교육"을 받고 있으며 "나머지 백분지구십삼百分之九十三은 전혀 교육"받지 못하는 상황에 처해 있다고 개탄하고 있다.[10] 조선총독부의 공식 통계에 근거한 박원희의 발언은 1923년 현재의 초등교육에 해당하는 보통학교의 여학생 숫자가 관립·공립·사립을 합하여 45,279명인 상황을 말하는 것이었다. 앞에서 인용한 중등교육을 받은 여학생 숫자는 이보다 더욱 적어서 1923년 현재 1,370명에 지나지 않는다. 이는 당시 식민지 조선의 여성 인구 8,476,101명의 1.62%에 지나지 않는 비율로, 당시 보통학교의 남학생 숫자가 272,544명과 비교해보아도 현격한 차이가 난다.

....

10 박원희, 〈조선여자교육의 현상과 근본정신〉,《동아일보》, 1927년 7월 8일자.

숙명여고와 권화여고의 초창기 모습

신문에 소개된 여고보(여자고등보통학교) 졸업자들의 면면. 《동아일보》 1927년 3월 22일자

이 여학생 숫자가 말해주듯이, 식민지 조선의 여성들은 근대적 교육시스템에서 체계적으로 배제되고 있었다. 이런 점에서 일본과 같은 부인＝대중의 가시적 표면화를 통해 이른바 일본의 '신'식민지라 할 대중'상'의 변화를 가져오기에는 식민지 조선의 물적 토대가 너무 취약했다. 아무리 저가와 실용 및 저급과 평이를 앞세운다 하더라도 취학하지 못한 불不취학층 비율이 거의 90%에 달하는 식민지 조선의 현실은 부인잡지가 부인＝대중을 주요 독자층으로 하여 생존하기가 쉽지 않음을 말해준다.

김기전은 1924년 3월 《신여성》에 〈조선의 절뚝발이 교육〉이라는 글에서, 식민지 조선의 이러한 열악한 현실을 개탄하며 당시 여성교육의 실태를 아래와 같이 고발하고 있다.

작년 5월 그믐 조사로 조선 안에 있는 공립보통학교는 9백5십여 처에 생도가 30,559인인데, 그 중에 계집애 학생은 41,868인에 지내지 못하며, 글방 수가 21,057처에 생도가 275,952인데 계집애 학생은 천여 명에 지내지 못하며 여기서 조금 올라가 중학교 정도의 학생 편을 보면 고등보통학교가 27처에 생도수가 10,530명인데 그 중의 여학생은 1563명에 지내지 못하며 이 위에 좀 더 올라가 전문학교의 재학생을 보면 여학생이라고는 보고 죽을래야 없고 커다랗게 경성의학전문학교에 청강생이 두어 사람 있고 국외유학생 중에 몇 여자의 전문학교생이 있는데 지내지 못한다. 2천만의 인구를 가진 우리 사람네에게 남녀소학생이 단 3십만 인이라 하는 것, 그것이 본래 말할 수 없는 치욕이거늘 여자소학생은 또 그것의 칠분의 일도 되지 못한다 함이 이 과연 얼마나 한 치욕이며 전 조선인족 중에 중등 정도의 학생이 불과 만 명이라는 것이 이것이 본래 말할 수 없는 망칙한 일이거늘 여중학생은 또 이것의 십분지일十分之一도 넘지 못한다 함은 정말 얼마나 한심한 일이냐. (중략) 조선 안에 사는 일본 사람은 통처서 39만 명, 여자만 치면 15만을 넘지 못하는데 그 중의 통학 여자가 3만 명 이상 되니 슬프다. 이 꼴을 무엇으로 형용하여야 옳을꼬.[11]

김기전은 공립보통학교의 남녀 간 숫자 및 도농 간 그리고 재조 일본인과 조선인 간의 여학생 숫자를 일일이 따져가며 식민지 조선의 여성교육이 처한 극도의 열악하고 부진한 현실을 고발하고 있다. 그는 이러한 열악한 식민지 조선의 상황에서 "남녀평등이니 여자해방은 호사

11 김기전, 〈조선의 절뚝발이 교육〉,《신여성》, 1924년 3월호, 2-5쪽

스런 말"일 뿐이라고 웅변하며, 조선에 더 많은 여학교가 세워져야 한다고 주장한다. "목하 당장에 답답한 것은 여자보통학교를 졸업하고 난 그 여학생들이 여자고등학교에 들 수가 없는 그것이며 여자고보를 졸업한 그 학생들이 그 이상 학교에서 공부할" 수가 없다는 그의 지적은 여성교육이 도시(경성)와 농촌뿐만 아니라 보통교육에서 중·고등교육으로 올라갈수록 좁아지는 식민지 조선의 근대적 교육 시스템과 인식 부족을 꼬집고 있는 것이다. 그는 이것이 남녀의 평등과 해방의 시대사적 조류와도 맞지 않음을 지적함으로써, 여성교육에 대한 더 폭넓은 관심과 지원을 식민권력과 식민지 조선의 부형들 모두에게 요청하게 된다. 이처럼 열악한 식민지 조선의 여성교육 상황은 부인(여성)의 대중'상'이 산업혁명에 비견되는 출판혁명으로 인식된 일본과 달리 식민지 조선의 부인＝대중은 일본과 동일한 효과를 창출하기가 쉽지 않았음을 말해주는 방증이다.

하지만 이 근대적 교육 시스템의 일원으로 당당히 등록된 "조선여자로서는 참으로 행복"한 이 "백분지칠百分之七의 여자들"로 인해 부인＝대중이 또한 가시화될 수 있었다는 점은 지적하지 않을 수 없다. '여학생'으로 상징되는 이 근대적 제도교육의 수혜자들은 상대적으로 "백분지구십삼百分之九十三"에 달하는 그렇지 못한 대다수 소외된 여성들의 존재를 상기시킬 수밖에 없었기 때문이다. 이를 반영이라도 하듯이, 1922년 개벽사에서는 《부인》 잡지를 창간했고, 이 잡지명이 바뀌어 1923년 9월에 발간된 잡지가 《신여성》이었다.

《신여성》은 식민지 조선에서 부인잡지의 출현이 보다 본격화되는 계기

《신여성》의 전신인 《부인》 　　　　《신여성》을 포함한 개벽사의
　　　　　　　　　　　　　　　　　　잡지들

로서 작용했다. 물론 1917년에 발행된 《여자계》와 1920년의 《신여자》 그리
고 1922년에 《신여성》의 전신인 《부인》 모두 부인잡지라는 성격을 띠고 있
었긴 했지만, 《신여성》은 이들 잡지와 달리 "여학생은 물론 그 가정부형도
읽는" '가정'잡지라는 점을 내세웠기 때문이다.[12]

'가정'잡지임을 내세우며 등장한 《신여성》은 11월호 권두언으로 이
돈화의 〈세상에 나온 목적〉을 실었다. 이돈화는 이 글에서 신여성의
정의를 내면 깊숙이 감춰진 진실한 본래성에서 찾고 있다. 그는 개성

....

12　김수진은 《부인》이 왜 '신여성'으로 제호를 바꿨는지는 알 수 없으나, 《부인》이 독자를 '구'가정부인으
　　로 설정한 반면, 《신여성》은 당대의 코드인 신여성을 적극적으로 호명하면서 여학생잡지인 동시에
　　가정잡지임을 목표로 한 대중성과 계몽성의 접합을 꾀했다고 설명한다. 그녀의 지적대로라면, 《신
　　여성》은 《부인》보다 대중'상'에 더 주의를 기울였다는 말일 텐데, 이런 점에서 《신여성》은 그 전신인
　　《부인》에 비해 대중매체의 자기 진화와 발전의 측면에서 진일보한 측면이 있다고 해야 할 것이다.
　　김수진, 〈1920-30년대 신여성 담론과 상징의 구성〉, 서울대학교 사회학과 박사논문, 2005, 170쪽.

만 있다면 신여성 아니 신남성과 신인성新人性이 되지 못할 하등의 이유가 없다고 역설하며, 신여성을 여성이라는 성차의 관점만이 아니라 '개성'을 지닌 근대의 보편적 인간으로 호명하는 입장을 견지했다.[13] 이돈화의 이와 같은 입장 표명은 부인=대중의 가시적 현존으로서 '신여성'을 단지 부인(여성)의 대표 표상으로 머물게 하기보다는 인간 일반의 동질화된 대중으로서 자기 내화하려는 과정과 겹쳐진다. 그가 "병적 개성을 벗어버리고 깊이 내면에 묻혀 있는 진실한 본래성"의 다분히 인격주의적인 개성의 발견과 자각을 강조하게 되는 것도 이러한 인간 본래의 보편성을 확립하려는 목적의식이 컸다. 그의 이러한 인격주의적인 개성과 자아 강조가 사회와 민족이라고 하는 외부를 향한 더 적극적인 관심으로 선회하게 되는 것은, 1925년 1월의 권두언 〈연두이언年頭二言〉을 통해서였다.

여성 운동의 첫째 계단은 물론 여성의 자각에 있고 여성 자각은 물론 여성의 지위가 과거에는 어떻게 있는 것을 똑똑하게 인식하는 데서 시작되는 것이외다. 조선의 나(이) 젊은 새로운 여성들이 이 첫 계단을 밟고 올라선 지는 벌써 여러 해 되어 가지가지로 새로운 현상을 갈수록 많이 보게 되었소이다. 그러나 모든 여성이 다 같이 자기의 지위와 인격을 생각하게 되고 다 같이 근대사상近代思想적으로 자각하게 되면 조선의 부인문제―여성운동도 더 속히 진전되었을 것이외다. 그러나 지금의 해방운동과 일종의 인격적 반역은 극히 적고 적은 소수의 여성의 부르짖음에 지나지 못하는 것이 사실

....

13 이돈화, 〈세상에 나온 목적〉, 《신여성》 1923년 10월, 2-3쪽을 참조하여 정리했다.

이외다. 여기서 우리는 그 소수의 앞선 동무들에게 한 말씀 드릴 필요를 느끼는 것이외다. 여성도 남성과 동등의 지위에 서고 동등의 대우를 받고 동등의 자유와 동등의 권리를 향유하려는 것이나 또는 모든 헌―윗사람의 전제와 구속에 반항의 태도를 가지는 일은 다―다시 말할 것 없이 당연한 일이외다. 그러나 그 일이 어느 때까지든지 개인주의적임을 면치 못하고 있는 때는 그 운동의 참된 의의를 잃어버리게 된다는 말이외다.[14]

1925년 1월의 이 〈연두이언〉에서 이돈화는 여성이 남성과 동등한 대우를 받고 동등한 자유와 동등한 권리를 향유하려고 한다면, 윗사람 (구세대)들의 전제와 구속에 반항의 태도를 가지는 것이 당연하다고 말한다. 하지만 이 반항과 저항이 개인주의적 차원에 그칠 것이 아니라 사회와 대중으로 확대되어가야 할 필요성을 이 글은 적시하고 있다. "조선의 나 젊은 새로운 여성", 즉 '신여성'은 먼저 깨우친 자로서 부인 ＝대중이라고 하는 대중의 원시적인 자기 표상을 향한 지식교육자로서의 위치를 부여받게 된다. 부인＝대중의 대표 표상으로서 이 '신여성'은 부인＝대중이라고 하는 이 무정형의 존재들을 배면에 깔고 있는 부인＝대중의 일부분이면서, 이 부인＝대중을 위한 지식교육자로서의 위치를 저절로 떠맡게 되는 셈이었다.[15]

....

14 〈연두이언年頭二言〉, 《신여성》, 1925년 1월, 2-3쪽.

15 김기전은 〈갑자그믐에〉, 《신여성》, 1924년 12월, 3-4쪽에서 재래식 자유주의와 대비되는 '신여성'의 사회적 책임과 헌신을 다음과 같이 강조하고 있다. "돈푼이나 있는 남자가 공부나 하고 와서 자기 본처와 이혼하고 새색시에게 장가드는 일이 금년에는 별로 많았다. 또 뜻 안 맞는 남자와 억지로 참아가며 살아오던 여자가 그 남자를 떼어버리는 이혼 소송도 굉장하였다. 이것이 모두 말하면 남자

《별건곤》이 값싼 대중출판물로서 무산대중을 위한 평등한 지적 전달자로서의 역할을 자임했듯이, '신여성' 혹은 잡지《신여성》은 "입센의 〈노라〉는 사람인 자기가 당연히 사람대우를 받아야 할 것이거늘 남편에게 어여쁜 인형人形으로의 취급을 받아온 것이 불만불평이었던 것이라 새로이 사람의 대우를 찾으려 인형의 집에서 빠져 나온 것이었소이다. 남자의 전횡에 대한 반항! 거기에 여성 해방의 첫걸음이 있었소이다. 그러나 그것은 다만 첫걸음에 지나지 못하는 것뿐이고 참 해방운동은 거기서 다시 앞으로, 앞으로 진전해" 나아가야 한다는 부인＝대중의 친근한 지식교육자로서 자리매김되었던 것이다.

식민지 조선의 대중매체가 공통적으로 부르짖게 되는 이 평등의 정신은 "나는 오늘날 조선 안에 모든 문화운동, 사회운동에 대하여 모두가 다 그릇된 운동이라고 주장하는 한 사람이외다. 왜? 물론 문화운동, 사회운동 그 본체가 그릇된다는 것은 결코 아니고 오직 그 운동의 방법이 매우 그릇된 것을 말함이외다. 말하면 오늘날 우리 사회의 모든 선전선동이 그 하나가 도회 중심임이 아님이 없다는 것이 즉 그것이외다."(이돈화)라고 하는 대중문화'운동'에 대한 반성으로 이어졌다.

무산대중의 취미 박탈과 결여를 문제 삼았던 이성환(벽타)은《신여성》에 쓴 〈긴급 동의합니다. 농촌여성문제에 대해서〉에서 또한 대중

....

나 여자를 물론하고 성에 대한 자유를 한층 더 요구하게 되는 까닭이다. 이리하여 연애자유戀愛自由의 말도 한층 고조된다. 그러나 사람이 사람 문제에 대한 근본적 고민이나 또는 성찰이 없는 때라서 이에서 나오는 오늘날 사회제도 거기에 대한 비판이 없이 오직 한때의 유행공기에 자극되어 글자나 몇 자 알고 자유연애, 자유결혼에 얼이 빠져 피아노, 풍금, 동부인 여행, 유자생녀의 공리적 무엇을 꿈꾸는 것만이 무슨 소용이 있을까."

문화'운동'의 방향 전환을 촉구하는데, 이는 식민지 조선의 대중매체들의 대중'상'의 재조정이 일어나던 시기와 조응했다. 벽타는 "조선은 철두철미 농업국이라는 것"을 자각할 것을 주창하게 된다. 우리 역사 반만년에서 금일에 이르기까지, 조선은 "농촌의 조선이오, 농민의 조선인 조선의 조선"이라는 것이 그의 주장이다. 따라서 어떠한 종류의 문제와 운동이든지 "적어도 민중성을 요하는 것이라 하면 그는 반드시 농민을 연상치 아니면 안 될 것"이라는 주장 아래, "농촌의 여성은 농촌의 모성이외다. 농촌은 조선의 농촌이외다. 따라서 농촌의 모성은 조선의 모성이외다. 결코 부스러기 취급 아니 모욕, 유린, 멸시, 제외를 당할 농촌여성은 천만 아니외다."라는 지적으로 농촌 여성을 구하는 길이 곧 "다수의 농민이 국가구성의 중추가 되어 있고 또 제2차 민족조성의 양성의 주인"이 될 수 있는 길임을 역설한다. "민족의 젖줄을 바로잡는 것"이자 "내가 살기 위한" 것이라는 농촌 여성에 대한 전면적인 대중문화'운동'의 필요성 제기는, 그가 〈빈취미증만성貧趣味症慢性의 조선인〉에서 했던 논리의 연장선상에 서 있는 것이기도 했다.[16]

벽타가 농촌여성'운동'의 구체적 예로 드는 것은 "농촌의 조혼의 악습부터 타파할 것, 식물과 영양 가치에 대한 상식을 발달시킬 것, 위생에 대한 사상을 함양시킬 것, 운동에 대한 관념을 진작시킬 것, 산전산후에 대한 섭양 방법을 지득케 할 것, 수면과 오락의 기회를 지을 것"

....

16 이성환, 〈긴급 동의합니다. 농촌여성문제에 대하여〉, 《신여성》, 1925년 1월, 3-9쪽을 참조하였다. 이성환은 이 글에서 농촌 여성의 부녀운동의 방침을 총 6가지로 제시하고 있는데, 그중의 하나가 수면과 오락의 기회를 제공해야 한다는 것이었다.

등이었다. 농촌 여성의 의식과 생활 개선 일반과 관계된 이러한 가정 경제의 합리화는 값싼 대중출판물인 《별건곤》을 무산대중의 공통 취미와 여가를 위한 응급처방제로 제시했듯이, "활동사진으로도 좋고, 강연강화로도 좋고, 신문잡지라도 좋으니 쉬지 말고 급속히 선전"하자는 제안을 낳는다. 그는 더불어 이러한 "사실에는 반드시 선구자가 필요"하다며, "먼저 깨달은 누님네 중으로 이 사상을 내가 선전"하겠다는 마음가짐을 요청하기에 이른다.

벽타가 말한 "일신의 영예를 돌보지 않고 만인의 포폄褒貶에 거리낌 없이 확실한 자신 하에 희생을 아끼지 않고 사회를 위해서는 모두 통틀어 공헌하리라는 아름다운 생각을 가진 앞잡이꾼 누님네"가 "수많은 병든 여성들"을 구해야 한다는 이와 같은 입장은, 거꾸로 이 수많은 부인=대중에 의한 선구자의 요청이라는 아래로부터의 염원으로 도치된다. "농촌으로 돌아오시오"라고 하는 말은 농촌으로 돌아간다는 말과는 다르기 때문이다. 농촌으로 돌아오라고 말은, 농촌 여성을 대신하는 식민지 조선의 남성 지식인들의 발화에 다름아니다.

'신여성'을 갈구하는 농촌 여성의 목소리를 대신하여 발화하는 《신여성》의 남성 지식인들의 주체 위치는, '구'관념을 타파하고 근대적 가정경제의 합리화를 위한 효과적인 의사전달 방식으로 활동사진에서부터 강연·강화講話(야담과 강담)와 신문잡지 등의 근대적 대중매체가 총망라되는 하향적 대중화로 수렴된다. 따라서 근대적 대중매체는 이 근대적 지식의 매개 수단으로서 하향적 대중화의 첨병 매체로 재구성되는 셈이며, 중심에서 주변으로 확산되어가는 이 하향적 대중화의 보급과 침투를 위

1920년대 경성의 활동사진 상설관

1920년대 활동사진 촬영 모습

한 '신여성'의 역할 역시 이 연장선상에서 논의되고 고려되었던 것이다.[17]

'신여성'이 대중의 원시적인 표상으로서 부인＝여성의 지식교육의 매개자가 되는 이러한 하향적 대중화에서 근대적 대중매체는 신체부터 소리, 문자와 인쇄술, 영사와 스크린이 이종 교배하는 장이 되고, 이 대중'상'의 하한선을 이루며 방대하게 창출되는 부인＝대중을 어떻

....

17 근대적 지를 위한 '신문잡지'의 중요성에 대해서는, 정병기의 〈여학생과 신문잡지〉, 《신여성》, 1924년 12월, 14-15쪽을 들 수 있다. 그는 "신문잡지에 쓰는 말과 학교에서 가르치는 문구에는 이러한 차이가 있습니다. 학교에서는 가르치는 말이나 문구는 대개가 교양적입니다. 그러함으로 밤낮 할 것 없이 변해가는 세계의 활무대에서 일어나는 일을 그때그때의 말 그 찰나 그 찰나의 술어 혹은 유행하는 말로 보도하는 신문잡지를 힘 있게 익히기에 너무 차이가 나는 까닭입니다. 더욱이나 신문을 충분히 읽지 못한다 하면 잡지의 기사도 철저하게 알지 못할 것은 사실일 것이외다. 이러한 사람이 잡지를 본다 하면 겨우 소설이나 읽는 데에 지나지 아니할 것입니다. 이러한 데서 소설 중독中毒 문학 중독이 생기는 것도 적지 아니할 것이외다. 이러한 폐해를 막기 위해서 소설문학, 활동사진 같은 것의 재료를 취체하는 것도 현금 사회에서는 필요할지 모르겠으나 그것보다도 이러한 학문을 잘 소화할 심력을 충실하게 길러주는 것 외에는 더 나은 방법이 없으리라고 생각합니다. (중략) 이러할 때에 선생님이던지 혹 다른 사람이라도 신문잡지에 있는바 사실을 철저히 설명해주고 지도한다 하면 이것이 한 활교훈活敎訓이라 하겠습니다."라고 주장했다. 그에 따르면, 신문잡지에 실리는 매일의 정보와 지식은 여학생들이 꼭 알아야 할 사회현실을 전해주는 세상의 창구가 된다는 점에서, 그는 신문잡지를 읽는 일이 곧 근대적 지를 체득하는 본모습임을 강조하고 있는 것이다.

게 근대적 대중매체의 리터러시 안으로 견인하고 포섭할 것인지가 중요한 과제로 부상되었다. 다시 말해 부인＝대중, 특히 농촌 여성이라는 내적 타자를 이루는 이들을 바깥으로 밀어내지 않으면서 그 주변부로서 존재할 수 있게 하는 다각적인 노력들이 강구되었던 것이다.이것은 한편으로 값싼 대중출판물을 통한 대중평등의 정신을 구현하는 것으로, 다른 한편으로 이 확대되는 대중의 수용 능력을 고려한 근대적 지의 차이와 분절을 내포했다. 부인＝대중이라는 대중의 원시적인 표상과 관계된 초보적 리터러시의 젠더 역학은 이렇게 발생하는데, 이의 한가운데에 문예와 야담의 혼종이라고 하는 대중문화의 젠더화가 자리하게 되는 것도 이로부터 연유한다.

2.3

문예와 야담, 그 젠더화의 역학

　근대적 대중매체의 하향적 대중화가 "농촌의 구석구석에서 신음하는 수많은 병든 자"라고 하는 비정상성의 '질병'과 '불구'의 이미지를 동반하게 되는 것은 근대적 지식 체계가 갖는 독특한 시대사적 산물이다. 이 "농촌의 구석구석에서 신음하는 수많은 병든 자"를 구제하는 타개책으로서 "신여성 잡지를 읽을 수 있는 행복을 가진 누님네"와 "현대교육을 받을 기회를 홀로 먼저 가져 수많은 농촌여성보다 체육體育사상을 먼저 깨달은 누님네"의 역할이 중시되었음은 전술했던 바이다. 근대적 대중매체의 어원이 갖는 뜻 그대로 이 중간자를 의미하는 미디어 media는 새롭게 부상한 부인＝대중의 방대한 세력 앞에서, 어렵고 난해한 지식이 아니라 쉽고 평이한 초보적 지식을 주어야 한다는 자기 나름의 수위를 조절해갔던 것이다. 이러한 초보적 지식의 필요성은 이른바 이 "수많은 병든 여성들"을 구할 '신여성'의 목소리로서 제시되기도 했다. 그 한 사례가 식민지 조선의 대표적인 '신여성'이었던 허정숙의 다음과 같은 발언이다.

우리 사회에 있어 비교적 행복스러운 처지에 있는 제군으로서는 학교에서 선생에게 교수를 받을 때에 벼稻는 이렇게 심고 가꾸어서 추수한다는 것을 책상 위에서는 많이 읽고 가르침도 받았으리라마는 실제에로 농촌에 가서 뜨거운 불볕에 새까맣게 그을려 가지고 남자를 따라 제초除草하는 양을 볼 때는 직각적으로의 동정심이 쏠려질 것은 사실이니 여기에서 참된 인간으로써의 심경을 가지고 사회상을 정시함이 있어야 한다. 외모는 추하고 몸에는 땀에 젖은 남루襤褸가 감기었으나 참으로 더럽다 한다면 정히 써 거론할 것도 없다. 아, 이것이 현재의 우리 사회상이고 더욱이 부녀계의 비참한 장면의 일폭이거니 할 때에는 반드시 인간성의 충동이 없지 못할 것이다. 관념이 차此에 지至하니 조선여성의 선각자 또는 지도자인 제군아 그대들의 할 일은 무엇일가. (중략)

농촌에 파묻히어 있는 부인이며 어린 처녀들은 당신들에게 말하지는 않으나 무엇인지 암암리에 요구함이 많다. 그들은 학교에서 공부하던 여러분에게 반드시 새로운 무엇을 주려니 하고 애매몽롱曖昧豪濃한 상상을 하고 있음은 사실이다. 이것이 비록 애매한 환상이라도 분명히 당신들로 하여금 그들에게 무엇인지 새로운 것을 주어야 할 의무가 있다함을 증명한 것이다, 그러면 당신들에게 이미 이러한 준비가 정돈되어 있는가. 만일 충분한 준비가 있다면 우리는 먼저 여기서부터 착수하자. 우리는 우리의 부인운동의 입구인 계몽운동으로부터 시작하자. 우리가 학교에서 받은 교육, 지식 그것을 다시 향촌鄕村에 있어 학學에 주리어 하는 문맹의 여성들에게 가르쳐 주자. 깨우쳐 주자. 고상한 과학적 지식이 소용되지 않는다. 오직 초보이니 언문뿐이라도 좋다. 장장한 하일夏日에 종일 염천 밑에서 일하는 부녀들이 어느 여가에 〈글〉을 배운단 말이냐고 무리한 주문이라고 할지 모르나 기실은 그렇지 아니하여 오직 〈글〉이라면 피곤도 잊고 기뻐하며 좋아한다. 그럼으로 내가 자는 방이라도 내어 한 사람도 좋고 두 사람도 좋으니 아는 데까지는 아르켜 주고 인도하도록 힘쓸 것이다. 한두 명 그것, 일 같지 않고 경멸이 생각지 말고 오늘의 당신들에게는 그것 이상 더 큰 사업이 없으며 그것이 모든 사업의 기본임을 망각치 마라. 여기에 낡은 도덕과 관습을 부수고 새 천지와 새 사회의 무수한 동량棟梁이 잠재하였음을 특히 기억하여야 한다.[1]

이 인용문에서 드러나듯이, 허정숙은 "농촌에 파묻히어 있는 부인이며 어린 처녀들은 당신들에게 말하지는 않으나 무엇인지 암암리에 요구"한다는 농촌 여성의 목소리를 대변하는 자로서 나타난다. "농촌에 파묻히어 있는 부인이며 어린 처녀들"은, 허정숙의 발언에 따르면 근대적 지식을 앞서 획득한 '신여성'에게 자신을 구해주기를 바라는 간절한 염원의 소유자들이다. 다만 이들은 자신의 마음속에 숨겨진 갈망이 무엇인지 제대로 표현할 길이 없기 때문에, 《신여성》의 다른 남성 지식인과 마찬가지로 허정숙 역시 이들을 대신하여 그 내면을 알려주는 대변자 역할을 자처한다. 허정숙은 이러한 침묵하는 농촌 여성을 대신하는 주체 위치를 경유하여 이들의 수준에 맞는 커뮤니케이션 회로를 제안하게 되는데, 그것이 바로 언문(조선문)의 보급이다.

언문이라고 하는 문자 체계는 식민지 조선이 처해 있던 이중언어(일

---

1 허정숙, 〈농촌에 돌아가는 여학생 제군에게〉, 《신여성》, 1925년 8월, 4-5쪽.

본과 조선어)의 상황을 고려하면, 가장 낮은 층위의 리터러시에 해당한다. 근대적 지식의 습득과 진입이 이 문자 체계의 획득 여부에 따라 결정된다고 할 때 조선어는 일본어보다 하위에 놓였으며, 조선어 중에서도 한자 병용의 국한문체와 다른 순조선문 위주의 글쓰기 형태인 언문은 그보다도 낮은 위치를 차지했다. 이 낮은 수준의 언문 보급이 방학을 맞아 고향에 돌아가는 '여학생'들의 사회적 임무로 부과되었으며, "세상의 되어가는 사정"을 아주 초보적으로나마 깨우치는 일차적인 방편이 되었다. 순조선문 위주의 언문 보급으로 상징되는 초보적 리터러시는 "세상의 되어가는 사정"이라고 하는 세간世間의 소식과 정보를 접할 수 있는 세상의 창 역할을 한다. 따라서 이 창을 열어주는 역할을 하는 '여학생'(신여성)은 "외모는 추하고 몸에는 땀에 젖은 남루檻褸"한 옷차림의 농촌 여성과 대비되는 자리에서, 교사라고 하는 역할을 자연히 부여받게 된다.

"당신들에게 말하지는 않으나 무엇인지 암암리에 요구"하는 자들로, "학교에서 공부하던 여러분에게 반드시 새로운 무엇을 주려니 하고 애매몽롱한 상상"을 하는 자들로 이른바 스스로를 표현하지 못하는 이 농촌 여성들에게 '여학생(신여성)'이 가져다줄 수 있는 최대의 선물이 곧 언문이었다. 언문의 보급은 식민지 조선의 대다수를 이루는 무산대중이 그들의 공통 취미를 충족시켜줄 값싼 대중출판물을 향유할 수 있도록 만들어주었다. 근대적 지식의 유통이 '읽고 쓴다'는 리터러시 능력에 달렸다고 한다면, 농촌 여성들은 근대적 지식의 향유와 세례로부터 철저하게 배제된 존재들일 수밖에 없고, 그렇다면 암흑과 미개의 영역에 처해 있는 제국의 주변부인 식민지인의 전체 형상을 뜻하는 것과 다를 바 없었다.[2] 따라서 이 암흑과 미개의 식민지로 남아 있는 농촌 여성들을 구제할 일차적 수단으로서 언문이라고 하는 초보적 리터러 시의 보급과 확산은 《신여성》의 남성 지식인들뿐만 아니라 '신여성'들 에 의해서도 제창되고 옹호되어졌던 것이다.

1927년 5월 27일에 출범한 최초의 좌우합작노선의 산물인 〈근우회權 友會〉는 이러한 대중적 여성'운동'의 방향성과 동일한 기반 위에서 식민 지 조선의 여성이 놓여진 현실을 비판하고 고발한다. 〈근우회〉의 창립 멤버로 참여한 허정숙은 〈근우회〉의 기관지인 《근우權友》 창간호에서 "대중여성을 위한 일상투쟁"의 중요성을 재차 강조한다. 허정숙이 이 야기한 이 대중여성은 부인＝대중의 동의어일 것이며, 따라서 그녀가 이야기한 "대중여성을 위한 일상투쟁"의 필요성은 식민지 조선의 객체 적 조건과 주체적 조건에 말미암은 필연적인 사태로 규정되는 것과 맞 물린다. 허정숙은 식민지 조선의 객체적 조건과 주체적 조건을 아래와 같이 규정했다.

근대문명이 조선에 수입된 이후 조선 내에 있어서 공업의 발달이 일로 증 가하고 공업 경제가 그 세를 만연하는 것이 사실이나 조선은 공업은 방적, 제사, 조면, 고무 등 소비공업의 발달됨이 있을 뿐으로 XXX의 생산품의 소 비시장으로서의 가치를 면치 못하였고 공업원료는 재료 그대로 외국에 수 출되는 것이 현하 조선의 경제중심이 아직도 농촌경제에 있다는 것을 말하 는 것이다. 농촌경제가 경제계의 중심세력이 되어 있느니만큼 봉건의 잔재

....

2 허정숙, 위의 글, 4-5쪽을 참조하여 정리했다.

1985년 8월 27일자 《경향신문》에 실린 월북 후 허정숙의
사진

米洲女性을들어 朝鮮女性에게! (一)

許 貞 淑

우리 女性自體의 一參考로서 必하야생긴 女性崇拜와 崇拜가있는 꽃이잇슬出함으로써 朝鮮의 男女가지를 쓰려한다

新興國家로써 世界의 富와 性을 占有한 米洲의 女性을 世界에 그實感이 稚想과 正反對됨과 가며

米洲의 女性은 世 界의 女性보다도 幸福 되다 나라 뜻限定하고 춘다 天然의 富源을 背景으로 貿盛萬態의 專領時期를 有한 米洲(北米合衆國)는 資本主義國家로서 그理想을 制度로써 實現한 것이고 帝國主義로써 殖民界의 盟王이 되엿다

◇

米國이 富를 가진 米洲女性의 興趣가 如何히되던 것인가는 구나 趣味의 문제나 다일수있다 그쩴나물어 우리가 趣味할함

◇

朝鮮한 富를 가진 米洲女性의 地位와 權利는世界 女性의 比較的 所有者다 移民中에는 男性이 大多數요 女性은 一種의 異種한 物件이엿다 費貴한 物件으로써 北米開拓當時에 白와平等의 所有者다 移民中에는 男性이 大多數요 女性은 一種의 異種한 物件이엿다 費貴한 物件으로써

여긔붙어 生겨난 女性崇拜의 思想을 낫케된다 이것은 相當한 理由를 가지고잇다 이것이 곳 米洲의 女性은 世界의 女性보다도 幸福되다는 所以다

米洲의 女性은 社會的 發展과 遇를 맞이하는 同時에 어머닛게 子와의 生活하는 米洲女性에게 的않한 地位로써 그들의 米洲란 다시업는 自由이라 自由女性으로써 그들의 米洲란 그곳의 붙어 生活하는 米洲女性이라

性을 人間으로서 光과의 權利의 無視되던 女性을人間으로써 解放은 規定한 女性愛情으로 안임요 紙業物과가치운으로고

가 그대로 남아 있어 그것이 비록 봉건적 지배제도로서 존재치 못한다 하더라도 그 잔재가 여전히 은연중에 여성을 가정 제도에서 사회적 관습에서 그 질곡에 신음케 하는 것이 사실이다. 이 분위기가 일반사회를 에워싸고 돌며 여성운동의 분위기에도 이것이 둘려 있는 것을 발견할 수가 있다. 즉 다시 말하면 남성뿐만이 아니라 여성 그 자신도 이 봉건적 관념에서 해방되지 못하고 있고, 또 과거의 무지가 여성의 사회적 기능에 있어 일반운동에 미급未及되어 있고, 따라서 봉건적 잔재에 여지없는 유린을 당하는 등 사실이 우리 사회에 암류하고 있는 것이다.[3]

허정숙은 식민지 조선 사회가 지닌 주변부적 소비시장과 원료수출국의 성격으로 인해, 경제의 중심이 농촌이 되고 있는 현실을 지적한다. 이러한 농촌 중심의 열악한 경제구조는 봉건의 잔재를 그대로 남아 있게 하고, "은연중에 여성을 가정 제도에서 사회적 관습에서 그 질곡에 신음케" 하는 원인이 되었다. 이러한 현실 진단을 바탕으로 그녀는 이 봉건적 관념과 잔재로 인해 발생하는 여성'운동'의 한계와 제약성을 비판하며, 여성'운동'이 지향해야 할 방향성을 "대중여성을 위한 일상투쟁"으로 규정한 것이다. 그렇다면 문제는 이 "대중여성을 위한 일상투쟁"의 구체적인 실천 방안일 텐데, 〈근우회〉의 강령과 선언서는 "대중여성을 위한 일상투쟁"을 몇 가지로 정리하여 공식화한다.

그런데 〈근우회〉의 초기 강령들은 1929년 7월의 전국대회에서 "재

---

3 허정숙, 〈근우회 운동의 역사적 지위와 당면 임무〉, 《근우》, 〈자료/한국여성운동사〉, 《여성》, 1989년 1월, 310쪽 참조.

래의 강령은 무의미하고 박약하다는 평가"를 받을 만큼 강령으로서의 성격이 모호한 편이었다.[4] 초기 〈근우회〉의 강령은 "조선여자의 공고한 단결을 도모"하고 "조선 여자의 지위 향상을 도모"한다는 대강령 아래 "1. 여성에 대한 사회적·법률적 일체 차별 폐지 2. 일체 봉건적 인습과 미신 타파 3. 조혼 폐지 급 결혼의 자유 4. 인신 매매 급 공창 폐지 5. 농민 부인의 경제적 이익 옹호 6. 부인노동자의 임금 차별 철폐 급 산전산후 임금 지급 7. 부인 급 소년노동자의 위험노동 급 야업 폐지"라는 일곱 가지 행동 강령을 두었다.[5] 그러나 이 실천 강령들은 별 실효성을 거두지 못하여, 《근우》가 창간되던 1929년에는 그 "업적이 적막 소조"할 정도로 부진했다.

최초의 여성 통합 조직체로서 출발한 〈근우회〉가 이러한 부진한 활동상을 보인 원인으로, 허정숙은 "대중여성을 위한 일상투쟁"으로 "대중여성을 총망라할" 수 있게 하는 노력의 부재를 꼽았다. 그녀가 말하는 "대중여성을 위한 일상투쟁"이란, "대중의 이익이면 그것이 여하히 사소하더라도 그들을 위하여 싸워"줄 수 있는 밀착된 생활투쟁을 의미했다. "그들의 일상의 불평과 불만을 아무리 적더라도 추출하고 지도하여 원시적 투쟁을 궐기시키고 이 귀중한 경험을 통하여 조직하며 훈

....

4 1927년에 제정된 〈근우회〉 강령은 1929년 7월의 전국대회에서 "조선 여성의 역사적 사명을 수행키 위하여 공고한 단결과 의식적 훈련"을 기하며, "조선여성의 정치적·경제적·사회적·전적 이익의 옹호를 기한다"는 더 명확한 표현과 내용으로 바뀌었고, 그 구체적인 행동 강령도 세 가지가 더해져 총 열 가지가 되었다. 이와 관련해서는 필자의 〈친교의 젠더 정치와 제국적 '욕망'과 감정의 회로〉, 《1919년 3월 1일에 묻다》, 앞의 책에서 논의했다.

5 〈강령〉, 위의 자료. 302-303쪽.

1927년 5월 27일 〈근우회〉 창립식 모습

1929년 5월 10일에 창간된 〈근우회〉 기관지 〈근우〉

런시켜서 투쟁에까지 진출"시키지 않으면 안 된다고 하는 발언도 대중여성의 의식수준이 낮다는 전제에서 제출된 것임은 물론이다. 이 일련의 발언의 연장선상에서 "금일 조선여성의 각성 정도"가 "극히 저급한 것일 뿐 아니라 비록 신지식을 상당히 흡수한 여성들 중에도 충실한 개성의 자각을 가지고 사회적 의식에 눈뜬 이는 극소수"라는 부인＝대중을 둘러싼 젠더화의 역학이 구성되고 가동되었다.

〈근우회〉의 창립을 맞아 《조선일보》는 〈근우회의 창립〉이라는 시평을 내고, 이 근우회의 활동과 관련하여 "남성 통제의 사회에서 여성으로서의 해방을 위하여 노력할 것이 그의 주축主軸되는 목적"일 것이지만, 여기에 덧붙여 "조선의 남성들도 대부분이 아직 문화적으로 향상을 요함이 긴절하거니와 조선 대다수의 여성들이 아직도 퍽 몽매한 상태에 있는" 데 대해 주의를 환기한다. "이러한 개척되지 않은 여지대女地帶를 향하여" 많은 관심과 노력을 기울일 것을 주장하는 이 시평은,

"오늘날의 조선의 여성들이 겹겹이 당하고 있는 정치적 및 사회적 모든 조건들은 가장 급진적인 투쟁을 요하는" 듯하면서도 그것이 "필경은 점진적인 상식의 범위"를 벗어나지 않는다는 점에 그 논의의 중점을 둔다.

이러한 '상식'의 하한선에 기댄 〈근우회〉 활동에 대해서 "계급운동과 함께 교양운동"이 주장된다. 계급운동 못지않게 중시된 교양운동은 "조선 대다수의 여성들이 아직도 퍽 몽매한 상태"에 있다는 식민지 조선의 현실에 대한 자각을 동반하며 이루어진다.[6] 이러한 몽매와 무지의 상태에 처해 있는 식민지 조선의 부인=대중을 향한 교양운동은 "절대 다수의 무교양 여성에게 우선 간이簡易 평명平明한 문자지식으로부터 일상생활에서 필요한 지식을 보급"하는 "문맹 타파"운동의 당면한 긴급성으로 드러나고, 이는 "질로서의 연대가 아니라 양으로서 보다 많은 여성에게 계몽적인 교양"을 줄 필요성이 강조되는 데서 절정에 도달한다.[7]

무지와 몽매가 곧 문맹의 동의어가 되는 이 특정한 근대적 지의 체계는, 대중의 원시적인 표상으로서 부인=대중을 문맹 집단과 동일시하는 것이며, 더 나아가 문맹 자체가 조선의 본원적 표상인 양 하는 식민과 피식민의 젠더 각인이기도 하다. 이 대중의 원시적 표상으로서 부인=대중에게 원죄처럼 들씌워진 '문맹'과 그 타파는 식민지 조선에서 문자보급'운동'이 매번 반복하여 나타나게 만들었고, 이것이 한글보급

....

6 〈시평 : 근우회의 창립〉, 《조선일보》, 1927년 5월 27일자.

7 〈사설: 근우 전全조선대회〉, 《조선일보》, 1929년 7월 27일자.

'운동'으로 알려진 1930년대 초《동아일보》와《조선일보》양 일간지가 벌인 브나로드vnarod운동이었다. 하지만 이 브나로드운동 이전에도 하기방학을 맞은 학생들에게 농촌에 문자를 보급하는 일의 중요성은 지속적으로 주창되었고, 하기 '하령회'와 야학운동 · 강연회 등이 개최되고 실시되었다.

그런데 여학생 여러분 방학 동안에 무엇을 하실 작정입니까? 40일 가량의 장장 하일夏日을 무엇으로서 지내시렵니까? 궁금한 중에도 가장 궁금한 문제입니다. 여학생 자신으로도 〈금년 방학에는 어떻게 지낼꼬?〉 하는 결단 못한, 결단한 여러 가지 생각이 있을 것입니다만은 문외한인 나의 생각에도 〈방학 때의 여학생들은 대개 무엇들을 하고 지내는지?〉 하는 걱정이 없지 못합니다. (중략) 어떤 친구는 이렇게 말합니다. 〈여학생들이 방학 동안에 하긴 무얼 해. 낮잠이나 자고 편지질이나 하고 동무 방문이나 하고 어머니 앞에서 아양이나 부리고 그리고 경대鏡臺와 분粉과 씨름이나 할 뿐이지 어디 책 한 장 펴보며 바늘 한 번 들어보는 줄 아나. (중략) 그렇다네 그래. 우리 집 아이들을 본다 해도 …〉라구요. (중략)

농촌이외다. 공장이외다. 농촌에 가 보시란 말이외다. 공장을 찾아보시란 말이외다. 그는 반드시 찾아볼 필요가 있습니다. 여러분의 먹고 입고 쓰고 하는 그 모든 것의 근본 출처를 알기 위하여 또는 여러분의 장래 길을 스스로 가리기 위하여 반드시 가봐야 됩니다. 여러분의 신분에 먼 농촌은 갈수가 없겠지요. 가까운 청량리 밖이나 뚝섬께나 또는 상두산象頭山 뒤나 신촌 근처가 좋겠지요. 일일의 회정廻程이 될 만한 곳으로이외다. 농촌구경을 하기로 합시다. 흙냄새를 맡기로 합시다. 논두렁에서 창가를 해보기로 합시다. 밭두렁에서 댄스를 하기로 합시다. 자연과 친합시다. 농부들과 친해봅시다. 땅 파시는 어머니들께 〈얼마나 괴롭습니까. 저희는 당신네 덕분에 먹고 삽니다.〉하고 친절한 인사를 드려봅시다. 그리하여 그들의 이마에 방울방울 맺힌 더운 땀을 여러분의 그 보드라운 손수건으로 씻어줍시다. 밭두렁에 모여 앉아 소꿉장난하는 농촌 어린이들의 손목을 쥐어주십시오. 안아보시오. 얼마나 은근하고 따뜻한가를 체험해 보시오. 그리하여 쌀 한 알, 실 한 바람이 어디서 어떻게 결정이 되어 나오는가를 분명히 알아내도록 합시다. 그렇게 합시다.[8]

교문을 나서 실사회에 투한 이는 누구든지 학창생활을 회고하여 낙원에 비함을 듣는다. 학교생활 중에도 하기휴가가 얼마나 즐거운 시기인가는 경험해본 이가 다 알 것이다. 떠났던 부형을 만남도 이때요, 등산임연登山臨淵하여 머리를 맑힘도 이때요, 가두로 농촌으로 실사회의 맛을 봄도 이때다. 이미 동경유학생계를 위시하여 각지 학생단체가 혹은 운동단을 조직하여 혹은 강연으로 혹은 여행으로 활동을 시작하였다는 보도는 휴가를 가장 의의 있게 이용하는 점에서 오인의 쾌로 생각하는 바다. 그러나 반면에는 왕왕이 휴가로 귀성하는 학생이 무위하게 시간을 낭비할 뿐 아니라 심지어 사회가 타기하는 추태를 연출하는 일도 불무한 것을 생각할 때에 이二 개월간의 하휴夏休를 어찌하면 잘 이용할까 하는 것도 문제가 되는 듯하다. (중략)
　인격은 복무함으로서 향상되는 것이다. 받는 자보다 주는 자가 복이 있다 함은 이를 가리킴이라고도 할 수 있나니 학교에서 받아들인 지식을 가

8　박달성, 〈시험 삼아 호미를 쥐어봅시다〉, 《신여성》, 1925년 8월호, 6-10쪽.

지고 즉시 사회봉사에 응할 수 있는 조선의 청년은 행복이라 할 수 있다. 전 인구의 팔 할의 문맹, 취학연령에 미취학아동이 팔 할, 조선의 농촌은 소수의 중등 이상 학교 학생 제군의 희생적 노력을 기다림이 많다. 중등 이상 학교학생이 이만이라 하면 이만 명이 한 여름에 백 명의 문맹을 퇴치한다 하면 10년을 지나지 않아서 전국에 문맹퇴치가 완성될 것이다. 조선의 지식 계급이 아무리 앞서 달아날지라도 민중의 대부분이 미신과 무지와 숙명적 은회隱晦에서 방황하는 한에는 조선은 구원되지 못할 것이다. 농촌경제에 있어서, 정치적 각성에 있어서, 농촌문화에 있어서, 위생에, 산업의 과학화에 학생 제군의 봉사의 기회는 진盡할 곳이 없다. 그뿐 아니라 봉사함을 따라서 학생 자체의 인격은 그만큼 확대되고 그만큼 장성할 것이니 차 소위 일석양조가 아닐까. 이리하여 우리의 하기휴가는 학교 이상의 위대한 학교가 되어야 할 것이다.[9]

위의 두 인용문에서도 드러나듯이, 하기방학은 (여)학생들이 학교를 벗어나 농촌으로 지방으로 공장으로 하향화할 수 있는 예외적 기간이었다. 이 기간을 활용하여 무위·방탕·안일하게 시간을 죽이기보다 농촌과 지방 내지 공장으로 가서 이들과 같이 생활하고 호흡할 수 있는 기회를 두루 가지라고 두 인용문 모두 권장한다. 이것이 갖는 의미는 비단 (여)학생들의 하향적 대중화에만 있지 않다. 왜냐하면 이 농촌·지방·공장 사람들과의 접촉과 만남을 통해서 (여)학생들은 인격

....

9 〈방학을 어떻게 이용할까〉, 《동아일보》, 1928년 7월 19일자.

《동아일보》〈귀농운동 : 문맹퇴치〉에 관한 총 38회의 특별기획 기사 중 한 편. 이후 〈귀농운동 : 농촌개조편〉과 〈귀농운동 : 소작문제편〉이 연이어 게재

《동아일보》 1928년 7월 30일자에 실린 하기휴가 기간에 귀성학생들이 벌인 활동에 관한 기사

향상이라는 또 다른 내적 성찰과 성숙의 기회를 가질 수 있기 때문이다. 하향적 대중화가 지식인의 일반대중으로부터의 고립을 타파하고 그 격차를 줄일 수 있는 소중한 기회로서 권장되었음을 두 인용문은 적실하게 보여준다.

하향적 대중화가 갖는 또 다른 의미는, (여)학생들로 대표되는 근대적 지에 대한 일반대중의 상승욕구를 자극할 수 있다는 점이다. 근대적 대중매체가 근대적 지의 하향적 대중화를 매번 미디어 이벤트로서 벌인 이유는 이 하향적 대중화가 갖는 상승욕구의 신체적 내화와 무관하지 않다. 근대적 지의 하향성은 근대적 지를 향한 상향성의 반대 움직임을 낳으며, 이로 인해 근대의 제도교육이 일반대중에게도 자연화되는 효력을 창출했다. 문자보급'운동'은 근대적 지의 하향과 상승이라는 이중운동 속에서, 더 알고 싶은, 더 읽고 싶은, 더 보고 싶은 내면의 욕구와 감수성을 자극할 수 있었던 것이다. 농촌의 청년들이 도시로 상경하는 것을 꿈꾸었던 것은 이러한 (여)학생들의 농촌 귀향이 작용한 반발로서 볼 수 있고, 이것은 식민권력에 의해 다시 농촌진흥'운동'의 일부로 흡수되어갔다.

문자보급'운동'이 이러한 초보적 리터러시의 보급과 확대라고 하는 근대적 지의 유포를 통해 근대적 대중매체를 접하고자 하는 일상적 욕구를 낳을 것은 당연하다. 부인잡지는 이러한 문자보급'운동'을 미디어 이벤트로서 벌이는 한편, 부인잡지의 체제를 초보적 리터러시의 수위에 맞추는 여러 변용과 재편을 보여주었다. 그 핵심에는 저가와 저급이라고 하는 근대적 대중매체의 보편적 경향성이 내포되어 있었다. 특히 부인잡지는 이를 '실익'기사와 '취미'기사로 특화하여 시대 흐름을 선도해 가게 된다. 신년 특집을 맞아 《신여성》 1924년 12월호는 〈사고社告〉를 통해서 "내용 혁신! 지수紙數 증가!"를 부르짖으며, 《신여성》의 달라진 편집 방침을 아래와 같이 밝힌다.

一. 논의와 시평─극히 새로운 문제를 극히 평명한 문체로 논의한 것. 수편手便과 최근의 시사와 사조, 경향에 대한 단평을 게재한 것, 신년호부터 연호 게재.

一. 사진화보─기사로 길게 소개하지 않고 여성사회의 여러 가지 상황을 사진으로 보도·소개하기 위하여 특설한 것. 외국 신사진도 많이 게재되었습니다.

一. 생활개선─생활 개선에 관한 논의 뿐만을 위하여 따로 신설한 난입니다.

여류 작가의 개량 의견이 만재! 실로 만가萬家 필독의 중요 논의입니다.

一. 독자논단—젊은 여성은 절규! 그것은《신여성》지상에서뿐 들을 수 있
   는 것입니다. 그들은 무엇을 요구하고 무엇을 어떻게 생각하는가, 지상
   의 대장관大壯觀.

一. 실익기사—각종 개량제법과 가정위생, 가정과학, 실제생활에 가장 필
   요한 신지식 만재! 실로 새 살림살이의 친절한 선생입니다.

一. 취미기사—신여성 독특한 편집법에 의하여 매호 굉대宏大한 인기를 끄
   는 취미기사, 은파리 쌍 S 일류의 만문漫文도 신년부터 배전하여 지상 활
   약할 것입니다.

一. 창작란—신년부터는 특히 문단에 이름 높은 문사 제씨의 역작 신고를
   게재하기로 하야 신년호에도 여러 편이 실렸습니다.[10]

위의 〈사고〉를 통해 드러난《신여성》의 편집 방침은, 한 마디로 논
의와 시평이라고 하는 정치시사 기사와 가정의 합리적 생활 경영과 관
련된 실익 기사 그리고 사회 곳곳의 진기한 소식을 전하는 취미 기사
로서 크게 대별된다. 이러한 편집 방침은 실익이 논의와 시평과는 다
른 일반적 생활 '상식'의 차원을 담을 것이며, 반면 취미 기사는 이 실익
기사와 변별되는 오락과 홍미 본위가 될 것임을 예고하는 것이었다.[11]

....

10 〈래호來號는 신년혁신 특대호〉,《신여성》, 1924년 12월, 62-63쪽.

11 실용과 등치된 실익 기사는 매호마다 거의 등장하는데, 요리에서부터 가정 꾸미기, 아이들 양육 방
   법에서 간단한 생활 개선과 가을철 머리 위생에 이르기까지 다양했다. 이는 일상의 생활 상식과 관
   련된 하기夏期 위생 및 가정 독물이라는 다양한 이름 아래 게재되었다. 가령 '지식'의 한 항목으로
   실린 1926년 10월《신여성》의 〈어린아이 꾸짖으실 때에〉를 살펴보면, 곽산유치원 이연실은 "가정

취미 기사와 나란히 《신여성》의 〈사고〉를 통해서 강조된 것이 창작(문예)란이었다. 이처럼 달라지는 지면 배치와 구성은 《신여성》의 초보적 리터러시가 갖는 젠더화의 역학을 그대로 투영하면서, "내용기사가 별건곤과 서로 저촉抵觸되는 점이 많으므로" "별건곤에 합하여 특별히 여성에 관한 기사를 많이 취급"하겠다고 밝힌 1926년의 '취미잡지' 《별건곤》과의 통합에 주된 원인으로 작용했다.

허정숙이 《신여성》의 〈농촌에 돌아가는 여학생 제군에게〉에서, "오직 초보이니 언문뿐이라도 좋다."고 했던 언문의 문자 체계는 《신여성》으로 대표되는 부인＝대중의 초보적 리터러시와 밀접하게 연동되어 움직여갔다. 이는 의무교육과 고등교육이 식민권력에 의해 철저하게 차단되었던 식민지 조선의 현실이 낳은 기현상이기도 했다. 식민지 조선인들이 근대적 지의 습득 경로인 의무교육에서 처음부터 배제됨으로써 근대적 지를 일본과 같이 주어진 것이 아니라 애써 '획득'해야 했다는 저간의 사정과 무관하지 않았던 것이다. 근대적 지의 '획득'에서 그 전달수단인 언어의 차등화가 이루어지는 것은 너무나 당연한 결과였다. 말하자면 언문은 식민지 조선의 공식 국어였던 일본어에 비해서 현저히 낮은 지식과 문화를 전달하는 도구로서 인식되었고, 따라서

....

에서 어린이를 지도하시는데 대하여서는 여러 가지 필요한 점이 많습니다만 그 중에서도 암시처럼 더 중요한 것은 없을 줄 압니다. 어린이라는 것은 참 암시를 받기 쉬운 것입니다. 암시라는 것은 즉 명시한 것을 말한 것이 아니고 어느 감화, 즉 정신상의 영향을 받는 것이고 명시로 말하면 그 표시한 범위에 이르는 것이 보통이지만 암시라는 것은 그 깊이가 어디까지 미치며 또 그 범위가 어느 정도까지 미칠 지 알 수 없는 것입니다."라고 쓰고 있다. 이 글은 어린아이의 훈육 방법이 갖는 중요성을 강조하고, 어머니의 역할에 대한 젠더 분업을 자연화한다. 이는 근대적 제도교육을 일반 가정으로 보급하는 근대적 지의 하향적 대중화와 관련된다.

한글의 위상 또한 조선인은 조선어를 써야 한다는 당위에도 불구하고 현실에서는 관철되지 않는 데 따른 내적 모순과 갈등의 현장이었다.

이러한 초보적 리터러시의 젠더 구성 역학은 언문을 이류 내지 삼류의 언어로 취급하게 했다. 농촌 여성에게 으레 따라붙은 문맹 집단으로서의 원시적인 표상이 언문이라는 표현에도 고스란히 투영되어, 언문은 근대적 대중매체의 출판 상업주의와 교화주의가 불분명하게 뒤얽히는 위계적 차등화의 유동적인 대상이 되어갔던 것이다. 초보적 리터러시와 관계된 농촌 여성들을 위한 문자보급'운동'이 대중의 원시적인 표상으로서 부인＝대중의 상징적 기표가 되면서, 부인(여성)＝원시적＝언문(조선문)＝초보적 리터러시의 계열체를 생성하게 된다. 언문과 부인＝대중이 갖는 이러한 연쇄적 계열화는 근대적 대중매체의 지면 배치와 편제를 바꾸게 하는 동력이 되는데, 1926년 3월《신여성》의 〈편집후기〉와 1926년 4월의 〈편집실로부터〉는 이를 단적으로 예시하고 있다.

4월호부터는 내용을 전부 혁신하게 되었습니다. 기사의 선택은 물론이거니와 재료도 풍부하게 하고 문법도 평이하게 하며 또 조선문을 본위로 하여 누구든지 다 재미있게 읽을 만하게 되겠습니다. 여러분 독자는 더욱 애독하여 주시려니와 널리 선전하여 주시기 바랍니다. 전에도 항상 하던 말씀이올시다마는 여러분은 틈이 계시고 기회가 계신 대로 투고投稿를 많이 하여 주십시오. 아무쪼록 평이하고 또 전부 조선문으로 하여 주십시오. 한문을 섞어 써주시는 글은 대단 미안하고 유감이지만은 기재치 아니하겠습니

다. 더욱이 독자문단과 지방 통신에 많이 투고하여 주십시오.[12]

앞으로는 우리도 참으로 시대에 맞는 방침을 취하여 여자를 본위로 하고 모든 여자의 요구하는 지식과 학술이나 사조와 문장이나 기타 각 방면으로 연구와 소개를 게을리 아니하여 될 수 있는 대로 일천만 여성의 요구하는바 잡지다운 잡지가 되어 보려고 결심과 노력을 갖고 계속할 터이며 또 자신이 없는 것도 아나나 이것이 다만 우리 몇 사람의 힘으로만은 결코 본뜻을 이루기가 어려운 노릇이니 더욱 만천하 인사의 많은 동정을 바라며 그 중에도 특별히 독자 여러분의 전보다 더 두터운 원조와 애호로 많은 방면에 활동과 선전을 하시어 다만 한 사람의 동무라도 더 늘려가고 더 같이 나갈 수 있도록 하여 주시기를 간절히 빌고 원하나이다.[13]

1926년 3월을 기점으로 언문(조선문)을 중심으로 할 것이며, '독자투고'는 더욱 한문이 섞인 글은 받지 않겠다고 통고하고 있다. 언문(조선문) 위주의 편집 체제와 지면 구성은 여성독자대중을 위한 잡지 편집자의 배려 및 여성 독자층의 의향을 반영한 양자 간의 '합의'에 기초한 것처럼 보이지만, 실은 잡지 발행 주체가 일방적으로 결정한 사항에 가깝다. 1924년 창간호부터 줄곧 주창된 '(여성)대중 속으로'의 구체적 결실이 언문(조선문) 위주의 편집 체제와 지면 구성으로 귀결된 셈이다.

《신여성》의 달라지는 편집 체제와 언문(조선문) 위주의 지면 구성은

....

12 〈편집을 마치고 나서〉,《신여성》, 1926년 3월, 92쪽.

13 〈편집실로부터〉,《신여성》, 1926년 4월, 91쪽.

"여자를 본위로 하고 모든 여자의 요구하는 지식과 학술이나 사조와 문장이나 기타 각 방면으로 연구와 소개를 게을리 아니하여 될 수 있는 대로 일천만 여성의 요구하는바 잡지다운 잡지"를 표방하는 〈편집실로부터〉로 재반향된다. 이것이 "기사의 선택은 물론이거니와 재료도 풍부하게 하고 문법도 평이하게 하며 또 조선문을 본위로 하여 누구든지 다 재미있게" 만들겠다는 포부와 공명하게 되는 것은 물론이다. 이러한 편집 체제와 지면 구성은《신여성》이 1926년 10월호로 잠정 정간이 되고《별건곤》과 통합되기까지 일관되게 관철되어나갔다.

《신여성》이 무엇보다 언문(조선문) 위주의 지면 구성과 배치를 선호한 것은《신여성》을 다른 잡지와 구분짓게 하는 뚜렷한 표지였다. 다른 잡지들이 여전히 국한문체를 애용했던 것과 비교하면,《신여성》은 분명 표기법에서 혁신적 면모를 드러낸다. 특히 창작(문예)란에는 이 점이 더욱 현저한데, 1926년 4월호 양명梁明이 쓴 〈남녀관계의 역사적 변천〉은 국한문체로 쓰인 반면, '소설'이라는 장르 명칭을 단 〈호랑이의 꿈〉과 동화 〈어머니의 사랑〉, 〈그림이야기 사랑의 왕국〉 등은 예외 없이 이 언문(조선문) 위주의 편집 방침이 철저하게 관철되었기 때문이다. 이는 "일천만 여성이 요구하는바"라고 하는 아래로부터의 열망을 대리 실현하는 방식으로《신여성》의 창작(문예)란을 언문'화'하는 것이었다. 따라서 자연히 이 문예면의 일부를 오간, 전설 · 물어 · 괴담 · 열전 등의 다기한 명칭으로 불린 야담은 장르상의 별다른 구분 없이 문예와 야담의 혼종 및 그 젠더 구성의 역학을 체화해나갔던 것이다.

《신여성》의 창작(문예)란이 언문(조선문) 위주의 파격적인 표기법을 통한 부인＝대중의 대표적인 독물로 정착하게 되면서,《신여성》의 창

| 국한문체의 정치시사기사 | 언문(조선문) 위주의 창작(문예)기사 |

작(문예)란의 주축이었던 온갖 다양한 명칭의 야담은 "누구든지 다 재미있게 읽을" 수 있는 대중독물로서 군건한 위상을 점하게 된다. 이러한 대중독물의 성격이 현저해질수록, 야담은 새로운 것을 향한 대중의 욕망을 채워줄 수 있는 재료 발굴과 이야기 방식을 개척하게 되는데, 이것이 사실성을 앞세우며 이루어졌다는 점이 이 시기 야담이 갖는 특수성이다. 아무리 과거의 사건과 인물에 바탕을 두었다 하더라도 그 이야기는 사실성이라는 필터링을 거쳐야 비로소 현대적 대중독물로서 취급되고 평가받을 수 있었다. 김진구가 야담'운동'을 통해 야담을 새롭게 재구성된 '뉴'미디어로서, 즉 사실성에 입각한 전대 야담의 진화적 현신으로 명명했듯이, 기담·괴담·전설·물어·동화 등등의 온갖 잡다한 이야기들의 총체인 야담은 기이하지만 사실이라고 하는 모순어법의 재연장이 되었던 것이다. 부인=대중이라는 대중의 원시적인 표상과 결부된 젠더화의 역학이 야담의 변용과 재구성을 강제하면

서, 야담은 초보적 리터러시의 구현체로서 널리 인식되고 통용되었다고 할 수 있다.[14]

《신여성》이 〈전설기화傳說奇話 라인미화〉에서 〈북국전기北國傳記 백설 귀신의 사랑〉, "이 이야기는 괴담怪談 축에 한데 섞어 넣기는 대단히" 아깝다고 주장하며 "이것은 괴담이 아니오. 실제로 있던 사실담事實談"이라고 논한 〈호랑이 잡고 순사殉死한 산중의 가인佳人〉과 〈처녀애화處女哀話 봉선화 이야기〉 및 〈상사相思뱀 이야기〉, 〈산중처녀의 로맨스〉, 〈천하 괴미인怪美人 도화랑桃花娘의 연어戀語〉, 〈가련한 처녀의 죽음─만고기담백인옥萬古奇談白仁玉의 이야기〉로 '괴기怪奇'를 야담과 접목시켜 야담의 숱한 변종들을 산출했다면, 1926년 잠정 중단된 《신여성》을 통합하여 창간된 잡지 《별건곤》은 이 '괴기'의 세계를 전면화했다. 별의별 사건들의 향연장을 뜻하는 '별건곤別乾坤'이라는 잡지명에 걸맞게 이 '괴기'의 다채롭고 신기한 세계는 사실성의 일정한 제약과 규제 아래에서 세상의 앎을 전한다고 하는 근대적 대중매체의 존재 의미를 부각시키게 된다.

'괴기'가 갖는 어떻게 보면 낯선 이러한 이국성은, 《별건곤》 창간호

....

14 1924년 8월 《신여성》은 여름을 맞아 납량 특집호를 기획했다. 전설·기화·괴담·사실담·애화 등의 다종한 명칭을 지닌 야담은, 1926년 3월 〈편집후기〉에서 밝힌 언문(조선문) 본위가 천명되기 이전에 이미 언문(조선문) 본위를 관철하고 있었다. 야담의 이 언문(조선문) 중심의 편집 방침을 보여주는 실례를 들어보면 다음과 같다. 청오青五, 〈가련한 처녀의 죽음-만고기담백인옥萬古奇談白仁玉의 이야기〉, 《신여성》, 1926년 6월, 38쪽. "그 처녀는 심심하면 담 구멍으로 김 판서를 엿보았았다. 그러다가 한번은 우연히 백인옥의 얼굴이 그 처녀의 눈에 비쳤다. 그 처녀는 백씨를 한번 보매 자연히 흠모하는 생각이 났다. 그리하여 날마다 밥 먹고 잠자는 때만 빼놓고서는 담에 의지하여 백씨의 얼굴을 엿보기로 일삼았었다. 그러나 진소위의 기러기 짝사랑으로 백인옥이야 어찌 그러한 사정을 알았으리오. 다만 그 처녀만 혼자 청춘에 떠오르는 사랑의 불길을 태울 뿐이었다. 원래에 짝사랑이 극도에 달하면 병도 나는 법이다. 그 처녀는 한 날 두 날 지낼수록 음식 맛이 없어지고 잠만 들면 백인옥의 용모 풍채가 꿈속에 왔다 갔다 하였다."

탑골공원에서
고담 · 괴담 · 만담을
즐기는 대중

신여성과 구걸하는
아이가 공존하는
식민지 조선의
도시 풍경

에서 무산대중의 공통 취미로 자기와 다른 세계의 앎을 알고자 하는 인간 본래의 욕구로서 정당화된 바 있다. 그것은 자기와 다른 세상과 풍물을 접하고자 하는 인간 본연의 욕구로 주장되면서, 지금까지 관심권 밖에 머물러 있던 타자에 대한 새로운 인식을 실어 나르는 자타 감각의 변용을 초래했던 것이다. 이 '괴기'의 이국성이 자신의 '과거'와 만나 별의별 별종의 야담을 이루어내는 데서 야담이 대중독물'화'되었다면, 식민지 조선의 진전되는 도시화는 도시의 주변부를 형성하게 되는 하층계급에 대한 낯선 시선을 낳게 된다. 근대적 생활 및 문화와는 거리가 먼 이들을 향한 폭발적 관심과 시선은 도시의 최첨단 유행을 선도해간 신여성만큼이나 '괴기'한 존재로서 인식되기 시작했다.

신여성의 최첨단 유행이 관습 파기의 불온한 신호로 비쳐졌던 것과 똑같이, 도시의 주변부를 광범위하게 형성하는 하층계급의 생활상은 도시의 이례적 풍경으로 간주되기 시작했다. 이것이 '괴기'의 맞춤한 재료가 되면서 별의별 이야기들은 현재와 과거, 여성과 남성, 도시와 농촌, 지역과 세계를 교차하는 접합면을 이루며 초보적 리터러시의 일부분으로 자리잡는다. 이 세태를 발 빠르게 포착하며 근대적 대중매체가 이를 자신의 일 구성요소로 만드는 '괴기'의 만화경이 《신여성》의 '괴기'를 거쳐 《별건곤》의 '괴기'로 이어졌다.

〈괴상한 경쟁〉

여송연呂宋煙 한 개를 제일 오래 피우는 사람이 일등이다. 세상에도 괴상한 경쟁이 요전에 백림伯林 루나팍에서 열렸었다. 그 중에는 나 젊은 아주머니가 다 끼어서 한 이채를 내었다 하며 결국 오거스트 · 스콧트라는 사내가 2시간과 54분이나 걸려서 일등상을 탔다 한다. 담배 잘 먹는 것도 세계적으로 이름이 나니 애연가여 열심히 하라. (중략)

〈세 눈깔 대구鱈〉

심해의 괴물 세 눈박이 대구가 남양가삼 수도에서 잡혔다. 10관貫이 넘는 몸집에 커다란 눈이 셋이 또렷하게 박혔다는 전대미문의 괴물 … 신의 조화여… 그러나 여러분 그 설鱈 군의 신세가 되어 생각해 봅시다. 깊고 깊은 바닷물 속에서 태양의 광선이 들어오지 않는 깊은 속에서 도저히 그 큰 놈이 양편에 있는 두 눈으로만은 부족해서 이마때기에 가서 한눈이 더 생겼는 듯하다. 이 가운데 눈은 마치 전등 같이 스스로 빛을 내어서 근방의 어

두운 것을 밝힐 수가 있다 하니 구경 좀 했으면.[15]

위의 〈별別의 별건곤別乾坤〉은 엄밀히 말해 그 '사실성'을 확인하기 힘들다. 하지만 '별別의 별건곤別乾坤'이라는 표제가 이 이야기들의 '사실성'을 역으로 담보해주는 역할을 한다. 그것은 근대의 과학적 합리성이 만들어내는 자기 내부의 타자이기 때문에, 이미 이 〈별의 별건곤〉의 세계는 자신이 발 딛고 있는 정상성의 감각을 매개로 하여 세계를 이국'화'하는 시선과 동궤에 놓여 있었다. 전대미문의 '세 눈깔 대구'가 인간 이하의 하등동물로서 인간의 과학적 시선에 의해 이상하고 진기한 사물로 포착되듯이, 〈별의 별건곤〉이 그리는 괴상하고 잡다한 세계는 그 바깥으로뿐만 아니라 조선 내부로 돌려져 〈전 조선 괴풍속怪風俗 전람회, 입장무료〉와 같은 코너와 마주보게 된다.

주최자 · 관상자
一. 의식에 관한 괴怪풍속
조선에 있어서 의식이라 하면 으레 관혼상제冠婚喪祭가 대부분을 차지할 것이다. 그러나 대체로는 전국이 다 비슷하고 또 시대 변천의 결과로 변동된 것이 많으니까 장황이 말할 것은 없다. 다만 현재까지 남아 있는 몇 가지를 말하고자 한다. 괴풍속怪風俗! 괴풍속怪風俗! 하지만은 서울사람의 상가喪家에서 대신 곡哭하는 것처럼 우스운 일이 어디 있으랴. 외국 사람은 조선 사람의 소리를 듣고 아이고, 아이고 하고 곡하는 것도 괴이怪異라고 하겠지

....

15 〈별別의 별건곤別乾坤〉,《별건곤》, 1929년 9월, 95쪽.

마는 조선 사람은 그것이 일반으로 한 습관이 되었으니까 별로 이상히 생각할 것이 없으나 특히 서울사람의 대신 곡하는 것은 누구나 괴풍怪風이라 할 것이다. 상인喪人은 가만히 그대로 있고 하인, 청직廳直이 등이 일을 하고 다니면서 〈아이고 아이고〉 하다가 별안간 〈여보 물 떠오, 술 가져오.〉하고 심지어 아이고 아이고 염병을 하고 포도청에 갈 일이라고까지 한다. 그것은 과거의 양반들이 자기가 곡은 시시로 할 수 없고 체면 상 아니 할 수도 없어서 자기의 하인을 대신으로 시키는 버릇이 그대로 남은 것이다. (중략)

三. 복식服飾에 관한 괴怪풍속

서울 여자들의 조백이 쓴 것도 처음으로 보는 사람의 눈에는 꽁지 빠진 씨암닭 같아서 그리 미美로는 보이지 않지마는 대구大邱나 해주海州 기생妓生들이 아직까지 삿갓을 쓰고 다니는 것은 한 괴풍奇風이다. 평북平北의 여자가 청녀淸女 모양으로 귀에 고리耳環를 달고 다니며 평남平南의 여자女子들이 치마를 흔히 아니 입고 속곳 바람으로 출입(평남 평북이 공통으로 그런 풍속이 있으나 지금은 많이 개량되었다.)을 한다면 남선南鮮의 여자들은 해괴駭怪하게 여길 것이다. (중략)

그 외에 미신에 관한 괴풍怪風이야 퍽도 많지만은 그 역 문화의 발전을 따라서 점차 소멸되는 터인즉 구태여 새삼스럽게 말하지 않는다. 그리고 연중행사에 관한 괴풍속怪風俗 중에는 1년의 수월首月인 정월 중의 괴풍속이 심다甚多하나 그것은 작년 본지의 정월 풍속전람회風俗展覽會 기사에 자세히 기록되었기에 이만 약략略한다.[16]

....

16 〈전 조선 괴풍속전람회怪風俗展覽會, 입장무료入場無料〉, 《별건곤》, 1928년 2월, 49, 52쪽.

조선의 이해할 수 없는 폐풍을 고발하는 위의 〈전 조선 괴풍속 전람회, 입장무료〉는 식민지 조선의 공간을 분할하고 절단한다. 시간의 공간화라고 할 수 있는 이러한 잡지 발행 주체의 시선의 우위는 아직도 남아 있는 식민지 조선의 진기한 '괴'풍속을 일종의 전람회 삼아 근대화되지 못한 봉건의 시간대로 고착시킨다. 이 인용문의 표현에 따르면, 이는 "미신에 관한 괴풍"에 해당되는 것으로 "문화의 발전을 따라서 점차 소멸되는" 낙후된 과거의 표징이나 다를 바 없다. 미신의 '괴풍'을 전前근대와 동질화하는 순간, 문화는 자연히 근대의 진보적 시간대를 상징하는 단어로 실체화된다.

《별건곤》의 편집자들은 이 시간의 공간화를 '전람회'라는 이름으로 시각화한다. 스스로를 주최자·관상자로 하는 이 지상紙上의 전람회는 "미신에 관한 '괴풍'"을 마치 전람회에 와서 관람하는 듯한 실재감을 준다. 원시적인 토산품에서부터 최첨단 유행품까지 모든 것이 전시될 수 있는 전람회는, 그래서 "미신에 관한 '괴풍'"마저 전시될 수 있는 가상적 시각화를 가능하게 하는 효과적인 방식이 된다. 값싼 대중출판물로서 세상의 앎과 소식의 전달자로 자부했던 《별건곤》은, 이 '괴기'라는 영역을 통해서 식민지 조선의 독자대중을 아직 알려지지 않은 세상과 문물에 접하게 한다. '괴'상하지만 실재하는 '괴기'의 이 사실─효과는 다양한 분야로 퍼져나가면서 '괴기'를 일종의 잡화점 또는 데파트(백화점)로 만들고, '괴기'의 만물상은 값싼 대중출판물에 값하는 근대적 대중매체의 초보적 리터러시의 한 총아로 자리잡게 되는 특정한 시대상을 보여준다.

현대인의 신경은 나날이 둔鈍해 간다. 현대과학의 끊임없는 자극刺戟에 극도로 첨예화한 그들의 신경이 밝은 반동적 경향이리라. 이리하여 그들의 마음 가운데는 어느새 부질없이 괴기를 찾는 일종의 엽기벽獵奇癖이 생겼다. 그로테스크! 그로테스크! 나체화적裸體畵的 에로, 신화적 그로테스크, 이것이 현대인의 시들어 가는 명맥을 끌고 나가는 위대한 매혹이요 생명수다. 이제야 삼면 기사적 항다반의 사실보다, 김빠진 연애소설보다, 노파들의 입에서 풀려 나오는 신화 괴담에 귀를 기울이게 되었다. 동화의 세상이 오려는가! 사람들의 마음이 오래 떠났던 동심으로 돌아가려 함인가! 하여튼 이러한 엽기풍은 경박한 양키—들의 조변다화적朝變夕化的으로 변전하는 유행심리만은 아니다. 항상 기형적畸形的 진로를 밟고 있는 터이라 그들과는 생활이 엄청나게 다르건만 어느새 우리들의 마음 가운데도 이러한 심리가 움직이고 있었던 것이다.[17]

식민지 조선의 부정적인 자기상과 결부된 《별건곤》의 넘쳐나는 '괴기'들은 초보적 리터러시를 더 역동적이게 하는 힘이었다. '괴기'가 초보적 리터러시를 구현하는 맞춤한 재료와 방식이 되면서 '괴기'의 효용 가치가 극대화된 것이다. 위의 인용문은 '괴기'를 에로·그로의 시대 풍조와 또한 결부시키고 있다. 1920년대 말부터 일기 시작하여 1931년 정점에 이른 일본의 에로·그로·난센스 열풍이 식민지 조선의 '괴기'와 결부되어 '괴기'의 에로'화' 또는 그로테스크'화'를 낳았음을 위 인용문은 지적한다.[18] 현대 도시인들의 과민한 신경이 낳은 '괴기'의 엽기성

....

17 일기자—記者, 〈거인트人 김부귀金富貴를 요리했소〉, 《별건곤》, 1930년 9월, 124쪽.

18 일본에서 에로·그로·난센스는 제1차 세계대전의 일시적 호황 이후에 불어닥친 1920년의 사회경

'에로'를 상징하는 신여성의 옷차림   〈신어해설〉에 등장한 '에로'

이 "삼면 기사적 항다반의 사실보다, 김빠진 연애소설보다, 노파들의 입에서 풀려나오는 신화 괴담에 귀를 기울이게" 하는 퇴행적 감수성을 낳을지도 모른다는 우려는, 한 시대를 풍미한 식민지 조선의 '괴기' 열풍을 말해주고도 남음이 있다.[19]

....

제적 불황 속에서 급속하게 퍼져나갔다. '에로틱 · 그로테스크 · 난센스'를 줄인 '에로 · 그로 · 난센스'는 불안한 일본 사회의 경제상을 반영하며, 사람들의 쾌락과 유희를 위한 배출구로서 기능했다. '에로 · 그로 · 난센스'가 일본의 급성장한 대중매체에 의해 경쟁적으로 사용되면서, 이는 여성의 다리를 응시하는 신체적 관능에서부터 남편의 성기를 자른 엽기적인 '아베 사다' 사건, 그리고 슬랩스틱 코미디로 표상되는 웃음 코드가 총망라되는 대표적인 도시문화의 상징이 되어갔다. 식민지 조선의 '괴기'는 그로테스크의 의미를 더 강하게 포함했다는 점이 달랐을 뿐, '괴기'가 에로와 엽기 및 난센스와 결합하여 다양하게 산포되는 현상은 일본과 다를 바 없었다.

19 '에로 · 그로 · 난센스'의 유행과 관련해서 〈대 경성, 에로 · 그로 · 테로 · 추醜로 속출〉, 《별건곤》, 1931년 8월, 11쪽은 이것이 도시문화의 퇴폐와 연관되어 받아들여졌음을 잘 보여준다. "에로…그로…테로…추로의 사四로 중에 공교롭게도 내가 만든 것이 〈그로〉다. 그로, 그로, 조선에 그로가 있나? 손바닥 같이 발바닥 뒤집힌 조선에 〈그로〉다운 그로가 있을 턱이 없다. 더구나 우리의 생활이 그러한 취미를 요구하기에는 너무도 먹고 입기에 절박하여 있지 아니한가! 서울 남촌에서 이발 영업하는 XXXX과 XXXX이라는 두 일본 친구가 있다. 둘이 다 적잖은 〈그로〉이스트이던 모양이다. 그런데 일본 사람이 우리는 보기만 해도 몸서리가 나는 뱀을 떡 주무르듯 하고 또 그놈을 꿀같이 맛있

초보적 리터러시와 관계된 '괴기'의 일대 유행은 괴기를 "이방수토異
邦殊土나 고대민족의 진풍珍風 기속奇俗을 찾거나 혹은 세인의 이목을 놀
랠 만한 기형奇形 이태異態"로서 구현되는 장르적 혼합과 이종 교배의
실험장으로 화하게 했다.[20] 식민지 조선의 근대적 대중매체가 이 '괴기'
의 효용 가치에 주목하면서, '괴기'는 기담·괴담·소설보다 영화보다
진기한 이야기, 고대소설 같은 진기한 삼대 사실, 소설보다 기이한 사
실 로맨스 등등으로 다각화되었다.[21] 현대인의 예민한 신경은 하루하
루의 정치시사 기사보다 "노파들의 입에서 풀려나오는 신화 괴담에 귀

....

게 먹는 것은 누가 잘 알겠나. 장소는 진고개의 XX라는 카페─양술집, 푸른 등불, 붉은 술, 흰 얼굴,
붉은 입술, 전기 축음기에서 울려 나오는 술의 노래, 담배 연기, 둥그스름한 엉덩이, 취한 눈… 이러
한 것들이 향락의 칵테일을 이루고 있는 판에 위에 말한 두 친구가 어슬렁어슬렁 들어온다."

20 〈신어해설〉, 《동아일보》, 1931년 3월 9일자.

21 '괴기'와 '애화'를 동반한 실화와 야담 간의 이종 교배도 활발했다. 1938년 9월에는 《실화》라는 잡지
가 창간되기도 하는데, 《실화》 잡지에 실린 다양한 사실진담事實珍談들은 야담이 불특정한 시공간
성을 토대로 하여 '괴기'를 접목했던 것과 동일한 이야기 구성 방식을 보여준다. 이러한 사실진담들
은 근대적 지의 사실성에 입각해 사실 같지 않은 사실, 소설 같은 참 사실 등등의 이름으로 그것이
실제로 일어난 사건임을 내세웠다. 한 예로 강촌학인江村學人, 〈신비의 정기로 나타났다가 무참히
죽은 연연의 애화〉, 《별건곤》, 1934년 3월과 〈실화 애욕 10만 리!! 연연의 애화의 속續〉, 《별건곤》,
1934년 4월은 "이 애화哀話의 일편을 들추어 보면 그곳에는 미인박명의 소설 같은 참 사실을 알 수
있을 것이다. 지금으로부터 이 애화의 전모를 써 보기로 할까?'라는 액자구성을 통해 "경성으로부
터 멀지 않은 양주楊州 뒤채後嶺라는 경치 좋고 물색이 아름다운 조그마한 동리가 하나 있으니 그
마을이야말로 평화스럽고 고요한 아름다운 촌락이었다. 산천의 아름다움도 아름다움이려니와 30
호 밖에 살지 않는 동리사람들은 실로 순진무후한 조선농촌의 원시적 그대로의 사람들만 사는 동리
였다."로 이야기의 서두를 꺼낸다. 이는 차상찬이 쓴 〈민요에 나타난 애화, 산유화 노래와 박향랑朴
香娘〉, 《별건곤》, 1932년 10월의 "금오산金鰲山에 아지랑이 끼고 낙동강 연안에 고은 풀이 파릇파
릇하게 움 나오는 봄철이 되면 영남의 젊은 여자들은 바구니를 옆에 끼고 삼삼오오 짝을 지어 산으
로 들로 나물을 뜯으러 갑니다. (중략) 봄날에 그 여자들의 메나리 소리를 들으면 아무리 길을 바쁘
게 가던 행인이라도 발을 멈추고 듣다가 한 줄기의 눈물을 흘리게 됩니다. 이 메나리 노래는 사설과
곡조도 구슬프거니와 그 노래의 출처를 들춰 보면 참으로 눈물겨운 애화가 숨어 있습니다."라는 야
담의 이야기 전개 방식과 별 차이가 없었다. 이러한 실화와 야담의 이종 교배가 1941년 일본에서는
《실화와 야담實話と講談》이라는 잡지를, 전후에는 《강담과 실화講談と實話》 잡지를 출간케 했고,
식민지 조선에서도 《실화》 잡지를 거쳐 해방 이후에 《야담과 실화》를 탄생시키는 배경이 되었다.

를 기울이게” 한다는 위 인용문의 비판처럼, 현대 도시의 신경과민이 낳은 원시적 퇴행성은 도시문화의 최첨단 문명이 낳은 기형적 산물이기도 했다는 점에서, 첨단‘화’된 퇴행성이라는 잡종화의 토대가 되어 특정한 시대적 감수성으로 분출했던 것이다.

현대인의 이 퇴행적 감수성과 병행된 ‘괴기’의 엽기성은 모던 걸, 못된 걸로 불리며 뭇사람들의 응시 대상이 된 신여성에 대한 관심에서부터 식민지 조선, 더 나아가 (동)아시아의 확정되지 않은 과거의 산물에까지 그 손길을 뻗쳐 갔다. 한 예증으로 최남선이 주간하여 1929년에 발간한 잡지 《괴기怪奇》를 들 수 있다. 최남선이 잡지명을 ‘괴기’로 지은 사실 자체가 이 ‘괴기’의 일대 유행을 상징하는데, 최남선의 《괴기》 출간이야말로 당시에는 “괴기한 괴기”로서 받아들여졌다. 백릉白菱이 쓴 〈괴기한 ‘괴기’〉가 그것으로, 그는 이 글에서 “육당 최남선 선생님이 괴기라는 개인잡지를 발간”한 것을 “참 알 수 없는 일”이라고 말한다. 그는 “지금의 조선 사람이 그러한 야릇한 자극을 요구하는 바도 아니겠고 또 설마하니 선생님이 그런 야릇한 취미를 가질 변태 심리는 아니겠는데…”라고 말줄임표를 써가며 이 현상을 일본의 사례에 빗대어 설명한다. “일본만 가도 많이 (그러한 종류의 잡지나 서적이) 발간되는 것은 그만큼 일반의 요구”가 많기 때문인데, 그에 비해 식민지 조선에서는 “〈그로테스크〉 류의 〈괴기〉는 그 존재의 이유를 아무리 하여도 알 수가 없다는 것”이 그의 진단이었다.

최남선 본인은 《괴기》를 발간한 이유에 대해 그 발문 격인 〈인人 급及 조선인에게 소리친다〉에서 다음과 같이 밝혔다. “사실이 소설보다 기이奇異하다는 말이 있다. 그런데 이 말의 적실함을 가장 잘 증명하는 것이 인문에 관한 근대의 과학들이다. 인성의 비오秘奧와 인생의 단층斷層이 어떻게 괴기와 경이에 충만되었는지는 인류문화의 심림深林을 치고 들어가는 우리 학도들의 새록새록 발견하고 감입하는 바로, 뜻하지 아니한 신시비극神詩悲劇과 소박한 현실 그대로의 위대한 예술이 이르는 곳마다 우리의 안광으로 틔어가며 이타耳朶를 씻어"간다는 것이다.

세계의 앎이 가져다주는 이 괴기와 경이의 충만함은 "우리는 인으로 인성의 기미를 알아야 할 동시에 조선인으로 조선민성의 근본을 알아야 한다. 그런데 조선의 문화과학적 천명은 이 양건兩件을 일 교회점交會點으로 하여 우리에게 가능하게 할 것이 물론이다. 세계의 거울에 조선을 비쳐보고 조선의 거울을 세계로 돌려보는 중에 흥미와 한 가지 인人 급及 조선인으로의 의무 극진克盡이 있을 것"이라는 세계의 앎을 통한 자기상의 구성을 촉진했다.[22] 그는 이것을 "일체 문화과학의 통속취미잡지"라는 《괴기》 잡지로 실현해보겠다는 야심찬 포부를 발문에서 밝히고 있다. 이런 점에서 잡지 《괴기》는 근대적 지로 재편성되는 자기 내부의 발견과 탐색 및 고발과 해석의 차원을 포함한다. 이것은 자기의 '타자화'이며 자기의 '이국화'로, 이것이 앎에 대한 욕구와 맞물려 초보적 리터러시의 일부분이 되는 사회역사적 과정을 잡지 《괴기》는 보여주고 있다.

"일체 문화과학의 통속취미잡지'라는 이름을 표방하며 등장한 잡지 《괴기》는 문화과학으로 포괄될 수 있는 모든 것을 총망라하여 독자대

....

22 최남선, 〈인人 급及 조선인에게 소리친다〉, 《괴기》, 1929년 5월, 2-3쪽.

통속취미잡지임을 앞세운 잡지 《괴기》　잡지 《괴기》의 인류학적 시선과 내화

중 앞에 펼쳐놓는다. 철학·신학·천문학·인류학·고고학 등 문화과학이라고 할 수 있을 만한 모든 것이 다 《괴기》로 망라되는 것이었다. 잡지 《괴기》가 당시 "이방수토異邦殊土나 고대민족의 진풍珍風 기속奇俗을 찾거나 혹은 세인의 이목을 놀랠 만한 기형奇形 이태異態"의 그로테스크, 즉 '괴기'와 동일선상에서 무차별적인 잡식성을 보여주는 것은 이 학적 호기심이 외부와 내부의 타자를 향한 근대적 지의 욕구와 그 호기심을 공유했기 때문이다. '괴기'의 일대 성행을 등에 업고 야담도 이 '괴기'를 이웃해가며 수많은 변종들을 생성하게 되는데, 그것이 야담의 '존재 방식'에도 적지 않은 영향을 미치게 될 것은 자명했다. 야담은 '괴기'에 힘입어 초보적 리터러시의 대표 주자가 될 수 있었다고 해도 과언이 아니다.

　물론 '괴기'의 잡다함이 식민지 조선의 야담을 전적으로 결정지은 사태는 아니었을 것이다. 하지만 '괴기'가 갖는 잡다함은 대중독물의 특징인 저가와 저급 못지않게 중요한 일 요소로서 야담의 '존재 방식'에 큰 영향을 미쳤다. 《별건곤》 창간호는 〈후기〉에서 취미와 실익을 나누고, "무책임한 독물만을 늘어놓는다든지 혹은 방탕한 오락물만을 기사로 쓴다든지 등의 비열한 정서를 조장해서는 아니 될 뿐만 아니라 그러한 취미는 할 수 있는 대로 박멸케" 한다고 천명하며 취미의 차별화를 꾀했을 뿐만 아니라, 실익을 유익함과 동일한 의미로 사용하며 취미와 실익을 각기 다른 영역에 놓는다. 《별건곤》의 이 취미와 실익의 양 항이 야담을 주로 취미가 아닌 실익의 영역에 놓게 되는 이유가 되는데, 이를 보여주는 일례가 차상찬이 《별건곤》과 《신여성》에 각기 실은 〈만고정충 임경업林慶業장군〉과 〈천하 괴미인怪美人 도화랑桃花娘의 연어戀語—귀교鬼橋와 길달문吉達門의 이적〉 두 작품이다. 두 작품을 대비하여 살펴보면, 초보적 리터러시가 갖는 내적 차이를 알 수 있다.

도화랑! 이름만 들어도 어여쁜 고향 내가 물씬물씬 난다. 이 도화랑은 옛날 옛적 신라新羅라는 나라의 유명한 미인이다. 그의 본집은 사양부沙梁部였다. 어렸을 때부터 얼굴이 어여뻐서 요조한 태도가 마치 봄바람에 벙긋 웃는 복숭아꽃과 같음으로 그의 부모가 도화랑이라고 이름을 지었었다. 꽃이 피면 나비가 반드시 있는 격으로 그는 이팔방년에 벌써 어떠한 청년과 연애를 하여 백 년의 기약을 맺고 따뜻한 사랑의 보금자리 속에서 달콤한 꿈을 꾸며 춘풍추월을 등한이 지내었다. 그러나 형산荊山의 백옥은 암야에도 빛이 나고 유곡幽谷의 난초蘭草는 십 리까지 향취가 진동한다고 그의 아리따운 소문과 향기로운 이름은 어느덧 굴러서 구중궁궐에까지 들어갔었다. 당시 신라의 임금

진지왕眞智王은 금루옥전金樓玉展의 화려한 후궁을 지어놓고 현하의 미인을 다 모아서 심지의 소락과 이목의 소호를 다하는 호사로운 임금이었다.[23]

身佩 《大丈夫》 三字

피가 있고 쓸개가 있는 우리 朝鮮사람 치고는 몇 萬古를 갈지라도 丙子胡亂의 國恥를 잊지 못할 것이요. 丙子胡亂의 國恥를 잊지 못하는 사람은 또한 當時忠義熱烈한 盖世名將 林慶業 將軍을 잊지 못할 것이다. 이 林將軍은 距今 三百三十二年前 卽 李朝宣朝二十七年(明神宗萬曆二十二年) 甲午 十日月二日(丙子日子時)에 江原道原州郡富論面蓀谷里에서 呱呱의 소리를 내었으니 字는 英伯(又稱繼伯)이오, 貫은 平澤이다. (公의 出生地에 關하야 或稱忠州達川或稱平南价川 或稱原州라 하여 其說이 不一하나 原州郡富論面蓀谷里(俗稱손의실)에 公의 誕生遺址가 있고 또 其洞白雲山에 所爲 將軍大坐形이라는 公의 先墓가 있으며 其他 閭巷傳說과 子孫의 傳言에 의하면 公이 原州에서 출생하여 幼時에 忠州達川으로 移住한것이 確實하다.) 爲人이 短小하야 身長이 七尺에 不滿하나 少時로부터 慷慨磊落한 大志가 有하고 膽勇이 絶倫한 中懋河의 辯才를 兼하여 항상 論兵을 좋아하고 將帥의 層도 自負하니 그의 부친(諱篁)이 嘗히 誡하야 曰 我國에서 將材의 人物은 반드시 奇禍를 피하는 事가 有한즉 특히 戒愼하라 하였었다.[24]

위의 두 인용문이 내포하는 가독성의 차이는 실로 크다. 그것은 언

---

23 청오靑五, 〈천하 괴미인怪美人 도화랑桃花娘의 연어戀語 ─귀교鬼橋와 길달문吉達門의 이적〉, 《신여성》, 1926년 4월, 65쪽.

24 차상찬, 〈전기 만고정충 임경업장군〉, 《별건곤》, 1926년 11월, 93쪽.

2.3_ 문예와 야담, 그 젠더화의 역학 153

문(조선문) 위주의 표기 형태에 기인한 것이기도 하지만 내용에 있어서도 그러하다. 언문(조선문) 위주의 〈천하 괴미인怪美人 도화랑桃花娘의 연어戀語〉는 〈만고정충 임경업林慶業장군〉과 달리 "아무리 과학과 기계가 발달된 이 시대에도 큰 다리를 가설하자면 일자도 여러 날을 걸리고 돈도 여러 만원이 드는데 이 비형은 돈도 한 푼 들이지 않고 일야 간에 큰 다리를 놓았으니 어찌 신기한 일이라 아니하랴. 지금에 비형이 같은 사람이 있다 하면 돈 한 푼을 드리지 않고도 완전한 교통기관을 만들어 놓을 것이다. 한담은 그만두자."라는 논평으로 '괴기'의 차원을 사실성의 필터링으로 재구성하여 야담'화'한다.[25] '괴'미인이라고 불릴 정도로 뛰어난 미모의 여성과 관련된 성적 시선은 《삼국유사》의 '기이'편을 끌어들여 '괴기'의 유행에 편승하는, '괴기'의 야담'화'로 이어진다.

그에 반해 〈만고정충 임경업林慶業장군〉은 국한문의 소양이 전제되지 않는 대중이 읽어내기에는 상당히 어렵다. 작가의 논평도 이에 따라, "仁祖는 능히 장군을 知치 못하고 奸賊을 신임하다가 國事를 誤하고 또 장군의 冤罪를 知하면서도 孤疑不斷하여 枉死에 至케 하였으니 어찌 후세에 暗君이라는 譏를 가히 면하랴."로 이어진다. 이러한 가독성의 차이는 《별건곤》과 《신여성》이 갖는 초보적 리터러시의 차이를 말해준다. 덧붙여, 야담의 초보적 리터러시는 〈찬 눈물 더운 눈물〉처럼 야담이 소설과 혼재되어 '야화소설'로 창작(문예)란에 배치될 때 그 수위가 또한 현저히 낮아짐을 볼 수 있다.

....

25 청오靑五, 앞의 글, 67쪽.

154

새문 밖을 막 나서 왼편으로 성벽을 끼고 돌아가면 시커먼 성돌을 등에 지고 울퉁불퉁한 지대地臺 위에 게딱지 같은 초가집들이 널려 있으니 이것이 당시 빈민계급의 생활난을 유감없이 나타내던 새문 밖 송월동松月洞이라는 유명한 빈촌이었다. 쌀 한 되에 엽전 서푼을 하고 나무 한 바리에 닷 돈을 못하는 이러한 풍성하던 시절에도 한 귀퉁이에 쫓겨 몰린 송월동에는 하루에 두 때 밥을 얻어먹기에 손톱발톱이 다 헤어지도록 애를 쓰며 이른 아침부터 밤이 되도록 그날 하루를 원수 같이 보내는 사람들이 이 구석 저 구석에 모여 있다. 추운 아침에 입으로 부유스름한 입김을 내쉬며 성안에 거리거리로 콩나물 사기를 외이며 다니는 사람들과 성 밑에 양지 편을 따라서 밥풀에 부한 종이쪽을 요리조리 옮겨 놓으며 분판점紛板點을 만들어 파는 사람들, 신분이 허락지 아니하는 까닭에 지게도 못 지고 담배 궤도 못 메이고 할 수 없이 멀쩡한 사지를 좁은 방안에 구부리고 누워서 마누라의《깜찍이실》(적은 탯실)을 잣는 물레 소리에 모든 영화의 꿈을 꾸는 사람들이 모여 성안에 널려 있는 기와집들을 바라보며 하루에 반만 비치는 석양빛이 덧없이 넘어가는 것을 탄식한다.[26]

위의 인용문을 〈만고정충 임경업林慶業장군〉과 비교해볼 때, 문체부터 내용에 이르까지 그 가독성의 차이가 현격하게 드러난다. 이것은 야담의 변용과 재구성의 유동적 양상을 말해주는 것으로, 야담은 이런 점에서 고정된 형태로 존재했다기보다는 당대의 시대 풍조를 반영하며 다기하게 변화했다고 보는 것이 옳을 것이다. 이를 감안하며《별

26 김운정,〈(야화소설) 찬 눈물 더운 눈물〉,《별건곤》, 1927년 4월, 125쪽.

건곤》에 실린 야담 관련 작품들을 살펴보면 야담이 갖는 다기성과 중층성을 알 수 있다.

'야담'을 공식 표명하고 나온 것으로는 김진구의 〈묘령처녀 살해한 미소년〉(1931년 3월)과 〈천고비장, 금산 칠백 의사총義士塚)〉(1931년 7월) 등이 있다. 그 외 작품들은 야담이라는 명칭 대신에 '신'강담과 '연작'강담으로 불려졌다. 1927년 7월의 〈천고쾌협형가千古快俠荊軻〉와 〈서왕모西王母〉, 그리고 "천하 만인의 다대한 기대 중에 있는 문제의 대 독물"로 "창작가 아닌 이의 창작, 소설가 아닌 이의 소설"임을 내세우며 1928년 8월에서부터 12, 1, 2, 4월호까지 "각 방면의 책임 있는 명사"로 작가를 달리해가며 게재된 〈연작강담連作講談 아침〉 등이 그것이다.[27]

야담과 강담이라는 이름 대신에 전설과 사화 및 야화, 괴담, 애화, 고담古談 등등으로 창작(문예)란의 잡다함을 예증하는 실례도 《별건곤》에서 허다하게 발견된다. 소설·시·희곡과 같이 우리가 통상적으로 받아들이는 순수 창작물과는 거리가 먼 이 창작(문예)란은 잡다함을 그 일차적 속성으로 갖고 있는 것처럼 보일 정도였다. 창작(문예)란이 갖는 이 잡다함이 야담의 통일되지 않는 명칭들로서 시현되는 셈이었는

....

27 〈소설 이상·논문 이상·독물 중의 독물!!, 연작강담 아침, 8월 호부터 게재 제 일회 최남선 작〉, 《별건곤》, 1928년 7월, 55쪽. 최남선이 첫 주자로 나선 〈제일회 대륙의 꿈〉, 《별건곤》, 1928년 8월, 17-18쪽의 서두는 다음과 같았다. "이날 새벽에도 석굴의 예불을 따로 맡아보는 응허應虛 노화상老和尙은 아무보담도 먼저 법의를 단정히 입고 굴 밖에서부터 볼이 반이나 패인 목탁을 두드리고 정구업진언淨口業眞言으로 비롯하여 예탄참서禮嘆懺誓의 갖은 법문을 판에 박은 듯 외우면서 석가세존釋迦世尊의 연좌를 수없이 돌아다녔다. 석굴의 본질은 영험이 특수하다 하여 장명등이 열 스물씩 끊이지 아니함으로 굴 안이 어두울 리는 없으되 한정된 테안을 익은 발씨로 돌아다니는 응허는 눈이 항상 위에 있어서, 그제 어제 보던 것 밖에 아무 다른 것을 보지 못하고 또 그런 무엇이 있을 것을 생각할 리도 없었다. 그러나 이때의 석굴에는 불보살佛菩薩과 그 예탄자禮嘆者인 응허應虛의 밖에 전에 없던 한 존재가 있었다."

데, 이러한 잡다함이야말로 역으로 야담을 대중독물의 대표 주자로서 자리매김할 수 있게 하는 동력이었음을 여기서 재차 확인할 수 있다.

김동환은 이러한 야담의 잡다함을 '전설'로서 보여주었다. 김진구가 정사보다 '야사'에서 민중성의 요체를 발견하고 이를 야담'운동'의 필요성을 주창하는 근거로 삼았듯이, 김동환은 '전설'의 황당함에도 불구하고 조선인의 생활감정과 습속을 '전설'에서 발견한다. 김동환이 보여주는 '전설'에 대한 재규정은 근대적 지가 매개된 자기의 민족지학에 해당하는 것으로, 그는 이를 근거로 '전설'의 채록과 수집을 정당화한다.

사람 사는 곳에는 반드시 전설의 꽃이 핀다. 혹은 슬픈 것, 혹은 애처로운 것, 혹은 상쾌한 것 등. 그래서 입에서 입으로 가슴에서 가슴으로 떠돌아 다니면서 만 사람의 품 안에 이상한 향기를 전해주고 간다. 우리도 사천년을 같은 땅에서 하늘이 주는 같은 우로雨露를 마시면서 자라온 족속들이다. 들추어 보면 옛날 선조의 살림을 엿보기에 족한 특수한 전설이 있을 것이다. 비록 그것이 구비문학시대에 난 것으로 황당한 것이 많을 터이나 이것저것을 눌러보면 그 사이에서 우리는 조선민족의 부한 시적 재능을 발견하는 동시에 취재取材상으로 보아 시대인심을 바로잡기에 노력한 귀중한 용어를 본다. 나는 이러한 흥미를 가지고 조선 각지에 떠다니는 전설을 채집하려 한 것이니 나중에 문학상 어떤 결론을 얻자는 것이 중요한 기도다.[28]

....

28 김동환, 〈팔도전설 순례, 꽃 같은 낭자와 고승의 애연비사哀戀悲史〉, 《별건곤》, 1927년 8월, 95쪽.

김동환이 밝힌 전설의 가치는 "입에서 입으로 가슴에서 가슴으로 떠돌아다니면서 만 사람의 품 안에 이상한 향기를 전해주는" 공통된 조선인의 생활감정이다. 그는 옛날 선조의 살림을 이 '전설'에서 엿볼 수 있다고 말한다. 이 안에 새겨진 시적 재능과 감수성이 '전설'에 녹아 있다는 것이 그의 생각이다. '전설'에 대한 이러한 김동환의 자기 민족지학적인 접근 방식은 '전설'의 채록과 수집 결과를 《별건곤》에 싣는 것으로 나타났는데, 1927년 8·10·12월호와 1928년 7월호에 〈팔도전설순례〉라는 시리즈가 바로 그것이다. 이 〈팔도전설순례〉의 각 내용은 "꽃 같은 낭자와 고승의 애연비사哀戀悲史", "해녀와 용사의 부부암夫婦巖", "향랑香娘과 메나리꽃", "사비수가의 공주와 무사"였다.

김동환의 '전설'은 애화와 결부되어 애화'전설'의 형태를 띠기도 했는데, 이와 또 다른 지점에 당대의 시대 풍조였던 '괴기'와 야담의 이종 교배가 자리했다. 애화'전설'이 가능하다면 괴기'전설'도 가능하고 괴기'야담'과 애화'야담'도 얼마든지 가능하기 때문이다. 이러한 장르 간 혼종과 이종 교배를 통해서 야담은 수많은 변종들을 만들어냈고,《별건곤》은 이 별의별 야담을 펼쳐놓는 신천지였던 것이다.

1927년 1월의 〈조선개화당 사건의 회고〉, 1928년 2월의 〈세외세世外世 인외인人外人 기인기사담奇人奇事錄〉, 1928년 5월의 〈동서무비東西無比 조선인정 미담집〉, 〈세계에 비比가 없는 개암이 전설〉, 〈조선사상 삼대 전첩戰捷 이야기〉, 〈조선 고락의 변천과 역대 악단의 명인물〉, 1929년 1월의 〈거짓말 같은 사실기록, 천하괴담 상사《뱀》이야기〉, 1929년 8월의 〈기인편담奇人片談〉, 1929년 1월의 〈청궁비사淸宮秘史 향기애화香妃哀話〉, 1930년 1월의 〈나말괴걸羅末怪傑 태봉왕泰封王 궁예 비사〉, 1931

년 7월의 〈임진사화, 이충무공의 삼대 승첩기〉, 〈단오애화, 어복魚腹에 파묻힌 미인 · 충신 비사〉, 1933년 2월의 〈송낭요送郞謠와 최경最卿, 민요에 숨겨진 단장애화斷腸哀話〉, 1934년 6월의 〈검두劍頭의 향귀香魂 우미인虞美人애화哀話, 삼대 미인 정화집情話集〉 등은 괴기, 기인, 비사, 애화, 전설 등등의 온갖 이름을 달고서 《별건곤》의 야담의 일부를 이루며 창작(문예)란을 오갔다.

이처럼 수많은 변종들을 낳으며 초보적 리터러시의 중요한 일 구성 요소가 되어간 야담의 장르 혼종과 이종 교배는 "역사기사를 퍽 재미 있게 봅니다. 우리 조선 사람은 자래로 제 나라의 역사를 모르는 것이 큰 유감인 중 현재 학교 교원도 조선역사에 어두운 사람이 많습니다. 나는 잡지를 항상 몇 부씩 사다가는 아는 교원에게 보내줍니다. 역사 지식을 통속으로 보급시키는 것은 잡지가 큰 효과가 있을 줄" 안다고 하는 독자들의 요구가 있었기에 가능했다.[29] 독자의 수요에 부응한다 는 명분이 역사지식의 대중화 및 통속'화'를 정당화했고, 이는 온갖 잡 다한 하위 장르와 양식을 결합시킬 수 있는 원동력이 되었다.

야담과 문예의 혼종 및 하위 장르 간의 상호 전이와 결합은 "연전에 일본에서 床次 內相이 국민사상 선도라는 간판 하에 〈낭화절浪花節〉을 장려하여 일반의 비소鼻笑를 받은 일을 생각하면, 근자에 신흥하는 강 담야담운동이 민중교화와 인정도야, 사기진양에 의의 있는 노력이라 고 하겠지마는 그 근본정신의 견해에 대해서는 고려함이 없으면 민중

....

29 〈독자 여러분의 간곡한 부탁〉, 《별건곤》, 1929년 8월, 125쪽.

《조선일보》의 거리 '괴담' 혹은 괴담'야담' 시리즈

야담가 신정언의 연속 '괴담'

《조광》에 실린 무섭고도 서늘한 '괴기' 좌담회

《매일신보》〈문예면〉을 장식한
〈괴기행각怪奇行脚〉 중 한 편

을 진정히 현대적으로 지도"할 수 없으리라는 불만이 뒤섞인 모순적인 반응과 감정을 낳는 원인으로 작용했다.[30]

　종래의 소설이라는 것도 강담류에서 얼마나 벗어났는지 의문이지만 현재에 유행한 강담이라는 것도 강담으로서는 완성된 것이 아닌 모양이다. 즉 종래의 소설은 문예라는 입장이나 간판 하에서 소설의 형식과 수법을 따르는 경향인 고로 전자가 비非소설 비非강담이었던 것과 같이 후자도 소설식 강담, 강담식 소설의 얼치기 되기가 되어가는 모양이다. 현재 조선, 동아의 양지에 연재되는 〈임거정전林巨正傳〉과 〈단종애사〉가 그것이다. 어쨌든 금후로는 강담시대가 돌아올 것이요, 이것으로 말미암아 정사, 야사, 고담이 문예화하여 보급되는 동시에 민중교육과 민중사상지도에도 비익裨益된 바가 적지 않다고 믿는 바이나 나는 이러한 경향을 차라리 문예사상보급상으로도 차라리 환영하고자 하는 바이다. (중략)
　그러나 강담은 어디까지든지 강담이어야 할 것이요, 소설적 형식과 수법을 혼용하여 소설과 강담의 분계선을 애매말살曖昧抹殺하여서는 아니 될 것이다. 원래 강담이란 형식은 일본에서 수입된 것이요, 또 강담에도 소설식 인물묘사, 자연묘사, 심리묘사 등을 가미하며 소설체로 대화를 임의 사용함의 가부可否와 당부당當不當은 별문제로 하고 어쨌든지 강담이 소설의 모조품이 되어서는 소설을 타락케 하고 저급화하여 소설단小說壇을 문란케 하고 그 〈레벨〉을 언제나 향상시키지 못하여 종국에 민중이 깨일 기회를 주지 못하거나 또는 그 발전을 지지遲遲케 할 것이다. 그럼으로 강담은 어디까지

....

30 염상섭, 〈내가 자랑하고 싶은 조선 것─세 가지 자랑〉, 《별건곤》, 1928년 5월, 51쪽.

든지 강담으로서 완성되어 자기의 분야를 확보케 하는 정도에까지 이르지 않으면 안 되리라고 주장하는 바이다.[31]

야담의 인기와 맞물린 야담과 문예의 혼종은 "강담야담운동이 민중 교화와 인정도야, 사기진양에 의의 있는 노력"의 일단일 수 있다는 앞선 논의의 연장선상에서, "민중교육과 민중사상지도"에 있어서 야담의 현재적 의의를 인정하기에 이른다. "종래의 소설이 비非소설 비非강담"으로 완전한 문예상의 발전을 못 보았기 때문에, 문예와 야담의 혼종과 착종이 일어날 수 있다는 것이 위 인용문의 주된 논지다. 이런 점에서 "종래의 소설이 비非소설 비非강담"인 것만큼이나 "소설식 강담, 강담식 소설"이라는 얼치기가 탄생할 수 있다는 지적은 식민지 조선의 저급한 문화수준을 토대로 "정사, 야사, 고담"의 문예'화'와 대중'화'를 "문예사상의 보급"이라는 차원에서 승인할 수 있게 하는 배경이 되고 있다.

하지만 이것은 위 인용문의 논자인 염상섭에 따르면 일시적인 현상에 그쳐야 했다. 왜냐하면 야담은 야담의 길이 있고 소설은 소설의 길이 있기 때문이었다. 이러한 근대적 지의 분업화에 정초한 야담과 문예의 독자성은 그러나 《조선》과 《동아》 양 일간지에 게재되고 있던 《임거정전林巨正傳》과 《단종애사》와는 거리가 먼 현실이었다. 오히려 양 일간지가 야담과 문예의 혼종을 통한 "소설식 강담, 강담식 소설"을 양산하는 현실에서, 이는 "문단적 현상으로서는 역전이요, 퇴영이요,

....

31 염상섭, 〈강담의 완성과 문단적 의의〉, 《조선지광》, 1929년 1월, 116-117쪽.

야담과 문예를 오간 1926년 5월 10일의 1회 《마의태자》

《마의태자》 연재 예고

타락"임은 부인할 수 없는 사실이었다. 그럼에도 이러한 "문단적 현상으로서는 역전이요, 퇴영이며, 타락"일 뿐인 장르 혼종과 이종 교배를 제한적으로 인정할 수 있는 것은 "문예의 초보적 민중화"라는 측면에서 "고급한 문예를 민중이 이해·소화시킬 수 있는 소지와 소양"을 만든다고 하는 유보적인 차원에서였다.

야담의 문예'화' 및 대중'화'에 대한 이러한 불만 섞인 시선은 "통속적 독서층의 계발을 위한 공효功效와 공헌은 결코 적다고 못할 것이요. 또 이러한 간행물은 현하 조선에 있어서 가장 필요한 부분적 사명을 가졌으며 실제에 일부 민중은 그것을 요구"하는 것도 사실이지만, "정신적으로는 동면상태"일 수 있다는 《별건곤》에 대한 양가감정과도 연동하는 것이었다.[32] 식민지 조선의 대표적인 대중독물인 《별건곤》에 대한 이러한 양가감정은 야담의 초보적 리터러시가 총집결된 1934년과

....

32 염상섭, 〈개벽開闢으로에〉,《별건곤》, 1930년 7월, 17쪽.

1935년의 두 야담전문지로 드러났다. 이 두 야담전문지는 야담과 문예의 혼종 및 장르상의 양식적 구분을 뚜렷이 하지 않은 채, 대중독물로서 야담의 잡다함을 자신의 영속적인 생명력의 원천으로 삼았다. 과도기적 산물로 야담과 문예의 혼종 및 잡다함을 규정했던 위의 발언과는 다르게 야담의 초보적 리터러시는 이 잡다함에 근거해, 아니 더 정확하게 말하면 이를 딛고 끊임없는 재생산을 통해서 야담전문지를 성공적인 대중독물로 만들 수 있었던 것이다.

"소설식 강담, 강담식 소설"이라 불린 식민지 조선의 대표적인 역사소설이자, 현재까지도 문학사의 한 획을 그은 작품으로 평가되고 있는 홍명희의 《임꺽정林巨正》은 야담과 소설(문예)로의 분화 과정을 여실히 예증하는 훌륭한 일례이다. 1928년 9월 22일자 《조선일보》에 《임꺽정》이 연재된다는 광고가 처음 등장했을 때, 《임꺽정》은 역사소설로도, 그렇다고 연재소설로도 선전되지 않고 '신'강담으로 명명되었기 때문이다. 제목도 이를 반영하듯이 《임거정전林巨正傳》이었다. 이 '신'강담 《임거정전》이 몇 번의 중단을 거듭하다가 새로 재개되는 1937년의 11월 25일자 광고에서는 장편소설 《임거정林巨正》으로 그 일신을 달리했다. 야담과 문예의 혼종과 장르 간 교배가 역사소설의 장르적 변천과 구성에도 고스란히 반영된 사례라 하지 않을 수 없다.

'신'강담의 타이틀을 단 홍명희의 《임꺽정》은 몇 가지 점에서 당대의 맥락을 매개한다고 할 것이다. "근자에 신흥하는 강담야담운동이 민중교화와 인정도야, 사기진양에 의의 있는 노력"일 수 있다는 야담'운동'의 맥락과 "조선에서도 대중독물을 제공하려면 아무래도 괴담·기담이 아니면 정사·야사를 휩쓸어서 역사물에서 취재하는 수밖에" 없

1928년 9월 22일자《조선일보》《임꺽정》예고편

1937년 11월 25일자《임꺽정》의 속개를 알리는《조선일보》의 선전 광고다는 대중독물의 초보적 리터러시와 관련된 또 다른 맥락이 그러하다. "그 중에도 괴기 기담이라야 무진장은 못 되니까 야사를 중심으로 역시 괴기와 에로를 솜씨 있게 안배하여 일본 문단의 대중독물"과 같은 신문연재소설을 고안하게 되었다는 지적은, 일본에 비해 처녀지와 다름없는 일천한 식민지 조선의 문화풍토를 언급하며 "순역사소설도 아니요, 괴기소설도 아닌 기형의 것"을 만들고 말았다는 초보적 리터러시와 관련된 야담의 이 수많은 변종들에 대한 비판적 인식을 그 근저에 깔고 있었다.[33]

'신'강담을 표방하고 나온 홍명희의 《임꺽정》이 알렉산더 뒤마의 《암굴왕》에 비견되었던 것도 이 초보적 리터러시의 차원과 무관한 것일 수 없다. 염상섭이 일본과 식민지 조선을 비교하며 일본이 "강담이란 토대를 딛고서 쉽사리 대중소설로 올라갔지만 조선에는 야담 고담이라는 것이 유행하기 시작한 것도 근래의 일이고 본즉" "대중독자층의 요구에 대하여 응급책으로 제공하는 것이 아쉬운 대로 탐정소설이요, 괴기담"일 것이라고 언급한 대목도, 홍명희의 《임꺽정》이 '신'강담을 타이틀로 단 이유를 말해준다. 또한 홍명희의 《임꺽정》이 알렉산더 뒤마의 《암굴왕》(현재의 《몽테크리스토 백작》)의 수준을 뛰어넘는 작품으로 선전된 이유도 대중독물로서 《암굴왕》의 인기에 기인한 바 컸다.

알렉산더 뒤마의 《암굴왕》은 "웅대한 구도와 수기數奇한 장면에 놀라지 않는 사람"이 없다는 평가를 받을 만큼, 당대에 큰 인기를 끌었던

....

33 염상섭, 〈문예시감〉, 《매일신보》, 1934년 8월 17일자.

▌통속 · 대중 · 탐정의 유행에 관한 염상섭의   ▌당대를 풍미한 알렉산더 뒤마의 열기
　문단시평

작품으로 홍명희의 《임꺽정》은 이 《암굴왕》을 뛰어넘는다는 선전 광
고로서 대중독물로서의 위상을 명확히 했다.[34] 방대한 '스케일'과 넘쳐
나는 '그로테스크(그로)', 변화무쌍한 장면 등은 알렉산더 뒤마의 《암굴
왕》을 대중독물의 모범으로 위치짓게 했다. 《암굴왕》은 1916년 2월 3
일자 《매일신보》에 《해왕성》이라는 제목으로 창작(문예)란에 실릴 것
이라는 선전 광고가 나간 후, 1916년 2월 10일부터 1917년 3월 30일까
지 근 1여 년에 걸쳐 연재된 작품이었다. 이상협이 번안한 이 《해왕성》
은 《매일신보》의 창작(문예)란의 거의 전부라고 할 정도로 큰 비중을

....

34　이종명, 〈진설眞說 《해왕성》 《몬테 · 크리스트》 백작의 《모델》, 복수귀復讐鬼 얘기〉, 《매일신보》,
　　1933년 9월 6일자.

《매일신보》에 연재된 이상협 번안의 《해왕성》

《해왕성》 게재를 알리는 선전 광고

차지했는데, 《해왕성》의 이러한 인기를 반영하듯 연재 이후 단행본으로 출간되자마자 곧 1쇄가 매진되는 인기를 누렸다. 구소설 딱지본이 여전히 성행하던 식민지 조선의 현실에서 《해왕성》의 이와 같은 대중적 인기는 대중독물을 둘러싼 새로운 수요 창출을 예고하는 것이라는 점에서 간과할 수 없는 대목이다.[35]

근대적 대중매체의 초보적 리터러시가 대중사회의 진전과 맞물려 대중독물에 대한 새로운 수요와 요구로서 나타나는 이러한 일련의 현실은 1920년대의 '문화통치'의 시대를 지나 1930년대에 만개된 대중독물의 급격한 성장세가 예증한다. 그 한 분기점으로 삼을 수 있는 것

....

35 〈해왕성 불원 매진, 벌써 다 팔리게 되어〉, 《매일신보》, 1921년 2월 2일자.

이 1927년 2월 16일 경성방송국, JODK의 개국이다. 라디오라는 최첨단 테크놀로지를 매개로 인쇄매체가 아닌 전파매체의 도래를 알린 이 JODK라는 호출번호는 식민지 조선이 처한 이중 언어bilingual(일본어와 조선어)의 상황 속에서, 초보적 리터러시의 하향적 대중화에 지대한 영향을 끼쳤다. JODK는 처음에는 단일혼합방송으로 출발했지만, 식민지 조선의 일본인과 조선인 모두를 만족시키지 못하면서 1933년 4월 26일을 기해 제1일본어방송과 제2조선어방송으로 분화되었다. 이 이중 방송 체제는 라디오의 소리를 단일혼합방송 체제보다 훨씬 효과적으로 대중에게 다가갈 수 있게 했음은 물론이다.

일본에서 라디오가 급속하게 가정 내 문화생활의 척도가 되었던 것에 비하면, 식민지 조선에서 라디오의 대중화는 그다지 순조롭게 진척되지는 않았다. 이를 대신하여 유성기와 레코드의 복제된 소리가 야담을 반복 재생하여 집에서 편안하게 들을 수 있게 했지만, 이는 소리의 대량생산과 소비라는 측면에서 라디오에 못 미친 것이 사실이다. 이는 일본에 비해서 식민지 조선이 높은 청취료와 전기료, 그리고 고가의 수신기 비용으로 라디오의 대량유통과 소비를 가로막았기 때문이다. 라디오의 대량생산된 소리가 유성기와 레코드를 물리치고 라디오라는 대중테크놀로지에 걸맞는 대중화의 길을 걷게 된 것은 청취료의 인하(2원-1원-75전)와 더불어 이중방송 체제의 도입을 통해서였는데, 이러한 라디오의 대량생산된 소리를 경유하여 식민지 조선은 조선인이라는 공동감각을 구축할 수 있게 된다.

라디오의 대량생산된 소리문화는 대중사회의 이른바 대량생산과 대량소비 시스템이 마련되지 않고서는 불가능하다. 라디오의 소리는 대중사회의 대량생산과 소비 시스템에 걸맞게 무차별적인 시공간의 확장성을 가진 대중매체의 첨병일 수 있었고, "매스 미디어의 영향력 하에서 만들어지는" 이른바 대중의 본뜻에 가장 부합하는 미디어적 테크놀로지를 지니고 있었다. 라디오의 전원을 켜기만 하면, 언제 어디서나 시공간을 가리지 않고 침투해 들어오는 이러한 라디오의 소리는 눈에 보이지는 않지만 공중전파를 통해서 '독자'대중을 넘어서는 '청자'대중을 구축하게 되었기 때문이다. 라디오의 소리를 통해 새롭게 재구축되는 이러한 '청자'대중은 근대적 대중매체의 '활자'화를 통해 일정한 리터러시 훈련을 거친 독자대중의 단계를 거쳐, 드디어 라디오 소리라는 공동감각을 형성하게 되는 양적 대중의 생산을 예비한 셈이었다. 라디오의 확장된 소리가 만들어가는 공간 확장이 《월간야담》과 《야담》이라는 걸출한 두 야담전문지를 대중독물로서 성공시키는 데 일조했음은 두말할 나위가 없을 것이다.

《월간야담》과 《야담》의 연이은 창간은 라디오의 소리가 지닌 이 지역·성별·연령·신분을 뛰어넘는 소리의 확장성과 감염력 덕분이었다. 김진구의 야담'운동'은 비록 쇠퇴와 침체의 길을 걸었지만, 라디오와 두 야담전문지의 등장은 역으로 김진구의 야담'운동'을 어떤 식으로든 완성했다고 볼 수 있는 여지를 만들어내었다. 하늘을 향해 쏘아 올려진 JODK의 강력한 전파망은 가정 내 개인들의 공간을 파고들었고, 이것이 두 야담전문지의 생명력을 영속시키는 상승작용을 불러일으켰다. 이제 야담의 복제된 소리와 지면의 왕복운동은 야담의 달라지는 '존재 방식'을 규정하며, 새로운 사회역사적·문화적 전개를 보이게 될 것이었다.

2.4

라디오 '야담'과 야담전문지의 활약

오른쪽의 두 사진은 첨단 문명으로 소개된 라디오 관련 사진이다. 1926년 6월과 7월의 짧은 시차를 두고, 라디오 시험방송과 관련된 행사들이 중앙 일간지들의 후원에 힘입어 속속 식민지 조선 땅에서 개최되었다. 1924년 12월 10일에 경성부 본정 제1정목에 있는 미츠코시(백화점) 3층에서 체신국의 무선방송국이 첫 시험방송을 한 이래, 일본의 도쿄, 오사카, 나고야에 이어 네 번째 방송국인 경성방송국이 JODK의 호출부호로 1927년 2월 16일 개국했다. 경성방송국 개국에 앞서 식민지 조선에서도 라디오라는 최첨단 신문명에 대한 관심이 경성을 중심으로 증폭되고 있었다.[1]

....

1 조선일보는 1924년 12월 17일자 〈근세과학의 경이 몇 백 몇 천 리를 격한 곳에 흔적 없이 전파되는 신귀막측한 비밀을 보라! 본사 주최로 독자와 일반에 실험 공개〉하는 광고를 통해 "최근에 가장 놀라운 발명이며 세계적으로 문명각국에 대유행하는 무선전화"를 "처음 조선말로 통하는 공개 시험이 조선일보사의 주최로 17일부터 우미관"에서 열린다고 알리고, 《조선일보》의 애독자를 초빙한다는 안내장을 지면에 실었다. 많은 청년 제군들의 참여를 바란다는 이 선전 문구는 최첨단 테크놀로지에 대한 적응력이 빠른 청년들이 주 대상이었음을 알려준다.

〈활사活寫에는 감격!, 〈라디오〉에는 경탄, 긴장된 속에
마친 관중〉, 《중외일보》, 1926년 6월 14일자

《조선일보》 1926년 7월 24일자에 실린
〈라디오를 듣는 군중들〉(왼쪽)

《중외일보》는 라디오 시험방송을 위한 독자위안회를 순종의 인산 광경을 촬영한 활동사진과 동시에 상연한 후 "활사活寫에는 감격! 〈라디오〉에는 경탄한 긴장된" 대중의 모습을 전했다. 순종의 인산 광경 활동사진은 비단 《중외일보》뿐만 아니라 《동아일보》에서도 자체 제작하여 전국순회강연에 들어갔다고 《동아일보》 〈사사〉도 밝힌 것으로 보아, 조선의 중앙 일간지들이 경쟁적으로 순종의 인산 실황을 활동사진에 담아내려 했음을 알 수 있다.[2] 순종의 인산 실황을 활자매체인 중

....

2 《사사》, 동아일보사, 1975, 261-262쪽에서는 1926년 4월 25일 조선 왕조의 마지막 군주인 순종이 창덕궁 대조전에서 승하하고 인산일이 그해 6월 10일로 정해진 뒤, 온 국민의 한이 모여진 이날 인산 행렬을 동아일보가 자체적으로 인산 실황 영화로 제작하여 6월 15일부터 전국순회상연에 들어갔다는 사실을 전한다. 당시는 TV도 없었을 뿐만 아니라 뉴스영화도 흔하지 않던 때라 이 실황 영화는 일반의 뜨거운 관심을 불러일으켰다. 그래서 15, 16일의 상연에 이어 19일, 20일에는 안성과 영일, 21일과 22일에는 평양에서 상연했다고 한다. 당시에는 드물게 3,000여 척의 장편필름으로 네 벌을 떠

앙지들이 경쟁적으로 활동사진(영화)이라는 뉴미디어를 통해서 중계하는 것, 그리고 라디오 시연 방송을 개최하는 일 등은 식민지 조선의 대중매체가 갖는 동시대성을 말해준다는 점에서 중요하다. 활자매체인 중앙지들은 활동사진(영화)과 라디오라는 신문물을 선점하고 전용함으로써 이를 통해 자사 이미지를 더 근대화된 것으로 만들 수 있었으며, 시청각 매체를 십분 활용하는 방식으로 신문 지면을 더 다양하게 꾸며 종합매체로서의 성격을 한층 촉진시키고자 했던 것이다.

시사와 보도의 일일성이 강조되는 신문의 '존재 방식'이 라디오의 출현으로 인해 그 지면 배치와 구성까지 달라지는 양상은, 신문의 종합지로서의 성격을 강화하는 동시에 미디어 간의 상호 차용과 교섭 및 전이를 높여가는 원인이었다. 미디어 간의 이종 교배를 사실 이상으로 과장해서는 안 되겠지만, JODK라는 호출부호로 식민지 조선의 공중을 자유로이 떠다니는 전파의 출력지로서 경성방송국의 존재는 가히 혁명에 비견되는 충격파를 던졌다. 위의 신문기사는 이를 활동사진에는 '감격' 라디오에는 '경탄'이라는 지극히 자극적인 문구로 라디오의 출현이 가져다준 충격을 표현했지만, 라디오의 출현이 가져올 혁명적인 변화를 그 누구보다도 예민하게 감지한 사람은 인쇄매체가 주종이던 식

....

서 한 벌은 본사에 보관하고 세 벌은 서울·대구·함흥에서 동시개봉을 했다. 이 실황 영화의 높은 인기는 경무국을 당황시켰는데, 이로 인해 이 실황 영화 상연에 당국의 탄압이 가해지고 결국 상연 금지로까지 이어진다. 이 영화 상영에 신경이 곤두서 있던 식민권력은 〈활동사진검열규칙〉이라는 가혹한 법규를 제정·공포하여 8월 1일부터 시행하게 되었다고 《동아일보》의 〈사사〉는 전한다. 《동아일보》는 1926년 6월 28일자 〈지방단평〉에서 "성진城津 고故순종효황제 인산행렬 활동사진이 성진좌에서 영사되었는데 당야에는 경찰서장 이하가 총출동하여 만세군萬歲軍을 토벌할 작정이었다고. 정신도 차릴 때 차려야지."라는 짧은 논평을 통해 순종 인산 행렬을 담은 활동사진에 대한 식민권력의 지나친 단속과 금지를 꼬집기도 했다.

순종인산실황영화에 몰린 관객들

동아일보 60년의 업적 중 하나로 꼽은
순종인산 상연(오른쪽)

민지 조선의 대중매체 관계자들이었다. 신의동이 '라디오 문명'이라고
일컬은 최첨단 테크놀로지로서 라디오의 출현은 다음과 같은 낙관과
우려를 동시에 불러일으켰다.

사람들은 금일의 문명을 가르쳐 라디오 문명이라 한다. 그리하여 세계는
이미 낡은 전기 문명으로부터 새로운 라디오 문명에 환희 중에 있다고 말한
다. 극단의 라디오 문명 찬미론자는 말하여 가로되 세계는 새로워졌다. 라
디오 문명으로 인하여 세계는 갱생하였다. 과거에 있어서 문명이라 참칭하
던 모든 것이 이제는 라디오 앞에서 오직 그 잔재를 남길 뿐이다. (중략) 일
본인 실복고신室伏高信 군君은 어느 잡지에 라디오 문명의 원리라는 일문을
써 내려가다가 라디오와 신문지와의 금후 관계를 말하였다. 그는 드디어
문명은 신문지를 구축驅逐한다는 의미의 말을 하였다. 즉 라디오는 신문지

를 독점하였던바 보도, 비판, 광고, 기타 신문지 특유의 기능을 완전히 소유하고 그리고도 그 기능을 가장 완전히 보다 더 효과 있게 발휘함으로 오는 시대는 라디오 문명의 독점 무대인 동시에 신문지 몰락의 시대라는 의미의 말을 실복窒伏 군君이 쓴 줄로 기억한다. 과연 이 문제는 생각해 볼 문제이다. 소위 현대의 문명이라는 현대의 권내에서 그 한 몫을 단단히 보던 신문지가 라디오의 혜성과 같은 출현으로 연구해 볼 문제가 될 것이다. 미구에 몰락이 된다면 다른 사람은 다 그만두고라도 우리들 신문에 종사하는 사람에게는 실로 생각해 볼 문제일 것이다.[3]

위 인용문에서 신의동은 라디오가 "신문지를 구축"하게 되는 상황이 올지도 모른다는 견해를 무로부세 코신窒伏高信의 논의를 인용해서 피력한다. 라디오 문명의 시대가 신문과 같은 여타의 인쇄매체의 몰락을 가져올지도 모른다는 우려를 무로부세 코신의 이야기를 가져다 표명하고 있는 셈이다. 여기서 그가 소위 라디오 문명의 시대라고 일컬은 것들은 "보도, 비판, 광고, 기타 신문지 특유의 기능을 완전히 소유하고 그리고도 그 기능을 가장 완전히 보다 더 효과 있게 발휘"하는 라디오의 가공할 만한 잠식성과 확장성이었다. 라디오가 신문과 같은 인쇄매체의 "보도, 비판, 광고, 기타 신문지 특유의 기능"을 이처럼 완전히 소유하고 독점할 수 있을 것이라고 예측한 이유는 라디오 특유의 속도와 능률의 우수성에 있었다. 신문의 활자매체가 결코 따라잡을 수 없는

---

3 신의동, 〈녹음만담綠蔭漫談 라디오 문명 급 기타에 대한 잡감雜感〉,《조선일보》, 1925년 7월 15일자.

라디오 특유의 속도와 능률의 뛰어난 경쟁력이 결국 신문과 같은 인쇄 매체의 몰락을 가져오리라는 우려를 담은 진단이 한편에서 제출되고 있었음을 위 인용문은 잘 보여주고 있다.

무로부세는 라디오 특유의 속도와 능률의 뛰어난 경쟁력을 다음과 같이 표현했다. "신문이 내일 전해줄 것을 라디오는 오늘 전해준다. 신문이 한 지방에 전할 것을 라디오는 세계에 전한다." 이러한 무로부세의 라디오 문명 시대 예측에 대해 신의동은 "라디오 문명 예찬자의 과장적 태도"에는 반대하며, "그것의 발명과 진보 및 응용이 곧 인류의 행복을 의미하는 것"은 어림없는 수작이라고 반발했다. 그는 덧붙여 "라디오의 발명이 특수한 일부를 제한 무수한 민중과 무슨 관계"가 있으며 "무슨 교섭"이 있겠냐고 반문하기에 이른다. 그러면서 "과거에 있어서 문화라 일컫는 것의 대부분이 민중과 하등의 교섭이 없었던 것과 꼭 마찬가지로 새로운 〈라디오〉 문명도 결국 '구'문명에 포만을 느낀 일부 인류의 새로움을 얻은 환희"에 불과하다는 회의적인 시선을 보낸다.

하지만 그의 회의적인 시선에도 불구하고 라디오가 활자매체를 대신할 가능성은 언제든 열려 있었다. 그의 말처럼 라디오가 "보도, 비판, 광고, 기타 신문지 특유의 기능"을 모두 흡수하는 블랙홀로 자리할 가능성을 완전히 배제할 수 없다는 것이다. 라디오의 신속한 정보 전달과 잡다한 오락 제공은 대중매체의 이른바 간단, 편리, 잡다를 모두 충족하는 요소였기 때문이다. 이러한 대중매체의 속성을 완벽하게 구현하고 있는 라디오가 대중매체의 왕좌를 차지하리라는 전망은 비단 라디오 예찬론자만의 것이 아니었다는 점에 이 불안과 우려의 근거가 있었다. 취미잡지를 표방하며 값싼 대중출판물로서 산간 벽지에까지 세상의 소식을 전하겠다는《별건곤》의 판매 전략을 공중전파로 가뿐이 실현하는 라디오야말로 뉴미디어의 '뉴'를 진정으로 실현할 수 있을 것이기 때문이다.

KSKP(케이스케피)

여기는 조선 서울 개벽사 편집실 방송국이올시다. 지금부터 방송을 시작하겠으니 조용히 들어주십시오. 돈이 풍성풍성한 나라 사람들은 집집마다 라디오 장치 하여놓고는 밤낮 사면팔방四面八方에서 들려오는 각색 소리를 듣는다 하지만 원래 가난한 조선이니까, 그리고 다 같이 바쁜 처지이니까, 어디 그렇게 남과 같이 할 수 있습니까. 그래 우리 편집실에서는 피차 편의상 한 달에 한 번씩만 방송하겠습니다. 그리 아십시오. 만일 날마다 방송하는 줄 알았다가는 대 낭패를 하실 터이니 미리 법의하시기를 바랍니다. 위선 여기는 잡지를 편집하는 곳이니 잡지 이야기부터 합니다. (중략) 잘 들으셨습니까. 방송은 이것으로 끝났습니다. 요 다음 신년호에 또 하지요.[4]

노총각(?) 노처녀(?)의 결혼식

전前 중앙일보 영업국장으로 있던 김찬성 씨와 근우회의 간부 강정임 씨는 8월 31일에 동대문 밖 청량관清凉館에서 결혼식을 거행했다고. 들으니 신랑은 40줄에 든 노총각(?) 신부 역시 30줄에 든 노처녀(?)이라나. 결혼식장에 〈김찬성 군 강정임 양 양인의 결혼식〉이라고 커다랗게 써 붙인 것도 보기에 그럴 듯하였지만 웨딩마치가 울려 나오자 의복 입은 신랑과 면사포 쓴 신부에 남녀 들러리 여섯이 일렬로 늘어서서 식장으로 향하는 양 그 중

---

4 〈편집실방송〉,《별건곤》, 1926년 12월, 154쪽.

에도 신부 강정임 양(?)은 눈을 내리감고 웨딩마치에 발맞추느라고 고심고심 하는 양도 참석인의 눈을 번득이게 했다 한다.[5]

위의 두 인용문은 1926년 12월《별건곤》이 라디오방송을 따서 붙인 〈편집실방송〉과 1931년《만국부인》의 〈참새방송실〉이다. 〈편집을 마치며〉 등의 이름으로 잡지 발간과 관련된 뒷담화를 〈편집후기〉로 독자대중에게 전달하는 것이 잡지의 일반적 관례에 해당되지만,《별건곤》은 이 〈편집후기〉를 〈편집실방송〉이라고 하여 마치 라디오방송을 듣는 듯한 효과를 주었다. 1926년과 1927년까지 이어진《별건곤》의 〈편집실방송〉은 잡지 간행에 따른 어려움과 발행이 늦어진 데 따른 사과의 말, 그리고 편집실 풍경까지 독자대중에게 생생한 현장 소식을 전해주는 역할을 하는데, 이런 점에서《별건곤》은 〈편집후기〉를 〈편집실방송〉이라는 이름으로 내보냄으로써 라디오 문명 시대에 발 빠르게 적응하는 모습을 보여준다. 이에 뒤질세라《만국부인》의 〈참새방송실〉도 라디오방송을 본떠 노총각·노처녀의 늦은 결혼 소식을 생생하게 전달해주려 노력하고 있다.

활자매체는 눈에, 라디오방송은 귀에 호소한다. 눈과 귀라는 서로 다른 기관에 호소하는 만큼 이 두 매체가 대중들에게 갖는 효과는 실로 다르다. 활자(문자)가 소리(음성)와 비교하면 더 간접화되어 있다는 점은 두말할 나위가 없다. 따라서 신문과 잡지 등의 활자매체를 본다

....

5 〈참새 방송실〉,《만국부인》, 1932년 10월, 68쪽.

는 것은 정확히 활자(문자)를 읽고 해석하는 수고를 들여야 하는 것이지만, 라디오방송으로 들리는 소리는 그러한 수고를 하지 않아도 직접 귀에 와 닿는다는 큰 차이가 있다. 라디오의 소리가 내포하는 이러한 직접성의 환상은 독자대중에게 최대한 친근하게 다가가려는 〈편집후기〉와 현장통신에 효과적인 방식이었음은 틀림없다.

물론 라디오의 소리라는 것은 스튜디오라고 하는 통제된 방송 시스템이 만들어내는 '이차'적인 소리에 지나지 않는다. 이 간접화되고 매개된 '소리'는 그러나 실시간으로 가정 내로 전달되는 순간에는 송신자와 수신자(청중)가 마치 한 공간에 있는 듯한 실재감을 준다는 점에서, 공중을 자유롭게 오가는 전파의 이동 속도만큼이나 활자매체가 누릴 수 없는 장점이 있다. 이러한 라디오 고유의 장점을 신문과 잡지 등의 활자매체들은 지면에 반영하고 활용함으로써 라디오의 소리가 갖고 있는 직접성의 환상을 최대한 공유하고자 한다. 눈으로 활자(문자)를 읽되 마치 귀로 듣는 듯한 이러한 공감각이야말로 "돈이 풍성풍성한 나라 사람들은 집집마다 라디오 장치 하여놓고 밤낮 사면팔방四面八方에서 들려오는 각색 소리를 듣는다 하지만 원래 가난한 조선이니까, 그리고 다 같이 바쁜 처지이니까, 어디 그렇게 남과 같이 할 수 있습니까. 그래 우리 편집실에서는 피차 편의상 한 달에 한 번씩만 방송하겠습니다. 그리 아십시오. 만일 날마다 방송하는 줄 알았다가는 대 낭패를 하실 터이니 미리 법의하시기를 바랍니다."라는 주의 사항까지 덧붙인 활자매체의 소리'화', 즉 라디오'화'로 이끄는 힘이었다.

이것은 한 마디로 활자'방송'이었다. 문자가 소리로 변환되어 지면을 전파'망'에 유비하는 것, 이 활자'방송'을 통해 라디오의 출현이 갖는 소

식민지 조선의 근대적 변천 10년,
양장에서 라디오까지

신축된 경성방송국(JODK)의 정경

위 신혁명을 짐작할 수 있다. 하지만 이러한 라디오의 출현이 갖는 신문물의 혜택을 누리기에는 라디오의 조선 내 점유율과 보급률은 극히 저조한 편이었다. 이는 라디오 청취권이 넓지 않기 때문이기도 한데, 이로 인해 경성방송국은 설립과 동시에 경영난에 빠지는 악순환을 겪게 된다. 문제는 라디오 수신기가 식민지 조선의 형편에 비해 너무 비쌌고, 일본과 비교해 상대적으로 그 송신지역이 한정되는 낮은 출력, 그리고 식민지 조선이 고질적으로 갖고 있던 일본어와 조선어의 이중 언어 장벽에 있었다.

일본의 빠른 라디오 성장세와 보급률이 라디오를 일본의 대중매체의 총아로 만들고 있었던 데 비해, 식민지 조선의 낮은 라디오 보급률은 이러한 라디오에 대한 우려와 기대 섞인 열띤 반응에도 불구하고 일본의 20%에 채 미치지 못했다. 1933년 8월 29일자 《조선일보》는 〈세계 각국의 청취자 수〉를 비교한 기사를 실었는데, 이 기사에 따르면 1933

년 현재 일본은 그 청취자 숫자가 1,419,966명에 달한 반면, 8월 24일
자 〈조선 라디오 청취자 수효〉에 의하면 조선인 청취자 숫자는 기껏해
야 24,126명에 불과했다. 그것도 조선 내 일본인 숫자가 20,197명이었
고 조선인은 3,812명에 지나지 않았다.[6] 그나마 적자 재정을 탈피하고
자 1933년 경성방송국이 송신 출력을 10kw로 확충하고, 일본어와 조
선어를 각기 따로 방송하는 이중방송 체제를 갖추고 나서 늘어난 숫자
가 이 정도였다.[7]

1933년 〈세계 각국의 청취자 수〉의 비교 도표

국가명	청취자 수	조사 시기(1933년 기준)
오지리(오스트리아)	473,464	2월 말
백이의(덴마크)	364,723	3월 말
영길리(영국)	5,425,761	2월 말
포도아(포르투칼)	326,058	2월 말
이태리(이탈리아)	311,302	2월 말
일본	1,419,966	3월 말
모로코	7,850	3월 14일
서서(스위스)	244,557	2월 말
약위(노르웨이)	127,091	1월 말
서전(스웨덴)	608,624	1932년 12월 말
화란(네덜란드)	560,151	1932년 12월 말
애란(아일랜드)	310,151	1932년 12월 말
노서아(러시아)	3,000,000	1931년 12월 말
독일	4,532,862	4월 1일
조선	24,162	7월 말

....

6　〈조선 라디오 청취자 수효〉,《조선일보》, 1933년 8월 24일자와 〈세계 각국의 청취자 수〉,《조선일
　　보》, 1933년 8월 29일자.

7　일본어 전용의 제1방송과 조선어 전용의 제2방송에 대한 기사가 일제히 각 신문에 실렸다. 가령《조
　　선일보》는 1933년 4월 26일자 기사에서 〈10킬로 설비 완성, 이중방송 실시〉와 〈제2방송의 시간 안
　　배〉를 크게 보도하고, 이로 인해 달라질 방송 환경의 변화에 초점을 맞추었다.

위 표에서 드러나듯이, 일본의 라디오 청취자 수는 영국의 5,425,761, 독일의 4,532,862, 러시아의 3,000,000에 이어 네 번째를 기록했다. 무로부세 코신이 라디오 문명의 시대라고 자신 있게 말할 수 있었던 배경에는 일본의 이러한 높은 라디오 보급률이 자리하고 있었던 것이다. 특히 1931년 만주사변 발발 이후 15년전쟁에 돌입한 일본에서는 전황의 확대로 인해 떨어져 있는 전선의 소식과 가족의 안부 때문에 라디오를 찾는 사람들의 발길이 늘었고, 그에 따라 라디오 청취자 수도 급증세를 보였다. 일본이 이처럼 발 빠르게 라디오를 생활필수품으로 하는 라디오의 라이프스타일을 만들고 있을 무렵, 비교 대상국 중 두 번째로 낮은 보급률을 보이고 있던 식민지 조선에서는 일본어와 조선어의 이중방송이 도입되기 전까지 라디오방송의 청취에 대한 대중들의 만족감은 높지 않았다. 게다가 1kw에 지나지 않는 출력 범위 탓에 한정된 청취권은 라디오 보급을 가로막는 절대적인 장애요인이었다.

"10kw 이중방송"이 하나의 모토처럼 그 도입 이전부터 이목을 끌었던 데는 이러한 식민지 조선의 낮은 청취권과 해소되지 않은 이중 언어 문제가 잠복되어 있었다. "10kw 이중방송"의 개시식에 조선총독인 우가키宇垣가 특별히 참석하는 등 이례적인 관심을 보인 것도 이러한 식민지 조선의 정착되지 않은 라디오방송의 현실이 반영되어 있었다. 신의동이 말한 "라디오의 발명이 특수한 일부를 제한 무수한 민중과 무슨 관계"가 있으며 "무슨 교섭"이 있겠냐고 반문한 맥락과도 상통하는 이러한 식민지 조선의 열악한 라디오방송의 현실은, 1933년 4월 26일의 "10kw 이중방송" 체제의 실시 덕택에 반등의 계기를 마련할 수 있었고, 일본어 전용의 제1방송과 조선어 전용의 제2방송이라는 분리

十키로設備完成
二重放送遂實施

從來의 不便과 未備를 一掃

地方聽取者便益多大

盛大한 祝賀式
聽取者招待會
『實演放送의밤』開催

10kw 방송 설비 확충을 알리는 기사

二重放送開始式
上은式場

半島文化의자랑

十키로二重放送開始

昨日開始式盛大
延禧面新放送所에서

JODK

10kw 출력과 이중방송 출범을 알리는 개시식

된 청취권은 일본인 청취자와 조선인 청취자를 모두 불만족스럽게 했던 단일혼합방송 체제에 막을 고하고 각기 원하는 방송을 골라 들을 수 있는 기회를 제공했다.

경성방송국의 초대 국장으로 취임한 시노하라篠原가 "내선일체의 국책을 내걸고 한 치의 오차도 없이 일본에서 네 번째의 방송국으로서 JODK의 콜사인이 조선 반도의 하늘에 울려 퍼졌다."고 공언했던 발언은 이로써 어느 정도 실현되었다.[8] 실제로 단일혼합방송 체제가 유지되던 때, 식민지 조선의 대중매체는 물론이고 조선 내 일본인과 조선인 청취자들은 하나같이 경성방송국과 그 프로그램에 대해서 다음과 같은 불만을 터트렸다.

문화를 위해 라디오 방송을 한다면 일반대중 수준에 맞는 청취료를 받는 것이 어떨까. 청취료 2원은 너무 비싸다. 이래서는 일반인들이 라디오의 고마움을 알 리 없다는 것은 당연하다. 내지인들이 알아듣지도 못하는 조선어를 듣는다는 것은 마이동풍격이므로, 일본어와 조선어를 각각 동시에 방송하고 프로그램을 충실히 하여 요금을 즉시 내리는 조치를 단행할 수는 없는가. 감히 같은 생각을 가진 팬들에게 호소한다.[9]

그러면 조선어 단독방송이란 것은 무엇을 의미하는가 하면 오늘까지의 조선어 프로그램은 방어邦語측 프로그램에 비하여 10분의 3 즉 7·3의 비

....

8 쓰가와 이즈미, 김재홍 옮김, 《JODK, 사라진 호출부호》, 커뮤니케이션북스, 1999, 37쪽에서 재인용.

9 쓰가와 이즈미, 위의 책, 48-49쪽.

로 편성하여온 것이었다. 이러함으로 수로 보아서 10분지 3이오, 시간으로 보아서 약 1시간 반의 방송밖에는 하지 못하는 현상에 있다. 조선에는 방송 사업이 조선 이천사백만의 문화 향상을 목적하는 이상 이러한 빈약한 현상으로 소기의 목적을 달하지 못할 것은 분명한 사실이다. 그럼으로 거액을 투하여 위선 일 킬로의 빈약한 전력을 십 킬로로 확장하고 동시에 방송기 두 대를 설치하여 이중의 전파를 동시에 방송하자는 것이니 아침부터 밤까지 일본어는 일본어, 조선어는 조선어로 동시간에 각기 독특한 방송을 실행하고자 하는 것이다.[10]

위 두 인용문을 통해 드러나는 경성방송국에 대한 불만은, 첫째로 식민지 조선의 경제수준에 너무 높은 청취료와 다음으로 이중 언어 문제에 초점이 맞추어져 있었다. 특히 이중 언어, 즉 일본어와 조선어라는 bilingual의 상황은 문자의 곤경 못지않게 소리의 곤경을 초래했다. 이러한 식민지 조선의 이중 언어 상황이 라디오의 대중생활화를 가로막는 식민지 조선 특유의 문제였다는 점을 감안하면, 7대 3(일본어 대 조선어) 비율의 단일혼합방송 체제가 제1일본어 방송과 제2조선어 방송으로 나누어 방송하는 세계에서 유례가 없는 실험을 감행하게 한 이유였다. 당시 벨기에를 제외한 어떤 나라에서도 이러한 이중방송을 시행한 사례가 없었다는 점을 상기하면, 식민지 조선에서 행해진 이중방송 체제는 "동경東京이나 대판大阪에 있어서의 이중보다도 더 유효하고 의

....

10 윤백남, 〈문화와 이중방송〉, 《매일신보》, 1933년 1월 7일자.

미 있는 과단"으로 여겨질 수 있었다.

조선어 전용의 제2방송의 개시와 함께 제2조선어 방송 프로그램은 다음과 같은 시간상의 안배로 점차 자리를 잡아갔다. 물론 이 방송 프로그램이라는 것이 고정된 것일 수는 없었지만, 출발 당시 프로그램의 편성표는 다음과 같았다.

"경제 시황은 제1방송인 일본어 방송과 통용케 할" 것이지만, 평일에 방송되는 프로그램에 대해서는 오전 11시 5분(20분간) "기상통보·요리순서·일용품의 시장시세", 오전 0시 5분(30분간) "음악·연예·연극", 오후 0시 40분(20분간) "뉴스(신문)·공시사항", 오후 2시(35분간) "가정부인강좌", 오후 4시(40분간) "뉴스공시사항·직업소개사항", 오후 6시(25분간) "어린이들의 시간", 오후 6시 25분(35분간) "특별강좌·라디오 학교", 오후 7시(30분간) "강연강좌", 오후 8시(1시간 30분) "음악·연예·연극", 오후 9시 30분(25분간) "시보·기상통보·뉴스 다음날 순서 발표"였다. 이에 반해 일요일(휴일)에는 "음악·연예·연극"이 평일에 비해 한 차례 더 방송되었고, 9시 50분에는 10분간에 걸쳐 만주에서 중계하는 장거리 지역 방송이 예고되어 있기도 했다.[11]

제1일본어 방송과 제2조선어 방송의 이중방송 체제가 실시된 이후, 라디오 청취율 역시 그 이전에 비해 가파른 상승세를 보였다. 1934년에 12,000이 증가한 4만 명 돌파, 1938년에는 111,838명, 1939년에는 136,007명, 1940년에는 150,000명의 증가세를 보였다.[12] 라디오의 청

....

11 〈제2방송의 시간 안배, 시황市況은 공통〉,《조선일보》, 1933년 4월 26일자.

12 시기별·도별로 라디오등록 대수를 비교한 김영희, 〈일제시기 라디오의 출현과 청취자수〉,《한국

취자 수가 이처럼 증대하면서, 중앙지에서 라디오방송을 다루는 횟수와 비중도 증대될 수밖에 없었다. 《동아일보》는 제2조선어 방송 실시와 발맞추어 "조선말의 방송은 조선말의 방송대로 독립한 프로에 의하여 방송되게 되었으므로 이로부터 청취자의 수가 늘어갈 것이 예상되며 따라서 오락·보도·과학의 각 방면으로 우리와 좀 더 밀접한 관계를 갖게 되었다. 이 기회에 본보에서는 지면이 허하는 한에서 라디오란을 확장하여 종래의 그날그날의 프로를 알림에 그치는 데서 한걸음 더 나아가 좀 더 자세한 보도와 소개를 시험하려 한다."는 〈라디오란〉의 확장 계획을 밝히고 이를 실천에 옮겼기 때문이다.[13] 일본에서 도쿄방송국의 라디오방송이 시작된 해는 조선보다 한 해 이른 1925년이었다. 그런데, 일본에서 이 도쿄방송국의 라디오방송이 개시되자마자 곧

....

언론학보》, 2002, 171쪽의 아래 도표를 보면, 이러한 증가세가 확연하게 드러난다.

〈시기별·도별 등록 라디오 대수〉

	1933		1935		1937		1939		1942	
	일본인	한국인	일본인	한국인	일본인	한국인	일본인	한국인	일본인	한국인
경기도	11588	3529	16960	7613	27937	18530	32227	35496	39920	59205
충청북도	368	115	568	355	1029	721	1127	1049	1428	1339
충청남도	992	227	1426	557	2455	1427	2913	2094	4280	3469
전라북도	1126	186	1515	476	2736	1390	3808	2415	5447	5041
전라남도	1208	195	1558	454	2949	1571	3625	2212	5414	5274
경상북도	1413	313	1785	498	3223	1211	4057	2584	6661	6423
경상남도	3042	331	5619	850	9595	210	12599	3681	15883	8160
황해도	629	168	1111	859	2037	1784	2749	3092	4126	6866
평안남도	748	299	1678	720	5539	3970	7024	7722	9737	16223
평안북도	696	230	1117	550	2604	2061	3553	3982	4819	6990
강원도	1166	369	968	533	1775	1515	2273	2388	3511	5158
함경남도	1311	195	1527	591	3958	2331	7085	5779	11522	14703
함경북도	1157	244	2126	481	5331	1466	7385	3415	13299	14842
합계	25441	6401	37958	14537	71168	40107	90425	75909	126047	149653
	32014(169)		52853(358)		111838(563)		167049(715)		277281(1581)	

13 〈이중방송을 기회로 라디오란을 확장〉, 《동아일보》, 1933년 4월 25일자.

이어 탄생한 것이 《요미우리신문讀賣新聞》의 〈라디오판〉이었다. 《요미우리신문》이 다른 신문보다 발 빠르게 〈라디오판〉을 개설한 이유는 라디오의 빠른 보급 속도, 라디오가 신문에 전혀 나쁜 영향을 주지 않으리라는 전망, 마지막으로 극히 "저렴한 가격으로 윤택한 지식"을 준다고 하는 대중매체의 공통 목표에 있었다.[14] 이러한 《요미우리신문》의 〈라디오판〉은 도쿄방송국이 프로그램에 대한 자세한 정보를 주지 않는 빈틈을 신문 지면이 대신 채워준다는, 그야말로 라디오와 신문의 협업 관계를 강화하면서 당일 프로그램에 대한 상세한 설명과 출연진 소개까지 〈라디오판〉을 다양하고 풍성하게 장식했다.

《요미우리신문》의 라디오와의 긴밀한 협업 관계는 대단히 성공적이었다. 〈라디오판〉에 대한 독자대중의 수요도 높았을 뿐만 아니라, 신문의 구독자 수도 이에 정비례하여 늘어갔기 때문이다. 이러한 《요미우리신문》의 〈라디오판〉은 《요미우리신문》의 종합지로서의 성격을 강화시켰고, 활자 '방송'이라는 형태로 시청각매체로서의 효과 또한 거둘 수 있었다. 《요미우리신문》과 라디오 간의 이러한 긴밀한 협업 관계가 《동아일보》의 〈라디오란〉의 확장에서도 동일하게 드러나는 것은, 활자매체와 소리매체 간의 상호 전이와 혼용을 통한 종합매체로서 라디오와 신문이 서로 접근해간 것이라 할 수 있다.

신문과 라디오 간의 협업 관계와 이 둘의 종합매체로서의 성격은 라디오방송이 출발 당초부터 연예와 오락의 비중을 높인 데서 기인한 필

....

14 미나미 히로시, 정대성 옮김, 《다이쇼 문화》, 제이앤씨, 2007, 451-453쪽.

《동아일보》의 확장된 〈라디오란〉　　　　　가정상식이 된 '토키와 라디오'의 소리

연적인 결과라고도 볼 수 있다. 왜냐하면 초창기 라디오방송은 신문과
경쟁해야 되는 시사보도 프로그램에서 열세를 면치 못했고, 대중의 귀
를 우선 라디오방송에 묶어두기 위해서라도 연예와 오락 프로그램의
비중을 높이지 않을 수 없었기 때문이다. 라디오방송에서 연예와 오락
이 차지하는 높은 비중은 라디오방송을 대중문화의 총아로서 자리잡
을 수 있게 했다. 라디오방송이 이처럼 연예와 오락 프로그램의 비중
을 높여가자, 당연히 신문잡지 등의 활자매체도 이를 의식하여 연예와
오락의 지면 비중을 높여갔다. 더구나 일본에 비해 모든 방송 환경이
열악했던 식민지 조선의 경우, 보도와 교양 프로그램 제작에 드는 인
력과 자본 및 설비 부족을 생각하면 연예와 오락 프로그램 비중을 높

이는 것이 수지 면에서 훨씬 맞았고, 이는 이중방송 체제가 실시되기 이전까지 5분간 방송되던 주식 현황과 강좌가 주로 일본어 방송으로 이루어졌던 데 비해 한 시간 반 동안의 조선어 방송이 "창, 민요, 동화, 고담, 방송극 등"의 연예와 오락 프로그램으로 대부분 채워진 것에서도 방증된다.[15]

조선어 방송의 연예와 오락의 단골 메뉴는 조선의 전통음악이라고 할 방아타령과 남도 · 서도소리, 고담古談 · 야담 등이었다. 경성방송국의 라디오방송이 개시된 이후로 이 전통음악과 고담 · 야담은 빼놓지 않고 등장했는데, 이를 입증이라도 하듯이 최초의 라디오 방송평이라고 할 기사가 전통음악과 라디오'야담'에 초점을 맞춰 행해졌다. 한 시간 반의 한정된 조선어 방송에서 남도 · 서도소리의 비중이 너무 높다는 것이 그 내용의 요지였는데, 남도 · 서도소리에 비해 라디오'야담'은 반드시 이 연예와 오락 분야로 취급되지는 않았다는 점이 특이하다. '고담'이라고 불리기도 하고 '사화史話 · 강화講話'라고 명명되기도 했던 라디오'야담'은 강연의 일부로서 교양 프로그램으로 받아들여지는 경우가 많기 때문이다.

정동貞洞 마루터기에 신식양실新式洋室 경성방송국—JODK—이 생긴 이래 길거리 저자문 앞에서 확대기擴大器를 통하여 울려나오는 노래 혹은 음악소리는 새삼스럽게 과학의 위력을 경탄케 합니다. 필자 한 사람도 신시대의 낙오자가 되기 싫어하는 생각으로 하였든지 우연한 기회에 조그마한 기계

....

15 한국방송공사, 《한국방송사》, 1977, 한국방송공사, 91쪽.

1927년 3월 21일 〈라디오 방송〉

휴일 '조선데이' 방송 프로그램

나마도 하나 놓고 틈 있는 대로 듣는 사람 중의 한 분자입니다. 반관제식인 半官製式인 경성방송국에 대하여 불평이 적겠습니까마는 그 불평을 다 말한 대야 소용없겠으니까 그만두고 그 중에 방송프로그램에 대한 불평 몇 조목을 말씀하겠습니다.

첫째, 강연을 주간에 하는 것. 저네 측 강연방송은 야간에 한하여 하면서도 우리네가 들을 만한 강연은 주간에 방송하니 한가히 노는 사람은 모르겠지요마는 우리 같은 사람은 어디 한 마디나 들어볼 수 있어요. 강연을 야간에 방송하게 하라고 요구하고 싶습니다. 둘째, 서도잡가나 남도소리를 한결같이 방송하는 것. 어떻게나 귀가 아프게 들었는지 머리 골치가 아픕니다. 한 주일에 한 번쯤 했으면 어떨까요. 셋째, 아동시간 특히 동화 같은 것을 방송하는 분 중에 주책없는 소리를 함부로 하는 분이 간혹 있습니다. 소년문제에 깊은 생각을 하는 이의 뜻 있는 동화만을 듣고 싶습니다. 넷째, 강연하는 이를 신중히 생각하여 믿음직한 이에게 부탁할 필요가 있을 줄 알며 좀 취미 있는 방송 프로그램을 생각해 내여 주었으면 좋겠습니다. 끝으로 방송국과 팬 간에 연락이 있을 만한 계획을 세워줄 수 없겠습니까. 저네 측으로는 성의를 쓰는 것 같고 우리네 측으로는 성의를 쓰는 것 같지 않은 것이 큰 불평입니다. 이외도 또 다른 불평이야 많겠지마는 이만 둡니다.[16]

특히 사화나 강화라는 명칭을 달고 나오는 경우에는 고담보다는 강연에 가깝다는 인식이 지배적이던 상황에서, 위 인용문의 필자는 "서도잡가나 남도소리" 위주의 연예와 오락 프로그램에 대해 비판의 목소리를 높인다. "서도잡가나 남도소리"를 일주일 내내 방송하는 것은 시간 낭비이자 소음 양산이라는 것이 비판의 요지였다. 이는 "서도잡가나 남도소리를 한결같이 방송하는 것"을 "어떻게나 귀가 아프게 들었는지 머리 골치"가 다 아프다는 그의 반응에서 확연히 드러난다. 그는 조선어 방송이 강연 위주로 더 교양'화'될 것과 더 수준 높은 프로그램을 위해서는 출연진들에 대한 검증도 반드시 필요하다는 점도 잊지 않고 덧붙인다. 연예와 오락 프로그램 위주의 조선어 방송이 빚어낸 조선인 청취자들의 노골적인 불만과 항의는 교양 프로그램 시간대에 대한 불만으로까지 이어졌는데, 그는 교양 프로그램을 주간 시간대가 아닌 누구나 즐길 수 있는 야간 시간대로 옮겨줄 것을 강력하게 요청했다.

단일혼합방송 체제의 조선어 방송이 연예와 오락 위주의 편성을 하면서 불가피하게 빚어진 조선인 청취자들의 이러한 불만과 요구 사항은 일본어 방송과의 차별의식을 심화시키는 배경으로 작용했다. 일단 일본어 방송이 조선어 방송보다 7의 비율로 높은 비중을 차지한 데

....

16 연창현延昌鉉, 〈방송국에 대한 불평, 전국청년 불평불만 공개 우리의 희망과 요구〉, 《별건곤》, 1927년 12월, 55쪽.

다, 시사보도에서 교양 프로그램까지 청취자들을 세심하게 배려한 반면에, 상대적으로 조선인 청취자들은 찬밥 신세를 면치 못하고 있다는 박탈감이 주된 이유였다. 라디오방송의 소리가 만들어내는 민족차별의 이와 같은 예리한 자의식은 단일혼합방송 체제 동안에 전혀 해소의 기미를 보이지 못한 채 조선어 방송의 근본적인 한계로 지적되었으며, 라디오 청취율의 부진에 한 몫을 담당하게 된다.

경성방송국이 생긴 이후로 음악의 방송은 물론이요, 강화講話의 방송이 많이 있어 여러 가지로 유익한 점이 많은데 왕왕이 시원치 못한 강화 같은 것을 방송하여 그 폐해를 끼치는 일도 있어 물론 방송국 당국이 그러고 싶어서 하는 일은 아니나 이것을 좀 주의하여 주었으면 하는 생각이 든다.

21일 밤에는 단종대왕비 송씨 정열기貞烈記라는 것을 방송하였는데 세조 반정에 대한 이야기와 단종과의 관계 이야기에 사실보다 틀리는 말이 많았고 그 언사가 존경하는 범위에 벗어나는 일이 있었다. 세상이 변하였으니까 그런 짓을 하여도 말 한 마디 하는 사람이 없을 듯도 하나 이것을 문제 삼고자 하는 사람이 또 있는 모양이다. 그것이 문제야 되든 안 되든 사람이란 어쨌든 말을 삼가야 하는 것인데 항차 왕실이나 황실에 대한 것을 함부로 라디오 방송까지 하는 것은 경박한 처사라고 아니할 수 없다.[17]

"서도잡가나 남도소리"의 연예와 오락 위주 편성을 문제 삼았던 앞

....

17 〈자명종〉, 《조선일보》, 1927년 3월 23일자.

의 인용문과 달리, 위 인용문은 훨씬 더 전문적인 내용과 식견을 자랑한다. 강화講話 방송으로 나갔던 〈단종대왕비 송씨 정열기貞烈記〉라는 단일 프로그램을 대상으로 한 위 인용문이 비판하는 대목은 주로 역사적 고증과 실증 문제이다. 위 인용문의 필자는 이를 "세조반정에 대한 이야기와 단종과의 관계 이야기에 사실보다 틀리는 말"이 많다고 지적하며, 방송 내용의 정확한 역사적 출처와 검증을 문제 삼는다. 여기에 덧붙여 "황실이나 황실에 대한 것을 함부로 라디오 방송"에 끌어들이는 무분별한 행태를 비판한다. 라디오'야담'의 초기 형태를 짐작하게 하는 이 일단의 비평들은 당시 라디오'야담'이 갖는 대중적 인기뿐만 아니라 그 위상과 비중을 보여준다. 1930년대 라디오'야담'의 전성시대는 이 단일혼합방송 체제에서 이미 그 징조를 드러내고 있었던 것이다.

라디오가 탄생하면서 생겨난 것 중의 하나가 "야담과 고담"이고, 처음에는 "고담이라고 했는데 너무 고색이 찬연해서 그 후부터 야담이라고 부른" 이 라디오'야담'이 본격적으로 활성화된 시기는, 단일혼합방송 체제가 제2조선어 방송으로 분리 독립하게 된 1933년의 이중방송 체제 때부터였다.[18] 제2조선어 방송의 분리 독립은 조선어 프로그램의 양적 팽창과 확장을 가져다주었다. 이 양적인 팽창을 뒷받침해줄 제2조선어 방송 프로그램이 일차적으로 연예와 오락 방면에 집중된 것은 당연했고, 그중에서도 단일혼합방송 체제에서 이미 검증을 거친 조선

....

18 노정팔, 《휴일 없는 메아리》, 한국교육출판, 1983, 61쪽.

의 전통음악(가요)과 라디오'야담'이 중심이 될 수밖에 없었다.

라디오'야담'은 일단 연예와 오락 및 교양 분야까지 두루 섭렵이 가능했다. 이것이 라디오'야담'의 전성기를 이끌 수 있게 한 힘이었다. 라디오'야담'을 비롯한 조선의 전통음악(가요)이 연예와 오락 분야를 석권하면서 이루어진 새로운 사태는, 소리에 대한 내셔널한 감각이었다. 라디오의 소리는 전신망이 설치되어 있는 곳이라면 어디로나 자유롭게 이동하고 수신이 가능하다는 장점이 있었다. 그만큼 소리는 소리의 발화주체와 수용주체 간의 언어적 일체성에 대한 예민한 자의식을 낳는다. 이를 우리가 '음역音域'이라고 부를 수 있다면, 라디오의 음역은 문자로만 이루어진 활자매체와는 또 다르게 소리와 문자의 투명한 일체성을 전제로 하는 '조선어', 즉 '자국어'에 대한 공통감각을 실체화하는 계기가 되었다. 일본어와 조선어의 분리 방송이 역으로 일본어와는 다른 조선어라는 것에 대한 인식과 소비를 촉진시킨 현상이, 1930년대 식민지 조선의 영화 관람이 변사의 간접화된 목소리에서 스크린상의 발성영화가 주는 직접성의 환상으로 이동하는 것과 동궤의 움직임을 낳는 것은 이 때문이다.

라디오의 소리가 만들어내는 이러한 내셔널한 집단성의 공동감각은 라디오'야담'을 조선어 혹은 조선적인 것의 정화로서 받아들이게 했다. 김진구의 야담'운동'이 전대의 야담이 아니라 순조선적인 것의 새로운 창출과 관련되어 야담에 대한 재규정을 동반했다면, 라디오'야담'은 이러한 야담의 운동성이 지워진 자리에서 야담＝조선적인 것이라는 자명'화'를 낳게 되는 것이다. 야담가가 라디오'야담'의 인기에 힘입어 상종가를 누리게 되고, "소리의 상품화"라고 하는 최첨단의 문화상품으

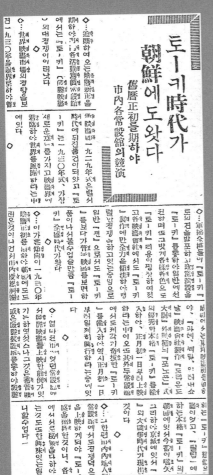

토-키時代가 朝鮮에도왔다

舊曆正初를期하야 市內各常設舘의競演

조선에 도래한 토키의 전성시대

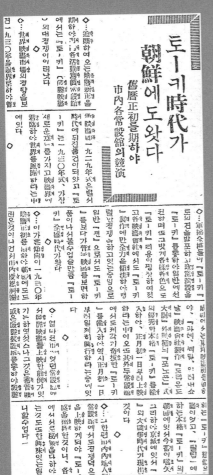

▲▲ 發聲映畵 ▲▲
春香傳
京城撮影所作品

조선 최초의 발성영화 〈춘향전〉의 한 장면

로 라디오뿐만 아니라 레코드의 소리로 가정 내에서뿐만 아니라 거리 곳곳을 점령하는 시대적 변화의 흐름 속에서, 윤백남은 김진구와는 다른 인기 스타이자 엔터테이너로서의 자질을 갖추고 있었다.

윤백남의 엔터테이너로서의 자질은 대중문화라는 것이 대중의 수요와 코드에 맞추는 데서부터 시작된다는 그의 의식에서 비롯된 바 컸다. "작가가 쓰고 싶어서 쓰는 것은 순수 문예이고, 사람들을 즐겁게 하기 위해 쓰는 것은 대중 문예"라는 표현이 나타내는 것도 대중문화를 둘러싼 갈등하는 대중'상'의 한 반영이다. 이중방송 체제를 계기로 확대된 야담의 대중 수요는 대중문예로서의 야담의 '존재 방식'에 변화를 강제했고, 윤백남은 영화와 연극의 대중 생리에서 체득한 감각으로 이를 자신의 야담 공연과 저술에도 적용시키려 했다. 제2조선어 방송이 출범하고, 그가 이 제2조선어 방송의 초대 과장이 되었다는 사실 또한 그가 지닌 엔터테이너 자질과 분리해서 생각할 수 없는 대목이다.

가정을 떠나서 라디오의 생명은 적다. 카페의 고객흡수광고로 또는 이발소에 심심파적과 광고축음기 대신으로의 라디오는 그 생명의 대부분은 죽었다. 가정과 라디오가 밀접한 관계가 있는 이상 진정의 가정이 적은 조선에서 라디오의 이용이 적을 것은 분명하다. 이러한 까닭에 조선에 있어서의 방송 사업은 그 실질에 있어서 먼저 가정을 목표로 하는 프로그램을 작성 아니 하면 아니 된다. 비록 그 정도를 (아치할지라도) 가정을 목표로 하는 계몽·취미·오락의 3방면에 긍하는 프로그램을 작성하여 그들 주부로 하여금 '가정에서의 라디오'를 필요로 하게 해야 한다.

요약하여 말하면 '주부를 잡아라.' 이것이 우리 조선에 있어서의 라디오

사업의 성공의 첩경이다. 그리고 그 여력을 구치驅馳하야 일반문화에 자資하여야 한다. 조선에 있어서의 라디오의 특색을 가정에 둔다는 이론 하에서 세심의 주의를 요할 것이 있으니 그것은 즉 ─ 연예방송 취중就中 가곡방송의 선택이다. 홈home─에서 즉 부부와 자식, 아버지와 아들이 일당에 모여 앉아서 손뼉을 치며 듣고 있을 만한 가곡─물론 가곡은 교과서가 아니고 논문이 아닌 이상 소설이나 희곡과 일반적으로 혹은 연예를 노래하며 또는 다소 에로(틱)한 구절이 절대로 없는 것만을 취할 수 없는 것은 사실이다. 그러나 우리가 가사 아들을 데리고 앉아서 춘향전 이별장면의 에로(틱)한 노래를 듣거나 사랑가를 들으며 〈좋다〉 소리를 지를 수 있는가 없는가. 이것을 묻고자 한다.[19]

대체 라디오는 어떠한 사명을 가졌느냐 하면 일, 신속한 보도─세계 각지에서 오는 통신과 우리 조선 안에서 일어나는 바 큰 사건의 소식을 하루 삼사三四회에 나누어 보도하는 것이니 신문보다 빠르기가 적어도 하루 내지 하루 반이나 속하게 귀로 들을 수 있는 것. 이, 부인 계몽적 강좌방송─이것은 방송 사업 중에 가장 주력을 쓰는 것이니 무식한 부인이거나 유식한 부인이거나 그 중에도 가정에 들어 앉아 있는 아낙네에게 가장 상식적으로 가정에서 필요한 여러 가지의 사물에 대한 지식을 말해 들려주자는 것이니 잡지나 책은 그것을 읽어야만 되지마는 라디오는 직접 귀로 듣게 되는 까닭에 시간과 또 흥미와 유식무식을 초월한 점. 삼, 어린이에게 청신한 오락을 주는 것─어린이들에게 좋은 동화 노래 또는 학교에서 배우는 이외의 재미있

19 윤백남, 〈라디오 문화와 이중방송〉, 《매일신보》, 1933년 1월 10일자.

는 역사이야기, 과학이야기를 해서 비속한 활동사진관 같은 데에서 좋지 못한 영향을 받는 것을 막자는 것. (중략) 더구나 한 가정에서 전 가족이 단란하게 라디오를 중심삼아 하룻밤을 유효하고 재미있게 보낼 수 있다면은 거기서 얻는바 이익은 막대하다고 할 수 있다.[20]

1933년 이중방송 체제를 앞두고 쓴 이 두 인용문에서 윤백남은 라디오가 한 개의 오락물의 차원을 지나 "한 가정에 한 개씩의 라디오가 있어야 할 시대"라고 선언한다. 그의 선언은 라디오의 일상생활'화'와 직결되어 있다. "카페의 고객흡수광고로 또는 이발소에 심심파적과 광고축음기 대신으로의 라디오는 그 생명의 대부분"이 죽었다는 그의 지적은 이러한 라디오의 일상생활'화'와 관련된 가정의 중요성을 환기시킨다. 이런 맥락에서 그가 '주부'를 지목한 것은 의미가 있다. 식민지 조선의 대중매체가 부인=대중의 원시적 표상을 통해서 그 기저를 이루는 방대한 잠재적 대중층을 발견했듯이, 그는 라디오의 하향적 대중화에서 가정의 '주부'가 갖는 의미를 정확하게 포착해내기 때문이다.

　제2조선어 방송의 초대 과장으로서 윤백남은 라디오의 대중적 성공을 가정의 주부에다 두는 혜안을 보여주었다. "가정의 주부를 잡아라."라는 그의 압축적 구호가 말하는 것도 이것이다. 직장과 학교에서 낮시간의 대부분을 보내는 가정의 다른 구성원들과 달리, 주부는 상대적으로 이러한 시공간적 제약으로부터 자유롭다. 가정 내에서 가사일을

----

20 윤백남, 〈이중방송은 어떤 것인가〉, 《조선일보》, 1933년 1월 15일자.

하면서 라디오를 듣는다고 해서 별반 문제될 것이 없다. 더구나 라디오의 소리는 오며 가며 들을 수 있다는 것이 최대의 장점이다. 스위치를 켜놓기만 하면 들리는 라디오의 흘러가는 소리는 일부러 시간과 정성을 들여 활자를 '눈'으로 읽어야 하는 잡지와 책이 결코 줄 수 없는 라디오만의 독특한 장점이다. 라디오의 소리가 지닌 이런 장점을 살려 그는 성별과 세대 그리고 취향까지도 뛰어넘는 라디오를 중심으로 한 새로운 가정공간의 재편을 제안하게 된다. 그가 말하는 라디오를 중심으로 한 새로운 가정풍경은 근대적 가정의 이상적 형태와도 상응하는 것이었다. 그가 가정이라는 표현 대신 '홈home'이라는 영어 표현을 사용하면서 강조하는 것도 이러한 라디오의 소리가 가져올 식민지 조선의 새로운 가정생활의 재편에 있었기 때문이다. 이는 "진정의 가정이 적은 조선에서 라디오의 이용"도 적을 수밖에 없으리라는 그의 발언으로 드러나는데, 여기서 그가 의미하는 "진정의 가정"이란 특정한 상품과 행위가 동반된 가족생활의 의례적 실천과 연관되어 구성된다. 거실에 온 가족이 둘러앉아 함께 라디오를 청취하는 행위는 이른바 라디오라고 하는 첨단 상품과 가족모임의 의례적 실천행위 없이는 불가능한 근대의 전형적 가족형태이기 때문이다.

"비록 그 정도를 (아치할지라도) 가정을 목표로 하는 계몽·취미·오락의 세 방면에 긍하는 프로그램을 작성하여 그들 주부로 하여금 '가정에서의 라디오'를 필요"로 하게 만들어야 한다는 그의 발언이 직접적으로 가리키고 있는 바도 이 지점을 가로지른다. 라디오의 소리가 근대적 가정생활의 재구축에서 중심적이라는 것이 그의 주된 생각이고, 이런 측면에서 그는 가정의 '주부'가 이 역할을 담당해야 한다고 보기 때

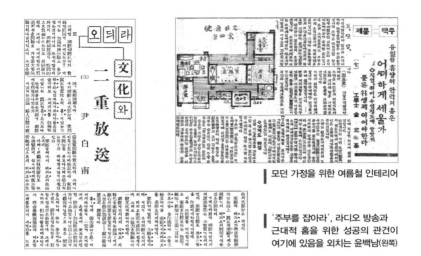

모던 가정을 위한 여름철 인테리어

'주부를 잡아라', 라디오 방송과
근대적 홈을 위한 성공의 관건이
여기에 있음을 외치는 윤백남(왼쪽)

문이다. 가정의 '주부'가 라디오를 얼마나 자주 접하고 이를 생활화하느냐에 따라서 나머지 가족 구성원들도 라디오를 대하는 방식이 달라질 것이고, 이는 결국 일상의 가정풍경도 변화시킬 것이 틀림없기 때문이다. 가정의 '주부'를 대상으로 한 그의 "한 가정에 한 개씩의 라디오" 구호는, 제2조선어 방송의 초대 과장으로서 그가 추구한 "가정의 주부를 잡아라."라는 목표와 동궤에서 라디오의 하향적 대중화를 실천하는 핵심 관건으로 떠올랐다.

"방송사업 중에 가장 주력"하는 일로 그가 부인 계몽적인 방송에 치중한 이유도 여기서 찾을 수 있다. "무식한 부인이거나 유식한 부인이거나 그 중에도 가정에 들어 앉아 있는 아낙네에게 가장 상식적으로 가정에서 필요한 여러 가지의 사물에 대한 지식을 말해 들려주자는"

라디오의 하향적 대중화는, 부인＝대중이라는 대중의 원시적 표상을 고스란히 반향하며 식민지 조선의 대중매체가 지닌 하향적 대중화를 그대로 이어받는 것이기도 했다. 라디오의 내셔널한 소리감각은 이러한 유식과 무식, 여성과 남성의 학식 및 성별을 뛰어넘는 대중적 친화성에서 이루어진다. '귀'를 통해 들리는 세상의 소식과 정보를 제2조선어 방송의 내셔널한 소리가 차별 없이 공평하게 전달해준다는 것, 이것은 최승일이 단지 수화기(수신기) 살 70원이 없어서 라디오방송을 듣지 못하는 식민지 조선의 가난한 현실을 되묻던 것과는 상당히 판이한 지점에서 라디오 소리의 하향적 대중화를 바라보는 시선이다. 최승일은 라디오의 평등한 소리문화가 식민지 조선에서는 평등할 수 없음을, 즉 식민지 조선의 경제적 조건이 이를 허락하지 않는 불평등한 현실을 상기시켰던 데 반해, 윤백남은 이러한 경제적 조건에 따른 라디오의 불평등한 소리문화를 지운 바탕 위에서 가정의 '주부'를 대상으로 하는 하향적 대중화를 논한 것이다.

상인의 허기! 부르주아의 배 불리는 소리! 노동자의 노호하는—아우성치는 소리가 들리니 이것만은 들을 수 있겠지마는 70원짜리 수화기가 없어서 못 듣고 있다. 타적 마당에다 바지랑 때를 세우고 전지를 갖다놓고 나팔통을 갖다 대면 JOAK가 나온다. 동경에서 기생이 소리하는 것이 들린다. 별안간 오늘은 쌀이 한 되에 56전 하든 것이 57전이 되었습니다 하는 소리가 들린다. 낫을 든 민중은 귀신의 장난이라고 전한다. 과학의 신이다. 근대 문명에 새로운 신이다.

JODK, 《여기는 서울 체신국이올시다.》— 뚝 끊겼다가 김추월金秋月의 남도단가南道短歌올시다—《백구야 훨훨 날지 마라…》가 들린다. 《엉…》하고 입을 딱 벌린다. (중략) 그러나 돈 없는 동무여! 당신네들은 팔구십전을 내이고 신문을 보듯이 그만한 돈을 내고 그 대신 라디오를 들을 수가 있을까요. 낮에는 신문이고 밤에는 유성기인 라디오를 들을 수가 있을까요? 그렇다. 생활과 라디오—우리에게는 우리의 생활과는 아직도 멀다. 어느 것이나 아니 그러리요마는 문명—그것도 돈 있는 자의 소용물이다. 문명은 쉼 없이 새 것을 내어놓는다. 그것은 부르주아에게 팔려 간다. 그리하여 모처럼 의식 있게 나왔던 것이 그 본의를 잃어버리게 된다. 그리하여 문명이 운다. 문명이 운다. 서러워한다. 라디오가 운다. 우리와는 거리가 멀다. 대감님 네 사랑에 라디오가 있어서 박녹주朴綠珠의 가야금 병창이 나와 가지고 무릎에서 일어나는 장단에 쌓여 초草의 연기에 사라져 버리고 만다. 조선의 음률—동경東京 어느 부잣집 응접실까지 가지고서 다만 이국정조에 읊조리는 한 화제가 되어지고 만다. 그 어찌하여서 우리의 생활과 접근한 소식을 못 듣게 될까?[21]

최승일이 이 글의 제목을 〈라디오·스포츠·키네마〉라고 붙인 것은, "현대의 문명은 아무리 하여도 라디오·스포츠·키네마"로 상징된다는 차원에서였다. 현대의 문명, 즉 근대의 대중문화는 이 세 요소 없이는 성립될 수 없다는 것이 그의 지적이다. 그는 이 현대 문명을 상징하는 세 가지 요소를 문명화의 척도로 여겼고, 이 척도에서 보자면 식

....

21 최승일, 〈라디오·스포츠·키네마〉, 《별건곤》, 1926년 12월, 105쪽.

민지 조선의 현실은 현대 문명의 배제와 소외의 지대였음은 틀림없는 사실이었다.

라디오는 그의 말에 따르면 "낮에는 신문이고 밤에는 유성기"의 역할을 할 수 있는 만능 엔터테이너였다. 이 만능 엔터테이너로서 라디오의 내서널한 소리는 모든 인쇄문자와 구전예술을 압도하고, 이런 점에서 라디오는 가장 평등한 대중문화의 구현체일 수 있었다. 낮에는 신문을 사고 밤에는 유성기를 따로 구매할 필요 없이, 라디오 한 대만으로 신문과 유성기의 역할을 모두 수행하는 라디오의 간단과 편리는 대중문화의 중핵에 해당하는 것이다. 라디오의 소리가 구현하는 이러한 근대적 대중문화의 평등한 시대정신은 그러나 70원에 달하는 수화기(수신기)를 살 돈이 없는 경제적 조건의 차이로 인해, "대감님 네 사랑방의 전유물이 되고 마는" 현실로 귀착된다. 최승일이 "문명이 운다. 라디오가 운다."로 표현한 식민지 조선의 빈약한 경제적·물질적 기반은 "조선의 음률이 동경의 어느 부잣집 응접실"의 이국 정조를 만족시키는 이국화의 산물로, 혹은 "박녹주朴綠珠의 가야금 병창이 나와 가지고 무릎에서 일어나는 장단에" 스러지고 마는 대감님네 사랑방의 유희물이 되고 있는 불평등한 현실을 보여준다.

최승일이 이야기한 라디오의 불평등한 평등성은 그러나 윤백남에게는 더 이상 논쟁의 대상이 아니다. 그는 라디오의 소리가 지닌 하향적 평준화를 실현하는 기능주의적 입장에서 라디오의 소리를 사고하기 때문이다. 그의 이러한 기능주의적 사고방식은 비단 라디오의 소리에만 적용되는 것은 아니었다. 야담과 만담 및 역사소설을 종횡무진 오간 그는 이 하향적 평준화를 부인＝대중이라는 대중의 원시적인 표상에 맞추는 기호의 낮은 추상성을 실현하고자 했던 것이다. 이는 비단 활자(문자)뿐만 아니라 영상과 소리를 포함한 모든 대중문화 체계에 해당되는 것이고, 이것이 그가 추구했던 기본 방향이었음은 아래의 인용문에서 확연히 드러난다.

남은 내 이름 위에다가 대중소설가이니 혹은 야담가이니 하는 직함을 붙여서 불러 줍다마는 내 자신은 대중소설가라고 자칭해 본적도 없고 야담가로 자처한 일도 없습니다. 다만 내가 소설을 쓸 때의 목표가 대중에 있는 것만은 사실이올시다. 그런데 워낙 대중이란 말이 매우 막연합니다. 어느 소설은 여러 사람에게 읽히자는 것이 아니고 어느 국한된 일부 인사에게만 읽히자는 목적인가요. 그런 의미라면 나는 비非대중소설가의 광영光榮을 헐은 짚신짝같이 내버리랍니다. 물론 나에게 그런 영광스런 이름을 줄 사람도 없는 것 같지마는. 그러면 일부 인텔리군과 문예애호자군과 학생층을 목표로 하지 않고 촌로와 상인과 아낙네급을 목표로 한데서 대중이라나요. 또 그렇지 않고 소설의 본질적으로 보아서 구분을 하는 말인가요. 그건 어찌되었든지 간에 하여간 나는 읽기 쉽게, 알기 쉽게, 재미있게 이 세 가지의 〈있게〉를 모토로 하는 것만은 사실이외다. 남이 날더러 대중소설가라 하거니 개똥상놈이라 하거니 그건 말하는 이의 자유인 동시에 내가 그대로 직함을 승순承順할 의무도 없겠지요. 물론 위에 말한 세 가지의 〈있게〉 이외에도 한 가지 또 노상 머릿속에 생각하고 쓰는 것이 있습니다. 그것은 소설을 빌어서 말하려는 어느 정신을 잃지 말자는 것이외다.[22]

....

22 윤백남, 〈봉화를 쓰면서〉, 《삼천리》, 1933년 10월, 50쪽.

위 인용문에서 그는 "워낙 대중이란 말이 매우 막연하고" 사람마다 제각기 다른 형상을 지닐 수 있음을 적시한다. 그에게 따라붙는 "대중소설가이니 혹은 야담가이니" 하는 여러 직함에도 불구하고 윤백남은 "여러 사람에게 읽히자는 것이 아니고 어느 국한된 일부 인사에게만 읽히자는 목적"의 소설만을 목표로 한다면, 자신은 기꺼이 이 "비非대중소설가의 광영을 헐은 짚신짝 같이" 내버리겠다고 말하고 있다. 그는 그 대신 자신에게 꼬리표처럼 따라붙는 대중소설가 혹은 야담가로서의 지위를 기꺼이 받아들이겠다고 언명하는데, 이러한 그의 대중관이 표명된 것이 "읽기 쉽게, 알기 쉽게, 재미있게"(방점은 인용자)라는 세 가지의 이른바 "있게"의 모토였다. 이 세 가지 "있게"의 모토는 그가 생각하는 대중문화와 대중'상'과 관련하여 라디오의 가정 '부인'을 타깃으로 한 하향적 평준화와 그리 멀지 않다. 그는 세 가지 "있게"의 모토를 중심으로 "남이 날더러 대중소설가라 하거니 개똥상놈이라 하거니" 그건 신경 쓰지 않겠다는 뜻을 분명히 밝히고 있는 것이다.

윤백남의 이러한 대중문화와 대중'상'은 그가 야담과 만담 그리고 역사소설과 대중소설까지 다방면의 분야를 종횡무진 오갈 수 있었던 밑바탕이었다. 야담가로서 불리는 것에 대해 크게 만족스러워 하지는 않았지만, 그럼에도 그는 "야담"이든 "강화"든 "일률로 기쁘게 하고 수긍케 하고 탄복케 하고 홍미 있게" 하는 대중성을 가질 수 있다면, 즉 그의 표현을 빌려서 표현하자면 "포퓰라-성"을 가질 수 있다면 무엇이든 의의가 있다고 본 것이다. 특히 야담은 "일야一夜에 수백수천의 사람에게 직접 감홍과 지식과 홍미를 줄 수 있다는" 점에서 "일부의 유산계급 또는 인텔리 계급 외에는" 읽을 기회가 없는 서적이나 신문잡지보다 유용한 측면이 있다는 것이 그의 판단이었다.[23] 그래서 그는 뛰어난 야담가이기도 했지만, 또한 "만담이라면 좀 자신이" 있다고 자부하는 만담가로서도 특출한 재능을 뽐낼 수 있었다.[24] 이러한 그의 만능 엔터테이너로서의 면모는 라디오방송에서는 "30분이면 상당히 긴 시간인데 이분들이 출현하면 좀 더 길게 하지 않느냐고 청취자들"이 조를 정도였고, 그가 《동아일보》의 주관 아래 개최한 야담대회는 "장내는 물론 낭하에까지 청중들이 가득 차 입추의 여지"가 없는 "일반 청중의 열광적 박수"로 대성황을 이루었다.

　윤백남이 주로 야담 대가로서 "윤 선생이 제일"이라는 칭호를 듣고, "항상 들어도 또 듣고 싶고 듣지 못한 분은 한 번만 들었으면 원이" 없다고 하는 이른바 수백 명의 팬들을 거느린 대표적인 만능 엔터테이너였다면, 만담계에서 이 윤백남과 쌍벽을 이룬 인물은 신불출이었다.[25] "일류 만담가" 혹은 "만담의 귀재"로 칭해지던 신불출의 만담은 "종로 거리였던 축음기 상회에서 흘러나오는 익살맞은 〈대머리 타령〉에 흥이 겨워 어떤 60세 가량 된 노인이 발을 멈추고 히히거리고 웃는 데가 있자 그 노인도 소리를 높이고 따라 웃어서 지나가던 사람들이 10여 명 모여들고 옆에서 같이 듣고 섰던 사람들조차 박장대소"했다는 일화가 전해질 정도로 대단한 인기를 누렸다. 그의 만담의 대중적 인기는 "현재 만담으로는 경향을 통하여 엄지손가락으로 꼽을" 만하다는 평가

....

23　윤백남, 〈야담과 계몽〉, 《계명》, 1932년 12월, 13-14쪽.

24　〈입심쟁이 대좌담회〉, 《제일선》, 1932년 8월, 32쪽.

25　〈오시오 의정부로 시내 끼고 넓은 들에 부인습률대회〉, 《동아일보》, 1935년 9월 28일자.

| JODK와 야담 대가 윤백남

| 오늘의 뉴스에 실릴 정도로 유명했던
윤백남의 야담대회. 1936년 5월 19일
자 《동아일보》의 〈오늘의 뉴-스 사진〉

가 주종을 이룬 데서도 방증된다. [26]

　신불출의 엔터테이너로서의 면모와 인기는, 윤백남과 비교할 때 두
사람이 공통된 경향성을 보인다는 점에서 유의할 만하다. 이 두 엔터
테이너는 모두 대중문화와 대중'상'의 공통된 지점을 관통하는 활동상
을 보여준다는 점에서 그러하다. 신불출이 극단에 몸담았다가 극단공
연의 대중적 한계를 느끼고 1930년대 중반부터 인기 만담가로 전향한
데서 알 수 있듯이, 신불출과 윤백남은 둘 다 타고난 연예 감각을, 라디

....

26 〈중성衆星이 싸고 도는 각계의 제 일인자〉, 《매일신보》, 1935년 1월 3일자.

오의 소리가 열어놓은 내셔널한 소리문화와 결합하는 적극적인 자기 육화의 자세를 보여주었다. 소리의 대중적 상품화와 하향화라 부를 만한 두 걸출한 엔터테이너의 부상과 스타성은, 신불출의 〈익살맞은 대머리〉가 레코드 시장에서 공전의 히트를 치며 만담 붐의 창시자가 되었다는 사실로도 재확인된다. 라디오의 소리가 데파트처럼 모든 것을 다 가능하게 하는 만능 기계로서의 면모를 지니고 있었듯이, 두 사람의 만능 엔터테이너로서의 자질은 라디오 문명 시대에 부합하는 스타성을 갖고 있었던 것이다. 이러한 소리문화의 급속한 성장세는 잡다와 저가, 재미와 효용이라는 대중문화의 전반적인 추세와 경향을 함께하며 활자매체와 동시적으로 대중문화와 대중'상'의 전형적인 표상으로 자리잡게 된다.

　라디오의 소리가 중앙 일간지의 활자'화'로, 이 활자'화'가 다시 라디오, 레코드, 야담 공연으로 이어지는 이 활자와 소리 간의 혼종은 소리의 활자'화'와 활자의 소리'화'를 이끌게 된다. 신불출과 윤백남이라는 두 엔터테이너는 소리와 활자의 이종 교배와 혼종이 낳은 시대적 산물이었던 셈이다. 야담과 만담으로 대표되는 소리문화의 창출과 확장은 야담과 만담 간의 합동공연을 이끄는 배경이 되었다. 《동아일보》와 《조선일보》 및 《매일신보》 등은 야담만담대회를 적극 지원하고 유치함으로써 독자위안대회를 겸했다. 그런데 윤백남과 신불출의 합동공연은 거의 찾아볼 수 없는 반면, 신불출이 유추강, 신정언 등의 다른 야담가와 야담만담공연을 함께했다는 기사는 자주 눈에 띈다. 이는 윤백남과 신불출 각자가 지닌 엔터테이너 기질이 다른 사람의 도움을 필

해방 후 태극기 모욕사건으로 군정재판에
회부된 신불출의 유명한 태극기 '만담'

신불출의 〈익살맞은 대머리〉 광고

요로 하지 않을 만큼 뛰어났음을 말해준다.[27]

　신불출이 극단 활동가에서 만담가로 변신한 이유는, 그가 직접 그 이유를 털어놓은 다음 인용문에 상세히 설명되어 있다. 그는 "야담은 주로 야사를 중심으로 한 고담을 내용으로 하는 것임에 반하여, 만담은 주로 현대를 중심으로 한 실담을 내용"으로 한다고 하여 야담과 만담을 구별하고, 이의 서로 다른 기원과 용법을 설명한다. 더하여 그는 "국민의 팔 할은 무식하니라 하고 말한 어떤 대정치가의 말을 오로지 승인하지 않을 수 없는 우리 처지에서 하물며 가갸거겨(한글)를 금일에야 배우고 있는 조선에서 신문과 잡지도 필요하겠지만 〈말〉로써 세상을

....

27　신불출은 일인 공연은 물론, 동료 만담가 및 야담가와의 합동공연을 자주 개최했다. 그 한 예가 "평양 축구계의 왕좌를 차지한 천진에 원정하여 쾌적을 남긴 평양축구단에서는 금춘을 기하여 보람 있는 활약을 꾀하고자 동 축구단 후원회에서 그 원정비 조달에 부심하던바 야담 · 만담계의 인기를 차지하고 있는 유추강, 신정언, 신불출, 황재경 제 씨의 찬동을 얻어 신춘야담만담대회를 팔일과 구일 밤 일곱 시부터 부민관 대강당에서 개최"한 《조선일보》, 〈원정비 조달하고자 야담만담대회. 사계의 거성 사四씨 출연. 본보 독자 특별할인〉, 1938년 2월 8일자 기사이다.

윤백남의 야담대회와 운집한 관중들

신불출의 야담만담대회를 알리는 광고

좌우할 수 있는 〈웅변〉의 힘을 너무도 절실하게 필요"로 한다고 주장하며 이 '웅변'의 힘을 통해 대중을 교화, 계몽하고자 했다. 이의 한 방식이 만담이었다는 점에서, 윤백남과 상통하는 대중문화와 대중'상'을 드러낸다.[28] 신불출이 지적한 대중문화와 대중'상'은 야담만담의 전성기를 이끈 추동력으로서 식민지 조선의 내셔널한 소리문화를 형성하고 정착시키는 데 일조했다.

만담漫談은 원래 조선에는 없었던 것입니다. 소위 재담이란 것이 있기는 하였으나 그것은 이 〈만담〉과는 아주 비견도 못할 만치 본질적으로 다른 것이외다. 이 재담이란 것은 아마 동경에 있는 만세萬歲라고 하는 것과 비슷한 다만 웃음 본위로 공허한 내용을 가진 것입니다. 그럼 이 〈만담〉이 어디

....

28 신불출, 〈웅변과 만담〉, 《삼천리》, 1935년 6월, 107쪽.

서 비롯된 것이냐 하면 그 고향을 일본에다 두고 있는 것인데, 동경에서도 이 〈만담〉이 시작된 지가 불과 5년이라는 짧은 역사를 가진 것입니다. 만담이 동경에서 처음 발생된 동기는 낙어落語나 만세萬歲나 강담講談 따위와 같은 혹은 너무 저급하고 혹은 너무 완고한 다 낡은 재래 예술형식의 전통을 깨뜨려 버리고 여기에 대립이 될 만한 가장 참신하고 가장 경쾌 명랑한 표현형식인 무대예술로 마련된 것입니다.

필자는 조선에다가 만담을 처음 수입시켜 놓은 사람의 하나올시다 만은 결단코 대십사랑大辻司郎 류類의 〈만담〉을 그대로 모방한 것이 아니니 필자가 일찍 엄청나게도 불리한 객관적 정세의 아래 각각으로 위미부진萎薇不振하는 조선극계를 떠나 그렇게 까다롭지 않고도 될 수 있음직한 좀 더 새롭고, 조촐한 돈 안 들이고도 손쉽게 될 수가 있는 무대형식이 하나 없을까 하고 서양것을 책자에서 연구해 보고 중국이나, 동경 것을 직접으로 실제 견학도 하여 본 결과, 드디어 이 〈만담漫談〉이란 것을 창안해 가지고, 비로소 조선에다 그 첫 시험을 해 받던 것입니다. 오늘은 신문잡지시대라고 하지만 필자는 조선은 웅변시대라고 하고 싶습니다. 국민의 팔 할은 무식하니라 하고 말한 어떤 대정치가의 말을 오로지 승인하지 않을 수 없는 우리 처지에서 하물며 가갸거겨(한글)를 금일에야 배우고 있는 조선에서 신문과 잡지도 필요하겠지만 〈말〉로써 세상을 좌우할 수 있는 〈웅변雄辯〉의 힘을 너무도 절실하게 필요한 것이라고 봅니다. 세계가 시방 인본주의 문명시대로 추이하면서 있는 오늘날 시대의 추이를 솔직히 대표하는 웅변가가 나와서 캄캄한 세상 벌판에다가 새벽종을 울려주기 바라마지 아니합니다.[29]

....

29 신불출, 위의 글, 106-108쪽.

윤백남과 신불출이라는 두 걸출한 스타 연예인의 탄생, 그리고 확산되는 소리문화가 가져온 내셔널한 소리의 공통감각은 이를 충족시킬 수 있는 옛이야기의 상품화를 초래했다. 소리문화의 확대가 그 새로운 소재가 될 이야깃거리로 향하게 되는 것은 너무나 자연스러운 현상이기 때문이다. 제2조선어 방송의 확대 편성이 야담 방송의 늘어나는 수요 창출과 더불어 전문 이야기꾼으로서 야담가를 필요로 한 것과 동궤에서, 매일매일 반복되는 흘러가는 라디오 소리의 일회성은 같은 포맷의 다른 이야깃거리를 끊임없이 요구했던 것이다.

　　제2조선어 방송의 초대 과장이었던 윤백남 자신이 연속야담으로 야담 방송의 단골 연사였거니와, "지금 라디오 방송에서 제일 인기를 끄는" 것은 "일본의 강담을 본떠서 만든 야담"인데, "엉터리야담"도 많다고 하는 비난을 불러일으켰다. "귀신타령, 도깨비타령, 허무맹랑한 재료를 방송하는 수도 있어 웃음을 웃게 하거니와 이런 패는 서적을 멀리하고 운이 좋아 방송을 하게 되었는지 모르나 앞으로 이들의 몰락이 목전에 보이는 것이요, 이미 JODK에서는 사라져"가고 있다는 진단은 라디오방송의 확장된 소리감각이 빚어낸 전문성의 요구를 동반했다.[30] 이러한 소리감각의 새로운 변화들, 즉 전문성에 대한 요구는 식민지 조선 최초의 야담전문지가 윤백남의 손에 의해 나왔다는 사실에서도 시사되는 바 크다. 윤백남이 이끈 소리문화의 대중적 하향성은 야담전문지의 활자'화'를 통한 내셔널한 소리감각과 접속하고, 이는 다시

---

30 안테나 생, 〈라디오는 누가 제일 잘하나〉,《조광》, 1936년 1월, 276쪽.

連續怪談
竹林의 魂
朴寛成

二四五十年前 孝宗時代에住何
命錦胃少年時代의 이야기다
그는 早失 父母하고 名勝曲景을
周遊하는中 全羅州地方에이르러
人馬不通케되고 그곳의損害가
막다 女子의幽靈에 누가
마다 女子의幽靈에누가
人馬不通케되고 그곳의損害가
竹林魂을불더가다
방하村舍를들려가다
그고村舍들불러오가지고
불이요하준비부터는
지고되라 마음더있게
復讐되었으며 少年金錦胃의功
勞가청승되안는이 怪談중의一席

'9'시 방송의 윤백남의 연속야담 〈인조반정〉에 대한 프로그램 안내

라디오 방송으로 전파를 탄 연속괴담 〈죽림의 혼〉에 대한 줄거리 소개

활자'화'되는 유통과 교환의 회로망이 만들어진 것이다. 대중문화의 존속 기반이 이러한 정보의 유연한 흐름을 보장하는 것으로부터 비롯된다고 할 때, 윤백남의 야담전문지는 흡사 일본의 고단샤講談社가 발행한 《강담구락부講談俱樂部》 및 《킹》과 동일 계보에서 유사한 역할과 위상을 갖고 있었다고 할 수 있다.

윤백남이 주도한 식민지 조선 최초의 야담전문지 《월간야담》은 1934년 9월에 창간할 예정이었다. 하지만 "준비의 부족도 있었고 출판의 차지差運"로 인해서 1934년 10월에서야 창간호를 낼 수 있었다.[31] 《월간야담》의 창간에 대해서 《조선일보》는 〈새로 나오는 잡지 〈월간야담〉 출래出來〉에서 "야담전집을 방간하여 수많은 독자를 포섭하고" 있던 계유출판사에서 《월간야담》을 발행하기로 되어 이미 8월 창간호가 나왔는데 쓸쓸한 우리 생활에 명랑한 기분을 북돋아주자는 것이 주요목적이라는 바" 매호 백 페이지 내외에 정가는 20전이라는 사실을

....

31 〈사고〉, 《월간야담》, 1934년 10월, 48쪽.

전한다.[32]

《조선일보》가《월간야담》이 8월에 이미 창간되었다고 한 것은 명백한 오보이다. 계유출판사가《월간야담》의 창간 소식을 8월에 신문광고로 알린 것이 오보의 원인이 된 듯하다. 계유출판사는《월간야담》에 앞서 1934년 3월에 '조선야사전집'을 간행한다. 이 전집도 윤백남이 주도해서 만들었는데, 총 12권에 이르는 '조선야사전집'은 발간되자마자 학계와 대중들에게 좋은 평판을 얻었다.[33] "옛이야기를 기록한 서적"을 추천해달라는 독자의 요구에 기자가 서슴없이 "계유사 발행의 조선야사전집"을 권하는 것을 보아도 '조선야사전집'이 갖는 무게감을 느낄 수 있다.[34] 황욱이 〈논저를 통해 본 조선학계의 수확〉에서 "비록 정사는 아니요 야사"이지만 '조선야사전집'의 출간이 사학계의 큰 수확이라고 한 것에서도 학계의 반응 역시 좋았음을 알 수 있다.[35]

윤백남이《월간야담》의 창간에 앞서 식민지 조선의 출판 사정상 쉽게 간행하기 힘든 전집을, 그것도 문학전집이 아닌 야사전집을 낸 것은 당시 옛이야기의 수요와 맞물린 절묘한 선택이었다. '조선야사전집'은 "야사는 류가 다多함에 비하여 입수키 난하고 또 상당한 금액을

....

32 〈새로 나오는 잡지 〈월간야담〉 출래出來〉,《조선일보》, 1934년 8월 15일자.

33 총 12권으로 계획된 '조선야사전집'은 그러나 비용 면에서 수지가 맞지 않았고, 한문을 한글로 병용하여 쉽게 풀이한다는 취지와는 달리 토만 달아놓은 것에 불과해 어렵다는 비난을 받고 중도에 좌절되었다. 더욱이 윤백남이 1937년 만주 화북으로 이주하면서 '조선야사전집'도 진척을 보지 못한 채로 해방을 맞았다.

34 〈응접실〉,《동아일보》, 1936년 4월 16일자.

35 황욱, 〈논저를 통해 본 조선학계의 수확〉,《동아일보》, 1935년 1월 5일자.

계유출판사의 '조선야사전집'의 선전 광고

전집명	권수	출판사	발행기간	발행부수
現代日本文學全集	63권	改造社	1926년 12월~1931년	26만
世界文學全集	57권	新潮社	1927년 3월~1930년	40만
世界大思想全集	60권	春秋社	1927년~1933년	10만
明治大正文學全集	10권	春陽堂	1927년 6월~1932년	15만
日本戲曲全集	50권	春陽堂	1928년~1931년	
現代大衆文學全集	40권	平凡社	1927년 5월~1932년	
世界美術全集	36권	平凡社	1927년~1932년	
新興文學全集	24권	平凡社	1928년~1930년	
近代劇全集	43권	第一書房	1927년 6월~1930년	
日本兒童文集	76권	アルス	1927년 5월~1930년	30만
小學生全集	88권	興文社	1927년 5월~1929년	30만
マルクス·エンゲルス全集	20권	改造社	1928년~1930년	

일본 '엔본' 전집과 판매 양상에 대한 도표

요할 뿐 아니라 비록 그 책을 얻었다 하더라도 문장이 난삽難澁하여 해
독키 어려운지라 이제 본사는 다대한 희생을 아끼지 아니 하고 여러
사가에게 위촉하여 언문으로 토를 달아 읽기에 편케 하고 해득에 편
케 하고 매삭 1부 배포 12개월 완료의 월부판매계획"을 세웠다고 밝혔
다.[36] 이는 계유출판사의 '조선야사전집'이 일본의 엔본과 동일한 판매

....

36 〈제 일회 조선야사 전집에 대하여〉,《동아일보》, 1934년 3월 16일자.

전략을 택했음을 말해준다.

1장에서 말했다시피, 일본의 가이조샤改造社와 헤이본샤平凡社 모두 월간잡지와 같은 판매 방식으로 엔본을 판매했기 때문이다. 예약독자에 한해 1엔의 저렴한 가격으로 매달 한 권씩을 정기적으로 전달하는 엔본의 월간잡지'화'는, 예약고객을 확보하면서 동시에 매달 새 책을 받아본다는 뿌듯함을 줄 수 있었다. 고객의 부담은 줄이면서도, 저렴한 가격으로 누구나 자신의 서재 한 켠을 전집으로 채울 수 있다는 기쁨이야말로 특권계급의 해체를 부르짖으며 일반대중의 시대를 선언한 다이쇼 데모크라시의 대중문화 시대에 들어맞는 판매 전략이었던 것이다. 이러한 엔본의 성공적인 판매 방식을 윤백남은 기꺼이 차용했다. 그는 '조선야사전집'의 엔본화와 《월간야담》의 이른바 고단샤講談社의 《강담구락부講談俱樂部》와 《킹》화를 식민지 조선에 도입한 셈이었다.

'조선야사전집'의 '엔본'화를 성공적으로 식민지 조선에 도입한 윤백남은 뒤이어 《월간야담》을 창간하게 된다. 《월간야담》의 창간은 '조선야사전집'의 판매 전략과 동일선상에서 이루어진 것이었다. 왜냐하면 '조선야사전집'은 예약독자들에 한해 매달 한 권씩 정기적으로 전달되었고, 이는 '조선야사전집'을 받아보듯이 《월간야담》을 매달 한 권씩 받는다는 점에서 다를 바가 없었기 때문이다. 더구나 '조선야사전집'을 살 정도로 역사나 야담에 관심이 많은 독자라면 《월간야담》도 정기적으로 구매했을 가능성이 크다. 따라서 윤백남은 '조선야사전집'과 《월간야담》의 '투 트랙' 전략으로 야담에 대한 대중적 수요를 창출하는 동시에 이를 활용하는 엔터테이너로서의 면모를 확실히 발휘하게 된다.

이러한 기획력에 힘입어서인지 《월간야담》은 잡지로서는 큰 성공을 거두었다. 식민지 조선의 잡지 "대개가 3호를 간신히 내고 자빠지는 현황"에서 《월간야담》은 그 자신의 표현대로 "조선 출판계에 있어 그만하면 기초가 확립된 것이라는 보장을 내릴 수 있는" 독자대중의 지지와 성원을 받았다. 1934년 10월 창간호를 시작으로 《월간야담》은 1939년 10월호까지 통권 55호를 낸 식민지 조선의 잡지로서는 이례적인 장수를 기록했다. 《월간야담》이 실제로 얼마나 판매되었는지는 당대의 정황상 파악하기 힘들지만, "만 천하의 독자의 지지를 농하여 축일逐— 발전하옵는바 신독자로 기위既爲 발간된 창간호 이하 우금于今까지의 것을 요구하시는 주문이 쇄도하므로 금반에 지형이 유有하온 제2호로 9호까지를 5백부 한정판으로 재판"한다는 안내문을 1935년 7월의 통권 10호 첫 페이지로 내보낸 것으로 보아 그 인기가 상당했음을 짐작할 수 있다.[37] 이러한 《월간야담》의 고무적인 성적에 자극받아 1935년 11월에 창간된 야담전문지가 김동인이 주재한 《야담》이었다.

《야담》은 김동인의 주간 아래 "문예, 야담, 역사, 취미의 종합잡지"로서, "최독견, 이광수, 윤백남, 전영택, 방인근, 김안서, 류팔극, 기타 문단 야담계 거장 제 씨의 후원"을 받아 "건전한 취미를 목표로 하여" 발간되었다고 《조선중앙일보》는 〈취미잡지 '야담' 금월 하순에 창간〉이라는 제목으로 보도하고 있다.[38] 1934년과 1935년에 연이어 창간된 두 야담전문지의 출현은 당대 대중출판계에 파문을 던졌다. 야담의 대중적 인기는 이미 그전부터였다 하더라도, 야담전문지라는 타이틀을 내

....

37 〈월간야담 제 10호 출래出來에 제하여〉, 《월간야담》, 1935년 10월, 1쪽.

38 〈취미잡지 '야담' 금월 하순에 창간〉, 《조선중앙일보》, 1935년 11월 5일자.

걸고 출판계에 본격적으로 뛰어든다는 것은 이와는 또 다른 차원의 문제였기 때문이다. 대중출판계는 이 야담전문지의 출현과 약진에 기대와 우려가 뒤섞인 복잡한 시선을 보낸다. 야담전문지는 비단 잡지계의 일 현상으로 그치는 것이 아니라 이를 둘러싼 대중의 달라지는 지적 욕구와 소비 패턴을 보여주는 바로미터가 되었다는 점에서, 이 두 잡지를 바라보는 당대의 시선은 편치만은 않았던 것이다.

《월간야담》과 《야담》은 이러한 당대 분위기와 시선을 의식해서인지, 그 창간이 갖는 의미를 공통되게 '조선적인 것'에서 찾는다. 조선적인 것, 내셔널한 소리의 공통감각이 이러한 활자매체의 응답으로 상호 공명한 셈이었다. 《월간야담》이 〈권두언〉에 "조선 재래의 정서에 잠겨보자. 그리하여 우리의 잊어진 아름다운 애인을 그 속에서 찾아보자."고 하여 '조선적'인 '정서'에 더 중점을 두고 있다면, 김동인이 주간한 《야담》은 "문예, 창작, 옛말, 사화, 일화 등등에서 순전히 취미 있고 이야기로 될 만한 것만"을 선택하여 실었다는 '이야기(서사)'에 일층 더 강조점을 둔다. '조선적' '정서'이든 '조선적' '이야기'든 그 기저에 흐르는 이러한 내셔널한 대중의 소비감성과 욕구는 두 야담전문지가 탄생할 수 있었던 배경이었고, 두 야담전문지는 대중의 내셔널한 소비감성을 파고들면서 이를 유통하고 소비할 수 있는 회로망을 구축했다. '조선적인 것'에 대한 당대 대중의 변화되는 소비감성을 매개하는 이 두 야담전문지의 활약상은 김태준이 말한 바 한편으로 "〈레코드〉 회사를 상대로 하여 유행가 문제에 잔소리를 하여도 소용이 없음과 같이", 다른 한편으로 "이들의 상업적 야담"이 "극장에 방송국에 가두에 진출"하고 "《월

간야담》《야담》등"의 잡지 발행으로 이어지는 사태로서 귀결되었다.[39]

상업적 발로의 산물로서 여겨진 이 두 야담전문지는 "일부의 문사들이 생활"의 방편으로 삼기 위한 전반적인 조선 문화의 타락으로 인식되었지만, 여기에는 김동인이 밝힌 "조선 사람은 문학작품을 읽을 만한 정도에 이르지 못"했으며 따라서 "우선 조선 사람에게 많이 읽힐 글"을 써야 한다는 대중에 대한 자의식도 동반되고 있었다.[40]

가을이다. 하늘은 높고 물은 기리 맑다. 그리고 벗을 등하에 짝할 때가 왔다. 이 적은 〈월간야담〉은 때의 정기와 때의 리利를 얻어 분마치공奔馬馳空의 열로 여러분의 품에 안기려 한다. 우리의 기도는 크다. 얄팍한 현대문명으로서 두툼한 조선 재래의 정서에 잠겨보자. 그리하여 우리의 잊어진 아름다운 애인을 찾아보자.[41]

문예, 창작, 옛말, 사화史話, 일화逸話 등등에서 순전히 취미 있고 이야기로 될 만한 것만을 편집하였으니 장래의 방침도 그러합니다. 여러분은 여행을 가시려고 기차에 오르실 때에 지리한 기차 여행의 시간을 보내기 어려워서 책사의 점두를 기웃거려 본 일이 없었습니까? 사랑하는 아드님 혹은 손주님이 옛말을 하여 달랠 때에 할 말이 없어서 그 대신 꾸중을 하여본 일이 없습니까. 친구끼리 모여서 이야기를 할 때에 당신의 차례에는 이야기의 재

....

39 김태준, 〈야담에 대하여〉, 《비판》, 1936년 4월, 134쪽.

40 김동인, 〈김동인에게 야담夜談을 듣는다〉, 《신인문학》, 1936년 3월, 95쪽.

41 윤백남, 〈권두언〉, 1934년 10월, 9쪽.

료가 없어서 얼굴을 붉혀 본 적이 없으십니까. 혹은 가을 겨울의 긴 밤과 여름밤의 녹음 아래를 소일이 없어서 무위히 보내신 적은 없습니까. 젊은 내외분끼리 서로 할 이야기가 없어서 소위 결혼 권태기를 한탄하여 보신 일이 없습니까. 그밖에도 거기 유사한 일이 많거니와 이 책은 그런 때에 여러분께 만족을 드리고자 편집한 것이올시다. 취미, 취미 가운데도 건전치 못한 취미가 많음을 통탄하여 건전한 잡지를 만들려고 꾸며낸 것이올시다.[42]

'조선적인 것'에 대한 대중적 소비욕구의 분출로서 《월간야담》과 《야담》 두 전문야담지의 창간은, 잡지를 정기적으로 간행하는 물적 조건으로서 이야깃거리의 대량생산과 소비를 필요로 했다. 야담 공연이 지역을 순회하는 방식으로 레퍼토리의 반복적 구연과 상연을 할 수 있었다면, 월간잡지로서 두 야담전문지는 야담의 반복적 레퍼토리가 아니라 매달 일회적으로 소비되는 새로운 이야깃거리를 지속적으로 재생산해야만 했다. 라디오의 소리가 지닌 반복적 일회성과 흡사한 두 야담전문지의 같은 포맷의 다른 이야깃거리들은, 만성적인 필자 및 원고 부족에 이 두 야담전문지가 시달려야 했던 원인이기도 했다. 후발 주자인 김동인의 《야담》은 "문단과 야담계의 거성들"이 "적극적으로 후원하여 주시기를 약속"했다는 공언으로, 《월간야담》에 비해 상대적으로 뒤처진 대중적 인지도와 명성을 만회하고자 했다.

하지만 사실 《월간야담》과 《야담》의 필진은 그리 차이가 나지 않았

....

42 김동인, 〈선언〉, 1935년 10월, 154쪽.

다. 《월간야담》과 《야담》의 출처가 되는 고전야담집들을 읽으려면 한학적 소양이 있어야 했고, 이를 당대 독자들의 수요에 맞춰 현대적으로 각색할 수 있는 역량을 갖춘 필자란 기본적으로 제한적일 수밖에 없었기 때문이다. 《조선일보》의 〈문화토의실〉은 "조선의 야담이 언제부터 시작되었으며 그 발달의 경로가 어떤지"를 묻는 독자의 질문에 대해, "김진구 씨가 고故 김옥균 씨의 일생기를 구연한 것이 있었는데 김옥균 전기는 현대 인물전이므로 아직 야사 중의 사실은 아닌" 반면, "소화昭和 7년경에 윤백남, 신정언 양씨가 비로소 방송국 마이크를 통하여 그 야사문헌을 방송하게 된 것이 오늘날 야담계의 제 일보"를 내딛게 되었음을 상세히 설명한다. 이 기사에 따르면, 야담은 '야사' 문헌에 그 출처를 둔 것이어야 하고, 이런 점에서 김진구의 야담은 엄밀히 말해 야담으로 볼 수 없다는 선택적 배제가 발생하게 된다. 김진구가 야담'운동'으로 제창하고자 했던 근세사에 기반한 '야담'의 모습과는 상당히 거리가 먼 이 발언에서, 야담의 문헌 중심주의로의 경도를 엿볼 수 있다.[43]

야담이 "창작소설"과는 다른 고전문헌에 입각한 현대적 각색이어야 한다는 발상은 김진구에 이어 등장한 윤백남과 신정언, 차상찬, 유추강, 권덕규, 김탁운, 오상근 등의 야담가를 틀짓는 전문적 분화에 해당한다. 라디오방송의 내셔널한 소리의 공통감각이 이러한 야담가의 전문적 분화를 추동하고, 야담의 모습과 인식에도 일정한 변화와 차이를 새겨놓게 된 것이었다. 윤백남은 이 점을 유독 강조했는데, 그가 야

....

43 〈문화토의실〉, 《조선일보》, 1940년 3월 13일자.

《야담》의 〈이 권위 있는 필진들을 보라〉 | 《야담》 창간호 표지

담가의 필수조건으로 든 "일, 전문적으로 또는 상식적으로 해박한 학식이 있어야 할 것. 이, 상당한 성량과 건강이 있어야 할 것. 삼, 교묘한 화술이 있어야 할 것"은 "간단히 말하자면 야담은 사화인 것을 잊어서는 안 될 것이요, 다음으로 야담가가 되려면 지금의 현상으로서는 (일) 한문 (이) 화재話才 (삼) 성음聲音 명랑"한 것을 든 〈문화토의실〉의 야담 및 야담가에 대한 설명과 일맥상통한다. 윤백남이 "야담이라는 말을 싫어"해서, "사화史話라는 말"을 쓰려고 했다는 일화는 야담과 야담가의 일차적 조건을 고전문헌에 두는 그의 전문적 직업의식을 짐작케 하는 부분이다.

이러한 그의 인식이 '조선야사전집'의 간행으로 구체화되었으며, 《월간야담》의 기본적인 편집 방침도 결정했다고 할 수 있다. "사실에 밝고 그리고 글을 잘 써야 하는" 조건을 갖춘 필자가 "문단에서도 그리 많지" 않은 현실은 종종 "우리 월간야담처럼 원고를 얻기에 힘든 잡지"도 없을 것이라는 〈편집후기〉의 고충으로 표출되었다.[44] 이처럼 사실에 밝으면서도 글을 잘 쓰는 전문적인 야담(창작)가를 구하기가 힘들다는 매호의 고충담은 그럼에도 "건실한 독물, 재미있는 이야기, 하나도 휴지통에 버리지 못할 기사"라는 세 가지 모토 하에서 점차 그 내용의 충실을 기하고 있다는 자부심과 다짐으로 연결되었다.[45] 이러한 〈편집후기〉와 아울러 《월간야담》 특유의 다음 호 예고는 "사실에 밝고 그리고 글을 잘 써야 하는" 조건에 부합하는 연재물이 실리게 될 경우, 이를 대대적으로 선전하여 《월간야담》의 야담전문지로서의 고유성을 각인시키고자 했다. 가령 〈〈인조반정〉 연재 예고〉를 알리는 다음의 선전 문구가 그러하다.

본사의 전 능력을 경주하여 《월간야담》을 간행한지 이미 이재貳載에 전선 애독자의 총애를 다몽多蒙하와 그 후의의 만일이라도 보답코자 하는 미충微衷으로 지면의 충실을 무도務圖하기로 하옵고 홍효민 씨의 걸작 《인조반정》의 장편을 축호逐號 게재코자 합니다. 전호에 이미 예고하온 윤백남 씨 작 《해도곡海島曲》은 아직 탈고를 하지 못하였음으로 이제 사상로맨스의 수일秀逸 《인조반정》을 대신 게재하게 되었습니다. 작자 홍효민 씨는 문예평론가로 이미 정평이 있는 대가이니만치 동씨의 처녀작이라고 일컬을 만한 이 야담은 바야흐로 만천하 독자의 갈채를 박득博得할 것을 굳게 믿습니다.

....

44 〈편집후기〉, 《월간야담》, 1935년 5월, 128쪽.

45 〈편집여기〉, 《월간야담》, 1935년 3월, 133쪽.

《작자의 말》 이러한 장편, 더구나 인조반정이란 사상의 일대 사실을 야담화 소설화시킨다는 것은 다대한 노력과 천분이 필요될 것은 물론이려니와 고실故實과 전례에 많은 고사考査가 절대 필요합니다. 이러한 대사업을 본인과 같이 미력한 자가 감히 붓대를 든다는 것이 모험일 것 같습니다마는 작지불이作之不已 내성군자乃成君子란 의기로 붓대를 들기로 했습니다. 권모술수의 전당이요, 애욕갈등과 정권쟁탈의 일대 파노라마를 다행히 그리어 냄에 유감이 없을는지 스스로 위구의 마음이 솟지 않을 수 없습니다.[46]

《월간야담》이 보여주는 다음 호 예고가 한편으로 "고실과 전례"에 대한 철저한 검토, 다른 한편으로 "애욕갈등과 정권쟁탈의 일대 파노라마"라고 하는 사실성과 이른바 대중성 사이를 유동하는 작품들을 전면화한 데는 야담전문지로서 《월간야담》의 고유성을 각인시키려는 의도가 컸다. 《월간야담》의 이러한 두 가지 전략은 《월간야담》이 "역사적 기담만재奇談滿載"를 표제로 내건 사실에서도 증명된다. 2권 4호(1935년 4월호)를 기점으로 《월간야담》은 윤백남의 〈권두언〉을 싣던 체제에서 탈피해 "역사적 기담만재"와 "윤백남 책임편집"을 부각하는 쪽으로 변화를 꾀한다. 2권 3호의 〈권두언〉은 "조선 재래의 정서"라고 하는 창간호의 막연한 '조선적인 것'에 대한 향수를 "오늘이 없고 어찌 내일이 있으며 어제가 없이 어찌 오늘이 있으며 따라서 내일을 알고자 하는 자는 먼저 오늘을 살펴야 할 것이요, 오늘을 살피고자 할진대 먼

....

46 〈〈인조반정〉 월간야담 통제 16호로부터 연재예고〉, 《월간야담》, 1935년 12월, 1쪽.

저 어제를 돌이켜 보지 않을 수 없다."는 말로 "야담의 존귀"를 강조하는 초점의 이동을 보여준다.

야담의 역사적 의미가 강조되는 2권 3호의 〈권두언〉이 "이미 굴러온 수레바퀴의 자취를 살피는 첩경이니 혹은 역사상의 인물을 들추고 혹은 현대사회의 흥미 있는 기담, 일화를 캐어 그 속에서 주옥을 가리어 내자"고 하는 다음 호의 예고편 격이 되는 것은 이 때문이다. "옛사람의 생활 또는 현대생활 가운데에서 주옥을 가려내어서 내일의 생활의 주옥을 지어"내는 데 《월간야담》의 생명이 있다는 이 〈권두언〉을 기점으로 하여, 《월간야담》은 2권 4호부터 "역사적 기담만재"를 슬로건으로 하는 체제상의 변화를 꾀하게 된 것이다.[47] 역사적 기담을 중심으로 삼겠다는 《월간야담》의 성격 천명은, 그 소재를 "야승野乘 중에서 재미있는 것만"을 택한다는 편집 방침으로 재확인되었다. "현대적 물어物語도 싣는 것이 여하이냐는 조회"도 많았지만 "우선은 야승에 있는 것을 모조리 하고 나서" 고려하겠다는 〈편집후기〉가 이를 뒷받침한다.[48] 《월간야담》의 야담전문지로서의 고유한 면모는 '역사적'이라고 하는 이른바 조선의 내셔널한 공통감각과 '기담만재'라는 대중성이 혼합된 결과였음을 "역사적 기담만재"라는 압축적 슬로건은 잘 보여주고 있다.

《월간야담》이 추구하는 "역사적 기담만재"는 고전문헌에 실린 이야깃거리를 향한 발 빠른 행보를 가속화했다. 옛이야기의 대량생산과 소비의 필요성이 이러한 문헌에 대한 집착을 더욱 강제하는 형국이었다.

....

47 〈권두언〉, 《월간야담》, 1935년 3월, 1쪽.

48 〈편집여묵〉, 《월간야담》, 1935년 1월, 137쪽.

"역사적 기담만재"를 내건 《월간야담》

《월간야담》의 '다음 호' 예고. 예고편을 잘 활용한 독자의 흥미유발 전략

《월간야담》이 "역사적 기담만재"라고 하는 일종의 역사적 사실에 정초한 재미와 효용의 추구를 잡지의 고유한 원리로 삼는 한, 옛이야기를 향한 상품화의 욕구는 경쟁사인 《야담》의 존재로 인해 더 강화될 수밖에 없었던 것이다. 윤백남은 "나의 머리는 근래 과학과 체계가 있는 학문을 싫어함이 더욱 늘어가는 것 같다. 그래서 닥치는 대로 동서의 잡서를 읽는다. 물론 그 중에는 보옥도 있고 허접 쓰레기도 있다. 하여간 흥취가 있는 것이면 조촐하나마 붓대를 고쳐 잡아 이것을 우리의 말로 옮겨놓을까 한다."며 이러한 옛이야기의 대중적 상품화를 개인의 취향인 양 정당화했다.[49]

윤백남이 보이는 옛이야기에 대한 이러한 무차별적인 관심과 애호

49 윤백남, 〈가런사십랑可憐杜十郎〉, 《월간야담》, 1936년 12월, 2쪽.

윤백남의 닥치는 대로 '잡서' 읽기와
야담'화'

윤백남의 남다른
서적 취향의 서재

는《월간야담》이 참조한 다양한 출처의 문헌으로도 증명된다. 조선의
대표적인 야담집으로 알려진《청구야담》과《어우야담》,《계서야담》
은 물론이고《천예록》,《동패낙송東稗洛誦》과《동야휘집》그리고 중국
의 야담집과 풍물기, 심지어 조이스의 소설까지 그 진폭은 대단히 넓
었다.《월간야담》이 애초 야승 중에서 재미있는 소재를 택하겠다고 했
지만, 옛이야기의 필요성은 "옛사람의 생활 또는 현대생활 가운데에서
주옥을 가려내어서 내일의 생활의 주옥을 지어"내는 데 효과가 있다고
여겨지면 무엇이든 차용될 수 있는 여지를 열어놓았기 때문이다. 이러
한 옛이야기의 현재적 효용과 재미는 〈독자투고〉와 〈현상공모〉로 반
영되었는데,《월간야담》의 〈독자투고〉와 〈현상공모〉는《월간야담》
의 옛이야기의 대량생산과 소비를 지탱하는 한 축이었다.

　〈독자투고〉는《월간야담》의 "역사적 기담만재"를 공유하는 독자 참여의 장으로, 이는 잡지와 독자 간의 공통회로를 마련했다. 독자 투고란이 활성화되면, 독자는 잡지의 참여주체로서 그 공통된 소속감을 향유할 수 있다. 이러한 잡지와 독자 간의 공통 귀속과 참여의식이 더욱 적극적으로 발현된 장이 〈현상공모〉였다. 〈독자투고〉가 상시적인 방식으로 독자의 참여를 보장하고 촉진하는 장이었다면, 〈현상공모〉는 독자의 참여의지를 소비주체가 아닌 생산주체로 더 확장시키는 방식이었다. 자사 독자를 위한 세심한 배려와 관심의 표시로서 〈독자투고〉와 〈현상공모〉는 《월간야담》의 만성적인 원고난 해소에도 일정 부분 도움을 주었다. 실제로 《월간야담》은 "금金일백 원 현상 원고 대모집"을 내걸고 제4권 2호(1937년 2월호)의 〈이등당선야담〉을 필두로 가작까지 총 3회에 걸쳐 잡지의 첫머리에 내보내는 파격적인 구성을 선보였다. 《월간야담》의 〈현상공모〉가 갖는 의미는 부족한 원고난의 해소라는 측면도 없지 않았겠지만, 그보다는 "응모하신 분은 불과 몇 분 그도 채택할 만한 것이 없었으니 실로 유감"이라는 〈편집후기〉의 발언으로 증명되듯이, 독자의 참여를 지면화함으로써 독자의 충성심과 자긍심을 높이는 효과적인 방안이었다. 이는 "이것만 보더라도 야담이 여하히 독특한 생명을 가졌다는 것을 알게 되며 또한 매일같이 그 아기자기한 수다數多 각편各編의 야담을 집필하시는 제 선생들의 노고 및 바쁘신 선생님들의 원고를 모아 이 한 권을 만들어내어 여러분 앞에 나가기까지"의 수고로움을 강조하는 뒤이은 발언에서 재확인된다.[50]

....

50 〈편집여적〉, 《월간야담》, 1936년 10월, 130쪽.

《월간야담》의 〈현상공모〉 당선 작품 및 당선자

현상공모 당선자	당선 작품명	등수 및 통권 회수
이홍종	눌제訥齊의 쾌사	이등작, 1937년 2월
이건표	대인의 금도襟度	삼등작, 1937년 3월
송강	낙일落日	가작, 1937년 4월

 《월간야담》이 "독자 제씨께 미의나마 성의를 표하기 위하여 모든 것을 희생에 붙이고 금일백 원 현상 원고 대모집"을 통한 독자의 확보와 양백화, 신정언, 김동인, 장덕조, 홍효민 등의 야담계 중진들을 망라한 신장세를 도모하고 있을 때, 뒤이어 출발한 《야담》은 〈창간호〉에서 밝힌 대로 《월간야담》과의 차별성을 권위 있는 필진과 "다른 것보다 가장 여러분께 자랑"하고자 하는 "삼국유사"의 전역全譯 게재로서 후발주자의 열세를 면하고자 했다. 《삼국유사》의 번역이 식민지 조선에서 채 행해지지 않은 시점에 시도된 《삼국유사》의 전역 게재는, 《월간야담》과의 차별성을 꾀할 수 있는 구체적이고 가시적인 방안이었다. 특히 "온갖 기담 로맨스 일화 등으로 본시 역사적 가치보다 문학(취미 문학)적 가치가 높은" 《삼국유사》는 "실지식과 취미"를 표방한 《야담》의 편집 방향과 정확히 일치한다는 것이 창간호 〈선언〉의 주장이었다. 《야담》은 《삼국유사》 전역을 1937년 12월호까지 게재했고, 이외에도 윤석정의 희귀본인 〈한말 60년의 비록〉과 《용재총화》 및 〈고려사요〉, 〈개화 전후 신문논설집〉, 〈이조오백년사가〉, 〈만복사저포기〉, 〈유응부선생 실기〉 등처럼 학적인 가치가 있지만 일반대중에게 잘 알려지지 않은 희귀 자료들을 중심으로 이를 발췌 번역하거나 전역 번역하는 등

■《월간야담》의 "금일백원현상원고 대모집" ┃ 현상공모 가작 당선작 〈낙일〉

의 색다른 지면 구성을 선보였다.[51] 이것은《월간야담》이 자랑하는 〈독자투고〉나 〈현상공모〉, 다음 호 〈예고〉 등처럼 독자란의 비중이 높지 않은 것과 일맥상통하는 부분이다.[52]

《월간야담》과《야담》이 이처럼 경쟁 구도를 구축하며 '야담'의 본격

....

51 필자는《월간야담》과 달리《야담》의 전 호를 살펴보지는 못했다.《야담》은 아직 전 호를 살펴볼 수 있는 여건이 마련되어 있지 않기 때문이다.《야담》은 1945년 2월까지 통권 110호를 낸 것으로 확인된다. 이 방대한 분량만큼이나 불분명한 소장 상황은 현재《야담》연구를 가로막는 일차 원인이다. 각 도서관에 흩어져 있는《야담》의 존재 현황으로 말미암아 필자의 논의 역시 그 한계가 분명하다. 필자가 살펴본 한에서,《야담》은 〈독자투고〉란이나 〈현상공모〉를 하지 않은 것으로 보인다. 오히려《삼국유사》를 번역 게재하는 것과 같이 학적 가치가 있는 논문을 잡지 서두에 싣는 편집 전략으로《월간야담》과의 차별성을 꾀했다고 보는 편이 타당하다. 이에 대해서는 차후에 더 많은 연구와 검토가 필요한 부분이다.

52 《야담》은 〈독자투고〉나 〈현상공모〉 등은 하지 않는 대신, 〈독자와 기자〉란을 두어 독자의 질문에 《야담》편집기자가 대답하는 형식을 취하고 있다.《월간야담》이 독자의 참여의지를 적극 유도·장려한 것과 비교해보면, 이는 상대적으로 소극적인 대응 방식에 속한다. 이 점이《월간야담》과《야담》의 전체 지면 구성과 배치의 차이점을 만들어내는데,《야담》잡지를 전체적으로 개관할 수 있을 때 이러한 변별적 면모가 더 뚜렷해질 수 있을 것이다.

◆投稿歡迎◆

우리月刊野談은滿天下讀者와한가지趣味를맛
보려는史蹟의野談化인까닭으로讀者의投稿를
歡迎합니다

規程

一, 原稿는반듯이純朝鮮文으로쓸일
一, 原稿枚數는二十一字行五十枚까지
一, 原稿는記載與否를勿論하고返還치안흠
一, 材料는人物傳說奇談神話中에서探擇할
　　일 (但年代를明記할일)
一, 原稿送付時에著作者의住所姓名을明記
　　할일
一, 原稿送付는京城府明治町二丁目八十八
　　番地
　　　合名會社癸酉社
　　　月刊野談編輯部로
　　　　　癸酉社白

《월간야담》의 〈독자투고〉

讀者와記者

《야담》의 〈독자와 기자〉

全譯
三國遺事
一然禪師著
元　翁譯

《야담》의 《삼국유사》 번역

《월간야담》이 자랑한 중국야담을
번역·창안한 〈양귀비〉

萬福寺樗蒲記
金時習 原作

《야담》의 김시습 저 〈만복사저포기〉

《야담》의 '역사'연재만화

적인 상품화에 나서자, 당연히 이에 대한 우려와 불만의 목소리도 높아져갔다. 순문예의 퇴조와 야담류의 저급한 대중문예가 식민지 조선의 열악한 문화 풍토를 더욱 악화시킨다는 불만 섞인 목소리였다. 《월간야담》과 《야담》의 상대적으로 높은 대중적 수요와 소비는 "야담잡지의 발행 부수가 정확히 얼마나 되는지 알 수 없으나 순문예잡지나 통상 대중잡지가 멀리 미치지 못하는 막대한 수효라는 것은 추측할 수 있다. 어느 지방의 일례만 보더라도 문예잡지의 십 배, 조광이나 신동아의 약 삼사 배가 팔린다. 물론 이 숫자가 전 조선에 통용될 수는 없는 것이고 경성, 평양 등의 대도시보다는 지방 소도시가 또한 촌읍으로 갈수록 비례는 보다 더 야담에게 유리해질 것"이라는 신문보도는 《월간야담》과 《야담》의 약진세를 입증해준다.[53]

《월간야담》과 《야담》의 불황 속 흥행 질주는 "정가를 삼십 전으로 인상함에도 불구하고 절판에 이른 것은 애독자 제 씨의 열렬한 원조"라는 점을 강조하는 《월간야담》의 자부심으로 표면화되었다. 또한 "김동인 씨 주간으로 창간하려고 하는 모某잡지에 대하여 본인이 관계가 있는 듯이 각 신문 우지는 항간에서 전하는 바 있사오나 차는 전혀 무근지설이옵기 자玆의 지상으로 석명釋明하오니 독자 제위는 양해하여 주심"을 바란다는 〈사고〉를 윤백남이 직접 《월간야담》의 지면에 게재할 정도로 이 두 야담전문지의 경쟁은 날로 치열해지는 양상을 보인다.[54] 《야담》이 권위 있는 필진을 앞세우며, 그 주요 필진으로 윤백남

....

53 〈야담의 매력〉, 《동아일보》, 1938년 3월 12일자.

54 윤백남, 〈사고〉, 《월간야담》, 1935년 11월.

을 거론한 데 대한 일종의 반박 기사였던 셈이다. 《야담》 또한 《월간
야담》에 뒤쳐지지 않음을 과시하는 차원에서, "권위 있는 선배 제 선생
의 작품과 파묻혔던 희구稀覯작품을 발굴하여 매호 양심적 편집"을 하
고 있다는 점을 강조했다.[55] 《월간야담》과 《야담》의 판매 부수가 인용
한 신문 보도처럼 정확히 얼마인지 산출할 수는 없지만, 대략 일이만
부 선에서 결정되었음은 이 두 야담전문지의 자기 자랑을 겸한 발언에
서 유추할 수 있다. 《월간야담》과 《야담》이 《조광》과 《신동아》와 같
은 이른바 메이저 신문사의 자매잡지를 삼사 배나 추월하면서 빚어진
한편의 촌극이었다.

이는 순수문예와 대중문예의 구분 못지않게 '대중'문예와 '통속'문예
를 구분하려는 대중'상'의 긴장과 투쟁을 산출했다. 《월간야담》과 《야
담》의 두 주관자인 윤백남과 김동인은 이러한 문예의 통속'화'를 이끈
주범으로서 비판받았다. 하지만 이러한 문예의 통속'화' 경향이 신문
의 저널리즘'화', 말하자면 "통속소설을 아니 쓰면 신문사에서" 더 이
상 "써 달라지 않는" 상황이 낳은 필연적 결과라는 점은 누구나 공감하
는 바였다. 이러한 신문의 저널리즘'화'가 "현대의 문예는 저널리즘과
깊이 악수하고 있어서 서로 불가분리의 것"처럼 인식되고 있다는 주장
에서 되풀이된다. 이 사고의 연장선상에서 "현대적 취미나 현상을 얼
마든지 붙들어서 거기에 자가自家의 생명을 살려나간 작품"은 "(순수)
문예"가 되겠지만, 그렇지 않고 "저열한 대중취미에 영합한 그것에서

....

55 〈편집실 통신〉, 《야담》, 1938년 10월, 136쪽.

그치고 자가 영혼의 생명적 분자가 들어있지 않는다 하면" 그것은 저널리즘'화'에 굴복한 통속문예일 뿐이라는 가치의 위계화가 만들어진다.[56] 이러한 순수문예와 통속문예의 위계적 가치화는 순수문예와 대중문예 그리고 이 대중문예와 통속문예의 일치와 차이를 둘러싸고 미묘한 긴장과 갈등을 빚어내게 되는데, 윤백남은 대중문예와 통속문예를 구분하려는 입장을 견지함으로써 자신에게 쏟아진 통속문예가의 오명과 혐의를 피하고자 하는 모습을 보인다.

순문예소설과 대중소설, 이 두 가지의 구별은 이제 다시 노노呶呶할 필요도 없이 한 개의 상식이거니와 세상에서 흔히 대중하면 통속으로 여기고 순문예하면 고상한 것으로만 여기는 개념적 단정을 나는 깨뜨리고 싶다. 그 독자의 영역에 있어 또는 그 묘사의 방식과 관점에 있어 또는 사건의 취급 수법에 있어 다소의 상위相違가 있을 뿐으로 대중소설과 순문예소설의 분기가 생生하는 것이니 각각 완성된 작품이 그 가치에 있어 우열優劣이 있을 까닭은 없다. 그러하므로 필자는 대중소설은 대중소설의 가는 길이 있고 순문예소설은 순문예소설의 걷는 길이 있을 뿐이요, 그것을 비교하야 우열을 생각하게 되는 우매를 일소하자는 것이다.
순문예소설과 대중소설은 무엇을 가지고 구분하느냐. 이것은 퍽이나 델

....

56 〈문인좌담회〉,《동아일보》, 1933년 1월 6일자.《동아일보》가 주최한 〈문인좌담회〉는 총 9회에 걸쳐 게재되었다. 이 〈문인좌담회〉에 참석한 문인으로는 이광수와 서항석이 본사를 대표하여 사회를 보고 정지용 · 이병기 · 정인섭 · 김기림 · 윤백남 · 김동인 · 백철 등 문단의 저명인사들이 대거 참석하여 현 문단의 상황 및 진단과 그 방향성에 대해 논의했다. 여기서 순수/대중/통속을 둘러싼 이견들이 표출되었다.

리케이트한 문제이다. 그러나 요약해서 말하고 보면 순문예소설은 성격을 주로 한 소설이요. 대중소설은 사건을 주로 하는 것이라고 볼 수 있다. 그러나 이것은 나의 해석이요, 정의는 아닌 것을 먼저 말해둔다. 그러나 순문예소설에 사건이 없을 리 없고 대중소설에 성격이 묘사되어 있지 않을 리 없으니까 이것은 〈주로〉란 데에서 델리케이트한 구분을 할 수 있기 때문에 순문예소설은 종縱으로 성격을 파 들어가고 대중소설은 횡橫으로 사건을 묘사하는 데에 성격을 표현하는 것이라고 아류我流의 해석을 내려준다. 그러나 대중소설이 명전명칭名詮自稱으로 대중을 상대함으로써 목표 삼는 이상 다소의 과장誇張과 기奇를 집어넣으려고 힘쓰는 경향이 있는 것도 사실이다. 그렇지마는 그것이 대중소설의 진골항眞骨頂이 아닌 것도 알아두어야 한다. 근자 일본 내지의 유수한 순문예파 소설가들이 말머리를 나란히 하여 신문소설계에 출마한 것을 보라. 그리고 그네들이 이것이 대중소설이외다 하는 듯이 시대물, 현대물 할 것 없이 대중적 작품을 발표하는 것을 보라. 그네들은 자기가 쓰는 소설 머리에 대중이라는 두 자를 쓰지는 않았다. 그러나 그 중의 어느 것은 대중에도 대중, 순대중소설의 하나라는 것을 단언한다. 그러고 보니 결국은 작가의 태도 여하, 취급 여하에 따라, 순문예와 대중(소설)이 갈린다는 것을 거듭하여 증명할 수 있다. 그런데 여기에 명백히 말해둘 것은 통속소설과의 구별이다. 대중소설의 진수를 파악하지 못한 인사들은 대중소설과 통속소설을 혼동하여 생각한다. 이것은 큰 착각이다. 통속소설에는 그것에서만 볼 수 있는 전모가 있다. 저급의 취미와 극히 상식적인 성격을 가져다가 또는 기이한 이야기 그것을 소설형으로 쓴 것에 지나지 않는다.[57]

....

57 윤백남, 〈소설강좌〉, 《삼천리》, 1936년 2월, 187-189쪽.

윤백남은 자신에게 따라붙는 '대중문예가'라는 레테르를 굳이 부정하지 않는다. 다만 그는 "순문예하면 고상한 것으로만 여기는 개념적 단정"을 문제 삼는 한편으로, "독자의 영역에 있어서 또는 그 묘사의 방식과 관점에 있어 또는 사건의 취급 수법에 있어 다소의 상위"가 있을 뿐임을 주장한다. 다시 말해, 그는 "대중소설과 순문예소설의 분기는 이 묘사의 방법과 관점 및 사건의 취급 수법의 차이에 기인할" 뿐, 순수문예와 대중문예 간의 "완성된 작품에 있어서 우열"은 있을 수 없다는 입장인 것이다.

윤백남은 순수문예와 대중문예의 차이는 가치적 우열이 아닌 각자의 독자적 영역에 따른 차이로서 받아들이는 데 반해, 대중문예와 통속문예 간의 차이에 대해서는 예민한 자의식을 발동한다. 그는 "대중소설의 진수를 파악하지 못한 인사들"이 "대중소설과 통속소설을 혼동하여 생각"하고 이로 인해 대중과 통속의 구분을 흐리고 있다는 비판적 입장에서, "통속소설은 그것에서만 볼 수 있는" "저급의 취미와 극히 상식적인 성격을 가져다가 또는 기이한 이야기 그것을 소설형으로 쓴 것"에 지나지 않는다는 주장을 펼친다. 윤백남이 보이는 이러한 대중과 통속의 구분 및 위계화는 대중'상'을 둘러싼 갈등과 분열상이었다. 그는 대중과 통속을 일괄하여 동일시하는 입장에 거부의 입장을 명확히 함으로써, 대중문예가 지닌 독자의 가치와 존재 의미를 주장하고자 했던 것이다.

하지만 그가 대중문예에 대해 언제나 일관된 태도를 고수한 것은 아니다. "지금의 신문사에서 주문하는 소설 내용은 고담이나 〈대도전〉, 〈백화〉 같이 허무맹랑한 것을 요구한다는" 비판에 대해, "〈대도전〉을 쓸

때에는 그것이 신문사의 요구임으로" "그러한 조건을 가지고 쓰려니까 허무맹랑한 소리를 아니 쓸 수 없다는" 점을 자기 변명 삼아 제출했기 때문이다. 그는 덧붙여 "그것을 쓰는 데 있어서는 예술적으로 아무런 충동"도 없었음을 재차 강조하는 것으로 이 입장을 천명하고 있다. 이는 김동인이 일관되게 "신문소설은 즉 경제기자가 직업적으로 쓴 그 기사와 같이 그것을 소설로 취급하는 것보다는 일종의 밥벌이로 인정"할 것을 주장하는 내용과도 조응하는 대중=통속소설의 면모였다.

이처럼 대중과 통속을 구분하고 이를 통한 대중문예의 독자적 가치와 의미를 주장하고자 하는 그의 노력에도 불구하고, 대중과 통속의 경계는 그의 발언에서도 엿보이듯이 불분명했다. 그의 소설이 인기를 누리고 그의 야담 공연과 《월간야담》이 불황 속에서 그 건재를 과시하면 할수록 대중과 통속의 경계에서 그가 선 위치는 대중=통속으로 받아들여지는 경우가 대부분이었다. 야담으로 대표되는 통속문예에 대한 대중의 관심과 선호를 식민지 조선이 처한 왜곡된 시대상의 한 반영으로 바라보는 대부분의 관점은 대중과 통속에 대한 윤백남 식의 구분이 아니라, 대중의 통속'화'를 지배적인 경향으로 수용하곤 했기 때문이다.

조선에 문단이 있은 지도 벌써 이십여 년은 될 것이다. 그러나 조선문단은 한때도 흥왕興旺한 때는 없었다. 문이란 원래 약야弱也며 궁야窮也라 그러한지는 몰라도 어느 때이나 한결같이 침체하였었다. 침체를 넘어서 좀 활발하게 진전한 때가 있었다면 아마도 경향문학에서 계급으로 들어온 때이었고 〈카프〉가 조직되어 있던 그 전후이었던 것이다. 그런데 〈카프〉란 중심적 세력의 등불이 꺼진 후부터 분명하다고 할 수 없으나 이때부터 침체는 아주

文壇漫畵…其一

大家와野談

野談의文壇進出!
아니 文學의野談界進出!

| 문단 대가들의 야담 진출을 풍자한
〈문단만화〉

告豫說小載連

長篇
大衆小說

海鳥曲

尹白南作
李青田畵

| '야담'의 솜씨로 풀어갈 것이
예고된 윤백남의 신문소설
〈해조곡〉

만성화해 버리기 시작하여 이제는 거의 무신경에 가까울 정도로 침체해 있
는 것이다. (중략) 경제적 여유가 없는 사회는 다 그렇겠지만 더욱이 조선사
회에는 수년래로 더욱더 경제적으로 윤택치 못한 그것과 기미 이후에 팽배
되었던 지식욕이 이제는 점차로 식어져가고 있는 때에 더욱이 최근에 앙등
에 앙등을 거듭한 지류紙類 물가는 직접 문단에도 영향되게 된 것이다. (중략)
이것은 누구나 적이 사회적 정세와 시대적 추이를 내다보는 사람이면 대개
는 짐작할 일이다. 그러면 왜 문학을 문학다운 것을 못 쓰느냐 하는 제 이차
의 질문이 나올 것이다. (중략) 조선문단은 질적으로도 타락할 대로 타락했
다. 원래 조선문단에는 통속이니 예술이니 구별이 없이 쓰어 왔다. 그러는
중에 독서대중은 예술적인 것보다 취미성을 가진 통속적인 것을 기호하였
다. 동시에 조선의 저널리즘은 이것을 영합하기에 급급하였고 작가는 대중
을 획득하기 위하여 그들의 비위를 거슬리지 않는 통속적 경향으로 기울어
져 갔다. 그러한 중에 야담이란 순연히 통속적이요, 대중의 공명심, 회고심,

영웅심 기타를 기르는 그런 종류가 나오게 되었고 모모 작가는 "웃음판"이
란 취미잡지를 하기까지에 주저치 않게 된 것이다. 그러하니 이곳에 문단의
흥왕이란 올 것이 없으며 이곳에 참다운 문학이 수립될 수 있을 것인가.[58]

위의 홍효민이 쓴 〈문예시평〉이 지적하는 것은, 조선 문단의 만성화
된 침체와 무기력이었다. 1935년 카프KAPF의 공식 해체는 그나마 존재
하던 조선 문단의 활력을 완전히 소진시키는 계기가 되었다는 것이 그
의 진단이다. 그렇지 않아도 빈약한 조선 문단은 카프의 공식 해체 이
후 긴 침체기에 빠져들 수밖에 없는 여건에 처했고, 이것은 조선의 심
화되는 저널리즘'화'와 맞물려 대중의 통속'화'를 더욱 가속화시켰다는
것이다. 이러한 대중의 통속'화'를 압축적으로 드러내는 것이, 그에 따
르면 "순연히 통속적이요, 대중의 공명심, 회고심, 영웅심 기타를 기르
는" 야담의 유행이었다.

야담에 대한 이러한 부정적 시각을 바탕으로 홍효민은 조선 문단이
이 기나긴 침체기를 빠져나올 길이 보이지 않는다는 우울한 전망을 내
놓게 된다. 이는 《월간야담》과 《야담》이라는 두 야담전문지의 약진 시
대가 곧 조선 문단의 침체 시대임을 의미하는 발언이었다. 문단의 전
반적인 불안감과 위기의식을 반영하는 홍효민의 글은 카프의 공식 해
체가 상징하는 지식인의 대규모 전향 움직임과 무관하지 않았다. 사회

....

58 홍효민, 〈문예시평─침체 일관의 문단〉, 《동아일보》, 1937년 10월 17일자. 홍효민은 〈정축년丁丑年
회고〉, 《동아일보》, 1937년 12월 17일 기사에서 현재 발행되는 잡지를 분류하면서, 야담잡지인 《월
간야담》과 《야담》을 비롯하여 방인근이 주관하여 만든 오락잡지 《웃음판》도 이 문단의 통속화에
기여하고 있음을 또 한 번 지적하고 있다.

주의 계열의 지식인들은 물론이고 민족주의 진영의 지식인들까지 대량 전향을 선언함으로써, 대중의 통속'화'는 지식인들의 심리적 무기력함까지 합쳐져 거스를 수 없는 시대적 흐름이 되었다는 현실 체념의 비관적 정조가 진하게 묻어나온다. 이 비난의 한가운데에 야담이 존재하고 있었던 것인데, 홍효민이 《월간야담》의 주요 필진으로 〈인조반정〉과 〈백운白雲과 제후際厚〉 등을 연재했음을 떠올려보면, 이 시기 지식인들의 자기 갈등과 분열'상'이 비단 윤백남에게만 한한 일이 아니었음을 알 수 있다.[59]

요사이 경성에는 서적시장에도 꽤 활기를 띄우고 있는 현상이다. 나날이 번창하여져 가는 서울 장안에는 안국동을 중심으로 삼고 관훈동을 뚫고 종로거리로 나가는 좁은 거리와 창덕궁 돈화문 앞으로 내려오는 좁은 거리 등으로는 무수한 서점들이 어깨를 나란히 하고 날로 늘어가고 번창하여 감을 보게 된다. 약 5,6년 전보다도 훨씬 서점들이 많아진 것을 바라볼 수 있는 현상이다. 더욱이 근자에 와서는 종로 〈야시〉에 모이는 고본매상배古本賣商輩들의 족출簇出함도 확실히 근년에 와서 보는 사실이다. 서울의 거리거리에 넘치는 이 수많은 서적들 중에는 물론 저— 현해탄을 건너오는 서적의 수가 절대 다수한 수를 점령하고 있겠지마는 조선 안에서 더욱이 조선사람 손으로 되어서 나오는 서적도 전보다 훨씬 많아져 가는 현상이다. 이는 물

....

59 홍효민은 〈인조반정〉 이후 〈장한長恨의 임우霖雨〉를 연재장편으로 실을 예정이었으나 개인적인 사정을 이유로 싣지 못했다. 그래서 연재장편으로 예정한 〈장한의 임우〉 대신 1937년 4월 〈백운과 제후〉라는 짧은 야담을 실었다. 이 〈장한의 임우〉의 연재장편을 대체한 것이 양백화의 중국야담 〈양귀비〉였다. 이후 홍효민의 이름은 《월간야담》에서 더 이상 보이지 않는다.

론 학구 방면에 오로지 헌신하는 학자들, 전문가들이 날로 늘어가고 많아져 가는 데도 그 원인이 있겠지만 한편으로는 조선의 고전을 찾아보려는 학구적 양심을 가진 학도들이며 한글의 문헌에서 우리의 〈넋〉과 〈얼〉, 모든 특색이며, 자랑이며, 모든 문화적 유산을 알아보자는 학생들 내지 일반 민중의 심리현상의 발현이라고 하겠다. 그러면 경성 안에서 가장 큰 서점들인 한성도서주식회사漢城圖書株式會社, 이문당以文堂, 박문서관博文書館, 영창서관永昌書館 등에 나타나는 서적 판매 성적으로 최근 서적 시장의 전모를 알아보기로 하면, 한성도서주식회사漢城圖書株式會社의 조사에 의하여 〈조선동화대집〉(심의린沈宜麟 저)은 출판 이래 벌써 5,000부를 돌파하여 재판에서 3판을 준비 중이고, 이윤재 씨의 저서인 〈문예독본〉 상권·하권 2책은 모다 4천 부씩을 넘겨 판매되어 불원 재판을 출판할 예정이라 하며 이은상 씨의 〈조선사화집〉도 출판된 이래 3천부를 돌파하는 호기록을 짓는 중이며, 그 외의 문학서적 류로 사화, 역사소설류가 가장 많이 팔리는데, 그 중에서도 춘원 이광수 씨의 작품으로는 〈마의태자〉, 〈이순신〉 등의 사화물이 단연 수위를 점령하고 있어 모두 4천 부를 넘기고 있으며 그 다음으로는 이은상 씨의 〈노산시조집鷺山詩調集〉이 좋은 성적을 내어 2,500부를 돌파하여 모두 재판이 절판되고 3판 인쇄에 착수 중이라고 하며, 그 다음에는 춘원의 순문예작품인 〈무정〉, 〈개척자〉, 〈재생〉 등이 출판된 지 오래된 관계도 있겠지만 4천부 가까이 판매되고 근자에 출판된 〈흙〉 소설 역시 호평이어서 3판을 인쇄 중이라고 하니, 아마 4천부는 무난히 돌파할 모양이다.[60]

....

60 〈서적시장조사기, 한도漢圖·이문以文·박문博文·영창永昌 등 서시書市에 나타난〉, 《삼천리》, 1935년 10월, 136-139쪽.

수년 전까지의 서적시장을 지배한 출판물은 그 대부분이 〈춘향전〉〈심청전沈淸傳〉〈유충렬전〉하는 구소설이었지요.(족보의 출판이 물론 왕성했으나 그것은 문중사업으로서 문외불출이었으니까 논외로 하고) 책사의 이야기를 들으면 이 케케묵은 전책류傳冊類가 어디에 많이 팔리는가 하면 제 고장을 떠나 동경東京, 대판大阪에 가 있는 조선노동자 계급과 언문을 겨우 아는 만주 땅에 이주하여 간 농민층들이라 해요. 그러던 것이 시대가 달라져 전책傳冊 보고 앉았을 평안한 사람이 줄어들자 전책傳冊이 팔리지 않기 시작했지요. 춘향전만 일 년에 40만 부쯤 팔린다던 것이 그 절반도 팔리나마나 하게 되었다니까. 시장의 실례를 들지라도 한성도서에 문학전집의 출판이 있었고 박문서관에서도 전집 총서 간행에 진출, 또 예전 〈창조〉 등 문예잡지의 산출에도 재적財的으로 많이 원조하던 삼문사의 전집 간행, 최남주, 임화 씨의 콤비로 학예사에 문고 간행, 최재서 씨의 인문사 창설, 단행본 간행, 그리고 최후로 조선일보사 배경으로 한 해사출판부의 진출, 이렇게 헤어보면 지금 나오는 출판관계의 인물이나 그 자본에나 모두 일 시대를 획할 만한 진陣을 칠 〈사람과 돈〉이 모두 쏟아져 나온다고 보아져요. 그렇기에 지금으로부터 비로소 동경東京시장이나 상해上海시장에서 보는 것 같은 출판사회가 서울에서도 형성되어갈 것 같아요.[61]

위의 두 인용문은 1930년대 중후반 식민지 조선의 출판 시장과 현황을 공통적으로 전하고 있다. 첫 번째 글이 1935년의 서적 시장을 탐방

61 〈문예 〈대진흥시대〉 전망〉, 《삼천리》, 1939년 4월, 194-195쪽.

한 기사라면, 두 번째 글은 좌담회 석상에서 오간 수년래 달라지는 식민지 조선의 출판 현황이 담겨 있다. 이 두 편의 글에서 얘기되는 사안은 조선의 출판계가 맞이한 전례 없는 성장세이다. "약 5,6년 전보다도 훨씬" 많아진 서점과 여전히 "현해탄을 건너오는" 일본 서적의 수가 절대 다수를 점하고 있긴 하지만, "조선 사람 손으로 되어서 나오는 서적도 전보다 훨씬 많아져 가는 현상"이라는 지적 역시 이러한 조선의 출판계가 맞이한 유례없는 성장세를 증언하기는 마찬가지다. 두 번째 인용문에서는 "출판관계의 인물이나 그 자본에나 모두 일 시대를 획할 만한 진陳을 칠 〈사람과 돈〉이 모두 쏟아져 나온다고" 하는 표현으로, 동경시장과 상해시장에 비견되는 경성의 출판사회가 도래하리라는 낙관적 전망까지 제출되고 있다. 이러한 식민지 조선의 대중출판계가 맞이한 유례없는 성장세는 홍효민이 말한 조선 문단의 침체와는 다소 온도차를 달리하는 발언이 아닐 수 없었다.

조선의 대중출판계가 맞이한 이러한 성장세의 핵심에는 이른바 고전 붐이 자리하고 있었다. "조선의 고전을 찾아보려는 학구적 양심을 가진 학도들이며 한글의 문헌에서 우리의 〈넋〉과 〈얼〉, 모든 특색이며, 자랑이며, 모든 문화적 유산을 알아보자는 학생들 내지 일반 민중의 심리 현상의 발현"으로 이야기되는 이러한 고전 붐에는 《조선동화대집》에서부터 《조선사화집》, 《마의태자》와 《이순신》 등의 역사물, 그리고 이은상의 《노산시조집》 등을 망라하는 잡다한 조선 관련 서적이 포함되어 있었다. 조선의 과거와 관련된 이 잡다한 역사고전들을 선별하여 분류·정리한 것이 바로 전집 형태이다. 전집은 고전이라 불릴 만한 양서를 출판사가 직접 선정하여 이를 독자들에게 제시하는 일종의 맞춤형 패키지 상품에 해당된다. 한성도서와 박문서관의 문학전집 및 학예사의 '조선문고' 등은 아래로부터 촉발된 대중들의 고전 붐을 떠받치는 방식으로 한 권이 아닌 한 질 형태로 조선 고전의 통독이라는 자기 만족감을 주었다. 이러한 한 질의 전집'화'는 곧 조선 고전의 정전'화' 작업이기도 했다는 점에서, 이 정전'화'의 사회역사적 과정이 상품'화'와 그리 멀지 않은 지점에서 이루어졌음을 새삼 상기시킨다. 이 전집 열풍의 한편에 임화라고 하는 걸출한 사회주의자가 주도한 학예사의 '조선문고'도 자리하고 있었다는 점은, 카프 해산 이후 식민지 조선의 대중출판계가 이 앎의 공백을 대중들의 고전 붐에 편승하는 방식으로 채워나갔음을 방증하는 일례일 것이다.

학예사의 '조선문고'는 조선의 과거에 대한 내적인 자기 중식과 확장이 비단 대중의 통속'화'를 부추기는 주범으로 비난받던 야담의 전유물만은 아니었다는 점을 말해준다. 조선의 과거는 값싼 20전짜리 야담전문지의 지면 위에서만 재현되거나 재가공되지는 않았던 것이다. 박문서관의 '역사소설전집'도 야담전문지의 '옛이야기의 상품화'와 보조를 맞추며 이러한 고전 붐에 편승했다. 매월 정기적으로 간행되는 월간잡지의 반복적 '일회성'과 박문서관의 '역사소설전집'의 일회적 '축적성'은 서로를 보완하는 경쟁적 공모 관계를 보여준다. 야담으로 집중된 대중의 통속'화'가 식민지 조선의 전반적인 고전 붐을 배경으로 대량 전향이라는 정치적 폐색에 대한 반작용으로 일어났다는 점도, 식민지 조선의 고전 붐을 마냥 환영할 수만은 없게 만든 요인이었다.

학예사의 '조선문고' 간행을 주도했던 임화는 이러한 '조선적인 것'을 향한 집단적 과잉 열기를 비판적인 관점으로 바라보았다. 그는 "전

'민중의 대학'임을 자처한 1939년 6월 22일의 조선연극사, 조선소설사, 김립시집, 고려가사, 청구영언 등의 학예사 '조선문고' 광고

1939년 10월 16일자 《동아일보》에 실린 대춘부, 무영탑, 견헌, 세조대왕의 박문서관 '역사소설전집' 광고

진이 중지되었을 때 이미 역행이 시작된다는 것은 단순한 알레고리"가 아니라는 말로, 현재 불고 있는 고전 붐이 역행의 시작일 수 있다는 점을 경고했다. 그는 식민지 조선의 "금일 연한 복고주의는 논외로 밀더라도 역사적 반성이라든가, 고전의 과학적 재음미라든가, 혹은 자아의 재검토" 등을 명분으로 한 고전 붐이 갖는 의미를 "시대적 행보로부터 점차로 멀어진다는 막연한 유리감만이 아니라 후퇴에의 명백한 징후로 특색화"하고 있지는 않은지를 반문한다.[62] 이러한 임화의 우려는

....

62 임화, 〈복고현상의 재흥〉, 《동아일보》, 1937년 7월 15-20일자.

'조선적인 것'을 향한 내적인 자기 증식과 확장이 실은 외부 현실로부터 달아나려는 수동적 회피와 철수의 자세가 아닌지를 묻고 있는 것이었다. 과거의 회고적 정서가 안겨주는 고요한 수동성의 세계는 복잡한 현실로부터의 괴리와 철수뿐만 아니라 대중의 이상 행동주의의 시발점이 될 수 있다는 점도 이러한 우려를 가중시켰다. 임화의 편치만은 않은 시선 속에 포착된 식민지 조선의 고전 붐은, 그래서 사회비판이 거세되고 전시 체제가 가속화되는 동시대적인 흐름의 징후로서 해석·논의되었다.

이순신의 백골을 땅속에서 들추어서 그것을 혀끝으로 핥는 사람, 단군을 백두산 밀림 속에서 찾아다가 사당간에 모시는 사람, 정약용을 하수구 속에서 구제하는 사람, 장백산맥과 화계산의 울울한 산속에서 조선반만년 얼을 져다가 소독수처럼 뿌리는 사람, 춘원문학과 그의 사상을 〈민족개조론〉에서 다시 찾는 사람ー이리하여 일찍이 괴테를 〈바이마르〉의 속물에서, 헤겔을 국가론에서 찬미하기를 비롯한 독일 〈나치스〉의 창안은 이곳 이 땅에서 그의 무수한 동지와 모방자를 발견하고 있다.[63]

몇 년 전만 해도 대부분의 작가 비평가의 관심을 끌지 않고 일부 보수가ー시조작자, 역사소설, 야담사 등ー에게만 있던 것이 금일에는 보수 반동이 아니라 한 현실적 관심의 표현이며 문학적 진보를 위한 일 행위로서 비약되어 있다. (중략) 사실 이곳에는 전진하는 대신에 후퇴한다는 것이 솔직하게

....

63 김남천, 〈이광수 전집 간행의 사회적 의의〉, 《조선중앙일보》, 1935년 9월 7일자.

고백되고 타방 모든 종류의 논자들의 복고주의적인 경향이 일체로 현실로부터의 이탈에 그 근거가 있음을 명확히 이야기하고 있다. 현대 대신에 중세로! 문명 대신에 야만에로! 그것을 '조선적인 것'의 존중과 '조선문학의 건설'을 위하여 모든 문학은 수행할 임무가 있다. 이 야만한 지향의 가장 전형적인 예술상 지지는 말할 것도 없이 민족주의적 문학 그것들이다. 이병기, 최남선, 정인보, 한용운 씨 등의 동녹銅碌이 슬은 유령들은 새삼스러이 논할 것도 없지만, 그들 없이는 그 연대의 찬연한 신문학을 상상할 수도 없는 김동인, 이광수, 이은상, 윤백남, 김동환, 김억 등 제 씨의 근황이야말로 문학을 사랑하는 사람의 가히 교훈 받을 바이다. 이광수 씨야 벌써 예술문학으로부터 역사소설, 〈흙〉 같은 추상문학으로 돌아선 지 오래이지만, 〈감자〉, 〈태형〉의 작자 김동인 씨가 〈낙왕성추야담〉을 쓰고 근대극 운동의 최량의 건설자의 일인인 윤백남 씨는 〈대도전〉의 작자로 변하였다. 이들은 모두 문학자, 예술가로부터 대도예인=야담사로 타락하고, 김동환, 김억 씨 등은 시인으로부터 창가사라는 비참한 지경에 이르러 이미 문학 비평의 권외에 선 것이다.[64]

현금의 복고주의는 물론 역사상의 어떠한 복고주의와도 성질이 다르다. 퍽이나 민족주의적인 색채가 농후한 아니 민족지상주의라고 할 수 있는 한 개의 "이즘"을 중심으로 하여 현대의 정치경제와 온갖 이데올로기상의 대립이 이 복고주의에 반영되어 있는 것이다. (중략) 복고주의는 일종의 낭만적 정신이다. 역사상의 낭만사상의 발생이 대체로 반동시대의 산물이었다

....

64 임화, 〈조선문학의 신정세와 현대적 제상〉, 《조선중앙일보》, 1936년 1월 30일자.

고 할 것 같으면 이 복고주의도 한 개의 낭만사상에 지나지 않는다. (중략) 현대의 낭만적 복고사상은 개인적이고 주관적이며 나아가서는 파시스트적이기도 한 것이다. 나치 독일의 광신적 행동성을 보라! 그 광신적 행동성에 지배되고 있는 독일에서 고대에의 복고가 문제되고 있다. 현대의 복고주의는 이와 같이 개인적, 낭만적, 주관적, 광신적 행동성—파시스트적 요소를 가지고 있는 것이다. 그리하여 독일의 복고주의적 사조는 이와 같은 제 성격 하에서 히틀러적 노선에 놓여 있는 것이다.[65]

위 세 편의 인용문이 갖는 공통점은 식민지 조선의 고전 붐을 동시대적인 세계사의 흐름 속에서 파악하려는 자세이다. 식민지 조선의 고전 붐에 편승한 이광수의 전집 간행과 단군의 재의미화, 정약용과 실학사상, 역사소설과 야담의 번성 등은 일개 조선적 특수성이기 이전에 전 세계적인 파시스트적 경향성의 일부로 볼 수 있다는 것이 이들의 공통된 지적이다. 독일의 나치즘이 독일 민족의 순수한 기원과 혈통을 강조하며 민족 지상주의와 절대주의로 독일 대중을 광신적 행동성으로 몰고 가는 현실이 식민지 조선에서도 동일하게 관철된다는 이들의 주장은, "일찍이 괴테를 〈바이마르〉의 속물에서, 헤겔을 국가론에서 찬미하기를 비롯한 독일 〈나치스〉의 창안은 이곳 이 땅에서 그의 무수한 동지와 모방자를 발견"하고 있다는 신랄한 비판을 낳는다.[66] 위의

....

65 신남철, 〈복고주의에 대한 수언〉, 《동아일보》, 1935년 5월 9·10일자.

66 김남천과 임화가 1930년대 중후반에 성행한 고전 붐 현상을 파시스트적 복고주의로 해석한 것은 그들의 날카로운 현실 인식과 통찰력을 보여주는 것이다. 하지만 사회주의자로서 이들은 혁명과 반동(테르미도르)의 이분법에 집착해서 이 파시스트적 복고주의가 단순히 과거로의 반동적 회귀로서가

세 인용문이 독일 나치즘의 발흥과 더불어 전 세계적인 현상으로 관찰되는 반동적 복고주의를 '히틀러'적 노선이라고 명명하는 데서, 조선적인 특수성이 전 세계적인 동시대성의 일부가 되는 상대적인 자기 정립이 이루어진다. 이들은 조선적인 특수성을 본질화 혹은 절대화하는 위험성을 경계함으로써 식민지 조선에 불고 있는 고전 붐의 이상적 과잉 열기를 제어하고자 했던 것이다.

《조선일보》과 《동아일보》, 《조선중앙일보》 등의 신문 지면을 오가며 이루어진 조선적인 특수성에 대한 의미 부여와 관련된 갈등 양상은 《조선일보》가 〈조선 고전문학의 재검토〉에서 "찬란한 옛 문화를 잊어버린 우리는 너무도 외래의 문화를 수입하기에 급급하였다. 그래서 우리의 생명수였던 우리의 문자 우리의 문학까지 내어버린 이제에 새삼스럽게 고전문학을 검토"하여, "제 고향을 잊을 수 없는 것과 같이 우리는 우리의 문학을 잊을 수" 없게 하자는 고전의 재평가를 들고 나오면서 더 촉진되었다.[67] 임화는 《조선일보》의 이 주장을 "복고주의와 고전 부흥의 선동"으로 간주하고 '탈'정치화 시대의 문화가 정치'화'되는 양상을 비판했다. 식민지 조선의 고소설을 "소설다운 소설적 형식을 갖추지는 못했지만 많은 패설, 해학, 야담, 수필 등"이 있어서 "그 사회의

....

아니라 파괴와 창조라는 자기 구성의 계기로서 작용하는 현실은 포착하지 못하는 한계를 드러낸다. 한편으로 '민족'적인 피(혈통)와 향토의 본래적 순수성을 강조하면서도 그것을 해체·재구성하는 이러한 파괴와 창조의 역동성은, 대중의 '국민'화를 주변부의 동의와 협력으로 확보해가는 파시즘의 자기 운동성을 보지 못하게 한 원인이었다. 사회와 문화 전 분야에 걸친 프로파간다화는 이러한 파시즘의 자기 운동성 속에서, 파시즘 특유의 당과 국가, 운동의 삼위일체를 통한 부단한 파괴와 혁신의 외형을 취하게 했다.

67 〈조선고전문학의 검토〉, 《조선일보》, 1935년 1월 1일자.

사조와 풍속과 감정 등"을 전달하는 매개체로서 "조선을 알게 하는 동기를 만들어주는 동시 잃어진 조선 문학을 갱생"하는 수단으로 삼자는 《조선일보》의 논리는, 바로 이 "조선적인 것의 발굴＝고양이란 유행적 슬로건"으로 행동과 현실로부터의 퇴각, 문화의 정치'화'라는 값(비)싼 대가를 치르게 했던 것이다.[68]

조선적인 특수성이 갖고 있는 이 다양한 역학 구도 안에서, 조선적인 것은 파시즘의 발흥이라고 하는 전 세계적인 흐름과 불균등한 방식으로, 또한 식민권력의 강화되는 통치기술로서 수렴되어갔다. 조선적인 것의 함의가 조선의 고유성에서 일본 제국의 지방성으로 위치 변환된 것이 그 대표적인 사례일 것이다. '향토'와 '향토'오락으로 상징되는 식민권력의 국민'운동'은 조선적인 특수성을 일본 제국의 지방적 고유성으로 치환하는 움직임과 동궤에서 진행되었기 때문이다. 임화가 《조선일보》의 고전 붐의 편승에 대해 "복고주의와 고전부흥의 선동"이라고 비난했던 것과 동일한 맥락에서, 식민권력은 대중매체를 유력한 여론 선동의 무기로서 적극 활용·배치했다. 이에 따라 아래로부터 분출되었던 조선적인 것을 향한 대중의 욕구는 식민권력의 국민'운동'의 대대적인 전개 속에서 이른바 문화(학)의 정치'화'와 프로파간'화'를 피할 수 없게 했다. 야담의 운명 또한 이 전체적인 흐름의 일부로서 존재했던 것인데, 이제 야담은 국책 선전의 유용한 도구로서, 야담가는 윤백남과 신불출 같은 걸출한 만능 엔터테이너가 아닌 충량한 황국 신민으

68 〈구소설에 나타난 시대성〉, 《조선일보》, 1935년 1월 1일자.

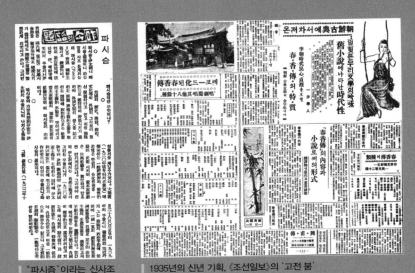

"파시즘"이라는 신사조
소개

1935년의 신년 기획, 《조선일보》의 '고전 붐'

1935년 7월 16일 성황리에 개최된
정다산 100주년 기념회

백철의 조선 풍류와 단군 숭배론

로서 청중을 직접 찾아가는 국책의 메신저로 변모되어갔다. 이처럼 극적인 변신을 거친 야담의 '존재 방식'은 대중화와 국민화 간의 간극과 연속성을 매개하면서, 식민지 조선의 달라지는 삶의 방식과 조건을 되비추는 거울상으로 자리매김하게 된다.

3장

전시 총동원과
야담의 프로파간다화

3.1
전쟁의 확대와 식민지 조선인의 일본인 '되기'

 1931년 9월 일본은 만주사변을 일으킨다. 만주사변을 계기로 15년
전쟁에 돌입한 일본은 1937년 7월 중일전쟁을 일으키고, 1941년 12월
에는 미국(연합국)과의 전면전을 야기하게 되는 태평양(당시 표현으로는
대동아)전쟁으로 점차 전선을 확대해간다. 중국 본토의 대륙과 남양군
도의 태평양, 양 방향으로 전개된 일본의 전선 확대는 일본 본토뿐만
아니라 식민지 조선에도 전시체제로의 강화와 재편을 가져왔다.[1] 이를
보통 총력전의 일본식 표현인 '총동원 체제'로 부르기도 하는데, 어쨌
든 이 전시 총동원 체제로의 재편은 식민지 조선인의 삶과 일상을 근
본적으로 재조직하는 변화를 초래한다.

....

1 일본의 승전을 대륙大陸과 대양大洋 양 방면의 진출로 묘사한 당대의 기사들과 발언들을 접하기란
   어렵지 않다. 이것은 제국 일본의 힘을 과시하는 공적 진술이자 아시아의 범주나 권역을 확정하는
   일과 관련된 민감한 사안이었다. 이에 대해서는 동아에서 대동아로의 개념 전환과 그 의미 변화를
   일본의 전쟁 구상과 세력 확장에서 찾은 고야스 노부스키, 이승연 옮김,《동아 · 대동아 · 동아시아》,
   역사비평사, 2005를 참조할 수 있다.

중국 본토와 남양으로, 일본의 확대된 전선을 보여주는 지도

대동아(태평양)전쟁을 묘사한 《조광》의 선전만화

에릭 홉스봄은 20세기를 특징짓는 시대적 표현으로 '총력전'을 든 바 있다. 그는 이 총력전을 "인민의 전쟁"으로 압축하여 명명했다.[2] 그가 총력전을 "인민의 전쟁"이라고 부른 이유는, 총력전이 무제한적인 전쟁 수행을 통해서 전투원과 비전투원의 구별을 모호하게 한다는 점 때문이었다. 전선과 후방의 구별이 사라지고, 비전투원이 전투원의 일부로 간주되는 총력전이라는 새로운 전쟁 형태는 후방의 모든 일상생활과 경제활동을 무제한적인 전쟁 수행에 총 가동시키게 되는데, 이로 인해 발생한 결과는 그의 말을 굳이 빌리지 않더라도 참으로 놀랄 만한 재앙과 파국으로 드러났다.

전선에서 발생한 전투원의 사상자 숫자가 비전투원인 후방의 민간인 사상자 숫자보다 훨씬 적었다는 점이 이를 압축적으로 설명해준다. 전선과 후방의 구별이 사라짐으로써 발생한 대규모의 폭격과 이로 인

....

2 에릭 홉스봄, 이용우 옮김, 《극단의 시대》, 까치, 1997, 77쪽.

한 대량파괴 및 대량살상의 결과였다. 그만큼 이 총력전이 갖는 무제한적인 전쟁 수행은 전선의 병사 못지않게 후방의 인민들에게 엄청난 손해를 입혔고, 더구나 후방의 인민들이 입은 피해는 제대로 알려지지 않거나 밝혀지지 않은 채로 끝이 나는 인류사의 대참극을 빚어냈다. 제1차 세계대전에서 실체화되기 시작한 총력전은 이미 그때부터 전쟁 당사국들의 후방 인민들뿐만 아니라 전쟁 당사국의 식민지인들까지 동원하고 투입시키게 된다. 이것이 일본·독일·이탈리아의 이른바 추축국과 미국·영국·소련의 연합국이 전면전으로 맞붙은 제2차 세계대전 때는, 에릭 홉스봄에 따르면, 이 총력전을 더욱 극단화시키는 '총력전의 시대'를 열었다. 이 과정에서 후방의 일상생활과 경제활동은 돌이킬 수 없는 변화에 직면하게 되는데, 그것은 노동력의 대규모 차출과 동원은 물론이고 무제한적인 전쟁 수행에 따르는 천문학적인 재정 비용으로 인해 발생한 다양한 국공채와 증(과)세 등의 비상수단이 일상화되는 전시경제로의 대전환이었다.

이와 맞물려 군사력의 가공할 만한 소모는 "총 경제활동인구 중에서 약 20%"을 군인(병사)이 차지하는 결과로 나타났다. 군인(병사)의 비율이 총 경제활동인구의 약 20%를 차지함으로써 이 소모되는 전력을 뒷받침해줄 예비 병력의 필요성이 증대되었다. 전선의 군인(병사)들뿐만 아니라 예비 병력에 이르기까지 남성들의 동원이 일상화되자, 남성들의 역할을 대신할 또 다른 후방 부대의 존재가 요구되었다. 그것이 후방의 삶과 생활을 책임져야 했던 여성들의 몫이었음은 재언을 요하지 않는다. 후방의 가정과 사회의 보조노동력으로 여성들의 증대된 역할과 위상은 여성들을 후방의 '전사'로서 불리게 했으며, 그에 따른 헌신적인 희생과 봉사의 덕목들이 항상적으로 강조되었다.

여성은 가정의 안에서뿐만 아니라 가정의 밖에서 남성들이 떠난 빈자리를 채워주는 전시체제의 중요한 일 구성분자로서, 국가권력은 여성들이 가정 밖으로 나온 틈을 타서 일탈하거나 위반하지 않도록 정교한 감시와 통제'망'을 가동시키게 된다. 그래서 여성들은 현모양처의 전시 확대판이라고 할 "황국 본래의 가족 제도와 여자의 특성을 고려하여 특히 풍기의 견지, 품위의 향상, 보건 등에 유의하는" 총부부인의 특정한 형상에 스스로를 맞추어가야 했다.[3] 이 모든 것이 '국가전력國家戰力의 증강'이라는 이름 하에 통용되고 행사될 수 있었던 것이 바로 전시의 총력전 혹은 총동원 체제였다.

이러한 전시 총동원 체제가 식민지 조선에 본격적으로 가동되기 시작한 것은, 1931년에 일어난 국지전인 만주사변 때가 아니라 1937년 7월의 중일전면전쟁 때부터였다. 1937년 7월에 발발한 중일전면전쟁은 중국인의 철저 항전으로 장기전에 돌입하게 되었고, 장기전 조짐이 뚜렷해지자 일본은 식민지 조선을 전시체제로 재편하고 재조직하게 된다. 다음 장의 "'3용사'와 이인석, 일본과 조선의 두 용사상과 '전쟁미담'의 전성시대"에서 더 상술하게 될 1938년 2월 22일 칙령 제95호 '육군특별지원병령陸軍特別志願兵令'에 의해 4월 3일 식민지 조선에 시행된 '지원병 제도'와 1938년 4월 1일 일본에서 제정되어 5월 5일 식민지 조선

....

3 필자는 전시체제에서 일본이 여성과 식민지인을 전쟁에 동원하고자 작동시킨 젠더화의 기제에 대해 〈민족과 섹슈얼리티〉, 《식민지의 적자들》, 푸른역사, 2005에서 자세히 논한 적이 있다. 이 부분은 이후 군국의 어머니'상'에서 다시 재검토하게 될 것이다.

과 대만에 동일하게 적용된 '국가총동원법'은 총동원 체제의 이른바 식민지 내 가동을 알리는 신호탄이었다. 특히 국가총동원법은 모든 분야에 걸친 동원과 통제의 근간법으로서, 이 법이 갖는 의미는 법적인 차원을 떠나 상징적인 차원에서 대단히 중요한 의미를 갖고 있었다.[4] 1938년 4월 1일 일본에서 법이 제정되고 공포되기까지 논란이 끊이지 않았던 것도 이 법이 갖는 특수입법으로서의 성격 때문이다.

"헌법상 허용된 국가권리의 침해니 대권 이외에 국민의 권리와 의무를 제한할 수 없는 것이니 대권간침大權干侵이라느니 하여 왈시왈비曰是曰非하여 의론이 분분하였던"[5] 국가총동원법의 제정과 시행은 "의회의 동의 없이도 국내의 총력을 동원할 수 있도록 일본 정부에 광범위한 권한을 부여한 법률"이자 "국민의 기본 권리에 관련되는 중요한 사항을 정부가 칙령에 의해 좌우할 수 있게 한 강대한 국권國權 위임 입법"[6] 이었다. 초법적 통제법으로서 국가총동원법은 일본 내의 위헌 시비에도 불구하고 "일본 내·외지를 통하여 일제히 시행"[7]됨으로써 식민지의 법제화 과정을 변화시키는 데 일조했다. 왜냐하면 이 법은 제정 단계에서부터 식민지에도 일본과 동일한 법 적용을 명시함으로써, 조선총독의 별도 법령으로 통치해온 식민지 조선과 일본 간의 이법적 관행을 완화시키는 계기가 되었기 때문이다. 국가총동원법으로 인해 일본

....

4 朝鮮總督府法務局,《조선시국관계법령예규집鮮時局關係法令例規集》, 司法協會, 1940, 1-6쪽.

5 백강,〈국가총동원법안의 발동〉,《비판》, 1938년 11월, 22쪽.

6 이상의,《일제하 조선의 노동정책 연구》, 혜안, 2006, 191쪽.

7 〈원활한 운용 여하는 국민협력이 필요〉,《동아일보》, 1938년 5월 6일자.

'무장하는 세계'와 각국의 국가총동원 계획

'총후'의 방위와 결의의 포스터

'저축'의 장려와 국가봉공

전시보국'채권'과 전시경제

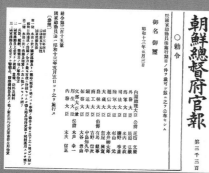

조선총독부《관보》의 국가총동원법 공포

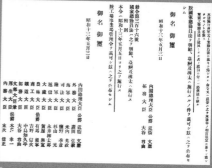

조선, 대만, 화태(사할린)에도 국가총동원법 적용

과 식민지 간에 존재하던 행정 절차의 간소화는 물론이고, 법역法域의 통합을 통한 효과적인 동원과 통제가 가능해졌다. 이는 일본이 국가총동원법으로 식민지 조선을 동일 권역으로 묶으려는 통치 의도를 구체화한 것이라 해도 과언이 아니었다.

국가총동원법은 "본법에 있어서 국가총동원이라고 하는 것은 전시(혹은 전쟁에 준하는 사변을 포함. 이하는 이와 동일)에 제際하야 국가목적을 달성하기 위해 국가의 전력을 가장 유효하게 발휘할 수 있도록 인적 급及 물적 자원을 통제·운용"[8]한다는 법적 취지와 의의를 표방했다. 이에 따라 일본뿐만 아니라 식민지에서도 식민권력의 필요에 따라 언제든 동원과 차출이 가능한 법적 제도화의 통로가 마련된 셈이었다. 이 전시 총동원에 필요한 가용'자원'으로서 식민지 조선인들은 식민권력의 일상적인 감시와 통제를 받는 새로운 통치성을 경험하게 된다. 총력전이 무제한적인 전쟁 수행에 따르는 전력의 배타적 소모와 투입을 필요로 하는 한, 전력의 배타적 소모와 투입을 가능하게 해줄 가용'자원'의 확보는 필수적이었다. 전황이 격화되면서 식민지 조선인들은

....

8 국가총동원법의 규정과 관련해서는 朝鮮總督府法務局, 앞의 책과 〈국가총동원법안전문〉, 《삼천리》, 1938년 12월, 112-125쪽을 참조할 수 있다. 《삼천리》는 〈전쟁특별판〉으로 국가총동원법안 전문을 12월호에 이어 다음 호에도 싣겠다고 밝혔지만, 다음 호에는 결국 실리지 않았다. 그 대신 12월호에는 국가총동원법안 제50조 중 제27조까지가 실렸는데, 《삼천리》가 특집란을 활용해 전쟁의 미디어 이벤트를 벌인 사실은 《삼천리》 잡지의 위상을 보여주는 예증이다. 국가총동원법이 물적·인적 자원을 동원하는 기본법으로서 초법적 지위를 지녔다는 점은 본문에서도 밝혔지만, 특히 인적 자원의 동원은 제4조와 제5조에 집중적으로 명시되어 있다. 제4조는 "전시에 제際하야 국가총동원 상 필요할 때에는 칙령으로 정한 바에 따라 제국신민帝國臣民을 징용하고 총동원 업무에 종사케 함을 득得함. 단 역법役法의 적용을 방지하지 못함"이며, 제5조는 "정부는 전시에 제際하야 국가총동원 상 필요할 때에는 칙령의 정한 바에 따라 제국신민 급 제국법인 기타 단체로 하여금 국가 우又는 지방 공공단체의 행하는 총동원 업무에 대하여 협력케 함을 득得함"이었다.

전쟁 수행을 위한 가용'자원'이자 그 배후 공급지로서 역할과 위상이 증대되었고, 이는 식민지 조선인들에 대한 식민권력의 국민'화' 통치전략과 밀접하게 연관되어 있었다.

다카시 후지타니는 일본의 전쟁 확대와 전면화에 따른 이 새로운 국민'화'의 통치전략을 생명정치의 관점에서 논하고 있다. 그는 식민지 조선인들에게 행해진 식민권력의 새로운 통치'화'가 총력전에 따르는 생명들의 가용자원'화'와 별개로 논의될 수 없다고 보는 것이다. 그는 중일전쟁 이후 가용'자원'의 안정적 확보와 충원의 필요성이 식민지 조선인들의 '생명'에 대한 식민권력의 관심을 증대시켰고, 이는 식민지 조선의 물적 자원뿐만 아니라 인적 자원에 대한 관리와 통제의 미시적 권력기술을 가동시켰다고 말한다. 전선에 나가 실제로 싸우는 병력 자원과 전시산업 현장의 노무 자원과 같은 인적 자원은 전쟁의 장기화에 따르는 일본 인구의 부족 사태와 맞물려 식민권력이 식민지 조선인들을 일본 인구의 주요 구성원으로 삼는 생명정치의 발판이 되게 했다고 그는 지적하고 있다. 일본의 외지外地로서 식민지 조선이 언제나 동화주의의 대상으로 간주되어왔음을 고려하면, 생명정치는 이 동화주의의 이념과 실제 사이의 간극에서 초래된 불가피한 현실 대응 논리를 담고 있었다. 왜냐하면 동화주의는 제국과 식민지 간의 이항 구도에 입각한, 동화하는 주체와 동화되는 대상 간의 차별과 종속의 지배논리이기도 한 까닭이다.

다카시 후지타니는 식민지 조선인들이 전시 총동원 체제 이전에는 이 생명정치의 바깥에 방치된 '이방인(외부인)'에 불과했다고 말한다. 무단통치에서 3·1운동 이후 문화통치로 정책 방침이 바뀌었다고는 하나, 식민지 조선인들은 여전히 일본의 외지로서 뒤처지고 미개한 권리 바깥의 '이방인(외부인)'으로서 머물러왔다는 것이다. 그런데 일본이 주도한 전쟁의 확대와 전면화는 식민지 조선인들을 일본 인구의 주요 구성원이 되도록 하는 '생명'정치를 가동시키게 했고, 이것이 식민지 조선인들의 '생명'과 관련된 일체의 것을 식민권력의 고려 대상이 되게 했다는 그의 지적은 동화주의의 이념과 실제 사이의 간극이 빚어낸 불가피한 현실 대응 논리로서 생명정치를 식민지 조선인들을 향한 식민권력의 광범위한 국민'화'의 통치 양상과 결부시켜 바라볼 필요성을 제기하고 있다.[9]

식민지 조선인들은 자신의 '생명'과 관련된 일체의 것이 문제되는 유례없는 생명정치의 장 안에서, 우수한 생명'자원'이 되도록 하는 다양한 실천과 의례를 주입받아야 했다. 우수한 생명'자원'에 대한 식민권력의 요구는 식민지 조선인들이 기존의 생활양식에서 탈피하여 전쟁 수행에 유용한 자질과 능력을 함양하는 충량한 황국신민으로 개조된다는 자기 증명과 실천을 동반했다. 식민권력에 의해 유례없이 강화되었던 생명정치가 전시체제 내내 생산성 '증강'과 '확충'의 슬로건으로

....

9 다카시 후지타니, 〈죽일 권리와 살릴 권리 : 2차 대전 동안 미국인으로 살았던 일본인과 일본인으로 살았던 조선인들〉, 《아세아연구》, 2008. 다카시 후지타니는 이 논문에서 푸코의 논의에 기반해 죽일 권리가 살릴 권리로 변화하는 통치기술의 변화를 식민지인들을 전쟁에 동원하기 위한 포섭 정책의 일환으로 바라본다. 이 과정에서 식민권력은 식민지 조선인들을 일본 인구의 일부분으로 생존하고 번영하게 만들어야 한다는 생각을 갖게 되었다고 그는 언급한다. 이 글은 그의 입론을 수용하되 그가 본격적으로 다루지 않은 생명정치와 죽음정치의 역설과 이율배반을 식민지 조선인의 '자원'으로서의 성격에 중점을 두어 논의하게 될 것이다. 총력전 체제는 이 '자원'으로서의 당면한 수요 앞에서 식민지 조선인들에 대한 유례없는 관심과 배려를 증대시켰지만, 동시에 이는 역으로 생명=자원이 등치되는 속에서 생명의 증강과 보존이 결국에는 전장 투입을 통한 인명의 소모=죽음으로 귀착될 수밖에 없는 죽음정치의 포괄적인 일부분이었음을 말하고자 했다.

표상되었던 이유가 여기에 있다. 생산성의 '증강'과 '확충'의 슬로건들은 한편으로 식민지 조선인들의 생명 '증진'과 관련되어 있었지만, 다른 한편으로 식민지 조선인들의 전장 동원을 위한 관제 캠페인이었던 것이다.[10] 생산력 '증강'과 '확충'의 슬로건에 내포된 이러한 자기모순은 식민지 조선이 대륙전진병참기지에서 고도국방국가로서 위치 변환되는 것과 병행하여, 전시 총동원을 위한 현실 대응 논리로서 제출된 생명정치의 자기 역설과 이율배반을 심화시켜가게 된다.

전시 총동원 체제 하에서 심화된 생명정치의 역설과 이율배반의 국민'화'는, 1938년 1월 "국민체력의 향상과 국민복지의 증진이라는 2대 목표를 내걸고" 신설된 일본의 후생성과 같은 직제로서 조선총독부 내에도 후생국을 설치하는 방안을 놓고 논란을 불러일으켰다.[11] 그런데 일본의 후생성과 같은 기구를 식민지 조선에 설치하는 일에 대한 부정적 기류가 퍼지면서, 예산 부족을 이유로 1938년 1월부터 제기되었던 후생국 신설 문제는 결국 일본 정부와의 절충과 타협 끝에 1941년 11월 19일 조선총독부령으로 실현을 보게 된다.[12] 이 후생국이 전황의 악

....

10 생명정치는 근대 국민국가의 보편적인 '국민'만들기의 차원에서 대단히 중요한 의미를 갖는다. 일정한 영토를 경계로 하여 동질적인 국민을 형성하기 위해서는 적어도 지위·신분·계층·지역·연령에 따른 이질적 차이가 국민에 대한 국가의 안녕과 보호라고 하는 더 큰 동질적 집단성으로 전이되거나 대체되어야 하기 때문이다. 이런 점에서 전쟁의 확대와 전면화로 인해 불가피하게 식민지 조선인들을 일본 국민으로 동원·통제해야 할 필요성에 직면한 일본은 식민지 조선인들의 생명 증진을 통한 전시의 인구 부족 문제를 해결하기 위해서라도 이 생명정치를 포함한 광범위한 '국민'화 통치전략을 펼쳐야 했던 것이다. 이 과정에서 제국/식민 간에 내포된 차별적 위계화는 동등한 '국민'화의 통합을 가로막는 중요한 문제로서 일본과 조선에서 모두 지속적인 논쟁의 대상이 되었다.

11 〈후생국 설치와 후생 운동〉, 《동아일보》, 1938년 12월 3일자.

12 〈후생국 등 신설, 금 십구일 공포 실시〉, 《매일신보》, 1941년 11월 19일자.

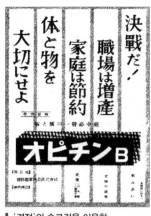

'결전'의 슬로건을 이용한
제품 선전 광고

생산력 '확충'과 국가 전력의 '증강'에
매진하라는 국가의 요구

화로 인해서 채 1년도 되지 않은 1942년, 행정 간소화 정책을 명분으로 폐지된 사례는 현실적 필요와 요구를 매개로 한 생명정치의 임시응변적인 성격을 잘 말해준다. 그럼에도 이는 "어디까지 조선의 현상에 즉하여 생산력 확충의 의미에서 노동력의 배급, 이동과 같은 전면적인 기구와 건강위생방면의 기구를 확충하는 것이 필요하지 않은가."라는 식민지 조선인들을 향한 식민권력의 생명정치가 부분적으로나마 행사되고 있었음을 일러주는 증거이다.

1938년 4월 지원병 제도의 실시와 조선어를 필수과목에서 수의과목으로 변경시킨 제3차 조선교육령의 발포는, 1938년 7월 7일 중일전쟁 1주년을 기념하여 실시된 국민정신총동원'운동'과 연쇄적으로 생명정치의 국민'화' 시스템을 전면화하게 된다. 1939년 6월의 국민능력직업신고령을 필두로 한 연이은 '국민'등록제도의 실시가 보여주는 것은 식민지 조선인들이 일본 인구의 일부분으로 간주되어 관리되어야 할 내부의 생명'자원'이 되어갔다는 점일 것이고, 이는 식민권력에 의해 그동안 방치되거나 소외되었던 식민지 조선인들의 생명이 관리되어야 할 내부의 '자원'으로서 등록되기 시작했다는 뜻일 것이다.[13] 식민권력은 그 전에도 주기적으로 식민지 조선인들을 상대로 인구조사와 통계 작성을 실시했지만, 그것은 노동'능력'과 적성 및 기술의 소지 여부와 직업 유무 그리고 학력 상황과 거주 환경까지 포함한 전 방위적인 조사와 통계는 아니었기 때문이다. 푸코의 말을 원용하여 이야기하면, '죽게 하거나 살게 내버려두는' 기존의 통치방식이 전시 총동원 체제를 맞아 '살게 하고 죽게 하는' 생명관리정치로 변화해갔다고 이를 만한 것이었다.

국민능력직업신고령에 의한 '직업능력신고서'는 1937년 중일전쟁 이후 식민지 조선인들을 향한 식민권력의 전체적이고 포괄적인 '국민'화의 통치기술을 보여준다. 이 전체적이고 포괄적인 '국민'화 통치전략이 제대로 기능하려면 이를 받아들일 식민지 조선인들의 태도 전환과 인식 변화가 필수적이었다. 다시 말해, 변화되는 식민권력의 통치기술을 일상의 심부에까지 체득할 수 있는 식민지 조선인의 인식 변화와 태도 전환이 요청되었는데, 여기에는 식민지 조선인의 생활습관에서부터 신체관리, 영양과 모발 · 의복 · 신앙 · 풍습 등에 이르기까지 '생명'과

....

13 국가총동원법에 의한 국민직업능력신고령은 1939년 6월에 실시되었다. '국민등록제도'로서 이 국민직업능력신고령은 의료 및 선원, 의사 등의 전문직종에서 그 대상이 확대되어 연령 16~45세 미만 남성 중 현직자 · 전직轉職자 · 기능자 등이 모두 신고 대상이 되었다.

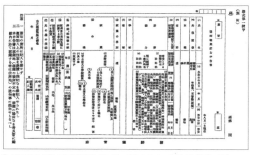

1939년 6월 국민직업능력 신고서(양식 제1호)의 강제적 작성

식민지 조선인을 체계적으로 관리·동원하기 위한 외지인의
기류寄留계 신고서. 이승만 정권 시에도 지속되었다(오른쪽)

관련된 일체의 것이 망라되었다. 이를 위해 식민권력이 새롭게 고안한
지배논리가 바로 황민'화'皇民化였다. 황민'화'란 식민지 조선인들의 집
단적 주체 개조라 부를 만한 것으로서, 식민지 조선인들은 이 황민'화'
의 엄격한 자기 훈육 과정을 거쳐야만 비로소 일본 천황 아래서 일본
인과 동등한 신민(적자)으로서의 자격과 지위를 획득할 수 있다는, 식
민권력이 주도적으로 제창한 정교한 민족 차별을 내장한 가상적인 평
등화 논리였다.

황민'화'의 측면에서, 일상의 행동과 실천윤리로서 강조되었던 것이
'연성練成'이다. 식민권력은 1937년 중일전쟁 이후 국체명징國體明徵, 교
학진작敎學振作, 내선일체內鮮一體를 식민지 조선인에 대한 중요한 통치
방침으로 삼고 이를 일상에서 실천할 수 있도록 하는 데 심혈을 기울
였다. 정근식은 전시 총동원 체제에 체위體位 향상을 의미하는 용어로
가장 많이 사용되었던 용어가 연성이라고 말하고 있다. 그는 '연성' 개

념이 연마와 육성을 합한 일본식 표현으로, 1937년 중일전쟁 이후 가속화된 전시 총동원 체제 하에서 정신과 신체를 효율적으로 관리하고 통제하기 위해 식민권력에 의해 도입된 개념임을 분명히 했다. 연마와 육성이 합쳐진 '연성'은 연마가 신체에, 육성이 정신에 각기 대응되는 방식으로 식민지 조선인의 황민'화'가 연성의 동태적 개념을 토대로 한 일상의 실천'운동'이었음을 명확하게 일깨워준다.[14]

　황민 '연성'이 식민지 조선인들의 황민'화'라고 하는 일상적인 실천'운동'으로서 펼쳐졌음은 식민권력이 대대적으로 전개한 국민정신총동원운동(이후 국민총력운동)으로 입증된다. 국민정신총동원운동은 앞에서도 말했듯이 1938년 중일전쟁 1주년을 맞아 일본에 이어 식민지 조선에도 전격 시행되었다. 이 운동은 식민지 조선인들을 전시 총동원에 필요한 내부의 유용한 생명'자원'으로 만드는 것을 목표로, 식민지 조선인의 자발적인 주체 개조와 향상을 유도한다는 취지와 의도를 내걸고 출범했다. 이를 통해서 식민권력은 식민지 조선인들의 황민'화'를 '연성'이라는 실천'운동'으로 재조직하여 위로부터 아래로 확산되는 하향적 대중교화'운동'으로 확립하고 정착시키고자 했다.

　국민정신총동원운동은 따라서 대중의 국민화가 전시 총동원 체제 하에서 어떻게 조직되고 실현되었는지를 여실히 드러내주는 집단 의

---

14 정근식, 〈식민지지배, 신체규율, '건강'〉, 미즈노 나오키 외, 정선태 옮김, 《생활 속의 식민지주의》, 산처럼, 2002, 94-96쪽. 정근식은 연성을 주로 체위 향상 및 신체 훈육과 결부시켜 다루고 연마가 신체에 그리고 육성이 정신에 대응된다고 밝혔지만, 실제 연성이 사용되는 빈도를 보면 그것이 엄밀하게 나누어지지는 않았음을 알 수 있다. 그의 논지가 갖는 의미를 살리면서도, 여기서는 생명정치의 관점에서 연성이 '황민' 연성의 실천원리이자 행동규범으로서 작용했음을 논의의 중점으로 삼는다.

례의 장이나 다름없었다. 국민정신총동원운동은 운동이라는 취지에
걸맞게 운동의 참여주체가 될 개개인들을 사적인 개인으로서가 아니
라 집단적 주체로서 공식'화' · 의례'화'하는 것을 그 목적으로 삼았기
때문이다. 이러한 운동의 성격을 살리는 방편으로 식민권력은 참여한
당사자들뿐만 아니라 다른 참여자들의 모습을 통해서도 자신의 행위
가 갖는 의미를 인식할 수 있도록 하는 일종의 극화된 무대 효과를 각
종 기념일과 기념행사의 제정으로 가시화하게 된다.

  1937년 9월부터 "제2의 국민인 학생 생도 및 아동의 훈육 지도"를 위
해 매월 6일에 일제히 학교에서 개최된 애국일(이후 1939년 9월부터 '흥아
봉공일'로 명칭 개정)과 "공사생활을 쇄신하여 전시태세화를 도모"한다는
목적 하에 제정된 1939년 7월의 국민생활일, 태평양전쟁 발발을 즈음하
여 천황의 결전 의지가 담긴 조서 반포일을 기념한 대조봉대일(이후 연
성일)까지 이 모든 기념일과 기념행사가 국민'화'의 가시적인 집단 의례
의 장으로서 기능했다. 기념일의 제정 못지않게 "국민정신총동원강조
주간, 국민정신총동원 총후보국강조주간, 저축보국주간, 경제전 강조
주간, 총후후원강화주간, 일본정신 발양주간, 황실에 대한 보국감사일,
근로보국주간" 등의 각종 강조주간행사들도 속속 펼쳐졌는데, 이 행사
의 실질적 주관자는 보통 가ᄆ를 한 단위로 하여 이루어진 10호 조직의
마을 애국반과 각 직역(직장)연맹이었다.[15] 마을과 직장을 횡으로 연결
하고 그 최종점에 국민정신총동원운동의 지도부인 국민정신총동원조

....

15 朝鮮總督府,《조선의 국민정신총동원朝鮮に於ける 國民精神總動員》, 朝鮮總督府, 1940, 34, 141-
    157쪽 참조.

선연맹이 종적으로 연결되는 전형적인 일원화 통제 시스템이었다.

　기념일과 각종 강조주간행사들이 수시로 제정되고 개최된 식민지 조선의 달라지는 일상 풍경은 식민지 조선인들의 삶과 생활 방식에도 전면적인 변화를 불가피하게 했다. 하루가 멀다 하고 실시되는 이 반복적인 집단 의례의 장에서, 식민지 조선인들은 그 내면이야 어떻든 외형적으로나마 이를 실천하고 수행하지 않을 수 없었기 때문이다. 국민정신총동원'운동'의 필수 실천 항목들 중 정신적인 방면의 초석으로 여겨진 궁성요배宮城遙拜의 경우, "충군애국의 사상 함양을 도모하고 특히 반도 동포가 황국신민이라는 확실한 신념을 지니게 하도록", "매일 아침 일정한 시간에 라디오 호령에 따라 조선에서 일제히 시행"될 것이 명시되었다. 매일 아침 일어나 일정한 시각에 라디오 호령에 맞추어 천황이 있는 황거皇居를 향해 절한다는 이 반복적인 의례와 실천행위는 인간의 신체를 자동 반응하게 하는 물적 효력을 낳는다. 이 반복적인 신체 훈육을 통해서 식민권력은 최종적으로 "충군애국의 사상 함양"과 "반도 동포의 황국신민"화를 도모했던 셈이다.

　식민권력의 이러한 반복적인 신체 훈육을 통한 내면적인 정신의 일원화는, 이것이 식민지 조선인들의 국민'화'를 판별하는 가시적인 척도가 되면서 이른바 식민지 조선인들에게는 빠뜨릴 수 없는 하루 일과가 되어갔다. 이 집단 의례의 반복적인 실천 행위 속에서, 식민지 조선인들은 하루도 빠지지 않고 식민권력이 요구하는 국민화의 부단하고 지난한 '연성' 과정을 체험하고 실감해야 했던 것이다. 전시 총동원 체제의 유례없는 생명정치가 식민권력과 식민지 조선인들 사이에 황민 '연성'을 둘러싼 긴장과 갈등을 반복적으로 만들어낸 이유가 여기에 있다.

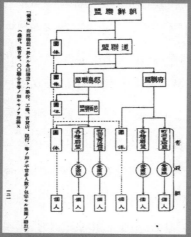

국민정신총동원조선연맹의 조직 계통도

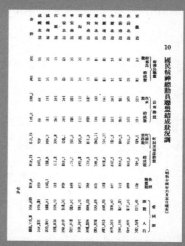

국민정신총동원조선연맹의 도별 결성 상황

국민정신총동원운동의 강령 및 실천 사항

'황국신민의 서사' 암송에 필요한
용지의 규격화

다음 표는 국민정신총동원조선연맹에서 정한 애국일(이후 흥아봉공일)의 기념행사 식순과 그 내용을 정리한 것이다.[16]

시간(오전)	기념식순(애국반)	내용 및 행동 요령	기념식순 (오전 9시 기준 : 조선총독부)
7시 30분	개회	사이렌은 예보 15전에 울림(대기)	집합
	국기 게양	국기에 주목	
	국가 합창	2회	궁성요배
7시 50분	궁성요배	국위선양 무운장구	국가 합창
	묵도	기원 2600주년 기원절에 하사받은 조서 낭독	묵도
			황국신민의 서사 제창
7시 57분	신합申合	주지 사항을 포함	천황폐하 만세
	전일의 보고		
	황국신민서사 제창		
	천황폐하만세 삼창		해산
	국기 강화		

10호 조직의 마을 애국반의 경우, 7시 30분에 개회를 하고 궁성요배 및 조서봉독, 7시 57분에 명심해야 할 주의사항과 전일의 활동 보고 및 황국신민의 서사 제창과 천황폐하만세 삼창 그리고 국기강하를 마지막으로 해산하도록 되어 있었다. 애국반의 이러한 애국일 기념행사 식순은 7시 30분의 개회 15분 전에 울리는 사이렌을 기준으로 30분을 넘지 않는 선에서 행하는 것이 통례였다. 애국반의 참석자가 호戶의 가장으로 의무화되어 있었던 점을 감안한 결과였다. 조선총독부에서 행해진 직장연맹의 애국일 행사 역시 시작 시간과 식순만 다를 뿐 나머지 내용은 동일했다.

애국일은 제정 당시에는 국가 합창과 천황폐하만세 삼창이 특별히

....

16 〈연맹휘보聯盟彙報〉, 《총동원》, 1940년 9월, 35-36쪽과 朝鮮總督府, 위의 책, 152쪽을 참조하여 정리한 것이다.

강조되지 않았지만, 애국일 행사의 철저 시행이 강조되면서 애국일 기념행사도 의례적인 측면이 강화되어갔다. "출석이 저조한 지식계급"의 참여를 유도하기 위해 그 "전날 직장의 안내 방송을 통해서" 애국일 행사에 빠짐없이 참석하게 하는 것뿐만 아니라, "금주절연, 기타 기호품의 금지, 요리가게와 음식점의 휴업, 연극 및 활동사진 등 오락적 방면의 자숙, 백화점의 휴업, 일채주의一菜主義의 장려" 등은 이 행사에 담긴 식민지 조선인에 대한 정신 강화의 의도가 얼마나 컸는지 알 수 있다.

황국일본의 정신을 반도의 방방곡곡에 국민의 심간心肝에 투철시켜 반도 민중은 모두 황국신민인 신념에 불타게 하여 항상 황실을 존숭하고 국가를 애하고 신사를 경敬하고 조선祖先을 숭崇하고 자기의 소아를 멸하여 국가 유구의 대아에 합체하는 숭고지상의 정신을 현현顯現 · 연성練成 · 발양發揚시키는 것은 본 연맹 결성의 최초 동기로써 또한 최후의 이상이다. 이하 제 강령의 근본정신도 연원이 모두 차처此處에 발한다. 아등 연맹원我等聯盟員은 차此 진의眞意를 체體하고 일상 자수自修하여 사린四隣을 화하고 후진을 도導하여 차대에 급하여서 차此 이상을 현현할 것을 기함.

一. 내선일체 완성

내선은 해를 격하여 언어풍속을 달리하였으나 동근으로서 시절時節 도래하여 고대에 환원하고 기 병합 후 황도에 기基한 인정은 일시동인의 성지에 칙하여 양지兩地일가一家의 건설에 노력하고 있다. 반도 일반민중은 충량한 황국신민으로써 신아시아 건설의 성전에 협력 · 참가하는 것은 국민으로 무상의 영예로써 반도 영원의 안녕과 향상과의 정도인 소이를 자각하기를 원한다.

一. 생활의 혁신

구래의 누습을 타파하고 천지의 공도에 기함은 명치신정明治新政의 대 이
상으로서 우 황국일본이 세계에 비약하는 원유原由의 일이다.

一. 전시경제정책에의 협력

근대전은 실로 국가의 전력으로써 하는 종합적 국력전國力戰으로서 최후
의 승리를 박博함에는 최고도로 동원된 일국의 모든 정신력 · 경제력을 전
쟁 목적에 집중함을 요한다.[17]

경성부를 중심으로 하는 경기도 2백5십만 도민의 총후 생활을 굳고 힘찬
전시체제로 무장하기 위하여 도 당국에서는 그동안 정동精動연맹과 협력하
여 여러 가지 구체적 실행 사항을 결정 · 발표하고 이를 철저히 실시케 하
고 있는 중이다. 도내 방방곡곡에서 열린 관공리 부인좌담회는 일반가정주
부를 통하여 일으켜질 힘찬 부인운동의 봉화불이 되었고 그 뒤를 이어 9월
1일부터는 유흥향락면遊興享樂面에 금령禁令이 내리었으며 일방 학원의 신
생활 체제도 9월 9일부터 일제히 실시키로 되었다. 이렇게 일반도민생활은
자숙과 쇄신의 큰 길로 뜻 깊은 출발을 하게 되었다. 이 같은 취체를 각별히
인식시킬 목적으로 5일부터는 전시강조주간이 실시되어 하루하루의 실천
을 통하여 총후생활은 점차로 굳어지는 중인데 도에서는 다시금 일본정신
의 앙양과 및 체위향상시설 그리고 생활쇄신에 관한 도민의 일상필수사항
을 결정하고 도민의 전시체제를 일층 강화하기로 되었다. 그래서 7일에는
도 3부장 연명으로 도내 각 부윤 · 군수 · 경찰 · 각 공립중등학교장에게 통
첩을 보내고 각 관계 방면과 협력하여 지방 실정에 맞도록 실행시키라고 비

....

17 〈총동원조선연맹 회의에서 9대 강령 결의〉, 《동아일보》, 1938년 9월 23일자.

격飛檄하였다.[18]

　국민정신총동원운동의 브레인 역할을 했던 국민정신총동원조선연맹은 9대 강령의 제시를 통해서 "황국일본의 정신을 반도의 방방곡곡에 국민의 심간에 투철시켜 반도 민중은 모두 황국신민의 신념에 불타게 하여 항상 황실을 존숭하고 국가를 경하고 조선을 숭하고 자기의 소아를 멸하여 국가 유구의 대아에 합체하는 숭고지상의 정신을 현현·연성·발양"시킬 것을 대내외적으로 천명했다. 이는 "존엄한 우리 국체에 즉해 더욱더 진충보국정신을 앙양하고 이것을 국민일상생활의 실천으로 구체화하고 항상화恒常化함으로써 소기의 목적을 관철시키고 이것을 또한 국민 전체의 의지로써 의무화한다."고 규정한 국민정신총동원조선연맹의 취지와도 일맥상통하는 것이다.[19] 국민정신총동원조선연맹의 이러한 결성 취지와 목표는 "황국신민의 정신"의 '연성'에 그 방점이 찍혔는데, 황민 '연성'의 철저만이 "반도에 있는 국민이 일시동인一視同仁의 성은에 대해 받드는 유일한 길이고 황국신민으로서의 복지를 구현하는 유일한 길"이 된다는 논리였다. 이 논리대로라면 "반도에 있는 국민"이 일시동인의 성은을 받들어 그 "복지를 구현"하는 생명정치의 대상이 되는 유일한 길은 황민 '연성'의 부단한 실천밖에 없었다. 내선일체라며 아무리 평등을 강조해도, 전시 총동원 체제의 배

....

18 〈도민의 전시생활 구체안 - 금일, 경기도 각 부·군에 통첩〉, 《매일신보》, 1940년 9월 8일자.

19 國民總力朝鮮聯盟, 《조선의 국민총력운동사朝鮮に於ける 國民總力運動史》, 國民總力朝鮮聯盟, 1945, 26쪽.

면에는 전형적인 식민(주의)'화'의 불평등성이 짙게 그림자를 드리우고 있었던 것이다.

식민권력의 생명정치는 식민지 조선인들이 일본인, 즉 일본의 국민이 되기 위해서는 황민 '연성'의 길을 부단히 갈고 닦아야 한다는 생각을 조선인들에게 심어주려 했다. '황민' 연성의 철저를 둘러싸고 식민권력과 식민지 조선인들 간의 불평등한 교환과 이해관계가 착종되고 긴장과 갈등이 교차했던 이유가 여기에 있다. "동아민족을 지도할 사명을 가진 황국신민은, 지금에 있어서 우리 사상·정신을 연성하는 국민운동을 철저"하게 하여 일본의 "유기적 전체로서 힘을 적시에 발휘"해야 할 일본 국민의 일익으로 식민지 조선인들을 호출했지만, 그 정당한 대우와 혜택은 황민 '연성'이라는 끝나지 않는 자기 훈련과 실천을 담보로 하는 불평등성을 이미 내재하고 있었던 것이다. 이는 일본인이 "내지에 있어서는 한 환경 속에서 오랜 역사를 지속해 온 민족이기 때문에 기다의 외래사상이 도래해도 국체관념 하에서 그것을 불식하여 일치단결하는 것은 용이했지만 조선에서는 이천수백만의 민民에게 국체관념을 투철하게 하는 일이 가장 중요한 일"이라는, 흡사 소여所與와도 같은 식민지인들의 특수성이 식민권력에 의해 부과된 데 따른 필연적인 귀결이기도 했다.[20]

황민 '연성'은 식민지 조선인들이 일본 인구의 일익이 되기 위해 수행해야 했던 구체적인 생활원리로서 식민지 조선인들의 일상적 삶과

----

20 國民總力朝鮮聯盟, 위의 책, 20-26쪽.

국민정신총동원운동의 기관지
《총동원》

기념행사의 정경과 농촌에
동원된 근로보국

1938년 1월 이후 모든 잡지
가 게재해야 했던 황국신민
의 서사

황국신민의 서사탑

행동을 규정지었다. 하지만 "국가적 사회적 대우를 전면적으로 즉시 또는 급진적으로 평등화함을 전제 조건으로 함과 같은 견해를 포회하는 자"는 "인심을 그릇되게" 하고 "황은을 가벼이 여겨 일의 순역을 그르치는" 자로 비난받는 이를테면 국민'화'의 불평등성을 합리화하려는 식민지 조선의 특수 사정이 내선동등의 구호에도 불구하고 역으로 강화되는 역설을 빚어내고 있었다.[21] 이러한 비대칭적인 권리와 의무 간의 불평등한 간극은 식민지 조선인들로 하여금 황민 '연성'을 통한 내선평등을 꿈꾸게 하면서도, 이 내선평등의 (불)가능한 현실 앞에서 좌절하게 했다. 식민권력은 권리와 의무에 따르는 이 간극을 황민 '연성'의 더 완벽한 수행으로 극복하고 초월할 것을 요구하고, 그래야만 천황의 신민(적자)으로서 식민지 조선인들의 지위 향상을 도모할 수 있다는 역전된 시혜 의식으로 이를 봉합하고자 했다. 이러한 불평등성을 함유한 채로 국민정신총동원'운동'의 집단적인 황민 '연성'은 식민지 조선인들의 일상적인 삶의 방식과 생활 조건에 근본적인 변화를 가하면서, 식민지 조선인들의 집합표상으로서 황민 '연성'을 유일한 삶의 표준이자 지침으로 제시하는 강화된 전시 총동원 체제 속으로 식민지 조선인들을 몰아갔던 것이다.

이 맥락에서 식민지 조선의 대중매체들 또한 그 역할과 위상 변화가 불가피했다. 황민 '연성'을 위한 일차적 교화와 계몽의 선전주체로서 대중매체의 통제와 조정 및 관리가 식민권력의 전시 총동원 체제 구축

....

21 〈국체명징, 교학진작 등 5대 정강 구체화〉, 《동아일보》, 1939년 4월 19일자.

의 핵심 과제로서 부상되었기 때문이다. 일본에서는 효율적인 전시 총동원 체제의 운영과 통제를 위해서 조직의 정비와 통폐합이 뒤따랐는데, 1936년 7월 대중매체를 통일적으로 관리할 기구로서 내각정보위원회(1937년 9월에 '내각정보부'로 명칭 개정)가 출범했다. 내각정보위원회의 '사무규정' 제1조에 따르면 "국책 수행의 기초인 정보에 관한 연락조정"과 "내외보도에 관한 연락조정", 그리고 "계발선전에 관한 연락조정"이 그 주된 업무로서 규정되었다. 포괄적인 정보·보도·선전 활동을 목표로 한 내각정보위원회는 1936년부터 1937년 중반까지 '일지문제에 관한 대외선전방책'(1936년 9월 28일), '일독방공협정에 관한 선전방침'(1936년 12월 21일), '기원 2600년에 관한 선전방책'(1937년 2월 8일), '선거에 대한 교화선전요망'(1937년 3월 31일), '국민교화운동방책'(1937년 4월 19일), '국민심신단련운동방책'(1937년 7월) 등을 수립하고 실시를 명한다.

하지만 이것보다 더 중요하게 내각정보위원회가 중점을 두었던 사업은 '국민교화'와 '시국(국책)선전'이었다. 이 '국민교화'와 '시국(국책)선전'은 "존엄한 국체에 대한 관념을 철저"하게 하며 "일본정신을 앙양"하고 "제국을 중심으로 한 내외 정보"의 인식 및 "국민에게 나갈 길"의 제시, 그리고 "국민의 의지를 고무 확장하고, 생활을 진지하게 함과 동시에 국민 일반의 교양의 향상을 도모함으로써 국운의 융창"을 위해 대중매체들의 자발적인 협력을 유도하는 한편, 그 구체적인 활동은 국민정신총동원'운동'과 궤를 같이한다는 원칙을 견지했다.[22] 식민지 조

....

22　有山輝雄, 〈전시체제와 국민화戰時體制と國民化〉, 《전시하의 선전과 문화戰時下の宣傳と文化》, 現代史料出版, 2001, 14-21쪽.

조선중앙정보위원회의
'위원회' 규정과 면면

조선중앙정보위원회가 창안한
잡지 《통보》

선에서도 일본의 내각정보위원회에 상응하는 통일적인 선전기구로서 1937년 7월 조선중앙정보위원회가 창설되었다. 조선중앙정보위원회의 위원장에는 조선총독부의 정무총감인 오노 로쿠이치로大野綠一郞가, 위원 직은 각국부장, 관방과장, 경기도 지사 등이 겸임했다. "조선에서의 정보 계발·선전에 관한 중요 사항을 조사·심의하고 계발·선전의 연락 조정을 꾀하는 최고 기관"으로서 일본의 내각정보위원회와 긴밀한 연락·조정을 통해 선전정책의 통일적 일원화를 꾀하고, 식민지 조선인들을 대상으로 하여 철저한 시국 인식과 국책 협력을 꾀하는 사상교화를 그 사업의 중점으로 한 식민국가기구였다.[23]

조선중앙정보위원회의 이와 같은 활동은 '황국신민의 서사' 제정과

······················

23 최유리, 《일제 말기 식민지 지배정책연구》, 국학자료원, 1997, 70쪽과 國民總力朝鮮聯盟, 앞의 책, 20쪽을 참조하여 정리했다.

애국일의 지정 등 국민정신총동원'운동'의 밑그림을 그리는 선전기관으로서의 성격을 명확히 했다. 국민정신총동원'운동'이 본격적으로 발족되면서 조선중앙정보위원회의 관제와 활동은 그 안으로 대부분 흡수되었는데, 이외에도 조선중앙정보위원회는 《관보官報》의 부록격인 《통보通報》의 발행, 시국뉴스 배포, 인쇄물·영화·뉴스사진·라디오·강연·종이연극·전람회 및 좌담회 등을 통해 시국 선전과 강화에 주력하여 식민지 조선인들을 총동원할 수 있는 다양한 방도와 대책을 마련한다. 조선중앙정보위원회의 사업 활동과 내용은 국민정신총동원'운동'의 "시국인식과 계발선전 및 지도"의 중요 실천 요목으로서 계승·발전되어갔다.

식민지 조선의 대중매체들이 대중의 외연을 확대하여 스스로를 계몽의 '지도'주체로서 자리매김했음은 이미 언급했던 바이다. 식민지 조선의 대중매체들이 벌인 하향적 대중화는 그 구체적이고 상징적인 표현으로 구매대중과 교화대중의 경계선상에서 시기별로 강조점의 차이를 보였다. 하지만 1937년 중일전쟁을 계기로 가속화된 식민지 조선의 전시 총동원 체제는 이 대중화의 회로를 전례 없는 생명정치의 도래와 더불어 국민화라는 일원화된 시스템으로 재축조하는 새로운 변화의 계기를 창출했다. 식민지 조선의 대중매체들이 식민권력의 충실한 동조기관으로서 정체성을 재조정해나가야 했던 데는 이러한 식민권력의 통제와 관리의 적극적인 통치기술이 있었으며, 그 결과 식민지 조선의 대중매체들이 벌인 활동은 기존에 보여준 하향적 대중교화'운동'의 연장선상에서 전시 총동원에 필요한 당면한 현실적 필요와 요구를 최우선으로 한 선전선동과 국민교화였다는 점에서 기존의 하향적 대중화와는 양적·질적인 측면에서 커다란 변별성을 내포하고 있었다.

식민지 조선의 대중매체들이 식민권력의 동조기관으로서 선전교화의 한 축을 담당하게 되면서, 오락에 대한 차등적 구분과 감시도 점점 강화되어갔다. 근대적 대중매체가 지닐 수밖에 없는 지나친 오락성이 비판의 도마 위에 여지없이 올랐던 것이다. 서구의 말초적인 개인주의와 향락주의를 상징하는 불건전한 오락의 퇴폐성이 문제되고, 이는 곧 일본의 전쟁 상대국인 미·영의 서구와 동일시되는 양상을 보여준다. 그래서 불건전한 오락에 대해서는 부정과 척결이 소리 높여 주창되었다. 반면 서구의 퇴폐적인 물질문화와 대비되는 건전한 정신문화로서의 국민오락이 제창되어졌다. 이에 따라 자연히 건전하고 명랑한 국민오락을 식민지 조선의 대중매체들은 앞장서서 실천해야 할 국책 수행의 임무와 역할이 주어졌다.

건전하고 명랑한 국민오락의 재구성과 관련해서 주목해야 할 인물이 바로 1920년대 일본의 대표적인 민중오락론의 주창자인 곤다 야스노스케權田保之助였다. 그는 "활동사진의 오락성·대중성이 제1차 구주대전에 의해 앙양된 사회민중주의, 경제적 자유주의, 개인주의적 자유주의에 편승하여 오락 일체의 범위로 전개되고 이로 인해 민중오락이라는 한 존재를 창출"시켰지만, "최근의 새로운 사태 즉 지나사변(중일전쟁)에 의해 만들어졌다고 할 수 있고 오히려 그 역으로 사변 자체를 일으켰다고도 할 수 있을 위대한 저력을 가진 '시국'은 이 민중오락을 지양하여 국민오락을 생겨나게 했다."고 주장하게 된다. 민중오락론의 대표적인 논자였던 그가 민중오락의 자발적 활기와 생명력 대신 혹은 이를 바탕으로 시국이라는 비가역적인 현실을 빌미로 국민오락론을 앞세우기에 이른 셈이다. 시국의 거스를 수 없는 현실을 빌미로 한 그의 "민중오락에서 국민오락"으로의 변모는, 민중−대중−국민의 달라지는 강조점만큼이나 대중매체의 변화를 매개·조응하고 있었다. 이는 식민지 조선의 대중매체도 예외는 아니었다.[24]

무한공략을 계기로 신 단계에 대응키 위하여 국내 체제를 재정비할 것은 필연한 사실이다. 그리하여 정부는 지난 11월 3일에 역사적 대성명을 발표하는 동시에 국내체제 정비의 대방책으로서 국가총동원법 중 현재의 객관적 정세에 비추어서 가장 필요한 사항을 먼저 발동코자 결정하고 목하 관계 각성에서 열의·연구 중이다. (중략) 그러면 총동원법이 전면적으로 발동됨을 따라 신문은 여하한 영향을 받을 것인가? 여하한 통제를 받게 될 것인가? 이것이 신문인으로서는 물론이요, 우리 일반사회인으로서도 관심사이다. 국가총동원법안 가운데서 2회 이상 발금發禁 처분을 받은 신문잡지에 대하여는 발동정지를 명할 수 있다는 규정이 제외되기는 했지만 그래도 제정된 총동원법 가운데서 신문과 밀접한 관계를 가진 중요한 조항을 들어보면 제5조와 제12조가 있다.

제5조 〈정부는 전시에 제하여 국가총동원 상 필요한 시는 칙령의 소정所定에 의하여 제국신민 급 제국법인 기타의 단체로 하여금 국가 또는 지방공공단체가 실행하는 총동원 업무에 대하여 협력케 함을 득함〉, 제20조 〈정부는 전시에 제하여 국가총동원상 필요한 시는 칙령의 소정에 의하여 신문지 기타의 출판물의 게재에 대하여 제한 우又 금지함을 득함〉(제20조 제1항) 즉 제5

....

24 権田保之助,《국민오락의 문제國民娛樂の問題》, 栗田書店, 1941, 1-2쪽.

1931년 곤다 야스노스케의
《민중오락론》

1941년 곤다 야스노스케의 문부성
추천 《국민오락론》

'국민오락'에 대한 식민권력의 적극 지도 방침

히틀러의 《행복론》에 비견된 전시체제 하 '국민오락론'

조는 총동원업무에 대하여 신민 또는 단체의 협력 요청을 규정한 것이며 제20조는 기사의 게재에 대하여 제한 또는 금지를 규정한 것이다. 그런데 정부의 신문정책상으로 보아서 다시 말하면 신문통제 상으로 보아서 제5조에 의한 협력요청이라는 것은 적극적 방책이라고 생각할 수가 있으며 제20조에 의한 기사 게재의 제한 우 금지는 소극적 방면이라고 볼 수 있다. (중략)

신문통제에 대한 적극적 방면 즉 제5조가 발동되면 신문이 어떻게 통제될 것인가를 생각하여 본 것이다. (반면) 소극적 방면은 위에서도 말한 바와 같이 제20조에 의한 기사게재에 대한 제한 우 금지이다. 이 기사 게재에 대한 제한 우 금지는 현재 조선에서도 시행되고 있다. 그러나 대체로 치안유지와 군기에 관한 기사에 관하여 제한 또는 금지가 많다. 그렇지마는 총동원법 제20조가 발동되면 기사 게재에 대한 제한 우 금지가 현재보다 일층 더 넓어질 것이다. 치안유지와 군기에 대하여는 물론이요 정치·경제·외교·사상 앙양 기타 일체의 부문에 있어서도 국가총동원 상 필요한 시는 기사 게재에 대하여 제한 우 금지를 지령할 것이다. (중략) 그렇게 되면 그 지령주체는 (중략) 현재의 내각정보위원회가 독일의 선전성과 같은 역할을 하게 될 것이다. 그리고 전달방법에 있어서는 지령주체로부터 직접으로 신문사에 대하여 지령할는지 혹은 동맹통신사를 통하여 각 신문사에 지령을 전달할는지는 알 수 없으나 짐작하건댄 동경 시내에 있는 각 신문사에는 지령주체로부터 직접으로 지령하게 될 것 같다. 그러나 지방 각 신문사에는 동맹통신사를 통하여 지령이 전달될 것이다.[25]

....

25 김철, 〈총동원법의 전면적 발동과 신문〉, 《조광》, 1939년 2월, 234-287쪽.

8월 10일에 총독부 경무국장은《본부는 시국의 추세에 감하여 언론의 지도, 물자의 절감, 기타 각반의 국책적 견지로부터 언론기관 통제의 긴요함을 인정하고 신중 고구한 결과 먼저 언문諺文신문의 통제를 단행하기로 결정하여 구랍舊臘(지난 해 섣달) 이래 조선일보사와 간담 · 협의하였던바 동사는 잘 시국의 대세를 양해하고 자진하여 국책에 순응하려는 태도로 나와 일절의 사정社情을 포척抛擲하고 동아일보와 동시 폐간을 희망하고 낙의諾意를 표하였다. 이어서 동아일보사에 대하여 절충을 거듭했으나 동사 간부 중에 당국의 진의를 오해한 자가 있어서 협의가 진척되지 못하여 그 후 다소의 우여곡절이 있었으나 금회 마침내 석연釋然히 당국의 방침을 양득諒得하고 자발적으로 폐간하기로 된 것은 통치 상 실로 동경에 불심不堪하는 바이다.》이란 담화를 발표하였고 또 조선일보 사장 방응모 씨는 8월 10일에《불초 응모가 사재의 대부분을 투척投擲하고 동지의 협력을 얻어서 조선일보를 인수 경영한 지 8개성상八個星霜을 열閱하온바 지나사변 이래 동아신질서를 건설하는 광고의 국가지운國家之運에 제회하여 일의전심 보도보국의 길을 밟아서 일층 더 소기한바 목적을 달성하려고 미력을 다하였으나 구주전쟁을 계기로 하여서 세계정세는 급전직하로 일대 전환기에 처하게 되고 국내 정세는 일층 긴장과 분려를 요하게 되었는데 이에 반하여 각 사업을 조정 · 통제하려는 국책은 드디어 신문통제라 하는 당국의 방침에 조선일보도 순응치 아니하면 안 될 지경에 도달하였습니다. 그래서 본보는 금일로써 폐간하게 되었습니다.》또 동아일보는 사설로써 같은 날에《본보는 자못 돌연한 것 같으나 금 8월 10일로써 소여의 보도사명에 바쳐오던 그 생애를 마치게 되었으니 오늘의 본지 제6819호는 만천 하 독자 제위에게 보내는 마지막 지면이다.》(중략) 대정大正 9년(1920) 4월에 창간한 이래, 만 20년만인 금일에 지至하여 민간 양대 신문은 자진 폐간을 보게 되었다. 민간 양지가 자진 폐간하고, 매일신보가 국책에 결정된 유일의 언문지諺文紙가 되었는데, 동사에서는 이 기회에 기구를 일층 확충코자 10일 중역회에서 현재의 자본금 100만원에서 다시 100만원을 더 증자하여 200만원으로 하기로 가결하였다고 한다.[26]

위 인용문은 신문매체에 한정되어 있긴 하지만, 전시 총동원 체제 하에서 식민지 조선의 대중매체들이 처하게 될 상황을 알려준다는 점에서 유의미하다. 첫 번째 인용문은 국가총동원법의 발동으로 인해 기존의 언론통제법 및 1936년에 창설된 내각정보위원회(조선은 1937년에 창설된 조선중앙정보위원회)와 더불어 이중삼중의 통제와 감시망이 펼쳐지게 될 것임을 암시한다. 기존의 언론통제법은 식민지 조선의 경우 "대체로 치안유지와 군기에 관한 기사에 관하여 제한 또는 금지"를 하는 경우가 많았는데, 새롭게 발동된 국가총동원법의 제5조와 제20조는 "신문통제 상으로 보아서 제5조에 의한 협력요청"이라는 적극적 방책과 "제20조에 의한 기사 게재의 제한 우又 금지"의 소극적 방면까지 국가에 의한 전 방위적인 개입과 통제의 길을 열어놓았기 때문이다.

"정부는 국가총동원 상 필요하다고 의식하는 정보 또는 계몽선전에 관한 기사, 해설문, 논문 등을 신문에 게재하라고 신문사에 요청"할 수가 있었고, "한걸음 더 나아가 〈모 신문에 관한 모 대신의 담화를 제1면

....

26 〈조선일보 · 동아일보 자진 폐간 진상과 금후〉,《삼천리》, 1940년 9월, 11-16쪽.

에 게재하되 제목은 5단으로 하고 활자를 대大활자를 사용할〉" 것 등을 구체적으로 지령할 수 있었다. 정부의 국책 선전과 인식에 필요한 기사와 담화의 경우, 정부 지령에 의해 각 신문잡지를 비롯한 모든 대중매체들은 반드시 이를 게재해야 함은 물론 때에 따라서는 일 회가 아니라 몇 회에 걸쳐서 실어야 한다는 의무조항도 부가되었다. 이러한 적극적인 선전 방책과 검열은 나치 독일이 앞장서서 시행한 것으로, 대중매체를 이용한 선전선동과 교화를 식민지 조선에서도 예외 없이 관철시키고자 했던 식민권력의 통치 방침을 재확인할 수 있다.

그 단적인 사례가 1940년 8월 10일에 행해진 《동아일보》와 《조선일보》 양 일간지의 폐간 사태였다. 《동아》와 《조선》의 양 일간지가 "시국의 추세에 감하여 언론의 지도, 물자의 절감, 기타 각반의 국책적 견지로부터 언론기관 통제의 긴요함을 인정하고 신중 고구한 결과 먼저 언문諺文신문의 통제를 단행하기로 결정하여 구랍舊臘(지난해 섣달) 이래 조선일보사와 간담·협의하였던바 동사는 잘 시국의 대세를 양해하고 자진하여 국책에 순응하려는 태도로 나와" 자진 폐간하게 되었음을 위의 두 번째 인용문은 전하고 있다. 하지만 식민 당국에 의한 "동아일보사에 대하여 절충을 거듭했으나 동사 간부 중에 당국의 진의를 오해한 자가 있어서 협의가 진척되지 못하여 그 후 다소의 우여곡절이 있었다는" 표현이 말해주듯, 이 과정이 순탄하지만은 않았다. 다시 말해, 《동아》와 《조선》이 자진 폐간이라는 형식을 취하긴 했지만, 여기에는 식민 당국의 압력이 존재했음을 여실히 보여주고 있는 것이다. 자발성이라는 이름 아래 식민권력의 강화되는 대중매체에 대한 통제와 단속은 국책 협력의 '지도'주체로 호명된 식민지 조선 지식인들의 존재 방식에도 적지 않은 변화를 가져오게 된다. 선전교화가 일차적인 사명으로 식민권력에 의해 강제된 식민지 조선의 현실에서, 이 문화생산의 핵심 주체로서 식민지 조선의 지식인들은 국책 협력의 적극적 동조자·참여자가 될 것을 요구받았기 때문이다. 식민지 조선에서 대중매체들의 국책 협력과 동원은 다양한 방식으로 진행되었다. 특히 언론매체와 관련해서는 1942년 12월 23일 일본에서 언론보국회가 결성된 사례를 들 수 있다. 평론가·사상가·학자·편집자·신문통신논설위원 등을 포함한 일본의 언론보국회는 태평양(대동아)전쟁 발발 이후 강화된 사상전의 필요성을 제창하며 출범하였다.[27] 민중과 대중 그리고 국민으로 이어지는 하향적 대중교화'운동'이 전시 총동원 체제를 맞아 식민지 조선의 대중매체들과 지식인들에게 미친 광범위한 영향력은 야담의 '존재 방식'을 변화시키는 또 한 번의 굴절과 변용을 예고하고 있었던 것이다.

....

27 식민지 조선에서는 전쟁 막바지인 1945년 2월 15일 조선언론보국회가 결성식을 갖고, "대동아전쟁 완수를 위하여 사상전의 투사로서 큰 사명을 지고 나서는 언론지도층의 임무는 오늘처럼 큰 것이 없다."는 기치 아래 일본과 동일하게 '언론'이 총력전의 무기이자 사상전의 탄환이라는 점을 강조하며 언론보국의 기치를 내걸고 출범했다. 〈일본언론보국회 설립〉, 《매일신보》, 1942년 11월 20일자 ; 〈언론보국회결성ー재성유지在城有志들이 회동발기입회〉, 《매일신보》, 1945년 2월 17일자.

문화인의 시국 협력에 대한 전《조선일보》사장 방응모의《조광》기사

1940년 8월 11일자《동아일보》의 사설로 처리된 폐간사

《동아》·《조선》의 폐간에 대한 비밀문서

1945년 발족된 국책 협력의 조선언론보국회

3.2

'3용사'와 이인석, 일본과 조선의 두 용사상과
'전쟁미담'의 전성시대

도대체 예술의 대중화론이란 무엇일까? 유감스럽게도 우리들 앞에 있는 대중화론자는 그 목소리가 크고 수가 많을 뿐 무엇을 말하려고 하는지 전혀 이유를 모르고 있다. 알고 있다고 하는 경우에도 그것은 결국 문제의 핵심—예술의 대중화란 어떤 것인가? 왜 예술을 대중화하지 않으면 안 되는가 하는 점에 대해서는 심각하게 생각해 보려고 하지 않는다. 하지만 이 시끄러운 소음 속에서 우리는 겨우 몇 개인가 사리에 맞는 소리를 들을 수 있다. (중략) 대중의 마음에 들기 위해서 그들은 일체를 버리고 되돌아보지 않는다. 그들의 특징은 터무니없는 계략과 발바닥을 핥는 비굴함으로 대중을 부추기면서 다른 한편으로는 그 작품의 이념이 기존의 가장 비속한 도덕률을 다루려고 하는 것조차 극단적으로 무서워하고 있다. 이러한 기존의 도덕률 위에서 그들이 가장 무서워하는 것은 군주와 신하, 관헌과 인민, 국가와 국민 사이의, 바꾸어 말하면 지배계급과 피지배계급과의 낡은 관계에 대한 의혹, 불신, 부정에 관한 것들이다. 우리들은 그들이 오직 이 점을 건드리지 않으려고 하기 때문에 괴기와 비굴함과 땀을 흘리고 선정적으로 나가는 것을 자주 보고 있다. 만약 이러한 예술이 대중에게 주어진다면 그것은 제사공장 안에서 책임 있는 남자 직공이 여자 직공의 탈출을 막기 위해 성적 관계를 이용하는 것과 다름없다. 남자 직공은 여자 직공의 그 약점을 빌미로 삼아 자본가와 노동자의 오랜 관계 속으로 가둠으로써 자본가가 남긴 국물을 받아 챙긴다. 예술가는 대중이 지니고 있는 이러한 점을 약점으로 삼아 지배계급과 피지배계급과의 낡은 관계 속으로 가두는 것에 의해 지배계급으로부터 이삭을 줍는다.[1]

현대 우리 예술이 비대중적이라고 변호하려고 해서는 안 된다. 현재의 우리 예술은 5만, 10만이 아니고 불과 3천, 4천의 독자와 관중─게다가 주로 인테리겐챠만이 그것을 받아들이고 그 외의 노동자는 받아들이지 않는 상태다. 이것은 확실히 우리의 예술에 죄가 있는 것이다. 우리의 예술은 새로이 대중화하지 않으면 안 된다. 그리고 이것을 위해서는 나카노中野 군이 그 논문 속에서 주장하고 내가 반 년 전에 역설한 대중의 생활을 객관적으로 묘사해내는 것이 요구된다.

하지만 대중의 생활을 그저 단순히 객관적으로 묘사해 낸다고 해서 그것이 곧바로 대중적 예술이라고 생각한다면 그것은 큰 잘못이다. 우리는 다시 '대중에게 이해되고 대중에게 사랑받고, 그래서 대중의 감정과 사상과 의지를 결합해서 고양함'을 얻을 수 있는 그러한 예술적 형식을 만들어내지 않으면 안 된다.[2]

....

1 中野重治, 〈이른바 문예의 대중화론의 오류에 대해서〉, 조진기 옮김, 《일본프로문학론의 전개 1》, 국학자료원, 2003, 320-323쪽.

2 裝原惟人, 〈예술운동이 당면한 긴급문제〉, 위의 책, 360-362쪽.

위의 두 인용문은 1928년 나카노 시게하루中野重治의 〈이른바 문예의 대중화론의 오류〉와 1928년 구라하라 고레히토藏原惟人의 〈예술운동이 당면한 긴급문제〉의 일부분이다. 이 인용문들은 다이쇼의 대중문화시대를 맞이하여 산발적이고 원심적인 대중들을 어떻게 '계급'적 견지에서 구심'화'할 수 있을지를 둘러싸고 벌어진 사회주의 진영 내부의 논쟁을 담고 있다. 나카노 시게하루는 대중들을 계급적 주체로서 각성시키기 위해서는, 단순히 "대중의 마음에 들기 위해서" "일체를 버리고" "터무니없는 계략과 발바닥을 핥는 비굴함"으로 일관해서는 안 된다는 점을 지적한다. 대중영합적인 태도는 대중의 수준이 낮다고 하는 전제에서 출발하는 오류를 범하고 있다고 보았기 때문이다. 그에 따르면 대중의 수준은 결코 낮지 않으며, 대중의 수준이 낮다는 인식을 토대로 예술의 대중화 노선을 추종하는 지식인들의 행태는 부르주아의 시장논리에 스스로를 던져버리는 것과 같다. 이렇게 그는 "좋은 예술이 곧 대중적"이라는 사회주의 진영의 공식 입장을 대변하게 된다.

이에 반해 구라하라 고레히토藏原惟人는 현대의 프로(사회주의)예술은 대중으로부터 분리·격리되어 있다고 강도 높은 어조로 비판했다. 그는 "우리 예술은 5만, 10만이 아니고 불과 3천, 4천의 독자와 관중─게다가 주로 인테리겐챠만이 그것을 받아들이고 그 외의 노동자는 받아들이지 않는" 대중들로부터의 고립과 소외 현상의 심각성을 지적하고자 했다. 이러한 그의 관점은 대중들로부터의 고립과 소외를 탈피하기 위해 대중들을 직접 선전·선동할 수 있는 예술'운동'의 필요성을 제창하는 것으로 나아간다. 그가 "필요한 경우에는 의리·인정을 주제로 한 노래와 남녀 간의 애정을 노래한 것, 혹은 봉건적인 대중문학의 형식조차 이용"해야 할 필요성을 말했을 때, 그가 염두에 둔 것은 "국민독본"으로 자처한 고단샤講談社의《킹》잡지였다. 100만 부를 상회하는《킹》의 대중적 호소력에 자극받은 구라하라 고레히토는 "우리 예술이 진정으로 대중적"이려면 "널리 공장과 농촌 등에 보급할 수 있는 대중적인 그림이 들어 있는 잡지의 창간"을 시도해야 한다는 말로《킹》에 맞설 수 있는 사회주의적 대중잡지를 모색하고자 했던 것이다. "우리의 예술운동상 90만 내지 95만의 프롤레타리아트를 선동하고 그것을 이데올로기적으로 고양"하는 데 "사진, 만화, 포스터 및 대중적 소설, 시 등등"의 대중적 양식을 차용해야 한다는 그의 발언에서, 사회주의 진영의 공식 입장과는 대비되는 그의 대중화 노선을 엿보기란 그리 어렵지 않다.

나카노 시게하루와 구라하라 고레히토의 이 예술대중화 논쟁은 다시 키시 야마지貴司山治와 구라하라 고레히토의 1930년 논쟁에서 되풀이되었지만, 1931년 일본 군부에 의한 만주사변이 눈앞에 닥친 시점에서 사회주의 진영은 이 분산적인 일본 대중과의 접촉을 모색하는 시도였다고 할 대중화 논쟁을 스스로 방기 내지 철수함으로써 더 이상의 진전을 가져오지 못하는 한계를 드러내고 만다. 1930년 7월 일본프롤레타리아작가동맹 중앙위원회는 공식 견해로서 "예술대중화의 유일한 목적은 광범한 노동자 및 농민대중 속에 이 혁명적 이데올로기를 침투시키는 것"이며, 따라서 "하나의 예술이 아무리 많은 대중의 반향을 획득"한다 하더라도 "만약 그것이 혁명적 프롤레타리아트의 이데올로기에 의해 대중을 장악하지 못했다면 이와 같은 대중화는 전혀 무의미"하다는〈예술대중화에 관한 결의〉를 당론으로 하여 이 논란에 종지

부를 찍게 된다. "문제는 지금 잠자고 있는 계급적인 정열을 혁명적 프롤레타리아트의 이데올로기로 각성"시키는 데 있지, "결코 대중의 수준에 추수하여 이데올로기를 이완시키고 어떤 기회주의적 혹은 자유주의적인 이데올로기로 그것을 대용시켜서는 안 된다는" 사회주의 원칙의 재확인이었다.[3] 이러한 경직된 사회주의 진영의 공식 입장과 견해는 1929년 세계대공황의 여파로 경기 침체와 불황에 빠져 있던 일본 대중을 국가권력의 손아귀에 고스란히 넘겨주는 파괴적 결과를 초래하고 만다. 다시 말해, 프로(사회주의)문예는 대중화 노선의 방기 내지 후퇴로 말미암아 급속하게 쇠퇴의 길을 걸은 반면, 일본 대중은 1931년 9월에 발발한 만주사변의 전쟁 열기 속에 스스로를 대중에서 국민으로 재조정해나갔던 것이다.

1931년 9월에 발발한 만주사변은 경기 침체와 불황에 위축되어 있던 일본 대중들의 국민'화' 욕구를 일거에 상승시키는 도화선이 되었다. 전쟁 특수가 가져올 경기 불황과 침체로부터의 탈피가 일본 대중들의 이익 창출에 대한 기대욕구와 맞물려 불붙으면서, 대중매체들 역시 이에 편승하는 국책의 자발적인 협조자/동조자로 자리매김하게 된다. 그것은 대중매체들 간의 속보 경쟁과 만주가 포함된 이른바 일본의 이익선(당시 '생명선')으로 불린 넓어진 판로 개척에 대한 상업적 관심과 묘하게 착종된 대중심리와 맞닿아 있었다. 1931년 9월에 발발한 만주사변이 전쟁 특수라는 소위 미디어적 이벤트로 변질되어간 이유가 여기

3 일본프롤레타리아 작가동맹 중앙위원회, 〈예술대중화에 관한 결의〉, 위의 책, 465쪽.

에 있었다. 실시간으로 만주사변과 관련된 소식들이 일본 대중의 증대된 관심과 더불어 대중매체들의 속보 경쟁을 부추겼던 것이다. 이 대중매체들의 미디어적 이벤트와 극적으로 호응·접목한 것이 일본의 '3용사'였다. '3용사'는 이후에 다시 논하게 될 식민지 조선 최초의 지원병 전사자인 이인석과 서로 마주 보는 형태로 식민지 조선에도 이 전쟁 열기를 옮겨놓게 되는데, 일본의 '3용사'가 갖는 의미는 이런 점에서 만주사변 발발로부터 15년전쟁에 이르는 기간 동안 일본의 대중매체가 어떻게 이를 직간접적으로 지원·동조하게 되는지를, 더 나아가 대중들의 국민'화'가 어떻게 대중매체의 여론선동과 조응하며 창출되는지를 보여주는 적절한 실례로서 기능하게 된다.

1932년 2월 24일 일본의 주요 일간지에 일제히 〈폭탄(육탄) 3용사〉 기사가 게재되었다.[4] 《오사카아사히大阪朝日》와 《도쿄아사히東京朝日》 등의 《아사히》 계열 신문과 《도쿄니치니치東京日日》와 《오사카마이니치大阪每日》 등의 《마이니치》 계열 신문 및 《호치신문報知新聞》과 《요미우리신문讀賣新聞》에 이르기까지 각 신문들이 육탄으로 철조망을 격파하고 산화한 이 세 일등병에 대한 기사를 각기 속보로 내보냈다. 모든 신문들은 "이것야말로 진짜 육탄! 장렬 무비의 폭사, 지원해서 폭탄을 몸에 지니고 철조망을 파괴한 3용사" 등의 타이틀을 내걸고 '3용사'의 죽음에 값하는 애국심과 충성심에 최대한의 경의와 찬사를 보낸다. 이

....

4 〈폭탄(육탄) 3용사〉는 일본의 주요 일간지가 붙인 이름이다. 《아사히朝日》는 〈육탄 3용사〉를, 《마이니치每日》는 〈폭탄 3용사〉를 타이틀로 하여 상호 경쟁했는데, 이 글에서는 이 둘을 합쳐 〈폭탄(육탄) 3용사〉로 명기한다.

龍山驛に整列した我出動兵士

만주 출정을 위해 용산역에
모인 조선군

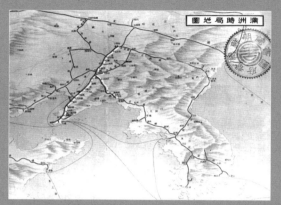

滿洲時局地圖

1931년 9월 일본이 일으킨 만주사변을 관통하는 만주의 중요 거점도

만주사변의 참상과 희생자들

일본에 의해 1932년 옹립된 만주
국 황제 푸이의 초상

기사가 상해 속보로 전해지면서 〈폭탄(육탄) 3용사〉는 곧 엄청난 대중적 반향을 불러일으켰고, 이 기사가 난 다음 날인 25일과 26일에는 이미 "육군성 은상과恩賞課에서는 허용된 범위 안에서 수여할 수 있는 최고의 상인 훈육등급금치훈장勳六等金鵄勳章"이 내려졌으며, 그 외 교과서 게재, 동상 건설, 기념비 건립, 전기의 편찬과 조위금(위로금) 모금이 추진되는 등 유례없는 추모 열기가 일어났다.[5] '3용사' 사건은 1931년 9월 18일 '유조호柳條湖' 부근에서 만철의 노선 일부가 폭파된 데서 시작된 만주사변이 만몽 지역 전체와 상해로 점차 그 전선을 확대해가던 시점에, 일본군 육전대陸戰隊와 중국군 19로군路軍이 상해의 일본 거류민 거주 지구를 둘러싸고 맞붙은 1932년의 제1차 상해사변 때 일어난 사건이었다.

철병이냐 증병이냐의 갈림길에 선 일본군은 일본 거류민을 보호한다는 명분으로 결국 증원을 하기로 결정하고, 이에 제12사단의 일부와 제9사단을 차출했다. 이 차출된 제12사단과 제9사단의 혼성부대는 상해의 진북眞北 지역에서 약 2리반里半의 지점에 있는 '묘행진廟行鎭'의 적 진지를 22일 오전 5시 반을 기해 총공격하여 탈취하기로 하고, 이를 위해 보병 돌격로를 열 철조망 파괴 작업을 공병 마쓰시타松下 중대에게 맡긴다. "철조망을 파괴하고 보병로를 반드시 확보하라."는 지시에 따라 마쓰시타 중대장은 21일 오후 5시에 이 임무를 수행할 공병 병사 36

....

5 3용사에 대한 언급에는 편차가 있지만, 미디어와 전쟁의 상호 관련성을 다룬 논저들에서 심심치 않게 발견할 수 있다. 특히 3용사와 관련된 신문들의 열광적 보도 행태를 서지적으로 정리해 서술한 前坂俊之,《태평양전쟁과 신문太平洋戰爭と新聞》, 講談社, 2007은 3용사의 영웅화와 신격화가 신문의 속도 메커니즘 속에서 어떻게 창출되었는지를 잘 보여주고 있다.

명을 지목하고 이들을 제1파괴반과 제2파괴반으로 나누어 각 지점에 설치된 중국군 철조망을 파괴하도록 명령했다. 제1반은 이미 전멸한 상태였고, '3용사'는 제1반이 실패할 경우를 대비해서 만든 제2반의 예비부대에 속해 있었다. 제1반 병사들이 전멸당한 상황에서 죽음으로써 철조망을 뚫을 임무를 맡게 된 제2반 병사들 가운데 '3용사'는 빗발같이 쏟아지는 적의 총탄에 쓰러지면서도 몸에 폭탄을 두른 채 철조망에 뛰어들어 '묘행진'의 보병 돌격로를 열게 했음은 물론, 그것을 일본군이 점령하는 데 큰 공을 세운다. 이들의 쾌거는 즉각 상해발로 일본 신문사에 타전되었고, 일본의 주요 일간지들이 1면에 이 '3용사'의 소식을 24일자 기사로 일제히 내보냈던 것이다.[6]

그러나 실제 '3용사' 이야기의 전말은 신문에 보도된 내용처럼 그리 화려하거나 극적이지 않았다. 24일《도쿄아사히東朝》와 25일《도쿄마이니치東日》는 경쟁적으로 '3용사' 이야기를 단독 취재하기 위해 특파원과 사진부원을 꾸려 현지로 보냈다. 현장에 파견된 특파원 일행들은 '3용사'가 전해들은 것처럼 특별하지는 않으며, 공병이라면 누구나 무릅써야 할 전투 상황의 일부였음을 알게 된다. 결사대로 꾸려진 36명 공병 전부가 죽음을 각오하지 않을 수 없을 만큼 치열한 전투 속에서 상부의 절대적인 명령에 따라,[7] 또 신문에 보도된 바와 달리 '3용사'가

---

6 필자가 여러 책과 단편적인 글들을 참조하여 재구성한 것이다. 파편적인 인용 말고 '3용사' 사건 전반을 말해주는 논저를 찾기가 쉽지 않아, 당시에 나온 '3용사'의 전기 및 여타 기사 그리고 소개들을 참조하여 사건의 개요를 재구성해보았다.

7 이 '묘행진廟行鎭' 전투는 공병만 해도 십 수 명의 사상자를 냈고, '3용사'도 이 사상자 중 일부였다는 사실이 취재를 통해 밝혀졌다. '묘행진' 전투는 일본군이 그때까지 대면하던 산발적인 중국군의 공격

상해사변과 전투 지역

상해사변의 해군 육전대의 모습

전부 폭탄이 폭발되던 순간에 벚꽃처럼 '산화'한 것은 아니며, 두 명 중 한 명은 참호 안에서 전우의 품에 안겨 죽고 다른 한 명은 몸체가 두 동강이 난 채 땅 위에 앉은 채 죽어 있었다는 사실을 주변 탐문으로 확인할 수 있었다.[8]

현지 특파원들은 이 취재 결과를 곧바로 일본의 본사에 알렸다. 하지

....

과 달랐다. 중국군은 수십 군데 참호를 파고 철조망을 설치했으며, 이 철조망을 파괴하러 온 일본군 병사들을 향해 무차별적인 기관총 세례를 퍼부었다. 이 때문에 제2파괴반 소속 공병 3분의 2 이상이 사상되는 막대한 피해를 입었다. 이 36명의 용사들 중에서도 특히 '3용사'가 이처럼 군신으로 격상된 데에는 이들이 최후의 결사대였고, 이들마저 실패하면 패배가 확실시되었기 때문이라는 점도 있겠지만, '3용사'가 속한 제2반이 전멸했다는 점도 중요하게 작용했다.

8 '3용사'에 대한 진실은 일본의 패전 이후 밝혀진 사실이 더 충격적이다. '3용사'가 죽게 된 것은 작전 수행 미숙에 따른 결과라는 것이 당시 특파원 중 한 사람의 입에 의해 폭로된 것이다. 그에 따르면, '3 용사'는 폭탄 폭발 시간을 잘못 측정하여 미처 빠져나오지 못한 채로 죽음을 맞이했다는 것인데, 이러한 논란이 사실이라 하더라도 국가에 의해 죽음으로 내몰린 '3용사'의 비극이 사라지는 것은 아니다. 이 비극을 영광과 명예로 승화시키는 것, 그것이 국가가 개개인들을 전쟁 동원에 사용했던 논리이고 정확히 전시 국민'화'의 권력기술을 관통하는 장치였기 때문이다.

만 일본의 본사에서는 두 번의 특전으로 이미 군신軍神으로 화한 '3용사'
의 진실을 있는 그대로 전하기를 원하지 않았다. 24일 상해발 속보 이
후 25일과 26일 양일간에 '3용사'는 그야말로 일본의 전 국민적인 영웅
으로 변해 있었다. 27일 《오사카아사히大阪朝日》는 "진실로 산 군신, 대
화혼의 권화, 귀신도 감동시키고 겁쟁이도 일으켜 세울 초인적 행동이
라 하지 않을 수 없다."는 사설을 일부러 과장하여 실었는가 하면, 재조
일본인을 대상으로 하는 《경성일보京城日報》도 2월 28일자에 〈스스로 폭
탄과 함께 산화해간 용사自ら爆彈と共に散つて行つたの勇士〉라는 표제 아래 〈세
용사의 활약을 보라三君の腕發見さる〉라는 부제를 붙이고, 이들의 전사 경
위와 '3용사' 중 두 사람이 어릴 때부터 막역한 친구 사이였으며 공병으
로서 맡겨진 임무를 위해 죽음마저 불사하겠다는 결의를 매번 다졌다
는 등의 미담을 중심으로 한 기사를 게재했다.[9] 이처럼 '3용사'는 현장
의 '사실'과 무관하게 혹은 그 '사실'의 극적인 연출과 각색에 힘입어 병
사에서 용사로 그리고 군신으로 수직 상승을 거듭하게 되었다.

이는 만주사변의 최초 전사자인 제2사단 보병 제4연대의 아베 신타
로阿部新太郎의 죽음과는 대조되는 일면이었다. 왜냐하면 그는 용사와
군신으로 추앙받기보다는 개인의 불행한 죽음으로 취급되었기 때문
이다. 그렇다면 이 지점에서 만주사변의 최초 전사자인 제2사단 보병

....

9 前坂俊之, 〈폭탄삼용사의 진실=군국미담은 이렇게 만들어졌다爆彈三勇士の真実=軍國美談はこう
して作られた〉, 《兵は凶器なり》 11, 2004년 2월 ; 〈스스로 폭탄과 함께 산화해간 용사自ら爆彈と共
に散つて行つたの勇士〉, 《京城日報》, 1932년 2월 28일자. 일본 내에서 '3용사' 붐이 대대적으로 일어
났다면, 중국과 해외 언론에서는 중국의 제19로군에 대한 극찬이 이어졌다. 일본 내부와 외부의 이
시선차가 15년전쟁 당시 일본의 자기 팽창적 전쟁 욕구를 뒷받침하는 동력이었음을 짐작케 하는 대
목이다.

제 4연대의 아베 신타로는 왜 '3용사'와 같은 전장의 영웅으로 대접받지 못하고 개별적인 죽음으로 처리되고, '3용사'는 일본의 국민적인 영웅이 될 수 있었는지를 되묻지 않을 수 없다. 아베 신타로와 '3용사'가 확연한 내적 자질의 차이를 보여주지 않는다면, 그것은 이들을 둘러싼 외적 상황과 조건이 빚어낸 가상적인 효력일 것이기 때문이다.

"전쟁 영웅 가운데는 기구치 고헤이木口小平의 일화가 유명하다. 기구치는 죽어서도 입에서 나팔을 떼지 않았다고 찬양을 받는 청일전쟁의 영웅이다. 아베 신타로 나팔수도 군 당국이 마음만 먹었다면 쇼와 시대의 기구치 고헤이"가 될 수 있었을 것이라는 지적도 그러하거니와, "그로부터 5개월 뒤에 벌어진 상해사변의 육탄 3용사"가 되었을지도 모른다는 지적 역시 그러하다.[10] 이 가공의 전쟁영웅담 제작과 확산에 무엇보다 군 당국이 깊숙이 개입되어 있었다는 것은 다음에 다루게 될 일본 군부가 작성한 비밀문서에서 드러난 바이지만, '3용사' 사건이 군부에 의해서 신문사에 전해지자마자 《아사히》와 《마이니치》는 3용사를 각각 '육탄 3용사'와 '폭탄 3용사'로 지칭하며 주도권을 잡고자 분투·경쟁했다. 《아사히》와 《마이니치》가 당시 일본 신문시장을 양분하고 있었다는 점을 감안하면, 두 신문의 '3용사' 띄우기에는 신문 판촉과 관련된 경쟁논리도 크게 작용했음을 알 수 있다.[11]

....

10 후지이 다다토시, 이종구 옮김, 《갓포기와 몸뻬, 전쟁》, 일조각, 2008, 16쪽. 후지이 다다토시는 아베 신타로가 전사했을 무렵만 해도 신문들의 논조가 '나라를 위해서' '군인의 본분' '명예로운 전사' 등의 판에 박은 듯한 동일성은 보이지 않았으며, 이것이 '3용사' 이후에 정형화되었음을 지적하고 있다.

11 1930년대에 《마이니치》신문과 《아사히》신문은 일본의 신문시장을 양분했다. 1931년 《마이니치》 신문의 판매부수는 243만부였고, 《아사히》신문은 144만부로 2대 전국지 체제를 형성하고 있었다.

《아사히》의 '육탄 3용사' 좌담회

《경성일보》의 '3용사' 관련 기사

양 신문사는 경쟁적으로 '3용사' 띄우기에 앞장섰다. 앞에서도 말했
듯이, 현지 특파원에 의해 새롭게 밝혀진 사실은 무시되거나 변질되었
다. 《아사히》와 《마이니치》는 처음에 상해발 특전이 전한 양식과 틀에
맞춰 '3용사'의 전쟁영웅담을 더욱 미화·윤색시켜나갔으며, 뉴스 보
도뿐만 아니라 신문사설 및 이를 접한 일본 대중들의 반응과 정부 당
국의 표창 소식 그리고 동네 사람들과 가족들의 소감을 포함하여 이들

....

1938년에 《요미우리》신문이 이 2대 전국지 체제를 깨기 전까지 두 신문사의 경쟁 구도는 계속되었
는데, 이 과정에서 두 신문이 벌인 전선(전장)과 관련된 뉴스 보도전은 '3용사'의 전쟁영웅 만들기가
왜 이 두 신문사에 의해 유독 강조되고 심화되었는지를 말해주는 단서이다. 《아사히》는 이 전선(전
장)과 관련된 뉴스 보도전에서 승리하여 명실공히 일본의 일등 신문사로 올라설 수 있었는데, '3용
사' 사건에서도 발 빠르게 치고 나간 쪽은 《아사히》신문이었다.

의 어린 시절의 행적까지 실로 다양한 기사거리를 찾아 신문 지면에 싣는 방식으로 '3용사' 사건을 전 국민적인 이벤트로 만들어갔다.《아사히》와《마이니치》에 의해 처음 물꼬가 트인 '3용사'의 전쟁영웅담은 다시 잡지와 레코드, 영화 및 가요, 서적 등의 다양한 대중매체들로 확대 재생산되었으며, 이에 따라 극대화된 시너지 효과가 창출되었다. 이런 점에서 일본의 '3용사' 사건은, 일본에 의한 전쟁 확대와 전면화가 '3용사'로 대표되는 '전쟁미담'의 전성시대를 거쳐 일본 대중들을 자연스럽게 전시 주체로서 세워가는 데 일조했음을 말해 주고 있다.

일본 군부는 1931년 10월 19일 〈만주사변에 관한 선전계획〉이라는 비밀문서를 작성한다. 이 문서에 따르면, 〈황군의 정의, 인도주의를 고창 선전할 것. 정황에 따른 정부 견제 또는 편달의 의미로써 여론을 환기하고 혹은 (전쟁) 분위기를 양성하는 데 힘쓸 것. 모략이 따르는 선전은 수시로 담당자와 협력할 것〉을 명기하고, 그 선전수단으로는 〈신문통신원과 함께 잡지 기자는 합동으로 혹은 개인적으로 접촉하여 재료를 공급하고 혹은 요점을 이해시키도록 할 것. 신문재료와 함께 잡지재료가 될 만한 사진은 군부도 이것을 촬영하는 데 협조하고 필요에 따라 수시로 배포할 것〉을 명령했다. 이러한 일본 군부의 전쟁 여론 창출을 위한 다각적인 움직임들은 만주사변의 전사자 숫자가 소위 총력전이라는 현대전에 극히 못 미치는 상황(1931년부터 1933년까지 2,530명)에서, 일본 대중의 관심과 시선을 만주사변에 집중시키기 위한 극적인 연출과 각색의 이벤트가 필요했음을 말해준다. 이 일본 군부의 요구에 때마침 부응한 것이 '3용사'의 집단 죽음이었으며, 따라서 '3용사'의 죽음은 아베 신타로와 같은 전장의 개별적인 죽음이 아닌 일본의 모든

'3용사'를 다룬 전기 《충렬폭탄 3용사》

二十一　三勇士

「ダーン、ダーン」。
ものすごい大砲の音とともに、あたりの土が、高くはね
あがります。機關銃の彈が、雨あられのやうに飛んで
來ます。
昭和七年二月二十二日の午前五時、廟巷の敵前、わづ
か五十メートルといふ地點です。
今、わが工兵は、三人づつ組になって、長い破壊筒を

문부성 편찬 초등과 국어 교과서에 실린
탕, 탕으로 시작되는 '3용사' 이야기

《아사히》의 육탄 '3용사'노래

《마이니치》의 폭탄 '3용사' 노래

대중이 함께 공유해야 할 국민적인 죽음으로서 애도되고 기념·상찬
되어갔던 것이다.

　'3용사'가 이처럼 그 유례를 찾아볼 수 없을 만큼 짧은 기간에 병사에
서 용사, 군신으로 수직 상승할 수 있었던 배경에는 이 비밀문서가 드
러내듯이 일본 군부의 깊숙한 개입과 관여가 있었던 것이 사실이다.
하지만 그에 못지않게 《아사히》와 《마이니치》가 벌인 속보 경쟁도 한
몫을 차지했음은 위에서 살펴본 그대로이다. 실제로 '3용사' 사건을 기
회로 하여 《아사히》와 《마이니치》는 경쟁적으로 '3용사'와 관련된 각
종 이벤트들을 지속적으로 벌여 신문 구독자 수를 늘렸고, 양 신문사
의 증가된 구독자 수만큼이나 아래에서부터 발산되는 전쟁 열기는 대
중매체들에 의한 전쟁 신화화의 근본적 동력이 될 수 있었기 때문이
다. 무엇보다 '3용사' 신드롬은 만주사변 이후 본격화될 중일전쟁의 막
대한 전사자 숫자(1937년에서 1941년까지 185,647)를 일본 대중이 자연
스럽게 수용할 수 있게 만드는, 대중심리 형성의 결정적인 계기가 되
었다. 다시 말해, '3용사'의 죽음 이후 일본 대중은 (무)의식 중에 이들
의 죽음을 일상의 자연스러운 현실로 받아들이는 만연된 전쟁 분위기
에 익숙해지게 되고, 이는 일본의 국가권력과 대중매체들의 공동 합작
품인 무수한 전쟁영웅의 형상 속에서 전선과 후방(가정)이 마치 하나가
된 듯한 가상적인 '국민'화를 실감할 수 있게 했던 것이다.

　'폭탄(육탄) 3용사'는 일본의 전시 총동원 체제를 관통하는 '전쟁미담'
의 전성시대를 개화시켰다. 만주사변을 필두로 하여 중일전쟁과 태평
양(대동아)전쟁까지 이 '전쟁미담'의 전성시대는 '전쟁미담'의 일상화를
통해서 일본 대중의 전쟁 열기를 특정한 방향성으로 조정해간 국가권

력의 효율적인 통치수단이 되었던 셈이고, 일본 대중은 '전쟁미담'의 특정한 규율과 규범 속에서 자발적인 전쟁주체로서 확립되어갔다. '전쟁미담'은 한 개인의 일상적인 생활 방식과 행동규범을 국가를 위한 봉사와 희생으로 일원화하는 전시 총동원 체제의 보편윤리로서, 말하자면 일본 대중은 전쟁미담의 집단 세례와 소비 속에서 서로를 통해 서로를 재확인하는 상호적 국민'화'를 수행해갔다고 할 수 있다.

'전쟁미담'의 전성시대는 또한 이를 실천하고 구현할 크고 작은 전쟁영웅들을 양산했다. '3용사' 신드롬은 삶보다는 죽음을, 그것도 국가를 위해 죽는다는 것을 고귀한 가치로 절대화했다. 삶의 가치와 의미가 이러한 집단주체로서의 죽음에 값하는 희생과 헌신에 있는 한, 개인들은 자신들의 삶과 죽음을 합리적으로 판단하거나 이해할 기회와 여건을 봉쇄 혹은 차단당하고 만다. 이를 잘 보여주는 것이 '3용사'의 죽음을 둘러싼 아래의 발언일 것이다.

세간에는 이러한 열사의 행동에 대해 비과학적 내지 야만으로 간주하는 무리들도 있다고 들었는데 필경 그것은 표피적으로 본 것에 지나지 않는다. 과학적이라는 이른바 현대식으로 칭해지는 것도 이 근간이 되어야 할 정신이 별개로 수행되면 남은 바가 무엇이랴. 황국일본의 위대한 모습은 사물과 조우해 발양되는 왕성한 정신력의 약동에 있다. 이치(논리)와 과학으로 설명할 수 없는 인심의 심오함에 가로놓인 신령神靈의 문제이다. 예로부터 우리나라(일본)에는 가난에 효자를 내고 국난에 충신이 나온다는 항간의 이야기가 있다. 근래 자칫 사상의 요동, 인심의 불안이 운위되는 금일의 일본에서 폭탄삼용사가 출현하는 것도 진실로 천리의 흐름에 따른 것으로써

말해지지 않으면 안 된다.[12]

위 인용문은 《충렬폭탄삼용사》의 발문을 쓴 육군대장 스즈키鈴木莊六의 발언이다. 그가 문제 삼고 있는 것은, 세간의 일부에서 제기된 '폭탄(육탄) 3용사'의 죽음을 둘러싼 논란이다. 그는 '폭탄(육탄) 3용사'의 죽음에 대한 논란을 불경한 것으로 바라보는 국가권력의 공식적 입장을 대변하는 것으로 이 논란에 대응한다. "비과학적 내지 야만"이라는 표현 속에 담긴 '3용사'의 죽음에 대한 실체, 즉 죽을 줄 뻔히 알면서도 사지로 뛰어들 수밖에 없게 하는 일본 군대의 비근대적인 조직 체계가 이른바 세속적 관점을 뛰어넘는 일본 정신의 심오함으로 방어되고 있다. 이는 '폭탄(육탄) 3용사'의 죽음을 더 냉철하게 판단하려는 비판적 인식의 유보 내지 중지를 명하는 것이나 다를 바 없다. 그가 강한 어조로 옹호한 일본 정신이란 '폭탄(육탄) 3용사'의 죽음을 둘러싼 어떠한 논란이나 반박도 허용하지 않겠다는 국가권력의 의도를 뒷받침하는 정당화의 토대로 '전쟁미담'의 전성시대가 갖는 특정한 시대상을 예고한다.

'폭탄(육탄) 3용사'가 이처럼 일본의 이상적인 전쟁 열기를 떠받치는 추모와 애도의 대상으로 신격화되는 움직임에 맞서, '폭탄(육탄) 3용사'의 처참한 죽음 및 그 비인간적인 양태를 지적하는 비판적인 목소리는 국가권력과 대중매체에 의해 완전히 묻혀버리고 만다. 이러한 대중매

....

12 小笠原長生, 〈서序〉, 《충렬폭탄삼용사忠烈爆彈三勇士》, 實業之日本社, 1932, 1-2쪽.

체들의 파상적인 선전 및 선동 공세 속에서 〈충혼육탄삼용사忠魂肉彈三勇士〉를 비롯한 총 다섯 편의 영화가 제작되고, 연극·무용·강담講談·비파琵琶·나니와부시浪花節 및 도쿄중앙방송국의 〈삼용사의 저녁〉과 〈육탄삼용사肉彈三勇士〉라디오방송, 그리고 가부키歌舞技 및 대중가요 등 문화 전 분야에서 '3용사' 신드롬이 진행되었다. '3용사' 띄우기의 시발점이었던 《아사히》와 《마이니치》의 양 일간지는 '3용사의 노래'를 현상 공모했는데, 총 응모 수 84,177통이라는 놀라운 결과를 빚어냈다. 전체 응모작 중 일등에 뽑힌 '3용사의 노래'는 오사카중앙공회당大阪中央公會堂에서 발표 연주회를 갖는 것을 시작으로 각 학교와 청년단에 악보가 무료로 배포되었다. '3용사'의 추모 열기는 이렇게 전쟁 기간 내내 식지 않고 지속되었다.[13]

이외에도 고단샤는 〈3용사의 노래〉를 레코드로 발매했으며, '3용사'에 대한 여러 편의 전기와 단행본도 속속 출간되었다. 1933년 일본군 교육총감부 편집의 《만주사변군사미담집滿洲事變軍事美談集》〈책임관념 지부責任觀念之部〉편에 '점화시킨 파괴통破壞筒을 껴안고 몸으로써 철조망을 파괴하다'라는 제목으로 '3용사 사건'이 공식 게재되었는데, 이 국가편찬의 미담집 외에도 《호국의 신, 육탄삼용사護國の神·肉彈三勇士》, 《장렬무비폭탄삼용사壯烈無比爆彈三勇士》등의 단행본 수종이 발간되었다.[14]

....

13 참고로 〈폭탄삼용사의 노래〉 1절을 번역하면 다음과 같다. "묘행진의 적의 진지, 우리의 동료부대 앞서 공격하려 하고 있네. 꽁꽁 얼어붙은 2월 22일 오전 5시"로 '3용사'의 묘행진 전투를 중심으로 하여 총 4절로 구성되어 있다.

14 '3용사'와 관련된 단행본과 전기의 출처에 관해서는 中內敏夫, 《군국미담과 교과서軍國美談と教科書》, 岩波書店, 1988, 77-80쪽 참조.

'3용사'의 사진과 육탄 '3용사'를 기리는
추모시 〈묘행진〉

'3용사'를 기리는 각종 기념행사와 선전영화의 한 장면

일본 대중매체들이 이끈 '3용사' 신드롬의 지속성은 대중매체들의 국
책 협력과 전쟁 수요가 적절하게 맞아떨어진 결과였다. 이러한 일본
의 대중매체들의 전쟁영웅'화'에 힘입어, '3용사'는 일본의 대표적인 전
쟁영웅으로 또한 전쟁미담의 살아 있는 화신으로 공식화될 수 있었다.
일본 내에서 진행된 '3용사'의 기념비화는 이들이 사망한 날짜와 전투
지역의 이름을 딴 '묘행진廟行鎭' 기념일을 제정하는 것으로 이어졌다.
'묘행진' 기념일에는 '묘행진' 전투를 재현하는 군사훈련과 연습이 행해
졌으며, 여성들도 총을 들고 가두를 행진하는 이색적인 모습을 연출했
다. 일본의 '3용사' 붐이 식민지 조선에 이입된 것은, 식민지 조선이 전
시 총동원 체제로 재편되며 지원병 제도가 실시된 것과 무관하지 않
다. 이 시차를 결코 간과할 수 없는 것은, 비록 1932년부터 식민지 조선

에서도 만주사변의 전사자를 추모하고 기념하는 공적 의례가 행해졌다 해도 이는 조선군이 주둔하던 용산 기지를 중심으로 한 한정된 장소에 국한되어 있었다는 점 때문이다.

"일본군 전쟁 사자에 대한 추모의례가 조선에서 이루어진 것은 만주사변 이후였다. 합동추모의례는 1932년 5월 4일 용산연병장에서 개최"되었고, 1933년 "만주사변 기념일인 9월 18일을 전후하여 대규모 군사훈련과 기념행사"가 "조선총독부 앞 경복궁 광장"에서 성대하게 치러졌다.[15] 이 기념행사에는 조선총독과 일본군 사령관을 비롯한 조선 유지들과 기타 관변단체들이 참석했는데, 추모의례의 주된 동원 대상자는 아무래도 학생들이었다. 그런데 이 주된 동원 대상자였던 학생들이 종교적 이유를 들어 의례를 거부하는 사태가 발생하는 등 조선에서 전쟁열기는 그리 높지 않았다. 이는 일본군 환영행사에 대한 조선인들의 저조한 참여 실적으로도 증명되고 있었다.

윤치호는 1932년 4월 27일 일기에서 "용산역에 나가 만주 전쟁터에서 귀환하는 장군들과 장교들을 환영했다. 너무도 당연한 일이겠지만 상류층에서 하류민에 이르기까지 전 일본인 사회가 일사불란하게 성대한 행사를 치렀다. (중략) 역까지 마중 나온 조선인들이 극소수에 불과했다는 사실이 눈에 띄었다. 내 생각엔 일본이 만주에서 기울이고 있는 노력에 좀 더 많은 관심을 표명하는 게 조선인들에게 득"이 될 것 같다고 언급할 정도였다.[16] 만주사변 이후 일본 열도를 휩쓴 전쟁 열기

....

15 정호기, 〈전쟁사자 추모공간과 추모의례〉,《식민지의 일상—지배와 균열》, 문화과학사, 2006, 385쪽.

16 윤치호, 김상태 편역,《윤치호 일기》, 역사비평사, 2001, 297-298쪽.

와는 상반되는 식민지 조선인들의 무관심하고 방관적 태도였다. 물론 식민권력은 만주사변을 계기로 하여 식민지 조선에도 전쟁 열기를 불러일으키기 위해 '폭탄(육탄) 3용사'와 관련한 '묘행진' 기념행사와 영화 상연 등을 행했지만, 이것이 식민지 조선인들의 일상적 삶과 생활에 가 닿기에는 아직 너무나 거리가 먼 현실이었던 것이다.

조선총독부 기관지인 《매일신보》는 식민권력과 협조하여 '폭탄(육탄) 3용사'의 영상물을 상연하고 단행본을 배포하는 등 일본에서 불붙은 전쟁 열기를 전달하는 충실한 국책의 협력자로 기능했다. 그리고 "일본의 만주정책이 성공"하여 "도처에 살고 있는 수백만 조선인들의 생명과 재산이 안전"해지고 "만주라는 큰 보고를 차지"하여 "조선인 고학력자들에게 일자리를 제공"할 수 있었으면 좋겠다는 윤치호의 말처럼, 식민지 조선의 사회경제적 이해관계를 고려하여 만주사변의 진행 과정에 촉각을 곤두세우는 지식인들도 있었다. 하지만 이것이 일본과 같은 아래로부터의 전쟁 열기로 화하기에는 일반 병사의 부재라고 하는 식민지 조선의 현실이 가로놓여져 있었다. 국가권력과 대중매체의 합작품인 '3용사'의 대대적인 기념비'화'가 '3용사'의 기념동상과 기념관을 일본 전역에 건립하는 등 지속적인 전쟁 열기로 분출하는 동안, 식민지 조선은 이러한 일본의 전쟁 열기와는 상대적으로 거리를 둔 일상의 삶과 생활 방식을 영위해나갔던 것이다.

식민지 조선에서 '3용사' 관련 행사들이 영화 상영과 같은 일회적인 단발성 행사들로 그치기를 반복하는 동안, 재조 일본인들의 동향은 달랐다. 윤치호가 일기에서 밝혔듯이, 이들은 일본군 환영행사와 추모의례에 열심히 참여했다. 그리고 이를 식민지 조선에 확산시키고자 했던

凱旋勇士歸邸

대구역에서 벌어진 만주 귀환 병사들 환영 행사

龍山練兵場의 紀念模擬演習

용산 주둔 조선군의 만주사변 2주년 기념행사 광경

것이 재조 일본인 도히 로쿠지로土肥鹿四郎의 '2만 8천 원'의 후원금으로 1937년 5월 22일 장춘단 공원에 세워진 '육탄 3용사' 기념동상일 것이다. 이 기념동상의 장춘단 공원 제막식은 미나미 지로南次郎 조선총독과 관민 유지 약 5백 명 그리고 "내지로부터는 삼용사의 유족이 동同식장에 참여"하는 등의 대성황을 이루었다.[17] '3용사'의 기념동상이 식민지 조선에 세워진 시점은 '3용사'의 출신지를 비롯한 일본 전역에 '3용사' 기념동상들이 건립된 때와 비교해보면 확실히 뒤늦은 감이 없지 않다.

....

17 〈육탄삼용사동상 금일 장충단서 제막식, 남南총독 식장에 임석〉,《매일신보》, 1937년 5월 23일자.
도히 로쿠지로土肥鹿四郎는 1887년에 아버지와 함께 조선으로 건너와 부산에서 거주했다. 용산 삼각공원을 예정지로 삼아 수만 원의 사재를 들어 '폭탄(육탄) 3용사'의 동상 건립을 목표로 공사를 진행했던 그는, 정町총대를 비롯하여 위생조합장, 애국부인회 제5구 분회 및 국방부인회 제10분회 고문 등에 추천되는 등 요직을 두루 거친 대표적인 재조 일본인 협력자였다.

하지만 1937년 5월에 세워진 '3용사' 기념동상은 그것이 식민지 조선의 일상적 삶과 생활의 근본적 변화가 막 초래되는 시점에서 이루어졌다는 점에서 중요한 의미를 갖는다. 다시 말해, 식민지 조선의 '3용사' 기념동상 건립은 1937년부터 검토되기 시작하여 1938년 4월에 전격 실시된 지원병 제도의 시행을 알리는 징조로서 기능한 측면이 컸던 것이다. 지원병 제도의 실시가 식민지 조선에도 일본의 '3용사'와 같은 용감한 병사'상'을 기대하게 했을 뿐만 아니라, 일본의 '3용사' 붐에 편승한 집단적인 전쟁 열기를 뒷받침할 수 있는 물적 토대를 마련했다는 점에서도 그러하다. 지원병 제도의 실시를 통해서 드디어 가시화될 이 익명의 신체 형상으로서 식민지 조선의 새로운 병사'상'은 일본 병사들과 마찬가지로 전장에 출정하고 전투에 참여하여 전사자로서 귀환하는, 아직은 낯선 풍경을 식민지 조선에도 새겨놓을 것이기 때문이다. '3용사'의 기념동상 건립이 갖는 사회정치적 의미는 따라서 이 일련의 상황과 국면 속에서 바라볼 필요가 있으며, 식민지 조선은 지원병 제도의 실시와 더불어 출현하게 될 실제 병사들의 모습에서 전쟁의 실상을 구체적으로 경험하고 자각해가게 될 것이었다.

카를 폰 클라우제비츠Carl von Clausewitz는 전쟁이 "정치적 행위일 뿐만 아니라 진정한 정치적 수단이고 정치적 접촉의 연속이며 정치적 접촉을 다른 수단으로 실행"하는 것이라고 주장한 바 있다. 이 주장은 "전쟁은 다른 수단에 의한 정치의 연속"이라는 고전적인 명제로써 흔히 인용되지만, 이 말이 곧 전쟁이 정치를 초과하거나 압도할 수 없다는 뜻은 아니다. 그가 전쟁을 다른 수단에 의한 정치의 연속으로 규정하면서 덧붙인 다음의 구절들은 예시적이다. "공동체의 전쟁, 특히 문명

獎忠壇公園內에
肉彈三勇士銅像
土肥氏가 二萬八千圓喜捨
二十二日에 除幕式

장충단공원에서 열린 육탄 '3용사'
동상 제막식 기사

육탄 '3용사' 기념 동상의 모습

민족의 전쟁은 언제나 정치적인 상황에서 비롯되고 오로지 정치적인
동기 때문에 일어난다. 따라서 전쟁은 정치적인 행위이다." "만약 이
러한 전쟁의 동기와 긴장이 약화되면 될수록 전쟁 요소인 폭력이 드러
내는 자연스러운 방향은 정치가 제시하는 노선으로부터 그만큼 더 멀
어지게 될 것이고 전쟁의 본래의 방향에서 벗어나 전쟁이 더욱 정치적
인 성격"을 띠게 될 것이다.[18] 여기서 엿볼 수 있는 것은 전쟁과 정치가
맺는 상호 관여와 초과의 역학이다. 전쟁과 정치의 이 상호 관여와 초
과의 역학은, 이른바 식민권력에 의한 전쟁의 확대와 전면화가 식민지
조선인들의 일상에 가한 새로운 병사'상'의 출현으로 가시화되고 있었
던 것이다.

....

18 카알 폰 클라우제비츠, 김만수 옮김, 《전쟁론》, 갈무리, 2005, 77쪽.

미나미 지로가 조선총독으로 취임한 다음 해에, 조선군 사령부에 의해 지원병 제도의 실시가 타전된 것은 전쟁에 의한 정치의 초과 가능성을 예증한다. 조선총독부는 1938년 2월 22일 칙령 제95호 '육군특별지원병령陸軍特別志願兵令'을 공포하고, 4월 3일 '신무천황제神武天皇祭의 가절佳節을 맞아' 지원병 제도를 전격 시행한다.[19] 지원병 제도의 적극적인 입안자였던 조선군은 지원병 제도의 실시에 앞서 "지원병 제도를 창시하더라도 본 제도가 근본정신에 있어 의무를 지는 동시에 한편으로는 권리를 획득한다는 선인鮮人의 정신적 자부심 배양으로 연결되어 국방 및 통치상에 좋은 영향을 미치지 못하게 되고 (중략) 도리어 반대의 결과를 초래하거나 또는 정원을 충족시키지 못하는 부진한 상태를 보일 경우는 본 제도의 실시를 중지한다."라는 지원병 제도의 철회 가능성을 언제든 열어놓았다.[20] 조선군 사령부가 이러한 유보 조항을 단 것은 지원병 제도의 조선 내 실시가 일본과 조선의 안팎에서 불러일으킨 적지 않은 우려와 반발 때문이었다.

김동환(삼천리사 주간)＝징병제도 문제에 대하야 군부와 또 지원병 훈련소장

....

19 지원병 제도에 대한 법령과 요건 및 시행 방안을 담은 구체적 교본으로는 당시 주 실시기관이었던 조선총독부가 발간한 《육군특별지원병독본陸軍特別志願兵讀本》, 제국지방행정학회조선본부, 1939가 상세하다.

20 지원병 제도의 실시에 대한 조선군의 회의적인 시각을 드러내는 이 문서는 최유리, 앞의 책, 183-184쪽에서 재인용했다. 이 문서는 "지원병 제도의 실시가 결코 조선에 징병제를 시행하기 위한 전제"가 아니었음을 보여준다는 것이 저자의 주장이기도 하다. 하지만 지원병 제도의 도입 단계에서는 이러한 사고가 깔려 있었다고 해도, 사실상 지원병 제도가 징병제로 나아가는 길을 터주었음은 부인할 수 없다.

인 염원鹽原 학무국장에게 수삼 점을 묻겠습니다. 제1문은 현재의 지원병 제도의 문호를 널리 개방하여 주세요. 즉 수용 인원을 1년에 400명에 제한하지 말고 훨씬 증가할 것인데 최소한도로 금년의 예를 볼지라도 전 조선에서 지원자 수 12,000명 중 체격 사상 등 적격자 수가 7,000명이라 하니 이 자격에 적합한 7,000명은 즉시 또 전면적으로 수용 훈련하여 주세요. 제2문은 병영에의 배속을 전국적으로 확대하여 주세요. 즉 현재 훈련소를 졸업한 장정은 나남과 용산의 조선 안에 있는 양개 사단에만 배속하고 있는데 우리는 병영 내에서 내선內鮮 양 청년층의 동지적 결합을 맺게 하는 의미에서 또 조선 지원병이 일본제국 국방상 일원이란 점에서 이 배속을 동경東京, 대판大阪 등 본주, 각 사단과 북해도北海道, 대만 등 전국 16개 사단 전부에 배속시켜 주세요.

희다喜多 참모(조선군사령부)＝제1문에 답하지요. 지원병 수효는 〈필요 이상은 국가에서 가지고 싶지 않으까〉 현재는 소수이나 장래 축차 증가될 줄 생각해요. 더구나 이 제도 실시 초에는 마치 아국이 전쟁 진행 중에 있으니까 인적 요소가 필요하여 반도인을 병대로 쓰려 한다는 일부 오해가 있었으나 지금은 일본의 내지에 있는 병력만으로도 충분해요. 지원병 입영 후의 경과는 조련과 기거는 충분히 좋아서 지금에 있어선 근심이 없어요. 제2문의 전국 군대에 배속하라 하나 겨우 400명을 가지고 10여 사단에 분배하면 그 수가 너무 적게 갈라져 있게 되기에 아직은 그러지 않는 것이 좋은 줄로 생각하며 (중략) 조선에 징병제도의 실시 문제는 매우 중대한 일인 줄 압니다.[21]

....
21 〈징병·의무교육·총동원 문제로 군부와 총독부 당국에 민간유지가 문의하는 회會〉,《삼천리》, 1939년 6월, 36-37쪽.

1939년 6월 《삼천리》에 실린 위 인용문은 "현재의 지원병 제도의 문호를 널리 개방해"달라는 조선 측 참석자들의 요구에 대해 조선군 사령부를 대표하여 참석한 키타喜多 참모가 완곡하게 거절하는 주객전도의 장을 창출한다. 그는 "필요 이상은 국가에서 가지고 싶지 않다는" 말로 조선 내 지원병 제도에 대해 명확한 한계를 긋고자 한다. 그리고 "이 제도 실시 초에는 마치 아국이 전쟁 진행 중에 있으니까 인적 요소가 필요하여 반도인을 병대로 쓰려 한다는 일부 오해"가 있었음을 지적함으로써 조선 내 지원병 제도의 실시가 불러일으킨 안팎의 논란을 불식시키고자 한다. "지금은 일본의 내지에 있는 병력만으로도 충분"하다는 그의 발언이 가리키는 것도 바로 이 지점일 것이다.

이런 점을 감안하면, 1938년에 식민지 조선에 실시된 지원병 제도는 "조선인에게 지원병제를 최단기한 내에 실시"한다는 의미에서 병사 차출에만 그 목적이 있지 않았다.[22] 미야타 세쓰코宮田節子는 "지원병 제도는 직접 그것을 통하여 병원兵員 '자원'을 구한다기보다는 (물론 그것도 있지만) 지원병 그 자체를 황국신민의 모델로 만들어 황민화운동의 추진력"으로 삼으려 했다는 점에 주목했다.[23] 그의 이러한 설명은 지원병 제도가 황민 '연성'과 갖는 내적인 연관선상에서 식민지 조선의 병사들

....

[22] 〈조선인에 지원병제〉, 《매일신보》, 1937년 8월 6일자. 조선군 참모장과 미나미 총독 그리고 세 명의 핵심 국장들의 연석회의에서는 지원병 제도의 실시를 확정하고 이에 대한 구체적인 방안이 논의되었다. 이들은 "금차의 북지사변을 계기로 조선인의 시국에 대한 인식은 매우 양양하여 (중략) 이에 대하여 군 당국과 총독부는 적절한 조치를 하고자 고려중이던 바 병역제도 실시 문제는 장래에는 징병제도를 실시한다 하더라도 현재에 있어서는 우선 지원병 제도를 실시함이 현하 조선의 교육정도와 사회정세로 보아 적절한 조치"라는 입장을 밝혔다.

[23] 미야타 세쓰코, 이형랑 옮김, 《조선민중과 황민화정책》, 일조각, 1997, 111쪽.

을 일반대중을 겨냥한 시범 케이스로 삼으려는 식민권력의 의도가 복합적으로 작용한 결과임을 일깨워준다. 다시 말해, 지원병 제도의 조선 내 실시는 전시 총동원 체제의 필수적인 병력 '자원'으로서의 의미뿐만 아니라, 후방의 전시 체제를 떠받치는 식민지 조선인들의 이상적 전형으로서 이 '병사상'을 전시하려는 일종의 이벤트로서 기획된 측면도 적지 않았다는 뜻이다. 식민지 조선의 일상에 새롭게 출현하게 된 이 익명의 신체 형상으로서 식민지 조선의 실제 '병사상'이 그 이례성 만큼이나 식민지 조선의 대중매체들에 의해 집중적인 관심과 조명을 받았던 이유 역시 여기에 있었다.

우선 조선 지원병들은 신체검사에서부터 지원병훈련소 입영 및 생활 모습 그리고 출정식과 환송연 및 전선의 도착과 전투 경과에 이르기까지 모든 것이 취재되고 보도되는 과잉 전시의 대상이 되었다. 지원병 제도가 식민지 조선에 새겨놓은 병사라는 새로운 형상은 가족 및 친족들로 구성된 과거 그들의 협소한 관계망을 일본 '국민'이라는 보다 더 보편화된 관계망으로 재구축하는 현실적 계기를 만들어내었다. 왜냐하면 일본의 외지로서 '죽게 하고 살게 내버려두는' 주변부적 존재였던 식민지 조선인들이 이 병사들의 출현과 더불어 일본을 위해 목숨을 바친다는 새로운 경험과 인식을 보여주고 있었기 때문이다. 이로 인해 남은 가족과 지역사회는 자신의 아들과 이웃이 일본 병사로서 전장에 출정하여 전투에 참여하고 귀환하는 '국민'화의 회로를 자연스럽게 체득·내면화해가게 된다. 일본의 '3용사'처럼 죽어서 고향에 귀환하는, 식민권력이 바라는 '용사상'도 이제 출현할 수 있게 된 것이다. 따라서 지원병 제도는 '자발'적 지원의 형식으로 일본 국민이 된다는 것의 폭력성을 집약하며, 식민지 조선의 전시 총동원 체제의 가시적 상징으로 자리잡아갔다.

차를 마시며 앉고 있노라니까 경쾌한 브루스의 레코드 소리가 별안간 끊어지더니 탁한 라디오 소리가 들려옵니다. 그것은 일지충돌日支衝突(중일전쟁)과 정부의 방침을 방송하는 것이었습니다. 방안은 금방에 조용하여지고 손님들은 엄숙한 표정으로 라디오에 귀를 기울이고 들었습니다. 향월香月 준장이 비행기로 북지北支에 부임하였다는 말로써 방송은 일단 끊어졌습니다. 엊그제 동경을 떠날 때 노구교盧構橋 부근에서 불상사가 일어났다는 보도는 알았지만 그새에 사건이 이리도 신속하게 진전될 줄은 몰랐습니다. (중략)

그러자 어느 날인가 내각정보부에 동경 시내의 일류 잡지대표자를 초대하여 사변 취급에 대하여 당국에 협력하여 주기를 간담懇談한 일이 있었다. 그때에 출석했던 사람을 한 사람을 통하여 비로소 금반 사변의 전도前途를 약간 인식할 수 있었다. 성전聖戰이라는 말을 들은 것도 그때가 처음이 아닌가 한다. (중략)

역구내는 벌써 출정군인 전송인으로 초만원이어서 택시는 근방에도 못 간다. 물론 적모赤帽도 망연자실하여 트렁크 둘을 들고 가까스로 플랫폼까지 뚫고 나갔다. 그러나 나는 그곳에 벌어진 창가와 만세와 격려와 절규의 흥분이 소용돌이치는 광경에 완전히 나 자신을 잃고 말았다. 무엇인지 모를 커다란 힘에 압도되어 실로 위협을 느끼면서 겨우 차간에 올랐다. 차내 차외는 흥분을 지나쳐 살기로 불이 일어날 지경이었다. 일순 이곳이 지금 동란에 고민하고 있는 동양의 중추이어니 생각하고 그 당연함을 반성하여 보았다. 그날 밤 나는 차안에서 격랑처럼 밀려오는 국민적 정열에 좀처럼

志願兵制度と半島人に望む

朝鮮軍報道部長 勝尾信彦

조선군 보도부장이 밝힌 지원병 제도의 의미

지원병 훈련소의 훈련 모습

志願兵制祝賀會統一
全朝鮮一齊히擧行
금일본부에서각도에통첩
四月三日施行日을期하야

六個月間訓練中은
國費로寄宿舍에收用
十三萬圓으로訓練所新築

條件咐協議離婚

窃盜嫌疑
三中井女
삼

『夏昏』

4월 3일 일제히 시행되는 '지원병제'에 대한 소식

지원병 훈련소와 입소자

눈을 부칠 수가 없었다.[24]

　사변이 일자 북으로 북으로 제일선第一線을 향해 많은 장병이 수송되고 당시 내가 거접居接을 하던 개성의 우거寓居가 마침 정거장 건너편 언덕바지 위에 있었던 관계상 역으로 환송영還送迎을 나가지 않는 때에도 바로 가까이 그를 바라다볼 수가 있곤 했었다. 그러하던 어느 날 백일홍이 한참 피었었으니 8월경인 듯싶고 석양 무렵인데 그날도 아침부터 부절히 와서는 떠나고 하는 군용열차가 또 한 대 들이닿더니 정거 시간이 오랜 모양인지 각 차간의 병정들이 모두 풀려나와 우선 패패이 간단한 체조를 시작했었다.

(중략)

　마침 그때 내 옆에 앉아서 놀고 있던 칠세동七歲童이 조카 놈이 그걸 보고는 저도 간다면서 부리나케 일장기日章旗를 집어 들고 나서는 것이었다. 퍼뜩 나는 생각이 나서 그 애더러 기다리라고 하고는 뜰 앞에 만발해 있는 백일홍을 이색저색 섞어 한 묶음 잘라다가 손에 쥐어주면서 〈너 이 꽃 가지고 가서 저기 있는 병정 아무한테고 너 주고 싶은 이한테 주어보아?〉 하고 시켰다. 했더니 이놈이 더욱 신이 나서 꽃을 움켜쥐고 줄달음질을 처 쫓아가서는 여러 병정들을 잠깐 둘러보다간 무슨 생각인지 그 중 하나에게 척 내밀면서 절까지 한 자리 너풋 (중략) 말소리도 들려올 거리는 아니었고 따라서 기색을 알아볼 바이 없었으나 그렇더라도 어떠한 표정을 하리란 짐작은 넉넉히 할 수가

....

24　최재서, 〈사변 당초와 나〉,《인문평론》, 1940년 7월, 99쪽. 최재서의 글은 사변 기념 특집 중 한 꼭지로《인문평론》에 실렸다. 이 사변 특집호에는 최재서 외에도 김남천과 채만식 그리고 임화와 김학수 등 당대의 대표적인 문인들이 망라되는 화려한 필진을 자랑했다.

있도록 꽃을 받은 병정 그는 아이를 끌어다가 하마 껴안는 듯, 그리고 머리를 쓸어주면서 얼굴을 들여다보고 무슨 말을 묻다가 연방 내 집께를 바라다보며 고개를 끄덕끄덕 또 동료들을 돌려다보기도 하고 하는 것이었다. 이때에 내가 받은바 가슴 이상하게 저릿한 감명은 두고두고 가시지 않았다.[25]

위 인용문들은 모두 병사들의 환송연과 관련된 감상담이다. 첫 번째 인용문은 식민지 조선의 문인이 동경에서 경험한 출정 병사들의 전송과 환영 인파, 그리고 만세와 창가가 어우러지는 역내와 차 안 풍경이 상세하게 묘사되어 있다. 1937년 중일전쟁은 일본인조차도 예상할 수 없을 정도로 빠른 속도로 전면전으로 치달아갔고, 이 와중에 어떠한 입장을 취해야 할지 채 결정하지 못하고 있던 식민지 조선의 지식인이 내적 감정의 동요를 겪게 되는 것은 오히려 식민권력의 엄숙한 조서나 담화가 아니라 일상적 풍경으로 대면하게 된 출정 병사들의 다양한 반응과 태도였다. 그는 이 기이하게 들뜬, 어떻게 보면 낯선 풍경 앞에서 자신도 모르게 압도당하고 말았던 것이다.

그는 이 형언할 수 없는 감정의 동요와 변화를 '살기' 혹은 '위협'으로 명명한다. 그것은 그가 이전에 경험해보지 못한 낯섦과 관련된 무의식적인 반응이기도 할 텐데, 그가 '살기'조차 머금은 것으로 느낀 이 압도적인 충격과 위압감을 그러나 "격랑처럼 밀려오는 국민적 정열"로 회수하는 데 이 특정한 풍경이 주는 사회정치적 의미가 내재되어 있다.

....

25 채만식, 〈나의 〈꽃과 병정兵丁〉〉, 위의 잡지, 89-90쪽.

전선으로 나가고 들어오는 출정 병사들의 숫자가 늘어갈수록 이 환송 연도 일상적 풍경으로 자리잡아가게 될 것이고, 이들로 인해 달라지는 후방의 생활 모습은 첫 번째 인용문의 동경 역내를 거쳐 두 번째 인용 문의 개성 역내에서 되풀이되는 반복적 장면을 보여주게 된다.

두 번째 인용문은 첫 번째 인용문에서 묘사된 동경역의 특정한 풍경이 식민지 조선을 관통하여 중국 대륙으로 이어지는 하나의 횡단선을 구성하고 있음을 말해준다. "북으로 북으로 제일선第一線을 향해 많은 장병들"의 수송이 이루어지는 출정 병사들의 환송연은 이제 식민지 조선에서도 드물지 않은 일상이 되고 있었던 것이다. 두 번째 인용문의 필자인 채만식은 출정 병사들을 위해 일곱 살짜리 조카의 손에 백일홍을 들려주면서 이들을 환송하게 하는데, 전쟁이 환기하는 피의 붉은색과 백일홍의 선홍색은 전시의 규율이 일상의 규범을 재조직하는 삶의 변화를 상징적으로 표현한다. 출정 병사들이 직면하게 될 전선의 참혹한 죽음의 현실은 이 지극히 시적인 접근법 속에서, 즉 "가슴 이상하게 저릿한 감명" 내지 "부지 중 가슴이 뭉클해지는" 감정적 일체감으로 이들과 동일시되는 국민'화'의 색채를 두드러지게 드러내게 된다.

"적대관계의 가장 극단적인 실현"으로 "군사적 전투와 물리적 살해"를 통해서 "(적으로 명명된) 타자의 존재 그 자체의 부정과 말살"을 행하는 것이 현대전을 비롯한 모든 전쟁의 특징이다.[26] 이러한 전선에서의 막다른 죽음이 출정 병사들에 대한 시적 감수성으로 회수되는 데서 국

....

26 칼 슈미트, 김효전 옮김, 《정치적인 것의 개념》, 법문사, 1992, 40쪽.

민'화'의 과잉 동일시가 생성되고 재생산된다. 역 구내에서, 집 안에서 그리고 거리 곳곳에서 마주치게 될 실재하는 병사들의 모습은 병사와 용사 간의 차이, 즉 이런 표현이 허용된다면 죽음을 앞둔 존재로서의 병사와, 죽거나 죽음의 고비를 넘겨 귀환하는 존재로서의 용사 간의 내적 차이를 만들어내며 병사의 용사'화'가 장려되는 전시 논리를 더 전면화하게 될 것이었다.

일본의 '3용사'는 일본 대중의 전쟁 열기를 국책 협력과 동원으로 이끄는 촉매제로 기능했다. 마찬가지로 지원병 제도가 실시된 식민지 조선에서도 '3용사'에 버금가는 용사의 등장은 식민지 조선인들의 전쟁 열기를 고양하고, 조선인들을 전쟁 협력과 동원의 자발적인 주체로 설 수 있게 하는 동력이 될 수 있었다. 식민지 조선인들을 충량한 황국신민으로 만들어 전시 총동원 체제의 유용한 생명'자원'으로 활용하고자 했던 식민권력의 입장에서는, '3용사'와 같은 용사의 등장을 정책적으로 장려함으로써 식민지 조선과 일본을 하나로 묶는 국민적 동일 권역을 만들어내고자 했던 것이다. 식민지 조선의 대중매체들은 이러한 식민권력의 통치 전략을 매개하는 동조기관으로서의 역할과 지위를 부여받았다. 식민지 조선의 대중매체들이 식민지 조선의 용사'상'을 선전하고 독려하는 데 앞장섰던 것은 이 때문이다. 식민지 조선의 대중매체들이 부추기는 일본의 '3용사'와 같은 식민지 조선의 용사'상'은, 이것이 마치 식민지 조선인들의 보편적인 욕구인 양 치환되어갔다는 데 그 문제의 소지가 있었다.

내선일체의 역사적 산물인 조선 초기 지원병은 12월 7일 영예의 수료식을 마치고 동 11일 각 연대에 배속되어 총후국민의 열광적인 환송리에 남북으로 발정發程하였다. 생각하면 보내는 이나 떠나가는 초년병의 마음이나 다 깊은 감격에 사로잡히었음은 부인할 수 없는 사실이다. (중략) 내선일체운동은 형의 모방이 아니요, 피의 결속이며 동시에 정신의 혈맹血盟이다. 따라서 이것은 유원한 역사를 통하여서만 달성할 수 있는 사실이다. 각이한 민족이 동일한 사명을 수행하기 위하여서 동動하며 일치한 목적을 위하여서 죽게 될 때 거기에는 뗄레야 뗄 수 없는 결탁력이 생기고 또 이 사실은 위대한 역사를 창조하는 것이다.

그럼으로 이제 조선인이 제국을 위하여 죽는다 하는 일은 일찍 역사상에 유례를 볼 수 없는 사실인 동시에 또한 이 일은 제국의 흥륭과 함께 조선인의 장래에 새로운 규정을 하지 아니치 못하는 것이다. 그래서 우리는 세기 앞에 뚜렷한 족적을 남기면서 진행하고 있는 내선일체운동을 주시하면서 환희와 감격의 물결 속에 파묻히고 있는 것이다.[27]

"야스쿠니신사에서 만나자."는 것은 출정하는 군인과 그를 보내는 부모형제 사이의 인사말이다. 이는 살아서는 돌아오지 않는다는 의기를 보여주는 것인데 또 그와 동시에 남자가 죽을 자리를 얻었음을 기뻐하는 의미도 되는 것이다. 게다가 나라를 위해 죽는 대신 다른 무엇을 바라는 마음은 추호도 없다. 단지 멋지게 죽어 호국의 신이 되는 것, 그것뿐이다.

조선인도 지금부터 쭉쭉 야스쿠니신사에 모셔지지 않으면 안 된다. 조선의 청소년 된 자 정히 야스쿠니신사를 그 혼을 둘 장소로 마음먹지 않으면 안 된다. 조선에도 사단 소재지인 경성과 나남에 호국신사護國神社(나라를 위

....

27 〈조선인과 지원병-피로서 결성되는 내선 양兩민족〉,《재만조선인통신》, 1939년 1월, 59쪽.

지원병 지원자의 신체검사 광경

지원병 훈련소의 생활, 그 일거수일
투족

전장으로 출정하는 지원병들

전장에 핀 꽃, 전장에서 스러질 병사
들, 전장의 꽃으로 비유된 병사들

해 전사한 사람을 모신 일본의 신사)를 세우게 되었다. 실로 이는 조선 남아의 묘廟이어야 한다. (중략) 이제 조선 민족이 나아갈 길은 단 한가지뿐이다. 그것은 살아서는 황국을 위해 충의의 백성이 되고 죽어서는 일본을 위해 호국의 신이 되는 일이다. 쓸데없이 사당이나 묘를 꾸미는 일 없이, 혼을 야스쿠니신사나 호국신사에 맡기는 일이다. 그렇게 할 때에 비로소 선조의 영예를 잇게 되고 또 자손의 번영을 꾀하게 되는 것이다.[28]

위의 인용문은 둘 다 지원병 제도의 실시가 가져올 죽음의 명예와 영광을 칭송한다. 지금까지 식민지 조선인들이 결코 누릴 수 없었던 일본 국민으로서의 자격 및 그 위상과 관련되어 지원병 제도의 의미를 강조한다. 지원병 제도는 식민지 조선인들에게 일본인과 똑같이 국가를 위해 죽을 수 있는 명예로운 임무와 자격을 부여했다는 점에서 뜻깊은 것이라는 점을 들어 "조선의 청소년 된 자 정히 야스쿠니신사를 그 혼을 둘 장소로 마음먹지 않으면" 안 된다고 하는 죽음에의 투신을 정당화하고 있다. 이것은 "실로 조선 남아의 묘廟"가 되어야 할 것이라는 주장 속에서, "세기 앞에 뚜렷한 족적을 남기면서 진행하고 있는 내선일체운동을 주시하면서 환희와 감격 속에" 맞이하게 될 "피의 결속이며 동시에 정신의 혈맹"이라고 하는 유기적 일체성의 전시 논리로 화하게 된다. 이러한 죽음을 통한 피의 공통성이야말로 생득적인 혈통과 종족성을 뛰어넘는 초극의 원리를 통한 피의 인공적 국민'화'였다는

....

28 이광수, 〈죽은 후의 명예〉, 《동포에 고함》, 김원모·이경훈 편역, 1997, 철학과 현실사, 218쪽. 이 글은 이광수가 1939년 4월 30일 일본어로 발표한 글을 번역한 것이다.

점은, 식민지 조선인들이 일본 국민이 되기 위해 치러야 했던 자연스러운 삶의 욕구에 대한 부정이자 억압에 다름없었다.

식민지 조선의 병사로서 전장에 출정하여 명예롭게 죽어서 돌아올 일본의 '3용사'와 같은 최정예 용사에 대한 갈망은 식민권력의 요구를 담지한 채 공공연하게 표명되고 있었다. 이를 충족시켜주는 계기가 된 것이 바로 식민지 조선 최초의 지원병 전사자로서 대대적인 미디어적 이벤트로 화한 이인석 상병이었다. 이인석은 육군병지원자훈련소 제1기의 전기前期 졸업생으로 1939년 5월 21일 밤 '산서성 문희현 요장山西省 聞喜縣 腰莊' 부근의 전투에서 사망했다. 그의 훈련소 교관인 우키다 카나메海田要 대좌는 이인석을 기려 "훈련소에 들어올 때부터 침착 온순하고 책임감이 강해서 제 2훈련반의 반장으로서 6개월간 훈련을 마쳤고 작년 12월 수업식에도 발군의 성적을 드러내어 우등상까지 받았다."는 극찬으로 그의 죽음을 극화하는 데 기여했다.[29]

이인석이 여러모로 상징성이 큰 인물이었음은 틀림없다. 식민지 조선에서 처음 실시된 지원병 훈련소에 입소한 최초 졸업생이라는 타이틀이 그러하고, 실제 전투에 참가해서 식민지 조선의 최초 전사자가 되었다는 사실도 그를 일본의 '3용사'와 같은 전쟁영웅으로 만들기에 충분했다. 이러한 이인석의 대중적 상징성을 최대한으로 활용하고 구사한 대중매체들의 경쟁적 보도와 기사화는, 이인석이 일본의 영예로운 '황군'으로 식민지 조선을 대표하여 '혈세血稅'를 바쳤다는 점에 초점

....

29 〈우등상 탄 청년 연성소 해전海田 대좌 담〉, 《매일신보》, 1939년 7월 8일자.

을 맞추었다. 식민지 조선이 일본과 동등한 황국신민으로서의 권리와 의무를 누릴 수 없었던 이유가 이러한 '혈세'의 유무였다는 점이 집중 부각되었던 것이다.

이인석의 사망 소식이 알려지자《동아일보》와《조선일보》그리고《매일신보》는 이 소식을 중요 기사로 다루면서, 그가 적진으로 용감하게 돌진하던 중 적의 탄환을 맞고 장렬히 전사했다는 사실을 일제히 보도했다. 이는 일본의 '3용사'와 동일한 1939년 7월 8일자의 특전 형태로 보도되었는데, 이 세 신문들은 공통적으로 그의 죽음을 "반도인의 영예"와 "진중의 꽃", "흥아興亞의 초석", "세계의 대장부"라는 최대한의 수식어를 붙여가며 그의 영웅'화'에 앞장서게 된다.[30] 이러한 '감격'과 '도취'의 정서는 비록 식민지 조선에서 익숙한 것은 아니었다 하더라도 전혀 낯설지만은 않았다는 점을 주목할 필요가 있다. 왜냐하면 일본의 '3용사'를 통해서 선행 학습을 했기 때문인데, 따라서 이인석의 전쟁영웅'화'는 일본의 '3용사'와 동일한 패턴으로 식민지 조선의 전쟁 열기를 불러일으키는 데 활용된다. '3용사'와 이인석이 갖는 차이, 즉 만주사변과 중일전쟁이 갖는 전쟁의 서로 다른 전개 양상이 두 용사에 대한 강조점의 차이를 수반하게 했지만, 병사에서 용사 그리고 군신으로 수직 상승하는 방식은 다르지 않았다. 이 방식에 따라 이인석은 일본 '3용사'

....

30 《매일신보》의 1939년 7월 8일자 〈붓방아〉를 한 예로 들어보자면, "우리 삼천삼백만 형제의 한 사람으로서 뽑혀 흥아의 성업에 칼을 들었던 이인석 군. 형제여! 보라! 흥아의 역사는 또 한번을 더하였도다. 우리도 세계에 내어놓아 꺼림이 없을 대장부를 가졌나니 인류의 평화와 행복의 건설도 우리 형제의 의기와 피로써 이루어질 것을 또 한번 마음속에 다져라."라는 표현으로 그를 흥아와 세계사의 초석으로 자리매김하는 '감격'과 '도취'의 정서를 보여주었다.

의 유사 판본으로 자리매김했고, '3용사'와 이인석은 각각 일본과 식민지 조선에서 참다운 용사'상'의 상징이 되었다.

7월 6일 이인석의 전사 소식이 전해지고 7월 8일 각 신문에 기사가 난 뒤, 10일 이인석은 일등병에서 상등병으로 특진했다. 이는 일본 '3용사'의 급속한 신화화에는 못 미치지만, 이인석을 전쟁영웅으로 만드는 데는 부족함이 없었다. 식민지 조선의 대중매체들의 파상적인 선전공세는 한결같이 '피'로써 이인석이 일본 국가에 봉공했다는 것이며, 이 '피'로써 내선일체를 구현했다는 것이었다. 이인석은 이중과정을 통해서 식민지 조선인들의 국민'화'를 실현한 대표표상이 되어갔다. 그 하나는 '피'의 진충보국盡忠報國이었으며, 또 다른 하나는 '피'의 내선일체였다. 이인석은 식민지 조선인들의 국민'화'가 바로 이 혈세를 통한 국가봉공에 있음을 적나라하게 일깨워주며, 미나미 지로 조선총독이 "외형이나 마음이나 피나 살이 모두 일체가 되지 않으면 안 된다."는 내선일체의 가시적인 표상체로 자리매김했다.[31] 식민지 조선의 대중매체들이 이인석의 전사 소식을 혈세의 국가봉공과 동일시하며 이에 대한 후속 보도들을 연이어 내보내는 동안, 이인석은 식민지 조선인들의 전쟁 열기를 아래에서부터 떠받치는 선전 대상으로 급격하게 재조직되고 있었던 것이다.

초기 병정들이 장행의 도에 오르기까지 오인은 사死하여 써 싸워주기를 간절히 부탁한 바 있었거니와 만일 군인의 최고영예가 조국을 위하여 사死

....

31 南次郞, 〈국민조선총동원조선연맹역원총회석상총독애찰國民精神總動員 朝鮮聯盟役員總會席上總督挨拶〉, 《조선의 국민정신총동원朝鮮に於ける國民精神總動員》, 앞의 책, 101쪽.

하는 것이라고 할 것이면 오늘 조선인 지원병의 갈 길도 여기서 명백하다고 하지 않을 수 없습니다. (중략) 이러한 때에 우리의 이인석 상등병은 지원병 최초의 화華로 흥아 전선에서 호국의 영이 되었으니 어찌 감격하지 않을 수가 있겠습니까. (중략) 세상에 죽음을 기뻐하는 자 어디 있으며 또 장수를 싫어하는 자 어디 있겠습니까. 더구나 장수와 향락은 누구나 희망하는 바이요. 그 혈기가 왕성하고 포부가 큰 청년으로서는 배나 더한 것이라고 할 것입니다. 그러나 일단 몸을 국가에 바친 자는 구구苟苟한 생을 도모할 것이 아니라 광영 있는 사死를 구하는 것이 그 본분이 아닐 수 없습니다.[32]

이인석 일등병의 전사의 보도가 한번 전해지자 내선일체의 산표본이요, 흥아의 주춧돌이 된 이 귀중한 죽음에 관계 각 방면은 물론 전 반도 민중은 다 같이 감격하고 있는데, 팔일 염원鹽原 지원병훈련소 소장은 다음과 같은 소감을 말하였다. 어제 연맹대회가 끝난 후 이군의 이야기가 났는데 〈누구나 잘 싸워주었다. 고맙다.〉라는 감격에 넘치는 말 한마디로 더 무어라 말할 줄을 몰랐다. 지원병도 드디어 피로써 국가에 봉답한다는 모범을 보여준 동시에 내선일체를 무엇보다도 사실로 나타낸 존귀한 전사를 하였다. 일청日淸 전역 때의 송기松崎 대위의 전사에 비견할 만한 전사에 길이 빛나는 장렬한 최후였다는 것을 확신하고 있다.[33]

위의 두 인용문은 모두 이인석을 내선일체의 산 표본이요, 국민'화'의

....

32 〈반도지원병 최초 전사〉,《재만조선인통신》, 1939년 8월, 2-3쪽.

33 〈피로 국가에 봉답, 내선일체를 구현〉,《매일신보》, 1939년 7월 9일자.

병사와 야스쿠니 신사

志願兵頌歌

李　光　洙

君のため國の爲ぞといとし子は銃執りてこそいとま乞ひけれ

をゝしさに胸躍らしつ死してなほ譽れあれよと音新るかな

すめらぎのめぐみの露に御の野も露ひてこそ吾は立つなれ

百歳を生きながらふも尊きことにこの身捨つる日えがたしと聞く

わが殘す心は代々に大御代を慕ひまつらむ護りまつらむ

이광수가 쓴 〈지원병 송가〉

半島人의榮譽

志願兵最初의戰死

忠北沃川出身의李仁錫君

優等賞탄靑年

訓練所海田大佐談

반도인의 영예, 《매일신보》의 이인석 전사 기사

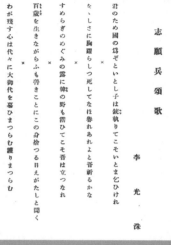

志願兵最初의꽃

沃川出身一等兵李仁錫君戰死!

朝鮮人志願兵의榮譽

지원병 최초의 꽃, 《동아일보》의 이인석 전사 기사

산 증거로서 선전한다. 그리고 이 선전 문구에는 죽은 자와 살아남은 자의 선명한 대비가 깔려 있다. 이인석의 전사는 "일 지원병으로서의 죽음이 아닌" "조선인의 애국의 열의를 대현代顯하여" 죽은 것이라는 점과 "조선인도 제국의 신민으로 황국을 위하야 사死할 수 있다 하는 약속에서 조선인도 이제는 호국의 영령으로 순殉하였다 하는 실천에로 전환"된 것임을 강조하는 발언으로 삶의 무화와 죽음의 명예를 대비시키고 있는 것이다. 이러한 삶과 죽음의 극적인 대비는 일신을 국가에 바치기로 한 자라면 "구구한 생을 도모할 것이 아니라 광영 있는 사를 구하는 것"이 낫다고 하는, 이른바 삶보다 죽음을 우선시하는 국민'화'의 특정한 위계화를 공공연히 전제하고 있었다.

"장수와 향락은 누구나 희망하는 바이요. 그 혈기가 왕성하고 포부가 큰 청년으로서는 배나 더한 것"이라는 표현에 담긴 것도 이러한 "구구한 생"과 "광영 있는 사"의 극적인 대비다. 이인석이 "항상 반드시 조선에서 제일로 가는 농가"를 만들려는 포부를 갖고 있었다는, 이인석이 다닌 옥천군농업실습학교의 전前 교장인 마스오 세이지增尾政治의 기억은 이인석의 삶에 대한 강한 욕구를 증명하기에 충분하다. 하지만 "군인의 본분을 다하여 국가에 봉공하고 다행히 살아 돌아온다면 군대 교육을 뿌리로 하여 처음의 목적을 관철"시키겠다는 뒤이은 그의 말은 이 삶에 대한 강한 욕구를 전장의 명예로운 죽음으로 대치시키는 삶의 무화와 죽음의 사후적 명예이다.[34] 이런 점에서 이인석의 삶에 대한 욕

....

34 〈반도지원병 최초의 전사半島志願兵 最初의 戰死〉, 위의 기사, 3쪽과 〈충성에 타는 편지, 은사의 감격 고 조 이인석 군 다니던 엄교嚴灸 전前교장 증미정치增尾政治 씨의 술회〉, 《매일신보》, 1939년 7월 9일자.

구는 전장의 죽음을 매개로 해서만 가능한 지극히 한정적인 것에 불과했다. 이러한 삶과 죽음의 극적인 대비를 통해서, 이인석은 식민권력과 대중매체들에 의해 일본의 '3용사'에 비견되는 식민지 조선인들의 새로운 용사 '상'으로서 예찬되고 고평되었던 것이다.

제1기 특별 지원병 상등병 이인석 씨는 북지의 ○○전선에서 눈부시게 전사했다. 이 보도는 반도 이천만 민중의 가슴에 형언할 수 없는 감격을 용솟음치게 했다. 이 상등병의 전사가 보도된 지 이미 며칠이 경과했지만, 아직도 우리는 무엇이라 하면 좋을지 적절한 말이 떠오르지 않는다. 그것은 최초의 경험이기 때문이기도 할 것이리라. 또는 오랜 시대를 거치면서 게으른 잠에 빠졌던 우리의 혼魂으로서는 너무나 큰 충격이고 감격이었기 때문인지도 모른다. 유일한 말, "이 군 고마워요, 이 군 고마워요"를 되풀이할 밖에 다른 말을 할 수 없는 것이다.[35]

쇼와 13년(1938) 11월 말 제1기 수료생으로 육군병 지원자 훈련소를 수료하고 현역 보병으로 입영한 지원병 이인석 상등병은 군대에서 제1기 교육을 받은 지 얼마 되지 않아 북지(북중국, 중국의 화북지방) 출동 명령을 받고 용약하여 전장으로 떠난 이로 쇼와 14년(1939) 5월 21일 밤 산서의 토벌전에서 지원병 최초의 귀중한 희생자가 되어 전사하였다. 그날 밤 중대장에 이어 선두에 선 이인석 군은 중국 병사가 던진 수류탄 파편으로 복부에서 등까지 관통상을 입고 장이 절단되어 전신이 피투성이가 되어 쓰러졌다. 이때 중대장이

....

35 이광수, 〈이 상등병의 전사〉, 앞의 책, 207쪽. 이 글은 1939년 7월 16일에 쓴 글이다.

336

"이인석", "이인석"하고 여러 번 불러 그를 격려했으나 그대로 정신을 잃고 말았다. 2시간 정도 고투한 끝에 이미 재생 불가능함을 알았을 때 괴로운 호흡을 하며 천황폐하만세를 세 번 외치고 "나는 아무런 후회가 없소. 전우들, 부디 중국 병사들을 무찔러 주시오. 일본은 이 성전에서 반드시 이겨 장래에 훌륭하게 일본과 중국이 제휴할 날이 올 것이오. 다만 성업聖業의 도중에 가는 것이 아쉬울 뿐이오."라고 유언하고 고향에 있는 양친, 형제, 처자, 모두 여덟 명의 가난한 유족에는 전혀 아랑곳하지 않고 간호병에게 손을 맡긴 채 미소마저 띠며 산화했다는 통지가 훈련소에 도착했다. 그의 뇌리에는 일억 군국을 위해 순국하고 황국신민의 의무를 다한 감격으로 가득하여 아마 자신이 조선인이라는 생각이나 관념은 조금도 없었을 것이다.[36]

이날 아침 가장 먼저 나는 그야말로 당연한 아니 너무나도 당연한 어떤 소식을 신문에서 읽고 안절부절 어쩔 줄 몰라 나 자신도 모르는 감정으로 하루 종일 흥분해서 뛰어다녔다. 솔직한 말로 어디를 어떻게 돌아다녔는지는 바로 하루 전 일인데도 전혀 기억할 수 없다. 그만큼 실은 나 자신을 잊고 있었던 것이다. 하지만 묘하게도 그날 나는 보이는 우체국마다 들러 오늘 아침 이 당연한 소식을 여러 사람들에게 다양한 문구로 전보를 친 것만은 확실하게 기억하고 있다. 그 중에서 우리 조선의 아버지인 미나미南 총독에게 보낸 전문은 다음과 같은 것이었음은 분명하게 기억하고 있다. "이천삼백만보다 한 발 앞서 이인석 군 떠나다. 아아, 각하, 우리와 함께 개가를 올리지 않

36 鹽原時三郞, 〈지원병이 본 조선인〉, 모던일본사, 이소영 외 옮김, 《모던일본과 조선 1939》, 어문학사, 2007, 123쪽

으련가.” 이와 같이 너무나 당연한 것으로서 우리 이인석 군이 이천삼백만 조선 신민의 여망을 짊어지고 홀로 장렬하게 천황폐하께 생명을 바친 생생한 사실이 신문에 보도된 날이다. (중략) 죽음을 축하한다? 물론이다. 세상에 축하해야 할 죽음이 있다고 한다면 천황의 어능위 아래 황군의 한 사람으로서 흥아 전선, 멀리 북중국의 황야에서 쓰러진 이인석 군의 죽음을 축하해야 할 것이고, 이인석 군의 죽음을 두고 조선 어디에 우리 조선 자신을 위해, 황국 전체를 위해, 더 나아가 하나의 집—宇인 전 세계를 위해 축하해야 할 죽음이 있겠는가! 아직 자세한 것은 알 수 없기 때문에 군의 훈공이나 전사 상황은 말할 수 없지만 우리는 완전한 자신감을 갖고 하나만은 추측할 수 있다. 즉 이 군은 “천황폐하만세”를 외치고 최후의 숨을 거두었다고 하는 점이다. 이것만은 의심할 만한 어떠한 여지도 근거도 없는 우리 조선 전체의 순수 상상이다. 이인석 군 한 명의 전사를 두고 이리도 광분하듯 자축하지 않을 수 있는 까닭도 실은 이런 상상에 있다. 다시 말해 앞으로 반도는 폐하를 받들고 충의를 다하고 국가 유사시에는 충용忠勇을 다 바치는 데 있어서 결코 지금까지의 일본 내지에 비해 더 나았으면 나았지 뒤떨어지지는 않는다는 다짐을 이 군의 죽음이 보여준 것에 다름 아니기 때문이다. (중략)

이 상등병 이전에도 반도 출신으로 육군 장교 출정자도 있고 몇 명의 전사자도 있어서 야스쿠니신사에 모셔져 있으나 폐하의 군인으로서의 전사는 이 군이 효시이다. 마찬가지로 제국의 신민이고 숫자에 있어서 전 국민의 사 분의 일을 차지하면서도 이번 같은 대 사변을 맞이해 피의 봉사를 할 수 없었던 우리 반도인의 미안함이 이 군의 용감한 전사에 의해 조금은 경감된 듯한 느낌이다. 국가가 이 상등병에게 보내는 명예는 우리 전체의 것이다. 이 상등병은 그 죽음으로 일본 전체 가정의 사랑스러운 자식이 되었

〈故遺의兵等上錫仁李은眞寫〉

이인석의 남은 '가난한' 유가족

이인석 상등병의 모습

는데, 특히 전 조선 육백만 가정의 사랑스러운 자식이 된 것이다.[37]

　위의 세 인용문이 갖는 공통점은 이인석의 죽음이 갖는 고귀한 가치와 의미일 것이다. 하지만 첫 번째 인용문에 비해 두 번째 인용문의 내용이 훨씬 극화되어 있음을 발견할 수 있다. 왜냐하면 첫 번째 인용문이 이인석이라고 하는 식민지 조선 최초의 지원병 전사자가 전해주는 감격을 어떻게 표현해야 할지 모르는 언어 부재를 솔직히 토로하고 있다면, 두 번째 인용문의 조선총독부 학무국장 시오바라 도키사부로塩原時三郎는 이인석의 죽음을 일본의 '3용사'와 동일한 방식으로 해석하는

37　김문집, 〈조국에 목숨 바친 최초의 반도 지원병 축하할 죽음, 피로 살다 간 우리의 이인석 군祖國に殉じた 最初の半島志願兵 祝ふべき死! 血に生きたわれらの李仁錫君〉, 《國民新報》, 1939년 7월 16일자.

능숙한 일면을 보이고 있기 때문이다. 산서의 중국 전선에서 중대장에 이어 선두에 선 이인석은, 중국 병사가 던진 수류탄에 치명상을 입고 두 시간 가량의 사투 끝에 죽어가면서도 "천황폐하만세"를 불렀다는 전형적인 전쟁영웅 서사가 여기서 그려진다.

일본에서 '만세'는 민권파의 집회와 운동에서 그 사례를 간헐적으로 찾아볼 수 있다. 하지만, 민권파의 "자유만세"는 민권파의 쇠퇴와 함께 사라지고 그 대신에 "천황폐하만세"가 공식적인 의례로서 정착되었다. "천황폐하만세"는 천황과 신민 간의 차이를 조직적이고 체계적인 방식으로 재생산하는 기제로서, 메이지 시기에 일본의 제국헌법 발포를 앞두고 천황과 일반대중 간의 거리를 좁히기 위해서 고심 끝에 생겨나 이후 모든 국가행사와 기념일에 제창된 대표적인 국민'화' 문법이었다. 그런데 일본 '3용사'가 단행본과 교과서에 게재된 시기를 전후하여 "천황폐하만세"가 전선에서 죽어가는 용사들의 전형적인 표상으로 그려지게 되었다. 이인석의 사례 또한 "괴로운 호흡을 하며 천황폐하만세를 세 번 외치고 황국신민의 의무를 다한 감격으로 가득하여 미소마저 띠며 산화"했다는 전쟁영웅의 공식을 되풀이하여 보여준다.

일본의 '3용사', 그리고 식민지 조선의 이인석이 보여주는 전쟁영웅 공식은 이들을 또한 '전쟁미담'의 주역으로 만들었다. 이들은 일본과 식민지 조선의 가난한 농군의 아들들로서 국가의 부름에 응답해 자신의 목숨을 초개같이 버렸다는 미담의 일대기를 제공해주게 된다. 이들의 전장 속 행적은 물론이고, 이들의 출생 및 "어려서부터 향리 부로父老들의 상찬하는 대상이 되었던" 성장 과정과 "일차 농산어촌의 자력갱생운동이 일어나매 옥산농촌실수實修학교에 입하여 농민의 실천도장이라고 할 만한 이곳에서 엄격한 훈련을 받아 다른 날 준비에 정진한" 학창 시절과 병영 생활이 모두 미담의 재료가 되는 미담의 (원)저장소가 되었다.[38] 대중매체들에 의한 이러한 경쟁적인 미담 만들기는 "총후국민들은 이들 지원병에 대한 후원이 또한 절대하여 여러 가지 미담으로 꽃을 피우는" 연쇄적인 미담의 창출과 양산으로 나타났다.[39] 이들의 유가족뿐만 아니라 이들이 자라난 지역사회가 미담의 보고로서 각광받으면서, 대중매체들은 이들과 관련된 다양한 미담기사들을 쏟아내게 된다.

'3용사'와 이인석의 전사 소식이 전해지고 이들이 전쟁영웅으로 부상하자, 남은 유가족들에게로 보내진 수많은 위로문과 조위금이 이 전쟁미담의 한 축을 지탱했다. 미담과 관련된 명칭도 다양해서 인정미담에서부터 애국미담, 총후가행銃後佳行 미담, 헌금미담, 군국미담, 적성미담 등 붙이기 나름인 미담의 레테르가 다양하게 고안되었다. 그야말로 '전쟁미담'의 전성시대를 이루었던 셈인데, 일본의 사례는 제외하고라도 식민지 조선에서 '전쟁미담'의 전성시대는 이인석의 죽음을 계기로 더욱 활성화되었다. 이인석이 전사했다는 소식이 전해지자 위로문과 조위금이 답지하고 거의 천여 명이 넘는 사람이 이인석의 유가족을 방문했을 정도이다. 물론 이러한 이인석의 전쟁영웅'화'와 미담'화'는 식민권력이 주도한바 컸지만, 미담의 주체는 식민권력이 아닌 일반인들의 몫이었다. 미담의 주체는 식민권력에 의해 동원과 협력의 자발적 주체가 되어줄 일상의 평범한 대중들이어야 했기 때문이다. 이들이

....

38 〈일일일인一日一人 이인석의 사死〉,《매일신보》, 1939년 7월 12일자.

39 〈총후미담이 속출-지원병 활동에 감격〉,《매일신보》, 1939년 8월 16일자.

"천황폐하만세"를 부르며 죽어갔다는 총독부 당국자의 이인석 영웅 만들기

이인석의 전사와 "천황폐하만세"의 전형적인 서사

서로 주고받는 미담의 가시적 행위들은 국민'화'를 위한 공감의 상상적 네트워크를 구축할 수 있는 의식적·무의식적인 기반으로 작용했다.

이인석의 전사가 갖는 의미는 이러한 공감의 상상적 네트워크와 관련 있다. 이인석의 동 연령대 청년에서부터 반도를 넘어 일본 오사카大阪의 일 무명 여성의 편지와 조위금에 이르기까지 그것은 다양한 계층과 지역을 아울러 일본과 조선을 우리라는 동일 평면으로 구축해내는 데 일조했기 때문이다.[40] 이렇게 답지하는 성금과 격려는 유가족에 대

....

40 〈반도의 애국열 비등 위문금과 위문문이 답지, 지원병의 빛나는 전사〉, 《매일신보》, 1939년 7월 13
  일자와 〈지원병 영령에 피는 내선일체의 꽃! 대판大阪 일 무명 여성의 감격한 편지〉, 《매일신보》,
  1939년 7월 14일자에는 조선인 최초의 지원병 전사자인 이인석의 명예로운 죽음에 감격하여 일 무
  명인들이 마음에서 우러난 위로문과 힘들게 번 돈을 위로금으로 보냈다는 훈훈한 미담들이 기사로
  실렸다. 이들의 이야기는 아름다운 인정人情미담으로 불리며, 전쟁미담의 다양한 하위 갈래들을 만
  들어냈다.

한 총후미담의 좋은 소재거리로서 대중매체들에 의해 적극 선전되었다. 식민지 조선의 지원병으로서 전장에 출정한 아들과 손자가 전장에서 용사라는 이름의 유해로 귀환했을 때, 이 용사의 유가족들은 지나친 슬픔을 보이지 않는 의연한 모습을 통해서 그 용사에 그 유가족임을 재확인시키는 연쇄적인 총후미담의 주인공이 되었다. 옥천군수가 이인석의 전사 소식을 전하는 장면에서 그의 유가족들은 이미 그것을 알고 있었다는 듯 각오한 태도였으며, 그의 아버지는 빙그레 웃기까지 했다고 신문기사는 전한다. 이 존엄한 태도와 늠름한 기상에 옥천군수가 도리어 눈물을 흘렸다는 감동의 기사는 그 용사에 그 유가족이라는 이른바 동양적 가족주의의 전시판 전쟁미담을 만들어내며, 전쟁미담의 하위 갈래로서 여러 총후미담들을 양산해냈던 것이다.[41]

"가벼운 한 몸으로서 무변대해와 같은 황은의 만분지일이나마 갚게 되어서 무엇보다 기뻐하며 다행으로 생각한다."는 이인석 아버지의 담담한 태도는 전시 총동원 체제에서 후방의 구성원이 지녀야 할 모범적인 태도의 자동화된 반응이었다. 옥천군수의 발언을 빌린 식민지 조선의 대중매체들의 이러한 전쟁미담의 선전교화는 죽은 자에게는 삶을 뛰어넘는 명예가, 남은 유가족들에게는 쏟아지는 후원을 통한 삶의 상승이라는 맞교환이 이루어지는 일상의 새로운 모습을 만들어내었다. 이처럼 남은 유가족에 대한, 특히 식민지 조선 최초의 지원병 전사자가 된 이인석의 유가족에게 쏟아진 유례없는 지원과 배려는 후방의 유

....

41 〈애자부고愛子訃考 듣고 태연, 충령도 웅당 미소, 전사한 지원병 이 군의 가정상황〉,《매일신보》, 1939년 7월 11일자.

가족들이 그 용사의 이름에 값하는 총후미담의 주체로서 살아가도록 하는 응분의 보상이자 대가로서 주어졌다.

이인석의 미망인 유서분의 사례가 그 단적인 예증이다. 1940년 5월 《여성》은 〈이인석 상등병의 유족을 찾아서〉에서 이인석의 유가족을 방문한 뒤의 소식을 감격적으로 전한다. 이 기사에 따르면, 이인석의 미망인 유서분은 소학교에도 가보지 못한 촌부이지만 남편이 전사하고 나서 남편을 대신하여 더 한층 시부모를 공경하고 이제 세 살 되는 딸을 훌륭하게 양육하려고 노력하고 있다는 총후미담의 전형적인 유가족'상'을 보여준다. 병사로서 차출된 남성들을 대신하여 후방을 지키고 보호하는 역할을 맡은 출정병사의 가족들에게 훌륭한 교본이 되어줄 유서분의 사례는 병사의 가족들이 본받아야 할 전형으로서 상찬되었고, 총후미담의 주체로서 이 용사의 미망인과 어머니들은 바람직한 유가족'상'의 테두리를 벗어나서는 안 된다는 내적 규율의 대상이 되었다. 더구나 일본의 '3용사'와 식민지 조선의 이인석은 최초라는 이름에 값하는 최고의 용사'상'이었다는 점에서, 이 유가족들을 향한 시선은 엄격할 수밖에 없었다.

이인석의 미망인 유서분이 "지금은 애국부인회에 회원이 되어 총후부인으로서의 책임을 다하고 있는바 동네 사람은 이 여사의 열성에 감격치 않는 이"가 없고, "분 같은 사치품의 사용은 절대로 폐하고 있으며 의복도 간소한 것을 취하여 근검저축"에 힘쓰는 등 전시 총동원 체제의 바람직한 생활상의 주체로서 회자된 이유가 바로 여기에 있었다.[42]

....

42 유관호, 〈이인석 상등병의 유족을 찾아서〉, 《여성》, 1940년 4월, 77쪽. 출정자와 전사자는 전쟁의 심화와 더불어 그 수가 늘어났는데, 이들 출정자의 아내나 유가족의 미망인을 보호하고 감시할 필요가

이인석 유가족들의 의연한 모습을 전하는 기사

현해탄을 넘어 이민석 유가족에게 전해진 오사카 여성의 위문편지

이인석 유가족에게 답지하는 조위금

이인석의 유가족에게 조위금을 전달한 기생의 총후미담 기사

이인석이 전사하고 6개월 뒤 그에게 일본의 '3용사'와 같은 금치훈장
이 수여되고, 그의 영령이 야스쿠니신사에 안치되는 등 뒤이어진 보상
은 남은 유가족들에게 총후미담의 주체가 되도록 강제하는 힘이었다.
금치훈장은 "(일본) 군인으로서 최고 영예"에 해당하는 것으로, 이것이
"(식민지) 조선인에게 처음으로 내려진" 것이라는 점은 이 명예에 어울
리는 유가족'상'을 더 절실히 요구했기 때문이다.[43]

이인석의 죽음에 내재된 이러한 사후적 보상과 명예가 이후 식민지
조선의 청년들 사이에 일어난 병사 붐을 아래로부터 추동하는 원인이
되었음은 지원병과 관련된 숱한 미담들로 입증된다. 식민지 조선의 애
국열을 재는 척도로써 식민권력과 대중매체들에 의해 집중적으로 조
명된 지원병의 지원 열기와 이로 인한 각종 사건사고들은 사회면 기사
거리가 아니라 전쟁미담의 소재로서 취급되고 보도되었던 것이다. 지
원병 전형에 탈락한 한 열혈 지원자가 자살하고, 혈서로 지원병 되기
를 간청하는 사연들이 난무했다. 이는 분명 정상적인 반응이라고는 보
기 어려운데, 그럼에도 이러한 사건사고가 미담으로 재구성되어 지원
병 열풍을 뒷받침하는 효과적인 선전대상이 되었음은 이 '전쟁미담'의

....

더욱 중대되자, 애국부인회와 국방부인회에서는 이들을 회원으로 입회시켜 관리했다고 후지이 다
다토시, 《갓포기와 몸뻬, 전쟁》, 앞의 책, 188-191쪽에서 말한다.

43 〈고 이인석 상등병에 금치훈장金鵄勳章을 하사〉,《동아일보》, 1940년 7월 16일자와 〈찬燦! 금치훈
장─고 이인석 상등병에게 광영의 극, 파격의 은전─천추에 빛나는 "수훈을"〉,《매일신보》, 1940년 2
월 10일자. 금치훈장의 수여가 황기 2600년을 맞아 전격적으로 이루어졌다는 점도 눈길을 끈다. 황
기 2600년 행사에서 이인석에게 금치훈장을 수여함으로써 일본과 식민지 조선 간의 내선일체를 과
시함은 물론, 적어도 전장에서의 죽음에 관한 한 일본과 식민지 간의 차별은 없다는 점을 강조하는
전시 효과를 극대화했다.

광영의 극파격, 이인석에게 금치훈장 수여

이인석이 받은 공 7급
금치훈장

금치훈장의 유래와 하사에 대한
설명

조선총독부 앞에서 행해진 고 이인석 상등병의 금치훈장 수여식

전성시대를 특징짓는 빠뜨릴 수 없는 풍경이 되었다.

지원병 전형에서 탈락해 국가 간성干城이 못됨을 한탄하고 집안사람이 없는 틈을 타서 소나무에 목을 매어 죽은 횡성군 서원면 3리의 이강섭李康涉 씨의 4남 창만昌萬 군의 사연은 '애국미담'으로, 혈서로 "대일본제국 남자로서 지원병에 합격이 되어 멸사봉공할 각오"라는 편지를 써서 보낸 개풍군 원정元町 소학교 졸업자인 장순근 씨의 차남 병학 군과, 지원병 전형시험에 합격해 지원병이 되고 싶은 나머지 손가락을 끊어 혈서로 시험 답안을 작성한 충북의 두 청년의 사연 등은 '지원병미담' 혹은 '군국미담'의 일부가 되어 식민지 조선의 '전쟁미담'의 전성시대를 장식했다.[44]

"이들의 정신엔 감격하나 흥분 말고 자중해주기"를 바란다는 요청이 따로 군 관계자의 발언으로 나올 만큼, 지원병 지원 열기는 때로 식민권력의 요구를 넘어서는 과잉 반응을 빚어냈다.[45] 그럼에도 '전쟁미담'의 전성시대는 혈서와 혈세, 자살과 전사가 상호 맞물리는 전쟁미담의 주역들 및 그 전성시대를 가능하게 했고, 거기에는 식민권력의 노골적

....

44 〈애국미담 2편〉,《삼천리》, 1940년 7월, 145-146쪽; 〈지원병 시험에 혈서로 답안, 감격할 두 청년〉, 《매일신보》, 1939년 4월 2일자; 〈멸사봉공을 혈서로 탄원, 개풍의 지원병미담〉,《매일신보》, 1940년 3월 3일자. 이러한 혈서 사연은 그 외에도 많지만, 논의의 편의를 위해 일부의 사례만을 소개한다.

45 〈신체훼상은 무의의, 혈서 유행을 경계〉,《매일신보》, 1938년 1월 21일자 ; 〈지원병 시험에 혈서로 답안, 감격할 두 청년〉, 위의 두 기사는 경악·감격이라는 표현을 동시에 사용하고 있는데, 그야말로 경악이 감격이 되는 '전쟁미담'의 전성시대였다. "조선 행정을 수행해 나가는 데 가장 어려운 일은 무턱대고 우리가 말하는 것에 영합하는 사람이었어. (중략) 경상남도에 사는 뭐라 하는 할아버지 같은 사람은 너무 열심히라 오히려 곤란했어요. 어떤 의미에서는 말이지. 엄청난 혈서를 써온다든가 뭐 그런 식으로"라고 회상하는 조선총독부 전 관료의 말은 전쟁 열기가 불러온 과잉 현상을 가리키는 발언이었다.

인 강제가 암암리에 작동하고 있었다. "지원자 중에 중등학교 졸업자가 적은데 비추어 총독부 학무국에서는 이 기회에 중등학교를 졸업한 지원자를 널리 구하기 위하여 지원자의 출신 중등학교를 그 수에 따라서 표창하기"로 했다는 것이나, "지원병 지망자를 내느냐 내지 못하느냐는 일일이 그 중등학교의 지도 여하에 원인이 있는 것이라고 보고 있음으로 금후의 인사에는 상당한 반영"이 있을 것이라는 언급 역시 이러한 자발적 유도나 권장을 빙자한 위로부터의 강제나 다름없었다.[46]

"신흥공립농업공민학교新興公立農業公民에서는 지난 18일에 그 학교생도 안천승웅安川勝雄 외 38(1급 제명)에 한 사람도 빠지지 않고 〈지원병이 되겠습니다.〉 하고 학교당국에 지원하여 학교에서도 즉시 지원 수속을 하였다고 하는데 전교생도가 연명으로 지원한 것은 조선 전도에서 이 학교뿐일 것이라고 한다."는 이른바 학교생 전원의 지원병 지원이라는 아름다운 '애국미담'은 위로부터의 강제를 아래로부터의 열망으로 대치하는 현장이었다.[47] 위로부터의 강제가 아래로부터의 지원이 되고, 전쟁미담의 주체가 전시 총동원의 대상이 된다는 데에 '전쟁미담'의 전성시대가 갖는 특징이 있다. 이인석을 배출한 충북의 지원병 지원자 숫자가 유독 급증한 것은 이러한 '전쟁미담'의 전성시대가 갖는 특징적인 일면을 증언하는 또 다른 지표라고 할 것이다.

....

46 〈지원병 많이 내는 중학교를 표창—적극적 지도를 고조〉,《매일신보》, 1940년 2월 10일자.

47 〈애국미담〉,《삼천리》, 1941년 4월, 188-189쪽.

피로 지원병 패스를 구하는 지원병 탈락자들

'일사보국을 위해', 지원병 채용의 염원이 담긴 혈서 투서

3부자가 함께 혈서로 지원병 채용을 탄원했다는 기사

혈서만 삼백 통, 지원병 열기를 담은 총후애국미담

지원병의 출신 도별 현황을 보여 주는 도표

年度 \ 道		京畿	忠南	忠北	江原	全南	全北	慶南	慶北	黃海	平南	平北	咸南	咸北	合計
1938	지원자	250 (6)	140 (10)	220 (7)	363 (2)	518 (1)	303 (3)	292 (4)	252 (5)	147 (9)	122 (11)	97 (12)	63 (13)	179 (8)	2,946
	합격자	8 (3.2)	8 (5.7)	19 (8.6)	28 (7.7)	53 (10.2)	11 (3.6)	18 (6.2)	16 (6.3)	7 (4.7)	9 (7.3)	10 (10.3)	8 (12.6)	9 (5.2)	204 (6.9)
1939	지원자	1,078 (6)	657 (11)	1,663 (1)	1,137 (4)	1,536 (2)	788 (10)	1,266 (3)	838 (9)	872 (2)	859 (8)	411 (12)	354 (13)	1,089 (5)	12,548
	합격자	60 (5.6)	26 (4)	92 (5.5)	71 (6.2)	78 (5.1)	37 (4.7)	52 (4.1)	39 (4.7)	43 (4.9)	56 (6.5)	31 (7.5)	19 (5.4)	32 (3)	626 (5)

위의 표에서 알 수 있듯이, 이인석의 고향인 충북은 1938년 지원병 지원자 숫자에서 7위를 했지만 1939년에는 1위로 올라섰다. 1938년 220명이었던 충북의 지원자 숫자가 1939년에는 1,663명이라는 놀라운 증가율을 기록한 것이다.[48] 충북은 다른 도를 여유 있게 따돌리고 지원병 제도의 모범적인 지역으로 부상했다. 이러한 충북의 놀라운 상승세는 경남과 경북 그리고 전라남북도에 비해 영세농의 비율이 높지 않았던 충북이 1939년에 1위가 된 이유가 단지 경제적인 이유만은 아니었음을 알려준다. 1937년과 1938년에 조선 남부를 휩쓴 한발과 수해의 피해는 충북 또한 비켜가지 않았지만, 그렇다고 이러한 경제적 어려움이 비단 충북에만 해당되는 사안은 아니었기 때문이다.

충북의 지원자 숫자가 급증한 것은 "그 다음해인 14년(1939)입니까, 지원병 모집을 둘러싸고 마침 당시의 지사가 김동훈이었는데, 지원병 제도의 활용이라 할까, 하여간 조선인 청년으로서 전문학교에 들어가 공부할 정도의 교양이라든가, 여러 가지 것을 할 수 있지 않을까 하는

....

48 홍종필, 〈황군이라는 이름으로 끌려간 조선인〉, 《역사와 실학》, 1999, 569쪽의 표 참조.

것을 지사가 대대적으로 슬로건"으로 내걸었다는 전 조선총독부 관료의 발언으로도 뒷받침된다. 이는 "당시의 지원병 모집 상황을 보면 충북이 조선 제일이었는데 13년(1938), 14년(1939)에 대단한 노력을 기울였어요. 전사자 제1호인 이인석 상등병도 충북 출신이고"라는 말로 재확인되는 이인석 효과였다.[49] 이인석이라는 식민지 조선 최초의 전사자가 일으킨 지원병 열기가 이처럼 충북을 비롯한 조선의 지원병 지원자 숫자를 갑자기 증가시켰음을 위의 사례는 증명해준다.

위로부터의 선전과 아래로부터의 출세욕이 만들어낸 지원병 열기는, 대중매체들이 이인석을 지속적인 미디어적 이벤트로서 삼게 한 이유였다. 몇 번이나 시도되었다가 자금 부족으로 끝내 무산되고 만 이인석의 영화화는, 마침내 "천황폐하만세"를 외치며 전장에서 죽어간 이인석을 영화의 첫 장면으로 한 조선군보도부 제작, 육군성보도부 및 조선총독부 후원의 지원병 영화인 〈그대와 나君と僕〉로 결실을 보게 되는데, 이 영화는 1941년 11월 19일에 시연회를 갖고 경성에서는 11월 24일에 개봉되었다.[50]

지원병 선전영화라는 취지에 따라 이 영화는 영화 제작 과정에서부

....

49 미야타 세쓰코 해설·감수, 정재정 옮김, 《식민통치의 허상과 실상》, 혜안, 2002, 207-208쪽.

50 〈내선일체를 피로 구현한 이인석 상병을 영화화〉, 《매일신보》, 1939년 7월 20일자. 이 기사는 〈장렬, 피의 충성〉이라는 제목의 영화 제작이 시도되고 있었음을 알려준다. "조선에서 전쟁영화를 박는다는 것도 처음이요, 내 자신으로서도 전혀 꿈에도 생각하여 보지 못하던 것이 되어 지금 나는 책임의 중대함"을 느낀다는 영화감독자의 발언에도 불구하고, 이 영화는 자금 문제로 인해 제작되지 못했다. 반면 이인석을 주인공으로 한 것은 아니지만, 이인석이 등장하여 "천황폐하만세"를 부르며 죽어가는 첫 장면이 인상적인 허영의 〈그대와 나〉가 지원병 영화로서 제작되어 관객들에게 선보였다. 〈영화 〈그대와 나〉-선내鮮內 봉절封切 일정 결정〉, 《매일신보》, 1941년 11월 14일자.

〈그대와 나〉 사진 스틸전에 몰린 사람들

〈그대와 나〉의 영화 장면과 개봉 소식

터 관심과 주목을 받았다. 영화 개봉 전에 〈그대와 나〉의 사진 스틸전이 화신백화점에서 개최되는 등 이 영화에 쏟아진 지원의 대부분은 식민권력이 뒷받침한 것이었지만, 이 영화의 의미는 1942년의 징병제 발표를 앞둔 시점에서 지원병 열기를 이어가려 한 식민권력의 통치의도가 이 영화에 담겨 있었다는 데에 있다. 물론 〈그대와 나〉는 식민권력의 전폭적인 지지와 후원에도 불구하고 만족할 만큼의 흥행 성적을 거두지는 못했지만, 김동환(창씨명 白山青水)이 지적한 그대로 "과감한 군국정신"을 전면에 내세운 작품으로 지원병 열기를 이어가는 매개체가 된 것만은 부정할 수 없는 사실이다. 김동환은 "〈전쟁〉과 〈내선일체〉의 정신을 가장 알기 쉽고 활기 높게 표현하여 놓은 것이 영화 〈그대와 나〉"라고 전제한 다음, "첫머리에 이인석 군이 전사하는 광경이 나오는 것을 보고 이번 사변은 지원병이 〈꽃〉이었구나 하고 암루暗淚를 흘렸다는 감상평을 《매일신보》에 실었다. 이러한 고평에 뒤이어 그는 "겨우 3년의 군사훈련을 받고 벌써 저렇듯 장렬하게 나라를 위하여 순사까지 하여 주는" 식민지 조선의 지원병 열기를 고무적으로 전하면서, "〈꽃〉은 이미 이인석 군이 되어" 놓았으니 "나머지 조선청년 전부가 모두 일어나 열매를 맺기"를, "그 길은 지원병이 되어 성전에 신명을 바치는 일"이 될 것이라는 당부와 기대감을 표하는 것으로 끝을 맺었다.[51]

이인석을 대표표상으로 한 지원병 열기는 비단 영화로만 드러나는 데 그치지 않았다. 1940년 경성방송국에서 제작하여 식민지 조선뿐만 아니라 일본에서도 이례적인 인기를 누린 〈어느 지원병의 전사〉라는 방송극과, 7월 7일 최팔근이 불러 처음 라디오 전파를 타고 나서 "조선 청년들을 전쟁터로 보내는 일에 혈안이 되고부터는 매일같이 방송"이 되다시피 한 〈오호 이인석 상등병〉이라는 나니와부시浪花節 및 이와 유사한 형태의 창극조 야담 〈이인석 상등병〉 등은 이러한 이인석을 대표표상으로 한 지원병 열기를 이어가는 데 일조했다.[52] 여기에는 야담도 끼여 있었다. 일본의 '3용사'가 강담으로 시국선전과 교화의 효과적인 대상이 될 수 있었듯이, '이인석' 역시 이와 마찬가지의 길을 걷게 된

....

51 김동환(창씨명 : 白山靑水), 〈과감한 군국정신이 전면에 흘러 있다〉, 《매일신보》, 1941년 11월 22일자.

52 〈라디오〉, 《매일신보》, 1940년 7월 7일자, 1941년 7월 2일자, 1942년 1월 1일자; 〈낭화절, 오호 이인석상등병〉, 《동아일보》, 1940년 6월 11일자; 박완서, 《그 많던 싱아는 누가 다 먹었을까》, 웅진출판, 1992; 쓰가와 이즈미, 《JODK 사라진 호출번호》, 앞의 책, 98-100쪽. 〈어느 지원병의 전사〉는 앞에서 인용한 조선총독부 학무국장 시오바라 도키사부로의 이야기 방식과 흡사하다. 지원병으로 전장에 출정하여 전투를 치르던 와중에 적의 총탄에 맞아 죽어가면서 "천황폐하만세"를 외쳤다는 것이다. 경성방송국의 방송극인 〈어느 지원병의 전사〉의 인기는 대단해서 시와 소설, 단행본과 교재 및 종이연극으로 재생산되었다.

다. 창극조 야담 〈이인석 상등병〉은 현재 방송 원본이 남아 있지 않아서 그 정확한 내용을 확인할 길이 없지만, 다음에 인용된 경성방송국의 방송극인 〈어느 지원병의 전사〉와 오케 레코드의 조선어 나니와부시 〈장렬 이인석 상등병〉은 이 창극조 야담의 내용을 대략적이나마 짐작할 수 있게 해준다.

배속된 부대에서 지원병은 특히 환영받는다. 일본 전쟁사 가운데 그들은 황군으로서 전투에 참가를 허락받은 첫 병사들이었기 때문이었다. (중략) 쇼와 14년 6월 21일 그날 밤은 더위에 잠을 이룰 수 없었다. 자꾸만 고향 생각이 나는 밤이었다. 이인석 일등병은 깜빡 졸고 있었다. (행진 녹음) "아아, 행진이다. 분명히 전선에서의 것은 아니야. 뭐야 이거, 훈련소의 훈련이군. 그때는 무턱대고 할 뿐, 실전 같은 것은 전혀 모를 때였다. (녹음. 지원자 훈련소에서의 엄숙한 서사가 이 일병의 추억으로 방송된다.)

서誓

1. 성심과 충절을 다하여 훈련에 진력할 것. 1. 상관에 경례하고 동기생들과 신의를 지키며 난폭, 오만하지 않을 것. 1. 상관의 명령에 절대 복종할 것. 1. 언행을 삼가고 검소할 것. 1. 명예로운 육군이 된 것을 영광으로 생각하고 체면을 손상시키는 행동을 하지 말 것. "모두 무언가 중얼거리고 있군. 아, 지원병 서사로구나. 이거 뭐야, 내가 거기에 있지 않아. 김도 최도 있어." 그때는 매일매일 진정한 일본인으로서의 신념을 확실히 행했다. (중략) 날이 밝아 22일, 그가 소속된 기고시木越부대는 산시성 산마을의 겨우 한 사람씩밖에 오를 수 없는 험준한 1천5백 고지의 적 진지 탈환을 명령받았다. 격전을 치른 후 오후 5시, 고지의 일각을 점령했다. 적은 오른쪽 등성이까지 후

퇴했다. 해가 지면서 엄청난 폭우가 쏟아졌다. 밤 10시. 누군가가 "적의 기습!"이라고 외쳤다. 소총탄들이 핑, 핑 바위에 부딪히며 튕겨나갔다. 절벽 저편에서 수류탄이 날아와 끊임없이 비와 어둠을 가르며 격하게 작렬했다. (중략) 출혈이 심하여 의식이 몽롱해지기 시작했다. "힘내라!" "힘을 내!" (중략) 고향 땅의 육친의 얼굴, 농업실습학교의 마스오增尾 선생, 훈련소의 우미타海田 대위, 모리모토森本, 다나카田中 교관의 얼굴 등이 순간 뇌리를 스쳐갔다. "이걸로 됐어. 아무 미련도 없어." 차츰 흐려져 가는 의식 속에서 "부대장님께 안부 전하고 동지들에게…" 잠시 호흡을 고른 후 남아 있는 모든 기력을 모아 "천황폐하만세!"를 외치고는 숨을 거두었다. 우리 지원병들은 확실히 "천황폐하만세!"를 크게 외치면서 장렬하고 엄숙하게 죽어갔던 것이다.[53]

일장기 물결치는 옥천 정거장. "이인석 일등병 만세" 소리. 하늘도 흔들릴 듯 감격한 마당. 정숙히 서서 있는 이인석 군. 고향의 선배들과 가족 친구가 정성껏 보내주는 지극한 대장부의 철석 같은 가슴 속에는 뜨거운 눈물조차 고여 흐른다. 이 같이 전송받아 전장에 나가 큰 공을 못 세우고 돌아오겠나. 일곱 번 죽어서 다시 살망정 나라에 바친 충성이 변할 것인가. 이때에 수많은 군중을 헤치고 나온 사람이 있으니 그는 이인석 부인 유씨였습니다. "아가 아버지가 멀리 떠나신다. 안녕히 가시라고 해라." "오오, 정숙이냐. 아버지 얼굴 꼭 봐두어라. 이것이 이 세상에서 마지막일지도 모른다. 내가 만일 전장에서 돌아오지 못할 때는 너는 엄마를 따라 동경 구단九段 정국신사靖國

....
53 〈어느 지원병의 전사〉, 쓰가와 이즈미, 위의 책, 99-101쪽.

神社에 와서 애비를 찾아라."[54]

　노정팔은 〈일제하의 방송〉을 회고하는 글에서, 이 시기 "방송은 〈미담가화〉라 하여 (전시) 동원 실태를 미화하여 소설로, 드라마로, 때로는 뉴스로, 얘기 형식으로 인적·물적 동원에 큰 몫"을 다했음을 증언하며, "방송에서는 처음으로 지원병으로 나간 〈이인석 상등병 노래〉까지 방송할 정도"였다고 서술했다.[55] 그의 이러한 회고는 위에서 인용한 경성 방송국의 방송극인 〈어느 지원병의 전사〉와 조선어 나니와부시 〈장렬 이인석 상등병〉과 더불어 〈이인석 상등병 노래〉가 일본의 〈3용사의 노래〉와 마찬가지로 라디오방송을 통해서 식민지 조선의 전역에 울려 퍼졌음을 방증하고 있다. 이와 같은 대중매체들의 다양한 전유와 재생산은 김문집이 이인석의 죽음을 앞에서 인용한 〈조국에 목숨 바친 최초의 반도 지원병, 축하할 죽음! 피로 살다간 우리의 이인석군祖國に殉じた最初の半島志願兵, 祝ふべき死! 血に生きたわらの李仁錫君〉라는 수필로 써서 1939년 7월 16일자 《국민신보國民新報》에 실게 했고, 박영랑의 이인석 전기 《이인석 상등병》을 발표해 이 흐름에 동참하게 했다.[56]

　이인석을 대표표상으로 한 이른바 식민지 조선의 '전쟁미담'의 전성

....

54　박찬호, 안동림 역, 《한국가요사 1》, 미지북스, 2009, 588-599쪽.

55　노정팔, 〈일제하의 방송〉, 《방송연구》, 1986, 38쪽.

56　이인석의 충혼비도 충북 고향에 세워질 예정이었음을 《삼천리》의 1940년 7월호 기사는 보여준다. 大野テルコ의 〈반도부인에 국민은 감사〉라는 글에는 "정국靖國의 신으로서 이인석상등병의 향리에 그 표충비를 건립하기로 되었다니 진실로 좋은 일"이라는 설명과 함께 이 표충비를 귀감으로 하여 더욱 충의의 마음을 함양하자는 당부가 실려 있다.

李仁錫上等兵

朴　永　朗　著

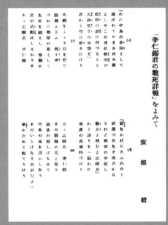

이인석의 전기, 《이인석상등병》

이인석의 전사를 기리는 시

〈장렬 이인석 상등병〉
레코드

우량도서로 추천된 《이인석상등병과 그 안해》에 대한
기사

시대는 전시 총동원 체제에서 야담의 '존재 방식'을 결정짓는 바로미터로 작용한다. 대중연예로서 야담은 대중의 국민'화'라는 전반적인 기조 속에서, 이러한 대중의 국민'화'가 진행되는 과정과 그 보조를 같이했던 것이다. 식민지 조선 최초의 지원병 전사자인 이인석은 일본의 '3용사'와 더불어 '전쟁미담'의 전성시대를 이끌며, 대중매체의 프로파간다화를 매개하는 대표표상으로 재구축되었다. 일본과 식민지 조선이 걸은 이 다른 듯 닮은꼴의 모습들은 전시 총동원 체제 속에서 건전한 국민오락이 된다는 것의 의미를 새삼 환기시키며, 야담 역시 이 건전한 국민오락의 자장 안에서 움직이게 했다. 야담이 건전과 비속의 경계선상에서, 국책의 충실한 선전도구로서 전시 총동원 체제의 일부로 자리매김하게 되는 사회역사적 과정은 바로 이 식민지 조선의 총체적인 삶의 변화와 밀접한 연동 하에서 움직여갔던 것이다.

3.3

찾아가는 국책의 '메신저',
야담가의 체제 동원과 협력의 양상

이인석을 대표표상으로 한 '전쟁미담'의 전성시대는 식민지 조선의 총체적인 생활상의 변화와 그 맥을 같이했다. 이 말은 자의든 타의든 혹은 원하든 그렇지 않든 간에, '전쟁미담'의 전성시대를 통해서 식민지 조선인들은 이인석에 준하는 전쟁미담의 주체가 되기를 강요받았다는 뜻이다. 식민지 조선의 대중매체들은 이러한 전쟁미담을 양산하는 국책 선전기관으로서 미담을 경쟁적으로 보도하여 실제 현실로 화하게 했고, 자연히 이 미담의 주체가 되지 못한 사람들에게 불안과 위기감을 심어주었다.

지원병 채용을 간절히 바라는 혈서의 숱한 주인공들부터 "하루 한집에서 1전씩 저축"하는 애국 적성과 "빵장수 60 노파 푼푼이 모은 돈 10원"을 경찰서에 헌금한 이야기와 "황국유족에게 주택을 무료 제공"한 숨은 애국자의 기부 활동 및 임종을 앞둔 자리에서조차 아들들에게 훌륭한 황국신민이 되겠다는 맹세를 시킨 열혈 아버지까지 이 전쟁미담의 주체들은 비슷한 행동방식과 사연으로 이것이 마치 식민지 조선의 보편적인 현실인 양 각인시키는 물적 효력을 만들어냈다. 전쟁미담은 지면 속에서나 존재하는 가상적 현실이 아니라, 실제 현실로 화해야 된다는 암묵적 강제와 동의가 '전쟁미담'의 전성시대를 틀지었다.[1] 이러한 미담의 생활'화'가 초래한 삶의 변화는, 평시에는 해야 될 일과 하지 말아야 될 삶의 표준과 규범이 그저 하지 말아야 될 일을 하지 않는 것으로 충분했다면, 전시에는 하지 말아야 될 일 못지않게 해야 될 일을 가시적으로 보여주는 미담의 일상적 실천이 강도 높게 요구되었다는 사실이다.

식민지 조선의 지도자라 할 수 있는 지식인들의 위상이 더 문제적으로 변할 수밖에 없었던 이유가 여기에 있다. 식민지 조선의 지식인들은 식민권력에 의한 일차적인 관리와 단속의 대상으로서 미담의 일상 '화'를 앞장서서 보여주어야 할 모범적인 지도 주체임을 증명할 필요성에 당면해 있었기 때문이다. "성전 이래 반도 각 방면의 자각과 애국적 활동은 총후반도의 면목을 드높게 하는 이때에 반도 지식층의 활동은 언제나 뒤떨어지는 느낌이 없지 않던 바 이를 부끄럽게 생각한 조선문인협회에서는 솔선하여 지방순회 문예보국강연회를 개최"하기로 하고 "전 조선 각도 주요 도시를 향해" 떠났다는 소식이 〈燦爛 애국반도의 총후 적성〉의 한 페이지를 장식한 데에는, 이러한 식민지 조선의 지식인들이 처한 불안정한 위치성이 짙게 내장되어 있다.[2]

"성전 이래 반도 각 방면의 자각과 애국적 활동은 총후반도의 면목

....

1 〈燦爛 애국반도의 총후 적성〉,《신시대》, 1941년 2-3월호의 내용을 정리하여 서술한 것이다.

2 〈燦爛 애국반도의 총후 적성〉,《신시대》, 1941년 1월, 210쪽.

을 드높게 하는 이때에 반도 지식층의 활동은 언제나 뒤떨어"진다는 지적은 식민지 조선 지식인들의 이전 지위를 뒤흔드는 발언이나 다름 없었다. 애초 지식인과 대중의 관계란 지도하는 주체와 지도받는 대상 이라는 근대적 지가 매개된 위계화를 상례로 하는 것인데, 이러한 역 전된 형태의 선도하는 대중과 뒤떨어진 지식인이라는 뒤바뀐 구도는 전시의 지식인들이 처한 불안정한 위치성을 노골적으로 적시했다. 평 시와 다른 전시라는 것을 전제 조건으로 한 지식인과 대중 간의 역전 된 위계구도는 식민권력이 식민지 조선의 지식인들을 향해 적극적인 국책 협력과 동참을 요구할 수 있게 하는 만능열쇠가 되었다. 왜냐하 면 지식인들의 존재 이유라는 것이 그들이 적어도 일반대중보다 한 발 이라도 앞서 있을 때 비로소 그 가치와 의미를 발현하는 것이라고 할 때, 이것이 근본적으로 흔들리는 상황은 지식인들에게 대단히 위협적 일 수밖에 없었기 때문이다. 따라서 너희 지식인들이 이 새로운 전시 총동원 체제를 맞아 분발하지 않는다면, 너희는 이 선도하는 대중들에 게 밀려나는 것은 물론이고 아예 배제될 수도 있다는 공공연한 경고는 식민지 조선의 지식인들이 어떻게든 체제 협력 방안을 모색할 수밖에 없게 했고, 전시 총동원 체제는 이러한 식민지 조선의 지식인들이 그 려내는 다양한 체제 협력의 양상들로 얼룩지게 된다.

식민지 조선의 지식인들은 일반대중의 전쟁 열기에 편승하고 동참 하기 위해 "지방순회 문예보국강연회"를 떠나는 적극적인 행동을 보여 주어야 했다. 그렇지 않으면 "문화인이라면 종래 자칫하면 자유주의적 인 것으로 여겨져 방종향락적인 생활을 하고 있는 것으로" 낙인찍히기 십상이었다. 사적인 개인을 앞세우는 자유주의 풍조는 전시 총동원 체제의 국민'화'에서 가장 경계해야 할 비판의 표적이 되었고, 식민지 조선의 지식인들은 이 "구체제 풍의 생활"에서 탈피해 "대중에 솔선하여, 즉 전시적 생활태도의 확립을 기도함과 동시에 더욱더 각자의 직분을 통하여 총력정신을 강조, 국가에의 봉공에 매진"하는 새로운 전시 총동원 체제의 지도 주체로서 거듭나는 모습을 가시적으로 증명하는 것으로 그 불안정한 존재 위치를 타개하는 적극적인 실천 의지를 선보일 필요가 있었다.[3]

이러한 지위 하락의 위험은 식민지 조선의 지식인들이 처한 상황을 더 복잡하게 만들었다. 그들은 대체로 문화생산 주체로서 그들이 지닌 분화된 전문 지식은 전시 총동원 체제의 일원화 시스템과는 맞지 않아 "편협한 에고이스트"로 여겨질 가능성이 다분했다. "각별의 업적도 없으면서" 그저 "양심적이라는 포즈로서 몸을 보호하고 있는" 이 다수의 "편협한 에고이스트"들은 전시 총동원 체제 하에서는 서구의 개인주의를 표상하는 이기심·방종·퇴폐·향락·타락·불순의 대명사가 되었기 때문이다.[4] 전시 총동원 체제는 바로 이 불건전한 지식인'상'을 일소하고, 식민권력의 요구에 언제든 응할 수 있는 철저한 기능인의 자세를 요구했다. 이처럼 달라지는 지식인'상'을 둘러싸고 식민권력과 식민지 조선 지식인 사이에 갈등과 타협 그리고 재조정이 불가피했던 이유가 여기에 있었다. 이 시기에 유독 대담이나 좌담회가 성행한 것도 이와 관련이 있을 텐데, 당시 학예사를 운영한 임화와 국민총력조선연

....

3 矢鍋永三郎, 〈문화인도 각성하라〉, 《조광》, 1941년 9월, 67쪽.

4 淸水幾太郎, 〈신체제와 문화인〉, 《문장》, 1940년 12월, 88쪽.

움직이는 지식인 부대, 지방순회 문인보국 강연회 개최

식민권력이 조선 지식인들에게 각성을 촉구하는 메시지

맹의 문화부장을 역임한 야나베 에이자부로矢鍋永三朗의 대담은 이 연장
선상에서 파악할 수 있을 것이다.

임화 : 직역봉공職域奉公이라는 것 말씀입니다. 이것은 국가의 새로운 체
제 밑에서 국민이 자기의 직역에서 총력을 가지고 봉공한다는 의미가 아닌
가 하는데요, 각자의 직역에서 먼저 구체적으로 어떠한 방법이 최선의 방법
이 되느냐 하는 것이 문제가 되지 않으면 안 되리라고 생각합니다. 그런 의
미에서 문화는 문화의 영역에서 다시 말하면 그 직역에서 봉공할 때 어떠한
성질이나 형태를 띠어야 하는 것인가, 부장께 듣고 싶습니다.

矢鍋 : 그건 곤란한데, 정신이라는 것은 연맹이라면 연맹이 국민으로서
의 실천항목을 어떻게 해서 각 부문에 표현시켜 가느냐, 연예演藝라면 연예

를 하는데 있어서 영화라면 영화를 하는 데 있어 그 정신을 소극적으로도 적극적으로도 표현할 수 있다. 단순한 오락본위로 하더라도 기분이 어디로 움직여 있느냐 그것을 감시한다. 이러한 의미에서 말이지요, 그 표현을 어떠한 방법으로 해 가느냐, 구체적으로 말할 수는 없으나 우리는 건전한 방면으로 밀고 나갈 작정입니다.

임화 : 그러나 문화는 경제, 정치, 군사와는 확실히 다른 점이 있다고 생각합니다. 즉 범위를 넓혀 말한다면 문화가 국가에 봉공하는 것은 정치, 경제, 군사와는 확연히 다른 점이 있다고 생각합니다. 그런 의미에서 문화는 내지에서도 어느 의미로서는 오해를 받아 왔고 문화인 자신들도 오해하고 있었던 점도 있었습니다만 이번에 이러한 것은 뚜렷이 해두지 않으면 안 될 것이라고 생각합니다. 이러한 점에 있어서 귀하의 의견은 대단히 중요한 것이라고 생각합니다.

矢鍋 : 오해되지 않도록 군들이 힘써주어야겠지. (중략)

임화 : 요즈음 우리들도 문학의 건강성이라는 것을 문제하고 있는데요.

矢鍋 : 미술이나 음악이나 하는 것에도 건전한 것이 필요한데 그렇다면 건전한 표준을 어디다 두겠느냐 하는 것이 문제되겠지요.

임화 : 그런 의미에서 먼저 비속한 것은 안 될 것 같습니다.

矢鍋 : 그야 문화가 향상해가는 데 있어서 야비野卑한 것이 적어진다는 것은 좋은 일이지요.

임화 : 구체적으로 의견을 좀.

矢鍋 : 가령 〈漫才(만자이)〉라든가 혹은 조선 것으로도 별별 것이 라디오에서 나오는데 비속하지 않으면 알아듣지 못하는 사회층이 있지요, 우습지가 않다, 그러한 방면이 있으니까 어느 정도까지는 그런 것이 필요하지만은

이것이 점점 비속한 영역을 벗어나서 향상해 가지 않아서는 안 되겠지요. 그런 데에다가 불시에 고급한 웃음을 갖다 놓았댔자 이해하지 못하는 사회층도 있으니까.

임화 : 어느 정도까지는 몰라도 문화의 건전한 발전에 따라서 그런 것은 점점 해탈해 가야만 되겠지요. 저는 이 점에서 있어서 시과矢鍋 씨의 영단을 바라고 싶습니다. 가령 연극협회가 됐습니다만 물론 그러한 단체가 전부 비속한 연극을 하고 있는 사람들이라고는 생각지 않습니다만 그래도 주요한 단체라는 것이 다들 통속적인 연극을 하는 단체이니까 일고할 가치가 있는 것이라고 생각합니다. 그렇다고 통속극단이 국책에 협력하지 못한다는 말은 물론 아닙니다. 국민적 연극이라고 하게 된다면 좀 더 높은 의미의 것이어야 하지 않겠습니까. 이런 의미에서 아마 이번 협회에는 그러한 극단이 하나도 들지 않았던 것 같던데요. 학생이나 지식인이라든가 하는 협소한 층을 상대로 하는 것이 아니라 엷은 층의 문화적 수준을 끌어올리는 연극, 그런 것을 지도 · 형성해가는 것이 구체적으로 문제가 될 줄 압니다. (중략)

임화 : 민중오락 말씀입니다. 거기에 대해서.

矢鍋 : 민중오락 특히 농촌오락은 고려해야겠지요.

임화 : 작년 가을 총독과 정무총감이 총독실에서 황해도의 〈탈춤〉을 보셨지요. 저도 보았습니다만 그것을 인정하겠다고 합니다. 이 춤은 황해도 부근에서는 오랜 예부터 전해오던 것이고 또 즐겨하던 것인데 이러한 문제에 대하여는.

矢鍋 : 농촌에서 생긴 것으로 좋은 것이 있으면 좋지만 조선은 그런 점에 있어서는 무어라고 할까, 억제를 받아왔지….

임화 : 요즈음 충승沖繩 현의 향토예술이 문제가 됐습니다만 그것도 농촌

오락의 문제가 될 수 없을까 하는데 추궁해 말씀한다면 민중의 교화적인 일과 오락과의 연결문제입니다. 오락은 즐거운 것, 낮에는 노동을 하고 밤에는 즐긴다. 이것은 간접으로 생산력 증진에도 관계되어집니다. 가령 浪花節(나니와부시)에다 강렬한 시국적인 내용을 넣는다. 그 의도도 좋고 의의도 있습니다만, 그것을 듣는 사람들은 노동을 하고 나서 즐거이 보내야 할 시간에 무엇을 또 생각하지 않으면 안 될 터이니까요.[5]

국민정신총동원운동이 국민총력운동으로 바뀐 1940년 10월 16일을 기해서 국민총력조선연맹의 문화부장으로 취임한 야나베 에이자부로가 임화를 만나서 식민당국의 문화정책과 관련된 전반적인 내용을 개관하는 내용이다. 이 긴 인용문은 식민지 조선의 지식인들과 식민권력 간의 긴장과 갈등 및 타협과 재조정을 담고 있다는 점에서 주목할 만하다. 국민총력운동은 전시 총동원 체제의 효율적인 운용을 목표로 조직의 통합과 일원화를 꾀했기 때문에, 각 문화단체들은 국민총력조선연맹의 문화부 산하에 소속되어 그 지도와 통제를 받아야 했다. 이런 이유로 식민지 조선의 지식인들은 국민총력조선연맹의 문화부장으로 취임한 야나베 에이자부로가 식민권력을 대표하여 어떤 문화정책과 방침을 갖고 있는지를 알고자 했다. 임화가 일방적으로 묻고 야나베 에이자부로가 그에 답하는 방식은 전형적인 권력관계를 보여준다. 그런데 임화가 당면한 문화 재편과 관련하여 상세하게 질문해도, 야나베

....

5 〈총력연맹 문화부장 矢鍋永三朗 · 임화 대담〉, 《조광》, 1941년 3월, 142-155쪽.

에이자부로의 대답은 무성의할 정도로 추상적이다. 가령 임화가 "직역봉공"과 관련해서 "문화는 문화의 영역에서 다시 말하면 그 직역에서 봉공할 때 어떠한 성질이나 형태를 띠어야" 하는지를 묻자, 야나베 에이자부로는 그저 "건전한 방면으로 나아가고자" 한다는 원론적인 수준의 대답만을 내놓는다.

위 대담은 식민지 조선의 지식인들과 식민권력 간의 불안정한 타협과 재조정 과정을 여지없이 드러낸다. 식민권력은 전시 총동원 체제의 협력과 동참을 강조했지만, 그 구체적인 실천 방안에 대해서는 언제나 이처럼 모호한 대답으로 일관했기 때문이다. 임화는 이 모호한 식민권력의 태도를 문제 삼지만, 이 대담 자리에서 만족할 만한 대답을 얻어 내기란 거의 불가능했다. 그럼에도 여기서 전시 총동원 체제의 문화정책과 관련한 몇 가지 쟁점들이 제시되었다는 점은 눈길을 끈다. 먼저, 식민지 조선의 지식인들이 행해야 할 '직역봉공職域奉公'이란 전시의 총동원을 위한 하향적 대중교화를 솔선수범하여 실천하는 데 있다는 점이다. 식민지 조선의 지식인들은 이러한 하향적 대중교화를 위해 식민권력을 대신하여 식민지 조선의 대중들을 동원할 수 있는 국책의 대리 수행자로서의 역할을 부여받았다. 이 시기 식민지 조선의 지식인들이 보여주는 국책의 대리 수행자로서의 면모는 이들이 국책을 얼마나 알기 쉽게 대중들에게 설득하는지에 달려 있었다. 따라서 이러한 대중설득의 선전술은 식민지 조선의 지식인들이 미담의 일상'화'라는 전시 총동원 체제의 가시적인 자기 증명의 방식 중 하나가 되었다.

대중 설득 선전술의 효력은 '농촌오락'에 대한 강조에서 두드러지게 드러났다. 농촌오락은 1920년대부터 식민지 조선의 뒤처진 생활상의 표본

時局 順應에 들도 蹶起·文人

日本精神을 發揚!

"文의 內鮮一體"를 絶叫

朝鮮文人協會結成大會盛況

電車과

문장보국의 길, 이광수를 회장으로 한 조선문인협회 결성식

文人協會 時局講演部隊

四班十六名、卅日各地로出發

修了式

城北町에 小火

문장보국의 실천, 문인협회 시국강연부대 결성과 파견

인 농촌을 어떻게 계도하여 향상시킬 수 있을 것인지를 고민한 지식인들의 일차적인 관심 대상이었다. 그런데 식민권력이 1932년부터 추진한 농촌진흥운동이 국민총동원'운동'으로 흡수되어 농촌의 과잉, 다시 말해 유휴 노동력을 효율적으로 관리·배치하여 국가 전력을 향상시킬 수 있도록 하는 건전한 국민오락의 차원에서 농촌오락을 제창하게 되었다.

이전까지 농촌은 도시에 비해 문명'화'가 덜 된 후진적이고 원시적인 내부의 식민지로 위치해왔다. 이것이 식민지 조선의 농촌을 언제나 외부의 간섭과 개입에 취약하게 만든 원인이었는데, 민족주의 우파와 사회주의 좌파 그리고 식민권력의 '자력갱생'의 농촌진흥운동까지 다양한 세력들 간의 각축전이 농촌을 중심으로 벌어진 것도 이 때문이다. 그런데 전시 총동원 체제는 이 다양한 세력들 간의 경합을 종식시키고, 농촌을 실질적인 국책 협력과 동원의 최적지로 변화시키는 식민권력의 통치술이 발휘되는 일원화된 장으로 변모시켰다. 농촌오락이 이 시기에 갖는 의미는 바로 식민권력에 의한 농촌인구의 효율적 동원과 배치라는 당면한 현실적 필요가 낳은 도구적 차원에서 접근할 때 이해될 수 있다.

식민권력의 농촌오락에 대한 도구적 접근은 식민지 조선의 지식인들에게 대중 설득의 선전술이 강조된 것과 같은 맥락에 있다. 위의 인용문에서 임화와 야나베 에이자부로가 보인 입장 차이는 식민지 조선 지식인들의 위상 변동과 관련된 갈등과 긴장 및 타협과 재조정의 힘겨운 투쟁을 반영한다. 임화는 농촌오락이 민중오락이라는 전체적인 질의 향상과 병행하여 논의되어야 한다는 입장이지만, 야나베 에이자부로는 "비속하지 않으면 알아듣지 못하는 사회층이 있지요, 우습지가 않다, 그러한 방면이 있으니까 어느 정도까지는 그런 것이 필요하지만은 이것이 점점 비속한 영역을 벗어나서 향상해 가지 않아서는 안 되겠지요. 그런 데에다가 불시에 고급한 웃음을 갖다 놓았댔자 이해하지 못하는 사회층"을 고려해야 한다는 철저히 기능적인 접근 방식을 보여주고 있기 때문이다. 이러한 측면에서 농촌오락의 문제는 미담의 일상'화'라는 식민지 조선 지식인들의 선전술과 동일한 차원에서 건전한 국민오락의 일관되지만은 않은 자장을 그리게 된다.

식민권력이 건전의 표준을 명확하게 확정하지 않았던 것처럼, 비속은 때로 건전한 국민문화를 위해서 활용될 수 있다는 도구적 접근은 농촌오락이 건전한 국민오락에서 차지하는 모호한 위상을 반영한다. 그럼에도 농촌오락이 이 시기에 부상함으로써 식민지 조선의 농촌에서 행해진 다양한 향토오락들이 소개되는 계기가 되었음은 부정할 수 없는 사실이다. 물론 이 향토오락이 모두 권장할 만한 것으로 추천되지는 않았지만, 각 지방에 흩어진 향토오락들은 식민권력의 손에 의해 수집·정리되어 유포되었다. 식민지 조선의 민속학자와 야담사가들이 향토오락의 권장 분위기에 발맞추어 이를 본격적인 논의 대상으로 삼게 된 것도 이 시기를 즈음해서이다. 이제 향토오락은 농촌의 뒤떨어진 야만의 표식으로서만이 아니라, "오래고 고유한 생활에서 입은 습성과 자연에서 받은 영향이 이룬 성격", 즉 농촌 특유의 "소박성"을 표현하는 "개성"의 일부로서 재평가되는 긍정적 의미망을 띠고 등장하기 시작한다.[6]

....

6 최병일, 〈농촌의 오락〉, 《半島の光》, 1942년 6월, 13쪽.

1941년에 조선총독부는 《조선의 향토오락朝鮮の郷土娛樂》을 발간했다. 조선총독부의 문서과장 겸 국민총력과장인 노부하라信原가 쓴 서문에 따르면, 이 책자의 발간 의의는 "조선의 전토全土에 긍해 현행하는 향토적 오락을 대소大小 없이 조사·수록"하는 데 있었다. 여기에 덧붙여 "농촌오락들은 향토의 생활의 일부로서 전래되어"왔음이 강조된다. 향토오락들이 지닌 "윤기 없는 농산어촌의 생활에 위안과 즐거움和樂을 주고 민중의 정조情操를 함양하는 양식이 되고 또한 일상의 노동으로 쌓인 피로를 풀어"주는 기능은, 생활의 윤활유로서 작용해온 지방 고유의 향토오락을 고평하는 것에 다름 아니었다.

노부하라는 이 책이 "조선향토의 생활문화를 이해하고 또한 국민의 총력을 바쳐 그 활동의 배가를 필요로 하는 현 시국 하"에서 "민중의 화합을 촉진하고 그 활동에 지구성持久性을 확보하는 건전오락"의 참조 자료로서 기여할 수 있으리라는 점을 확언한다. 노부하라가 쓴 〈서문〉의 내용은 전시 총동원 체제의 생산성 향상과 증식을 목표로 하여 향토오락이 식민권력에 의해 정책적으로 권장되었음을 알려준다. 식민권력은 향토오락의 지역적 특수성을 일본의 지방적 특색으로 재배치하는 한편, 이 토착적 성격을 살려 전시 총동원 체제의 자원 부족을 농촌 자체에서 충당하는 해법을 향토오락에서 찾아보고자 했던 것이다. 어차피 도시에서 누리는 소위 문화생활은 현재의 전시 총동원 체제의 부족한 물자 상황을 감안할 때 불가능해진 만큼, 향토오락의 지역 토착적인 성격을 살려 이를 활성화한다면 농촌의 생산성 향상과 여가문화 창출의 이중 효과를 거둘 수 있다는 계산이 깔려 있었다. 이러한 식민권력의 의도는 지금까지 중시되지 않은 각 지방의 향토오락을 건전한 국

1941년에 발행된 조선총독부의
《조선의 향토오락》

《조선의 향토오락》편에 소개된 건전한 오락, 단오의 추천(그네뛰기)

민문화의 일환으로서 재접근하게 했고, 이에 따라 향토오락은 건전한 국민문화에서 배제되는 것이 아닌 정책적 필요를 반영하는 국책의 일부로서 재구성되는 양상을 보이게 된다.

총력연맹의 시과矢鍋 문화부장이 조선의 향토오락예술에 대하여 그 진흥振興을 도圖하신다는 것은 매우 시의時宜에 적適한 탁견이라고 생각한다. 대개 우리가 농민의 전통적 오락을 진흥코자 하는 것은 세 가지 큰 이유가 있을 줄로 생각하나니, 일一은 우리가 하필 오락뿐 아니라 그들의 전통을 애중愛重한다는 것은 그들의 생활을 애중愛重한다는 것이 되며, 그들의 생활을 애중愛重한다는 것은 그들의 인격을 애중한다는 결과가 되어 여기서 위정자 또는 지도자와 농민사이의 정의적情誼的 융합을 보게 될 것이다.

이二는 향토오락을 통하여 우리는 농민들의 생활에 윤택을 주고, 명랑을 주고, 유쾌를 주게 되어 그들의 생활에 활기를 넣게 되는 것이며, 또 이것은 저절로 그들의 건체운동健體運動도 된다. 삼三은, 이러한 결과로서 그들로 하여금 애향심 · 애토심愛土心을 갖게 하여 농민의 이촌離村을 완화할 수 있는 것이다. 무릇 향토애에는, 그 자연적 요소, 그 역사적 · 사회적 요소 등도 있겠지마는, 그 인적 요소라는 것은, 더욱이 큰 것이다. 우리가 죽마의 우友를 평생토록 잊지 못하고, 동창과 급우에 특별한 애정을 느끼는 것과 동양으로 향토에서 악기를 치며 춤추고 노래하던 동무라는 것은, 사교가 넓은 도회의 우리들의 평범한 교제와는 그 우정의 천심淺深에 있어 도저히 비교가 되지 않는 것이다. 이러한 우정의 연쇄가 굳으면 굳을수록 농민의 향토애도 더욱 깊어지는 것이다. 금일처럼 농민의 이촌離村이 심한 일이 없는 것은 주지의 사실이나, 그 원인을 생각하여 보면, 그것이, 반드시 경제문제에만 한한 것이 아니요, 향토애의 결여에도 있는 것이다. 그들의 고백을 종합하여 보면, 농촌에는 술이 없고 담배가 없고 의복가음이 없고, 또 하등의 오락도 없다. 오직 임금을 위한 무언의 노동밖에 없다. 그렇다면 차라리 임금 많은 도회에서 노동하는 편이 낫다는 것이다.[7]

농촌은 도회에 비하여 오락이 적다. 물론 도회의 오락을 그대로 농촌에 이식시키는 것은 현재의 재정상으로 이를 허치 아니할 뿐 아니라 가사 재정상 여유가 있을지라도 이것은 고려할 문제이니 도회의 오락 중에는 부박浮薄한 것이 많이 있어서 폐해가 수반하기 때문에 경경히 이를 이식할 수 없

....

7 손진태, 〈전통오락진흥문제〉, 《삼천리》, 1941년 4월, 222-223쪽.

다. 농촌의 오락에 대하여 혹 라디오를 농촌에 보급시킨다든지 하는 것이 영화나 연극을 순회시킨다든지 하는 것이 모두 좋은 일이나 그 종류의 선택을 신중히 하여 강건한 기범氣凡을 양성하는 데 해치 아니할 정도로 하지 않으면 안 된다. 만일 그러한 오락을 보급시키는 반면에 곧 그 호화한 장면을 부러워하여 도회를 동경하는 농촌청년이 늘고 또 부득이한 가정 사정으로 인하여 농촌에 있게 될지라도 쾌쾌불락快快不樂하게 되어 스스로 신세를 한탄한다든지 하면 이것은 마치 물고기를 구하는데 뱀을 주고 떡을 구하는데 돌을 준 것과 같이 도리어 불락을 주는 역효과를 내게 될 것이다.

이와 같이 농촌의 오락은 어디까지든지 농촌을 지키고 사랑하게 함을 주지로 장려하는 동시에 농촌의 경제 사정도 고려치 않으면 안 된다. 여기에 중언할 것 없이 농촌은 그 생산과정에서 운동법칙이 심히 원만하여 다른 상공업이 기계가 도는 대로 배송차가 달리는 대로 주야를 불문하고 이윤이 불어가는 것이 아니라 봄내 여름내 힘을 써서 경작하여야 간신히 가을에 가서 수확을 보는 것이며 더욱 이를 화폐로 바꾼대야 1년 1차 얻은 바가 근소하다 하지 않을 수 없다. 그러므로 농촌에 오락을 준다 하다가 그들에게 부담이 과중하게 돌아가면 이 역 난처한 것이다. (중략) 농촌오락은 종래 그 지방에 전래하던 고유한 것이나 또는 새로운 것이라도 그 지방의 사람으로서 자작自作케 하는 것이 좋을까 한다. 지방의 청년단에는 청년부와 여자부가 있으니 이것이 중심으로 어떤 명절을 택하여 소인극 같은 것을 해보는 것도 좋고 합창대를 만들어 순진한 청가淸歌를 부형에게 들리는 것도 좋은 것이다.[8]

....

8 유광렬, 〈건실한 오락의 건설〉, 《조광》, 1941년 4월, 173-174쪽.

위의 두 인용문은 손진태와 유광렬이 각각 향토오락에 대해 쓴 글이다. 첫 번째 인용문의 필자인 손진태는 식민지 조선의 대표적인 민속학자로서, 야나베 에이자부로矢鍋가 조선의 향토오락예술을 진흥하기로 한 결정에 적극적인 찬성을 표한다. 그는 전통적 오락을 진흥시켜야 하는 이유를 크게 세 가지로 제시한다. 첫째, 그들의 전통을 존중하는 것이 곧 생활의 존중이 될 수 있으며 위정자와 농민의 관민일체를 도모할 수 있다는 측면이 있다. 농민의 일상적 삶과 생활 및 풍속을 존중하는 일은 이 시기 식민권력이 천명한 '상의하달上意下達·하정상통下情上通'의 구체적 실현이라는 그의 주장은 향토오락이 지닌 건전한 국민오락의 맥락을 반영한다.

두 번째, 향토오락이 농민의 생활에서 갖는 윤활유로서의 측면이 있다. 농민의 각박한 삶과 생활의 유일한 청량제로서 토착적인 향토오락은 특별히 새로운 취미나 유흥을 개발하지 않고도 당장이라도 농민의 생활에 투입될 수 있다는 장점이 있었다. 마지막으로 이 시기 향토오락에 대한 식민권력의 일차적 관심사였던 이촌離村 방지책으로서의 의미가 있다. 식민권력이 이촌 방지책에 사활을 걸 수밖에 없었던 이유는, 1940년까지 농촌의 유휴 노동력에 자신감을 내보였던 식민권력의 당초 예상과 달리 전황의 격화가 이 유휴 노동력마저 부족하게 만들었기 때문이다. 이에 따라 농촌인구의 이탈을 막는 일이 최급선무로 떠올랐다.

손진태는 여기서 향토오락이라는 집단여흥이 갖는 인적 요소에 방점을 찍는다. 그에 따르면 "향토에서 악기를 치며 춤추고 노래하던 동무라는 것은, 사교가 넓은 도회의 우리들의 평범한 교제와는 그 우정의 천심淺深에 있어 도저히 비교가 되지" 않는다고 말한다. 이러한 향토오락의 집단여흥이 갖는 "애향심・애토심愛土心"이 그의 말에 따르면, "농민의 이촌을 완화할" 수 있는 유효 적절한 방안이 된다는 것이다. 식민권력의 향토오락 진흥 방안과 공명하는 그의 이러한 제안과 설명에는, 경제적 궁핍과 몰락으로 농촌경제가 피폐일로를 걷고 게다가 대량동원으로 부족해진 농촌 일손을 향토오락으로 미봉하려는 식민권력의 의도와 보조를 맞추어, 향토오락의 진흥을 통한 조선 고유의 전통과 민속의 저변 확대를 꾀하려는 그의 복잡한 셈법이 동시적으로 교차하고 있었다.

시기별 조선인 조선 외 노무 동원 실태

연도	지역	동원계획수	도항 수					도항비율
			석탄	금속	토건	공장기타	계	
1939	일본	85,000	32,081	5597	12,141		49,819	58.6
	사할린		2,578	190	533		3,301	
	남양					560	560	
	계	85,000	34,659	5,787	12,674	560	53,680	63.2
1940	일본	88,880	36,865	9,081	7,955	2,708	55,979	63.0
	사할린	8,500	1,311		1,294		2,605	30.6
	남양					1,023	1,023	
	계	97,300	38,176	9,081	9,249	3,101	59,607	61.3
1941	일본	81,000	31,019	9,146	10,314	5,117	63,866	78.8
	사할린	1,200	800		651		1,451	120.9
	남양	17,800				7,908	7,908	44.4
	계	100,000	39,819	9,146	10,965	13,025	73,225	73.2
1942	일본	120,000	74,098	7,632	16,969	13,124	111,823	93.2
	사할린	6,500	3,985		1,960		5,945	91.5
	남양	3,500				2,083	2,083	59.5
	계	130,000	78,083	7,632	18,929	15,207	15,207	92.2

1943	일본	150,000	66,535	13,763	30,639	13,353	124,290	82.9
	사할린	3,300	1,835		976		2,811	85.2
	남양	1,700				1,253	1,253	73.7
	계	155,000	68,370	13,763	31,611	14,606	128,354	82.8
1944	일본	390,000	71,550	15,920	51,650	89,200	228,320	78.7
	사할린							
	남양							
	계	390,000	71,550	15,920	51,650	89,200	228,320	78.7
총계	일본	814,800	320,148	61,409	129,668	122,872	634,097	77.8
	사할린	19,500	10,509	190	5,414		16,113	82.6
	남양	23,000				12,827	12,827	55.8
	계	957,300	330,657	61,599	135,082	135,699	663,037	69.2

시기별 조선인 조선 내 노무 동원 실태

연도별	군수	광업	교통	공업	토건	계	도내 동원
1938		41	34		19,441	19,516	74,194
1939		2,735	647		41,907	45,289	113,096
1940		2,714	901		57,912	61,527	170,644
1941	1,085	1,494	646		43,662	46,887	313,731
1942	1,723	4,943	287		42,066	79,030	333,976
1943	1,328	11,944	186	5,316	40,150	58,924	685,733
1944	4,020	14,989		3,124	54,394	76,617	2454,724
1945	12,468	42,115	2,944	8,530	356,340	422,397	5,782,581

위 도표들은 식민지 조선의 인적 동원 현황이다.[9] 노무 동원 건수는 해마다 늘어나 이를 제때 충원하기조차 쉽지 않았다. 인적 동원의 중

....

9 이상의,《일제 하 조선의 노동정책 연구》, 앞의 책, 262쪽과 조원준, 〈일본 강점기하의 조선인 노동력 강제동원에 관한 실태연구 : 일제말기 노동력동원을 중심으로〉, 부경대 국제대학원 석사논문, 2006, 44쪽에서 재인용했다.

요 공급지는 물론 유휴 노동력의 산실로 평가되었던 농촌이었다. 농촌은 전선이 확대되고 전황이 격화될수록 인력 부족 사태에 시달린 식민권력의 중요한 인적 자원의 배후지로서 기능했는데, 이는 식량 증산을 통해 전시 총동원 체제를 지탱해야 했던 식민권력에게는 커다란 딜레마였다. 왜냐하면 농촌인구가 대량동원되면서, 식량 생산과 수급에 적신호가 켜졌기 때문이다. 이러한 식량 생산과 수급의 저하는 전시 총동원 체제에 요구되는 식량의 부족분으로 바로 반영되어, 식민권력은 대량동원된 인구 이외에 나머지 농촌인구들이 이탈되지 않도록 세심한 주의와 감시를 기울여야 했다. 이 딜레마를 해결하는 방안 중 하나로 떠오른 것이 지금까지 논외의 영역에 속해 있던 향토오락이었고, 이런 점에서 향토오락의 진흥은 전시 총동원 체제의 기조를 그대로 이어받은 정책이었다고 할 수 있다.

두 번째 인용문의 필자인 유광렬은 도회오락과 농촌오락으로 대별하여 설명한다. 그는 농촌 오락문화의 빈약성을 지적하고, 이 농촌오락의 부재를 채우고자 무분별한 도회오락을 이식했을 때 일어날 수 있는 위험을 경고하기에 이른다. 도회의 오락 중에는 "부박한 것이 많이 있어서 폐해가 수반"될 가능성이 크다는 것이었다. 따라서 경솔히 도회오락을 농촌에 이식할 수는 없으며, 농촌의 여가문화를 선용한다는 구실로 최첨단 도회문화를 대표하는 "라디오를 농촌에 보급시킨다든지" 혹은 "영화나 연극을 순회시킨다든지" 하는 것도 좋지만, "그 종류의 선택"에 있어서 "강건한 기범氣凡을 양성"시킬 수 있는 신중한 접근이 요구된다는 주장을 펼친다.

그는 농촌오락이 오히려 농촌민들에게 과중한 부담이 되는 역효과

향토오락의 보호와 장려, 이백여 종을 조사

농촌문화 특집과 향토오락의 제반 문제

를 경고하면서, 이를 방지할 수 있는 방안을 몇 가지로 나누어 제시한
다. 그중 하나가 "종래 그 지방에 전래하던 고유한 것이나 또는 새로운
것이라도 그 지방의 사람으로서 자작自作케" 하는 소인극 등 지역연극
문화의 활성화이다. 소인극처럼 지역에 기반을 둔 소규모 문화생산 활
동은 기존의 극장공연과 달리 큰 비용을 들이지 않고서도 지역민들의
자발적인 참여와 관심을 유도할 수 있다는 점에서 농촌오락의 진흥과
그 궤를 같이했다고 할 수 있다.

　지역민들의 참여 의식과 시국 향상의 일환으로 제시된 소인극과 같
은 지역에 기반을 둔 다양한 문화실천들은 전시 총동원 체제 하 식민
지 조선 지식인들에게 하나의 활로가 되어주었다. 왜냐하면 전반적인
물자 부족과 인력 부재로 기존의 공연 형태만을 고집할 수 없었기 때
문이다. 1920년대부터 추진된 하향적 대중화를 잇는 다양한 지역 기반

형 문화실천들은 농촌오락을 진흥시킬 구체적인 방안으로 각광받게 된다. 유광렬이 제시한 대로 "지방의 청년단에는 청년부와 여자부가 있으니 이것이 중심으로 어떤 명절을 택하여 소인극 같은 것을 해보는 것도 좋고 합창대를 만들어 순진한 청가淸歌를 부형에게 들리는 것" 등은 많은 물자와 인력의 투입 없이도 소규모의 무대 행사와 공연을 가능하게 해준다는 점에서 농촌오락의 진흥 취지와도 맞아떨어졌다.

그러나 지역 기반형 농촌오락의 진흥 방안은 "소박한 민속적인 행사이지만 모두 자기 자신을 잊고 즐기며" "자신들의 마을에서 아는 남자와 여자가 나오니 흥미도 있고 감명도 깊어" 지역민들에게 일체감을 줄 수 있다는 특장에도 불구하고, 일본의 거듭되는 패배와 전황 악화로 인해 더 이상의 진전을 보지 못했다. 일본의 패배가 거의 확실시되는 시점에 이르자, 식민권력이 주도한 농촌오락의 진흥마저 불온'시'되는 사태를 피할 수 없었던 것이다. 농촌오락은 "제일선 용사에 지지 않을 결의 하에 일억 국민의 식량, 군수농림軍需農林, 수산물의 증산 확보와 그 공출에 고투를 계속하고 있는 농산어촌민에 대해서 명일의 증산 추진을 위해 고도의 건전오락을 주는 것에 관해서는 어느 사람이건 물론 이의가 있을 리가 없다. 즉 제일선 용사에게 휴양·위안·오락이 필요한 것과 마찬가지로 총후의 흙의 전사에게도 역시 휴양·위안·오락이 필요"하다는 선에서 가까스로 옹호되었을 뿐이다.[10]

이러한 전시오락의 시대사적 한계는 이 시기 동안 이루어진 농촌오

....

10 古瀨傳藏, 〈증산과 농촌오락의 방향〉, 《매일신보》, 1943년 10월 9일자.

소인극에 대한 식민권력의 지도
방침

농촌오락은 그 지방의 실정에 맞게 할
것을 요구하는 목소리

락의 진흥이 갖는 내재적 한계를 고스란히 보여주지만, 그럼에도 이
과정에서 야담사가들이 보인 활약상은 짚고 넘어가지 않을 수 없다.
이들은 과거 문헌에 대한 해박한 지식을 토대로 향토오락의 유래와 원
천 및 지역적 특색과 그 현재적 의미까지 다양한 이야깃거리들을 풀어
놓았다. 한 예로 유자후는 〈순전한 농촌락農村樂〉에서 "향토락鄕土樂은
무엇이나 불가한 것은 없지만 시대성과 시대성에 따라 부침소장浮沈消
長의 역사를 가지는 것"이라는 점을 전제한 후, "지금 농촌락農村樂 가운
데에서 부활을 보았으면 하는 절실한 느낌이 있는" "영고迎鼓니 무천舞
天" 등의 몇 가지 사례들을 근거로 하여 농촌오락의 진흥에 앞장섰다.[11]

....

11 유자후는 고전에 능숙한 한학자로서 그의 해박한 고전 지식은 라디오의 취미강연에서 진가를 발휘
    했다. 그는 옛 인물이나 유적에 얽힌 고사나 사적을 자주 취미강연의 이야깃거리로 삼곤 했다. 유자

농촌오락은 말 그대로 지역 고유의 특수성과 개별성을 전제로 한다. "농촌이 도회화하기 이전에 어쩔 수 없는 농촌만이 가지고 있는 개성"이 없이는 농촌오락은 성립될 수 없다는 점에서였다. 이러한 면이 농촌오락을 "사람과 향토가 융합해서 농산어촌의 건전한 발달과 향상"을 꾀하는 이른바 '지역'문화로서 각기 그 지역 고유의 특성을 살린 다양한 문화생산 활동들을 제안하게 했지만, 문제는 이러한 농촌오락이 갖는 지역적 고유성이 식민권력의 일원화된 국책 실행과 얼마나 조화될 수 있느냐였다.

전시 총동원 체제의 관리와 통제의 일원화 정책은 한편으로 농촌오락을 생산성 향상의 견지에서 권장하게 했지만, 동시에 농촌오락이 지닌 지역적 한계로 인해 사상 선도의 차원에서 끊임없는 회의와 경계의 대상이 되게 했다. 만약 지역에 기반을 둔 다양한 소규모 문화생산 활동들이 국책을 올바르게 선전하고 인식시키는 장이 아니라 역으로 지역민들에게 그릇된 향락과 소비문화만을 퍼뜨리는 장이 된다면, 이것은 농촌오락을 통한 '지역'문화의 활성화 취지와는 어긋나는 것일 수밖에 없었기 때문이다. 각 '지역'문화는 이런 점에서 식민권력의 중앙집권적인 일원화된 장 안에서 재조정될 필요가 있었고, 이 역할을 대리 수행한 것이 바로 식민지 조선의 지식인이었다. 이들은 식민권력의 국책을 대신하여 전달하는, 이동하는 '인간 미디어'로서 중앙과 지역을

....

후의 야담사가로서의 이러한 면모는 그로 하여금 〈순전한 농촌락農村樂〉, 앞의 잡지, 221쪽과 〈민간오락으로의 격구, 농촌오락의 진흥문제〉, 《대동아》, 1942년 7월 등 민간전승의 놀이문화 및 그 현재성에 주목하게 했다.

전선의 병사와 같이, 식량증산을 위한 농촌오락

유자후의 순전한 농촌락

이어주는 중계지로서 기능하게 된다.

식민지 조선의 지식인들은 식민권력의 국책을 정확하게 이해하고 인식하는 체제 익찬翼贊의 중심 존재로서, 식민권력의 국책을 중심에서 주변으로 전달하고 확산하는 '이동하는' 문화실천의 담당자가 되었다. 지역과 계층에 따른 불균등한 지역 현실은 식민권력의 통합적인 정책 수행을 가로막는 결정적인 걸림돌로 여겨졌다. 1938년 전시 총동원 체제가 본격적으로 가동되기 시작한 시점의 식민지 조선은 여전히 농촌 인구가 전 조선 인구의 70퍼센트를 점하고, 이 중 문맹 인구가 65퍼센트에 달하는 열악한 현실을 벗어나지 못하고 있었다. "조선에는 아직도 문맹이 많다 함은 부인할 수 없는 사실이지마는 최근 총독부 농진과農振課 조사에 의한 농촌교육정도를 보건대 새삼스러이 문맹조선의 진상에 놀라지 않을 수 없을 정도"의 심각성을 띠고 있었다. 그것도 문맹퇴치'운동'으로 전개된 농어촌의 야학회 덕택으로 "팔년도(1933)에 는 6할7부이던 것이 십삼년(1938)에는 6할5부로 2부가 줄어든" 결과가 이러했다. 이러한 농촌인구의 높은 문맹률이 "아직도 ㄱ, ㄴ도 모르는" 절대 문맹층이 대다수를 이루게 했고, 이러한 식민지 조선의 열악한 지역 현실을 타개하는 고육지책으로 식민지 조선의 지식인들이 국책 선전과 교화의 선봉에 서게 했던 이유였다.[12]

문맹이 대다수를 이루는 식민지 조선의 열악한 지역 현실은 식민권 력의 국책을 매끈하게 작동시킬 수 없다는 인식과 이를 타개할 긴급한 정책적 필요를 매개하며, 이 현실을 빠른 시간 내에 해소할 수 있는 효 율적 방안을 모색하게 했다. 이 때문에 근대적 지의 중심 미디어인 문 자가 상대적으로 격하되는 기현상이 빚어진다. 왜냐하면 아무리 쉽고 간편한 문자 체계를 이용한다 해도 "아직도 ㄱ, ㄴ도 모르는" 절대 문맹 층에게는 무용지물이었기 때문이다. 문자가 갖는 이 특유의 제한성은 문자가 아닌 구술 중심의 인간적인 접촉과 대면을 선호하게 했다. 시 청각 매체를 동원한 현장 공연이 이 시기에 주종을 이룬 것도 식민지 조선의 열악한 지역 현실과 결부된 전시오락의 재편성 움직임이 복합 적으로 작용한 결과였다.

이를 압축적으로 보여주는 것이 1941년 2월 12일부터 23일까지 《매 일신보》에 게재된 〈문화익찬文化翼贊의 반도체제 좌담회―금후 문화부 활동을 중심하여〉라는 좌담회 기사이다. 이 좌담회 기사는 매일신보

....

12 〈ㄱ, ㄴ 미해未解의 문맹자수, 농민층에 육할오분〉, 《동아일보》, 1940년 6월 17일자.

사의 주최로 2월 7일에 개최된 좌담회 석상에서 오간 내용들을 연 10일에 걸쳐 《매일신보》 지상에 옮겨놓은 것이었다.[13] 《삼천리》는 《매일신보》의 이 좌담회 기사를 국어판(당시 일어판)으로 1941년 3월호에 〈야나베 문화부장을 중심으로, 조선의 문화문제를 토의하는 좌담회矢鍋文化部將お圍んて, 朝鮮の 《文化問題》お 語る 座談會〉로 재수록했다. 그리고 뒤이은 4월호에 〈새로운 반도문화의 움직임, 8단체 간부는 말한다新らしキ半島文化の動き, 八團體幹部は語る〉를 연속하여 게재하는 국책 협력의 성실함을 드러내는데, 이 자리에서 8단체 간부가 중심이 되는 전시오락의 재편성이 집중 논의되었다.

김(동환)삼천리사장 : 저는 시과矢鍋 선생께 이 기회에 일상 품었던 저의 의견을 교환해 보려고 합니다. 문화부가 지금부터 일하려고 하는 대상인 국민 속에는 80만인이나 되는 내지인內地人이 포함되어 있는데 이 조선에 이주하고 있는 내지인은 모두 다소 교양이 높고 관청이나 은행 등 각 직장에서 전시하의 황국신민으로서 정성을 다하고 있습니다만 반도인의 경우로 본다면 지식계급 즉 소학으로부터 대학까지의 학생 수를 약 150만이라고 세상에서 말하는 대로 잡고 또 이후 학교를 졸업한 지식층을 약 배로 본다

13 〈문화익찬文化翼贊의 반도체제 좌담회-금후 문화부 활동을 중심하여〉, 《매일신보》, 1941년 2월 12-23일자. 이 좌담회는 〈야나베 문화부장을 중심으로, 조선의 《문화문제》를 토의하는 좌담회矢鍋文化部將お圍んて, 朝鮮の 《文化問題》お 語る一座談會〉, 《삼천리》, 1941년 3월, 40-48쪽에도 일본어로 재수록되었다. 이 글에서는 《매일신보》에 실린 내용을 중심으로 논의할 것이며, 별도의 인용 표시는 필요한 부분에 한한다. 본문에서 주로 언급된 인용문들은 1941년 2월 13일과 14일자에 실린 기사이다. 또한 이 좌담회와 관련해서 필자는 야담의 존재 방식과 식민지 문화인의 자기 증명에 주목한 〈재미있고 유익하게, 건전한 취미독물 야담의 프로파간다화〉, 《민족문학사》, 2007에서도 언급한 바 있다.

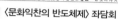

〈문화익찬의 반도체제〉 좌담회

전시오락과 새롭게 재편성된 8단체 간부들의 좌담회

면 지식계급이 3백만은 된다고 봅니다. 그러나 그 나머지 2천만 국민은 거의 문맹계급에 속하는 형편입니다. 문화부가 금후 일해 나아갈 방책의 중점은 이 문화에 뒤떨어진 2천만 국민을 상대로 하는 것이 좋으리라고 생각합니다. (중략) 다음으로 이들 2천만문맹을 타개하는 데는 전번 학생국어보급운동 같은 계몽운동도 필요한 동시에 귀와 눈과 알기 쉬운 이야기로 교화를 보급시키는 영화·연극·소설 등에 힘을 써서 우선 교화에 만전을 기하는 것이 끽긴喫緊한 일이 아닐까 합니다.

矢鍋문화부장 : 김동환 씨의 말씀은 대단히 좋습니다. 문화부에서도 〈농촌생활문화운동〉이라 할까. 이런 농촌방면에 대하여 어떻게 하면 이들 농촌사람들을 잘 지도할 수 있을까 하고 두뇌를 쓰고 있습니다. 거기에는 시국에 대한 인식을 높이는 연극이라든가 영화라든가 야담이라든가 혹은 좀 다른 방법 예를 들면 종이연극 같은 어떻게 해서든지 농촌에 적합한 것을 주도록 고려옵시다. 거기에 대하여는 그러한 방면의 인사들이 다소 부족한 감이 있지마는 장래 여러분의 협력을 얻어서 이를 꼭 성공하도록 노력하렵

니다.[14]

　박영희 : '종이와 자본'만 허락된다면 알기 쉬운 팸플릿이나 '그림이 들어
간 문고본' 같은 출판물을 만들어 널리 보내고 싶습니다. 조선은 아무래도
앞으로 10년 후인 쇼와 25년도가 되지 않으면 의무교육제가 실시되지 않은
만큼, 지금도 문맹층이 1천7-8백만이 있으니까 학교교육을 보충할 필요성
에서도 간이교화운동이 꼭 필요하다고 봅니다. 이것은 한편으로 국어보급
의 철저에도 도움이 됩니다만 상세한 이야기는 다음 기회로 미루겠습니다.
아무튼 우리들은 문필인들이기 때문에 문학을 통하여 위대한 국민적 감정
을 불러일으키고 싶은 것입니다.

　이철 : 지금 '이동연예대'를 편성 중입니다. 우리 쪽에서는 이미 사변 이
래 '황군용사 위문'에 전력을 다 하고 지금까지 북지北支, 중지中支, 북만北滿
으로 몇 차례나 위문연예에 나갔습니다. 그래서 북쪽은 신경, 가목사, 모란
강으로부터 남쪽은 북경, 제남, 청도, 석가장 등 16-7군데를 돌았고 내지에
도 동경東京, 대판大阪 등지에서 '백의의 용사(상이군인)'에게 약간의 위안을 주
었습니다만 이후에도 물론 제일선 용사에게 봉사를 하겠습니다만 또 한편
으로 농산어촌의 가난한 대중에게 건전한 오락을 주었으면 합니다. 그러나
아무래도 조선은 넓어서 면만으로도 2천 넘게 있기 때문에 이들에게 모두
보낼 수는 없지만 우선 1대 12-3명씩 짜고 한 10대 정도를 중요 지점으로 보
내려고 합니다. 즉 몇 천 몇 백 명이 사는 광산부락이라든가 명태잡이 어민

....

14 〈문화익찬文化翼贊의 반도체제 좌담회─금후 문화부활동을 중심하여〉, 《매일신보》, 1941년 2월
　12-23일자.

들이 모여 있는 어촌이라든가 그런 집단부락에 보내려고 합니다.[15]

첫 번째 인용문이 매일신보사에서 주최한 좌담회, 두 번째 인용문이
이 좌담회의 후속편 격인 삼천리사가 주최한 8단체 간부의 좌담회 내
용 중 일부이다. 첫 번째 좌담회에는 식민권력을 대표하여 국민총력조
선연맹 문화부장인 야나베 에이자부로矢鍋永三朗와 문화부 참사 테라다
에이寺田英 및 경성제대 교수 가라시마 다케시辛島驍 등이 참석했고, 식
민지 조선의 지식인으로는 삼천리사의 사장인 김동환과 매일신보의
학예부장인 백철과 보선교수 유진오 및 조선연극협회장 이서구(창씨
명 : 牧山瑞求)와 영화인협회장 안종화(창씨명 : 安田辰雄) 등이 참석했다.

식민권력의 대표자와 식민지 조선의 지도급 지식인들이 모인 매일신
보사 주최 좌담회에서 야나베 에이자부로는 식민지 조선의 지식인들에
게 "국책선을 따라서 즉 오늘 국가가 요구하는 방면에다 국민을 지도"
해달라고 주문한다. 이 요구를 받아 김동환은 평소 자신이 품었던 생각
을 밝히겠다며 문화부가 앞으로 어떤 국민들을 중점에 두고 정책을 펴
나갈 것인지가 중요하다고 지적한다. 그는 식민지 조선에 있는 재조일
본인(여기서 내지인)과 3백만의 식민지 지식계급이 아니라 문화부가 "금
후 일해 나아갈 방책의 중점"을 두어야 할 곳이 "거의 문맹계급에 속하
는" "2천만 국민"이 되어야 할 것이라는 점을 역설한다. 이 "문화에 뒤
떨어진" 2천만 문맹계급은 위로부터의 올바른 시국 인식과 계몽이 필

....

15 〈새로운 반도문화의 움직임, 8단체 간부는 말한다(新らしキ 半島文化の動き, 八團體幹部は語る)〉,
《삼천리》, 1941년 4월, 66쪽.

요한 존재이며, 이들을 통해야만 지원병 제도와 같은 국책이 실효성을 거둘 수 있으리라는 점을 거듭 강조한다. 그는 "2천만 문맹계급"의 올바른 시국 인식과 향상을 위해서는 "학생국어보급운동 같은 계몽운동" 못지않게 "귀와 눈과 알기 쉬운 이야기로 교화를 보급시키는 영화·연극·소설 등에 힘을 써서 우선 교화에 만전을 기할" 것을 제창한다.

야나베 에이자부로도 이에 적극 호응하며 "〈농촌생활문화운동〉이라 할까. 이런 농촌방면에 대하여 어떻게 하면 이들 농촌사람들을 잘 지도할 수 있을까"를 고민하는 중임을 밝히면서, "시국에 대한 인식을 높이는 연극이라든가 영화라든가 야담이라든가 혹은 좀 다른 방법 예를 들면 종이연극 같은 어떻게 해서든지 농촌에 적합한 것"을 주는 것이 좋겠다는 의견을 피력한다. 야나베 에이자부로와 김동환 사이에 오간 의견 조율과 수렴은 두 번째 인용문에서 드러나는 지방순회강연과 이동위문공연으로 구체화된다. 조선문인협회의 간사장인 박영희가 "전선 24개 도시에 두 번이나 강연행각"을 나간 것을 비롯하여 "전시출판물의 발행과 그 전람회 등"의 개최뿐만 아니라, 특히 농산어촌의 인구를 대상으로 해서는 "'종이와 자본'만 허락된다면 알기 쉬운 팸플릿이나 '그림이 들어간 문고본' 같은 출판물을 만들어 널리 보급"하고 싶다는 의견을 피력하여 식민지 조선의 열악한 지역 현실에 어울리는 "간이교화운동"을 주창하고 있기 때문이다.

박영희가 말한 "간이교화운동"은 최대한 쉬운 문자성을 활용한 문고본에서조차 귀와 눈에 호소할 수 있는 그림 등의 시청각 매체를 혼용하는 방식이었다. 문학이라는 것이 기본적으로 문자가 중심이 되는 언어예술이라는 점에서, 그가 말하는 "간이교화운동"의 취지를 살리기 위해서는 문자 위주의 접근법보다는 그림을 통한 문자 이해와 숙달이 더 중요해질 수밖에 없었다. 박영희의 "간이교화운동"이 김동환과 야나베 에이자부로가 주창한 인간의 몸짓과 소리 등의 신체를 미디어로 한 현장공연으로 결정화될 수밖에 없었던 이유가 여기에 있다. 조선문인협회가 식민권력의 국책 수행기관으로서 다른 어떠한 단체보다 먼저 결성되어 문화보국을 외친 것은 당시 문인들이 조선 전체 지식인 사회에서 차지하는 양적 · 질적인 비중을 말해주는 것이지만, 식민권력이 요구하는 전시오락의 형태는 문자 중심의 문학이 아닌 대중의 귀와 눈에 호소할 수 있는 연극이나 연예 등에 방점을 두게 했기 때문이다.

1939년 10월 29일에 조선문인협회는 "붓을 가진 사람의 책임은 전선에 나아가 총칼을 잡은 병사와 마찬가지"라는 결성 취지서를 표방하고, 박영희가 밝힌 대로 "전선 24개 도시에 두 번이나 강연행각" 등의 활발한 활동을 벌였다. 조선문인협회의 발기인이자 초대 회장인 이광수와, 같은 발기인으로서 간사로 활동한 김동환은 일본에서 전시문화의 지도체로서 문화부가 설치된 것을 기화로 "식민지 조선에서 문화부가 창설"될 필요성을 제창하고 나선다. "내지의 대정익찬회에는 문화부가 있고, 부장에 작가를 임명하였으니 그것은 대단히 의미 깊은 일"로 "반도에도 문화문제를 더욱 중시해서 문화인들의 적극적 참가를 유도"할 수 있는 문화부 설치가 식민지 조선의 지식인들에 의해 먼저 제창되는 형식이었다. 조선문인협회의 핵심 멤버인 이광수와 김동환을 주축으로 한 문화부 설치에 대한 요망을 식민권력이 받아들이는 방식으로 국민총력조선연맹 산하에 사상부를 해소하고, 그 대신에 문화부와 방어지도부를 신설하는 조직 개편이 단행되었다. 이 문화부 신설의

강력한 주창자였던 김동환은 《경성일보》에 발표한 〈조선의 신체제와 문화정책에 대한 진언朝鮮の新體制と文化政策への進言〉을 통해서 문화부의 통일적 지도만이 내선문화의 교류 증대와 민중 교화의 효율화에 도움이 될 것이라는 말로 문화부 신설의 일등 공신이 되었다.

그리하여 1940년 12월 27일을 기해 국민총력조선연맹 산하에 문화부가 신설되면서 "학술기예, 신문, 출판물, 영화, 연극흥업, 오락 그 외의 문화 진흥"을 목표로 각종 문화예술단체들의 통폐합과 재편성이 뒤따랐다. 문화부 신설 이전에 결성을 마친 조선문인협회를 제외하고 그외 문화예술단체들의 조직 통폐합과 재결성이 "국민교화의 철저는 결국 일본정신의 체득"이고 "이를 위해서는 족출하는 각종 교화단체를 통합"하는 일이 그 "운동 이념을 귀일하게 하는 데" 필수적이라는 주장 아래 급속하게 진행되었다.[16]

1940년 12월 22일에는 "연극을 통하여 총후 대중을 지도"한다는 취지하에 조선연극협회가 출범식을 가졌고, 1941년 1월 26일에는 조선총독부 경무국이 알선하여 "연예의 건전한 발달과 연예인의 자질 향상을 도모하여 국민문화 향상에 이바지"한다는 목표를 내건 조선연예협회가 정식으로 발족했다.[17] 조선연예협회에는 "연예단 경연자, 연예단 소속원인 각본 작가, 연출가, 활동가, 연주가, 무용가, 미술가, 기타 연예단 소속원으로 연예 또는 연기자 사무"에 종사하는 이들이 총망라

....

16 〈文化運動の發足〉, 《경성일보》, 1941년 2월 25일자.

17 〈조선연극협회 결성의 유래〉, 《삼천리》, 1941년 3월, 161쪽.

문화부 설치를 요망하는《삼천리》주최의
〈좌담회〉

문화부 신설이 연맹지도자위원회에서 결정되
었다는 소식

1940년 12월 27일 국민총력조선연맹 '문
화부' 신설 공고

국민문화 발전을 위한 국민총력조선연
맹 문화부의 지도 방침

되어 있었다.[18] 조선문인협회와 조선영화인협회를 필두로 조선연극협회와 조선연예협회가 연이어 결성됨으로써, 8단체 간부가 중심이 된 1941년 4월 삼천리사 주최의 좌담회가 마련될 수 있었던 것이었다.

여기서 유독 열의를 보인 사업 중 하나가 조선연극협회의 이동연극대와 조선연예협회의 이동연예대였다. 조선연극협회가 조직한 이동연극대는 협회장인 이서구의 말을 빌리면, "3개반을 만들어 남선, 북선, 서선을 중점적으로 순회하도록 지금 열심히 노력하고 있는 중"이며, "이것과는 별도로 성지 부여"에 "신궁봉납神宮奉納의 연극대"도 보낼 예정이었다.

조선연극협회는 1941년 1월에 "새해의 첫 사업"으로 이 "이동극단의 조직"을 결의했다. "협회 직속으로 상설적으로 농산어촌을 방문하여 비상시국을 효과 있게 인식"시킨다는 사업 취지 하에 이동연극대는 "극장도 없고 또 종래 연극단이 들어가 보지 못한 적은 고을을 찾아다니며 극장이 아닌 적은 집회소나 또 야외에 연극을 벌려서 누구나 보고 알기도 쉽고 또 즐길 수도 있는 것을 극히 적은 요금"으로 볼 수 있게 하는 소규모 극단 형태의 지방순회공연을 표방했다.[19] 조선연극협회의 주요 극단들이 도시의 상설극장을 주 무대로 삼아 활동을 계속한 데 반해, "3월 1일까지 극협에 가맹되지 못하여 해산을 하게 되는 군소단체의 배우들"을 중심으로 편성된 이동연극대는 "조선서는 처음 보는 농촌, 어촌, 공장을 찾아다니는 소형극단의 새 출발을 보는 것"으로 선

....

18 〈조선연예협회〉, 《매일신보》, 1941년 1월 27일자.

19 〈연극협회 이동극단 파견, 조선연극협회 가맹은 현재 9단체〉, 《매일신보》, 1941년 1월 17일자.

전되었다.[20] "농산어촌에 건전 명랑한 연극을 주고, 이를 통하여 지방 문화의 확립과 아울러 애국사상의 함양, 시국 인식의 철저화"라는 국책 협력을 기치로 내건 이동연극대가 실제로 파견된 시점은 단원들의 모집과 선정 및 훈련 과정까지 거친 1941년 9월에 이르러서였다.[21] 제1대 파견을 시작으로 본격적인 활동에 들어간 조선연극협회의 이동연극대는 "신체제를 입으로 설명하기보다, 시책을 주는 것보다, 영화와 연극을 통해서 보여주는" 편이 낫다는 전시오락 및 전시문화의 일환으로 새롭게 재편성된 것이었다.

조선연극협회가 이동연극대를 1941년 9월부터 본격적으로 파견한 것에 대응하여, 조선연예협회도 이동연예대를 전 조선에 순회시키기 시작했다. "조선은 넓어서 면만으로도 2천 넘게 있기 때문에 이들에게 모두 보낼 수는 없지만 우선 1대 12-3명씩 짜고 한 10대 정도를 중요 지점"으로 보내려 한다는 조선연예협회장 이철의 말은, 이동연극대보다 훨씬 많은 이동연예대 대수를 자랑한 셈이었다. 이동연극대가 우선 세 개 반을 조직하여 전 조선을 순회할 예정이었던 데 비해서, 이동연예대는 그 배가 넘는 약 10대를 계획하고 있었기 때문이다.

"이미 사변 이래 '황군용사 위문'에 전력을 다 하고 지금까지 북지北支, 중지中支, 북만北滿으로 몇 차례나 위문연예"를 나간 경험이 있던 조선연예협회는, 조선연극협회가 이동연극대를 꾸리는 사이인 1941년 5

....

20 김관수(창씨명: 岸木寬), 〈이동연극대 편성에 대하여〉, 《삼천리》, 1941년 3월 177쪽.

21 〈정보실〉, 《삼천리》, 1941년 9월, 87쪽. 이동극단과 관련해서는 이화진, 〈전시기 오락 담론과 이동연극〉, 《상허학보》, 2008을 참조.

1940년 12월 22일 조선연극협회 결성식   1941년 1월 26일 조선연예협회 결성식

월에 만담가 손일평을 중심으로 한 이동연예대를 먼저 파견했다. 조선연예협회는 "악극을 비롯하여 야담, 만담, 나니와부시浪花節, 서커스 등", 이른바 대중연예단체의 집결체였기 때문에 이동연예대의 결성과 파견에 더 발 빠르게 대처할 수 있었다. 이동연예대는 "라디오와 무대를 통하여 대중과 친밀한 인연을 가진 연예폭소대 일행 손일평 외" 상당히 화려한 진용을 자랑하며 서선 지방을 한 달 일정으로 순회하게 되는데, 이동연예대가 "웃음으로 노래를 섞어 건전 명랑한 오락을 통하여 위안을 주는 한편 시국 인식을 철저히" 하는 전시오락을 표방한 것은 이동연극대와 다를 바 없었다.

　이동연예대와 이동연극대의 결성 및 파견이 상징하는 이와 같은 전시오락의 특정한 면모는 "2천만 문맹계급"을 대상으로 "귀와 눈과 알기 쉬운 이야기로 교화를 보급시키는" 것의 중요성을 주창한 앞선 논의와 맞닿아 있었다. 결국 양 단체가 각기 분리 운영하던 이동연극대와 이동연예대는 양 단체를 발전적으로 해소 통합한다는 명목으로 1942년

손일평을 위시한 이동연예대 농산어촌 파견

조선연극협회의 제1대 이동극단 파견을 위한 시연 소식

7월 26일에 결성식을 가진 조선연극문화협회의 창설을 계기로 이동극단 제1대와 제2대 체제로 변모되었다. 이동극단 제1대가 이동연극대의 후신이었다면, 이동극단 제2대는 이동연예대의 조직과 진용을 재정비한 형태였다. 이동극단 제1대와 제2대는 그 전신인 이동연극대와 이동연예대의 활동까지 포함하면 1943년 3월 현재 약 415회의 공연 횟수와 총 관람객 숫자 642,768명을 기록하는 적지 않은 성과를 거두었다. 이러한 이동극단 제1대와 제2대의 편성 및 운영 체제는 일본의 패망 직전까지 이어지며 지속적인 활동을 이어 갔다.

　이동극단의 중요성이 부각된 데에는 독일의 사례가 크게 참조되었다. 각 지역마다 국립과 시립극장이 있고, 농촌에는 농민극장이 따로 존재하며, 여름에는 "2만 이하의 소도시와 벽원僻遠의 병영의 소재지, 농촌, 광산지대, 산간의 자동차로, 공사장, 군수공장의 노동자에 이르기까지 일류도시에 떨어지지 않는 연극연예"를 보여주는 야외극장이 30여 개나 서는 독일의 전시오락이 이동극단의 필요성을 제기하게 된 배경이었다.[22] "신체제를 입으로 설명하기보다, 시책을 주는 것보다, 영화와 연극을 통해서 보여주는 편"이 훨씬 낫다는 이동극단을 활용한 선전교화는, 기존 극장공연의 제한된 장소성을 뛰어넘어 인간의 신체와 소리를 '이동하는 미디어' 삼아 농산어촌과 광산공장의 벽지까지 찾아가는, 바로 식민권력이 요구하는 운동성을 갖고 있었다. 국민'운동'에 부합하는 문화'운동'의 이러한 이동성과 유연성은 식민지 조선 지식인들의 자기 존재 증명을 겸한 국책 협력과 참여를 과시할 수 있는 수단이었다. 이는 이동극단의 단원들이 농산어촌과 광산공장의 벽지들을 찾아다니면서 겪은 갖가지 고생담을 사후에 보고 형식으로 전하는 자리에서 재확인되었다. 생생한 체험이 뒤섞인 이동극단 단원들이 겪은 자기 고투의 기록들은 식민지 조선의 지식인들이 식민권력의 충실한 동조자임을 드러내는, 말하자면 자신이 식민권력의 국책을 전달하는 '메신저'로서 그 역할을 다했음을 증명하는 전시 효과와도 관련이 있었다. 이들은 "소위 지식 계급이라 칭하는 자 중 일소一小 부분 내에도 소극적 · 비판적 태도를 일삼아 사상전에 전사인 임任을 자각치 못하는 자 있음은 심히 유감으로 여기는 바로 총동원체제 강화의 현하에 있어서는 중히 무자각 분자를 대상으로 한 계몽의 방도를 강구치 않으면" 안 된다고 하는 식민권력의 경고와 주목 아래에서 행해진 것이었다.[23]

....

22 현윤, 〈전시 하의 독이獨伊의 연극운동, 특히 독이獨伊의 이동연극대를 논함〉, 《삼천리》, 1941년 3월, 216-217쪽.

23 조선총독부 南次郎, 〈南總督의 연설, 도지사 회의에서〉, 《삼천리》, 1940년 6월, 49쪽.

식민권력이 제기한 '비'국민으로서의 혐의는 식민지 조선 지식인들의 수동적이거나 방관적인 태도를 적극적인 자발성으로 치환하는 자기 존재 증명으로서의 실천행위를 요구했고, 이것이 전시오락의 재편성과 맞물린 이동극단의 결성과 파견으로 나타난 것이다. 이동극단의 지방순회공연은 가극에서 만담 및 야담, 재담, 무용, 희극, 가요에 이르기까지 사람들의 귀와 눈에 호소할 수 있는 다양한 레퍼토리들로 채워졌다. "농촌과 공장지대에 근로하는 분들에게 위로와 오락을 보내서 내일의 새 힘을 기르고 국민으로서의 깨달을 바로 이끌어준다는" 사명 하에 이동극단은 첫째로 "직업배우들을 이끌고 돌아다니며 구경시키는 것", 둘째로 "각 농촌공장을 찾아다니며 적당한 각본을 주고 그네들 틈에서 소인극을 장려하는 것", 셋째로 "이 외에 가벼운 연예를 트럭에 싣고 면면촌촌에 찾아다니며 재미있고 즐겁고, 어느 틈에 배우는 게 있는 구경을 시키는" 세 가지 방안을 강구했다.

이 중 두 번째 방안은 농촌오락이 제기한 지역'문화' 활성화와 재생산이라는 측면에서는 활용 가능성이 높았지만, 이동극단의 실상과 맞지 않는 부분이 많았다. 왜냐하면 "대중오락 시설이 없는 농산어촌과 광산공장"을 주로 순회하며 가능한 한 많은 지역과 사람들을 만나는 것을 목표로 한 이동극단의 성격상 한 지역에 오래 머물 수 있는 시간과 자본이 절대적으로 부족했기 때문이다. 그래서 첫 번째와 세 번째 방안, 특히 세 번째 방안이 이동극단의 지방순회공연을 실질적으로 결정지으면서 첫 번째 방안과 혼효混淆되어 이동극단의 지역에 따른 변주와 재구성을 보여주게 된다.

"작년에 방송협회에서 연예단(노래, 춤, 경연극, 만담)을 조직해 가지고 상해를 위시해서 중지, 북지 등의 황군과 해외동포 위문차로 순연"
하려다 중지했다는 이서구의 발언에서도 시사되듯이, 이동극단은 노
래와 춤 및 경연극과 만담 등이 어우러지는 잡종연예의 형태를 띠고
있었다.[24] 국민총력함경남도연맹에서 주최한 "일야 땀을 흘리고 있는
산업전사들을 위안하려고 연예의 저녁을 각지에서 이동식으로 여는"
위문순회공연에서도 "야담, 음악단을 파견"하고 "현지에서는 향토 무
용, 가요 등을 시킬" 예정이라는 기사는 이러한 이동극단의 현장공연
이 야담과 음악 및 향토무용과 가요 등의 지역적 특성을 안배한 잡종
예능으로 펼쳐졌음을 시사한다.[25] 이동극단의 잡종예능은 노래와 춤은
물론이고 경연극, 마술, 만담, 야담 등을 때와 지역에 따라 선택적으로
결합하는 방식이었기 때문에 하나로 일괄해서 말하기는 어려웠다.

  "영리가 목적이 아니나 이 뜻있는 사업을 영속하자면 무료공개로는
도저히 그 뒤를 댈 수 없으며 그래서는 앞길이 흐려지는지라 그야말로
최소한도의 입장료를 받고 최대한도의 구경을 시킨다는 목표"를 천명
한 이동극단은, 국가 지원이 없는 상태에서 인원과 물자 및 수송비용
등을 전부 고려하지 않을 수 없었다. 이동극단은 도시에 편중된 대중
오락의 혜택을 누리지 못하는 사람들에게 그 혜택을 베푼다는 나름의
명분과 사명감을 앞세워 식민권력의 용인과 지지를 얻었다는 점에서,
이동극단의 유지와 순회에 드는 비용과 수익 간의 균형을 맞출 수밖에
없었다. 그래서 특별한 경우를 제외하고는 가급적 소규모의 잡종예능

....

24 〈상해 · 경성 양지兩地《예술가 교환交驩》좌담회〉,《삼천리》, 1941년 9월, 165쪽.

25 〈이동연예로 위안〉,《매일신보》, 1942년 5월 18일자.

을 지방순회공연으로 행하는 경우가 많았는데, 가령 '순회영화반'과 합작하여 영화와 연극을 동시 상연한다든가 "종이광대를 구입하여 이를 관하 각 부군읍면에 배부하여 직원이 출장하는 대로 휴행攜行시켜 각지 농촌에서 전의戰意 앙양에 기여할 종이광대 관람회"를 연극과 접목하는 등의 다양한 잡종적 무대공연을 펼치게 된다.[26]

이동극단의 잡종예능'화'는 조선연예협회(이후 조선연극문화협회)에 "가극도 있고 무용도 있고 만담도 있고 교향악단도 있고 인형연극도 있고 대체로 연극이란 이름이 붙은 모든 오락단체 17개로 구성"되어 있었다는 점과, 조선연극문화협회의 구성단체란 것이 다 소위 "흥행극단들이고 신극단체는 1,2년래로 침체·산만을 극한 탓"이라는 내부적 상황의 필연적 산물이긴 했지만,[27] 그보다는 "산간벽지로 찾아 그들에게 잃어버린 웃음을 주고 굶주린 정신의 양식을 보급"하는 데 있어서 "그들의 귀와 눈과 알기 쉬운 이야기"로 국책의 선전교화를 주장한 전시오락의 특정한 성격이 때와 장소에 따라 선택적인 장르 교배와 혼종을 낳게 한 배경이었음을 이해하기란 그리 어렵지 않다.[28]

전시오락의 특정 양상과 맞물린 이동극단의 잡종연예'화'는 당시의 국어인 일본어는 물론이고 한글의 기초적 문해력도 갖추지 못한 농산어촌과 산업현장에 위안과 교양을 준다는 하향적 대중화의 표본으로서 작용했다. "고도 국방국가체제의 완수를 목표로 하여 청신淸新 건전

....

26 〈계발선전을 위한 자동차영화반, 이동연극대 파견〉, 《매일신보》, 1944년 3월 3일자.

27 서항석, 〈우리 신극운동의 회고〉, 《삼천리》, 1941년 3월, 169쪽.

28 최상덕, 〈이동극단의 사명〉, 《삼천리》, 1942년 7월, 99쪽.

한 국민문화의 종합적 발전을 기하기 위하여 1. 과학사상의 보급을 기함 2. 국민교화의 철저를 기함 3. 예술오락의 정화를 기함 4. 출판문화의 쇄신을 기함 5. 생활문화의 실질을 기함 6. 실천요강의 구현을 기함"이라는 전시문화정책을 따라서 이동극단은 중앙에서 지방으로 뻗어가는 동심원적 확산과 수렴의 이동하는 중계지로서 기능했던 셈이다. 식민권력의 전시문화정책이 이처럼 "국민의 생활 일부분이 스스로 문화 속에 잠입"하고 "문화의 건설적 효과가 국민 속으로 깊이 침투되어 국민이 거기에 동화"될 수 있도록 하향적 대중화의 동적인 순환성을 그리면서, 엘리트의 전유물이던 신극이 '종이연극'과, 현대무용과 가극 및 양악이 대중가요와 악극 및 야담·만담 등과 만나는 혼종과 교배의 장소로서 거듭날 수 있었다.

이동극단의 활약상은 신문잡지와 라디오방송으로 빈번하게 소개되었다. 한 예로 《삼천리》의 〈반도의 국민문화운동성과보고半島の國民文化運動成果報告〉를 보면, '이동연예대'가 "문화와 오락의 기회에서 배제된 농산어촌의 노동민중에게 위안을 주고자 연예협회가 조선총력연맹의 후원 하에 조선의 첫 시도로 광산부락을 방문하여 성공리에 공연을 마쳤다."고 전하고 있다.[29] 이들이 순회한 곳은 평안남도 8개 소와 평안북도 2개 소였으며, 공연을 하기까지 이들이 겪은 고초는 이루 말할 수 없다고 조선연예협회 이사인 임서방(창씨명 : 豊川曙方)은 술회한다. 차도 없이 험준한 산맥을 넘어 도착한 광산부락에는 '이동연예대'가 묵을

....

29 조선연예협회, 〈광산에 파견된 〈이동연예대〉 보고─평남평북을 돌고서鑛山へ 派遣された 〈移動演藝隊〉 報告-平南平北お廻りて〉, 《삼천리》, 1941년 7월, 30-32쪽.

조선보다 앞서 일본도 이동극단 조직.
이동극단에 필요한 지침서

이동극단의 상연 예정 각본

숙소도 갖추어지지 않아 광부들의 숙소에서 함께 지낸 이야기며, 관객
의 교육 정도에 맞추어 너무 어렵지 않게 하지만 단순히 웃고 즐기는
데 그치지 않도록 시국의식의 함양에 기여할 수 있는 레퍼토리들을 신
중히 선택하여 무대에 올렸다는 것이 그의 보고담의 주조를 이룬다.

이 보고담의 내용을 토대로 이동극단의 공연 현황을 살펴보면, "가
극, 희극, 노래, 만담, 재담의 5종류로 하여 노래와 무용과 만담을 통해
의식하지 못하는 중에 시국의식을 가질 수 있도록 스텝의 구성도 오케
(레코드) 가수, 악사, 유명한 만담가 손일평 씨 등을 망라하고 그 총수는
15명으로 일대를 편성"했다. 이처럼 연극과 노래 및 만담과 재담으로
어우러진 이동극단의 잡종예능 공연은 전체적으로 가볍고 쉬운 레퍼
토리로 구성되었다. 그의 말에 따르면, 이동연예대의 지방순회공연은
인기가 대단해서 "경성, 평양 등과 같은 대도회에서도 한 번도 보지 못

한 대군중"이 모여 평북북진광산 5천 명, 진남포일광제련소 2천3백 명, 강서탄광 2천 명, 대성금광 1천4백 명 등 총 10개 지역에서 2만4백 명의 관객이 모여들었다고 한다. 참여 관객의 숫자가 결국 그 인기와 호응도를 측정할 수 있는 바로미터였다는 점에서, 이동극단의 지방순회공연이 끝난 뒤에 마련된 보고회 자리에서는 언제나 지방공연의 횟수와 참여 관객 숫자가 명시되곤 했다.

웃음을 통한 위안과 교양의 전달이라는 이동극단의 건전 명랑한 전시오락적 성격으로 인해 이동극단 무대의 주역은 만담가와 야담가가 될 수밖에 없었다. 손일평이라는 걸출한 만담가가 1일에 15원이라는 다른 단원들보다 상대적으로 높은 보수를 받은 것은 만담과 야담이 지닌 웃음의 양면 효력에 기인한 바 컸다. 만담과 야담은 대중들에게 익숙한 생활사나 옛이야기들로 개인의 관습적 충효 관념을 국가에 대한 헌신과 희생으로 바꾸는 각색과 변용에 능란하다. 그리고 야담과 만담이 아니더라도 이동극단은 '일하지 않는 자는 황민이 아니다'라는 근로강조주간을 맞아 "〈흥부전〉을 상연하고, 형인 놀부는 게으름을 부리며 놀기만 하고 동생인 흥부는 선량하며 열심히 일하는데, 결국 권선징악으로 마지막에 동생이 승리"한다는 옛이야기의 친숙한 틀을 빌려 전시의 근로동원을 효과적으로 선전하는 장으로 기능할 수 있었다.[30]

"무엇이든 시국성이 있으면서도 즐거운", 말하자면 '재미있고 유익하

....

30 〈농촌문화를 위해—이동극단·이동영사대의 활동을 중심으로農村文化のために-移動劇團·移動映寫隊の活動お中心に〉,《국민문학》, 1943년 5월, 이원동 편역,《식민지배담론과『국민문학』좌담회》, 역락, 2009, 243쪽에서 재인용.

산간 벽지의 광산에 파견된 이동연예대의 모습

송영이 이끈 '이동극단'의
활약상

게'를 모토로 한 이동극단의 전시기 활약상은 전시오락이 지닌 건전과
비속 사이에서, 때로 "조선예능동원본부에서는 전선全鮮 중요 광산공장
에 예능단을 파견하여 산업전사를 위문 · 격려하고 있는데 예능단 중
에는 숭고한 사명을 잊어버리고 본부와는 아무 연락도 없이 임의로 각
지를 순회하며 사리사욕을 채우는 유령단체가 있어 성전聖戰하 불쾌하
기 짝이 없는 현상"을 보이고 있다는 경고까지 나오게 했다.[31] 이와 같
은 이동극단에 대한 경계의 움직임은, 이동극단이 중심에서 주변으로
동심원적인 확산을 그리면서 식민권력의 통제와 단속이 미처 미치지
못하는 부분이 있었음을 알려준다. 애초 이동극단은 귀와 눈에 호소
할 수 있는 가볍고 쉬운 현장공연을 지향했다. 이는 건전 명랑한 전시
오락의 건전과 비속의 경계가 말처럼 명확하지 않았음을 의미한다. 또

....

31 〈위문예능단 숙청〉,《매일신보》, 1945년 6월 27일자.

한, 식민권력의 재정 지원이 거의 없는 상태에서 "영리가 목적이 아니나 이 뜻있는 사업을 영속하자면" 영리를 통한 국책 수행이라는 이율배반이 언제나 내재되어 있을 수밖에 없었다.

하지만 이동극단은 "어디나 한 가지의 오락시설-극장, 영화관 같은 것은 물론 없고 어느 곳이나 그 지방의 국민학교 교실이 식장으로 이용"되는 산간벽촌의 임시 가설무대를 배경으로 "한때는 이 벽촌에도 농악이라든가 탈(가면극) 등 향토색이 농후한 건전오락이 있었으나 시국의 진전에 따라 어느 틈에 자취를 감추고" 만 지역'문화'의 유일한 대체오락이 되고 있었다. 그래서 그 부정적 일면에도 불구하고, 《조광》의 〈농촌위문 연예반수행기〉에서 언급했듯이 "결전의식의 앙양을 강조하는 지도성을 짜 넣은 손일평, 나품심의 대화만담을 비롯하여 한학의 소양이 깊은 오상근 씨의 야담, 그리고 젊은이의 재담 등 웃음의 연예가 연달아 전개됨에 따라 소박한 관중은 열광하여 울고 웃고 갈채"하는 전시오락으로서의 위용을 잃지 않으면서 패전 직전까지 이어질 수 있었다.[32]

이동극단과 이동극단이 선보이는 잡종예능의 주축이 되었던 만담과 야담은 1942년 10월 20일부터 1943년 3월 23일까지 약 반년간에 걸쳐 징병제 실시 취지 선전을 목적으로 전 조선을 순회한 '야담만담부대'로 결정화된다. 이 '야담만담부대'는 오직 야담과 만담가만으로 구성된 이동극단이었다는 점에서 '야담만담부대'가 갖는 특수성이 존재한다. 도시의 극장연극이 '이동'연극으로, 극장연예가 '이동'연예로, 극장영화가

....

32 〈농촌위문 연예반수행기〉, 《조광》, 1943년 4월, 76-78쪽.

이동극단 제1대에게 조선예술상 수여

농촌위문 연예반의 활약상에 대한 현지
보고

'이동'영화로, 지역과 계층을 넘어 동심원적인 확장을 그리던 이동극단
의 대열에 마침내 야담가와 만담가만으로 구성된 '야담만담부대'가 합
류한 셈이다. '야담만담부대'의 결성과 활동상은 1943년 1월 11일부터
6월 18일까지《매일신보》지상에 신정언이 무려 109회에 걸쳐 연재한
〈징병취지 야담만담행각徵兵趣旨野談漫談行脚〉에 상세히 소개되어 있다.

　야담가와 만담가만으로 구성된 징병 취지 '야담만담부대'의 지방순
회공연은 1943년 3월 23일로 그 대장정을 마무리했다. "시일이 만 7개
월 3일이요, 그 장소가 160개소이며 단에 오른 횟수가 283회요, 인원이
18만2천4십 명이요, 그 순회한 리정里程이 철도선 3천8백6십8천粁, 자
동차선 2천1백17粁로서 총계 5천9백8십5천粁"에 이르는 녹녹치 않은

일정이었다. 이와 관련해 신정언은 "지난 12일 강화에서 최후의 야담을 한 후 많은 성과를 거두고 귀성"했음을 자부한다. 그리고 공연이 거의 마무리되던 1943년 1월 11월에 이르러, 징병 취지 '야담만담부대'의 일정 및 공연과 관련된 생생한 체험담을 《매일신보》 지상에 '징병취지 야담만담행각(이후 약칭하여 〈징병야담행각〉)'이라는 제목으로 발표한 것이다.[33]

징병 취지 '야담만담부대'의 현지 공연 체험담은 다른 이동극단의 현지 공연 기록과 비교해 별반 다를 바는 없었다. 다만, 〈징병야담행각〉이 다른 이동극단의 현지 보고 기록보다 유독 긴 기간에 걸쳐 지면에 실렸다는 점이 특이하다. 그런데 장기간에 걸쳐 야담만담부대의 활동상을 상세히 보고하여 징병제의 취지를 철저히 주지시키는 데 기여한 공로로 이 신정언을 대표로 한 '야담만담부대'가 조선군으로부터 감사장을 받은 사실은 징병 취지 '야담만담부대'의 결성이 갖는 또 다른 맥락을 드러내어 보여준다. 그것은 징병 취지 '야담만담부대'의 이름에 어울리는 특정한 사안의 국책 선전과 교화의 미디어로서 기능한 야담과 만담가의 새로운 위상과 역할이다.

신정언은 〈징병야담행각〉 첫 회에서 '야담만담부대'의 결성 과정과 경위를 밝힌다. 어떤 과정을 거쳐 '야담만담부대'가 결성되고 파견되었는지, 그리고 전 조선을 연결하는 지방순회공연 일정이 어떻게 이루어졌는지를 소상히 설명하며 각 지역별로 한 편의 르포르타주를 엮어낸

....

33 신정언, 〈징병야담행각—109〉, 《매일신보》, 1943년 6월 18일자와 〈160여 처를 순회—징병취지 선전하고 본사 야담만담부대 귀환〉, 《매일신보》, 1943년 3월 24일자.

408

野談、漫談巡廻部隊

四名이 勇躍出發、昨日議政府서 第一聲

'야담만담부대' 4명이 용약 출발

朝鮮軍서 感謝狀

本社徵兵宣傳野談漫談部隊에

신정언을 대표로 한 '야담만담부대', 조선군으로부터 감사장을 수여받음

다. 지역과 지역을 이동하는 과정에서 그들이 겪은 불편한 교통 상황과 열악한 지역 여건은 물론이고, 그 지역의 고유한 풍물과 고적 및 전승 관련 이야기까지 '야담만담부대'의 이동 노선을 충실히 따라가며 담아내는 말의 육화된 글쓰기를 보여주고 있는 것이다. 〈징병야담행각〉이 갖는 이러한 특성에 유의하면서, 징병 취지 '야담만담부대'의 결성 과정과 경위가 드러난 첫 회의 신문기사 내용을 살펴보면 다음과 같다.

소화昭和 17년 팔월 이십구일 오후 한시 경! 조선담우협회 사무실에서 우리반도문단의 야광주夜光珠 춘원문호의 왕가枉駕를 맞이하였다. (중략) 나는 그 의외의 내방에 얼떨떨하여 저간 적조하였던 회포도 말하기 전에 그 내의

來意만을 급히 물었다. 춘원은 매양과 같은 단아한 그 태도로써 〈급히 만날 일이 있어 방금 댁으로 찾아갔다가 다시 여기까지 온 길이요, 다른 일이 아니라 군보도부에 장차 소화 19년도에 실시할 징병제의 취지를 널리 농산어촌에까지 보급키 위하여 이미 강연, 만화 등으로써 선전한 바 있지만 금반은 특히 그대의 야담으로써 그 취지를 알리려고 군을 소개하라는 긴탁緊託을 받고 온 길이요〉 하였다. 과연 의외천만의 군령이다. 그러므로 나의 어깨는 별안간 큰 돌멩이로 짓눌린 듯했다. 〈내가 무슨 재능이 있어 그런 중임을 맡나요?〉 하니 천만에 하면서 장소는 전선全鮮이니 내일이라도 떠나라는 것이었다. 그러면서도 춘원은 약간 의아스러운 기색으로써 나를 보았다. 그것은 그렇게 시일이 급하고 장소가 그렇게 넓은 것도 문제려니와 특히 두 가지의 난처難處가 있었다. 첫째는 내가 구사일생의 중병을 치루고 그 여증餘症을 전치하지 못한 때요, 둘째는 벌써 이주일 전에 모처에 북선北鮮 순행을 선약한 것이다. 그러나 나는 그 양개 난처를 즉시로 단념하였다. 첫째 내 건강은 나의 생사를 생사의 운에 맡길 것. 다음 선약문제는 선공후사先公後私의 이유로써 배상의 책임을 질지라도 해약하리라고 하고 그 군령을 봉행하기로 하였다. 그래서 춘원에게 출발을 쾌락하고 아울러 담우협회의 사정을 실고한 후 일주일간의 여가를 청하였다.[34]

위 인용문은 징병 취지 '야담만담부대'의 결성과 파견 과정을 잘 보여준다. 이에 따르면, 징병 취지 '야담만담부대'의 결성을 조선군 사령부

34 신정언, 〈징병취지야담만담행각徵兵趣旨野談漫談行却〉, 《매일신보》, 1943년 1월 11일자.

소속의 군보도부가 직접 지시한 것임을 알 수 있다. 조선군 사령부 소속의 군보도부는 군의 입장과 정책을 선전하고 대변하기 위해 1938년 10월에 창설되어 1940년 1월과 8월에 다시 확대 개편된 전시체제의 조직 기관이었다.[35] 조선군 사령부 소속의 군보도부는 군사사상의 보급과 전달을 위해 영화와 연극의 제작 및 지원에서부터 각종 좌담회와 강연회 개최, 문화 검열과 통제 업무에까지 깊숙이 관여했다. 비록 문화부의 긴밀한 협조를 받기는 했지만, 조선군 사령부 소속의 군보도부가 이처럼 문화부 산하 문화예술단체들을 직접 활용할 수 있었다는 데에 전시문화 및 전시오락이 갖는 특징적인 면모가 존재한다. 이러한 조선군 사령부 소속의 군보도부가 《매일신보》와 손잡고 징병제의 조선 내 실시가 갖는 의미를 전파하기 위해 결성한 선전부대가 '야담만담부대'였고, 신정언이 '야담만담부대'의 총책임자 격 역할을 맡게 된 것이다.

조선군 보도부의 문화예술단체 동원과 결성은 문화부와 사전 공조와 협의를 거쳐 이루어졌고, 이 파견부대의 단원들은 '야담만담부대'처럼 조선은 물론이고 때로 만주와 일본의 산업현장과 최전선까지 다방면에 산포되어 활동했다. 이는 파견부대의 성격이 조선연극문화협회 직속의 이동극단 제1대와 제2대와는 달랐음을 말해준다. 징병 취지 '야담만담부대'의 결성이 드러내듯이, 파견부대의 경우에 군보도부가 직접 관여하여 특정 사안을 중심으로 그 선전과 교화를 수행한 경우가 적지 않았

....

35 〈조선군 보도진 확충〉,《동아일보》, 1938년 10월 4일자 ; 〈군수공장원정동에 군보도부를 확충〉,《동아일보》, 1940년 1월 20일자 ; 〈보도연락회의 명일 오전 구시부터〉,《동아일보》, 1940년 2월 29일자 참조.

기 때문이다. 그러나 지역과 지역을 이동하며 임시가설무대를 설치하여 현장공연을 펼쳤다는 점에서, 넓게 보아 이 다양한 위문부대들 역시 이동극단에 해당한다고 보아야 할 것이다. 다만, 이 위문부대들이 더 뚜렷한 목적성 아래 결성되고 파견된 것만은 분명하다.[36]

그런데 이때 식민지 조선의 지식인들이 군보도부의 지시와 같은 더 강한 의미의 군령을 당시 조선문인협회장(1943년 4월 17일 '조선문인보국회'로 개칭)이던 춘원 이광수에게 전해 듣는 상황이 발생한다. 식민지 조선의 대문호라는 표현대로 춘원 이광수가 이 군령의 대리 전달자로 기능하면서, 지시와 수령 체계 간에 중재자로서 위치하는 춘원 이광수의 존재가 두드러진다. 최상위 명령자는 물론 군이지만, 군보도부의 명령을 대리 수행하는 춘원 이광수라는 중재자를 거쳐 최종 수령자인 신정언에게 가닿는 간접화된 명령의 회로가 '야담만담부대'의 결성 및 파견 과정을 둘러싸고 있었던 것이다. 이는 다시 말해 군보도부에 의해 전시 선전을 위한 동원 대상으로 차출된 식민지 조선의 지식인들이, 역으로 군보도부의 명령을 징병제의 동원 대상이 될 농촌인구에게 대신 전달한다는 이른바 동원 주체가 되는 모순적 자기 위상과 직결된 몇 겹의 명령 체계였다. 조선 내 징병제 실시가 갖는 의미와 취지를 선전하고 유포하는 데 지방순회강연뿐만 아니라 만화가와 미술가들의 전시회 및 전람회 그리고 특별히 야담가와 만담가들로 구성된 선전부

....

36 가령 황군위문부대와 만주개척민위문부대 등이 여기에 해당될 것이다. 〈황군위문연예대 경성산업 전사들이 조직〉, 《매일신보》, 1942년 7월 1일자; 〈만주개척민위문연예대〉, 《매일신보》, 1943년 8월 8일자 등 위문부대와 관련된 기사들은 심심치 않게 발견된다.

대에 이르기까지, 식민지 조선의 지식인들은 동원을 둘러싼 내적 모순을 여실히 드러내고 있었다.

동원 대상이자 동원 주체로서 전시의 모순적 자기 위상을 껴안은 채 신정언은 "선공후사의 이유"로서 모든 개인적인 사정, 즉 "구사일생의 중병을 치루고 그 여증餘症을 전치하지 못한 때요, 둘째는 벌써 이주일 전에 모처에 북선北鮮 순행의 선약"을 모두 단념하고 떠날 채비를 서두른다. 더욱이 그것은 오늘 명령이 내려지고 내일 당장 떠나라는 촉각을 다투는 것이어서, 신정언은 명령을 거부하거나 중지하기는커녕 그가 속한 조선담우협회의 사정을 들어 이 일정을 군 당국과 타협하는 수준에서 이 명령을 수행하게 된다. 신정언이 속해 있던 조선담우협회는 "각 연극단체를 비롯하여 연예인들이 한 덩어리로 되어 신체제 아래 새로운 출발을 하는 이때에 야담과 만담하는 사람들"이 주축이 되어 "1941년 1월 17일 부민관"에서 결성식을 갖고 조직되었다. "일반대중에게 건전한 오락을 주는 동시 야담과 만담으로써 대중을 교화하자는 목적으로 야담, 만담가를 총망라하여" 결성된 단체가 바로 이 '조선담우협회'였다.[37]

조선담우협회는 고문에 야기(八木 : 警務課長)와 가라시마 다케시(辛島驍 : 理事) 등을 추대했고, 현철, 오상근, 최여성, 손일평 등이 초대 임원을 맡았다. 조선담우협회에는 라디오와 무대에서 명성을 떨치던 다수의 인사들이 포진되어 있었다. 윤백남, 신정언, 유추강, 신불출 등의 화려한 진용은 조선담우협회의 성격을 예증했는데, 조선담우협회의 결성 자체

....

37 〈야담으로 시국인식 조선담우협회 작일 결성〉,《매일신보》, 1941년 1월 19일자.

들어라, 징병 취지 야담만담대회를

신정언의 현지 보고 〈징병취지야담만담행각〉

가 전시문화 및 전시오락을 위한 선전교화와 계몽의 측면이 짙게 깔려 있었던 셈이다. 조선담우협회는 "일반대중에게 건전한 오락을 주는 동시 야담과 만담으로써 대중을 교화"할 것을 그 결성 이념으로 천명했고, 이 맥락에서 조선담우협회의 일원이던 신정언은 "징병령 취지를 넣어서 공연"하는 것으로 기존 조선담우협회의 일정을 모두 소화한 뒤 "1942년 10월 20일을 복하여" '야담만담부대'를 꾸려 전선 순회에 나섰다.

　1942년 5월 8일 일본의 각의閣議결정에 따라 식민지 조선에서 징병제 실시가 법적으로 공포되면서 징병제 실시에 따른 준비와 선전이 군을 비롯한 식민권력의 최대 사안으로 떠올랐다. 징병제 실시와 관련한 각종 감격의 언사들은 물론이고, 징병제 실시를 맞아 조선인의 새로운 마

음가짐이 동시적으로 발화되고 천명되는 등 징병제 실시는 지원병제
도와 또 다르게 전 조선인을 병역의 의무로서 묶는 전시 총동원 체제의
심화와 확대를 가시화했다. 1942년 6월 미드웨이 해전과 12월 과다카
날 전투로 일본의 병력과 물자가 큰 손실을 입자, 일본은 이 부족한 병
력 자원을 식민지 조선에서 충당하기로 결정했다. 그리하여 1942년 5
월 8일 각의결정으로 징병제 실시가 결정되고, 이를 위한 신체검사가
1944년 4~8월 시행되었으며, 9월 소집영장이 발부되어, 그해 12월에는
비록 그 정확한 수는 계상할 수 없으나 거의 9만 명에 달하는 징집자
의 입영이 완료되었다. 1938년 지원병제도가 실시된 이래 1943년까지
총 징집된 병사 수가 1만6천 명 정도임을 감안하면, 식민지 조선에서
이 징병제 실시가 갖는 위력을 증명하고도 남음이 있었다. 그것은 "이
제부터는 조선의 부형은 모두 다 군국의 아버지, 어머니가 되고 반도의
청소년은 모두 다 총을 메고, 엇둘, 엇둘 발 맞춰 나가는 황군"이 되는
"역사에 남을 좋은 날"로 상찬되는 전장으로의 총동원이었다.[38]

조선인 군속 · 병사의 동원자 수와 희생자 수

	동원 수(1958)	동원 수(1962)	추정 사망 수(1958)	추정 사망 수(1962)
군속 육군	70,424	48,359	2,992	2,991
해군	84,483	77,652	6,971	13,031
육군특별지원병	16,830			
해군특별지원병	3,0007			
학도지원병	3,893			
징병육군	186,980	94,972	6,217	5,780

....

38 〈편집후기〉, 《삼천리》, 1942년 7월, 156쪽.

| 해군 | 22,299 | 21,316 | 250 | 308 |
| 합계 | 385,209 | 242,299 | 16,340 | 22,182 |

* 히구치 유이치樋口雄一의 《민중과 징병民衆と徴兵》, 總和社, 2001, 110쪽 참조 ; 1958년은 후생성의 《재일본조선인개황概況》에 의한 것이고 1962년은 한일조약을 위해 준비된 후생성의 자료에 의거.

징병제 실시는 "천황폐하의 신병이 되는 광영에 욕浴하는 동시에 이 광영의 대통大通을 통하여 인간적으로도 점차 조선 고래의 폐습을 버려 대화민족의 우수한 성분을 체득"케 하는 황은의 깊은 뜻을 받들어 "감읍, 감사, 감심, 감격만 하고 있을 때"가 아니라, "우리 조선 사람은 기백년래로 병사 병兵자를 사死자와 같이 생각하여 오던 때"가 있었다는 기존 관념에 대한 우려를 동반했다.[39] "국민개병이라 하여 청년들을 모조리 병역에 취케 한 일"이 지금까지 없었다는 점이 이러한 우려를 낳게 한 원인이었는데, 징병제 실시는 이런 기존 관념의 타파 위에서 "가장 광영 있는 황국신민도의 실천에 기회와 방법을 얻어 자신의 연성을 함으로써 명실을 갖춘 떳떳한 대일본국민"이 되는 첩경으로 공히 선전되었다.[40] 징병제 실시가 가져올 전장으로의 강제 동원이 식민지 조선인의 특권으로 치환됨으로써 병역의무에 따른 권리 요구를 애초부터 차단하려는 식민권력의 통치전략에 따라 징병제 실시의 의미와 취지를 대리 선전해줄 매개자가 필요했고, 이 찾아가는 '메신저' 역할이 '야담만담부대'의 특정한 사명을 띤 이동극단으로 구현된 셈이었다.

....

39 홍사익, 〈진충보국盡忠報國의 대도에〉, 《춘추》, 1943년 9월, 45쪽 ; 이종린(창씨명: 瑞原鍾麟), 〈홍은감읍鴻恩感泣〉, 《삼천리》, 1942년 7월, 24쪽.

40 南次郎, 〈병역은 황민의 최고특권〉, 《춘추》, 1942년 6월, 39쪽.

野談으로 時局認識
朝鮮談友協會昨日結成

聖鍬、文化部隊！
七圓體에서 扶餘에 勤勞奉仕

신정언이 속한 조선담우협회 결성 소식

부여신궁 근로봉사에 참여한 조선담우협회

신정언을 필두로 김백소와 이화 그리고 김봉으로 꾸려진 '야담만담부대'는 바로 이 징병제 실시의 선전부대로서, 이들의 하루 일과는 잠시의 빈틈도 없이 빡빡했다. 160여 개 소에 교통편도 원활하지 않은 곳을 찾아다니며 하루에도 몇 차례씩 공연을 하는 것은 말처럼 쉬운 것이 아니었기 때문이다. 신정언은 하루에도 몇 차례씩 잡혀 있는 일정을 다 소화하고 나면 밤 열한 시가 넘어서 끝날 때도 적지 않았음을 토로한다. 그만큼 힘든 일정을 소화하는 데 필요한 자신들의 열정과 헌신을 드러내면서, '야담만담부대'는 연기하는 미디어적 신체로서 징병제 실시의 의미와 취지를 실어 나르는 "선전 탄환"이 되었다. 식민권력이 "현재의 전쟁에서는 예술도 오락도 군수품이다. 혹은 무기이자 선무용품"이라고 주장했던 것처럼, 전시의 총동원을 위한 오락과 문화는 자신의 신체와 소리를 "선전 탄환" 삼아 국책을 대리 전달하는 문화전 사로서 식민지 조선의 지식인들을 예외 없이 이 대열에 참가하게끔 요구했던 것이다.[41]

대중오락과 문화의 세례를 받지 못한 소외된 산간벽지의 주민들을 대상으로 자신의 신체와 소리를 "선전 탄환"으로 한 국책의 대리 전달 자로서 이 '야담만담부대'의 지역을 잇는 공연무대는, 한편으로 위안 과 다른 한편으로 징병제 취지의 선전장이 되었다. 신정언은 '야담만담 부대'의 인기가 그야말로 대단했음을 이야기하며, 선전부대로서 자신 의 순회공연이 갖는 의미를 이 맥락에 맞추어 설명한다. 야담과 만담 가들로 구성된 '야담만담부대'의 특성상 신정언이 야담을, 이화와 김봉 이 대담만담을, 김백소가 '독'만담을 주로 담당했는데, 이들의 현장공 연은 그들이 다른 무대에서 선보였던 기존의 레퍼토리에 징병제 취지 라고 하는 시국'색'을 가미하는 반복적 재현과 즉흥적 공연이 어우러진 선전무대로서 손색이 없었다. 유쾌한 입담가로서 이들이 지닌 면모가 이들을 "〈징병제는 이러한 것〉, 〈아버지와 어머니는 이 광영에 이러한 생각과 태도를 가져야 할 것〉 등을 야담과 만담으로 열과 성을 다하여" 부르짖는 제일선의 프로파간다로서 기능하게 했던 것이다.[42]

　　우리 일행이 장차 역방할 예정지는 경기도로는 이 제일 성지聖地인 의정

....

41　矢鍋永三郎, 〈전시문화방책〉, 《매일신보》, 1941년 12월 18일자.

42　〈징병제 인식에 박차, 본사의 징병야담부대 도처서 성황〉, 《매일신보》, 1942년 11월 18일자.

부를 비롯하여 선천, 개성, 파주, 포천 등 5처이다. 그런데 일행이 역에 이르자 군연맹계원郡聯盟係員이 친절히 맞이하였다. 즉시 군경軍警 양청兩廳을 방문하였다. 특히 서장의 환대는 감탄하였다. 석반을 마친 뒤 7시 정각을 기하여 회장인 연무장에 이르렀다. 장내에는 벌써 6만여 명의 내청자來聽者로 성왕의 기분이 떨치었다. 일동도 기립하여 먼저 국민의례를 행하였다. 이어서 군연맹 이사장이 등단하여 간곡한 어조로써 우리 일행을 환영하는 뜻과 징병제에 대한 취지로써 열중熱中한 개회사가 있었다. 이렇게 개회사가 마친 뒤에 우리 일행의 실연이 대상에 전개되기 시작되었다. 그 순서는 야담, 대화만담, 만담이다. 종목은 이렇게 삼종으로 분分하였으나 그 의의는 《리드》식이다. 화재話材들을 이렇게 연속성으로 만드는 데는 미상불 고심이 있었다.

그래서 야담은 내가 맡고 대화만담은 이화李和 군, 김봉金峰 양, 양인이 맡고 만담은 김백소金白笑 군이 맡았다. 3조의 연재演題가 차례로 진행될 새, 박수와 폭소로서 수라장의 광경을 연출하였다. 청중은 진실로 유쾌한 웃음과 유쾌한 손뼉을 아끼지 않았다. 그러다가 징병령 취지를 중심한 시국담의 구절이 입 밖에 떨어질 때에는 입을 다물고 그렇게 몹시 치던 손뼉을 거두며 지극히 정숙하고 지극히 긴장한 태도를 지었다. 그래서 태풍이 몰린 듯하던 장내가 춘담春潭의 물결과 같이 조용하였다.[43]

반도인의 최고의 영예인 내명년으로 닥쳐오는 징병제의 취지를 2천4백만에게 고루고루 철저히 인식시키기 위하여 본사에서는 군사령부와 총력

....
43 신정언, 〈징병취지야담만담행각〉, 《매일신보》, 1943년 1월 16일자.

조선인의 숙망 달성으로 선전된 징병제

징병제 실시에 맞춘 《징병준비독본》

징병제 실시에 환호하는 조선 반도의 소식

병역의무는 황국신민의 최고 특권
이라는 미나미 조선 총독의 담화.

연맹후원 하에 파견하는 야담대 일행은 산간벽지인 맹산에 도착하였다. 본 사맹산지국에서는 총력연맹의 후원을 얻어 만반의 준비를 다한 후 지난 10월 30일 오후 7시부터 읍내 수영공립국민학교 대강당에서 개회되어 청중 1천3백여 명의 집합리에 신정언 씨는 국민최고의 영예野談, 이화 씨, 김봉 양은 총후의 남녀漫才, 김백소 씨는 욱일승천旭日昇天이라는 제題로 각각 열변을 토하여 청중은 박수, 갈채, 희소로 오후 10시에 해산하기를 애석히 생각하면서 무사히 폐회하였는데 맹산 지방에서 초유의 성황이었다.[44]

위의 두 인용문은 '야담만담부대'의 현장 공연의 열기와 호응을 담고 있는 신정언의 술회와 행사 주관자인《매일신보》의 기사이다. 첫 번째 인용문은 경기도에서 한 순회공연에 관한 내용을 담고 있는데, 인구가 조밀한 경기도 지역의 특성을 보여주듯이 청중이 무려 6만여 명에 달하는 대성황을 보였다. 두 번째 인용문은 이 경기도의 청중 숫자에는 육박할 수 없지만, 산간벽지에서도 순회공연의 인기는 대단했음을 보여준다. 산간벽지인 맹산에서 초유의 기록이라 할 1천3백여 명의 청중들이 모여 '야담만담부대'의 현장 공연을 즐겼다는 사실이 신문기사로 전달되고 있기 때문이다. 이처럼 산간벽지와 국경지대까지 '야담만담부대'가 가는 곳은 어디나 대성황을 이루면서 미처 입장하지 못한 청중들까지 생겨날 정도였다. 이들은 공연장 바깥에 서서 귀를 기울이거나 주위를 에워싸고 공연이 끝날 때까지 함께했는데, 이러한 청중 동원력

....

44 〈벽지 맹산에서 성황 이룬 야담〉,《매일신보》, 1942년 11월 4일자.

은 그것이 비록 지역의 군과 연맹 관계자의 뒷받침에 힘입은 결과라 해도 '야담만담부대'의 존재를 돋보이게 하기에 충분했다.

"무릇 우리 일행이 웃음의 재료를 가지고 나선 것은 웃음만을 선물로 하자는 것이 아니다. 실은 웃음을 앞세워 가지고 반도국민에게 무쌍한 광영이 되는 그 병역의 취지와 아울러 시국 극복의 신념을 전하자는 것이다. 그럼으로 웃음이 선이 되고 시국담이 후가 되나 실은 시국담이 주가 되고 웃음이 종이 된 것이다. 우리 일행의 사명은 언제든지 어느 곳이든지 이 선후와 주종의 순서로써 이루기로 하였다."는 발언에서 야담가와 만담가의 소리공연이 지니는 대중 감화력과 침투력을 재확인할 수 있다. 웃음의 오락적 코드는 징병제 취지라는 어찌 보면 무거운 시국'색'을 완화시켜 전달하는 효과적인 매개체로 작용했음을 알 수 있다.

조선군 보도부가 결성한 징병 취지 '야담만담부대'가 전 조선에 걸쳐 보인 활약상은 "일본국민의 병역관념은 의무라기보다는 차라리 특권이라는 범주에 속할 것으로 이것은 국체의 본의를 앎으로써 명료"해진다고 하는 전도된 논리의 자기 정당화를 이완된 웃음과 옛이야기로 전달하는 이른바 '연성'의 생명정치였다. 따라서 "반도국민에게 무쌍한 광영이 되는 그 병역의 취지와 아울러 시국 극복의 관념을 전하는 데" 주력했다고 이야기한 신정언은 이 연성의 생명정치를 식민권력을 대신하여 '문화'적으로 수행했던 셈이다. 1942년 5월 징병제 실시가 발표된 이후 더욱 폭발적으로 늘어난 이러한 징병제 취지 선전교화는, 찾아가는 국책의 '메신저'로서 그 역할을 다한 식민지 조선의 지식인들 덕분에 가능해진 종적인 지시의 횡적인 연계였다.

이들이 찾아가는 국책의 메신저로서 한 역할, 다시 말해 이동하는 신체와 소리의 운동성이 빚어내는 중계지로서 형성한 의미망은 바로 이 시기에 야담가와 만담가들이 절정기를 누리게 된 이유였다. '야담만담부대'의 뒤를 이어 1943년 3월 1일부터 전 조선을 누빈 '매신교화선전차대' 역시 1945년 5월 29일까지 강연·영화·만담·야담·무용 등의 잡종예능의 형태로 징병제 선전과 보급에 앞장서서 조선인들에게 "웃음 속에서 나도 훌륭한 제국 군인이 되고 훌륭한 군국의 어머니가 되어야 하겠다는 황국신민으로서의 생각과 책무"를 심어주는 데 일조했다.[45] '매신교화선전차대'는 비록 신정언의 '야담만담부대'처럼 야담가와 만담가만으로 구성된 선전부대는 아니었지만, 야담가와 만담가들이 주축 멤버로서 활약하기는 마찬가지였다. 극장에서 '탈'극장의 운동성을 체현한 이동극단의 이러한 다양한 존재 방식이야말로 전시 총동원 체제의 '경성'정치를 '연성'정치로서 경험할 수 있게 한 원동력이었고, 이 힘을 받아 예술의 오락화는 오락의 정치화로, 문화의 대중화는 대중의 국민화로 연쇄 순환하며 전시의 특정한 공공성을 구축하게 된다. "주파 거리는 실로 3천 킬로에 달하고 순회공연장소는 53개소에 청중은 무려 32만 명"이라는 대기록의 보국 경쟁을 유도했던 것도 바로 이 전시의 특정한 공공성이 빚어낸 효력에 다름 아니었다.[46] 초유, 대성황, 대호평 등의 과장된 수사 뒤에 은폐된 보국 경쟁과 질주가 야담이

....

45 〈돌연히 나타난 진객珍客 매신교화선전차대每新教化宣傳車隊, 부여에서 공연〉, 《매일신보》, 1943년 4월 28일자.

46 〈청중 32卅二만을 돌파, 벽촌에 계몽의 거화〉, 《매일신보》, 1943년 5월 8일자.

전시오락으로서 갖는 달라지는 면모를 확연히 드러내는 현장이 된 것도 이 때문이다.

'매신교화선전차대'는 '야담만담부대'의 뒤를 잇는, 말하자면 "선전탄환"으로서 전쟁 막바지까지 전 조선을 순회하면서 징병제 취지의 보급과 전파에 앞장서는 국책 협력의 충실한 선전부대로서 기능했다. 식민권력보다 앞서 건전한 전시문화를 위해 통제와 지도를 자발적으로 요청했던 식민지 조선의 지식인들은, 이 보국 경쟁의 움직임 속에서 본인의 생존술이 곧 전시의 선전술이 되는 드문 실천을 경험하게 된다. 도시에서 멀리 떨어진 산간벽지의 주민들에게 고루고루 국책을 전달하고 보급하는 이러한 문화 균등의 동질적인 국민'화'는, 한편으로 이동극단이 움직인 물리적 거리 및 참여 관중 숫자로 계상되어 식민지 조선의 지식인들이 전시 총동원 체제의 유용한 내부적 생명'자원'임을 입증하는 증거로서 활용되었다. 오늘날 이동극단의 실제 공연 모습을 확인할 길은 없지만, 이 시기 야담과 만담이 갖는 경향성은 당시 전시오락과 문화로 기능하게 된 야담과 만담의 '존재 방식'을 대략적으로나마 유추할 수 있게 해준다. 가령 이화와 김봉의 〈총후남녀〉와 같은 대담만담(만재)은 〈징병반도만세〉라는 《신시대》의 남녀재담을 통해서, 그리고 신정언의 〈국민최고의 영예〉와 같은 야담은 점점 시국'색'이 짙어지는 군국야담에서 재확인할 수 있는데, 그 내용은 다음과 같다.

여 : 망측해라! 그런데 여보 우리는 이 인류의 평화를 좀먹고 인류의 행복을 짓밟는 귀축과 같은 미영의 뿌리를 빼어서 하루바삐 새로운 세계의 질서를 세워야 될 게 아니겠어요?

징병제 취지 철저를 위한 '매신교화선전차'

'야담만담부대' 160여 처를 순회하고 귀환

남 : 누가 아니래? 그래서 우리 황군은 성전에 거룩한 몸을 바쳐 놈들을 격멸하는 게 아닌가. 더구나 우리 반도에도 이번 8월 1일에 빛나는 징병제가 실시되어 인제는 반도에서도 버젓한 황군용사가 제일선에 총을 잡고 나가게 되었지, 또 지난번에는 해군특별지원병제가 실시되어 해군으로 출세할 길도 열리고, 아-이게 얼마나 기쁘고 반가우냐 말야.

여 : 그런데 여보 당신 장가 들었수?

남 : 아니 별안간 이게 무슨 소리야. (중략)

여 : 그래 아들은 몇이나 되우.

남 : 우리 집의 아들 말야? 모두 5형제.

여 : 5형제요? 아이 어쩌면.

남 : 왜 5형제가 부족해서 하는 말인가?

여 : 너무 대견해서 그래요. 그러나 그렇게 아이들이 많으면 집안이 떠들썩하겠군요. 똥 싸구, 오줌 싸고, 냄새 깨나 풍기겠군요. (중략)

남 : 그 다음엔 뻔한 노릇이지. 하나는 육군, 하나는 해군으로 각기 나라의 간성으로 봉공케 하는 길 밖에는 또 다른 길이 있겠소. (중략)

여 : 여보 그렇게 딸을 업신여기지 말우. 여자가 없으면 어떻게 〈헤이따이상〉을 낳는단 말요.

남 : 그 말이 바로 내가 할 대답이었소. (중략)⁴⁷

죽기를 맹세하고 큰소리로서 나서는 군사의 수효는 5천 명이었다. 백제 당시의 형편으로 보아 죽기를 맹세한 군사가 5천명에 이른 것도 끔찍한 일이었다. 계백장군이 여러 군사를 모두 이끌어가지 아니하고 특별히 죽기를 맹세한 군사를 부르게 된 뜻은 결사대를 모으려는 것이었다. 계백장군은 그 5천명 결사대를 앞에 세우고 볼 때에 털끝까지 치미는 감격한 기운을 이기지 못하여 뜨거운 눈물을 흘리며, 〈고마운 군사들이다. 우리나라의 형편에 죽기를 맹세한 군사가 5천명이라는 것은 진실로 고마운 일이다. 그러나 5천명의 목숨으로 어떻게 저 18만 대병을 당한단 말이냐, 운명은 벌써 작정이 되었는데 나는 저 고마운 5천명 군사를 죽이는 큰 죄인이 될 뿐이로구나. 어쨌든지 고마운 군사들이다.〉 하고 그 5천명 결사대의 충의를 위하여 감격한 눈물을 흘리었다. (중략)

....

47 팔보, 《(남녀재담) 징병반도만세》, 《신시대》, 1943년 8월, 118-119쪽. 이 사례가 보여주듯이, 남녀가 주고받는 대화만담은 시국'색'을 해학과 웃음에 버무려 국책 선전과 교화의 장으로 만드는 전시 프로파간다로서 존재했다. 이런 맥락에서 남자 아이를 낳으면 전부 육군, 해군 등의 국가 간성이 되게 하겠다 하고, 여자 아이들은 장차 이 병사들을 낳을 군국의 어머니라는 점이 유독 강조되었다.

계백장군은 피발이 빨갛게 선 두 눈을 부릅뜨고 비통한 음성으로 〈나는 방금 나라를 위하여 적장에 나간다. 이 전쟁으로 우리나라의 홍망이 어이 될는지도 알 수 없다. 그러나 아무리 생각할지라도 승전하기가 어려울 것 같다. 만일에 내 몸이 살아오지 못하고 나라가 망한다면 그 뒤의 형편이 어찌될고, 이 땅은 분명 적군에게 짓밟힐 것이다. 산도 짓밟히고 짐승도 짓밟히고 사람도 짓밟히고 사람도 짓밟힐 것이다. 그러니 처자인들 어찌 성할 수 있을까. 짓밟히는 때 반드시 죽을 것 설혹 죽지 않았다 치더라도 반드시 종되는 것은 면치 못할 것이다. 그러므로 차라리 내 칼에 죽어 뒷날 원수의 종이 되는 욕을 받지 않는 것이 영광이다. 이리와서 내 칼을 받으라. 이 세상에서 미진한 우리의 정리는 저 세상에 가서 다시 만나 연연이 아비가 되고 어미가 되고 자식이 되고 남편이 되고 안해가 되자. 나도 멀지 아니하여 곧 뒤를 쫓아가겠다. 이리와서 내 칼을 받으라. 계백 장군이 눈이 부신 장검을 높이 들고 그렇게 외칠 새 장군의 부인과 아들과 딸은 조금도 주저함이 없이 달려들어 씩씩하게도 장군이 내갈기는 칼날 아래에 목을 내밀었다. 계백 장군의 집 마당은 별안간에 피바다가 되고 계백장군의 집 공중에는 피비린내가 사무쳤다.[48]

첫 번째 인용문은 '남녀재담'이라는 이름으로 발표된 〈징병반도만세〉의 일부이고, 두 번째 인용문은 신정언이 《춘추》에 발표한 〈황산의 계백장군〉이다. 신정언이 발표한 〈황산의 계백장군〉은 〈백제 말

....
48 신정언, 〈황산의 계백장군〉, 《춘추》, 1941년 9월, 159-160쪽.

황산의 계백장군〉으로 1943년 《반도사화史話와 낙토만주》에 다시 실리게 되는데, 이 시기를 즈음하여 백제의 계백 장군과 신라 화랑 관창과 원술랑의 이야기가 야담뿐만 아니라 역사극을 통해서도 자주 오르내렸다. 신정언 역시 이 계보를 잇게 되는데, 여기서 계백 장군의 이야기가 특별난 것은 없어 보인다. 계백이 5천이라는 부족한 병력에도 불구하고 나당연합군, 즉 신라와 당나라의 18만 대군에 맞서 황산벌에서 용감하게 싸우다가 전사한 이야기가 현대적으로 각색된 것에 불과하기 때문이다. 하지만 지원병제도에서 징병제가 되면서 식민지 조선의 병력 자원을 동원하고자 한 식민권력의 이른바 국책선의 관점에서 바라보면, 이 옛이야기들은 전장에서 한 치도 물러서지 않는 결사항전을 최고의 미덕으로 하는 프로파간다로서 재정위되는 새로운 면모를 드러내었다.

신정언의 〈황산의 계백장군〉은 1935년 8월 《월간야담》에 김동인이 쓴 〈계백의 전사〉와 많은 부분이 겹친다. 다만, 신정언의 〈황산의 계백장군〉이 결사대를 꾸린 계백 장군이 뛰어난 통솔력으로 많은 수의 나당연합군에 맞서 용맹하게 분투하는 장면에서 이야기가 끝이 난다면, 김동인의 〈계백의 전사〉는 백제 조정의 문란과 몰락에서부터 군신으로 불릴 정도로 뛰어난 전투력을 자랑하던 계백 장군 휘하의 5천 병사들이 반골과 관창이라는 두 어린 소년 병사의 희생적인 죽음에 승기를 빼앗기고 전멸되기까지의 과정이 주된 줄거리를 이룬다. 신정언은 1943년 〈백제 말 황산의 계백장군〉에서 이 〈황산의 계백장군〉에서는 이야기되지 않은 반골과 관창이라는 두 신라 화랑의 죽음과 계백 장군의 최후를 이야기의 결론부로 삼아 기존 판본에 첨가와 수정을 가한다. 이로써 그의 〈백제 말 황산의 계백장군〉은 김동인의 〈계백의 전사〉와 흡사한 이야기 구성 방식을 보이게 되는데, 여기서 그는 "슬프다! 계백장군이 순국한 뒤에 백제의 국운융창을 기도하는 홍사 자리에 평제탑平濟塔!이란 돌탑이 대신 우뚝 서게" 되었으며, 이 "평제탑은 백제를 평정하였다는 것을 기념하여 세운 탑으로서 백제가 멸망한 한 깊은 역사적 애물이요, 계백장군의 넋을 조상하는 애물"이라는 논평을 덧붙여 전투의 패배에 따른 애한과 결사항전의 중요성을 더 강조했다.

"문화는 전쟁을 위해 동원"되어야 하고 "문화는 전쟁에 의하여 무기로서 일층 강화"되어야 한다는 전시의 결전의식이 소리 높이 주창되는 가운데, 백제의 계백과 신라의 관창 및 원술랑의 이야기들은 전시의 결전의식을 보여주는 역사적 전거로서 소환되고 인용되었다. "세계에 자랑하는 우리 황군의 혁혁한 전과는 참으로 묵묵히 죽어주는 데" 있고, "조선에도 옛날부터 대군을 위하여 목숨을 버리는 숭고한 정신"이 있었음을 실증하는 사례로서 백제의 계백과 신라의 화랑들이 표면으로 불려나왔다. "1천2백년의 옛날 백제가 번번이 신라를 침범해오고 백제에는 계백이라고 하는 참으로 용감한 장군이 있어서 대적할 수가 없었는데", "이러한 때에 스물도 안 된 황창랑이라는 무사가 스스로 나아가서 이 어려운 임무를 맡고 출정"하게 되어 마침내 "세 번째에 홀륭하게 싸우다가 전쟁터의 꽃으로" 사라졌다는 "참으로 아름다운 죽는 방법"에 대한 예찬은 "옛날 신라청년들도 내지인과 마찬가지로 대군시대에는 화랑도라는 것이 있어서 마치 내지의 무사도 같이 사직을 지키는 문무의 도를 힘써 연성"했다는 주장과 어울려 전시의 프로파간다로

서 재조직되는 과거 역사의 한 자락을 여실히 방증했다.[49]

이러한 옛이야기의 전시판 개작과 변용은, 이동극단이 대중오락과 문화의 세례를 받지 못한 산간벽지 주민들을 대상으로 "건전오락의 공여"를 통해서 문화 균등의 사명감을 표방하며 전시오락 및 문화로서 재편되는 것과 발맞춘 야담의 '존재 방식'이 기존의 것의 단순한 연장일 수 없는 이유를 설명해준다. 백제의 계백 장군이나 신라의 관창이나 원술랑의 화랑 이야기들은 비단 이 시기만의 전유물이라고 볼 수는 없을 것이다. 오히려 백제와 신라의 삼국사는 지속적으로 소환되며 시대에 따른 재구성과 각색을 보여주는데, 이를 징병제 취지의 이동극단의 존재 양상과 관련하여 동일한 맥락에서 바라보면 이전 시기와는 다른 성격과 의미를 띠고 다가올 수밖에 없다. 이것이 바로 전시 프로파간다로서 화한 야담의 달라지는 '존재 방식'이었으며, 이런 측면에서 백제의 계백 장군과 신라의 어린 화랑들의 죽음은 '충'이라는 미덕의 제조를 통해 일본을 위해 죽어가는 것의 의미를 고양하는 전시판 군국미담으로서, 다시 말해 이 책에서 서술한 '전쟁미담'의 전성시대를 관통하는 국민도덕으로 화했다.[50]

같은 소재의 이야기들이 이처럼 장르와 양식을 달리해가며 공연무대'화'되는 현상은 전시의 총동원이 연성의 문화정치와 함께 작동하면

....

49 김동환, 〈애국정신과 지원병愛國精神と志願兵〉, 《삼천리》, 1941년 6월, 74-75쪽과 이윤기(창씨명: 大村謙三), 〈징병과 지원병徵兵と志願兵〉, 《춘추》, 1944년 2월, 77쪽.

50 역사극을 비롯한 역사물의 유행에 대해서는 필자의 글, 〈여성의 육체에 찍힌 멸망의 표지〉, 《스캔들과 반공국가주의》, 앨피, 2010을 참조할 수 있다. 특히 신라의 화랑도는 전시의 순회강연뿐만 아니라 연극무대로도 상연되었는데, 1944년에만 반도가극단과 태양에 의해 세 차례에 걸쳐 상연되었다.

▌ 김동인이 《월간야담》에 쓴
〈계백의 전사〉

▌ 신정언의 〈황산의 계백장군〉

▌ 신정언의 〈백제 말 황산의 계백
장군〉

서 과거 역사와 인물을 새롭게 재의미화하는 양상과 겹쳐진다. 당시
역사극이 부흥했던 것은 물론이고, 1945년 2월까지 간행된 《야담》 잡
지의 구성은 위안과 오락이 생명인 《야담》 잡지에 드리워진 시국'색'
의 높아지는 비중을 엿볼 수 있게 한다. 건전한 국민오락은 일본보다
"문화수준이 낮고 국가의식이 아직 비교적 약한 조선 민중"에게 "내지
인과 같은 국가관념, 국민정신, 국민도덕을 노골적으로 드러내거나 국
책적 요청을 정면에서 일컫는 것은 도리어 그들에게 반발, 실소를 사
거나 경원될 우려"가 있다는 주의에도 불구하고 전황이 급박해질수록
시국'색'을 더 강하게 담지하는, 이른바 일본을 포함한 (동)아시아의 명
장 시리즈들로 야담'란'을 채우는 야담의 프로파간다화를 두드러지게
보여주게 된다.[51] 징병제와 해군특별지원병제, 학도지원병제의 연이

....

51 星山壽雄, 〈연극통제의 제 문제演劇統制の諸問題〉, 《국민문학》, 1942년 1월.

세계 명장전, 일본의 '미나모토노 요시이에'

사담 제1회, 일본 군신 '노기 마레스키'

징병제 실시와 더불어 군인의 마음가짐과 자세, 전진훈戰陣訓의 내용

유추강의 명장야담, 구스노게 마사시게의 일대기

은 공포와 실시가 이를테면 육해군 관련 소설이나 시 혹은 희곡과 수기 및 수필 등이 캠페인성 문예로서 지면을 차지한 것과 마찬가지로, 야담 역시 이러한 경향성을 피할 수 없었던 것이다. 위안과 오락의 균등 분배와 공여를 통해서 식민지 조선인의 생명을 증진하고 확충한다는 전시의 생명정치는, 전황이 급박해질수록 전장으로의 총동원이라는 죽음정치와 맞닿으며 야담의 위안과 오락을 전시의 국민도덕을 선전하는 프로파간다로서 위치하게 했다. 아래의 도표는 이를 방증하는 1943년과 1944년《야담》잡지의 일부 필자와 목차인데, 여기에는 찾아가는 국책의 '메신저'로서 동원 주체이자 대상으로 변한 야담가의 모순적 위치와 함께 동원오락으로서 야담이 차지한 불안정한 위상이 그대로 노정되어 있다. 야담은 전시도덕을 매개하는 동원오락으로서 그 모순과 균열을 껴안은 채로 일본의 패전까지 함께했던 셈인데, 이는 전시기 야담이 기존 야담의 계승과 단절의 교착과 변용 속에서 변화하는 사회역사적 '존재방식'을 실증하는 현장이었다.

《야담》잡지 1943년 4월과 6월호 목차

1943년 4월 필자	1943년 4월 목차	1943년 6월 필자	1943년 6월 목차	비고
	권두언(전쟁과 저축)		나아가자! 바다로! 해군지원병제 실시	시국기사
	청년연성에 부형의 인식을 촉함, 지원병 출신의 병사	堂本 정보과장	싸움에 이기기 위하여 식량난을 극복하자	시국기사
	(속수독학) 국어강좌		(완벽독학) 국어강좌	시국기사
	투지무한 전선과 총후의 미담		(미귀美鬼의 정체) 바라안 전쟁	시국기사
	전장에 핀 멸사정신		결전하의 국민상식	시국기사
조성운	(교육야담)일 현모에 이 신동	오상근	(보은야담) 마가인연馬價因緣	야담
윤고종	(중국야담) 충신 방효유方孝儒	한형모	중국기담	야담

임백산	(명인전기) 華山渡邊登	윤승한	(신라야승) 왕비는 누구	야담
임백산	(내지야담) 현부 木戸부인	김현송	(내지야담) 왕비는 누구	야담
신정언	지은조知恩鳥	김현송	(내지일화) 전나무 한 폭	야담
이백봉	(입신양명) 만성지기晩成之器	한인수	(출천의 효) 효감천	야담
인왕거사	(연재강담) 태합기太閤記	인왕거사	(충의야담) 명예의 검	야담
박연희	(근로야담) 월평 김씨	최중서	흥안왕자 충량한 호동	야담
임경일	야사만록			야담
대산차랑	기지백출			야담
김송	(현대소설) 애정	김송	(현대소설) 애정	문예
		목양	(단편소설) 기쁨의 날	문예
			(민요) 12월가	문예

《야담》 잡지 1944년 4월과 6월호 목차

1944년 4월 필자	1944년 4월 목차	1944년 6월 필자	1944년 6월 목차	비고
	(권두언) 야담 백 호를 내면서		열렸다 영광의 군문!	시국기사
	방공에는 필승 신념이 최고	金山一心	(전선미담) 구보정진대분전기久保挺進隊奮戰記	시국기사
	결전의 진군보	총력연맹 사무총장	명랑 배급은 승리도	시국기사
新井淵禧	특지 진급의 3중장			시국기사
	국어자수		완벽독습 국어강좌	시국기사
김동인	(고구려야담) 분토	엄흥섭	(이조야담) 보은단報恩緞	야담
김세원	(불사야설) 악인의 차생此生	임백산	(고사기전) 국문학의 시초	야담
임경일	(효자기담) 이효자전李孝子傳	김송	(향토신화) 현몽한 조선祖先	야담
인왕산거사	(일본 역사담) 關原의 싸움	인왕산거사	일본 역사담 大阪陳	야담
주선흠	(근로독물) 야채죽 십년	목양	만주야화	야담
金谷玄松	(신선야담) 붕의 시詩	신두석	(명랑야담) 행운이중주	야담
		박연희	(충의야담) 아름다운 죽음	야담
이주홍	청일晴日	윤승한	(장편소설) 충의송忠義頌	문예

3.4

'나가라'라고 말하는 어머니, 군국의 어머니상

《야담》 잡지가 갖는 중대되는 시국'색'의 면모는, 시국기사가 지면의 앞부분을 차지하는 편집 체제 및 편성의 달라지는 구성으로 나타났다. 특히 전쟁과 저축, 청년 연성, 지원병 출신의 병사, 전선과 총후의 미담 등의 1943년 4월호 기사와 6월호의 '나아가자! 바다로!' 해군지원병제 실시와 싸움에 이기기 위하여 식량난을 극복하자 등의 기사는 야담전 문지의 특징적인 면모인 위안과 오락을 위축시킬 정도로 강화된 시국 '색'의 중대된 비중을 보여주었다. 대중오락 및 문화로서 소비적인 읽을거리를 목표로 했던 이 야담전문지의 방향 전환은, 야담이 갖는 오락적이고 유희적인 특성을 축소하고 그 자리에 시국적이거나 교훈적인 야담을 전진 배치하는 것에서도 잘 드러난다.

이를테면 1943년 11월 《야담》은 표지에서 국민개로勤勞를 화보와 나란히 배치하고, 시국기사를 〈권두언〉[1]에 배치하면서 일반 종합잡지와

....

1 1943년 9월 21일 일본 각의가 〈노무조정령〉과 〈여자근로동원촉진요령〉의 두 가지 사항을 결정하고 22일부터 실시하기로 한 데 맞추어 《야담》은 〈모두 직장으로!〉를 권두언으로 실었다. 이 〈권두언〉

다르지 않는 지면 구성과 배치를 보인다. 이처럼 시국기사 비중이 높아지면서,《야담》전문지 자체의 기존 이야기 구성 방식을 일관되게 고수한다 해도 이미 거기에 실린 야담의 의미 맥락과 가치는 현저히 달라질 수밖에 없었다. 야담의 전통 장르적 지향성은 인간 본연의 가치로 인식된 '충효'를 중심 주제와 내용으로 삼게 했지만, 시국기사와 나란히 병렬된 '충효'야담이 기존 방식과 동일한 방식으로 수용되거나 지각될 리는 없었기 때문이다.

충은 국가에 대한 희생과 봉공의 공적 덕목에 해당된다면, 효는 자식이 부모에게 쏟는 혈연의 정에 가깝다. '충효'는 이런 점 때문에 인간이 지녀야 할 고귀한 품성의 일부로서, 인간이 갖추어야 할 변함없는 자질이라는 무시간적인 가치 척도로서 받아들여진다. '충효'가 과거와 현재를 관통하는 '초超'코드가 되어 인간의 인간다움을 가늠하는 준거가 되는 것도 이 때문이다. 하지만 '충효'에 내포된 인간 본연의 가치라는 것도 시대에 따라 그 대상과 방식 및 정도를 달리하며 재구축되는 사회역사적 산물이라는 점은 새삼 재언을 요하지 않는다. 마루야마 마사오丸山眞男가 일본 전시기의 심리 구조를 분석하면서 나치 독일과 다른

....

에서는 "14세에서 40세까지의 남자는 앞으로 당국에서 지정한 일 외에는 취직하지 못하고 현재 취직된 사람도 지정된 기한 안에 전직해야 되고 그 자리에는 여자로 대신하여 놀고먹는 여자를 일소"한다는 내용이 담겨 있었다. 또한 일본 각의는 "여자총동원 태세의 강화를 도모하고 여자유휴노동력의 해소를 도모하는 동시에 특히 이때에 필요한 근로요원을 확보하기 위하여 다음 요항에 따라 그 동원을 촉진"하는 〈여자근로동원촉진에 관한 건〉을 결정하고 이를 시행토록 했다. 이에 따라 여자근로정신대가 일본에서 정식으로 발족되었는데, 식민지 조선에서 이것이 구체적으로 시행된 것은 1944년 3월에서였다. 《야담》잡지는 〈노무조정령〉과 〈여자근로동원촉진에 관한 건〉의 각의 결정을 〈권두언〉으로 한 시국기사를 지면의 앞에 전진 배치하는 방식으로 시국'색'의 강화된 비중과 중요성을 가시화했던 것이다.

야담과 현대소설 사이, 채만식의 〈군신〉

국민개로의 시국'색'이 농후한 《야담》 잡지

《야담》의 권두언, 〈모두 직장으로!〉

'충의'야담, 박연희의 아름다운 죽음

일본의 특수한 전쟁 수행 동력으로 이 '충효'일치의 가족주의를 먼저 언급한 것도 '충효'일치로 표현되는 일본 사회의 뿌리 깊은 인적 유대 관계망 때문이다. 그는 일본의 지배권력이 이 '충효'일치의 가족주의를 대동아공영권과 같은 전시판 확대 가족주의로서 재구성한 덕분에 전쟁을 확대하고 국민을 동원할 수 있었다고 보았다.[2]

마루야마 마사오가 말한 전시기 일본의 '충효'일치라는 것은 물론 동양의 전통적인 덕성으로 여겨진 '충효'일치와 그 형식적 유사성을 공유한다. 하지만 이 '충'과 '효'는 때로 극단적으로 상충되는 이해관계를 암암리에 내포했다. 말하자면 '충'이 공적인 덕성의 일부로서 '효'가 지닌 사적인 감정을 효과적으로 억압하고 대체할 수 있을 때, 비로소 마루야마 마사오가 상정하는 '충효'일치의 조화로운 일체성이 효력을 발휘할 수 있다는 뜻이다. 마루야마 마사오는 '충효'일치를 전제로 한 전시기 일본의 전쟁 수행이 갖는 특수성을 논의하지만, 전시의 국민감정과 의식의 동원에서 '충효'일치가 갖는 효력은 어떻게든 이 '충'과 '효' 간의 상충되는 이해관계를 미봉해줄 또 다른 시대 표상을 필요로 했다. 이는 식민지 조선인들을 일본의 충량한 황국신민으로 만드는 역학과 동궤에서 '충효'일치의 표본이 되어줄 강력한 스테레오타입의 구축과 직결되었고, 바로 군국의 어머니'상'이 이 전시기의 스테레오타입으로서 정립되고 선전되었다고 할 수 있다.

한 마디로, 군국의 어머니'상'은 조선의 익숙한 어머니'상'이라고 볼

....

2 마루야마 마사오, 김석근 옮김, 〈일본 파시즘의 사상과 운동〉, 《현대정치의 사상과 행동》, 한길사, 1997, 78-79쪽.

수 없다. 무보다 '문'이 숭상되었던 조선조 사회를 떠올려보아도, 군국의 어머니'상'은 식민지 조선인들의 오랜 관념과 쉽게 타협될 수 없는 이질성을 띠었다. 남편의 입신양명을 위해 모든 것을 인내하고 감수하는 헌신적인 어머니'상'은 조선조의 표준적인 충의열전 형태로 반복되었지만, 충의열전의 모범적인 어머니'상'은 때로 가문의 번영과 보존을 위해 무조건적으로 자식을 전장에 내보내는 강인한, 어찌 보면 비정하기까지 한 군국의 어머니'상'과는 다른 가문의 최후 파수꾼의 역할을 담당했기 때문이다. 다시 말해, 조선조의 어머니상은 가문을 위해 '충'의 공적 가치와 덕목을 희생할 수도 있는 '효'의 충실한 대변자로서의 역할을 담당하기도 했는데, 군국의 어머니'상'은 이 충의열전의 어머니'상'과는 다른 지점에서 '충효'일치의 완벽한 시대 표상으로 재정위되었다. 군국의 어머니'상'이 갖는 시대 표상으로서의 의미는, 곧 '효'의 달라지는 함의와 관계되어 전시의 특정한 시국'색'을 덧입으며 더욱 강화되는 양상을 드러내게 된다.

'효'의 의미 변화는 '효'를 행하는 자식들 못지않게 '효'의 궁극적인 대상인 어머니의 인식 변화를 수반했다. 그것은 기존의 어머니'상'과 겹쳐지지만 동시에 이를 탈피하는 자리에서 이루어지는 시대사적 산물이다. 가족을 위해서 자신의 전부를 희생하는 헌신적인 어머니'상'은 전시에 더욱 긴요한 자질과 품성으로 요청되고 설파되었다. 이 가족에 대한 헌신적인 사랑과 희생이 가족이기주의로 화하지 않도록 하는 데 전시의 어머니'상'이 갖는 고유한 역학과 긴장이 존재했다. 전시의 어머니'상'은 어머니가 가족 보존과 유지의 욕망으로 자식에 대한 맹목적인 사랑과 집착의 행사자로 화할 수 있다는 공공연한 위험과 비판 아

国家 동량이 될 인물을 기르는 반도 어머니의 책임

가정개혁의 사명, 군인의 〈전지훈〉 과 맞먹는 어머니 〈전진훈〉

래에서 지속적인 감시와 단속의 대상이 되었다. 전장으로 떠난 남편과 아들들을 대신해 가족에 완전히 헌신할 것을 요구받으면서도, 그것이 가족이기주의로 표출되어서는 안 된다는 이중구속과 금기를 내장한 전시의 어머니‘상’은 총후의 어머니‘상’을 더욱 강화한 군국의 어머니 ‘상’으로 구현되고 극화되어졌다.

전시의 어머니‘상’은 기존의 논의에서 지적된 바대로, ‘구’여성과 ‘신’ 여성의 역전된 위계화를 바탕으로 했다. 근대 제도교육과 도시화의 진 전으로 ‘신’여성은 ‘구’여성과는 다른 시대의 선도자로서의 의미와 가 치를 점할 수 있었다. 이러한 ‘신’여성과 ‘구’여성의 차등적 지위가 전시기를 맞아 역전될 수 있는 여지가 마련된 것이다. 왜냐하면 '구'여성은 '신'여성의 허영과 방탕, 타락과 사치 등 근대적 개인주의의 병폐로부터 상대적으로 오염되지 않은 동양적 부덕의 소지자로서 간주되었기 때문이다. 이러한 '구'여성의 평가절상은 남성의 차출과 동원으로 가정경제를 혼자 책임져야 했던 여성의 역할이 중요해지면서, 이에 따르는 헌신과 희생의 어머니'상'의 재주조가 필요했기 때문에 전략적으로 선택된 측면이 강했다. '구'여성은 '신'여성으로 표상되는 개성과 자유의지 등의 극히 개인주의적 성향과는 거리를 둔 가문과 집안의 집단적 규범과 가치를 고수한다는 점에서 전시기의 새로운 어머니'상'과 연동하며 그 특정한 자질들이 결합된 것이었다.

가령 "구여성은 본시 교육을 받지 않았다는 죄과로서 남성으로부터뿐만 아니라 신여성으로부터도 비하되고 있으나 자기의 위치를 자각하지도 못하는 비극의 주인공임"을 면할 길이 없으나, "그네들의 인종의 미덕이 오늘날 수많은 가정생활의 실질적인 지탱자"가 되고 있다는 사실의 환기는, "소위 학문 있는 여자"가 "가정 본위"가 아니라는 비판과 날카로운 대조를 이루었다. 이러한 구여성의 "가정 본위"에 비해 신여성의 "자아 본위"는 서구의 개인주의 및 자유주의의 병폐로서 공공연하게 적대시되면서, 신여성에게 "가정 제도나 사회 제도에 조화되는 위치에 나아갈 것"을 요구하는 비판의 목소리를 드높이게 했다.[3] 이러

3 윤규섭, 〈여성시평 : 현대여성의 위치〉,《여성》, 1940년 10월, 29쪽. 신여성과 구여성 간의 대비가 전시의 총후부인의 정체성 형성과 연관되어 있음을 지적한 연구로는 권명아,《역사적 파시즘-제국의 판타지와 젠더정치》, 책세상, 2005가 대표적이다.

한 신여성과 구여성 간의 대비는 가정이 국가의 최후 보루라는 전시의 국민'운동'이 전개되는 속에서, 구여성의 특정한 자질을 전시의 어머니 '상'의 일부로서 흡수하게 했다. 물론 이 전시의 어머니'상'이 구여성의 어떤 특정한 자질들, 즉 가정을 지키는 인고의 미덕을 상찬하는 방식으로 전개되었지만 그것이 곧 구여성의 연장선상에 존재했다는 뜻은 아니다. 왜냐하면 전시의 어머니'상'은 군사원호를 비롯한 후방의 원조 임무에서부터 근로 봉사, 물자 절약과 저축, 국채 구입과 헌금·헌납·위문품 보내기, 방공 연습에 이르기까지 그 시국'색'을 강하게 담지하고 있었기 때문이다. 이는 구여성이 지닌 가정의 수호자 혹은 인고의 미덕만으로 포괄할 수 없는 범위와 역할 수행을 의미했다는 점에서, 전시의 어머니'상'은 구여성과 신여성을 부정 내지 지양하여 새롭게 정립된 개조와 쇄신의 여성'상'으로 위치했다고 보는 것이 더 온당한 표현일 것이다.

와카쿠와 미도리가 일본에서 전시의 어머니'상'이 만들어지는 방식을 논하면서, 전시 하 여성정책의 핵심을 '모성'에서 찾은 이유도 여기에 있다. 그녀는 전시 하의 모성정책이 "지극히 개인적인 문제인 결혼과 임신, 출산을 국가가 통제"하는 방식으로 전쟁 수행에 필수적인 인적 자원을 확보하는 데 맞춰졌다고 주장했다. 전시의 모성정책은 전시 동원과 필수불가결한 관계를 맺으면서 진행되었는데, 이 과정에서 모성정책은 출산을 장려하는 등의 생명 증진과 전시 총동원을 위한 생명 소비가 불균등하게 접합하는 장이 되었다. 왜냐하면 생명 증진은 후생성(조선에서는 후생국)의 설치에서 보여주듯 장기간의 기획을 필요로 하는 반면에, 생명 소비는 당장의 전쟁 수행을 위한 단기간의 요구에

更に家庭生活

家庭生活の表面上には一家の家長たる人がありますが、實質は母たる人、主婦たる人の力に、一家の生活の中心は表面上には一家の家長たる人にありますが、實質は母たる人の力に使つて甚だ多いことは、勤労す事の用來ぬ重大なるを、今更ながら痛感せずには居られません。

さりながら唯漠然と家庭生活の改善を希ひましても、日常の實行が之に刷つて居らなければ、木に據つて魚を求むるのたぐひであります。其の家庭生活の鍵金を期することも出來ず。難局打開に關する根本精神をしつかりとつかんで、其の信條の下に、計畫を樹て、實行もなし、反省することが大切であります。然らば其の根本精神とは如何なるものでありませうか。

第二節　科學的

先づ第一には、科學的でなければなりません。原理の示す所に従つて、其の生活

전시 가정생활은 과학적 · 경제적 · 도덕적일 것

非常時局下の於さて

家庭生活を如何にすべきか

邵炳俊

비상시에서는 불도 적게 땔 때는 지혜가 필요

전시의 여성, 가정에서 거리로 진출

출정 병사의 유족을 생각해서 사치는 금물이라는 〈만화총력〉

따라 움직였기 때문이다. 이러한 불균형을 은폐하는 전시기의 대표 표상이 바로 전시 어머니'상'의 결정체인 군국의 어머니'상'이었다.

군국의 어머니'상'은 언제나 "아들에게 전쟁터에 나가라"고 말할 수 있는 단호하고 엄격한 이미지를 바탕으로 했다. "그녀들의 중요한 메시지는 나가거라! 하는 것"이었고, 심지어 "부상을 입고 병상에 누워 있는 아들에게 어머니가 치유되거든 다시 나가거라! 하고 격려하는 장면을 반복"해서 말하는 어머니'상'이었다.[4] 이러한 군국의 어머니'상'은 그 자신이 국가의 동원 대상이지만, 동시에 본인이 국가를 대신하여 자식들을 내보낸다는 점에서 동원 주체가 되는 모순적 위치를 점했다. 이러한 군국의 어머니'상'은 자식들을 병사로 키워낼 수 있는 국가정신의 투철한 소지자로서, 어린 시절부터 국가를 위해서라면 목숨을 바치는 것을 당연시하게 만드는 국가의 전시 대리모로서 기능했다. 이 군국의 어머니'상'을 통해서 자식은 기쁜 마음으로 전장으로 떠나게 되고, 그 어머니는 자식의 무운장구를 빌지만 절대 눈물과 한탄을 보이지 않는다는 식의 표준적인 행동 규범이 만들어질 수 있었다.

군국의 어머니'상'이 갖는 특정한 형상은 설령 전장에서 자식이 유해로 돌아왔을 때조차도 그 죽음을 개인적인 상실감으로 머무르게 하지 않는 국가적 의미의 대리 수행자로 어머니를 만들었다. 다시 말해, 군국의 어머니'상'은 사적인 상실과 애도를 국가를 위한 의미 있는 죽음으로 치환하는 생과 사의 접점에서, 국가의 공인된 의미를 실어 나르

....

4 와카쿠와 미도리, 손지연 옮김, 《전쟁이 만들어낸 여성상》, 소명출판, 2011, 87쪽.

는 효과적인 매개체가 되었던 것이다. 군국의 어머니'상'이 갖는 이러한 사적이면서 공적인 혹은 가정적이면서 국가적인 이중적 위치성은 군국의 어머니'상'이 왜 전시의 어머니'상'의 대표 표상이 되었는지를 알려준다. 따라서 군국의 어머니'상'의 이상적 면모는 전황이 악화되고 패배가 가시화될수록 더욱 파상적으로 선전되고 강조되며 여타의 어머니'상'과 연관된 연상과 이미지를 압도해가게 된다.

군국의 어머니'상'이 여타의 어머니'상'을 압도해가면서, 군국의 어머니'상'은 전시의 가장 이상적인 모성으로 선전되고 설파되었다. 군국의 어머니'상'은 전황의 악화로 인해 출정 병사뿐만 아니라 전사자 숫자가 늘어나고 있는 현실의 직접적인 반영이기도 했다. 늘어나는 전사자 숫자는 국가를 위해 죽어간 전사자들의 공적 추도의 의례뿐만 아니라 이들의 죽음을 일상에서 재생산하는 사적 공간의 공적 전유와 지배라는 측면에서 적지 않은 의미를 띠었다. 말하자면 전장에서 죽어가는 전사자 숫자만큼 국가가 이들을 전부 포괄할 수 없는 데서 오는 한계와 곤경을 사적이지만 국가적 의미를 띠도록 하는 죽음의 개별화가 더욱 진척되었다는 뜻이다. 따라서 이 죽음의 사적인 개별화를 단지 개인적인 차원에서 머무르지 않게 하는 '진혼'의 주체로서 군국의 어머니'상'이 갖는 의미는 남달랐다. 죽음의 사적인 해소가 공적인 의미망을 띠도록 만드는 중심에 군국의 어머니'상'이 있었기 때문이다. 군국의 어머니 '상'으로 대표되는 후방의 여성들은 군국의 어머니'상'을 경유하여 개인(가정)과 국가를 직접 연결하는 매개자로서의 역할과 위상을 부여받게 된다.

여성들의 이러한 매개적 기능, 즉 미디어의 본뜻에 해당되는 매개자

어머니의 중요성, 무엇을 가르칠 것인가

모윤숙의 여성도 전사, 싸우는 여성이 되라

로서의 역할은 전장에서 죽은 남성들의 명예와 영광이라는 것이 단지 죽은 당사자들만의 몫이 아니었음을 적나라하게 알려준다. 죽은 자들은 말이 없고 이 죽은 자들의 명예와 영광은 산 자들의 추모와 기념 행위 속에서만 확인될 수 있는 것이었기 때문이다. 따라서 죽은 자들이 죽음을 앞두고 어떤 감정과 심경의 동요를 느꼈던지 간에 상관없이 유해로 돌아온 전사자들은 국가를 위한 명예로운 죽음이라는 일관된 의미로서 처리되고 봉인되어졌다. 국가는 이 죽음의 공적인 의미를 대신하는 존재로서 후방에 남겨진 여성들의 역할과 사명을 강조해갔던 것이다. 왜냐하면 이 후방의 남은 여성들이 전해줄 죽음의 공적인 의미야말로 남편과 아들의 뒤를 이어 미래의 잠재적인 병사이자 전사자로서 자라날 아이들의 대를 이은 동원을 가능하게 해줄 것이기 때문이다. 후방의 남은 여성들은 이런 점에서 전장의 죽음을 대가로 서로를

446

조선의 유가족들, 징병제 실시 기념 야스쿠니신사 참배 풍경

야스쿠니에 합사될 이인석을 비롯한 조선인
포함 전사자들

조건짓는 전시체제의 공범 관계를 구축해나간 셈이다.

위의 두 사진 중 첫 번째 사진은 우측 상단의 이인석 상병을 비롯하여 야스쿠니신사에 합사된 전사자들의 면면이다. 조선인 최초의 지원병 전사자인 이인석 상병이 야스쿠니신사에 다른 전사자들과 합사된 것은 1941년 10월 15일이었다. 이 야스쿠니의 합사 기념제라고 할 초혼제를 위해 이인석 상병의 유가족들을 포함한 127명의 유족부대가 열차편으로 동경'행'에 오른 것이 연일 기사화되었다. 이는 그만큼 초혼제가 식민권력의 중요한 선전 대상이었음을 말해준다.[5]

....

5 〈정국사두靖國社頭에 나아갈 광영의 유족부대-명조明朝 이백십칠 명이 경성역 출발〉,《매일신보》, 1941년 10월 12일자; 〈감격 실은 유족열차-이 상등병 미망인 등 반도인도 십이 명〉,《매일신보》,

초혼제 이튿날 영령에 감사의 참배 이인석의 유가족을 비롯한 유가족부대, 초혼제
를 위해 야스쿠니신사를 향해 출발

127명의 유가족 중에서 조선인 유가족 수는 총 12명이었고, 이들은
야스쿠니의 초혼제를 기회로 처음으로 식민지 조선이라는 변경, 더구
나 도회지가 아닌 농촌벽지의 제한된 삶으로부터 벗어나는 예외적인
경험을 하게 된다. 가난으로 고향을 등지는 일 말고는 일평생 자신이
살아온 땅을 별로 벗어날 일 없는 이들에게 제국의 중심을 향한 집단
적 순례의 기회가 주어졌던 것이다. 이 예외적인 경험의 순간에 그들
이 느낀 것은 자신의 남편과 아들의 죽음이 갖는 명예와 영광이었다.
유가족들은 야스쿠니신사의 합사를 위한 초혼제, 즉 국가에 의해 펼쳐
지는 기념의례에 공동으로 참여함으로써 자신의 남편과 아들의 죽음

....

1941년 10월 13일자에 상세히 보도되었다.

이 헛되지 않았음을 재확인받게 된다. 국가가 자신의 남편과 아들의 죽음을 잊지 않고 추도하며 찬미한다고 하는 이 성화聖化의 감정은 이들에게 자신과 같은 처지의 유가족들과 동료의식을 갖게 하면서, 남편과 아들의 죽음이 가져온 상실과 공허감을 명예로운 죽음이라는 국가의 공적 기억으로 해소하고 채울 수 있게 했다.

이들이 공통적으로 보여주는 '황은皇恩'에 대한 감사의 말이 이 집단적 순례의 수행적 일부를 이룬다. 대표적으로 이인석의 미망인 유서분은 야스쿠니신사에 합사될 이인석의 초혼제를 앞두고 "시골농촌의 한 농민의 아들로서 아무런 공헌도 없는데 정국신사靖國神社에 합사하는 광영을 입어 송구하게 생각"한다고 말하고, "남편의 영靈도 이에 만족할 것"이라고 이야기한다.[6] 자신들의 처지에 맞지 않는 분에 넘치는 영광이 감격의 언사로서 유가족들의 공통적인 표현 형태가 된 것이다.

죽음이 삶을 초과하여 숱한 전사자들을 양산해낸 전장으로의 동원은 죽은 자를 대신한 산 자들의 표준적 언사와 행위 속에서 극적 효력을 창출하고 진정한 완성을 보게 된다. 왜냐하면 이 유가족들이 없었더라면 전장에서 죽어간 전사자들은 일회적인 죽음 이상의 의미를 담보할 수 없었을 것이기 때문이다. 따라서 이들을 잊지 않고 기억하고 기억해야 한다는 것, 때마다 신사를 찾아서 이 죽음의 의미를 되새겨줄 유가족들은 이 극화된 무대의 일부로서 국가의 공적 의사를 대리 전달하는 중심 주역으로서 스스로를 연출하고 또 정립해갔다. 이러한

....

6 〈천은에 공구恐懼 감격〉, 《매일신보》, 1941년 9월 20일자.

자기 연출과 구성의 정점에 야스쿠니신사 집단순례의 의미가 자리하고 있었다. 이인석의 미망인 유서분이 보여주는 틀에 박힌 언사와 행동양식은 유가족들의 자기 연출의 일부가 되어 전장의 죽음을 삶의 현장으로 불러내고 현재화할 수 있었다. 이를 잘 보여주는 것이 1942년 5월의 각의결정으로 1944년 식민지 조선에 징병제가 실시된 것을 기념하고자 야스쿠니신사를 찾은 식민지 조선의 유가족들의 모습이 담긴 두 번째 사진일 것이다.

사진의 하단 기사는 사진의 의미를 "반도청년이 제국 군인으로 미영격멸의 세계무대에 올라서는 광영의 문이 열리는 팔월 일일! 어느 날 보다도 오늘은 한층 더 경건한 느낌에 걸음발조차 조심스러워지는가 하면 인제는 반도 사나이로 야스쿠니신사를 참배하기에 부끄러울 것이 없이 되리란 생각에 가슴이 벅차지며 한편 걸음발에는 자신이 들어 있음을 또한 느꼈다. 꽃피는 정국의 신사 앞에서 아들의 충혼과 대면을 하는 영령의 어머니가 부럽더니 이제는 소원을 풀었나이다. 조선의 어머니도 이제는 마음껏 이런 노래를 부를 수 있게 된 것"이라는 감격에 겨운 감사와 축복의 표현으로 규정하고 있다.[7]

이 감사와 축복은 식민지 조선에 실시된 징병제로 인해 그 징집 대상이 될 조선의 청년들에게로만 향한 것이 아니었다. 전장으로 떠날 아들을 배웅하고 전송할 영광을 얻은 것은 식민지 조선의 어머니들도 마찬가지였기 때문이다. "꽃피는 정국의 신사 앞에서 아들의 충혼과 대

....

7 〈영령이여 기뻐하소서 후배의 길은 열렸나이다〉, 《매일신보》, 1943년 8월 1일자.

면을 하는 영령의 어머니"가 전하는 메시지는 단지 전장으로 떠날 아들의 배웅에만 그치지 않는, 전사자로 돌아올 아들을 맞이하게 될 식민지 조선의 어머니'상'이었고, 이것이 곧 군국의 어머니'상'과 조응했음은 물론이다. 야스쿠니신사에 합사된 아들의 영혼을 만나러 먼 길을 마다않고 상경한 늙은 노모를 노래한 〈구단의 어머니九段の母〉가 일본에서 발매된 것은 1934년이었다. 이 노래는 대중매체의 파상적인 선전 공세에 힘입어 대중적인 선풍을 불러일으켰고, '야스쿠니의 어머니'라는 표현이 공식화되는 데 일조했다. 총 네 절의 가사와 후렴구로 이루어진 〈구단의 어머니〉의 내용은 다음과 같았다.

> 우에노上野 역에서 구단九段까지
> 안타까움을 애써 감추며
> 지팡이에 의지하며 하루 걸려
> 아들아 에미가 왔다, 널 보러.
>
> 하늘에 닿을 듯한 도라이
> 그런 훌륭한 신사에
> 신과 합사되어 너무나 황공하네
> 에미는 웁니다, 기쁨에 넘쳐서.
>
> 양손을 모으고 무릎을 꿇고
> 기도하는 그 순간의 염불
> 문득 정신이 들어 허둥거리네

아들아 용서해라, 시골사람이니. (중략)

(후렴) 너를 만나러 왔구나, 구단언덕.[8]

〈구단의 어머니〉는 그 가사가 전해주듯이, 대표적인 군국가요로서 제작되고 발매되었다. 아들의 영혼이 합사된 야스쿠니신사를 방문하는 늙은 노모의 모습을 담은 이 노래에는, 야스쿠니에 합사된 아들을 만나려고 먼 시골 땅에서 찾아온 어머니의 모습이 눈에 밟힐 듯 생생하게 묘사되어 있다. 아들의 영령을 만나기 위해서 힘든 여정을 마다하지 않는 이 죽음의 성역화는 야스쿠니신사의 참배가 갖는 성지순례의 성격을 여실하게 환기시킨다. 아들의 죽음을 위로하고 추도하며 기념하는 행위는 최종적으로 야스쿠니신사로 대변되는 공적인 성소의 자리에서 이루어지는 의례와 예식의 행위로써 완성된다는 논리가 바로 이 〈구단의 어머니〉를 관통하고 있는 것이다.

"호국의 영령인 자, 호국의 신으로서 임무를 다하기 위해서는 잠시도 야스쿠니신사를 떠나서는 안 되고 어머니가 영령이 된 자식을 만나고 싶으면 구단언덕"으로 오라는 메시지를 담은 〈구단의 어머니〉는 제국의 중심을 향한 수직적 공간의 분할과 재통합을 보여준다. 제국의 중심부를 향한 동심원적인 공간 분절은 사적인 추모와 애도를 공적인 의

....

8 〈九段の母〉를 우리말로 번역하면 〈구단의 어머니〉이다. '구단九段'은 야스쿠니신사가 자리하고 있는 장소명이며, '구단자카九段坂'는 야스쿠니신사 안에 있는 언덕길을 가리킨다. 〈九段の母〉는 1934년 이시마쓰石松秋二가 작사하고, 노시로 하치로能代八郎가 작곡한 대중가요였다. 이 가요는 발매되자마자 큰 인기를 끌었는데, 본문의 〈九段の母〉의 가사는 이에 시노부, 양현혜 · 이규태 옮김, 《야스쿠니신사》, 소화, 2001, 208쪽을 참조하며 번역한 것이다.

미와 기억으로 바꾸고, 일상적이지 않은 성지순례를 영원성의 한순간에 고정시키는 역할을 담당한다. 〈구단의 어머니〉 역시 이 절정의 순간을 늙은 노모의 형상으로 포착했다. 늙은 노모가 일상에서 겪었을 삶의 고단함이 야스쿠니신사의 호국영령으로 화한 아들 영혼과의 재회와 대면으로 해소되고 완화되는 특별한 순간을 노래하기 때문이다. 늙은 노모는 아들 영령과의 재회를 기약하며 다시 고단한 삶과 일상을 영위해나갈 것임을 이 〈구단의 어머니〉는 암시한다. 야스쿠니신사라는 특정한 장소가 전하는 산 자와 죽은 자의 대면 및 자기 정화는 이렇게 〈구단의 어머니〉의 대중적 감수성의 기반이 되어 지방(식민지 조선을 포함한)과 중앙(제국의 중심)을 잇는 집단 순례의 회로를 창출하고, 이를 식민지 조선에도 강제하고 있었던 것이다.

나라에 바치자고 키운 아들을
빛나는 싸움터로 배웅을 할제
눈물을 흘릴쏘냐, 웃는 얼굴로
깃발을 흔들었다, 새벽 정거장.

사나이 그 목숨이 꽃이라면은
저 산천초목 앞에 피를 흘리고
기운차게 떨어지는 붉은 사쿠라
이것이 반도남아 본분일 게다.

살아서 돌아오는 네 얼굴보다

죽어서 돌아오는 너를 반기며
용감한 내 아들의 충의충성을
지원병의 어머니는 자랑해주마.

굳세게 나아가는 우리나라의
총후를 지키는 어머니들은
여자의 일편단심 변함이 없이
님에게 바치리라, 곧은 절개를.[9]

이것은 조명암이 작사하고, 고가 마사오古賀政男가 작곡한 〈지원병의 어머니〉 가사이다. 오케레코드 소속 가수 장세정이 노래한 〈지원병의 어머니〉는 〈구단의 어머니〉의 조선판이라고 할 수 있다. 〈지원병의 어머니〉가 〈구단의 어머니〉와 비교해 갖는 특징은, 호국영령으로 화한 아들을 찾아 상경하는 늙은 노모가 아닌 이제 곧 전장으로 떠날 아들을 배웅하는 식민지 조선의 어머니를 형상화했다는 것이다. "나라에 바치자고 키운 아들을 빛나는 싸움터로 배웅을 할제 눈물을 흘릴쏘냐 웃는 얼굴로 배웅"하는 어머니의 모습은 징병제를 앞둔 식민지 조선의 군국의 어머니'상'의 재현이었다.

"기운차게 떨어지는 붉은 사쿠라"에는 사쿠라(벚꽃)가 활짝 피었다가 지는 '산화'의 의미가 포함되어 있다. 사쿠라가 만개했다가 지는 모습

·························

9 〈지원병의 어머니〉, 박찬호, 앞의 책, 587쪽.

을 아름답게 형상화한 '산화'의 의미가 군사적으로 빈번하게 차용되기 시작한 것은 청일·러일전쟁을 전후로 한 시기였다. 이 시기의 군국주의적 흐름은 '산화'의 의미를 전장의 젊은 병사들의 죽음을 뜻하는 어의 변용을 가져왔고, '산화'는 군국주의의 상징적 표현으로 자리잡아가기 시작했다. 산화의 자연적 의미가 국가의 전쟁 수행을 위한 정치적이고 군사적인 의미로 치환되고 확장되면서, '산화'는 야스쿠니신사 경내에 심어져 있는 사쿠라와 결부되어 전사자의 죽음과 환생을 뜻하는 용어로 정착되었다. 이를테면 "너와 나는 두 송이의 사쿠라 뿔뿔이 흩어져진다 해도 사쿠라꽃 피는 도쿄의 야스쿠니신사 봄날 가지 끝에서 꽃으로 피어 만나자꾸나"와 같은 군가는 "기운차게 떨어지는 붉은 사쿠라"와 마찬가지로 전장의 출정 병사들의 죽음을 예정하고 확언하며, 더 나아가 "기운차게" 떨어질 것을 요구하는 자기희생과 헌신을 정당화하는 것으로 일원화되었다.[10]

조명암의 〈지원병의 어머니〉가 갖는 '산화', 즉 붉은 사쿠라의 "기운차게 떨어지는"이란 표현의 의미 맥락은 피로 상징되는 혈세의 국가봉공과 조응한다. 이광수가 이야기한 대로 이 노래는 "이번 지나 사변에 전지에서 산화했던 전몰장병이 십만육천에 이른다고 군으로부터 발표가 있었지만 내선인의 비례로 보면 내지인이 십만육천 명이 전몰할 때 그 가운데 조선인이 삼만 명은 포함되어 있어야 하는 것이 진실이어야 하고 또 공평한 것"으로 표현되는 혈세의 국가봉공 논리를 구현한 노

---

10 '사쿠라'의 의미 변환과 관련해서는 오누키 에미코, 이향철 옮김, 《사쿠라가 지다 젊음도 지다》, 모멘토, 2004, 제 6장과 7장을 참조했다.

조명암 작사, 장세정의 〈지원병의 어머니〉 레코드

조명암 작사, 장세정의 〈지원병의 집〉 레코드

래나 다름없었기 때문이다.[11] 이 혈세의 국가봉공은 "살아서 돌아오는 네 얼굴보다 죽어서 돌아오는 너를 반기며 용감한 네 아들의 충의충성"을 자랑하는 군국의 어머니'상'이 지원병의 어머니로 구체화되어 표현되었음을 말해준다.

"살아서 돌아오는 네 얼굴보다 죽어서 돌아오는 너를 반기"는 지원병의 어머니'상'은 넓게 보아 군국의 어머니'상'의 일부분이었다. 지원병의 어머니로 체현된 군국의 어머니'상'은 그 전형적인 패턴을 일본의 군국의 어머니'상'과 공유하고 있었다. 전장으로 내보내는 아들의 죽음을 예정하고 각오했다는 것, 그리고 절대 눈물을 보이지 않고 의연하게 아들의 출정을 감내하며 스스로 후방의 삶을 꾸릴 것을 다짐하는 군국의 어머니'상'은 효와 충의 일체화를 통한 국가봉공의 완벽한 자기

....

11 이광수(창씨명 : 香山光郞), 〈이 가을이야말로 봉공의 기회この秋こそ奉公の機會〉,《대동아》, 1942년 3월, 22쪽.

상이었다. 군국의 어머니'상'이 앞에서 이야기한 언제나 "아들에게 전쟁터에 나가라"고 말하는 모습으로 재현된다든지, 심지어 "부상을 입고 병상에 누워 있는 아들에게 어머니가 치유되거든 다시 나가거라!"고 하는 비정한 어머니'상'을 그 중심 표상으로 했던 이유가 여기에 있었다.

하지만 기차역이나 항구에서 아들을 전송한 어머니가 실제로 이런 말을 했는지는 심히 의심스러울 수밖에 없다. 죽음이 일상인 전장으로 아들을 내보내는 어머니의 심정은 한결같이 불안과 걱정이 앞서는 것이고, 하루가 멀다 하고 아들의 무운장구를 비는 어머니들의 모습이 더 일상에 가까울 것이기 때문이다.[12] 하지만 이러한 실제 현실과는 무관하게 군국의 어머니'상'은 대중매체가 유포하는 담론과 이미지 속에서 그 실감을 획득할 수 있었고, 따라서 때로 보통의 어머니들이 갖기 마련인 원초적인 자식 사랑의 감정을 초월한 국가봉공의 어머니'상'으로 일상에서 위력적인 힘을 발휘할 수 있었다. 자식에 대한 부모의 사랑은 지나치면 과보호가 된다는 경고와 비판이 매일 지면을 채웠고, 이러한 위험과 잘못을 방지하기 위해 어머니의 재교화 필요성이 거듭 주장되었다. 이제 어머니는 보호와 안락의 대명사가 아니라 국가봉공의 대표자로서 다시 태어나야 했고, 이는 보통의 어머니들이 갖고 있는 의식이나 인식과는 판이한 격차를 보였다. 보통의 어머니'상'을 초과하는 이 이질적인 요소의 재구성이 지원병제도에서 징병제로 병력

....

12 전장으로 아들을 내보내는 어머니의 모습은 무운장구를 기원하며 만든 센닌바리千人針로서도 잘 드러난다. 센닌바리를 배에 두르거나 모자에 꿰매어 소지하면 총알이 피해간다는 이 센닌바리에 담긴 의미는 아들의 무사생환이다. 하지만 전쟁의 열기와 분위기는 이 어머니들마저 아들의 출정을 당연시하게 만드는 효력이 있었음을 또한 부정할 수 없다.

동원이 일상화되던 식민지 조선의 현실과 맞부딪히면서, 이를 해소해야 했던 식민권력은 어머니의 재교화를 당면 과제로 삼았다.

〈지원병의 어머니〉는 이처럼 위로부터의 군국의 어머니'상'을 만들기 위한 재교화의 일환이었다. 〈지원병의 어머니〉와 같은 대중가요뿐만 아니라 담화나 연설, 좌담회 등의 방식으로 군국의 어머니'상'은 전방위적인 성격을 띠고 전파되었다. 군국의 어머니'상'을 둘러싼 어머니들의 재교화 운동은 조선의 전통적 어머니상이 식민지 조선의 오랜 습속과 관행 및 사고의 소산으로 여겨진 만큼, 여기에 따른 철저한 반성과 개조가 필요하다는 점이 강조되고 부각되는 쪽으로 진행되었다. 한편으로 식민지 조선의 어머니들의 잘못된 자식 사랑이 유약하고 쓸모없는 인간을 낳게 되는 배경으로 비판되고, 다른 한편으로 이와는 대조적인 사례로 군국의 어머니'상'의 바람직한 형태가 선전되는 이중전략은 과거에서부터 현재까지 이를 참조할 수 있는 전거와 출처를 동반하게 했다. 그중에서도 스파르타의 어머니와 전시 독일의 어머니를 비롯하여, 무엇보다 일본정신의 구현자인 일본 어머니들이 중심적인 참조 대상으로 비교의 틀을 제공하게 된다.

홀륭한 나라에 태어나 황국신민이 된 것을 자랑하시는 반도부인 여러분, 그저 자식을 가지고 〈괴롭겠다〉 〈가엾어라〉 하며 덮어놓고 과애지정過愛之情에만 끌려 자식이 하자는 대로 방임하는 것은 참된 사랑이 아니올시다. 그래서 옛말에도 〈할머니 응석으로 자란 자식은 팔아야 서푼어치도 못 된다〉는 말이 있는데 이 같은 온상적 사랑으로 길러낸 자녀는 장성하여 아무짝에 쓸데없는 인물이 되는 것은 예로부터 변함이 없는 사실이요, 입신출

군국모, 자식에 대한 지나친 사랑은 금물

구단九段의 어머니, 즉 야스쿠니의 어머니 되기를 촉구

세하여 큰 공훈을 세워 정국신사에 모시게까지 되는 어른들은 거개 어려서 부터 많은 시련을 받고 일본정신으로 단련이 되신 이들이올시다. 그럼으로 부자의 자손과 지위 높은 이의 자손은 대개가 사치만 하고 단련을 받지 못 하여 타락하는 사람이 많은 것이요, 아무리 재산과 지위를 남겨주더라도 사 람으로서의 교육이 없이는 세상에 내놓아 아무 가치도 없는 인물이 됨으로 어머니 되는 이는 이 점에 마음을 써서 〈무슨 일이고 죽기까지 해나가라〉 는 정신과 참된 사랑으로 교육해 나감으로써 자녀의 인품이 완전히 발휘되 며 어머니의 커다란 사랑 밑에 효도가 생기어 어버이를 잊지 않고, 자식을 잊지 않고, 나라를 잊지 않고, 자기를 잊지 않는 태도로 나아가게 되는 것이

올시다.[13]

금년 구월에 발표된 조선징병령은 반도 각지에 큰 반향을 일으켰다. 여러 해 동안 기다려마지 않던 것이 달성되었다고 하여 기뻐하는 자 혹은 아직 시기가 이르다고 외치는 자 혹은 우리 사랑하는 자제에게 내린 죽음의 선고라고 하여 슬퍼하는 자 등이 있다. 그러나 대세는 이것이야말로 내선일체에 대한 일대 비약이라고 믿는 자가 많았다. 그런데 반도 여성의 일부, 특히 학식이 없는 부인 가운데는 이 특전에 대한 인식이 불충분한 사람이 많았다고 생각하므로 나는 여기서 반도 인텔리 여성에게 외치고자 하는 바이다. (중략) 고대에 용무勇武로 이름을 날린 〈스파르타〉의 어머니가 자기 아들을 싸움터로 내어보낼 때 그는 최후로 〈명예를 얻어가지고 돌아오라 그렇지 않으면 방패를 타고 돌아오라〉라는 한 마디였다. 강국 〈스파르타〉는 어머니의 힘으로 씌어졌다. 〈스파르타〉식 교육은 오늘까지도 전해져오고 있다. 우리들은 고대에 있던 예를 인용하지 않아도 좋다. 지나사변 대동아전쟁에서 일본의 어머니는 보다 강한 교육을 하고 있다. 〈그 애는 내 아들이자 내 아들이 아닙니다. 맡아 기를 때부터 천황폐하께 바친 터입니다.〉각처의 전장에서 호국의 꽃으로 사라지는 용사들이 부르짖는 말은 두말할 것도 없이 〈천황폐하만세〉인데 뒤이어 나오는 말은 어머니의 이름이다. (중략) 여러분 어머니의 사랑은 이와 같이 강하고 깊은 것입니다.[14]

....

13 澎動, 〈군인의 입장에서 총후에 부탁함〉,《가정지우》, 1939년 9월, 5-6쪽.

14 〈구단九段의 어머니 되라-반도 여성의 분기 촉진-경성사단 보도부 江上 中佐 방송〉,《매일신보》, 1942년 12월 27일자.

위의 두 글은 모두 군 관계자들의 당부와 요청이다. 이들은 공통적으로 식민지 조선의 여성들이 갖고 있는 오랜 관념과 심성을 문제 삼는다. 그것은 자식에 대한 과애지정過愛之情에서부터 비롯되는 맹목적인 자식 사랑이며, 국가를 잊은 사적인 육친애의 발로였다. 이 군 관계자들은 이러한 자식 사랑을 원초적인 자연애, 즉 본능적인 육친애로 규정함으로써 식민지 조선 여성들의 낮은 교육수준을 비판한다. 일본 여성들과 다른 식민지 조선 여성들의 낮은 교육수준은 어머니와 자식 관계로 재생산되어 사회적 부적응자와 실패자들을 낳을 수 있다는 경고와 비판이 암암리에 깔려 있다. 따라서 이들은 식민지 조선 여성들의 인식을 제고할 재교화의 중요성을 설파하며, 이를 통해 어머니와 자식 간의 관계도 재교정할 필요성을 제창한다. 이는 자식에 대한 무분별한 육친애로서가 아니라 문명인이라면 응당 갖추어야 할 엄격한 교육적 지도를 통한 자식 사랑의 실천이다. "무슨 일이고 죽기까지" 하는 굳건한 정신의 소유자가 길러지는 데는 가정 내 어머니의 훈육법이 중요하다는 어머니의 재교화 논리는 이렇게 도출되었다.

식민지 조선 어머니들의 양육 태도를 지적하는 이 발언들은 곧 '효'라고 하는 전통적이고 보수적인 관념의 수정을 동반했다. 온상 속에서만 자라나는 자식들은 충효일치를 통한 효의 궁극적 실현에 실패한 낙오자라는 비판이 그것이다. 이런 점에서 충효일치 사상은 어머니와 자식 관계의 핵심이라고 할 효의 의미와 위치를 재규정하며, 효의 관념 자체를 충과의 관계 속에서만 재인식할 수 있게 하는 전시 특유의 동원 논리를 뒷받침하게 되었다. 진정한 충효일치 사상은 온상 속의 사랑과 일본정신으로 무장한 참된 사랑을 구분하는 데서, 그리고 충의

완전한 실현을 통해서만 가능하다는 것이다. 군국의 어머니'상'이 갖는
의미는 바로 이러한 충효일치 사상을 통한 효의 재정립과 동시병행적
으로 구축·진행되었던 셈이다.

어머니. 아들이 있습니까. 그러면 지원병으로 보내시오. 그 아들이 소중
하십니까. 그러길래 더구나 지원병으로 보내시오. 외아들 밖에 없습니까.
그렇더라도 지원병으로 보내시오. (중략) 내 옛날이야기 하나를 하오리까.
한 천여 년 전 일이예요. 1천 2백년쯤 전이겠습니다. 조선이 고구려와, 백제
와 신라 세 나라로 갈려 있을 적 일입니다. 신라나라에 황창랑이라는 열일
곱 살 된 서방님이 있었지요. 그 때에 백제나라가 자주 신라를 침노하여서
번번이 신라군사가 싸움에 져서 땅을 많이 빼앗겼어요. 백제에는 계백階伯
이라는 유명한 장수가 있었습니다. 그는 나라만 사랑하고 제 몸과 제 집을
몰랐습니다. 그럼으로 무서운 장수였습니다. 이것은 그 후 백제가 망할 때
일이지마는 계백은 신라와 당나라 연합군을 도저히 이기지 못할 줄을 알고
먼저 제 처자를 다 죽이고 전장에 나가서 끝까지 싸와서, 힘껏 싸와서 죽은
사람입니다. 이러한 장수가 있으니까 그 부하 군사들도 계백과 같이 나라
만 알고 제 몸을 몰랐습니다. 그러니까 싸우는 대로 신라를 이긴 것이었습
니다. (중략) 어머니는 황창랑을 데리고 그 남편의 사당으로 갔습니다. 그러
고 이렇게 남편의 신주 앞에 고축하였습니다. 〈미망인은 지아비님 영전에
아뢰나이다. 당신님의 혈육은 길러 이제 임금님의 일로 전장에 나아가게
되었사오니 이 몸이 졌던 무거운 짐을 벗어 놓은 듯, 아내의 도리를 다한 듯
하나이다. 당신님 명명 중에 도우시어 당신님 아드님답게 싸워 죽게 하
옵소서.〉 이렇게 고축하고는 아들을 향하여서, 〈잘도 대답하였어라, 이제

462

임금님께 바쳐온 몸이니 시각 지체 말고 나가라.〉하였습니다.

황창랑은 말을 채쳐 전장에 나갔습니다. 죽기를 작정하였으니 무서울 것이 없었습니다. (중략) 황창랑이 필마단기로 밤중에 집으로 돌아왔습니다. 어머니가 깜짝 놀라며 〈내 아들은 살아서 돌아올 리 없으니 필시 요괴라, 물러가라 하여라.〉하고 어머니는 대노하였습니다. 황창랑은 하인들이 전하는 어머니의 말씀을 듣고 한참이나 고개를 숙였다가, 〈어머님 처분 지당하시니, 또 싸워 죽으러 나갈 것이오나 이왕 돌아온 길이니 한번 어머님 자안이나 뵙고자 하나이다.〉하고 아뢰게 하였습니다. 〈임금님께 죽으러 나간다 맹세 여쭙고 비록 승전하였다 하더라도, 살아서 돌아오는 자식은 내 자식이 아니라고 일러라.〉하여서 어머니는 듣지 아니하였습니다. 이에 황창랑은 대궐과 집을 향하여서 한번 절하고 다시 전장을 향하여서 말을 달렸습니다. (중략)

이제 우리는 거룩하신 임금님의 은혜 속에서 크나큰 일본나라를 지키는 영광스러운 신민이 되었습니다. 옛날에 신라와 백제와 고구려가 한나라가 된 것같이 우리 조선 사람도 인제는 내지와 하나가 되어서 꼭 같은 일본나라의 신민이 되었습니다. 천황폐하의 적자가 되었습니다. 우리는 이 크신 은혜를 깊이 느껴서 보답하지 아니하면 아니 됩니다. 일본의 어머니는 아들을 제 것으로 생각하여서는 아니 됩니다. 그것은 임금님께서 맡기심 받은 것으로 알아야 합니다. 아드님을 길러서 임금님께 바치는 것이 어머니의 거룩한 직분입니다. 이러하므로 우리는 임금님의 은혜를 보답하는 동시에 우리와 우리 자손의 복과 영광을 받게 되는 것입니다. 당신의 오빠는 임금님의 것입니다. 당신의 남편은 임금님의 것입니다. 당신의 몸은 임금님

의 것입니다. 이것이 일본정신입니다.[15]

　　우리 황국신민은 서로 신애협력信愛協力하여 단결을 굳게 하자. 이 일절이
야말로 종래 우리 조선인의 정문頂門의 일침이다. 우리 종래의 모든 결점이
오로지 신애협력을 못하는 것과 그 결과로 10(인) 10(색), 100(인) 100(태)로 단
결이 되지 못하는 바 있던 것이다. 폐일언하고 인간은 일종의 집단동물이다.
집단의 위혁을 발휘치 못한다면 그 실력이 저 봉의峰蟻에게도 멀리 미치지
못할 것이다. 이 집단이 즉 단결이요, 단결이 되려면 그 분자 분자가 상호 신
애협력하지 않고는 얻을 수 없는 것이다. 이 신애협력을 지분절해肢分節解하
여 설명하려면 수천 권 수신서로써도 부족할지 모르나 간명적절히 말하라면
손쉬운 방법으로 우리 일상 경송하는 교육칙어의 일절을 봉독해 보자.
　　'부모에게 효도하고 형제에게 우애 있고 부부상화하고 붕우상신하라.' 이
일절 중에 소위 신애협력의 전부가 포함된 것이다. 여기에 특히 '충군'의 2
자는 표시되지 아니하였으나 기실 효孝도 충군의 일단이요, 우友도 충군의
일단이요, 화和, 신信도 또한 그러하다. 신민이 모두 상호 신애협력하여 단
결을 굳게 하였다가 1일 완급이 있으면 의용봉공하는 것이 충군의 지상방
법이며 우리 생활의 의미가 전체 여기에 있는 것이다. 즉 자子가 되어서는
자子의 직을 다하고 형제간에는 형제의 책을 다하고 부부, 붕우가 같이 소
처所處의 직책을 다하는 것이 곧 신애협력의 요체이다.[16]

....

15　이광수, 〈모母, 매妹, 처妻에게〉, 《삼천리》, 1940년 7월, 40-46쪽.

16　김성수, 〈선배의 부탁-문약의 고질을 버리고 상무기풍 조장하라〉, 《매일신보》, 1943년 8월 5일자.

위 인용문 중 첫 번째 글은 지원병 10만 명을 돌파한 기념으로 이광수가 《삼천리》에 쓴 〈모母, 매妹, 처妻에게〉라는 글이다. 이 글은 식민지 조선의 지원병 지원자 수가 드디어 10만 명을 돌파하게 된 사실을 기념하여 사회명사들의 축하 전언과 당부를 담은 특집 〈군국다사의 추秋에 지원병 십만 돌파, 지원병 모매母姉에 송하는 서〉 중의 한 꼭지로 실렸다. 이 특집에는 이광수 외에 육군 관계자와 윤치호, 김동환 등의 이름도 보이는데, 이 글들은 모두 식민지 조선의 여성들을 대상으로 하여 지원병 지원자 10만 명 돌파가 갖는 의미에 초점을 맞추었다. 이광수의 글 역시 이와 동일한 맥락에서 지원병과 지원병 가족의 역할을 강조하는 가운데 특히 모母, 매妹, 처妻로 불린 식민지 조선의 여성들을 대상으로 지원병, 즉 천황의 군인이 된다는 것의 의미를 알기 쉽게 이해시키려고 노력한다. 이는 군국의 어머니'상'의 변주와 반복이기도 할 것인데, 이광수는 여기서 군국의 어머니'상'을 모와 매, 처를 포괄하는 모든 여성을 향해 '나가라'라고 말하기를 주지시킨다.

"용감한 군인이 되셔서 천황폐하를 위하여서, 싸울 사람이 되세요. 전장에 나가서 사내답게 싸우다가 〈우리 임금 만세〉를 부르고 죽는 것은 저마다 못 가질 복이지요 마는 병정만 되어서 저 할 직분만 다하여도 나라님 은혜를 갚는 것이 아니에요. 오빠 어서 병정 가셔요."라고 권하는 목소리는 누이 즉 매의 목소리이다. 이 누이의 목소리는 실제 누이의 목소리가 아니라, 누이의 목소리를 빌린 이광수의 목소리이며 더 나아가 식민권력의 목소리이다. 누이의 목소리를 빌린 이광수의 지원병 지원의 권고는 그가 인용하는 옛이야기로 인해 그 효력이 더욱 배가된다. 황창랑과 계백의 이야기는 이 시기에 반복적으로 인용된 고사 중의 하나였음은 익히 지적한 바이거니와, 문제는 이광수가 이 이 야기의 핵심 주제를 황창랑이 계백과 맞서 용감하게 싸우다 전사했다 는 점이 아니라 황창랑이 계백의 아량으로 살아 돌아왔음에도 그의 어 머니가 이를 받아들여주지 않았다는 점에 두었다는 사실이다. 그의 어 머니는 전장에서 용감하게 싸워 적의 수급까지 베고 돌아온 아들의 공 적을 치하하기는커녕 다만 그가 살아서 돌아왔다는 사실에 분노할 뿐 이었다. 그녀는 아들의 출정을 앞두고 남편의 영정에 "당신님 명명 중 에 도우시어 당신님 아드님답게 싸워 죽게 하옵소서."라는 말을 함 으로써 아들의 죽음을 기정사실화했다. 이러한 인식은 아들의 생환을 도저히 받아들일 수 없는 불충과 불효로 낙인찍는다. 그래서 황창랑은 어머니께 효도를 다하고자 다시 전쟁터로 나가고 마침내 계백의 손에 죽어서야 집으로 돌아올 수 있었다. 이 고사가 보여주는 결말은 병상 에 누운 아들에게 반복해서 전쟁터로 '나가라'고 말하는 군국의 어머니 '상'의 오마주로서의 면모이다.

"지나사변 대동아전쟁에서 일본의 어머니는 보다 강한 교육을 하고 있다. 〈그 애는 내 아들이자 내 아들이 아닙니다. 맡아 기를 때부터 천 황폐하께 바친 터입니다.〉"라는 군국의 어머니'상'은 두 번째 인용문이 보여주는 효와 충의 일체화 속에서 효를 충의 일부로 자리매김하게 했 다. "'충군'의 2자는 표시되지 아니하였으나 기실 효孝도 충군의 일단이 요, 우友도 충군의 일단이요, 화和, 신信도 또한 그러하다."는 언술은 이 러한 효와 충의 일체화를 통한 군국의 어머니'상'을 재확인한다. 식민 지 조선 여성들을 겨냥한 이러한 충효의 일체화 및 군국의 어머니'상' 은 야담과 설화 등의 옛이야기들을 여성의 관점에서 재해석하여 들려주는 젠더화의 경향을 심화시키게 된다. 여성들의 실제 목소리인 양 각색된 대화체는 물론이고, 여기서 인용된 신라 황창랑의 이야기는 전쟁터에서 팽팽히 맞섰던 계백과 황창랑과 같은 남성 영웅들의 이야기가 아니라 이 전쟁터로 남성을 내보내는 여성들의 이야기로 '재'각색되어 국책선전과 협력의 프로파간다로 만들어지고 있는 것이다. 야담과 설화 등의 옛이야기들이 천황의 군인 또는 그 군인의 유가족들 이야기로 재구성됨으로써 이 옛이야기들은 전시의 총동원을 위한 시국'색'을 강하게 담지하면서도, 이것이 마치 조선의 불변하는 전통인 양 착각되는 오인과 전도의 원인이 되었다.

오인과 관련하여 이 전도된 감각과 인식은 군국의 어머니'상'을 전통과 현대가 착종된 산물로서 존재하게 했다. 군 관계자들이 반복적으로 설명하듯이, 식민지 조선의 여성들은 지원병제도에서 징병제로 이어지는 남성들의 병력 동원을 반드시 반기지만은 않았다. "반도 여성의 일부, 특히 학식이 없는 부인 가운데는 이 특전에 대한 인식이 불충분한 사람이 많았다고 생각"한다는 발언이 가리키는 것도 이 지점이었다. "처음에는 제가 자진해서 지원병으로 갈 때 에미된 마음에 상급학교를 가지 않고 병영에 들어가지 않는 것이 좀 섭섭"했다는 말 역시 학식이 없는 여성들에게만 이 문제가 해당되지 않았음을 알려준다.[17] 상급학교로 아들을 진학시킬 여유와 학식을 가진 중상류계층의 여성들에게도 병력 동원에 따른 심리적 저항감은 적지 않았으며, 이것이 군

....

17 〈징병제와 가정-군국의 어머니 좌담회〉, 《춘추》, 1942년 6월, 103쪽.

이광수의 〈모母, 매妹, 처妻에게 보내는 글〉

김성수, 〈효는 곧 충이라는 선배의 부탁〉

국의 어머니'상'을 대대적으로 선전하고 유포할 수밖에 없었던 현실적 이유로 작용했다. 일본에서도 징병제가 처음 실시될 당시에는 많은 혼란과 심리적 반발이 뒤따랐다고 한다. "현역 3년이 끝나면 매년 훈련을 받거나 전시에 제일 먼저 동원되는 예비역이나 후비역의 의무가 부과"되는 등의 합계 12년의 병역의무는 "병역을 기피하려고 하는 여러 가지 방법을 강구"하도록 했던 것이다.[18] 이는 기존에 없던 병력 동원이 일상화되던 식민지 조선에서도 예외일 수 없었고, 이것이 신라 황창랑의 어머니'상'에 투영된 군국의 어머니'상'으로, 그리고 조선의 유구한 전통의 일환인 양 각색되어 식민지 조선의 여성들을 향한 시국 인식과

....

18 마키하라 노리오, 박지영 옮김, 《민권과 헌법》, 어문학사, 2012, 42쪽.

선전의 효과적인 매개체로 자리하게 했다.

신라 황창랑의 어머니'상'과 교차되는 현재적 개입과 통제는 군국의 어머니'상'을 형성하는 옛이야기의 힘을 적극 활용함으로써 가능했다. 다시 말해, 신라 황창랑의 어머니'상'이 보여주는 군국의 어머니'상'은 전통과 치환 가능한 여성의 미덕, 즉 부덕으로 확대·재생산되는 이른 바 전통과 미덕의 자연화를 낳았다. 이러한 전통과 미덕의 불변하는 초역사성은 실제 어머니의 목소리와 별개로, 혹은 그 어머니의 목소리를 억누르면서 그것을 하나의 시대적 전범으로 구축하게 했고, 이에 따른 이야기 구성방식의 변화를 초래했다. 신라 황창랑의 어머니'상'은 국가를 위한 남편과 아들의 전사를 당연시하는 군국의 어머니'상'의 재구축을 위해 어머니와 아들의 관계마저 이 틀에 맞춰 재해석하게 했고, 이러한 충효일치의 표본으로 화한 신라 황창랑은 그 어머니에 그 아들이라는 전사자와 그 유가족의 형상을 반영하며 현재와 과거의 연속성을 낳는 심리적·상징적·제도적 효력을 창출하게 된다.[19]

신라 황창랑의 어머니'상'과 관련된 이러한 충효일치는 "고대에 용무勇武로 이름을 날린 〈스파르타〉의 어머니가 자기 아들을 싸움터로 내어보낼 때 최후로 〈명예를 얻어가지고 돌아오라. 그렇지 않으면 방패를 타고 돌아오라.〉라고 했다는 것의 반향이다. 스파르타의 어머니'상'

....

19 이광수는 신라의 황창랑 이야기 외에도 신라시대 원술의 이야기를 각색하여 단편소설 〈원술의 출정元述의 出征〉을 《신시대》, 1944년 6월에 실었다. 이 외에도 신라 화랑도를 대표하는 원술·황창랑·관창의 이야기는 지속적으로 재생산되었다. 이렇게 고대를 거슬러 올라가 조선의 문의 숭상이 낳은 상무정신의 결핍을 비판하고, 신라 화랑도의 무사정신을 계승할 것을 요청하는 담론이 옛이야기 형태로 징병제 실시에 맞추어 고창되었다.

군국의 어머니 '좌담회'

나가라 내 아들! 진정한 군국의 어머니'상'

징병제 실시를 앞두고 열린 가정생활의 대전환 좌담회, 잘 다녀오
란 대신에 죽고 돌아오지 마라!

징병령과 여자교육에 관한 좌담회, '충효'
일치의 사상교육이 필요!

에 가미된 군국의 어머니'상' 역시 신라 황창랑의 어머니'상'과 다르지 않았던 셈인데, 이러한 동서양을 불문한 군국의 어머니'상'의 차용은 신사임당이라는 조선의 대표적인 현모양처의 여성'상'마저도 이의 한 실증이 되게 했다. 신사임당은 여성의 부덕을 대표하는 인물로서 그 남편과 아들의 충효일치는 신사임당의 적극적인 내조와 헌신이 없었으면 불가능했으리라는 담론이 군국의 어머니'상'의 맥락에서 재해석되어 유포되어졌던 것이다. 근대 초의 성별 분업으로 만들어진 현모양처 관념은 전시기를 맞아 군국의 어머니'상'과 재결합되어 신사임당의 모습마저 군국의 어머니'상'과 합치되는 방식으로 변모시켰다. 군국의 어머니'상'이 갖는 이러한 시국'색'의 강력한 외피와 구속은 식민지 조선의 이례적인 병력 동원이 일상화되는 속에서, 이를 더욱 전면화하는 보편적 형상과 관념으로 옛이야기의 다양한 전유와 변용 및 재구축의 경향을 가속화시켰다고 할 수 있다.

제군! 우리 일행이 이 강릉에 이른 것은 한송정寒松亭에 올라 송풍을 쏘이자는 것도 아니요, 석지石池의 맑은 물을 길어다가 다茶를 끓여 마시는 사선랑四仙郎을 찾은 것도 아니요. (중략) 오대산에 올라 사고史庫를 보자는 것도 아니요, 월정사에 들어가 대효자 효신대사를 뵈려는 것도 아니올시다. 오직 소화昭和 19년도부터 실시되는 징병제도의 취지를 전하러 온 것입니다. 그럼으로 따님을 나시거든 신사임당과 같은 따님을 나시어 군국의 어머니로서 바치고 아들을 나시되 창해역사滄海力士와 같은 아들을 나시어 황국의 방패로 바치시기를 축하는 바입니다. 진충보국에 있어서 문무의 별別이 없을진대 율곡 선생과 같은 아들을 나시어 황국문신皇國文臣으로 바치소서. 오죽헌의 죽종竹桼이 그저 창울하고 활인수라는 별명을 듣는 율목栗木을 중심한 율림栗林이 여전하지 않습니까. 방금 황국군문은 세 갈래로 통개通開되어 창해역사와 같은 용장, 율곡 선생과 같은 양상良相, 신사임당과 같은 현모가 이 반도, 반도 중에서도 이 강릉에서 어서 들어오랍시는 성은이 내리셨습니다.[20]

징병제 실시로 반도의 황민화는 급속도로 추진되었다. 폐하의 고굉股肱이 될 수 있다는 커다란 감격을 가슴에 안고 용감하게 군문으로 달려가는 반도 남아의 의기도 충성스럽게 빛나지만 병사를 보내는 어머니들이 성의 또한 충 자체의 현현이다. 그러나 둘도 없는 자기 자식을 충신으로 만들기 위해서는 무엇보다도 그 어머니로서의 힘이 위대해야 하고 용감해야 한다. 동양의 현철 율곡 선생을 낳은 신사임당은 반도뿐만 아니라 전 동양 여성의 귀감이다. 필자는 평소에도 그 시대의 신사임당을 숭앙했으며, 그 전기의 일단을 극화하는데 있어 신사임당의 말과 행동 하나하나가 현재 반도의 전체 부녀자들의 폐부를 찔러 '보다 나은 모성이 되어 씩씩한 자손을 나라에 바쳤으면 좋겠다.'고 생각하기를 염원한다.[21]

야담과 연극 공연의 무대화로 재현된 신사임당 이야기는 신사임당의 특화된 자질이라 할 현모양처의 부덕을 군국의 어머니'상'과의 관계 하에서 재조정했음을 잘 보여준다. 물론 그렇다고 신사임당의 이야기가 이전과 판이한 형태로 재구성되었다는 것은 아니다. 신사임당이

....

20 신정언, 〈징병취지야담만담행각〉, 《매일신보》, 1943년 3월 19일자.

21 송영, 〈신사임당 작의〉, 《해방 전(1940-1945) 공연희곡집》, 이재명 외 엮음, 2004, 290쪽.

이야기되는 맥락이 군국의 어머니'상'의 필터화로 끊임없이 재구성되었다는 것이다. 패전을 앞둔 전황의 악화는 군국의 어머니'상'을 필두로 식민지 조선의 여성들에게 일터와 가정 둘 다에서 결전의식을 요구했고, 이것이 군국의 어머니'상'을 둘러싼 옛이야기들의 반복적 재현과 서술로 나타나게 했다. 김상덕의 1942년 작 《어머니의 힘》도 이 연장선상에서 군국의 어머니'상'을 선전하고 유포하는 건전독물을 표방하며 발간된 책자였다.

김상덕은 이 책자의 첫 장에 "전시 하 총후를 지키는 어머님들께 받들어드리나이다."라는 헌사로 어머니들을 이 책의 수신자로 하고 있음을 분명히 했다. 그는 〈머리말〉에서 '여자는 약하지만 어머니는 강하다.'라는 익숙한 금언에 기대어 "우리가 이번 대동아전에 있어서 혁혁한 전과를 거두게 되는 그 그늘에는 그 용사들의 어머님의 힘이 또한 큰 것을 알 수가 있습니다. 더욱이 하와이 진주만 특별공격대 아홉용사의 위훈을 보더라도 우리는 잘 알 수 있는 것입니다. 위인이라든가 영웅이라든가는 결코 자연히 생긴 것이 아닙니다. 위인의 전기를 보면 거기서 생각나는 것은 꼭 그 뒤에 어머니의 위대한 힘이 움직이고" 있다며, "오늘날 같은 시국에 있어서 어머니를 찬미"할 것과 "어머니의 힘을 중심으로 한 어머니의 입지전"으로 제2세대들을 "위인과 영웅으로 길러낼" 필요가 있음을 역설한다. 어머니 열전이라고 부를 수 있을 이 《어머니의 힘》은 제1부의 〈반도편〉과 제2부의 〈내지편〉으로 나누어, 반도편에서는 강감찬의 어머니를 시작으로 총 14명의 조선 어머니를, 내지편에서는 총 22명의 일본 어머니들의 이야기를 기술한다. 《어머니의 힘》은 선전책자 형태로 발간된 것이지만, 비슷한 시기에 이와

유사한 형태의 어머니 열전들이 《신시대》의 〈위인의 어머니〉 시리즈
와 《매일신보》의 〈군국의 어머니 열전〉, 그리고 조선총독부정보과 추
천·국민총력조선연맹문화부 감수의 박태원의 《군국의 어머니》 등과
함께 당시의 시대사적 맥락을 반향하게 된다. 어머니 열전들이 인물과
배경 그리고 서사까지 공통되는 부분이 많았던 이유는 이 때문이다.

어머니의 힘 목차	반도편(제1부)	내지편(제2부)
1	강감찬의 어머니	渡邊華山의 어머니
2	정문의 어머니	吉田松陰의 어머니
3	김원술의 어머니	野口英世의 어머니
4	최의의 어머니	植村正久의 어머니
5	송유의 어머니	東鄕元帥의 어머니
6	정몽주의 어머니	松岡洋右의 어머니
7	남효은의 어머니	麻生正藏의 어머니
8	박광우의 어머니	本間俊平의 어머니
9	김유신의 어머니	西有穆山의 어머니
10	석달해의 어머니	井上馨의 어머니
11	동명성제의 어머니	石黑忠悳의 어머니
12	성간의 어머니	奧村五百子의 어머니
13	정린지의 어머니	森鷗昶의 어머니
14		野村德七의 어머니
15		瓜生保의 어머니
16		山本英輔의 어머니
17		北條時賴의 어머니
18		宇垣一成의 어머니
19		南次郎대장의 어머니
20		木戸孝允의 어머니
21		乃木대장의 어머니
22		아홉군신의 어머니

위인의 어머니 (《신시대》)	군국의 어머니 및 위인의 어머니 (《매일신보》)	군국의 어머니 (박태원)
北條時賴의 어머니	검소와 절약의 표본 北條時賴의 어머니	上毛野形名의 아내
楠木正行의 어머니	楠木正行을 나은 히사코久子부인	楠正行의 어머니
瓜生保의 어머니	勤王軍의 忠節과 瓜生保의 어머니	瓜生保의 어머니
中江藤樹의 어머니	자식의 충절 위해 자결한 原惣右衛門의 어머니	國池武時의 아내
吉田松陰의 어머니	위대한 교육자를 낳은 吉田松陰의 어머니	島津齊彬의 어머니
정포은의 어머니	山本英輔大將과 천하에 드문 그의 어머니	有村次左衛門의 어머니
이율곡의 어머니	軍神乃木將軍의 모당 壽子夫人	梅田源次郎의 아내
홍학곡의 어머니	東郷元師와 그 모당 益子女史	東郷元帥의 어머니
히틀러의 어머니		乃木靜子
나폴레옹의 어머니		山本英輔의 어머니
비스마르크의 어머니		奧村五百子
왕정위의 어머니		아홉 군신九軍神의 어머니

위의 표에서 드러나듯이, 위인이나 군국의 어머니들은 서로 겹쳐지는 부분이 많았다. 특히 일본의 어머니들과 관련해서는 일본 국가 형성의 단초를 마련하는 데 공을 세운 인물들의 어머니들이 집중적으로 조명되었다. 이렇듯 신문과 잡지 등 대중매체를 오가면서 이루어진 군국의 어머니'상'의 유포와 확대 재생산은 당대의 상황 및 맥락과 긴밀한 연관을 맺으면서 과거와 현재의 단절 없는 연속성을 낳는 데 기여했다. 대중매체에 의해 극화되고 칭송된 군국의 어머니'상'은 위인이나 군신이라 일컬어진 남성들을 훌륭하게 길러낸 여성들, 즉 그 어머니들을 전범으로 한 충효일치와 멸사봉공의 정신을 일관되게 강조하는 방식으로 만들어졌다. 과거로부터 연연히 이어진 일본정신의 정수라고 일컬어진 이 위인 및 군신들의 이야기에는 공통적으로 이들을 길러낸

史話

百德百藝의 申表思任堂
申 邦 彦

신정언의 사화(야담) 〈신사임당〉

初夜부터 大盛況
靑春座演劇競演의 陣

국책 선전, 연극경연대회 〈신사임당〉도 공연

어머니의 힘이 없었더라면 군신 및 위인 등 남성들의 위대한 업적 역시 불가능했으리라는 주제의식이 깔려 있었다. 전장으로의 동원이 일상화된 식민지 조선의 여성들을 향해 발화된 이러한 각종 위인과 군국의 어머니 시리즈들은, 일본의 유수한 어머니들뿐만 아니라 반도편의 어머니들로 이것을 자연스럽게 체득할 수 있도록 하는 과거 재현과 서사화 방식으로 야담의 '존재 방식'은 물론이고 과거역사의 재구성에도 심대한 영향을 미치며 그 현재적 개입과 관여의 사회정치·문화사를 보여주었다.

군국의 어머니'상'을 둘러싸고 전개된 현재적 의미의 과거 재발견과 구성은 조선에서도 일본에 준하는 군국의 어머니'상'이 존재했다는 도착된 자기'상'의 (무)의식적 근거를 끊임없이 자극하고 촉발했다. 김상덕의《어머니의 힘》과 박태원의《군국의 어머니》에서 여실히 드러나는 이러한 군국모성의 도착된 자기'상'은 과거가 현재적 필요와 의미를 내장한 극적인 무대로 변모되고 있음을 알려주기에 충분하다. 이로 인해 신라와 백제 그리고 고려를 포함한 과거의 시공간은 이 군국모성을 실증하는 사례로 새롭게 발견되고 재구성되었으며, 이것이 야담과 강담의 타이틀을 달고 대중매체의 한 지면을 채워나가도 하등 이상할 것이 없었던 것이다. 김상덕의《어머니의 힘》과 박태원의《군국의 어머니》등의 이야기 구성 방식과도 겹쳐지는 군국의 어머니'상'의 이러한 시대적 규정력은 군국의 어머니'상' 특유의 서사적 결정소를 함유하게 했다.

신라 진지왕 이년 동 십 월에 백제가 군사를 이끌고 신라의 서변 고을을 대대적으로 급습하여 왔습니다. 신라에서는 장수를 내어보내어 막았으나 내보내는 족족 패하니 신라 상하의 걱정은 적지 않았습니다. 나중에는 왕이 친정親征을 하려 하는 때에 어떠한 젊은 장수 한 사람이 왕의 앞에 나아와 아뢰었습니다. 〈아뢰오. 소신이 배운 것은 없사오나 이 나라 신민이 되어 진충보국 하는 단성을 막을 수 없사옵고 국란이 있는 오늘에 왕의 적자로서 안연히 집에 앉아 편안을 취함은 신민된 도리 상 어긋날 뿐 아니라 더욱이 어제 왕께옵서 친정까지 하시려 진려하시는데 어찌 전장에 나아가 피로써 나라의 은혜를 보답지 아니하오리까. 신이 자원 출정코저 왕께 아뢰오니 허락하여 주시기를 원하나이다.〉 (중략) 〈신은 북한주군주北漢州軍主로 있던 사손기종沙飡起宗의 아들 세종이온바 아비 세상을 떠난 후 어미가 소신을 데리고 촌가 생활을 오늘까지 계속하옵더니 어제 백제군사가 신라를 침범한다는 말을 듣고 어미의 이르는 말이 있어 왕께 나와 아뢰오.〉

〈네가 사손기종의 아들! 어! 그렇더냐. 진흥왕 때에 국원國原을 고쳐 소경 小京을 만들고 사벌주를 폐해 버리고 감문주를 만드는 때에 너의 아버지가 그때 군주가 되었고 그 후 신주를 없이하고 북한주를 두는 때에 너의 아비 공적이 대단히 컸더니라.〉〈황송하오. 자식이 되어 아비를 계적하는 것도 당연한 일이오. 금번은 어미의 이르는 교훈이 큰 줄로 아오.〉〈너에게는 또 무슨 교훈을 했는지 아직 모르나 너의 부친의 공적은 전부가 너의 모의 공 적이라 할 수 있느니라. 전일에 너의 부친은 항상 너의 모의 말을 지키기 위 해 자는 때나 다니는 때나 가슴에다 홍모鴻毛를 주야에 가지고 있다 하니 그 는 무슨 뜻인가〉 하고 물으시니 너의 부친의 대답은 〈네, 신의 아내가 소신 에게 말하기를 나랏일을 하는 사람은 나랏일에 죽기를 기약하여야 하고 죽 음을 홍모 같이 가볍게, 죽음은 털끝 같이 가볍고 나랏일은 태산 같이 무겁 다 하는 말을 잊어버리지 않으려 함이요.〉 하였다 하니 너의 모가 그 남편 을 도와 나랏일을 한 것이 얼마나 큰 것이냐. 내 전에 그런 말을 들었으니 이제 또 아들 되는 너에게 무슨 가르침이 있는 듯 너의 모는 신라의 보배가 아니라 할 수 없는 일이다.〉

〈어미가 이번에 이른 말은 〈나라에 병란이 있으니 전장에 나아가라. 부 르기를 기다릴 것 없이 직접 네가 나아가 출정하라.〉 하옵고 이것을 손수 만들어 주옵디다.〉 하고 품안에서 명주 수건 비슷한 것 하나를 꺼내어 왕의 앞에 놓았습니다. 왕은 세종의 내놓은 수건 같은 것을 펴서 보니 〈爲子至孝 爲國盡忠. 人生榮譽 死於王死(자식이 되어 효도를 극진이 함은 나라를 위하여 충성을 다하는 것이요. 사람의 영광과 영예는 임금을 위하여 죽는 일 외에는 다시 더 없느니라.)〉 이 런 글이 수로 놓아 쓰여 있었습니다. 왕은 옥안이 변하도록 저-충효심에 감 동이 되어 〈과연 너의 모는 갸륵한 부인이다. 그 어머니의 교훈을 받은 네

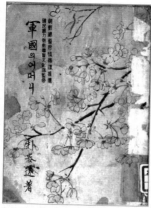

총독부 추천의 박태원의 《군국의 어머니》

최정희의 〈군국의 어머님들〉

가 있으니 신라는 걱정이 없다.〉 하고 즉석에서 세종으로 이손伊飡을 삼아 군사를 거느리고 서변주군에 나아가 백제의 침노하는 군사를 물리치게 하였습니다. (중략)

태평을 부르며 승은을 즐기던 신라의 서쪽지방을 백제가 침노하니 태평 무사할 때에도 아들과 딸에게 나라를 위하여 몸을 바치라, 너의 개인을 돌아보지 말고 개인은 없이하라 교육을 맡아 시키던 신라의 어머니며 신라의 아내들은 〈너는 전장에 나아가라, 나라에 충성을 다하라, 죽어 들어오는 방패를 반겨 맞지 살아오는 송장 몸은 보지 않는다.〉 하며 아들을 일으켜 보내는 중에 북한주촌 마을에 살던 청년 세종이 진지왕께 나아가 출정키를 자원하니 왕은 세종을 이손伊飡을 시키어 장수를 삼아 침입한 백제의 군사를 물리치게 하였다. 세종은 진지에 나아가 일선에서 적을 쳐-물리치고 삼천 칠백 급을 베고 내리서성內利西城을 쌓으니 장내 방비까지 하고 환군하여 돌아오니 임금은 성문 밖까지 나와 맞으시며 〈오늘의 승전은 경등의 공이나 경등보다 더 큰 공을 가질 사람은 경등의 어머니니라.〉 하셨다. 나라의 일은 태산같이 무겁고 제 몸은 터럭 같이 가볍게 여기는 동시에 일억의 일심이 되라. 이것이 신라 어머니의 옛날 가르침이었던가 합니다.[22]

'신라의 군국모성'이라는 타이틀로 오상근이 쓴 야담 〈홍모기심鴻毛其心〉의 내용 중 일부분이다. 《조광》 1942년 8월에 발표된 이 신라의 군국야담은 그 전 호, 즉 1942년 7월 〈천추의 한〉이라는 제목으로 실린 김탁운의 백제의 군국모성과 동 호에 실린 신정언의 〈이씨부인의 엄훈〉이라는 고려의 군국모성의 연작물로 실렸다. 이 세 편의 야담은 군국의 어머니'상'을 신라와 백제 그리고 고려라고 하는 과거로 투사하여 이를 통해 자기'상'을 재구성하는 전형적인 서사화의 경로를 보여준다. 이 세 편의 글이 갖는 서사화의 패턴은 다음과 같은 공통된 요소 위에서 구축되었다. 첫 번째는 아버지가 부재하다는 점이다. 세 야담의 주인공들은 아버지가 부재한 속에서 어머니와 아들 간의 이자 관계를 그 특징으로 했다. 아버지는 아들이 태어나기도 전에 전사하는 등의 이유로 편모슬하에서 자라난 아들들은 공통적으로 유복자로서 성장기를 거치게 된다. 이러한 아버지 부재야말로 식민지 조선의 근대문학이 지닌 대표적인 특징 중 하나였지만, 근대문학의 아들들이 전대의 아버지를 부정함으로써 아버지의 자리에 올라서는 데 반해, 이 유복자 아들

....

22 오상근, 〈홍모기심紅毛其心〉, 《조광》, 1942년 8월, 140-144쪽.

들은 결코 그 아버지를 부정하거나 하지 않았다.[23] 왜냐하면 그들이 태어나기도 전에 죽은 아버지는 국가를 위해 충성을 다한 인물들이었으며, 그들의 어머니는 이러한 아버지의 뜻을 이어줄 국가의 충신으로 아들을 길러내는 데 자신의 사명과 과제를 두고 있는 인물들이었기 때문이다.

이러한 서사화의 패턴은 여성들, 특히 어머니들이 가정과 국가의 매개자로서 기능해야만 가능한 일이었다. 어머니들은 아버지가 없는 가문을 지키며 현실의 고난과 역경을 이겨내고 아버지의 뜻을 그 아들들이 대를 이어 수행하도록 하는 공적인 목소리의 사적인 대행자로서 기능했다. 어머니의 직분과 등치된 이러한 역할 수행과 실천은 군국모성의 서사화가 갖는 두 번째 특징을 알려준다. 그것은 아버지 부재라는 엄연한 현실적 결핍에도 불구하고 그의 아들을 아버지의 뒤를 이어 충성하도록 하는 이른바 국가의 대리모로서의 어머니'상'이다.

가문을 지키고 유지하는 한결같은 수호자의 모습으로 등장하는 서사상의 어머니들은, 가문의 영광이 오로지 아버지의 뜻을 이어 국가에 충성하는 것에 있다는 뚜렷한 목적의식으로 인해 평면적인 인물이 될 수밖에 없었다. 국가가 설령 부르지 않더라도 아버지의 뜻을 잇기 위해서는 아들이 자진하여 전장에 출정해야 한다는 것을 앞세우는 어머니의 형상은 아들과 어머니 둘 다를 이른바 전쟁 기계의 기능적 인물

....

23 근대문학이 아버지를 부정함으로써 스스로 아버지가 되어 근대의 민족 주체가 되고자 했던 것에 대해서는 필자의 책《우리 역사소설은 이론과 논쟁이 필요하다》, 책세상, 2000의 2장에서 서술한 바 있다.

| 어머니들께 바치는 김상덕의 《어머니의 힘》 | 백제의 군국모성과 야담'화' | 신라의 군국모성과 야담'화' |

로 변모시켰기 때문이다. 과거 역사와 사건을 무대로 한 군국모성의 서사화, 즉 야담'화'가 이처럼 동일한 패턴 위에 구축됨으로써 군국의 어머니'상'이 갖는 프로파간다화는 그 실질적인 효력을 발휘할 수 있게 된다. 때로 동양의 전통적인 부덕의 상징으로서 여겨진 어머니의 자애로움마저 압도하는 군국의 어머니'상'이 과거와 현재를 관통하여 마치 오래된 전통의 일부인 양 느껴질 수 있었던 데는 이러한 서사화의 가상적 위력이 적지 않게 작용한 셈이었다. 군국의 어머니'상'이 야담의 존재 방식의 변모와 맺는 밀접한 관련성은 바로 이 점에 있었다.

신라와 백제 및 고려를 역사적 무대로 한 군국모성의 야담'화'는 당대적 개념과 의례를 노골적으로 삽입하는 모습을 보이기도 한다. 가령 신민이라든지, 진충보국과 같은 개념들뿐만 아니라 "당시 재위하신 의자왕의 어초상과 자기 남편의 초상을 그 아들에게 주고 창의 거처하는 방에 모시게 하여 아침 일어났을 때와 저녁 잠자리에 들어갈 때마다 절하고 잊지 않게" 하는 어초상의 경배 행위가 마치 조선의 실재했던 과거인 양 재현되고 서술되기 때문이다.[24] 어초상은 메이지기에 일본 천황의 신체를 신격화하기 위해 고안된 대표적인 지배기술인 어진영(어사진)의 의례 행위를 차용한 것이었다. 어진영을 하사함으로써 매일같이 천황을 대면하는 듯한 효과를 만들어낸 이 어진영의 의례 행위가 아무런 설명과 해석의 장치 없이 과거의 역사적 무대 속으로 끼어들 수 있었다는 데에 프로파간다로 화한 야담의 특정한 시대상이 드러난다고 해도 과언은 아니다.

　　반도의 부인 가운데도 유명한 〈구스노기 마사쯔라〉楠木正行의 어머니 이야기를 들으신 분이 많을 것입니다. 〈마사쯔라〉의 어머니, 즉 우리나라의 역대에 없는 충신인 〈구스노기 마사시게〉楠木正成의 부인이올시다. 부인의 이름은 〈히사코〉久子이며 현재 〈오사카〉大阪의 남강 씨의 딸이었습니다. 부인의 천성은 현숙하고 청아하여 스무 살 때에 〈마사시게〉와 결혼했는데 부부간의 의가 좋아서 집안은 봄과 같이 평화스러웠습니다. 그런데 원홍元弘 원년에 〈고다이꼬덴노〉後醍醐天皇께서는 〈호-조〉北條 씨를 정벌하는 군병을 일으키시게 되자 영그러운 꿈을 꾸시고 〈마사시게〉를 부르셔서 토벌의 명령을 내리셨다는 것입니다. (중략) 〈마사시게〉는 부인을 불러놓고 나는 〈아까사까〉에서 싸워죽을 각오를 하고 있으니까 그대는 어린애를 데리고 관심사觀心寺에 올라가서 자식의 양육에 힘쓰라고 하니 부인은 〈말씀하신 대로

....
24 김탁운, 〈백제의 군국모성 야담―천추의 한〉, 《조광》, 1942년 7월, 130쪽.

교육칙어와 함께 어진영이 보관된 '봉안전'

교동심상소학교에서 거행된 '어진영' 봉안식

관심사에 가서 자식의 양육에 힘을 쓰겠습니다. 뒷일은 조금도 근심 마시고 싸우십시오.〉 하고 눈물을 흘리며 맹세했던 것입니다. 이번 일로 말하면 자기 혼자 일이 아니었습니다. 자기가 죽으면 아들이 그 뜻을 계승하지 않으면 안 되겠다는 〈마사시게〉의 속셈이었으며 아내 〈히사코〉도 그것을 다 알고 떠난 노릇이었습니다. (중략) 〈마사시게〉는 과연 〈미나도가와〉湊川에서 전사하였습니다. (중략)

그 후 마사쯔라는 아버지의 유언, 어머니의 교훈을 마음에 새겨가지고 근처 아이들을 모아가지고 전쟁 놀음을 하여 목을 베는 모양을 하면서 적군을 없앴다 하고 죽마를 타고 채찍질을 하면서 다까우시를 쫓아간다고 하여 전심전력을 다하여 다까우시를 칠 생각만 하였습니다. 나중에 아시강아 군과 싸울 때에 병력이 부족하여 드디어 장렬한 전사를 하였습니다. 이것은 그 모친 히사코 부인의 훈도를 그대로 열매 맺은 것이라 하겠습니다.[25]

〈하스꼬〉蓮子는 어려서 아버지를 여의고 외로운 몸이 홀어머니의 사랑으로만 컸다. 퍽이나 총명한 아이였다. 재주도 또한 놀라웠다. 어릴 때부터 글 읽기를 좋아하여 가르쳐주는 이도 없건만 집안에 있는 책들을 한 권 두 권 꺼내서 열심히 읽었고 혼자서 노래도 지어 보고, 시도 읊어 언제나 물릴 줄을 몰랐다. 장성하여 〈아리무가〉有村家로 들어가서는 지성껏 지아비를 섬기었고 다시 사남이녀의 어머니가 되어서는 자녀교육에 심혈을 기울이니 부덕이 높기로 아는 이들 사이에 칭송이 자자해졌다. (중략) 남편이 세상을 떠났다. 어려운 시절이 그들 집안을 찾아왔다. 그러나 〈하스꼬〉 부인은 더욱 정신을 가다듬어 뒤에 남은 어린 것들을 키우기에 갖은 애를 다 썼다. (제발 모두들 탈 없이 크거라. 더욱이 너희 사형제는 사내로 태어났으니 훌륭한 무사가 되어 임금님께 목숨을 바쳐다오.) 자나깨나 마음에 비는 것은 오직 그것 한 가지였다.

하늘이 때 아닌 눈을 함박 같이 내리시던 날 저녁이었다. 〈하스꼬〉 부인의 사랑하는 셋째아들 〈아리무리 · 지자에몽〉有村次左衛門은 미도水戶의 낭사浪士 〈사노 · 다께노스께〉佐野竹之介의 무리들과 서로 힘을 합하여 마침내 대로大老 〈이이 · 나오스께〉井伊直弼를 〈사꾸라다몽〉櫻田門 밖에서 죽였다. 막부를 쓸어버리고 외이外夷를 물리쳐서 위로는 일천만승一天萬乘의 천자天子

....

25 田中初夫, 〈군국의 어머니 열전—충신 楠木正行을 나은 히사꼬久子 부인〉, 《매일신보》. 1942년 6월 23-24일자.

의 신금宸襟을 편안히 받들어 모시고 아래로는 일만 백성들을 도탄의 괴로움 속에서 건지려 한 〈지자에몽〉이었다. (중략) 마침내 다시 살지 못할 것을 안 〈지자에몽〉은 멀리 궁성 편을 향하여 단정히 무릎을 꿇고 눈보라 치는 가운데 스스로 칼을 들어 배를 갈라 죽었다. 이 사건은 멀리 〈강오시마〉에도 전하여졌다. 그러나 〈하스꼬〉 부인은 내 아들의 죽음에 털끝만치도 슬픈 빛을 보이지 않았다. 조상 온 사람들을 향하여 그는 태연한 기색으로 말했다. 〈그 애는 잘 죽었지요. 그 애가 나라를 위하여 흘린 한 방울 붉은 피가 백성들의 잠든 정신을 깨우쳐주어 마침내 세상이 바로 잡힌다 하면 그 애가 백년씩 천년씩 오래오래 살아남아 내게 효도를 극진히 하여 주는 것보다도 몇 갑절이나 기쁜지 모르겠습니다.〉 그러나 그도 역시 사람의 어머니였다. 밤 깊어 혼자 자리에 들 때 줄줄이 흘러 베갯잇을 적시는 눈물을 또한 어찌할 길이 없었다. [26]

위의 두 예문은 모두 일본의 어머니를 중심인물로 등장시키고 있다. 《매일신보》의 〈군국의 어머니 열전〉과 그 뒤를 이어 간행된 1942년 10월의 박태원의 《군국의 어머니》에서 인용된 위의 두 예문은 앞선 군국모성의 이야기와 별다른 차이가 없다. 물론 배경과 인물이 갖는 지역적 차이는 있지만, 그 외의 서사 패턴과 전개는 동일하다고 할 수 있다. 1942년 국민총력조선연맹 문화부가 핵심 사업으로 내건 "반도국민의 총력을 결집하여 어떠한 장기적인 전쟁도 승리할 수 있는 필승체제

....

26 박태원, 〈有村大左衛門의 어머니〉, 《군국의 어머니》, 조광, 1942, 50-54쪽.

의 확립"을 위하여 "시국인식, 총후국민생활의 긴장 등에 도움이 되도록 대동아전쟁 하의 미담과 가담佳談 및 충신, 효자, 열부, 위인 등에 관한 설화를 모집"하고 이를 배포하도록 한 정책 의도가 묻어나는《매일신보》의 〈군국의 어머니 열전〉과 박태원의《군국의 어머니》는 앞서거니 뒤서거니 하며 일본의 어머니들이 중심이 된 군국모성의 서사화를 지면화했던 것이다.[27]

박태원은《군국의 어머니》의 〈서문〉에서 "조선의 어머님들, 내후년 즉 소화 십구 년부터는 어머님들의 사랑하는 아들들도 병정이 되게 되었습니다. (중략) 그러나 불행히도 우리 반도에는 아직까지 이 제도가 실시되어 오지 않았습니다. 황국신민된 몸으로서 이만치 섭섭하고 또 부끄러운 일은 없습니다. 그러하던 것이 이번에 비로소 우리 반도동포들에게도 병정될 자격을 허락하여 주셨습니다."라고 전제한 후, "조선의 어머님들, 어머님의 아들들이 훌륭한 병정이 되려면 우선 어머님부터 훌륭한 어머님이셔야 한다는 것을 아십니까. 어머님들은 이를테면 이번에 〈군국의 어머님〉으로 다시 태어나신 셈입니다. 자녀교육에 대하신 생각과 태도로 절로 달라지지 않아서는" 안 된다는 점을 강조하고 있다. 여기에 덧붙여 "이미 〈군국의 어머님〉으로서 오랜 전통과 경력을 가지고 계신 내지의 어머님들을 힘써 본받고 배우셔야만 하게 되었습니다. 이 생각으로 이 사람은 우리 어머님들이 가히 본받으시고 배우실 만한 내지의 어머님들 이야기를 이렇게 한 권의 책으로" 엮게

....
27 國民總力朝鮮聯盟,《조선의 국민총력운동사朝鮮に於ける 國民總力運動史》, 앞의 책, 121쪽.

되었음을 언급한다. 이는 "그들의 정신을 배우셔서 한분도 빠지지 마시고 위대한 〈군국의 어머님들〉"이 되라는 재교육의 일환이었다.

일본의 어머니들은 오랜 징병제의 역사가 증명하듯이, 군국의 어머니로서의 면모가 몸에 배어 있었다. 이에 반해 식민지 조선은 징병제가 실시된 적이 없었기 때문에, 군국의 어머니'상' 역시 그 전통과 역사가 한없이 일천하다. 이 점을 부각시키며 박태원은 식민지 조선의 어머니들이 일본의 어머니와 같은 군국의 어머니'상'을 완전히 체화할 수 있도록 일본의 어머니들을 그 선례로서 삼으라고 요구하고, 이것이 식민지 조선이 태생적으로 안고 있는 열세를 극복할 일상적 삶과 생활의 표준 지침으로서 제시했다. 일본의 어머니들을 중심인물로 한 이 군국모성의 서사화에 대해, 권명아는 다음과 같은 몇 가지 원칙을 토대로 이를 명시한다.

"첫째 주인공, 즉 군국의 어머니는 남성 가문의 역사인 가계도의 계보에 따라 기술된다. 둘째 주인공 여성의 남편이나 아들은 모두 '난세의 영웅'의 면모를 보인다. 셋째 주인공 여성의 남편과 아들은 국난에 맞서 싸우는 영웅이되 이들이 치르는 전투는 언제나 중과부적의 상태, 객관적인 전세가 불리한 상태로 기술된다. 이들은 정신력과 '죽음을 불사하는' 용기로 불리한 전세를 뒤집고 승리한다. 넷째 군국의 어머니들은 난세의 영웅인 남편과 아들의 죽음 앞에서도 의연하게 가족의 생계와 가문의 계보를 이어나간다. 다섯째 대부분의 전쟁은 '배신자'로 인해 일어난다."는 것이다.[28] 그녀의 지적은 상당히 참조할 만하다. 하지

....

28 권명아, 《역사적 파시즘》, 앞의 책, 183쪽. 군국의 어머니에 대한 기존 연구들은 일부 제출되어 있으나, 군국의 어머니'상'과 관련된 서사화 방식은 그녀의 연구가 선구적이라 할 수 있다. 그녀는 이 군

만 일본의 어머니를 중심인물로 한 군국모성의 서사화가 이 요건을 모두 충족시키는 것은 아니다. 더 중요한 것은 앞에서 지적했듯이, 남편 (아버지) 부재의 상황에 따른 어머니와 아들의 이자관계의 형성이며, 이것이 어머니가 아버지를 대신한 국가의 전시 대리모로서 작용하게 된다는 사실이다.

남편(아버지)의 부재 상황과 어머니의 비중 증대는, 어머니의 일대기를 아들의 출생에서부터 양육뿐만 아니라 전사 후까지 이어지는 군국의 어머니 이야기로 변모시키는 동력이다. 히사코 부인의 경우, 난세의 '영웅'인 남편의 유지를 받들고 아들을 아버지에 필적하는 인물로 만들기 위해 노력했고, 또한 아들이 국가를 위해 전사한 후에도 군국의 어머니로서 삶을 유지하는 군국의 어머니'상'의 일대기를 펼쳐 보인다. 이러한 어머니들의 일대기는 당대의 지면을 장식한 각종 위인 담론과 '명'장군 시리즈 및 전쟁미담과 조응하며 전시 총동원을 위한 국책 협력과 동원의 효과적인 프로파간다로서 작용했다.[29] 이는 〈군국 어머니의 결의를 말하는 좌담회〉, 〈군국 어머니의 귀감〉, 〈군국 어머

....

국모성의 서사화 방식을 당대의 국책 이데올로기인 군국의 어머니'상'과 연동시켜 몇 가지 스테레오 타입으로 나누어 분석한다.

[29] 동양의 열전은 충분히 예측 가능한 형식적 패턴을 따랐다. 일대기 형식의 열전은 예컨대 황후, 황제의 후실, 귀족계급의 인물, 왕실의 관리, 높은 서열의 대신, 장군, 유명한 학자와 같은 뛰어난 인물을 대상으로 삼았다. 이러한 열전으로 대변되는 일대기 형식은 개인의 실제 삶을 재현할 뿐만 아니라, 인간 사회의 일반적 패턴을 설명하려고 하며 모델·전형·본보기·이상적 유형을 보여주게 된다. 따라서 열전으로 대변되는 일대기 형식은 당시 유행한 전쟁미담과 가담 등과 결합하여 국가가 요구하는 '동원' 주체로서 그 전쟁수행의 특정한 정체성을 각인하고 내면화하게 되는 것이다. 열전과 관련된 설명은 루 샤오평, 조미원·박계화·손수원 옮김, 《역사에서 허구로》, 길, 2001, 158쪽이 상세하다.

니의 표창〉 등이 보여주는 당대적인 군국의 어머니'상'과 어울려 과거 역사의 현재적 전용과 재구사의 명백한 실례라고 할 만하다.

따라서 이 시기에 양산된 군국의 어머니'상'은 과거 역사마저 현재적 목적을 위해 수단화되는 시국'색'의 특정한 이데올로기적 함의를 피할 수 없었다. 이는 이른바 가미카제 특공대로 불리는 특공전사들이 만들어지는 시점에서, 군국의 어머니'상'을 부동의 현실로 뿌리내리려는 움직임과 밀접하게 관련되었다. 가미카제 특공대원으로서 식민지 조선의 최초 전사자가 된 인재웅(창씨명 : 마쓰이 히데오松井秀雄)은 이인석에 버금가는 대중매체의 조명을 받았고, 그의 어머니인 정입분 역시 유서분에 뒤지지 않는 관심과 평판의 주역으로 떠올랐다. 인재웅과 정입분은 조선인 최초의 지원병 전사자인 이인석 · 유서분과 나란히 국가봉공의 초석으로 불리게 되면서, 전장의 동원과 죽음의 일상화가 초래한 삶의 파괴와 해체를 바로 이 군국의 어머니'상'과 같은 국책 선전과 과시의 가상적 효력 아래에서 끝없이 미봉하고 무마하는 현실을 보여주었다.

이미 죽고 없는 남성 부재의 상황은 군국모성의 서사화와 다를 바 없으며, 군국의 어머니'상'과 마찬가지로 유서분도 그에 비견되는 역할과 임무를 수행했다. 정입분의 경우도 그러했는데, 이 기대되는 여성'상'은 현실의 실재하는 여성'상'과 대비되어 군국의 어머니'상'을 그저 옛이야기의 일화 속에나 존재하는 것이 아닌 우리 실제 현실의 존재로 화하게 하는 파상적인 선전 공세 속에서 가상과 현실의 착종과 뒤얽힘을 만들어냈다. 마쓰이 히데오라는 창씨명을 지닌 인재웅이 이인석에 비견되는 대중매체의 관심과 주목을 끈 것은 그의 사망 소식이 알려진 1944년 12월 2일부터였다. 이때부터 대대적으로 보도되기 시작한 인재웅의 사망 소식은 그가 특공작전(가미카제 특공대)에 투입되어 자살 육탄공격을 가한 경위와 함께 그의 출생과 성장 과정 및 군대 생활과 관련된 모든 것을 보도 대상으로 삼게 했는데, 이와 동반되어 인재웅의 유가족들에 대한 소식도 연일 기사화되었다.[30]

유가족과 관련된 기사들은 이인석의 사례와 다르지 않았지만, 그중에서 "소위의 어머니와 누이동생도 내 아들 내 오빠를 따르자는 누구보다도 불타는 결의와 맹세를 증산 열의로 폭발시켜 어머니 입분 여사(47)는 공장의 여공원으로 누이동생 숙자淑子(20) 양은 여자정신대원으로 각각 궐연히" 일어섰다는 기사가 유독 눈에 띈다. 이 기사에 따르면, "적 함선에 필사필중의 육탄돌격"을 하여 "소위 특진의 운명을 받자온 외에 또 지난번에는 상사품까지 받자옵고 거듭 감격한 유족은 깊으신 황은에 만분의 일이라도 봉답할 것을 굳게 맹세하며 명예의 유족으로서의 앞길을 냉정히 생각해 오던바 어머니 입분 여사와 누이동생 숙자 양은 우리도 헛되이 지낼 수는 없다. 오직 황은에 보답할 길은 전력 증강에 이바지하는 것"뿐이라는 굳은 결심으로 어머니 입분 여사는 항공기 공장의 여공원을 지원하여 증산 행렬에 앞장서고, 누이동생 숙자 역시 여자정신대원을 지원했다는 것이었다.[31] 그 용사에 그 유가족이라는 표준적 반응을 낳은 정입분의 이야기는 군국모성의 서사화에 나

....

30 인재웅(창씨명 : 마쓰이 히데오)에 관한 기사는 《매일신보》에 12월 2일을 기해 본격적으로 실렸다. 인재웅과 관련된 연구서로는 길윤형, 《나는 조선인 가미카제다》, 서해문집, 2012를 참조. 길윤형은 이 책에서 조선인 특공대원의 명단을 18쪽에서 밝히고 있는데, 그의 기술에 따르면 조선인 특공대원의 숫자는 총 19명이었고 첫 전사자가 바로 인재웅(마쓰이 히데오)이었다.

31 〈松井小 유족 궐기―어머니는 여공으로〉, 《매일신보》, 1945년 2월 15일자.

일본의 군국모성 이야기, '위인의 어머니'

평범한 어머니들, 군국어머니의 귀감이 되다

타난 군국의 어머니'상'을 환기시키며 그것이 언제든 실제 현실로 화할 수 있음을 알리는 훌륭한 선전 도구로서 그 역할을 다했던 것이다.

인재웅이 탄 해군특별공격대, 즉 가미카제 특공대의 이름은 '야스쿠니다이靖國隊'였다. 야스쿠니신사를 연상시키는 이 야스쿠니다이에 탑승한 그는 자살육탄공격으로 야스쿠니신사에 합사되고 영령으로 추앙되었다.[32] 그가 속한 자살특공대 이름이 '야스쿠니다이'라는 사실은 야스쿠니신사가 갖는 죽음에의 찬미와 숭배를 환기시키기에 충분하다. 이인석과 인재웅을 잇는 전장에서의 죽음과 남은 유가족들의 삶은 이

....

32 인재웅, 마쓰이 히데오는 전사 후 오장에서 소위로 특진했고 야스쿠니신사에 합사되었다. 그리고 마쓰이 히데오를 기리는 시가 서정주의 〈松井伍長 송가頌歌〉와 이광수의 〈신병神兵, 松井伍長을 노래함〉 및 노천명의 〈신익神翼―松井伍長靈前〉로《매일신보》와《신시대》에 나란히 실렸다.

렇게 삶과 죽음을 교차시키며 전시의 일상을 구축했다. 지원병제도와 징병제는 식민지 조선에 유례없는 병사'상'을 출현시키고, 이 실제 병사들은 용사와 군신으로 전장에서의 죽음을 일상에서 실감케 하는 전시의 특정한 시대상을 연출하고 극화했다. 전선을 지키는 병사들의 죽음을 일상에서 대면하게 되는 일상과 일선의 밀접한 관계망은, 그 병사들의 죽음이 날로 증대해가는 현실 속에서 일상을 더욱 제일선에 밀착시키려는 움직임을 배가시켰다.

조선총독 미나미 지로는 "제일선에서 역전분투力戰奮鬪하는 황군장병과 똑같은 마음을 지니고 똑같은 노력"을 기울여 "전선은 총후의 연장이고 총후는 전선의 기지"라는 점을 주지할 것을 강조했다.[33] 이광수는 전장의 죽음을 전 식민지 조선인이 공유할 것을 요구하는 일상의 결전의식을 표방했다. 그는 일본의 국민, 즉 황국'신민'은 혈세의 국가봉공에 있다는 점을 각인시킴으로써 식민지 조선의 일상에 일선의 죽음정치를 옮겨놓는 데 일조했다. 비단 이광수뿐만 아니라 일선에 준하는 일상의 결전의지와 태세는 남성들의 부재 혹은 전사 이후에도 일상의 삶을 영위해갈 여성들의 역할과 비중의 증대로 나타났다. 군국의 어머니'상'이 제출된 시대적 맥락과 배경은 이러한 일상의 일선'화'와 무관하지 않았으며, 이들은 일상에서 일선의 결전 태세를 수행하는 존재로서 위치하게 되었다. 이러한 일상의 일선'화'는 죽음의 값(비)싼 대가를 토대로 한 불안정한 삶의 연속이자 연장이었음은 물론이다. 죽음이라

....

33 南次郞尉, 〈총후국민훈銃後國民訓〉, 《국민총력》, 1941년 7월, 10쪽.

이번에出擊합니

必殺不生還의

淡々、大義에殉하는

念願

마쓰이松井의 생전 모습과 그의 유가족

松井少尉遺族蹶起

어머니는女工으로

누이동생은女子挺身隊를志願

마쓰이의 어머니와 누이의 증산에의 솔선수범

神鷲映畫「榮光」上映

【開城】순충이만고에빛나고있는 가미와시 마쓰이(松井)소위와 하야시(林)소위의 위대한공훈을 영원히남김과함께 정성을다하야 만고정충을추모코자하야조선군보도부의지도로 조선영화주식회사제작으로 가미와시 영화

마쓰이 오장을 기념한 선전영화 〈영광〉

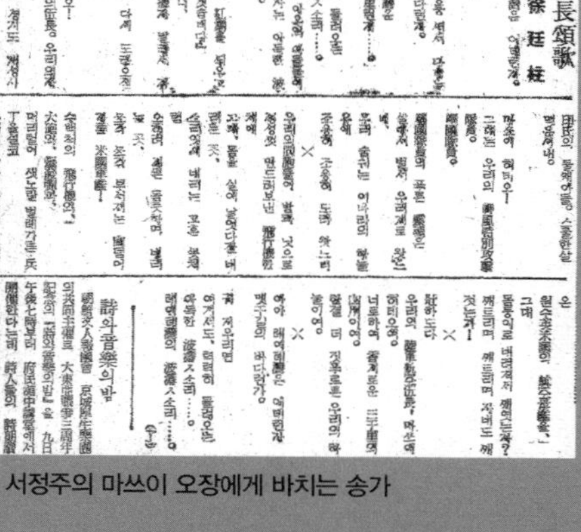

松井伍長頌歌

徐廷柱

서정주의 마쓰이 오장에게 바치는 송가

는 값(비)싼 대가를 치르는 조건으로 일상의 삶과 생활을 영위해간 이 위태로운 전시 현실은 식민지 조선의 여성들을 군국의 어머니'상'과 대응되는 전시의 동원 주체로 자리매김하게 하는 일과 연동하여 그 삶의 연속의 (불)가능성을 언제나 대면하게 하는 긴장과 불안을 낳았다.

나는 성지순례를 했을 때 야스쿠니신사에서 신사 앞을 지나가는 사람도 전차 안에 있는 사람도 모두 직립부동의 자세로 야스쿠니신사에 모셔진 호국영령에 대해 경례를 하는 것을 본 적이 있는데 최근에는 조선에서도 조선 전체가 신사 앞을 지나갈 때는 반드시 예배를 하고 지나가게 되었다. 신궁·신사에 바치는 국민적 존엄성은 청정무구한 조국애의 표현이다. 백의의 용사가 지나갈 때는 자발적으로 모자를 벗어 경례하는 인사도 간혹 볼 수 있다. 백의의 용사에 대한 경의와 감사가 넘친다. 우리는 늘 그러해야 함을 잊어서는 안 된다. 극장이나 운동장 등에 백의의 용사가 나타나면 우리는 경례 혹은 박수로 환영해야 한다. 반도에서 이러한 존귀한 느낌이 2,400만 황민의 가슴 속에 공통적으로 솟구쳐야 비로소 자식이나 남편을 천황의 방패로서 보다 많은 흥아호국의 국방전선에 내보낼 수 있게 된다. 국방헌금이나 위문품 헌납, 또 출정 장병에 대한 원호사업도 시국 하에서 얼마나 중요한지를 인식해야 할 것이다.

반도황민이 모두 일어나면서 거리에는 전발電髮·귀금속·장신구 등을 걸치고 귀신 같이 화장을 한 가련한 동포들이 어느새 자취를 감추고 있다. 이는 매우 당연한 일이다. 내가 일본 내지를 여행했을 때는 화려한 장신구를 걸친 부녀자들을 거의 보지 못했을 뿐만 아니라 도리어 공장에서 군수품 생산에 심혈을 기울이고 논밭에서 곡괭이를 들고 일하는 귀한 모습의 그녀들을, 또 여학교에서 조리를 신고 군사교련을 하고 있는 늠름한 모습의 그녀들을 보고 그 견실한 모습에 진심으로 감탄했다. 이와 같이 부녀자들이 국민총력운동의 추진력이 되어야 비로소 제일선 장병들을 안심시키고 자녀들을 폐하의 적자로서 감화하고 육성할 수 있다. 부녀자들이 극장이나 다방에만 출입하고 사치와 유탕함으로 흘러서는 사회의 교풍은커녕 일사의 건설화목建設和睦조차 기대할 수 없다. 하물며 천황의 방패가 되어야 할 남자가 그러한 나약한 행동을 한다면 그야말로 황민으로서의 일대 치욕이다. 함께 손을 잡고 일체의 사생활에서의 폐풍을 일소하고 결전국민생활의 확립을 도모하기 위해 노력해야 한다.[34]

위 인용문은 야스쿠니신사의 호국영령들에 대한 존경과 감사의 마음을 역설한다. 이런 맥락에서 청정무구한 조국애의 발로로서 거리의 백의의 용사들에게 보내는 경의의 감정도 정당화된다. 백의의 용사란 상이군인들을 포함한 병사 일반을 이르는 말일 텐데, 이러한 병사에 대한 존경심은 여성들의 사치와 방탕 및 허영에 대한 공공연한 경고를 발하는 것과 동시적으로 이루어진다. 다른 한편에서 그 직분을 다한 여성들에 대한 상찬은 권장의 덕목으로 고평된다. "화려한 장신구를 걸친 부녀자들을 거의 보지 못했을 뿐만 아니라 도리어 공장에서 군수품 생산에 심혈을 기울이고 논밭에서 곡괭이를 들고 일하는 귀한 모습의 그녀들을, 또 여학교에서 조리를 신고 군사교련을 하고 있는 늠름

....

34 김두정(창씨명 : 金子斗禎),《반도황민생활물어半島皇民生活物語》, 조선사상국방협회, 1943, 3-4쪽.

전선과 총후의 일체화 및 총후의 결전
태세

총후와 전선은 하나, 조선총독의 훈시

총후 국민이 지켜야 할 일상의 철저 방비

시국의 급박, 총후 방비의 언문방공독본

한 모습의 그녀들"은 "제일선 장병들을 안심시키고 자녀들을 폐하의 적자로서 감화하고 육성할" 수 있는 반면, "극장이나 다방에만 출입하고 사치와 유탕함으로 흘러가는" 여성들은 전쟁 수행에 장해가 된다는 날카로운 분리와 대조의 선을 동반하게 되는 것이다. 여성들을 가르는 이러한 이분법적 관념과 시선은 여성들이 영위하는 일상의 삶과 생활이라는 것이 극히 위태로운 긴장과 갈등의 연속이었음을 말해준다. 일상과 일선의 유기적 일체화가 강조될수록 남성들이 부재한 이 일상을 지탱하고 영위했던 여성들의 생활상 중압감도 그만큼 높아질 수밖에 없었기 때문이다. 식민지 조선의 여성들도 이러한 일상의 일선'화'를 견뎌내야 했고, 그 중심에는 군국의 어머니'상'이라고 하는 전시의 특정한 여성'상'이 자리하고 있었음은 야담의 프로파간다화와 관련하여 반드시 유념해야 할 대목이다.

4장

야담을 통해서 본
식민지 조선의 낯선 혹은
낯익은 풍경들—결론을 대신하며

- - -

　식민지 시대 '야담'은 무엇이었던가. 이 책은 이러한 물음에서 시작
되었다. 근현대문학 연구에서 별다른 주목을 받지 못하던 야담을 본격
적인 연구 대상으로 삼게 된 계기는, 식민지기의 신문·잡지 등의 대
중매체에서 접하게 된 이 언저리 장르로서의 야담의 양적·질적 비중
과 분량이었다. 왜 이 시기에는 이토록 야담이 문화(예) 면을 장식했으
며, 이렇게 한 시기를 풍미했던 야담이 왜 지금은 전과 같은 명성을 누
리지 못하는가라는 역사소설 전공자의 오지랖이 식민지기 야담에 관
련된 책 한 권을 본의 아니게 두껍게 쓰게 된 배경이 된 셈이다. 고전문
학 분야에서 야담은 근대문학(소설)의 맹아이자 전신으로 문학사의 한
자리를 당당히 차지하지만, 실상 식민지기의 '야담'은 근대문학(소설)
의 전사라고 평하기에는 그 명성이 무색할 만큼 장르적 안착이 더디게
진행되었다. 이는 전통 장르와의 연속성을 강조하는 고전문학 연구자
들과의 현재적 시선과는 어긋나는, 일본 강담과의 상호 차용과 습합으
로 인한 야담 특유의 무정형성과 혼종성 때문이다. 이로 인해 야담을

어딘가 부족한 역사소설의 과도기적 아류쯤으로 혹은 저급한 대중적 취미독물로 바라보는 보편적 시선을 낳았고, 이것이 야담이 그 고유한 전통의 장르적 표지에도 불구하고 어디에도 속하지 않는 주변부적 대중물로 떠돌게 된 주된 이유가 되었다.

현재의 장르명인 '야담野談'으로 불리기 전까지 야담은 사담史談, 사화史話, 고담古談, 강담講談, 강화講話, 야사野史 등의 다양한 이름으로 불렸다. 근대가 제국주의 열강들에 의한 식민(주의)화를 통한 지배와 정복의 역사이기도 하다는 점은 식민본국에서든 식민지에서든 자국의 내셔널리즘을 부추기는 원인이 되었고, 이러한 내셔널리즘의 강렬한 욕구는 자국사, 즉 민족지학民族誌學에 대한 폭발적인 기술과 관심으로 나타났다. 야담은 이러한 내셔널리즘의 욕구에 편승하며 자국사를 기반으로 하는 이야기 장르의 일종으로 문학과 문화의 언저리 분야를 독식해갔다. 더욱이 왜곡된 형태이긴 하나 동시대적인 대중사회와 대중문화 시대의 개막은, 근대적 대중매체의 출현과 번성 속에서 야담이 인기 있는 대중독물로 자리할 수 있는 물적 토대와 조건을 형성했다.

이러한 외적 조건과 환경이 1920년대 중후반을 전후하여 야담을 대중공론의 장으로 등장시켰고, 이 야담의 전국화와 대중화에 공헌한 인물이 김진구였다. 그는 1927년에 조선야담사를 창립하고 신춘야담대회와 지방순회공연을 꾸리는 등의 활동으로 야담을 대중문화로서 정착시키는 데 일등공신이 되었는데, 이는 《동아일보》와 《중외일보》·《조선일보》가 판매망 확대를 위한 독자위문 행사의 일환으로 야담대회를 적극 활용한 데 따른 효과이기도 했다. 근대적 대중매체와 손잡고 벌인 야담의 이 하향적 대중화에는 야담이 전대의 산물이 아닌 현대적 오락물임을 표방하고 이를 통해서 자국사를 알리려 한 김진구 나름의 문명화 의지가 작용했다. 더구나 그 선진문화의 장소인 일본의 강담을 의식적으로 차용하는 등의 노력으로 그는 야담을 전대의 산물로 돌리려는 일각의 시선을 비판하고, 야담에 근대적 대중문화로서의 의미를 부여하고자 했다. 이것이 김진구가 야담'운동'을 전대의 야담과 차별화하여 위치짓고자 한 이유였다.

변사가 단상에 높이 앉아 사람들에게 온갖 재담이나 명담 내지 잡담을 섞어서 들려주다가 흥이 나면 춤과 노래를 곁들이던 원시적인 미분화 형태의 야담은 김진구가 추구하는 현대적 오락물로서의 야담과 판이하게 달랐다. 아니 달라야 했다. 김진구는 야담이라는 술어가 자신의 창작물임을 주장함으로써 야담의 유래와 전승과는 구분을 두고자 했다. 본래 야담은 '보고 들은 것을 기록하는' 술이부작述而不作의 대원칙을 벗어나지 않으며《청구야담靑邱野談》,《계서야담溪西野談》,《어우야담於于野談》,《동패낙송東稗洛誦》 등의 야담집으로 계승되었는데, 그는 이러한 야담집의 출처와 전거가 불분명한 야담과는 질적으로 다른 최근세사最近世事를 바탕으로 하는 이른바 역사 이야기로서의 야담을 새롭게 고안하고 창출하고자 했던 것이다. 그가 무엇보다 중국(지나)적인 것으로 일괄되는 동양적인 것을 철저히 부정한 사람이었다는 사실은, 야담을 근대적 대중문화로서 위치시키고자 한 그의 욕구와 기획으로 나타났다고 할 수 있다.

김진구의 야담'운동'이 지닌 이러한 근대적 대중문화의 맥락에서 여성이 갖는 위치는 중요했다. 여성=대중은 대중의 원시적인 표상으로서 야담의 하향적 대중화의 중심축으로 자리했기 때문이다. 문맹조선

502

은 식민지 조선의 열악한 사회현실을 상기시키는 대표 표상이었고, 이를 타개할 전 민족적인 운동으로 문자보급'운동'을 촉발했다. 야담은 이 문자보급운동이 표방하는 초보적 리터러시의 젠더적 위계화를 내포하며 야담의 하향적 대중화와 그 향방을 같이 했던 것이다.

야담의 젠더적 위계화는 1937년 중일전면전쟁의 발발과 더불어 전 인민이 동원되는 총력전의 전쟁 수행을 맞아 급속하게 체제 내화되어 가기 시작했다. 전시의 총동원을 위한 당면한 필요성이 식민권력의 주변부를 형성하고 있던 방대한 식민지 조선의 문맹계층에게 통치의 직접적인 손길이 가닿게 했기 때문이다. 김진구가 1936년 《국암절개國癌切開》라는 책을 통해서 자신의 야담'운동'을 민족'운동'으로 규정하며 그 한계와 실패를 식민권력에 의한 전면적인 선전교화로서 타개해가려는 의지와 기대감을 표하는 대목은, 그의 친일협력행위의 정당화라는 차원 못지않게 총력전의 전쟁 수행이 가져온 전 인민의 동원 필요성과 맞물린 확대된 교육 기회의 균등과 부여를 내세운다. 지금까지 통치권역의 바깥에 놓여 있던 이 방대한 문맹계층의 동원 필요성이 역으로 창출해낸 국민 교육과 교화의 확대된 기회 균등은 이동극단과 같은 지방순회공연으로 가시화되었다. 야담과 야담가 또한 이 이동하는 미디어의 한 축을 담당하며 농산어촌과 공장, 광산 등의 벽지를 가리지 않고 찾아가는 국책의 '프로파간다'로서 활약하게 된다. 도시의 주변부에서 문화를 제대로 향수하지 못한 이들에게 위로와 동시에 시국 인식의 교화 기회를 제공한다는 목표를 내걸고 진행된 문화의 시국'화'와 정치'화'는, 총력전이라고 하는 새로운 전쟁 수행 속에서 일상을 전장의 동원으로 이끌었고, 야담은 이 일상에서 전장 동원으로 이어지는 국책의

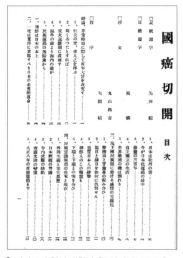

| 김진구의 친일 전향과 《국암절개國癌切開》 | 민족운동의 무결론에서 제출된 김진구의 내선일체론 |

충실한 프로파간다가 되어 그 생명력을 유지하고 확장해갈 수 있었다.

야담의 이러한 체제 내적 프로파간다화는 해방 이후 야담의 운명에 고스란히 덧씌워졌다. 야담은 도시의 주변부에 여전히 남아 있던 문맹계층에게 때로 비속한, 때로 식민지기의 건전 명랑한 오락물로서 그 명맥을 유지하다가 한국전쟁의 발발과 더불어 다시 전시 프로파간다로서의 역할을 수행하게 된다. 이처럼 야담의 달라지는 '존재 방식'은 야담이 말과 글의 잡종성에 기대어 그야말로 대중적 미디어로서 존재한 데 따른 필연적인 결과였음을 일깨워준다. 야담이 현재까지도 저급한 대중독물 정도로만 취급되는 데에는, 식민지기 야담을 관통한 대중적 미디어로서의 형성 과정과 역사가 작용한 탓이기도 할 것이다. 대중적 미디어로서 야담은 1950년대 말부터 불기 시작한 야담 전집 붐을 거쳐 문학 장르의 전문화된 영역으로 편입되고 안착되었다. 이것은 야담의 소리가 지닌 역동성을 소거한 대가로 얻어진 것일 텐데, 그럼에도 야담은 1960년대와 70년대의 민중론 속에서 대중적 미디어로서의 외연을 이어가게 된다. 이른바 '대하역사소설'들은 야담을 민중의 본원적 생기와 활력을 간직한 저장고, 즉 역사 변혁의 주체인 민중의 꿈과 이상, 고난과 투쟁의 역사를 담은 민중서사와 이야기로서 재발견하고 재구성했다. 이는 대중적 미디어로서 야담이 걸어간 체제 내적이자 외적인 프로파간다의 양면성이 실은 동전의 양면임을 말해준다. 야담이 대중적 미디어였기에 체제 내적이자 외적인 프로파간다가 될 수 있었음은 새삼 재언을 요하지 않기 때문이다.

이 책은 체제 내화와 외화 사이에서, 동원과 자발의 사이에서 야담은 무엇이었는지를 물었다. 이는 야담의 실체와 본질을 탐구하고 추적했다는 것이 아니라, 야담이 시대적 조건과 상황 속에서 어떻게 존재해왔는지를 물음으로써 현재의 우리에게 야담이 가진 (무)의식적 영향과 교섭의 사회문화사를 되짚고자 했다는 말이다.

이 책은 1장을 '왜 '야담'인가?'로 시작했다. 야담은 문학의 자율성과 독자성의 자기 환상과 안주를 여지없이 심문하고, 야담의 체제 내화가 얼마나 쉽게 일상을 전장의 동원으로 이끌어갔는지를 잘 보여준다. 일본의 강담과 식민지 조선의 야담, 일본의 '3용사'와 식민지 조선의 이인석, 일본의 '구단의 어머니'와 식민지 조선의 '군국의 어머니'는 해방 이후 어쩌면 익숙한 또 다른 기시감을 우리에게 제공해준다. 1949년의 '십용사'와 2010년의 '천안함 용사'와 그 유가족들의 이야기는 이 식민지기 야담의 양상이 비단 과거의 일에만 그치지 않음을 상기시키기 때

1949년 육군본부 정훈감실의 '십용사'의 노래

익숙한 레토릭, 폭탄을 안고 산화해 간 대한민국의 '십용사' 이야기

문이다.[1] 이러한 식민지기 야담의 '존재 방식'이 현재 우리가 처한 상황과 현실을 반성적으로 통찰하는 계기가 되었으면 했다. 현재의 우리를 구축해온 것들을 과감하게 역사적으로 상대화시켜 바라볼 수 있을 때, 역사는 반복된다고 하는 값(비)싼 교훈의 마취제에서 우리를 좀 더 자유롭게 할 수 있을 것이기에 말이다.

....

1 이 책에서는 육탄 '십용사'에 관해서는 상세히 다루지 않는다. 하지만 식민지 말기의 전시총동원과 해방 이후 남북 분단 체제의 고착 및 냉전은 이른바 이러한 전사로서의 병사와 전쟁미담을 지속적으로 재생산했다. 육탄 '십용사'가 일본 '3용사'와 동일 형상을 공유하게 되는 것도 이 때문이다. 육탄 '십용사'라고 명명한 데서 육탄 '3용사'의 영향이 짙게 배어나오는 이러한 차용의 흔적은 육탄 '십용사'가 육탄 '3용사'와 같이 한국 군부와 대중매체에 의해 만들어진 허구였다는 점에서 또한 공통점을 지닌다. 길을 잃고 북한군에게 잡힌 이들의 이야기가 육탄 '십용사'의 이야기로 각색·변조되어 한 편의 전쟁미담이 된 것이다. 육군 지휘부는 이러한 사실을 알면서도 그 책임을 면하기 위해 적극적으로 각색과 변조에 앞장섰다. 이것이 다만 과거 역사로만 그치지 않는다는 데서 현재 한국의 비극적 현실이 존재한다. 반성되지 않는 폭력은 또 다른 폭력을 낳고 이를 되풀이하기 때문이다.

506

식민지 시기 야담의 오락성과 프로파간다

2013년 7월 10일 초판 1쇄 발행

지은이 ∣ 공임순
펴낸이 ∣ 노경인

펴낸곳 ∣ 도서출판 앨피
출판등록 ∣ 2004년 11월 23일 제318-3130000251002004000272호
주소∣서울시 영등포구 양평동 2가 양평빌딩 406-1호
전화∣02-336-2776   팩스∣0505-115-0525
전자우편∣lpbook12@naver.com

ⓒ 공임순

ISBN 978-89-92151-49-8